KB072217

동쪽 울타리 아래 군자

· · ·

동쪽 울타리 아래 **군자**

| 지은이_김현수 | 초판 1쇄 찍은 날_2016년 4월 11일 | 초판 1쇄 펴낸 날_2016년 4월 22일
| 발행처_도서출판 청어람 | 펴낸이_서경석 | 편집책임_조윤희 | 편집_이은주, 주은영
| 디자인_신현아 | 경기도 부천시 원미구 부일로 483번길 40 서경B/D 3F (우) 14640
| 등록_1999년 5월 31일(제387-1999-000006호) | 전화_032-656-4452
| 팩스_032-656-4453 | http://www.chungeoram.com | chungeorambook@daum.net
| 어람번호_제8-0070호

ISBN 979-11-04-90723-4 03810

김현수 장편소설

동쪽 울타리 아래 군자

도서출판

청람

목차

1. 망국의 딸

멸망한 나라를 뒤로하고 황국으로 향한 지 다섯 주, 우 씨는 마침 내 눈에 보이기 시작하는 거대한 황궁의 모습에 입을 다물지 못하였 다. 아직 그 윤곽이 겨우 보일 따름이었지만, 크기가 고국 왕궁의 네 배는 되어 보였으며, 담은 두 배도 넘게 높아 보였다.

"고개를 내밀지 말고 안으로 들어가 있으시오."

가마를 호위하는 어린 병사가 날카로운 목소리로 구경을 막았다.

"저, 제 주인이시라던 분은 어디 계신지요? 첫날 뵌 이후로 뵙지 못 하였습니다. 황국에 도달한 지도 어언 두 주가 넘었는데 감사의 말씀 도 전하지 못하였습니다."

우 씨가 평소보다 가녀린 목소리를 내며 물었다. 여인에 대한 연민 에서라도 병사가 무언가라도 알려주길 바랐다. 자신의 주인이라는 자 는 자의와 타의 모두에서 자신의 목숨을 구한 생명의 은인이었다.

석 달이 채 되지 않은 이전, 우 씨의 고국과 황국의 경계에서 황국 군의 말 한 마리가 도난당하였던 것이 망국의 효시였다. 실제로 황국 군의 말이 도난당하였는지 않았는지는 중요치 않았다. 황국에서는 도난당한 말을 배상하라며, 경계에 있는 변방 땅을 요구하였다. 그리고 비록 황무지이기는 하나 터무니없이 넓은 땅을 달라는 황국의 요구를 고국에서는 당연히 반대하였다. 단 한 사람, 우 씨의 부친을 제외하고는 말이다.

고국에서 한직을 맡고 있던 우 씨의 부친은 땅을 내놓지 아니하면 황국에서 이를 빌미로 침략해 올 것이니 그 황무지를 내놓고 전쟁을 피하자고 하였다. 그러나 대신들은 우 씨의 부친과 달리 황국에 맞서 싸워야 한다 목소리를 높였다. 그중에는 왕의 고명딸인 공주의 부마될 이도 포함되어 있었다. 왕은 부마될 이의 의견에 크게 찬성하였다. 우 씨의 부친은 고국을 배반하려 한다 몰아세워졌다.

우 씨의 아버지는 고국의 배신자로 낙인찍혔고 집안은 순식간에 몰락하였다. 작은 나라에 전쟁의 기운이 감도는 가운데 우 씨의 부친과 오라버니의 목이 저잣거리에 내걸었다. 사람들은 말 한 마리에 나라를 팔아먹으려던 놈이라 손가락질하였다. 우 씨는 안방에서 자결한 어머니의 시신을 안고 있다 관군에 끌려 나갔다. 그리고 자신의 집 종들에게도 입히지 않았던 거친 옷을 입고 관노로 생활한 지 한 주가 되었을 무렵, 우 씨의 아버지가 염려하였던 대로 황국의 군사들이 몰려왔다.

황군이 고국의 궁성을 점령하며 소란이 일어났다. 사람들이 사방팔방으로 뛰어다니고 건물들이 무너져 내렸다. 그리고 그 틈을 타서, 아직 귀족의 태가 지워지지 않아 관노 중에서도 눈에 띄게 고운 까닭에 그동안 눈여겨 왔던 우 씨를 관군이 잡아 끌어내었다. 그들 중 서넛이 우 씨의 윗옷을 끌어내렸다. 우 씨가 발버둥을 치고 있을 때, 우 씨의 얼굴 위로 뜨거운 액체가 쏟아져 내렸다. 우 씨는 비릿한 냄새에 천천히 고개를 들었다. 방금 전까지 우 씨의 옷을 찢고 있던 군사들의 목이 우 씨 옆에서 뒹굴고 있었다.

"괜찮으시오?"

우 씨 위로 커다란 남자의 그림자가 드리웠다.

"그 모습을 보니 물어보나마나 한 질문이긴 하군."

남자가 혼잣말을 하며 자신이 휘감고 있던 붉은 천으로 우 씨의 드러난 어깨를 덮어주었다. 우 씨의 얼굴을 덮은 피와 같은 색이건만, 그 부드러운 천에서는 싸한 바람의 냄새만 났다.

"주화파였던 우공의 여식 맞소?"

아버지를 배신자가 아니라 주화파라 칭하는 남자의 낮은 목소리는 듣기 좋았다. 죽음이 가득한 순간에도 노곤해져 잠들고 싶었다. 우 씨는 천천히 고개를 끄덕였다. 남자는 자그마한 천 조각을 꺼내더니 우 씨의 얼굴에 묻은 피를 지웠다. 여기저기에 굳은살이 박인 무인의 손이었다. 그러나 그는 섬세하게도 우 씨의 얼굴을 깨끗하게 닦아주었다. 우 씨는 그제야 남자의 얼굴을 살펴볼 여유가 생겼다. 부드럽게 처진 눈은 연한 다색茶色을 띠고 있었고, 얇은 머리카락은 주변을 둘러싼 관아 건물들을 불태우는 화마의 색을 닮아 불그스름한 기운을 띠는 어두운 색이었다.

"이것을 지니고 있으면 안전할 것이오."

우 씨가 조각을 받아들자 남자는 붉은 비단으로 우 씨를 감싸 들어 올렸다. 우 씨는 눈을 감았다. 주변은 소란스러웠지만 난생처음 본 남자의 품은 고요하였다.

얼마를 옮겨왔을까, 어디서 구했는지 좁긴 하지만 귀족의 것으로 보이는 가마에 앉혀진 우 씨는 손에 쥐고 있던 천 조각을 펼쳐 보았다. 남자의 칼에 목이 날아간 군사들의 피가 말라붙어 있었다. 그리고 중앙에는 화려한 노란 꽃이 금사로 수놓아져 있었다. 우 씨는 금색 꽃을 손으로 더듬다 혼절하듯 잠이 들고 말았다.

"자신의 주인에 대해서도 모르시오? 호국장군께서는……."
우 씨보다도 어려 보이는 햇병아리 같은 병사가 입을 열었을 때였다.
"허튼 소리는 그만하여라."
갑자기 끼어든 목소리가 우 씨의 주인에 대한 정보를 발설하려는 병사의 말을 막았다.
"너의 임무는 이 여자를 황궁에 데려가는 것뿐이다."
그리 말하는 사람은 장수인지 귀해 보이는 무거운 검은색 갑옷을 입고 높은 흑마에 앉아 있었다. 우 씨가 고개를 들자, 가라앉은 검은 눈이 우 씨를 향했다. 그러나 그것도 잠깐, 우 씨와 눈이 마주친 그 남자는 유난히 짙은 눈썹을 치켜 올리고는 앞으로 달려가 버렸다.

우 씨는 닫힌 창 사이로 흘러들어 오는 시끌벅적한 소리에 성내 저잣거리에 도달하였음을 알았다. 자신이 끼어 있는 이 행렬은 개선을 하고 돌아온 군대의 위풍당당함을 뽐내고 있었다. 그리고 그 뒤에는 포로로 사로잡힌 고국의 백성들이 걸어오고 있을 것이다. 노예로 팔리기 위해 험한 길을 다섯 주나 걸어온 고국의 백성들의 모습이 눈을 감아도 지워지지 않았다. 우 씨는 자신이 있어야 할 곳도 그들 사이라는 생각에 절로 작아지는 느낌이 들었다.
풍악 소리는 점점 커져갔다. 우 씨는 고개를 흔들었다. 그들을 연민해서는 안 되었다. 아버지와 오라버니의 목을 손가락질하던 사람들이다. 자신은 달랐다. 전쟁을 피하자 주장하다 가족을 잃어버렸다. 주화파 우공의 여식, 자신의 주인이라던 남자가 그리 말하지 않았던가? 우 씨 자신은 고국의 사람들과 달랐다.

황궁 앞에 도달하였는지, 가마가 내려섰다. 가마에서 내린 우 씨는 수색을 받는 동안 주변을 둘러보았다. 화사한 색과 생명으로 가득한 황국의 도성은 불타 버린 고국과 대조적이었다. 적국이지만 아름다운 것은 인정하여야 했다. 이제는 오래전이지만 부모님과 오라버니와 살던 고국의 도성도 이리 활기찼다는 생각에 입안이 씁쓸하였다.

우 씨는 황국까지 타고 온 가마보다 널찍하고 화려한 가마에 옮겨 탔다. 망국의 사람인 자신이 이리 좋은 대접을 받아도 되는지는 다섯 주 전부터 이어온 의문이었다. 자신의 주인이라는 사람은 누구이며, 무슨 연유에서 자신에게 이와 같은 호의를 베푼 것인지 알 수 없었다.

황궁은 길이 잘 정돈되어 있는지, 가마는 무척이나 빠르게 이동하는데도 흔들림이 없었다. 우 씨는 아주 조심하여 창밖을 엿보았다. 높은 담 안은 도성의 거리와 달리 적막하였고, 앞으로 나아갈수록 경계가 삼엄해졌다. 우 씨는 자신이 향하는 곳이 어디인지 겁이 나기 시작하였다.

이윽고 우 씨가 도달한 곳은 하나의 전殿 앞이었다. 우 씨가 가마에서 내리자마자 전 앞에 궁녀들이 나섰다. 그리고 곧 황후마마가 납신다는 외침과 함께 황후를 시위한 궁인들이 잿빛 돌계단을 내려왔다. 우 씨는 정신이 아득해졌다. 지금 자신이 있는 곳이 황국의 황후 앞이라니 믿을 수 없었다. 정신을 차리고 나니, 자신은 앞의 궁녀들과 함께 고개를 조아리고 있었다.

"일어들 나라."

황후의 목소리는 느리고 나직하였다. 우 씨는 자신의 눈앞에 보이는 황후의 금빛 옷자락에서 시선을 뗄 생각도 하지 못하고 풍 맞은 노인처럼 떨리는 양손을 부여잡으며 간신히 일어섰다. 어쩌다 여기까지 오게 되었을까? 고국의 왕비도 공주도 본 적이 없건만, 적국의 황후 앞이라니 우스운 일이었다.

"그대가 호국장군이 본궁에게 남긴 사람이로군."

한참을 자신을 살펴보는 것 같은 눈빛이 거둬지는 느낌과 동시에 황후가 말하였다. 여전히 그 목소리에서는 어떤 감정도 느낄 수 없었다. 자신이 탐탁지 않은 것일까 하는 두려움이 들었다.

그런데 잠깐, 머릿속을 스치는 의문이 있었다. 방금 황후가 '남기었다'라고 하지 않았나? 황국까지 오는 동안 자신을 호위하던 작은 병사가 자신의 주인이 호국장군이라고 하였다.

"본궁이 그대의 새 주인이노라. 만효가 그대를 맡아 가르칠 것이다."

우 씨의 생각의 실타래가 미처 다 풀리기 전, 황후가 우 씨의 처우를 정하고 뒤돌아섰다. 황후의 옷자락이 원호를 그리고는 멀어졌다. 우 씨는 그제야 숨을 내쉬었다.

우 씨 옆으로 쉰이 넘어 보이는 궁녀가 다가왔다. 다른 궁녀들에 비해 화려한 머리 장식을 보아하니 신분이 높은 궁녀일 것이라 짐작되었다.

"내 황후마마의 명을 받들어 그대를 교육시킬 만효네. 따라오시게."

먼지 하나 날릴 것 같지 않은 연한 잿빛의 돌을 깔아 만든 길을 걸어 전의 뒤로 돌아가니 엄청난 꽃향기가 밀려왔다. 달콤하면서도 쓸쓸한 향이었다. 그러나 그 향이 진해지기 전, 만효는 길을 꺾어 눈에 띄지 않는 작은 문을 넘었다. 문 안은 궁녀들의 생활공간인 듯, 앞서 보았던 전에 비해 수수한 목조 건물들이 나열되어 있었다. 만효는 그

중 한 방으로 들어섰고, 우 씨는 빠른 걸음의 만효의 모습을 놓칠세라 서둘렀다.

"황후마마께서 내게 그대의 교육을 맡기신 것으로 짐작하건대, 그대를 가까이 두시려는 뜻이시네. 황후마마를 곁에서 모시려면 말 하나, 행동 하나에서도 실수가 없어야 하네."

우 씨는 만효의 경고에 절로 몸서리가 쳐졌다. 고국에서 대비의 담배를 들던 아이가 대비가 아끼시는 옷에 담뱃재를 떨어뜨리는 바람에 목이 달아났다는 이야기를 우스갯소리로 하고는 하였다. 그러나 황궁에 들어와 보니 실로 목숨이 위험한 일이었다.

우 씨는 만효가 건네는 청록색 치마를 받아들었다. 하늘거리는 고국의 것보다 천이 두꺼웠지만 폭이 넓어 활동은 불편하지 않을 것 같았다. 소매에 파도 문양의 단순한 자수가 놓인 연녹색 상의를 입고 나니, 만효가 남쪽에서 온 우 씨에게 황국의 날씨는 쌀쌀할 것이라고 덧붙이며 하얀색 반비를 건넸다.

그러고 보니 이상하였다. 황궁에 들어오기에 앞서 본 사람들과 달리 황후궁의 사람들은 상복으로 착각하기 쉬운 흰색을 입고 있었다. 황후궁의 복색인가 보았다. 그러나 방금 만효가 자신에게 건넨 것은 연녹색이었기에, 자신이 무엇인가를 놓치고 있다는 느낌은 지울 수 없었다. 궁녀라고는 하나 황후를 곁에서 모시는 이들의 것이어서 그런지 천도 나쁜 것이 아니었고, 태도 깔끔하였다. 그리고 우 씨가 옷을 정돈하자 만효가 머리를 정리하는 것을 도왔다.

우 씨는 저도 모르게 앞서 방문을 나서려는 만효의 옷자락을 잡았다. 그리고 만효가 의아한 표정으로 돌아보자 재빨리 손을 놓았다. 호국장군이라는 남자에 대해서 묻고 싶은 것이 많았다. 차가운 바람 냄새가 나던, 묽은 다색 눈동자의 남자는 어디에 있는지, 어째서 자신을 황후에게 남긴 것인지 궁금한 것이 넘쳐났다. 그러나 만효의 옷을 잡는 순간, 그리고 자신이 입은 옷을 인식하는 순간, 이 궁 안에서 자신은 그런 질문들을 할 처지가 못된다는 사실을 깨달았다.

만효는 황후의 안전에서는 어떻게 서야 하는지, 인사 예법과 황후의 부름에 답하는 방법부터 황후의 차를 준비하는 방법까지 가르쳐 주었다. 우 씨는 고국에서 귀족으로 자랐기에 이와 같은 예법이 너무 낯선 것은 아니었다. 만효는 우 씨가 빠르게 학습하는 것에 만족하였고, 우 씨는 황궁에 들어온 지 한 달이 채 못 되어 황후의 앞에 서게 되었다.

만효가 황후를 모시느라 바빴기에, 우 씨는 만효와 함께 자신의 교육을 담당해 온 소향이라는 또래의 궁녀를 따라갔다. 설설한 성미의 소향은 잠시도 쉬지 않고 궁의 이곳저곳을 설명하고 이 사람 저 사람을 소개해 주기 바빴다.

궁녀들의 처소에서 멀어져 황후의 궁으로 다가갈수록 첫날 황궁에 도착하여 맡았던 꽃향기가 진해졌다. 그리고 눈앞이 황금색으로 물들기 시작하였다. 소향은 고개를 돌려 뒤따라오는 우 씨가 황홀한 광경에 넋을 놓는 모습을 보고 밝게 웃었다.

"아름답지? 황후마마께서 가장 좋아하시는 꽃이 국화라 사시사철 황상께서 보내셔."

이제 서늘해지기 시작하는 날씨에 국화가 만개하였고, 황금빛 천지 너머에 인형이 보였다. 국화 향기에 코가 마비될 정도로 꽃 사이로 기다랗게 난 길을 따라가니 황후가 걸어오고 있었다. 우 씨는 소향과 함께 재빨리 무릎을 꿇으며 배운 대로 황후의 만수무강을 빌었다.

"일어들 나라."

우 씨의 살짝 들춘 눈에 황후가 인사를 받으며 느린 손짓을 하는 모습이 보였다. 황색이 황국의 색이어서 그런지, 황후가 좋아한다는 국화의 색이어서 그런지는 몰라도, 황후는 첫날과 이날 모두 금색 치맛자락을 끌고 있었다. 치마 끝단에는 국화 문양이 오배자의 연한 황색으로, 그리고 호두나무 껍질로 물들인 흙색의 실로 잎맥까지 살린 이파리가 섬세하게 수놓아져 있었다.

"오늘부터 황후마마를 모실 우 씨이옵나이다."

소향이 옆으로 한 걸음 비켜서며 말하였다. 우 씨는 소향의 옷자락을 붙잡고 가지 말라 하고 싶었다. 그러나 우 씨는 그러지 못하였고, 온전히 홀로 황후의 시선을 받고 서 있었다. 고국을 멸망시킨 황국의 안주인이었다. 고국에 대한 애증은 제쳐 두고, 우 씨의 머릿속을 채운 것은 두려움이었다.

"만효가 네가 영특하다 하더구나. 고개를 들어보아라."

황색은 바닥을 쓰는 끝자락에만 내비칠 뿐, 황후는 은사로 용을 수놓은 상아색 비단을 입고 있었다. 황후의 의복을 따라 올라간 우 씨는 황후와 시선을 마주쳤다. 밤색 눈은 느긋한 황후의 말투를 닮아 꼬리가 처져 있었고, 양귀비 같이 붉은 입술은 잔잔한 미소를 띠고 있었다. 고국의 마지막 모습이었던, 관아를 살라먹던 불길의 불그스름한 빛을 띤 어두운 머리 타래는 거대한 황국黃菊을 중심으로, 홍옥과 비취로 만든 구슬을 중앙에 박은 자잘한 금색 꽃들로 둘러싸인 장신구들로 높이 틀어 올려져 있었다. 황후의 목소리를 듣고 상상해 온 그대로였다. 우 씨는 황후와 눈이 마주치자 재빨리 시선을 내렸다.

"어여쁜 아이구나."

황후가 웃음을 터뜨렸다. 우 씨는 황후가 그리 밝은 웃음소리를 낼 수 있을 것이라고 상상하지 못하였다. 황후도 자신과 같이 웃고 울 수 있는 사람인가? 황후는 용이나 기린처럼 신성한 존재가 아닌가? 주변을 살피니, 다른 궁녀들도 황후의 웃음에 다소 놀란 내색을 보였다.

그러나 우 씨와 같이 황후가 웃을 수 있다는 사실에 놀란 것이 아니라, 당황함이 섞인 표정이었다.

"계속하여 잘 가르치도록 하여라."

황후가 만족스레 고개를 끄덕이며 소향과 만효를 향하여 말하고는 앞으로 걸어 나왔다. 우 씨는 재빨리 황후의 길을 트고는 황후의 뒤를 따르는 궁녀들의 맨 끝으로 가려 하였다. 그러자 황후의 바로 뒤를 따르던 만효가 우 씨를 멈추고는 자신과 함께 황후를 가까이에서 따르게 하였다. 황후의 발걸음은 우 씨가 길을 외울 시간이 충분할 정도로 무척 느렸다.

❧

수년간 황후궁에서 일을 해도 먼발치에서조차 황후를 볼 수 없는 이들이 있는 반면, 우 씨는 불과 한 달 전에 황궁에 들어왔는데도 황후를 모셨다. 그런 우 씨를 시기하는 사람들도 있었지만, 소향은 신경 쓰지 말라 하고는 자신을 따라다니며 일을 배우라 하였다. 만효 다음으로 궁에서 신임을 받는 소향은 만효가 황후를 바로 곁에서 모시고 있는 동안 황후궁을 총괄하고 다녔다.

우 씨는 소향을 따라 황후궁을 나가 다른 후궁에 들르기도, 소주방과 침방에 들르기도 하였다. 황후궁의 주방을 담당하는 궁녀가 앓아누운 날, 우 씨는 소향을 따라 동선방東膳房에 갔다. 황궁의 동쪽에 위치한 주방으로 동선방이라 이름 지어진 황후궁의 주방에는 일흔 개가 넘는 부뚜막이 있었고, 이백 명이 넘는 궁녀들이 일하고 있었다. 소향은 그 규모에 놀란 우 씨에게 동선방에서는 삼백 가지가 넘는 요리에 그 열 배가 되는 종류의 간식을 만들 수 있다며 자랑하였다. 그리고 동선방의 궁녀들에게 황후께서도 감모 기운이 있으시니 맑은 오리탕을 준비하라 지시하고는 황후궁의 겨울 이불채를 받아와야겠다며 침방으로 직접 향했다.

침방은 황궁의 구석진 곳에 위치하고 있었다. 한쪽 구석에는 막 마름질이 끝난 새하얀 이불 천들이 햇볕을 받으며 널려 있었고, 한쪽에는 낮고 기다란 건물이 위치하고 있었다. 남색 치마에 잿빛 상의를 입은 침방의 궁녀들은 짙은 솔잎색 치마를 두르고 남송색 윗옷을 걸친 소향과 우 씨가 들어서자 천을 널다 말고 일제히 고개를 숙이고 인사를 올렸다. 그리고 건물의 안쪽에서 침방을 관리하는 내관이 서둘러 나와 소향과 우 씨를 안쪽으로 안내하였다. 어두운 건물 안에서는 침방 궁녀들이 바느질에 매달려 있었다.

소향은 내관을 따라가다 우 씨가 남쪽에 와서 추위를 많이 탈 터이니, 털이 달린 배자를 하나 마련해야겠다고 말하며 방 하나로 불쑥 들어섰다. 우 씨는 자신의 치수를 재던 궁녀를 보고 화들짝 놀랐다. 그 궁녀도 우 씨의 얼굴을 확인하고 놀라는 모습을 보고는 소향이 아는 사이인가 물었다. 우 씨는 머뭇거리다 고향에서 같이 금琴을 배운 사이라 대답하였다. 그러자 소향은 둘에게 이야기를 나누라 하곤 황후궁의 이불은 자신이 보고 오겠다고 하며 내관과 자리를 떴다.

"왜, 네가 어째서 여기 와 있는 거야?"

우 씨가 살망한 소매 사이로 드러난 채이의 손목을 붙잡고 물었다. 옛 벗인 채이는 이른 나이에 산주 목사가 된 인재와 가약을 맺었다. 우 씨가 채이의 경사를 함께 기뻐해 주던 것이 어제와 같았다. 그러나 그때 잡았던 채이의 희고 고운 손은 어디 가고, 궂고 고된 일에 앙상하게 마른 손만이 잡혔다.

"그 사람은 황군이 몰려온 첫날 세상을 떴어. 대문 앞에 넘어져 있는 그 사람을 보고는…… 아, 떠올리고 싶지 않다. 아버지와 어머니는 어찌 되셨는지 나도 몰라."

채이가 커다란 눈동자 가득히 눈물을 채우며 울먹였다. 우 씨는 채이를 안았다. 눈물이 흐를 것 같았다. 황후궁에서 배운 대로 감정을 누르기 위해서는 무던히 애써야 했다. 동향의 벗을 만난 반가움과 서로의 처지에 대한 안타까움이 뒤섞인 눈물이 채이의 낡은 잿빛 저고리를 검게 적셨다.

"너는 좋아 보이니 다행이다. 부디 몸조심해."

채이가 우 씨의 손을 잡고 일어나는 참에 소향이 내관과 함께 돌아왔다. 채이는 내관을 보자마자 바로 고개를 숙이며 구석으로 물러났다. 우 씨는 그런 벗의 모습을 보며 가슴이 아팠다. 자신은 천운으로 황후궁에 들어갔지만, 아마 대부분의 고국 사람들의 운명이 채이의 것과 유사할 것이었다.

"그럼 바로 준비하여 보내도록 하겠습니다."

내관은 소향과 우 씨를 침방 입구까지 모시고 나가며 인사를 올렸다. 그리고 소향은 은자가 들어 있을 작은 주머니를 소매에서 꺼내 내관의 손에 쥐어주었다. 우 씨는 침방이 더 이상 보이지 않을 때까지 시선을 떼지 못하다 소향을 돌아보았다. 그리고 나이 많은 내관들과 궁녀들이 소향에게 존대하는 것을 떠올리며, 소향에게 그는 자신의 또래이면서 어찌 그리 높은 자리까지 올라갔는지 물었다. 그동안 소향의 행동거지를 보며, 소향이 좋은 집안 출신이라는 것은 우 씨도 짐작하고 있었다. 그러나 명문가에서 여식을 평생 궁에 살게 보낼 것 같지는 않았기에 어찌된 일인지 명확히 알 수 없었다.

"나는 순의공주의 손녀딸이야. 황국에서는 종친이나 귀족의 여식들이 열셋이 되면 궁에 보내 황가를 모시게 해. 그리고 출궁할 나이가 되면 황제폐하께서 황족이나 다른 귀족에게 하가를 시켜주시지. 물론 평생을 궁에서 보내고자 하는 사람들은 그래도 돼. 만효가 바로 그런 경우야."

우 씨는 소향의 마지막 말에서 자신처럼 의지할 곳이 없는 사람은 궁에 남아도 된다는 뜻이란 것을 알아들었다. 아마 소향은 나이가 되면 궁을 떠날 것이다. 그러면 우 씨는 황국에 와 처음 사귄 벗을 다시는 볼 수 없을 것이다. 만효는 남는다니 의지할 곳은 남겠지만, 만효는 자신의 벗이 아니라 윗사람이었다.

"고국에서는 다른가 봐? 황국은 워낙 넓고 지방을 다스리고 있는 귀족들의 세가 세기 때문에, 여식들을 인질 겸 데리고 있는 거야. 십수 년 황가를 모시면서 충성도 기르고, 황제께서 혼인을 주관하시면서 한 가문의 세력이 너무 커지는 것을 경계하기도 하니 일석이조지."

여전히 황궁의 체제를 이해하지 못하는 것 같은 우 씨의 표정에 소향이 덧붙였다. 그러나 우 씨는 황제의 여인이라는 궁녀들을 다른 사람에게 내줄 수 있다는 것을 받아들이기 어려웠다. 또한 과년을 조금만 넘겨도 혼기를 놓쳤다고 하는 고국의 문화와 달리 스물도 훌쩍 넘어서야 출궁하는 이들이 어찌 신랑감을 찾을 수 있는 것인지도 의아하였다.

"왕을 비롯하여 높은 가문의 귀족들은 황제폐하의 윤허 없이는 혼인을 하지 못해. 황상께서 어련히 정해주시겠어. 가장 꽃다운 나이를 궁에서 보내는 대신에 황상께서 선물을 가득 안겨서 보내주시니 긍정적으로 봐도 되고 말이야. 그러고 보니, 그럼 너는……."

소향은 말을 잇지 않고 머뭇거렸다. 그러다 입술을 깨물고 우 씨의 눈을 피해 시선을 돌려 버렸다. 말을 꺼냈지만 마음을 상하게 할까 염려하여 얼버무리려는 모습에 우 씨는 웃음을 흘릴 수밖에 없었다.

"전쟁통에 죽은 남편 없으니까 걱정 마. 고국에서는 많이 늦었지."

암묵적으로 서로가 짝이 될 것이라고 여기고 혼기도 넘기면서까지 기다린 사람은 있었다. 다른 여자와 혼약을 하는 바람에 모든 것이 끝나 버렸지만 말이다.

우 씨는 말을 돌리기 위해 다른 궁녀들은 어찌 되느냐 물었다. 황후궁에서도 황후의 눈길이 닿는 화병 하나라도 닦을 수 있는 궁녀는 상급 궁녀로 좋은 가문 출신이었다. 평민 출신의 궁녀들은 황후의 시선이 닿지 않는 곳에서 일하였는데, 그 대부분은 종친이나 귀족의 여식들과 달리 십대의 어린 아이들에 불과하였다.

"주인이신 황후마마와 달리 소주인인 다른 후궁마마들을 모시는 것은 주로 평민 출신 궁녀들이야. 그네들은 스무 살이 되기 전에 출궁하여 고향으로 돌아가니 황상께서 신경 쓰지 않으셔."

그러나 돌아갈 집이 없는 궁녀들의 처지에 대해서는 아무 말을 하지 않는 어두운 소향의 표정을 보고 대답을 얻었다. 그리고 보름 후 다시 침방에 들렀을 때는 채이를 볼 수 없었다. 다른 황후궁 궁녀들을 대신하여 침방에 들렀건만, 두 번째 방문에도, 세 번째 방문에도 고향의 벗은 다시 볼 수 없었다. 우 씨는 바느질에 서툴러 마른 손이 핏자국으로 가득했던 채이의 모습을 떠올렸다. 그리고 서둘러 그 생각을 지웠다. 궁 안에 채이가 잘할 수 있는 다른 일이 있어 그리 보내졌을 것이라고 우 씨는 애써 자신을 설득하였다.

황후궁을 메운 노란 국화꽃이 지고 하얀 서리가 내리는 아침을 맞이하였다. 우 씨가 황후께 문안 인사를 올리러 온 후궁들에게 차를 내는 첫날이었다. 우 씨가 차를 준비하고 있으려니, 소향이 들어와 앞서 지시하였던 벽라춘이 아닌 봉황단총을 내라 속삭였다. 그리고 우 씨가 대답하기도 전에 재빨리 나가 버렸다. 부드러운 맛과 싱긋한 과일 향의 벽라춘이 황후가 좋아하는 차라 소향이 알려준 것이 며칠 전이었다. 우 씨는 의아하였지만, 소향이 말한 대로 꽃과 꿀, 그리고 갓 쪼갠 과일의 향이 한데서 피어오르는 봉황단총을 다기에 담았다.

"향비의 아우가 황제 곁에서 나랏일을 돕게 된 것을 축하하네."

우 씨가 차를 준비해 나가니, 이미 후궁들이 황후에게 인사를 올렸고, 황후가 향비에게 축하의 말을 건네고 있었다. 향비의 부친이 삼공으로, 향비의 숙부가 고국 점령에 큰 공을 세웠고, 동생이 이번에 치러진 과거 시험에 급제하여 향비의 기세가 등등하다는 사실은 소향이 속닥거려 우 씨도 이미 알고 있는 것이었다.

"가족이 궁 안팎에서 황상을 도울 수 있어 영광이지요."

향비가 기분이 좋은 듯 그의 옷자락보다도 붉은 입술로 고운 호선을 그리며 웃었다. 향비의 귓가를 장식한 옥구슬이 부딪치며 맑은 소리를 내었다. 금을 얇게 두드려 구름 문양으로 만든 판의 중심에는 귤색 보석으로 꽃잎을 모아 만든 민들레가 피어 있었다. 거대한 얹은머리의 양편에는 깃이 어린아이의 손가락보다도 가느다란 날개를 가진 금계金鷄가 비상할 준비를 하였고 날카로운 양 눈썹 끄트머리에서는 깨알같이 작은 진주로 꿀주머니를 만들고 자수정으로 화관을 만든 수십 개의 금낭화로 이루어진 술이 흔들렸다.

연한 색을 즐겨 입고 금으로 된 장신구만 하던 황후의 의상을 보아 온 우 씨는 그 화려한 자태에 눈이 멀 지경이었다. 후궁 중 향비의 지체가 가장 높다던 말이 사실이었나 보다. 향비의 부친은 황후의 부친보다도 조정에서의 지위가 높다고 하였다. 다만 황국은 고국과 달리 모계 중심의 전통을 지녔고, 황후의 모친은 황국이 세워지기 전부터 이어져 온 유서 깊은 집안 출신이었기에 향비가 아닌 황후가 황제의 정부인이 되었다는 이야기는 우 씨가 고국에서도 남이야기를 하기 좋아하는 여인들에게서 들어온 것이었다.

"황후마마, 이 아이가 황녕궁에 새로 온 아이입니까?"

향비가 차에서 올라오는 행인향을 맡으며 물었다. 우 씨는 잇꽃으로 물들인 소매에 금박된 도화 문양에 빼앗겼던 시선을 돌려 황후의 눈치를 살폈다.

"그렇다네. 총명하기까지 한 아이라네."

새하얀 잔에 담긴 맑은 등황색 차의 향을 음미한 황후는 아무 말 없이 우 씨를 보더니 향비의 질문에 답하였다. 황후는 평소 입는 백금白錦 대신 은사로 용을 수놓은 금색 비단 예복을 입고 여러 후궁들을 맞이하였다. 우 씨는 속으로 미소를 지었다. 아무리 향비가 화려하다 한들, 자신이 모시는 주인과 같이 용 문양의 옷은 입을 수 없을 것이었다.

그리고 그것은 다른 후궁들도 마찬가지였다. 향비와 함께 궁에 들어왔다는 혜비는 몸이 약하다는 말대로 창백해 보였다. 기묘하게 붉은 머리카락 때문에 더욱 하얘 보이는 것이었을 수도 있었다. 복숭아색의 거대한 모란꽃을 중심으로 한 머리 장식 양옆에는 백옥을 깎아 만든 나리가 얇은 금을 구부려 만든 섬세한 꽃술을 자랑하였고 그 바로 아래에는 비단으로 만든 동자꽃과 금술이 흔들리고 있었다. 우 씨는 혜비가 머리를 장식하고 있는 꽃만큼이나 유약해 보이는 사람이라 생각하며 앞에 차를 내려놓았다. 명빈은 후궁들 가운데 가장 어려 보이는 여자였다. 그럼에도 빈의 지위를 받았다니, 그 집안이 얼마나 명문가인지 가히 짐작이 갔다. 안 귀인은 중급 관료의 여식으로 출신이 낮은 탓에 입궁한 지 다섯 해가 넘도록 상재에 머물다, 이번에 사황자와 오황자를 낳은 공으로 귀인으로 승격이 된 인물이라 하였다. 통통한 얼굴에 자부심이 가득하였다. 머리 장식도 화려한 것은 없었으나 머리 중앙을 내려오는 금판에 질 좋은 푸른 옥을 박은 것이 눈에 띄었다. 나중에 소향이 속삭이기를, 황후가 출산을 축하하며 내린 상이라 하였다. 주 상재는 향비만큼이나 눈에 띄는 미인이었는데, 입술이 남달리 붉었고, 장신구 또한 다른 후궁들과 달리 독특하였다. 언뜻 보면 간소해 보일 정도였으나, 하나로 모아 쪽을 찐 머리를 금테로 모으고, 금사에 백옥과 금을 두드려 만든 벚꽃을 매달아 느티나무잎 장식의 금테 끄트머리에서 흔들리게 한 것이 참신하였다. 임 상재는 눈물점이 매력적인 후궁으로, 붉은색을 무척 좋아하는 것처럼 보였다. 금수를 놓은 붉은 비단을 입고 있었고, 홍옥을 꿴 금줄이 칠흑처럼 검은 머리를 가로지르고 있었다. 임 상재는 우 씨가 건네는 차를 받고 새하얀 이가 보이도록 웃어주었다.

"연 상재, 상재와 동향 출신이라는데 혹 알고 지냈는가?"

우 씨가 황후의 시선을 따라가니 짙은 녹색의 수수한 옷을 입고 끄트머리에 앉아 있는 후궁이 있었다. 한 떨기 수선화와 같은 여인이었다. 연 상재는 키는 작지만 청초하여 화려한 향비와는 다른 아름다움을 지니고 있었다. 어두운 옷은 연 상재의 얼굴을 더욱 새하얗게 부각시켰다. 장신구라고는 도자기로 만든 연한 자줏빛 꽃 아래로 늘어진 금술과 엄지손톱만 한 자수정으로 만든 귀걸이밖에 없었다. 그러나 화려하게 치장한 후궁들 사이에서 그 순수한 모습이 유난히 눈에 띄었다. 우 씨는 자신이 더 이상 고국의 귀족 집안 여식이 아니라 황후궁의 궁녀라는 것을 받아들였지만, 연 상재는 더 이상 자신이 고국의 공주가 아니라는 것을 수용하지 못하였는지, 여전히 상재라는 단어에 미간을 살포시 찌푸렸다.

"송구하옵니다. 알지 못하였습니다."

연 상재의 안색이 파리하였다. 본디 공주였던 사람이다. 나라에서 가장 귀한 사람이었고, 왕이 누구보다 사랑한 자식이었다. 자신이 사랑하는 혼약자를 위하여 나라에서 전쟁을 불사하였는데, 이제는 황제의 수많은 첩 중 하나인 신세이니 믿고 싶지 않은 것도 당연하였다.

우 씨는 같은 망국의 여자인 연 상재에게 연민의 감정이 잠깐 들었다. 그러나 이내 자신의 아버지와 오라버니가 역적으로 몰려 효시된 것이 눈앞의 여자 때문이라는 것을 떠올렸다. 웃음소리가 끊이지 않던 평화로운 집안은 저 연약해 보이는 여자의 사랑을 위하여 산산이 부서졌다. 당장 앞에 있는 쓰러질 것 같은 연 상재를 흔들고 대체 왜 그랬냐고 소리치고 싶었다. 그 사랑이 한 집안을 풍비박산 낸 것을 알고 있는지 묻고 싶었다. 그 남자를 그리도 사랑하였는지 묻고 싶었다. 알지도 못하는 사람들의 피를 흐르게 할 정도로 애틋한 마음이었냐고 묻고 싶었다. 그러나 현재 자신이 서 있는 곳은 황후의 안전이었다. 그리고 상재는 황제의 첩, 여전히 궁녀인 자신보다 신분이 높았다. 우 씨는 저도 모르게 입술을 깨물었다. 붉은 입술에 힘이 들어가 하얘졌다.

대화 주제가 향비의 아우에서 향비의 숙부이자 장군으로 옮겨갔다. 고국 점령에 큰 공을 세운 보은장군을 칭찬하는 후궁들의 말이 이어졌다. 그리고 연 상재를 힐끔거리는 시선이 늘어났다.

"연 상재의 안색이 좋아 보이지 않으니, 모시고 돌아가거라."

연 상재의 얼굴에서 혈색이 점점 사라지고, 목소리가 잦아들자 황후가 연 상재의 이른 귀환을 명하였다. 그리고 연 상재가 황후궁 문밖을 나설 때, 우 씨가 그 뒤를 바로 따라나섰다. 우 씨는 황후가 내리는 차를 들고 연 상재의 일행을 따라 대홍궁待虹宮으로 따라갔다.

대홍궁 내 연 상재의 처소는 간소하기 그지없었다. 고국에서의 우 씨의 집보다 조금 꾸민 정도였다. 망국의 공주란 슬픈 것이었다. 끌려온 탓에 패물도 갖추지 못하였고, 누구 하나 챙겨주는 이가 없으니, 황후궁의 궁녀보다 나을 것이 없었다.

"앉으십시오."

연 상재가 자신의 궁녀들에게 차를 내오라 명한 뒤, 우 씨에게 자리를 권하였다. 우 씨는 연 상재의 말에 저도 모르게 움찔하였다. 연 상재, 황제의 후궁, 그에 앞서 고국의 공주가 자신에게 존댓말을 할 줄 누가 알았을까? 황궁 내에서의 신분은 물론 상재가 한낱 궁녀인 우 씨보다 높았다. 그러나 우 씨는 내궁의 주인인 황후를 바로 곁에서 모시고 있었고, 연 상재는 제 사람 하나 없는 처지였다. 그동안 만효를 따라다니며, 향비를 제외한 다른 후궁들이 황후를 대신하여 말을 전하는 만효에게 존대하는 것을 보아왔으니, 연 상재의 말에 놀랄 까닭도 없었다. 그러나 여전히 우 씨에게 연 상재는 고국의 공주였다. 그리고 그 사실은 쉽게 잊을 수 있는 것이 아니었다.

우 씨는 망설이다 연 상재의 말에 따랐다. 황후를 모셔온 세월이 긴 궁녀 여럿을 두고 자신에게 연 상재를 따라가라 명한 까닭이 있으리라 생각하였다. 상재와 우 씨의 눈이 마주쳤다. 우 씨는 소나무의 짙은 녹색을 닮은 빛이 상재의 눈동자에 언뜻 비치는 것을 보고, 고국 최고의 미인이 공주라는 소문을 이해할 수 있었다. 연 상재는 아름다웠다. 늪과 같이 깊은 눈에 백설과 같이 흰 피부, 그리고 초승달과 같은 눈썹, 그 모두가 모여 처연한 분위기의 미인을 만들어냈다.

"이 멀고 깊은 황궁에서 고국의 사람을 만나 얼마나 반가운지 모릅니다."

연 상재가 입을 열었다. 그것은 우 씨도 마찬가지였다. 그 상대가 고국의 공주라는 것이 걸림돌이기는 하였지만, 같은 땅에서 온 사람을 보고 느낀 반가움과 안도감이라는 감정은 부정할 수 없었다. 우 씨가 연 상재와 공유하고 있는 이 감정은 분명 황후가 예상했을 것이었다. 우 씨는 황후의 깊은 뜻은 알 수 없었으나, 황후가 자신이 연 상재와 친밀한 관계가 되기를 의도한 것은 쉽게 눈치챌 수 있었다. 그렇다면 우선 연 상재의 호감을 사야 했다. 그리고 연 상재와의 관계 형성이라는 첫 목표를 이루고 나면, 최대한 빨리 황후가 세운 계획을 파악해야 했다. 그리고 자신이 어느 조각이 되어, 어떤 역할을 해야 할지 알아야 했다. 자신이 갈 길이 황후가 의도한 것이든 아니든 간에, 이렇게 무엇도 모르는 상황에서는 옴짝달싹도 할 수 없었다. 황궁에 들어온 석 달 남짓한 시간 동안 깨달은 것이 있다면, 한 발짝만 잘못 내디뎌도 다음 날 태양을 볼 수 없다는 것이었다.

"저는 남경南京에서 살았사옵니다. 아버님께서는 고왕전하를 모셨었는데, 오늘 제가 이렇게 상재를 뵙게 되어 떨리는 마음을 주체하기 어렵나이다."

우 씨는 거짓을 하나도 말하지 않았다. 이제는 기억이 가물가물할 정도로 어렸을 때, 고국의 수도 남경에서 살았다. 비록 역적으로 몰려 효시되기는 하였으나, 아버님께서는 고국의 왕을 모셨다. 그리고 동향인 연 상재를 만나서인지, 원수인 고국의 공주를 만나서인지, 아니면 확신할 수 없는 황궁에서의 목숨 때문인지는 알 수 없어도, 우 씨의 마음이 떨린다는 것 또한 사실이었다.

"부친께서는 아바마마를 뫼셨다고요? 존함이 어찌 되십니까?"

연 상재는 반색하며 물었다. 금방이라도 쓰러질 것 같던 황후궁에서의 여인은 어디로 갔는지, 눈은 밤하늘의 별이 내려온 듯 빛나고,

두 뺨은 싱그러운 사과처럼 발그레 상기되어서, 가냘픈 손에서 어찌 나왔는지 모르도록 강한 힘으로 우 씨의 손을 쥐었다.

"큰일을 하지는 못하셨습니다. 우 씨면 족합니다."

우 씨는 씁쓸한 미소를 지었다. 여기서 자신의 정체를 밝힐 생각은 없었다. 고국의 귀족 중 팔 할이 우 씨였으니 자신이 누구인지는 알아내지 못할 것이다. 더군다나 이 깊은 황궁, 만날 사람도 없는 상재라면 아마 끝까지 자신이 누구의 딸인지 알지 못할 것이었다.

"어찌 이 황궁까지 끌려왔습니까?"

연 상재가 우 씨를 동정하며 물었다. 마침 상재의 궁녀가 차를 들고 왔기에 우 씨는 상재에게 꺼낼 말을 정리할 시간이 있었다. 궁녀가 들여온 차는 아직 상재에게 변변한 차가 없다는 것을 안 황후가 우 씨에게 들고 가라 하였던 것이었다. 붉은빛을 띠는 기문홍차가 잔으로 떨어지는 모습을 쳐다보던 우 씨는 그날을 상기하려는 듯이 눈을 감고 입을 열었다.

"건물들이 붉게 타오르고 있었습니다. 저는 미처 피하지 못하고 있었습니다. 소란을 틈타 사람들이 저를 해하려 하였습니다. 눈앞이 암담하였지요. 그때 저의 은인께서 나타나셨습니다. 은인께서는 저를 황국으로 보내셨습니다. 그리고 황궁에 도착하고 나서야 황후마마께서 제 새로운 주인이시라는 것을 알게 되었습니다."

작지만 아름다웠던 고국, 평생을 살아온 땅의 사람들이 우 씨 자신을 해하려 하였다. 그리고 우 씨가 사랑한 땅을 불태운 사람이 우 씨를 구해주었다. 솟아오르는 불길을 뒤로하고, 입술에 닿는 달콤한 차 같이 불그스름한 빛이 비치는 머리칼을 한 남자가 우 씨의 생을 이어주었다. 타오르는 듯이 붉고, 가을처럼 차가운 천에 안겼다 눈을 뜬 순간 우 씨의 주인은 고국도 황국도 아닌 그 남자였다. 하지만 이 모두를 말할 필요는 없었다. 고국과 황국 모두가 우 씨에게는 애증의 대상이었고, 아직은 누구를 믿고 따라야 할지 확신이 서지 않았다.

"우 씨의 은인이라는 분은 어디 계십니까?"

연 상재가 진정 궁금하다는 듯이 물었다. 아마 황후에게 우 씨를 선물할 정도라면 지체 높은 사람이라는 생각에서, 그리고 연이 닿으면 상재 자신에게 도움이 될 것이라는 생각에서 묻는 것이리라 우 씨는 추측하였다. 하지만 그분은 아마…….

"송구하옵니다. 저도 알지 못합니다. 연 상재께서는 어찌 이 황국까지 오게 되셨습니까?"

우 씨는 서둘러 말을 돌리느라 예를 잊고 법도상 윗사람인 상재에게 질문을 하였다. 하지만 연 상재는 우 씨의 실수를 눈치채지 못한 듯하였다. 우 씨가 과거를 회상하던 순간처럼, 상재도 옛 생각에 빠져 있었다. 풍성하고 기다란 상재의 속눈썹이 떨렸다. 우 씨는 그 아래 눈물이 떨어질 것이라 생각하였지만, 상재는 울지 않았다.

"고국의 궁성에 황군이 몰려왔습니다. 깊은 내궁까지 거리낌 없이 들어왔지요. 궁녀들이 앞을 막았지만 속수무책이었습니다. 제 평생 곁을 지켜주던 이들이 추풍낙엽같이 쓰러졌습니다. 저를 지켜주어야 할 혼약자는 어찌 이때까지도 오지 않는지, 원망으로 눈앞이 흐려졌습니다. 병사들은 감히 제 옷에 더러운 손을 대고 저를 겁박하였습니다. 목이 쉬도록 그를 불렀습니다. 그리 포박되어 무릎까지 꿇려져 있는데, 황군의 우두머리로 보이는 사람이 두세 명의 장수와 함께 들어왔습니다.

세자는 이미 인질로 삼았으니, 저는 필요치 않다고 모의하고 있을 때였습니다. 문을 박차고 제 혼약자가 들어왔습니다. 혼약자는 포박되어 있는 저를 보고, 어딜 감히 손대느냐 분노하였습니다. 깨진 문

밖에는 고국의 병사들이 널브러져 있었고, 그도 숨만 간신히 붙어 있었습니다. 그러나 방 안의 장수들이 모두 놀란 틈을 타서 황군의 우두머리를 죽였습니다. 턱에서부터 찔러 넣은 창이 그 남자의 머리까지 깼을 때, 잠깐이나마 살 수 있을까 하는 희망이 샘솟았습니다. 그러나 제가 희열을 느낄 새도 없이, 그 옆에 서 있던 장수가 혼약자의 목을 베었습니다. 그리고 제 품 안에 제가 사랑한 남자의 목을 던져 주었습니다.

다시 정신을 차렸을 때는 비좁은 가마에 실려 있었습니다. 주변에서는 노예로 잡혀 황국까지 걸어가는 고국 백성들의 울음소리가 끊이지 않고 있었습니다. 제가 깨어났다는 말을 들었는지 죽음같이 검은 말을 탄 장수가 다가왔습니다. 혼약자의 목을 베어 던진 사람이었습니다. 울음 사이에도 뚜렷하게 들렸던 말발굽 소리가 아직까지도 귀에 선합니다. 빛 한 점 들어오지 않는 눈으로 저를 똑바로 쳐다보며, 제 혼약자가 치른 목 값으로 저를 살려 황국에 인질로 데려간다 하였습니다. 그러나 제가 살았다는 사실에 안도하기도 전에, 고국왕의 자식을 둘이나 살릴 수는 없으니, 세자는 목만 가져간다고 속삭였습니다. 고국은 멸망하였고, 더 이상 왕가의 대를 이을 사람도 없었습니다. 눈물이 시야를 가려 앞을 제대로 볼 수가 없었습니다. 그러나 다시 실신하기 전에 본 그 장수의 눈에서 읽은 증오의 빛은 꿈에서도 잊히지 않습니다."

다시 차에서 고개를 들어 우 씨를 쳐다보는 연 상재의 눈빛은 세상을 다 산 사람의 그것과 비슷하였다. 우 씨는 말없이 상재의 잔에 차를 채웠다. 연 상재의 혼약자가 죽었다. 자신의 집안이 산산조각 나게 한 그 사람이 더 이상 이 세상에 없다는 생각에 허탈한 생각까지 들었다. 우 씨는 단 차를 쓴 술같이 마시는 상재를 쳐다보았다. 난생처음 본 사람에게 이토록이나 절절하게 자신의 사연을 털어놓다니, 어지간히도 고국의 사람이 그리웠나 싶어 안쓰러운 마음도 들었다.

우 씨는 황후를 떠올렸다. 황궁에 들어온 지 석 달, 황후를 모신 지 두 달이었다. 전쟁의 비명 소리 대신 벽라춘 향이 피어오르는 시간이 좋았다. 조용하고 평화로운 공간에서 저도 모르게 깜빡 졸다 깨면 황후는 별다른 말을 하지 않고 글을 따라가던 눈만 들어 우 씨의 모습을 보고는 미소를 짓고는 하였다. 그 웃음의 뜻은 알 수 없었으나, 지적을 하시지는 않았으니 큰 잘못을 하고 있는 것은 아니라고 추측할 뿐이었다.

황후는 속을 알 수 없는 사람이었다. 나중에야 황후가 자신보다 나이가 크게 많지 않다는 것을 알게 되었지만, 권력을 향한 아귀다툼의 중앙에서 아슬아슬한 줄타기를 하며 자라온 황후가 한직 관료의 여식으로 태평스럽게 자란 우 씨보다 수년은 일찍 능구렁이들의 속내를 배웠다는 점은 변하지 않았다. 만효나 소향이 황후가 별다른 지시를 하지 않아도 그 뜻을 파악하여 행동하는 것을 보며, 언젠가는 우 씨 자신도 황후의 속내를 알게 될 날이 오겠거니 막연히 생각할 뿐이었다. 그때면 감시든 진정한 위로든, 연 상재를 찾아가는 이유를 알 수 있을 것이라고 생각하였다.

"저라도 괜찮으시다면 가끔이라도 상재를 찾아뵙겠습니다."

우 씨의 말에 연 상재의 눈동자를 적시고 있던 눈물 한 방울이 결국 떨어지고 말았다. 우 씨는 자신도 울 것만 같아 고개를 돌렸다. 이 아름다운 사람이 정말 싫었다. 우 씨 가문을 망쳐 놓은 사람이건만, 강유가 목숨을 바쳐 지켜낸 사람이었기 때문에, 사랑하였던 옛날의 고국을 떠올리게 하는 단 한 사람이었기에 마음이 끌리는 것은 어쩔 수 없었다. 그리고 가족을 잃으며 너무나도 많이 흘려 자신에게는 더 이상 남지 않았다고 생각하던 눈물을 다시 차오르게 하는 사람이어서 싫었다. 그래서 재차 꼭 찾아오라 당부하는 상재의 손을 애써 놓고 황후궁으로 돌아왔다.

황후는 상재의 처소에서 들어온 우 씨를 따로 부르지 않았다. 다만 다음 날 쓸 차를 미리 준비하고 나니 밖이 어두워 등을 챙겨 다방을 나서려는 우 씨와 문에서 마주친 만효가 궁에서는 말 한 마디, 눈빛 한 점을 남들이 지켜보고 있으니 늘 조심하라 조언하였을 뿐이다. 그러나 그 경고는 만효가 아침저녁으로 하는 것이었기에, 연 상재의 처소에서 우 씨 자신이 한 언행의 잘잘못 여부는 알 수 없었다.

"연 상재를 사사로이 찾아가면 안 되겠지?"

엉겅퀴색 침의로 갈아입고 머리를 내리는 소향을 향해 우 씨가 물었다. 소향은 우 씨를 보고는 말없이 내린 머리를 빗었다. 우 씨는 소향의 검은 머리채를 오르내리는 빗을 쳐다보고 있었다. 그 반복적인 행위를 지켜보고 있으니, 연 상재를 방문하는 일에 대한 심난한 마음이 가라앉았다. 아마 궁의 일이 그런 것이리라 생각이 되었다. 쳇바퀴를 돌리는 것 같은 일상을 보내다 보면, 과거의 일도 모두 바람에 티끌처럼 날아가 버릴 것이었다.

어느새 머리를 다 정리한 소향은 난로 위에 덥혀놓은 주전자의 물을 원통형의 투박한 도자기 잔에 따라 우 씨에게 내밀었다.

"황후마마의 뜻을 미리 짐작하려고 그리 깊이 고민할 필요 없어. 황후마마께서는 네게서 그런 기민함을 요구하지 않으셔. 위에서 시키신 일만 조심해서 따른다면 그걸로 충분해."

우 씨는 소향이 내민 잔의 온기를 느끼다 따뜻한 물을 목으로 넘겼다. 어떤 찻잎도 우리지 않은 물이었는데도 연 상재가 건넸던 기문홍차보다 달았다. 어느새 우 씨의 침상에 나란히 앉은 소향은 우 씨가 비운 컵을 받아들었다. 우 씨는 눈이 점점 감겼다. 수많은 감정의 폭풍 속을 헤매다 마침내 안식처로 돌아오니 서서히 수마가 다가오기 시작하였다.

"그래도 나는 이 궁에서 쫓겨나고 싶지 않아. 쓸모 있는 사람이 되어야 해."

우 씨는 더 이상 침방에서 볼 수 없던 채이를 생각하였다. 그리고 더 이상 필요 없어진 인질이었기에 살해당한 고국의 세자를 떠올렸다. 그리고 연 상재를 그리려는데 잠이 몰려와 더 이상 생각이란 것을 계속할 수 없었다.

"너는 존재 자체로 특별하니까, 그렇게 발버둥질할 필요 없어. 황후 마마께서는 도망가려는 너를 광에 가둬서라도 곁에 두실 테니까, 쫓겨날 염려는 할 필요 없어."

소향이 무엇이라 중얼거리는 것 같았지만 우 씨는 알아듣지 못하였다. 푹신한 이불이 팔에 닿았다. 그리고 소향이 덮어주는 두꺼운 이불 아래 누운 우 씨가 다음에 눈을 떴을 때는 아침이었다.

처음에는 잔설로 시작하였다. 돌바닥에 내려앉자마자 녹아버리는 모습을 보며 쌓이지 못할 것이라 생각하였다. 그러나 그 생각은 잘못되었다. 다음 날, 아직 어두운 하늘을 올려다보며 밖으로 나온 우 씨는 발이 쑥 들어갈 정도로 쌓인 하얀 눈을 보고 깜짝 놀랐다. 그리고 서둘러 안으로 돌아와 소향을 흔들어 깨웠다. 신에 묻은 새하얀 가루를 털어 보이며 눈이 왔다 알렸다. 소향은 아직 잠이 덜 깨 몽롱한 목소리로 대답하고는 우 씨가 몰고 온 차가운 공기를 피하기 위해 이불을 덮어썼다. 우 씨는 소향을 내버려 두고는 눈을 밟으러 나갔다. 따뜻한 고향에서는 겨울에도 한두 번 짧게 내리고 곧장 녹아버리던 눈이었다. 그 눈이 세상을 조용하게 덮은 모습이 경이로웠다. 우 씨는 자신이 서 있는 땅이 고향에서 너무나 먼 곳이라는 것을 다시 확인하고는 눈을 감았다. 시간이 흐르고 새로운 삶에 익숙해질 무렵이 되면 늘 이와 같이 자신의 처지를 상기시키는 일이 생기고는 하였다. 그리하여 우 씨는 잊을 수 없었다. 우 씨는 망국의 딸이었다.

"어서 나와."

기다린 지 얼마 안 되었건만 소향이 입은 자홍색 배자에 붙은 새하얀 털에 그새 눈이 엉겨 붙기 시작하였다. 우 씨는 조바위를 눌러 쓰며 서둘러 소향이 서 있는 곳으로 달려갔다. 그러나 소향은 동문으로 향하지 않았다.

우 씨가 의아해하며 따라간 곳은 내의원이었다. 소향은 류호라는 젊은 의원을 소개하였다. 두 눈동자가 어두운 밤하늘 아래 고양이처럼 빛나는 류호는 황후궁에는 한 번도 온 적이 없는 태의였다. 내의원에서 일하는 류호는 소향과 부모가 동향 출신으로 궁에 들어와서 친해졌다 하였다. 소향이 대보름에 궁 밖에 나간다는 말을 들은 류호가 자신이 당직이라 돌아가지 못하니 모친께 안부를 전해 달라 하였다. 그리고 소향은 류호의 부탁을 받아 우 씨와 함께 류호의 집에 가서 편지를 받아 소매에 넣은 뒤 거리로 나섰다.

황국에서 가장 큰 축제인 정월대보름 거리는 대낮같이 밝았고, 사람들로 가득 차 있었다. 우 씨는 곳곳에 매달린 커다랗고 화려한 등에서 시선을 떼지 못하며 조심스레 발을 떼었다. 만효는 황국의 문화에 익숙해지라며 연회에서 황후 곁은 자신 혼자 지키겠다 자청하고는 소향과 우 씨가 궁 밖에 나가게 해주었다. 대보름에 열리는 연회에는 가까운 황족들이 모두 오기에 다른 궁녀들은 소향과 우 씨와 달리 잔심부름을 하느라 바빴다. 때문에 소향과 우 씨는 다른 궁녀들의 시선을 피해 몰래 밖에 나온 참이었다.

소향은 우 씨에게 새해 첫 보름에 먹는 것이라며 잠자리 날개만큼 얇은 피 안에 고물이 가득 든 떡을 내밀었다. 우 씨가 떡을 받아 한 입 베자 겉에 묻었던 새하얀 쌀가루가 떨어졌다.

"고국에서는 이날 보름떡을 먹었는데."

우 씨는 저도 모르게 그동안 하지 않았던 고국에 대한 이야기를 꺼냈다. 소향은 잠깐 우 씨를 안쓰럽게 생각하는 표정을 지었다. 그러나 이내 황국에서는 우 씨가 들고 있는 떡을 보름떡이라 부르니, 우 씨는 고국에서나 황국에서나 대보름에 보름떡을 먹는 것이라며 분위기를 밝혔다.

"씨를 빼고 다진 대추를 꿀에 절여놓아. 그리고 찹쌀가루에 치자물이나 쑥가루를 섞어 색을 내어 만든 반죽에 소를 넣어 동그랗게 빚어. 그리고 그 떡을 식힌 꿀물에 담가 먹는 거야."

고국의 보름떡에 대해 설명해 보라는 소향의 채근에 우 씨가 엄지와 검지로 작은 동그라미를 그려 고국의 보름떡 크기를 보이며 설명하였다. 하지만 황국은 고국보다 겨울이 추우니, 고국의 보름떡을 먹기에 적합하지 않을 것 같았다. 작은 고국의 조그맣고 시원한 보름떡, 그리고 큰 황국의 커다랗고 따뜻한 보름떡. 큼지막한 보름떡을 베어 먹으며 지나가는 황국 사람들로 가득한 거리에서 자그마한 보름떡을 먹고 자라온 우 씨는 이방인이었다.

소향은 지금 함께 황국의 보름떡을 먹고 있으니, 궁에 돌아가면 고국의 보름떡을 빚어달라고 하였다. 그리고 어지러워지는 우 씨의 생각을 멈추려는 듯이 다시 하얀 보름떡을 물려주었다. 우 씨의 입가에서 흩어진 가루는 하늘에서 내리는 가루눈과 섞여 흔적도 찾을 수 없었고, 우 씨는 소향의 손에 이끌려 황국의 사람들로 가득한 거리를 걸었다. 마침내 온기로 가득한 다점에 들어선 소향은 우 씨의 잔 가득 매화주를 따랐다. 새하얀 잔에 노르스름한 술이 넘실거렸다. 소향이 우 씨와 잔을 부딪치며 외쳤다.

"올 한 해도 복이 가득하기를 바라며."

"올 한 해도 복이 가득하기를 바라며."

황제가 잔을 들며 외쳤다. 넓은 방 안의 모든 사람들이 따라 외쳤다. 황제가 먼저 술을 넘긴 후, 황후가 하얀 잔을 입가에 대었다. 그리고 이어 향비와 후궁들, 황족들이 향기로운 매화주를 들었다.

황제는 연회의 가장 상석에 앉아 화려한 금색 비단으로 몸을 휘감고, 칠보를 머리에 얹고도 쓸쓸한 표정을 짓고 있는 황후를 보고 입에 가까이 대던 두 번째 잔을 내려놓았다. '올 한 해도'라는 표현은 황후에게 있어서는 그릇된 것이었다는 생각이 들었다. 황제의 시선은 백색 잔을 만지작거리고 있는 황후의 손가락에 머물렀다. 옥가락지와 금지환이 헐거워 보였다. 황후는 가을 이후로 눈에 띄게 말랐다. 황제가 만효에게 황후 보필에 보다 힘을 쓰라 지적해야겠다고 생각하고 있을 때, 향비가 일어서 다시 술을 들기를 청하였다.

"하늘께서 보필하시어 황상의 은덕이 더욱더 넓은 땅에 내리게 되었으니, 이는 모두의 복이옵니다."

황제는 옥구슬이 굴러가는 것과 같이 아름다운 목소리로 자신의 덕을 찬하고 달콤한 술을 권하는 향비의 말에 웃으며 잔을 들었다. 그러나 이내 황후에 동친왕까지 표정이 밝지 않은 모습을 보고는 쓴 술을 넘겼다. 나비 날개같이 얇고 하늘거리는 옷을 걸친 여인들이 나와 주 상재의 흥겨운 금琴과 임 상재의 맑은 금에 맞춰 춤을 추기 시작하였다. 그리고 어느새 몇 배의 술을 비운 황후는 취기를 깨기 위해서인지 조용히 일어나 밖으로 나갔다. 황제는 동친왕이 황후를 따라 일어서는 모습을 보고는 자신도 모르게 짙은 눈썹을 찌푸렸다.

동친왕과 황후는 공유하는 것이 많았다. 그리고 자신이 황제가 되지 않았더라면 둘은 확실히 잘 어울리는 한 쌍이 되었을 것이었다. 눈앞의 무희들이 흐릿해지기 시작하였다. 무희들의 손짓에 흔들리던 하얀 천은 이내 바람에 흔들리던 양귀비가 되었다.

선황제께서 황국을 다스리던 때, 동친왕이 황장자이고, 황제가 아직 이황자일 때였다. 조정의 모든 신하들은 너그럽고 온화한 성정의 황장자가 황태자가 되어야 한다고 주장하였다. 이황자도 성정이 사납고 신경이 예민한 자신보다 형이 황제의 자리에 더 잘 어울린다는 것을 인정하고 있었다.

하지만 황후의 자리를 약속받은 공씨 집안에 여식이 태어나며 모든 것이 변하였다. 공씨 집안의 여식과 혼인하는 황자가 황태자가 될 것이었다. 여섯 살인 황장자는 이미 부인이 있었다. 아직 어린 황장자의 부인이 세상을 일찍 뜨게 될 줄은 몰랐지만, 그때 황장자에게는 부인이 있었다. 그리하여 이황자가 황태자가 되었다. 그리고 이황자와 공씨 집안 고명딸의 혼례는 이황자가 열아홉 성년이 되자마자 이루어졌다.

이황자는 가례를 몇 달 앞두고 자신을 황태자로 만든 이를 단 한 번 보았다. 이황자는 바람에 흔들리는 하얀 양귀비 사이에서 소녀를 발견하였다. 어린 나이에도 위엄을 갖춘 소녀였다. 태어나자마자 황후로 길러졌으니 당연한 것이라는 생각과 동시에 안쓰러운 마음이 든 이황자는 저도 모르게 쓴 웃음을 지으며 소녀에게 다가갔다. 그리고 이황자를 발견한 소녀는 조신하게 인사를 올렸다.

"소녀 공리, 태자전하를 뵙습니다."

공씨 집안의 여식은 몸짓 하나하나가 점잖았다. 예법은 궁에서 나고 자란 이들과 비교하여도 손색이 없었다. 그리고 이황자와 마주친 밤색 눈동자는 바다와 같이 깊고 잔잔하였다. 이황자는 내심 흡족하였다. 미래 황궁의 안주인으로 부족함이 없어 보였다.

이황자는 그때 뒤돌았어야 했다. 황장자가 후원에 찾아오는 것을 보기 전에 환궁했어야 했다. 황장자는 공씨 집안의 막내아들과 동문 수학한 사이었다. 둘은 누구보다 가까웠고, 황장자는 공씨가를 제집 드나들듯이 하였다. 그리고 그날도 예외가 아니었다. 태자가 찾아왔다는 소식을 전해들은 공씨의 막내아들이 후원으로 향하자, 황장자도 함께하였다.

"태자, 리와 이미 만났군. 정말 태자비의 위에 걸맞은 아이가 아닌가?"

황장자가 리를 보는 눈빛은 특별하였다. 모두에게 자애로운 황장자였지만, 리를 바라보는 시선에서는 남다른 감정을 읽을 수 있었다. 이황자는 그 순간을 두고두고 후회하였다. 황장자가 리를 보는 눈빛에 애정이 가득하였듯이, 황장자를 본 리의 웃음은 후원의 어떤 꽃보다도 환하였다. 방금 전까지 평범하다고 생각하였던 리의 외모는 이황자가 본 어떤 여인보다도 아름다웠다. 이황자가 본 그 누구의 것보다 순수한 미소를 짓고 있는 리는 꽃보다 빛났다. 이황자는 아쉬운 발걸음을 떼면서 리의 머리채가 태양에 비쳐 붉은빛을 띠는 것을 바라보았다. 한눈에 반한다는 것이 그런 것이었으리라 생각하였다. 불길과 같은 열정, 그리고 그 색을 닮은 머리칼이 탐났다. 그러나 그 불은 이황자의 것이 아니었다.

황제는 홍매화 아래서 동친왕과 황후를 발견하였다. 벌써 여러 해가 지났다. 황후의 눈을 그리도 빛나게 했던 사람의 자리를 황제가 빼앗은 지 오랜 시간이 흘렀다. 그리고 황제 옆의 황후는 수년이 지나도 고요한 연못 같은 자세를 잃지 않았다. 황제는 두 사람을 향해 천천히 걸음을 옮겼다. 황제와 무척이나 닮은, 그러나 눈빛만은 부드러운 동친왕이 황후에게서 시선을 떼어 황제를 보고 인사를 하였다.

"밤도 늦고 연회도 무르익었으니 신은 이만 물러나고자 하옵니다."

황제는 동친왕을 보내고 여전히 홍매화 아래 금색 비단옷을 늘어뜨리고 서 있는 황후에게 손을 내밀었다. 가지 위에 쌓인 눈만큼이나 창백한 안색에 매화처럼 붉은 입술을 한 황후는 황제의 검은 눈과 잠깐 시선을 마주치고는 이내 황제에게 걸어오기 시작하였다. 황제는 황후가 느릿느릿 떼는 한 걸음 한 걸음을 지켜보고 있었다. 황후는 그 처진 눈매만큼이나 여유로웠다. 그러나 황제는 그런 황후를 볼 때마다 속이 답답하였다. 그것이 자신의 급한 성정에 기다리는 것이 어려워 그런 것인지, 황후도 다른 이에게는 불꽃같은 눈빛을 보일 수 있으나 자신에게는 무감정한 것을 받아들이기 힘들어 그런 것인지는 알 수 없었다.

"만효는 무엇을 하였기에 이리 얇은 옷을 입고 나가는데 보고만 있었단 말이오?"

황후가 안색만큼 창백한 손을 내밀어 황제의 팔 위에 올려놓았다. 온기가 가득한 황제의 손에 황후의 서늘한 금색 소매가 닿았다. 황제는 자신도 모르게 불퉁스러운 목소리로 핀잔을 주었다. 황후는 황제 자신도 모르는 속내를 읽었다는 듯이 슬쩍 입꼬리를 올리며 미소를 지었다. 황제는 황후의 입가에 서린 웃음을 보고 이내 눈빛을 누그러뜨렸다. 몇 년이나 흘렀다. 황후뿐만 아니라 황제에게서도 어린아이와 같은 불꽃은 더 이상 찾을 수 없었다. 황후는 그렇게 조용히, 고요하게 자리를 지키고 있었고, 황제 자신의 곁을 떠나 어디 갈 일도 없었다. 황제는 그리 생각하였다.

살며시 쪽문으로 들어온 소향은 문지기에게 오는 길에 새해의 복을 비는 문자문을 수놓은 향주머니를 안겨주었다. 황후의 말과 같은 만효의 허락을 얻고 나갔다 온 것이었으니 잘못한 것은 없었지만, 궁내 사람들과 친해놓아 나쁠 것은 없다는 것이 소향의 생각이었다.

"너 먼저 들어가. 나는 류호에게 들러 전해주고 갈게."

소향이 손에 든 서신을 흔들며 말하였다. 우 씨는 고개를 끄덕이고는 소매 안쪽의 약병이 안전하게 들어있는지 확인한 후 발을 떼었다. 약병은 류호의 집에서 편지와 함께 건넨 것이었다. 소향은 자세한 설명은 하지 않은 채 우 씨에게 약병을 들고 먼저 돌아가라고만 하였다.

눈가에 고운 주름이 잡힌 류호의 모친이 맞이하였던 집은 고국에 있던 우 씨의 집과 비슷하였다. 구조는 달랐으나, 단란한 분위기가 고국의 집을 떠올리게 하였다. 그러나 앞으로 몇 밤이 지나면 류호는 그를 그리고 있는 부모의 품에서 쉴 수 있겠지만, 우 씨에게는 부모가 없었다. 소향도 앞으로 몇 년 후면 고향으로 돌아갈 것이었지만, 우 씨의 고향은 더 이상 없는 곳이었다. 술기운 때문인지, 찬바람 때문인지, 어두운 하늘을 가득 밝히는 커다란 달 때문인지 알 수 없었다. 우 씨의 뺨 위로 작은 눈물 줄기가 흘렀다. 누구도 보는 이가 없으니 잠깐은 슬픔을 흘려도 괜찮을 것이었다.

황궁은 넓었다. 소향을 따라 나갈 때 길을 외우느라 고생하였다. 그러나 눈물에 앞이 흐려져 실수를 한 모양이었다. 이미 멀리 뒤로 지나쳐 버린 정찰병들을 제외하고는 인기척을 알 수 없는 조용한 골목이었다. 하늘에 잘게 깔린 하얀 별들을 제외하고는 어떤 것도 보이지 않았다. 높은 담에 달도 가렸다. 우 씨는 조심스레 발을 앞으로 옮겼다. 어두운 길이 이어졌다. 그것이 자신의 삶과 같아 우 씨는 저도 모르게 쓴웃음을 흘렸다. 그러나 길은 어둠에 묻혀 있지 않고 결국 조용한 연못가로 이어졌다. 우 씨는 어둠에 익숙해진 눈으로 주변을 살피며 계속 앞으로 나아갔다. 언젠가 한 번 와본 것 같은 곳이었다. 하기는, 소향을 따라 온 황궁을 돌아다녔으니 안 가본 곳이 드물었다.

"게 누구냐?"

한 내관의 목소리에 고개를 돌린 우 씨는 자신이 막 지나온 길과 이어진 갈림길에서 다가오는 두 사람을 발견하였다. 갑자기 드러난 밝은 횃불에 눈살을 찌푸리고 쳐다보니 두 남자가 서 있었다. 한 사람은 장신의 남자로, 예복으로 보아 황궁에서 열린 대보름의 연회에 참석한 황족 같았고, 다른 한 사람은 키가 작은 내관으로 질문을 던진 사람이라 추정되었다.

"노비는 황후마마를 모시는 우 씨이옵니다. 황녕궁으로 가는 길을 잃어 헤매고 있었사옵니다."

우 씨는 한쪽 무릎을 굽힌 채 흔들리는 목소리로 대답하였다. 조금 떨어진 곳에 멈추어 섰던 남자가 천천히 다가오는 것이 보였다. 남색 옷자락이 흔들리는 것이 보일 정도로 가까이 다가온 황족은 우 씨에게 일어나라 명하였다. 우 씨는 여전히 고개를 들지 못한 채로 일어섰다.

"그런데 어찌 청우각까지 와서 헤매고 있다는 말이냐?"

내관이 수상쩍게 생각하여 심문하였다. 우 씨는 눈을 찔끔 감았다. 허락받지 못한 곳에서 서성이고 있다니, 암살자로 몰려도 할 말이 없었다. 우 씨는 소향이 어서 황후궁에 갔다 자신이 아직 도착하지 못한 것을 알아채고 찾으러 와주길 바랐다. 그렇게 마음 가득히 하늘을 환히 밝히는 보름달에 바라며, 연신 길을 잃은 것뿐이라고 해명할 때였다.

"되었다. 나가던 참이었으니 함께 데려가도록 하마."

낮고 잔잔한 목소리가 내관에게 우 씨를 그만 신문하라 막았다. 그 말에 우 씨는 고개를 번뜩 들었다. 짙은 눈썹 위로 밤하늘같이 부드러운 머리가 흘러내리고 있었고, 입매는 초승달같이 휘어 미소를 머금고 있었다.

"어서 동친왕 전하께 감사의 인사를 올리지 못할까?"

자비롭게 빛나는 검은 눈동자에 정신이 팔려 예의를 잊은 우 씨에게 내관이 다그쳤다. 우 씨는 그제야 황급히 다시 무릎을 굽히고 고개를 숙여 예를 차렸다. 동친왕은 나직하게 웃으며 어서 일어나라 하였다. 우 씨는 그 웃음소리가 참 듣기 좋다고 생각하였다.

우 씨가 궁에 들어온 지 오래 되지는 않았지만, 동친왕은 황궁에서 본 많은 황족들과 후궁들과 다르다고 느껴졌다. 심지어 소향에게서도 귀족 특유의 오만하기까지 한 자신감과 당당한 기세가 풍겼는데, 동친왕에게서는 편안한 기운만이 흘러나왔다. 그것은 우 씨가 오래전에 알던 사람과 매우 비슷한 분위기였다. 우 씨는 고개를 흔들었다. 과거 회상을 하지 않으려 노력하는 중이었건만, 예상치 못한 순간에 불쑥 불쑥 튀어나오는 옛 생각을 막는 것은 쉬운 일이 아니었다.

"조심하여라."

자갈 하나 없이 매끈한 황궁의 길에서 제 발에 걸릴 줄은 몰랐기에 우 씨는 어찌할 새도 없이 그대로 넘어질 뻔하였다. 그러나 앞에 가던 동친왕이 재빨리 몸을 돌려 우 씨의 팔을 잡아준 덕에 바닥에 코를 깨는 불상사를 면하였다.

"황송하옵니다."

우 씨가 동친왕에 기대었던 몸을 서둘러 일으키며 머리를 조아렸다. 감히 고개를 들 생각은 하지 못했다. 동친왕의 가슴에 수놓아진 금색의 용만 쳐다보았다. 용의 부리부리한 눈이 우 씨의 두근거리는 마음을 알아챌 것 같았다. 동친왕에게서 겨울의 매화향이 났다. 앞에서 등을 들고 있던 내관이 혀를 차는 소리가 들린 것은 우 씨의 착각이었을 것이다.

뛰노는 심장만큼이나 발걸음이 빨랐는지 황녕궁까지 순식간에 도착하였다. 동친왕은 우 씨를 바래다주러 황녕궁까지 걸음을 한 까닭에 남문이 아닌 동문으로 나가야 했다. 하지만 송구한 마음에 고개를 들지 못하는 우 씨에게 재차 자신은 평소 동문으로 드나들어 버릇하여 괜찮다 웃어 보였다. 그 미소는 참으로 아름다웠다. 그리고 우 씨가 엉겅퀴색 침의로 갈아입고 자리에 눕는 중에도 동친왕에게서 풍기던 매화향이 코끝에 맴돌았다.

황후궁에 홍매화가 들어왔다. 우 씨는 다른 궁녀들과 함께 황녕문을 통해 하얀 눈길 사이로 색 붉은 매화가 걸어오는 모습을 넋을 놓고 처다보았다. 궁녀들은 황상께서 늘 보내시던 국화가 아닌 매화를 보내셨다며 수군거렸다. 겨울에도 남쪽에서 키운 국화를 황후궁에 보낸 황제였기에 무척이나 의아한 일이었다. 그러나 그 조잘거림은 만효의 매서운 눈빛에 가라앉아 버렸다. 암향만이 차갑기만 한 겨울 공기를 타고 황후궁 전체로 퍼져 나갔다.

우 씨는 정월대보름 밤에 보았던 동친왕을 떠올렸다. 어두운 하늘만큼이나 잔잔한 남색 옷자락에서 풍기던 매화향을 떠올렸다. 황후궁의 궁녀인 자신이 동친왕을 다시 볼 일은 없을 것이었다. 우 씨는 고개를 털어 생각을 떨쳐 버렸다. 그러나 한기는 떨어져 나가도 향기는 남아 있었다.

다음 날 이른 아침, 우 씨는 찻잎을 가지러 가는 길에 황후궁 문 앞에서 매화 한 송이를 발견하였다. 우 씨는 황후궁에 들어온 매화에서 떨어진 것이었으리라 생각하였다. 우 씨는 가던 길도 잊고 나뭇가지로 길옆에 쌓인 눈 위에 매화를 그렸다. 가지의 끄트머리에서 부드러운 꽃잎이 하나둘, 다섯 장 피어났다.

墙角數枝梅	담장 모퉁이에 매화 몇 가지,
凌寒獨自開	추위 이겨내고 홀로 피어 있구나.
遙知不是雪	멀리서도 눈이 아닌 매화임을 알겠으니
爲有暗香來	그윽한 향기 전해오기 때문이도다.

우 씨가 흥에 취해 옆에 가지로 시까지 쓰고 있을 때, 인기척이 들렸다. 우 씨가 고개를 돌려보니 황후가 만효를 옆에 두고 걸어오고 있었다. 우 씨는 일어서서 황후를 향한 후, 무릎을 굽혀 예를 취하였다.

황후는 우 씨에게 일어나라는 허락을 내리지 않고 가까이 다가왔다.

"왕안석을 아느냐."

우 씨가 뒤로한 시를 쳐다보고 있던 황후가 물었다. 질문이 아니었다. 우 씨는 차마 고개를 들지 못하였다. 글을 아는 것이 죄일까? 무엇이라 답해야 옳을까? 우 씨가 머리를 굴리고 있을 때 황후가 우 씨에게 일어나라 명하였다.

"그림에도 소질이 있구나."

황후는 우 씨가 그린 매화만을 칭찬하고 시에 대해서는 더 이상 언급을 하지 않고는 다시 돌아섰다. 우 씨는 조심스레 안도의 숨을 내쉬고 발로 시를 재빨리 지웠다. 그때 황후가 만효에게 하는 말이 들려왔다.

"저 아이에게 새 일을 주어야겠구나."

우 씨가 맡게 된 일은 우 씨가 걱정한 만큼 어려운 것은 아니었다. 우 씨는 황궁에 들어와 소향을 따라 궁의 일을 총괄하는 것을 배웠을 뿐, 황후를 곁에서 모시는 것은 후궁들이 문안을 올리러 올 때, 차를 내갈 때뿐이었다. 그동안 만효와 소향을 따라 황후를 매일 보았지만, 황후를 직접 모시는 일은 드물었다. 그래서 내심 떨고 있던 우 씨에게 만효가 내린 일은 황후가 글을 쓸 때 옆에서 먹을 갈라는 것이었다. 우 씨는 자신이 안도하여서인지 실망하여서인지 한숨을 내쉬는 까닭을 알 수 없었다.

피곤함을 애써 물리치며 차를 재고 있던 우 씨는 다방으로 돌아온 소향을 보고 그제야 자신이 늦었다는 것을 깨달았다. 우 씨는 비취색

배자의 새하얀 털이 흘날리도록 뛰었다. 황후가 기다리고 있는 글방에 도착하자 따뜻한 난로의 김이 몰아쳐 추위에 새빨개졌던 우 씨의 손이 녹기 시작하였다. 만효가 늦게 도착한 우 씨를 눈빛으로 지적하였다. 황후는 화선지에서 시선을 떼지 않고 붓을 놀리며 느린 목소리로 만효에게 차를 내오도록 시켰다. 만효가 자리를 뜨자 우 씨는 재빨리 황후의 곁으로 가 만효가 내려놓은 먹을 마저 갈기 시작하였다. 그리고 짙은 먹의 냄새가 우 씨의 주변에 가득 피어오를 무렵, 만효가 벽라춘을 들고 돌아왔다.

"이 아이가 황궁에 들어온 지도 한 해가 넘었지."

황후가 투명한 유리잔에 담긴 벽록색 차에서 시선을 떼며 만효에게 말하였다. 만효는 조용히 그렇다 대답하였다. 우 씨는 혹 자신이 지각한 일로 황후가 내칠까 우려하였다. 황궁에서 사소한 일로 쫓겨나는 일은 비일비재하였다. 손을 잃거나 다른 신체 부위를 절단하는 형을 안 받는 것만으로도 다행이었다. 그리고 한 궁에서 내쳐지면 세답방과 같이 험한 일을 하는 곳으로 쫓겨났다.

"이제 본궁을 돕게 할까 하는데 어찌 생각하느냐?"

우 씨는 황후의 말이 떨어짐과 동시에 무릎을 꿇었다. 황후의 신임을 얻는 것이 기쁘기는 하였지만 더 큰 일을 맡는 것은 두려웠다. 황후의 곁에서 먹을 가는 일만 한 해였다. 매번 황후의 심기를 거스르지 않도록 재빠르고 조용히, 그리고 한 방울의 먹도 튀기지 않도록 조심히 가는 일에 극도로 신경이 예민해졌다. 이 이상의 일은 아직 무리가 될 것이라고 생각하였다.

우 씨가 송구함을 표현하기 위해 입을 달싹거릴 때 만효의 목소리가 들렸다.

"우 씨는 영특하니 황후마마께 누가 되지 않을 것입니다."

작은 실수에도 엄하게 꾸짖던 만효였다. 하지만 사람이 꽃보다도 쉽게 꺾이는 황궁이었기에, 만효의 엄격함은 우 씨의 목숨을 보전하기 위한 것이었다는 것을 우 씨도 알고 있었기에 만효를 원망하지 않았다. 그러나 만효의 칭찬은 반백년이 지나도 들을 수 없을 것이라고 소향과 함께 이야기하며 웃었던 우 씨는 자신의 귀를 믿을 수 없었다.

우 씨는 황후께 감사하다 하고는 머리를 조아렸다. 침방에서 고국에서 끌려온 다른 귀족 집안 여식들을 보았다. 고국이 멸망하고 우 씨도 그와 다를 것 없는 운명이었어야 했다. 그러나 우 씨는 자신의 아버지를 주화파라 불러주었던 남자를 만났고, 황후를 모시게 되었다. 우 씨는 아직도 가슴에 품고 있는 천 조각을 떠올렸다. 그 남자가 건넨, 황금 꽃이 수놓아져 있는 천을 받아든 순간부터 우 씨의 운명은 달라졌다. 그 남자는 온 가족을 잃고 먹구름으로 까맣게 뒤덮였던 우 씨의 하늘에 작은 틈을 만들어 빛이 비치게 해주었다.

"이름이 무엇이더냐?"

책상 앞에 선 황후가 손에서 굴리던 옥을 내려놓고 붓에 먹을 묻히며 물었다.

우 씨는 잠시 머뭇거렸다. 우 씨에게도 이름이 있었다. 하지만 그 이름은 고국의 것이었다. 고국이 우 씨를 버렸을 때, 우 씨도 고국의 이름을 버렸다.

"황후마마, 노비는 황후마마를 모시고 있사옵니다. 망국에서 받은 이름은 더 이상 저의 것이 아니옵나이다."

말하였다. 우 씨 자신이 나고 자랐고, 부모님과 오라버니와 함께하였던 모든 삶이 뿌리를 내리고 있던 땅, 스무 해의 추억이 담겨 있는 나라를 망국亡國이라 제 입으로 말하였다. 그제야 좋으나 싫으나 다시 돌아갈 수 없다는 생각이 들었다. 부복하고 있는 우 씨의 눈앞이 뿌옇게 변하기 시작하였다.

"우희. 우희가 네 이름이다."

황후가 검은 붓을 놀려 쓴 두 자를 우희 앞에 내보였다. 우희는 눈물을 쏟았다. 감히 궁녀가 황후 앞에서 눈물을 보이는 무례를 보고도 황후는 아무 말도 하지 않았다. 만효도 지적하지 않았다. 그래서 우희는 황후가 내린 이름 두 자를 손으로 더듬으며 손등 위로 뜨거운 물방울을 받아내었다.

같은 이름, 다른 이름. 이제 우희는 황국의 사람이었다.

2. 황궁의 꽃

"우희."

잊고 있던 얼굴이 떠올랐다. 늘 자신의 이름을 큰 소리로 부르며, 봄 향기가 가득한 품으로 껴안던 사람이 떠올랐다. 배꽃이 하늘에 흩날리던 날이었다. 몇 년 만에 산에서 내려와서는 곧장 우희에게 달려왔다. 머릿속을 울리는 '우희'라는 이름을 부르며 자신을 껴안았다. 그리고 마침내 우희의 숙부께서 둘의 혼인을 허락하셨다고 하셨다.

아주 오래전, 우희가 갓 글을 익히기 시작하였을 때 즈음이었다. 우희의 숙부께서는 고아였던 그 사람을 제자로 받아들이셨다. 그리고 자신의 아들로 기르셨다. 숙부는 그 사람에게 없는 아버지가, 그 사람은 자식이 없는 숙부에게 아들이 되었다.

"그 녀석과 혼인하는 건 어떠냐? 그 녀석은 죽어라 선을 그으며 날 스승 이상으로는 생각하지 않는구나. 네가 그 녀석의 가족이 되어주면, 그 녀석과 나도 한 가족이 될 수 있지 않겠느냐?"

그렇게 어느 날 우희에게 숙부가 권해왔다. 우희는 배시시 웃으며 그리하겠다 답하였다. 그래서 그 사람이 여든여덟 번째 초식을 완성해야 한다는 조건이 붙었다며 울상을 지을 때도 웃기만 하였다. 숙부는 그 사람이 초식을 해낼 수 있다고 확신하고 있을 것이었다. 그러니 마침내 우희와 아주 오래전에 세워둔 계획을 실행에 옮기기 시작한 것일 터였다.

"강유."

우희가 마른입을 떼어 그리운 이름을 불렀다.

"우희."

우희는 자신을 흔드는 손길에 눈을 떴다. 소향의 얼굴이 눈에 들어왔다. 소향은 놀란 듯 눈을 동그랗게 뜨고 양손으로 자신의 어깨를 잡고 있었다. 우희는 흐린 눈가를 문질렀다. 손이 축축해졌다.

"이제 곧 궁문을 닫을 거야. 꽃 따오느라 수고했어."

소향이 우희가 엎드려 있던 탁자 옆에 의자를 끌어오며 웃었다. 우희는 정신을 차리고 주변을 둘러보았다. 고국에서 서른다섯 밤이나 달려와 겨우 도착한 머나먼 황국의 깊고 깊은 황궁 안이었다. 그리고 지금 자신이 앉아 있는 곳은 황후를 모시는 궁녀인 소향과 나눠 쓰는 방이었다. 고국에 대한 꿈을 꾸었다. 하얀 꽃잎이 하늘에 분분히 날렸다. 우희는 아마 낮에 배꽃을 따서 그런 것이리라 생각하였다. 무척이나 그리운 느낌이 아직까지도 남아 있었다. 그러나 자신이 꿈속에서 무엇을 그리도 그렸는지는 기억할 수 없었다.

"차 한 잔 줄까?"

소향의 말에 우희는 물을 끓이기 위해 자리를 털고 일어났다. 고국에 대한 꿈도 그리움도 모두 털어내야 했다. 황국에 있는 이상 조용히 살아남는 것이 우희의 가장 큰 목표였고, 과거에 대한 추억은 어떠한 도움도 되지 못했다. 우희는 한숨을 내쉬었다. 어느새 방 안까지 흘러 들어 온 봄의 꽃가루가 우희의 꿈과 함께 공중으로 날아올랐다 이내 서서히 가라앉기 시작하였다.

황제가 영록궁榮祿宮에 도달했을 때, 이미 소식을 전해들은 영록궁에서는 문을 열어놓고 기다리고 있었다. 샛노란 등불이 커다란 궁을 밝히고 있었고, 향비가 양쪽으로 시위한 궁녀들 사이를 선녀처럼 날듯이 걸어왔다.

"황상, 그동안 발길이 뜸하셨습니다."

황제에게 다가온 향비가 청아를 찌푸리며 투덜댔다. 아직 여름이 오려면 좀 남았는데도 향비는 얇은 암적색 치맛자락을 끌고 있었다. 금박한 도화 문양이 등불에 비쳐 휘황찬란하게 빛났다. 향비는 밤을 밝힐 정도로 아름다웠다. 황제는 향비의 어깨를 감싸 안았다. 그리고 천천히 안으로 발을 옮겼다.

"그래도 이 황궁에서 너만큼이나 자주 찾는 후궁이 있더냐?"

황제가 미소를 지우지 않으며 욕심 많은 향비를 다독였다. 일곱 후궁 중 황제가 향비만큼 빈번하게 찾는 후궁도 없었다. 정사가 바쁜 때는 더욱 그러하였다. 전쟁은 끊이지 않았다. 그리고 겨우내 남쪽 지방에 보낼 인사 문제로 골머리를 앓아 향비만 몇 번 겨우 찾았다. 다른 후궁들은 이제 얼굴도 가물가물하였다.

"신첩보다 다른 이를 자주 찾으시면 안 됩니다."

황제는 투기심이 가득한 향비의 발언도 웃으며 들었다. 그리고 향비를 위하여 황제의 주방에서 조리한 음식들을 들여오라 하였다.

향비는 그 자태만큼이나 달콤한 것을 좋아하였다. 식전부터 향비가 특히나 좋아하는 당호로가 나오자 향비가 기쁨이 가득한 눈으로 황제를 쳐다보았다. 설탕에 졸인 붉은 산사나무 열매는 황제가 향비를 아낀다는 것을 보여주는 증거가 되었다.

"오늘 밤에는 너를 부르마."

황제가 당호로보다 달콤한 말을 향비의 귓가에 속삭였다.

우희는 아침부터 기침을 하여 자리를 비운 만효를 대신하여 황후의 머리에서 장신구들을 하나둘 빼내었다. 종일 높이 틀어 올려져 있던 머리카락이 황금색 침의 위로 구불구불 흘러내렸다. 소향이 방에 들어서며 휘장이 펄럭였다. 봄바람에 촛불이 일렁였다. 황후의 머리가 심지를 살라먹는 촛불과 한 색이 되어 흔들렸다.

"향비를 부르셨다 하옵니다."

소향이 보고한 말을 들은 황후는 손에 쥔 작은 옥 조각을 굴렸다. 우희는 면경에 비친 황후의 안색을 살폈다. 황후는 불쾌해 보이지 않았으나 깊은 생각에 빠진 것 같았다.

우희는 황후의 마음을 헤아릴 수 없었다. 고국에서는 한 남자가 한 명의 부인만 맞이하였다. 그것은 평민들로부터 왕까지 변치 않는 법도였다. 그러나 황국의 황제는 후궁만 일곱이었다.

"밤이 늦었구나. 너희도 가서 쉬려무나."

황후의 부드러운 밤색 눈동자와 마주친 우희는 황후를 연민하는 자신의 마음을 들킬세라 황급히 무릎을 꿇어 인사하며 눈을 내렸다. 우희는 자개로 장식되어 있는 경대 앞에 옥으로 꾸며놓은 참빗을 내려놓았다. 조심한다 하였으나 빗이 경대에 부딪치며 나는 소리가 유난히 크게 들렸다.

"비일비재한 일이야."

소향이 나무 다탁 위에 따뜻한 잔을 내려놓으며 말하였다. 머리를 빗어 내리던 우희는 손을 멈추고 소향을 의아한 눈으로 쳐다보았다. 소향은 의자를 끌어 우희 앞에 앉았다.

"너, 황후마마께서 마음이 상하셨을까 염려하고 있잖아. 표정에서 다 드러나."

소향이 자신의 잔을 입에 가져가며 웃었다. 우희는 저도 모르게 혀끝으로 입술을 축였다. 소향이 눈치를 챘다면 황후도 자신의 속내를 읽었을 것이었다.

"괜찮아. 노비가 주인을 생각하는 게 당연하지."

소향이 다시 한 번 궁녀로서 우희의 운명을 일깨웠다. 황후의 권력은 우희의 권력이었고, 황후의 몰락은 우희의 몰락이었다. 황후를 곁에서 모신 우희가 다른 궁으로 피신하거나 사지가 온전하게 황궁 밖으로 나갈 수 있을 리가 없었다.

"염려 마. 황후마마께서는 마음 쓰지 않으셔."

우희는 그 말을 믿을 수 없었다. 자신과 혼인할 것이라 생각하고 있던 강유를 다른 여인에게 빼앗겼을 때도 괴로웠다. 그러나 소향은 지금 황후는 혼례까지 올린 황제가 다른 후궁과 함께 있는 것을 신경 쓰지 않는다고 말하고 있었다. 어찌 그럴 수 있단 말인가?

"그러실 리가 없잖아, 황후마마께서는 아마 우리가 마음을 쓸까 염려하셔서……."

우희가 토해내듯이 반박하는 말은 곧장 소향에게 막혔다.

"내 말 믿어. 황후마마께서는 자신의 소유라 생각하시는 것이 남의 손을 타는 것을 두고 보실 분이 아니야. 황후마마께서 황제폐하를 연모하셨더라면 다른 후궁들은 오래전에 없어졌을 거야. 그러니 걱정할 필요 없어."

소향이 무언가를 말하려다 황급히 말을 돌렸다. 우희는 그것이 궁금하였으나 소향이 지금 털어놓을 것 같지는 않았다. 그래서 다음 기회를 기다리기로 하였다. 우희는 조용히 고개를 끄덕이고는 김이 식어가는 찻잔을 들어올렸다.

"황후마마께서는 적어도 보름에는 폐하를 뵌다는 확신이 있으시니 부럽습니다. 저는……."

향비가 황제의 허리춤에 달린 노리개를 만지작거렸다. 그리고 애처로운 눈동자로 황제를 올려다보았다. 황제는 짙은 눈썹을 굳히고 향비를 마주보았다.

"향비, 너를 아끼는 마음을 알지 않느냐? 그러니 황후의 자리만큼은 탐하지 말거라. 그것은 네게 줄 수 없는 것이니, 이 마음만으로 족하지 않겠느냐?"

향비가 손가락 끝에 놓여 있던 차가운 옥 노리개를 내려놓았다. 황제는 그제야 표정을 풀었다. 향비는 황궁의 어느 꽃보다도 아름다웠다. 그러나 자신은 그 아름다운 사람이 가장 원하는 것 하나를 줄 수 없었다. 황제는 먹같이 검은 향비의 머리채를 손가락으로 따라 올라가다 금색 비녀를 뽑았다. 새까만 머리카락이 밤이 퍼지듯이 흩어졌다. 그 순간 황제는 황후를 떠올렸다. 태양을 받으면 불의 색을 띠는 머리카락을 떠올렸다. 황제는 향비에게 입술을 맞추었다. 향비가 화려한 밤이라면 황후는 하얀 대낮이었다. 지나치게 밝은 낮이었다.

"너는 아느냐?"

황제가 중얼거렸다. 향비가 의아한 눈빛을 하고 무슨 말이냐 물으려 하였지만 다시 다가온 황제의 입술에 가로막혀 아무 말도 하지 못했다. 그리하여 황제도 뒷말을 삼켜 버렸다. 몇 번을 말해도 향비는 알지 못할 것이었다. 황후의 마음을 갈구해 봤자 돌아올 것은 거절당하고 입을 상처뿐이었다. 황후에게 연정을 품어서는 안 되니, 황제의 애정은 향비의 것이라 말하여 주어도 향비는 믿지 못할 것이었다.

우희가 황후의 머리에 꽃잎 한 장 한 장을 금을 얇게 두들겨 만들어 모은 국화를 마지막으로 꽂고 손을 내렸다. 황후는 손에서 굴리던 작은 옥 조각을 탁자에 내려놓았다. 그리고 면경으로 우희를 보며 명을 내렸다.

"황녀는 평과탕苹果湯을 좋아하니 잊지 말도록 하여라."

황후의 밤색 눈동자에 빛이 돌았다. 우희는 황녀를 생각하는 황후의 마음이 애처롭게 느껴져 저도 모르게 눈에 그 생각을 비칠 뻔하였다. 그러나 우희는 이내 표정을 가다듬고, 검붉은 바닥에 솔잎이 스치도록 무릎을 굽혀 인사를 올리고는 물러났다. 황궁의 도는 차가울 정도로 엄격하였다. 아직 어린 황녀도 상궁들의 손에 길러졌다. 우희는 어머니의 품에서 떨어질 줄 모르던 자신의 어린 동생을 떠올리며 고개를 저었다. 황궁은 냉정한 곳이었다. 그 와중에 황후가 잊지 않고 챙기는 평과탕은 황녀에 대한 황후의 애정을 드러내는 것이었다.

"황녀마마."

꽃망울이 맺힌 벗나무 가지를 머리에 찔러 넣은 황녀가 황후의 옆으로 달려왔다. 그 뒤로는 작은 황녀가 넘어질세라 안절부절못하는 유모상궁이 뒤따랐다. 뛰어오는 바람에 생기 가득한 얼굴에 새까만 머리카락이 흘러내렸다. 황후는 온화한 미소를 지으며 황녀의 뺨에 붙은 머리카락을 넘겨주었다.

"천천히 오지 않고."

하지만 아직 네다섯 남짓한 어린아이는 알아듣는지 못하는지 천진난만한 미소를 지으며 황후 옆의 금색 보료방석에 냉큼 올라앉았다. 윤이 흐르는 검은 의자는 황녀가 올라가기 좀 높아 보이기도 한데 황녀는 누구의 도움도 없이 홀로 앉았다.

"황녀마마, 인사부터 올리셔야지요."

황녀의 교육을 제대로 하지 못하였다 꾸중을 들을까 염려하는 황녀의 유모상궁이 잔뜩 기죽은 목소리로 속삭였다. 몇 번이나 지적받아 그 말은 다 알아듣는 황녀였지만 모른 체하는 것을 우희도 알 수 있었다. 말이 느린 것인지, 부러 하지 않는 것인지 황녀는 번번이 예를 제대로 올리지 않고 황후의 옷자락만 잡아당겼다.

"마마께서는 황후마마의 딸이시옵니다. 다른 후궁들의 황자, 황녀들의 모범이 되셔야지요."

옆에서 소향이 웃으며 유모상궁을 거들었다. 황녀는 그제야 진한 눈썹을 잔뜩 굳히고 입을 달싹이며 말을 하려고 하였다.

"되었네. 그건 황녀가 좀 더 자라서 가르쳐도 되네."

황후가 어린 황녀의 머리를 쓰다듬으며 용서한 덕분에 유모상궁은 가슴을 쓸어내리며 물러섰다. 떨어질락 말락 위태롭게 흔들리던 금색 장신구 사이로 흘러내린 검은 머리카락이 황후의 새하얀 손가락에 감겼다. 황후는 밤색 눈동자를 빛내며 황녀의 머리를 정돈해 주었다.

우희는 소향이 지시한 대로, 평과탕에 마지막에 준비되어 있던 개망초를 띄우고는 얼굴에 미소를 가득 띤 채로 황녀 앞에 나갔다. 우희가 장식한 평과탕을 내려놓자마자 황녀가 청색 도자기로 고사리 같은 손을 뻗었다. 그 옆에 있던 유모상궁은 재빨리 먼저 그릇을 들어 황녀의 입가로 과일을 떠주었다. 황녀의 머리에 붉은 산당화를 꽂아준 황후는 그 모습을 보고 미소를 띴다. 황녀는 황후의 손에 남아 있던 산당화 한 가지를 받아들고는 자신과 마찬가지로 황후의 머리에도 장식해 주려 하였다. 하지만 황후는 고개를 흔들었다. 이유를 묻는 황녀에게 황후가 처진 눈꼬리를 늘어뜨리고 웃으며 무어라 대답을 하였다. 그러나 평과탕 그릇을 들고 자리를 뜬 우희는 듣지 못했다.

황제는 금색 태양이 들어오는 창을 등지고 있었다. 방 안은 햇빛과 황제와 정적뿐이었다. 금방일 것이었다. 늘 엄격할 정도로 정확한 사람이었다. 황제는 길고 곧은 손가락으로 탁자를 천천히 치며 시간을 셌다. 그러고 보니 한동안 사냥을 나가지 않고 붓만 잡은 까닭에 굳은 살도 연해지고 있다는 사실을 인지하였을 때였다. 밖에서 낮은 발걸음 소리가 들려오더니 가까워졌다.

"황후마마께서 납셨습니다."

왕 내관이 문 앞에서 고하였다. 황제는 들라 하라 허하는 말만 하고는 뒤돌아보지 않고 기다렸다. 이내 노란 햇빛이 깔린 바닥을 조심히 내딛는 발소리와 그 뒤에 끌려오는 옷자락이 사부작거리는 소리가 들려왔다. 그리고 조그맣게 흔들리며 부딪치던 금 장신구의 소리가 멈추었다. 황제는 뒤에 선 사람이 듣지 못하도록 나지막하게 한숨을 내쉬고는 서서히 뒤를 돌았다.

거대한 황국 아래에는 그 무게를 애써 받치고 있는 밤색 속눈썹이 자리 잡고 있었다. 황후는 조심스레 한쪽 무릎을 굽혀 몸을 낮추며 예를 올렸다. 그리고 들을 때마다 마음 깊은 한구석이 어지러워지는, 그래서 또 듣고 싶지 않은 낮고도 잔잔한 음성으로 인사하였다.

"황상을 뵈옵니다."

무거운 황국을 이고 떨어졌던 황후의 고개가 들렸다. 황제의 검은 눈동자와 황후의 시선이 마주쳤다. 황후는 다시 천천히 무릎을 세워 일어서기 시작하였고 그 모습은 위태로웠다. 황제는 숨도 쉬지 않고 그 짧고도 긴 시간을 기다렸다.

"이번 여름 별장에 데려갈 후궁을 정하였는지 묻고자 불렀소."

황제는 황후가 묻기도 전에 그를 찾은 이유를 밝혔다. 그리고 구름 문양을 촘촘히 수놓은 보료가 깔린 자리로 걸음을 떼었다. 황제가 금색 용포 자락을 흩뜨리며 의자에 앉자 황후가 서서히 걸어왔다.

"명빈은 몸이 불편하니 황궁에 남겨둘까 하옵니다."

명빈은 네 해 전부터 매 여름 몸이 좋지 않았다. 그러나 그것이 명빈의 뜻이 아님은 황제도 알고 있었다. 창백한 안색으로 뒤에 남을 명빈이 눈에 선했다. 황제는 씁쓸하게 웃으며 그리하라 허락하였다. 황후는 인사를 올리고 돌아서는 대신 황제 옆의 의자에 앉고는 옷자락을 정리하며 물었다.

"하나 본궁을 부르신 연유는 그뿐이 아닌 것으로 아옵니다."

부드러운 햇빛이 스며든 황후의 눈동자는 연한 다색으로 물들었다. 황후의 귓불을 늘어뜨리는 태양 문양의 귀걸이에 머물렀던 황제의 시선은 침착한 황후답지 않게 무언가를 굴리고 있는 황후의 손으로 옮아갔다. 그러나 황제의 관심이 자신의 손안의 것으로 향했다는 것을 안 황후는 곧장 손동작을 멈추었다. 그리고 황제의 말을 기다렸다.

"연 상재를 귀인으로 올릴까 하오."

황제가 황후를 마주한 시선을 떼지 않고 단숨에 말하였다. 첩지를 내리는 것은 황제의 권한이었다.

"그리하십시오. 고나라가 망하고 두 해 가까이 되었으니 좋은 위안이 될 것입니다."

황후가 쉬이 허락하는 말에 황제는 어깨에 들어갔던 힘을 풀었다. 황후가 연 상재를 경계한다고 생각한 것은 자신의 착각이었나 하였다. 하기야 황국의 안주인이 연 상재를 경계할 까닭이 없었다. 황후가 말하였듯이 연 상재는 망국의 공주에 불과하였다. 연 상재가 후궁으로 들어옴으로써 고나라와 황국이 진정 하나가 되었다며 연胅이라는 봉호를 내린 것도 황후의 뜻이었다. 황제는 봉호에 담긴 황후의 속뜻이 연憐이란 것도 알고 있었다.

"다만 연 상재와 같이 타국의 공주인 주 상재는 후궁에 들어온 지 일곱 해나 되었으나 여전히 상재에 머물 뿐이니 마음을 상할까 염려될 뿐이옵니다. 하나 감정을 잘 다스리도록 이야기해 보겠사옵니다."

황제가 황후의 말에 안심을 하는 순간 황후가 반대의 뜻을 드러내었다. 황제는 잠시 돌렸던 시선을 다시 황후에게로 돌렸다. 황후의 표정은 변함이 없었다.

"또한 연 상재를 데려오는 과정에서 호국장군이 전사하여 받은 슬픔에서 여전히 벗어나지 못하신 제 큰 오라버니도 위로해 보겠사옵니다."

황제는 이어지는 황후의 말에 일그러지는 미간을 펴기 위하여 노력해야 했다. 황후는 그런 그의 속을 아는지 모르는지 입가에 잔잔한 미소를 띠우고 있었다. 늘 이러하였다. 대외적으로 황후는 황제의 뜻에 순종하며, 수많은 첩들을 자상하게 돌보는 웃전이자 현명한 국모였다. 그러나 그 속을 아는 사람은 몇이나 될까 알 수 없었다.

"아니오. 새 첩지를 내리기에는 좀 이르다는 생각이 드니 황후께서 수고를 하실 필요 없소."

주 상재와 동국과의 관계는 차치하더라도 호국장군을 잃은 충격으로 세상을 뜬 국구와 그 뒤를 이은 오라버니까지 들먹이는데 어찌할 도리가 없었다. 병권을 쥐고 있는 향비의 집안에 황제가 휘둘리지 않는 것은 황국 귀족의 대부분이라 하여도 부족하지 않을 정도로 많은 이들이 황후의 부친을 따랐기 때문이었다. 아무리 국구가 권력 다툼에 학을 떼고 도망가려 하여도 귀족들은 악착같이 매달렸다. 그리고 이제는 황후의 큰오라버니를 붙잡고 있었다. 그러니 그 심기를 건드릴 정도로 고집을 내세울 일이 아니라면 굽혀야 했다. 황제는 나직하게 한숨을 내쉬었다. 내궁은 황후의 소관이었다. 이번 일에 황후의 뜻을 따르더라도 자신의 위엄에 해가 갈 일도 아니었다.

"황상."

막 문턱을 넘으려던 황후가 뒤돌아서서 불렀다. 황제는 손에 들고 있던 서책으로부터 시선을 떼었다. 져 가는 태양이 황후가 서 있는 자리부터 물들이기 시작하였다. 황후의 머리카락이 붉게 반짝였다. 볼 때마다 속이 울렁여 불편한 붉은빛으로 흔들렸다.

"연 상재가 마음에 드시옵니까?"

연 상재의 죽은 눈빛은 황후의 것과 닮았다. 단지 망국의 슬픔을 위로하면 연 상재의 눈동자만이라도 빛을 돌게 할 수 있을 것 같았다. 그러나 방금 황후의 물음에서 한 가지를 알 수 있었다. 연 상재를 총애하여도 황후의 눈빛은 살아날 리 없을 것이었다.

황제는 짧은 깨달음에 아무 대꾸도 하지 못하였다. 황후는 나라를 잃은 연 상재를 불쌍하게 여기지 않았다. 어찌 연 상재를 불쌍히 여길 것이라고 생각했던 것일까? 누구보다 황후와 가까웠던 셋째 오라버니였다. 태어나서부터 무거운 임무를 지고 자라 늘 진중한 황후의 눈동자에 빛이 돌게 하고, 입술에서 밝은 웃음이 터지게 하는 몇 안 되는 사람이었다. 호국장군의 죽음을 가져온 연 상재를 황후가 아낄 리 없었다. 그렇다면 연燐은 무슨 뜻이었을까? 황제의 생각은 황후의 말에 가로막혔다.

"본궁이 실언을 했사옵니다."

황후는 드물게 웃을 때면 그러듯이 메마른 웃음을 흘리고는 예를 올렸다. 황제는 황후를 붙잡을 수 있을 리도 없건만 벌떡 일어나 앉을 줄 몰랐다. 황후의 금색 옷자락은 붉은 석양 속으로 녹아들었다. 황제는 그런 황후의 뒷모습이 사라질 때까지 쳐다보았다.

낙조 뒤를 따라 떨어진 어둠을 아침 해가 들추었다. 아직 날씨가 많이 더워지지도 않았는데 얇은 옷을 꺼냈던 연 상재가 크게 앓아누워 며칠간이나 문안을 오지 못하자, 황후는 우희에게 연 상재를 위로하라며 기문홍차를 내렸다.

"남쪽에서 온 사람이란. 고나라의 여름과 황국의 여름은 다르다는 것을 몰랐나 봅니다."

향비가 잇꽃물을 들인 것처럼 붉은 입술에서 비웃음을 흘렸다. 그러며 평생을 황국에서 산 자신은 날씨에 익숙하다는 듯이 나비 날개처럼 얇은 옷을 하늘거리며 자리에 앉았다. 너무나도 당연하게 향비는 우희에게는 시선도 한 번 주지 않았다. 한낱 궁녀인 우희도 고국의 사람이라는 것은 잊은 지 오래일 터였다. 우희는 되도록 향비의 눈에 띄지 않도록 조심하며, 황후궁에 찾아온 후궁들에게 다과를 올리고는 대홍궁으로 가는 발걸음을 서둘렀다.

청록색 치마가 막 들려 문지방을 넘어 안으로 들어섰을 때였다.

"우희."

대홍궁 동배전의 돌계단 아래에 선 소향이 불러 세웠다. 그리고 궁녀의 전갈을 받고 막 동배전의 안쪽에서 몸을 드러낸 연 상재가 보였다. 우희는 아직 그늘에 서 있는 연 상재와 환한 늦봄의 태양 아래 서 있는 소향을 번갈아가며 돌아보았다.

"우희?"

연 상재가 눈을 동그랗게 뜨며 물었다. 순간 머릿속으로는 연 상재가 '우희'라는 이름을 알고 있나 하는 의문이 스쳐 지나갔다. 이름을 받은 지 한 해가 넘도록 연 상재가 있는 자리에서 황녕궁의 사람에게 이름을 불린 적이 없었다. 연 상재가 한 발짝 더 가까이 다가왔다. 옆머리에 장식한 금색 원의 테두리 아래로 늘어진 잿빛 진주와 새빨간 홍옥이 위험스레 흔들렸다. 은 조각들이 부딪치며 날카로운 소리를 냈다. 우희는 마른침을 삼켰다. 우희가 표정을 가다듬고 다시 미소를 지으며 대답하려 할 때였다.

"예, 연 상재. 황후마마께서 내리신 이름이옵니다."

소향이 낚아채듯 우희 대신 대답하였다. 우희는 혹시라도 소향이 실수라도 할까 조마조마하여 눈치만 보고 있었다. 그러나 이내 기우라는 것을 깨달았다. 소향은 고국에서의 우희를 알지 못했다. 그러니 실수로 흘릴 것도 없었다.

"황후마마께서는 참 관대하시군요."

연 상재가 색이 없이 하얀 입술에 부드러운 미소를 올리며 소향에게 말하였다. 그러나 우희는 연 상재가 여전히 자신에게서 시선을 거두지 않고 있다는 것을 느낄 수 있었다.

"그렇습니다."

소향이 미소를 짓고는 눈을 내리깔며 대답하였다. 소향은 우희에게 황후께서 차와 함께 내리셨다며 살기마薩琪瑪를 전해주었다. 그리고 빠른 발걸음으로 돌아갔다.

"우희."

연 상재는 우희를 돌아보며 그 이름을 다시 한 번 중얼거리고는 안으로 안내하였다. 우희에게는 짧은 길이 백 리도 더 되는 것같이 멀게 느껴졌다. 그리고 마침내 고국에서 흔히 보던 지칭개의 색과 같은 보료방석에 앉았을 때, 연 상재가 흘리듯 말을 꺼냈다.

"어디서 들어본 이름입니다."

우희에게는 연 상재가 한순간도 잊을 수 없는 사람이었다. 연모한 혼약자를 위하여 우희의 부친을 역모죄로 몰아세웠고, 평안했던 집안을 너무나도 쉽게 부순 사람이었다. 그러나 우희는 연 상재의 이름을 알지 못했고, 연 상재는 우희의 이름을 알고 있었다. 우희는 연 상재가 어찌 자신의 이름을 알게 되었는지 궁금했다.

"아, 제 혼약자가 언급했던 것 같습니다. 무척이나 가까운 벗 같아

질투도 했지요."

연 상재가 싱그러운 웃음을 지으며 그 청초한 미모와 어울리지 않는 단어를 꺼냈다. 우희야말로 연 상재를 질투하였다. 강유를 앗아간 연 상재를 질투하였다. 강유는 우희와 누구보다 가까웠고, 한때는 함께하는 앞날을 그렸던 사람이었다. 그러나 조정에서 강유와 우희의 부친의 의견이 갈렸고, 연 상재는 자신이 너무나도 연모한 혼약자 강유의 뜻을 들어주고자 우희의 집을 역모로 몰았다. 우희는 부친과 오라버니의 목을 올려다보며 연 상재를 용서치 않겠다고 다짐하였다.

하지만 강유가 연 상재를 위해 목숨을 바쳤다 하였다. 그래서 우희는 어찌할 바를 몰랐다. 연 상재는 분명 우희가 집안의 복수를 해야 할 상대였다. 그러나 연 상재는 강유를 위해 전쟁을 불사하였고, 강유는 연 상재를 살리기 위해 죽음 앞에 몸을 던졌다. 연 상재는 우희의 집안을 몰락하게 하였지만, 우희에게 또 다른 가족이었던 강유를 누구보다 생각하였다. 그리고 우희에게 부친과 오라버니만큼이나 특별하였던 강유가 그토록 연모한 사람이었다. 우희에게 연 상재는 증오와 연민의 대상이었다.

때마침 궁녀가 차와 간식을 내왔다. 우희의 생각은 여태껏 정리가 되지 않았고, 지금 이 순간 정리할 수 있을 리가 만무하였다. 연 상재가 먼저 찻잔을 입에 대는 것을 본 후, 우희도 옅은 노란색의 살기마를 입에 물었다. 달달한 살기마는 혀끝에서 너무나도 쉽게 뭉개졌다. 우희는 연 상재에 대한 자신의 감정도 이와 같이 쉽게 허물어지면 좋을 것이라고 생각하였다.

"하오나 노비의 이름은 황후마마께서 내리신 것입니다."

같은 이름, 다른 이름. 고국의 아버지와 황국의 황후, 두 다른 사람이 내린 하나의 이름이었다. 그리고 그것은 연 상재가 아무리 싫다 한

들 바꿀 수 없는 것이었다. 우희는 자조적으로 웃었다. 죽은 혼약자를 떠올리게 하는 그 이름을 계속 들어야 하는 것은 자신이 연 상재를 계속 봐야 하는 것만큼 연 상재에게 큰 고통일 것이었다.

"압니다. 우희에게 뭐라 하는 것이 아닙니다."

연 상재가 씁쓸한 표정을 짓고 있을 때, 대홍궁의 소주인 명빈이 황후궁에 문안을 올리고 돌아오는 소리가 들렸다. 연 상재가 일어선 참에 입구에서 궁녀들의 알림과 함께 명빈이 들어섰다. 남쪽인 고국에 울창하였던 대나무같이 키가 크고 마른 명빈은 호쾌한 손짓으로 연 상재와 우희를 일어서라 하고는 자연스레 안쪽 의자에 앉았다.

"연 상재, 이제 좀 괜찮으시오?"

명빈은 빈이라는 높은 지위에도 불구하고 갓 스물이 되었을까, 아직 십대일까 헷갈리게 어려 보이는 여자였다. 목소리는 거칠 것 없는 바람처럼 청상하였고, 높은 콧대와 날카로운 콧날은 시원한 성격과 맑은 기상을 드러내는 듯하였다. 우희가 명빈을 조심스레 관찰하고 있을 때, 명빈의 궁녀가 향낭을 들고 왔다.

"우연히 고국에서 유명하다는 말리화茉莉花를 구하였네."

우희는 명빈의 궁녀가 건네는 작은 주머니를 받아들었다. 황궁의 상징인 노란색 주머니에는 석죽이 수놓아져 있었다. 한눈에 보아도 귀한 물건이었다. 우희는 그 작고 향기로운 물건에 수놓인 꽃을 손으로 더듬으며 몸 둘 바를 모르고 재차 감사의 말을 올렸다. 우희도 고국에서 귀족으로서 수족을 부렸다. 그래서 아랫사람에게, 그것도 주인이 다른 아랫것을 이같이 챙기는 것이 쉬운 일이 아니란 것을 알고 있었다. 그러나 옆에서 함께 감사의 인사를 올리는 연 상재는 괴로운 눈빛을 하고 있었다. '우희'라는 이름에서 떠오른 과거의 기억에서의 자신과 황국의 후궁인 자신을 비교하여 고통스러운 것이리라 생각하며 우희는 고개를 돌려 버렸다. 연 상재를 볼 때마다 과거의 기억이 떠올라 고통스러운 것은 자신도 마찬가지였다.

황후궁에 돌아온 우희를 반긴 소향은 우희가 들고 온 향낭을 보고는 묘한 표정을 지었다. 소향이 그리는 명빈은 우희가 본 소주와 다른 사람이었다. 황국의 명문가 출신으로 높은 첩지를 받고 들어온 명빈은 시원하다 못해 싸늘하여 누구와도 친하게 지내지 않는 사람이라 하였다. 소향은 주머니에 수놓인 석죽의 날카로운 꽃잎을 가리키며 그 성정을 드러낸다고 지적하였다.

황후는 다시 곁에 돌아와 글을 베끼는 우희가 만지작거리는 향낭을 보고도 아무 말도 하지 않았다. 소향의 말을 듣고 황후도 명빈에 대해 좋지 않게 생각할까 염려하였던 우희는 황후가 명빈의 문양이 수놓인 물건을 지닌 자신에게 별다른 말을 하지 않는 것을 보고 안도하였다. 오랜만에 맡는 말리화의 향은 아름다웠다. 그리고 자신을 챙겨주는 명빈은 나쁜 사람 같지 않았기에, 명빈의 선물을 버리고 싶지는 않았다. 우희는 명빈이 준 말리화 향낭을 옷 깊숙이 매달았다. 명빈의 선물은 더 이상 누구의 신경도 거스르지 않을 것이었다. 자신만이 맡을 수 있는 말리화의 향기는 우희를 황국에 온 이후로 조금이나마 행복하게 하였다.

우희는 황후궁의 후편에 위치한 재로 걸음을 옮겼다. 드나들기 옹색한 곳에 위치하여 평소에 누구도 가지 않는 작은 곳이었다. 이름마저 먼지에 쌓여 흐릿한 재 앞에 도달하자마자 기다리고 있던 듯 나온 만효가 끌어당기듯 안으로 들이며 그들의 뒤로 문을 닫았다. 동선방에 잠깐 들렀다 궁녀들이 건네준 간식을 얻어먹다 보니 생각보다 시간이 많이 흘러 버렸다. 보지 않아도 만효가 마뜩잖은 표정을 짓고 있으리란 것을 알 수 있었다. 방 사이를 가르던 벽은 옆으로 밀려 거대한 공간을 만들어냈다. 뒤로 열린 거대한 창으로는 밝은 빛이 쏟아져 내렸다. 그리고 궁녀들 십 수 명이 그곳에 앉아 바느질을 하고 있었다. 수십 자가 넘는 새하얀 천들이 바닥에 깔리었다. 그러나 만효와 우희는 그 방에서 멈추지 않고 작은 복도로 발을 옮겼다. 낮인데도 어두운 복도를 지나가면 또 하나의 문이 나왔다. 만효는 우희가 도착했음을 알리고 문을 옆으로 끌어 열었다.

책장으로 가득 찬 공간의 중심에는 황후가 서 있었다. 만효는 올 때만큼이나 서둘러 문을 닫고 나가 버렸다. 우희는 조심스레 황후가 글을 쓰고 있는 자리로 다가갔다. 우희는 조용히 인사를 올렸고, 다행히도 황후는 우희를 한 번 쳐다만 볼 뿐, 왜 늦었냐는 질타를 하지 않았다. 우희는 황후의 옆에서 묵묵히 글자를 베끼었다. 검고 깊은 향기가 피어올랐다. 먹향보다 깊은 시가 백지 위에서 유려하게 춤을 추었다. 그러나 우희는 손을 놀리면서도 어째서 황후의 글을 필사하게 하는지는 알 수 없었다. 더군다나 재의 다른 방에서 본 엄청난 양의 바느질감과 연관시키면 더욱 이해하기 어려웠다. 한 시진이 되어갈 때 즈음, 황후가 입을 열었다.

"나날이 느는구나."

우희는 고개를 숙임으로써 대답을 대신하였다. 그러나 다시 고개를 드는 순간 입가에서 하얀 가루가 떨어졌고, 우희는 간식의 흔적도 미처 지우지 못하였다는 생각에 귓불까지 달아올랐다. 우희는 부끄러움을 감추기 위해 재빨리 붓을 마저 손에 쥐었다.

황후는 다른 설명을 하지 않았고, 우희는 어떠한 질문도 하지 않았다. 두 해가 넘게 황궁에서 지내며 배운 것이 있다면, 말해주지 않으면 묻지 말아야 하고, 묻지 않으면 말하지 않아야 한다는 것이었다. 그래서 우희는 풀어지지 않는 궁금증을 품고 아침이면 이목을 피해 구진재求眞齋로 향하였다. 재를 드나들며 황후궁 내에서도 낯익은 얼굴들을 알아볼 수 있게 되었다. 하지만 조용한 재만큼이나 입이 무거운 자들인지라 인사를 주고받은 적은 없었다. 재는 사시사철, 하루 종일 눈 오는 겨울 아침 같은 곳이었다. 황후궁의 작은 정원인 초로원初露園에서 가까운 탓에 여름 내 담장 너머의 개구리 소리가, 낮에는 나무그늘에서 갖가지 새들이 지저귀는 소리가 들려왔다. 그러나 그뿐, 말소리는 들리지 않는 곳이었다.

꽃

봄꽃이 모두 졌다. 푸르고 뻣뻣한 나뭇잎만이 궁 안을 가득 메웠다. 우희는 보는 눈도 없건만 습관처럼 주변을 살피며 조심스레 재를 나왔다. 평소에는 수많은 궁녀들이 재잘거리는 소리로 가득 찼던 궁은 구석진 곳에 위치한 재만큼이나 조용하였다. 황후는 별궁으로 떠났다. 만효도 소향도, 대부분의 궁녀들도 황후를 따라 여름별궁으로 떠났다. 우희는 여름 내 비어버린 궁의 중앙에 서서 네모난 하늘을 올려다보았다. 나라가 망하기 아주 조금 전, 집안이 망했을 때가 떠올랐다.

등청한 아버지와 오라버니가 돌아오지 않았다. 소식은 사람보다 빨랐다. 역모의 죄를 지었다는 말을 전해들은 어머니는 목을 매셨다. 집안의 노비들은 하나 남은 주인인 우희에게 달려와 어찌하여야 하냐고 물었다. 벌떼같이 윙윙거리는 소리가 귀를 어지럽혔다. 우희는 아버지가 서시던 자리에 올랐다. 다리가 후들거리는 바람에 치마가 흔들렸다. 여름 바람이 불어와 마음의 동요를 감출 수 있기를 바랐다. 우희는 두 손이 떨리지 않도록 맞잡았다. 그리고 노비들에게 말하였다.

"지금 이 순간 너희는 자유의 몸이니 떠나거라. 멀리 떠나서 우씨의 죄와 엮이지 말거라."

그러나 노비들은 눈치만 볼 뿐, 그 말을 쉽게 듣지 못하였다. 주인이 역모를 꾀하였다는 말은 믿기 어려운 것이었다. 게다가 명을 내리는 사람은 집안에서 가장 어린 아이였다. 나중에 말을 바꿔 도망노비로 몰릴 수도 있었다.

"어서 떠나라고!"

우희가 유모의 등을 밀며 소리쳤다. 절규와 같은 그 소리로 울먹거리는 목소리를 숨겼다. 그제야 명을 들은 노비들은 관군이 들이닥치기 전에 재빨리 도망쳤다. 집안은 삽시간에 비었다. 우희는 넓은 앞마당으로 천천히 발을 내디뎠다. 쓰러지지 않은 것이 용하였다. 눈물을 비치지 않아 다행이었다. 우희는 자신의 슬픈 운명에 관심도 없는지, 무심하게 파란 하늘을 올려다보았다. 누군가가 대문을 두들겼다.

누군가가 대문을 두들겼다. 우희는 대문으로 걸어갔다. 황후는 별궁에 있었다. 찾아올 사람은 없었다. 누군가에게라도 물어보고 싶었지만 궁에 남은 몇 명의 궁녀들은 재에서 바느질을 하고 있기 바빴다. 숨을 죽이고 다가가는데 다시 누군가가 대문을 두들겼다.

"우희 궁녀."

앳된 목소리가 밖에서 들렸다. 우희는 빗장을 열고 거대한 문을 당겼다. 군청색을 입은 내관이 서 있었다. 우희 또래나 될까, 아직 어려보이는 내관은 우희를 알고 있는 듯 활짝 웃었다.

"우희 궁녀, 명빈마마께서 부르십니다."

대홍궁까지의 길은 익숙하였다. 우희는 주인이 자리를 비워 조용한 몇 개의 궁을 지나 열려 있는 대홍궁 앞에 도착하였다. 남쪽으로 난 정문인 붉은 대홍문에 걸린 현판이 유난히 위압적으로 느껴졌다. 우희는 내관을 따라 그 옆의 소문을 통과하였다. 후궁에서 유일하게 주인이 지키고 있는 대홍궁은 비록 연 상재가 동배전을 비워 사람이 줄었다지만, 평소와 거의 다름없이 생기 있었다.

"우희 궁녀, 어서 안으로 드시지요."

우희가 머뭇거리고 있자 내관이 전전前殿으로 안내하며 말하였다. 명빈의 거처인 전전은 정면 다섯 칸이었다. 우희는 고개를 돌려 세 칸에 불과한 동배전을 쳐다보고는 다시 전전을 마주보고 돌계단에 발을 올렸다. 크기가 그 세 배에 달하는 황녕궁을 제외한 황궁의 동서쪽에 위치한 후궁 열둘이 그와 동일한 형식을 갖고 있었다.

"본궁이 그동안 한번 이야기를 나누고 싶었으나 황녕궁에서 일이 바쁘리라 생각되어 부르지 못하였네."

몸이 불편하여 여름별궁에 따라가지 못하였다는 말대로, 명빈은 낯빛이 좋지 않았다. 섬세하게 인동덩굴을 조각한 나무 등받이로 받친 의자에 명빈이 앉자 궁녀가 조심스레 잔을 내려놓았다. 빈이 사용하기에는 소박하다 싶을 정도로 단조로운 다기였지만, 자세히 살피면 은테를 상감한 것으로 섬세한 기술을 요하였다. 내용물은 차가울 정도로 시원한 것으로, 주인 없는 황후궁에서 맛보지 못한 것이었다.

"황궁에 온 지도 어언 두 해가 넘었는데 익숙해졌는가?"

황궁에는 익숙해진 지 오래였다. 우희가 익숙지 않은 것은 후궁들이 은근히 자신을 사사로이 부르는 것이었다. 연 상재는 동향이라는 연유로 황후궁에서 찾아갈 기회를 마련해 주었지만, 다른 후궁들은 황후의 동정을 살피기 위하여 우희를 이용하려 드는 경우가 잦았다.

"예, 명빈마마."

우희는 길게 답하지 않았다. 명빈이 그러하듯이 후궁들은 다른 궁녀에게와 달리 우희에게는 쉬이 하대하지 않았다. 필경 소향은 출궁할 것이고, 우희가 만효의 뒤를 이어 황후를 가장 가까이에서 모실 사람이기 때문일 것이었다. 그렇기 때문에 우희는 내디디는 걸음 하나하나가 조심스러웠다. 풍비박산난 가문과 불타 버린 고국을 뒤로하고 서 있는 황궁에서 쫓겨나면 갈 곳이 없었다.

"황후마마께서는 그대의 그림 솜씨가 뛰어나다 칭찬하셨네. 그리하여 내 황후마마께서 별궁으로 떠나시기 전, 불화를 그리는 일을 그대에게 맡길 수 있느냐 여쭈었더니 그리하라 허하셨네."

그제야 우희는 표정을 풀 수 있었다. 그리고 시게만 느껴진 매실차의 단맛도 느낄 수 있었다. 우희는 여름 내 아침저녁으로는 구진재에서 시를, 그리고 따가운 태양이 머리 위에 내리쬐는 한낮에는 대홍궁에서 명빈이 읽어주는 불경을 불화로 옮겼다. 명빈은 몸이 약하여 여름별궁에도 가지 못한 것을 증명이라도 하듯이 외출을 삼갔으며, 하는 소일거리라고는 우희 옆에서 불경을 읽는 것과 석죽을 수놓는 것밖에 없었다. 처음에 대홍궁에 불려왔을 때, 말해서는 안 되는 것들을 물으면 어찌 대답하여야 할까 걱정하였던 것은 기우였다. 우희는 그저 조용히 붓을 놀려 부처의 뜻을 화폭에 옮겼다.

다시 가을이 가까워질 무렵, 황후가 여름별궁에서 만효와 소향을 데리고 돌아왔다. 소향은 올해는 별궁의 연꽃이 많이 피지 않은 까닭에 차를 끓일 이슬을 많이 받지 못하였다며 투덜거렸다. 우희는 여름 별궁에 가보지 않았지만 명빈이 따라가지 못하여 못내 아쉬워하는 모습을 내내 보았기에 무척 아름다운 곳임을 알 수 있었다. 그래서 자신을 위로하려 부러 불평하는 소향의 속내를 짐작하고 미소만 지었다.

황녀는 여름 사이에 눈에 띄게 성장하여 돌아왔다. 유모상궁의 도움을 받아 가마에서 내린 황녀는 우희를 보자마자 뛰어왔다. 그리고 작고 붉은 입을 오물거리며 평과탕이 먹고 싶다 말하였다. 황녀는 뛰어오느라 숨이 가쁜 모양이었다. 기침을 심하게 하느라 짧은 말도 끊겼다. 우희가 걱정을 하고 있을 때, 황후가 다가왔다.

"실력을 발휘해 보려무나. 아무래도 네가 만든 것에 길이 들었는지 소향이 만든 것은 마다하더구나."

우희는 황후가 오랜만에 건네는 말에 기뻐 짧은 대답만 겨우 하고는 소주방으로 뛰어갔다. 그 한마디에 버림받은 줄 알았던 불안감이 날아갔다. 그동안 스스로를 다독이며 하던 말이 맞았다. 별궁에서 자신이 필요 없던 것이 아니라, 자신이 재에서 일해야 했기에 남겨두신 것이었다. 우희는 반짝이는 평과를 조각내어 영몽檸檬즙과 당액, 그리고 계핏가루를 섞은 것에 끓였다. 그리고 붉은색을 띠는 평과탕을 황녀 앞으로 내어가려는데, 소향이 막아섰다. 소향은 언제 따왔는지 손에 거의 말라붙은 개망초를 들고 있었다. 우희가 표정을 찌푸렸지만 꿋꿋하게 쪼그라든 태양과 같이 노란 원만 남은 꽃을 평과탕에 띄우고는 만족스러운 듯 길을 열어주었다.

황녀는 여름별궁에서 감기라도 들었는지, 여전히 기침을 하고 있었다. 우희가 조심스레 탕을 내려놓자, 황녀가 고사리 같은 손으로 짙은 푸른색 그릇을 쥐었다. 개망초의 자그마한 꽃잎이 황녀의 숨결에 흔들렸다.

"황녀는 앞으로 이레 동안 진시에 본궁을 찾아오도록 하여라. 별궁에서 우희의 평과탕이 먹고 싶다 그리 노래를 불렀으니, 오늘 하루로는 부족하지 않겠느냐?"

황후는 우희의 표정에서 근심을 읽었는지 황녀에게 명하였다. 우희는 그제야 굳었던 표정을 풀 수 있었다. 우희의 어린 동생은 어느 겨울 기침을 심하게 하더니 봄을 맞이하지 못하였다. 이제는 기억이 흐릿할 정도로 오래전이지만 공포는 여전하였다.

황녀는 황후의 명대로 꼬박꼬박 우희의 평과탕을 먹으러 왔다. 그리고 우희는 잊지 않고 소향이 준비해 둔 개망초를 띄우며, 황녀가 태양처럼 밝고 건강하게 자라길 바랐다. 그런 우희의 바람이 헛되지 않았는지, 황녀의 기침은 조금씩 나아 이레째에는 씻은 듯 사라졌다. 우희는 아이의 회복력은 대단한 것이라 생각하였다.

중양절이 가까워짐에 후궁들도 국화를 수놓고 궁을 꾸미기에 바빴다. 황후의 사가에서 사람이 온 까닭에 후궁들은 혜비의 양화궁陽華宮에 모였다. 황후는 소향과 우희에게 일손을 도우라 양화궁으로 보냈지만, 소향은 류호에게 받을 것이 있다며 내의원으로 가버렸다. 우희는 홀로 양화궁으로 향하였다. 양화궁의 동배전과 서배전에서 주 상재와 임 상재는 이미 수를 놓고 있었으며, 우희가 소문을 들어섬과 동시에 강춘헌降春軒의 안 귀인이 양화궁에 도착하였다. 혜비는 놓고 있던 수를 내려놓고 사황자와 오황자를 반겼다. 마지막으로 명빈과 연 상재가 도착하자, 혜비는 향비가 두통으로 오지 못한다고 전하였다. 물론 우희와 다른 후궁들 모두 향비가 후궁들과 어울리는 것을 질색하기에 핑계를 대었다는 것은 알고 있었다.

괴화槐花로 물들인 종이를 오려 만든 국화를 궁녀들에게 주며 창을 장식하라 명을 내리었을 때, 주 상재가 혜비에게 불현듯 물었다.

"마마, 황상의 모후께서 천한 신분이셨다고 들었습니다. 그것이 대체 무슨 말입니까? 모두가 알고 있으면서, 누구도 알려주지 않아 답답하기 이를 데가 없습니다."

혜비는 주 상재를 꾸짖는 대신 미소를 띠었다. 우희는 혜비가 주 상재의 궁금증을 풀어주리란 것을 예상할 수 있었다. 안 귀인은 혜비의 미소를 보고는 유모상궁들에게 황자들을 안겨 서둘러 내보냈다. 연상재의 시선은 비록 찻잔에 머무르고 있었지만, 혜비의 입에서 나올 말에 귀를 기울이고 있다는 것을 알 수 있었다. 고결한 명빈은 미간을 찌푸리고 있었다.

"동국과 고나라에서 온 주 상재와 연 상재는 모를 것이네. 황국은 본디 모친의 고귀함이 자식에게 이어지지."

혜비의 이야기가 시작되었다. 우희는 이야기를 들어도 될지, 자리를 떠야 할지 고민하였다. 궁에서 다들 쉬쉬하는 데에는 그 이유가 있을 것이었다. 그리고 법도를 무척이나 중시하는 명빈으로서는 이를 벗어나는 자리에 있는 것이 명백히 불편해 보였다. 그럼에도 불구하고 명빈은 혜비를 거스를 말을 한 마디도 하지 않았다. 그래서 우희도 잠자코 혜비의 말을 경청하였다.

"선황께서는 황자의 난에서 승리하고 옥좌에 오르신 분이네. 본디 그 모부인께서는 황귀비의 사노비였으니 후궁에서 가장 출신이 미비하였고, 선황께서는 황위에서 가장 먼 황자셨지. 그러나 황태자가 급사하고, 황자들 사이에서는 그 자리를 둘러싼 다툼이 일었네. 그때 개국 공신 가문의 공공이 팔황자를 지지하고 나섰지."

거기까지 말을 한 혜비는 난강을 불러 차를 채우라 명하였다. 넋을 놓고 웃전들의 이야기를 듣고 있던 난강은 얼굴을 붉히고는 서둘러 자리에서 일어났다. 주 상재는 난강이 차를 가져오는 짧은 새도 참지 못하고 끼어들었다.

"마마, 공공이라면 황후마마의 부친 아니십니까? 두 누이가 각각 왕에게 하가하였고, 그 부인은 황국이 세워지기 전부터 이 땅을 다스려온 명문가의 후손이라 들었습니다."

자신이 아는 황국의 역사가 나오자, 주 상재의 눈이 흥분으로 빛났고, 뺨이 열기로 발개졌다. 당장이라도 자리에서 일어나려는 듯이 들썩이는 주 상재의 모습에 명빈의 굳은 표정은 풀어질 줄 몰랐으나, 혜비는 자상하게 웃기만 하였다.

"주 상재가 잘 알고 있네. 그중 한 누나가 동국과의 경계에 있는 황단 땅을 다스리는 왕비네. 동국 출신의 주 상재라면 그 이름을 몇 번 들어봤겠지. 공공께서 지지하기 시작한 순간부터 세력이 급격히 커진 팔황자는 결국 황위에 올랐고, 그 딸을 다음 황후로 약조하였네. 그러나 공공에게는 세 아들만 있었고, 오랫동안 황후의 자리를 약속받은 딸은 태어나지 않았지."

차를 가져온 난강이 혜비에게 잔을 올렸다. 그리고 혜비가 목을 축이는 동안, 잔을 비운 지 한참인 연 상재에게도 새로운 차를 건넸다. 우희는 다른 노비들도 꽃을 장식하는 일을 끝내고 어느새 모여 이야기를 듣는 모습을 보고는 자신도 일어섰던 자리에 다시 엉거주춤 앉았다. 그리고 혜비가 말을 이었다.

"팔황자의 모주가 잉첩이었던 까닭에 팔황자는 신분이 낮았고, 일찍 딸만 하나 앞세워 보낸 정비도 하급 관료의 딸이었지. 팔황자가 황위에 오른 뒤 공신의 딸을 황귀비로 맞이하였고, 그가 평생 갖지 못했던 권력을 안겨다 준 황귀비를 아낀 것은 당연한 일이었네. 황귀비가 황장자를 낳고 한 해 후, 황후도 이황자를 낳았으나 곧 세상을 떠나버렸으니 이황자는 기댈 곳 하나 없었고 말이네."

우희는 가슴이 답답해졌다. 사람의 일은 알 수 없었다. 노비의 자식인 팔황자가 황위에 오르고, 하급 관료 집안의 모친을 둔 이황자가 그 뒤를 이었다. 그리고 작은 고국이라 하나, 몇 대를 걸쳐 나라의 녹을 먹은 귀족 집안의 여식인 자신은 노비가 되었다.

"황장자로 하여금 황위를 잇게 하려던 황귀비는 아들이 다섯일 때 혼인을 시켰네. 모두가 놀랐지. 황장자가 영특하다 소문이 돌았다고는 하나 어린아이 아니었겠는가? 그러나 황귀비는 세력을 키우기 위해 지나치게 서둘렀네. 하긴 그때는 아무도 생각지 못했지."

여러 쌍의 눈동자가 정적 속에서 혜비의 입에서 떨어질 다음 말을 기다렸다. 장신구 하나 흔들리는 소리도 들리지 않았다. 무슨 이야기가 이어질지는 모두가 알고 있었다.

"그 다음 해에 황후의 위를 약속받은 공공의 딸이 태어날 줄은 말이네."

풀벌레들이 요란하게 울었다. 조정은 혼돈에 빠졌다. 날카로운 성정에 사냥만 좋아하는 이황자가 다음 황제가 될 것이었다. 십여 년 전 황자의 난 때 다른 황자를 지지하였던 귀족들은 목숨도 부지하기 힘들었다. 사람들은 국구에게 매달렸다.

"본궁이 들려줄 이야기는 여기까지네."

혜비가 일어나자 난강이 서둘러 팔을 부축하였다. 벌써 양화궁에 모인 지 두 시진이었다. 우희는 양화궁에서 내준 나무바구니에 황후궁을 장식할 종이꽃을 한가득 채워 후궁들의 뒤를 따라 남쪽으로 난정문을 나섰다. 황후궁은 후궁 중에서도 가장 황궁의 동쪽으로 치우쳐져 있었고, 우희는 다른 후궁들과는 달리 걸어가야 했기 때문에 서둘러야 했다. 양화궁에서 혜비의 이야기를 들으며 시간을 많이 보낸 탓에 황후궁의 문이 닫히기 전에 들어가려면 아슬아슬하였다.

막 걸음을 재촉하려는 우희를 명빈이 멈춰 세웠다. 붉은 양화문은 이미 굳게 닫혀 있었고, 명빈은 연 상재에게 먼저 떠나라 하였다. 물론 표면적으로는 권하는 것이었지만 우희와 단둘이 이야기하고 싶다는 의사를 밝혔기에 명과 다름없었다. 연 상재가 둘의 이야기를 들을 수 없을 정도로 멀리 떨어졌을 때, 명빈이 말을 꺼냈다.

"우희, 본궁의 청을 들어주겠는가?"

우희와 시선을 마주치지 않고 말하는 명빈의 목소리는 낮았다. 명빈의 내관은 그들의 이야기를 듣는 사람이 있을세라 주변을 살피기에 바빴다. 우희는 빈이 일개 노비인 자신에게 부탁할 것이 무엇인지 감도 잡히지 않았다. 그러나 여름 내 불화를 그리며 명빈 곁에서 보낸 시간에 쌓인 정을 무시할 수 없었다.

"명빈마마. 노비는 할 수 있는 것이 없습니다만 힘이 닿는 대로 도와드리겠습니다."

우희의 대답과 동시에 명빈이 눈을 마주쳐 왔다. 우희는 언제나 차분한 명빈의 것이라고는 믿기 어려울 정도로 형형하게 빛나는 눈동자를 보았다. 그 순간, 우희는 쉬운 일이 아닐 것임을 알 수 있었다.

"사황녀를 만나고 싶네."

여전히 속삭이는 것같이 작은 소리였지만 우희는 똑똑히 들었다. 그러나 자신의 귀를 의심하였다. 그래서 황궁에서의 암묵적인 규칙을 어기고 질문을 하였다.

"명빈마마, 노비는 이해가 되지 않습니다. 어찌하여 황녀가 뵙고 싶으시다 하십니까?"

우희는 자신이 만들어준 평과탕을 좋아하는 황녀를 떠올렸다. 당액을 한 숟갈만 모자라게 넣어도 울상을 짓는 어린아이였다. 그리고 황후는 그 모습을 볼 때마다 어쩔 수 없다는 듯이 웃고는 만효에게 자신의 장신구를 가져오라 하였다. 황녀는 작은 옥색 뒤꽂이 하나만 꽂고 나면, 언제 울상을 지었냐는 듯이 환하게 웃었다. 그런 어린 황녀에게 명빈이 무슨 말을 하려고 만나고 싶다는지 알 수 없었다.

"우희, 본궁이 황녀의 친모네. 친자가 없는 황후마마께서 황녀를 기르시지만, 본궁이 황녀의 친모네."

우희는 놀라움을 미처 감추지 못하였다. 그러나 이내 붉은 산당화를 꽂고 웃던 황녀의 모습이 떠올랐다. 그러고 보니 호리호리한 체형에 윤기 나는 검은 머리가 눈앞의 명빈을 닮았다. 그에 비해 황후의 머리칼은 밤색이었다. 지는 햇살이나 일렁이는 촛불에 비치면 그 색에 물들 정도로 불그스름한 밤색이었다.

"황후마마께서는 황녀의 몸이 좋지 않다며 본궁이 황녀를 만나지 못하게 하시지만, 그렇지 않다는 것을 아네. 본궁은 황녀가 본궁이 친모라는 것도 잊어버릴 것 같아 두렵네. 부디 본궁을 도와 황녀를 한 번, 단 한 번만이라도 보게 해주게."

황녀가 황후의 머리에도 자신과 같이 산당화를 장식하려 했었다. 황후는 어린 딸의 마음을 거절했었다. 황녀가 황후에게 어째서 산당화를 꽂지 않느냐고 물었다. 황후는 황녀의 손에 들린 가지와 검은 머리를 수놓은 붉은 꽃을 보고 웃었다. 우희는 그릇을 들고 나오는 바람에 황후의 대답을 듣지 못했다. 하지만 이제 무슨 말이었을지 알 것 같았다.

많은 다른 후궁들이 울긋불긋한 생화로 머리를 장식하고 향기를 흩뿌릴 때도 금과 진한 옥으로 만든 장신구만을 고집하던 황후였다. 처음에는 부를 자랑한다고 생각하였다. 나중에는 변치 않는 패물로만 만드는 장신구가 그의 고집 센 성격을 잘 드러낸다고 생각했다. 그러나 지금은 산당화를 꽂을 수 없었다는 것을 안다. 붉은 머리에 붉은 꽃을 꽂으면 황녀가 친딸이 아닌 것이 밤과 낮처럼 명백히 드러난다. 안쓰럽기는 하였다. 그러나 그러면서까지 남의 딸을 빼앗으려는 황후를 이해할 수 없었다.

"노비 부족하나마 청을 올려보겠습니다."

우희가 명빈의 눈동자와 같이 떨리는 목소리로 대답하였다. 황후께 황녀가 그 친모를 만나게 해달라는 청을 올리다니 방자한 일이었다. 그러나 우희는 명빈의 청을 거절할 수 없었다. 여름 간 쌓은 정 때문만이 아니었다. 우희는 온 가족을 떠나보냈다. 우희도 어머니를 다시 만날 수 있다면 무엇이든지 할 것이었다. 우희는 이별의 애틋함을 알고 있었다. 우희는 저도 모르게 눈가에 흐르던 눈물을 훔쳤다. 살아 있는 모녀지간을 갈라놓는 것은 잔인한 일이었다.

마음을 단단히 먹었건만 입을 떼기까지는 몇 번이나 망설여야 했다. 우희는 서간을 읽는 황후 앞에 두 무릎을 꿇고 머리를 바닥에 조아렸다. 우희의 갑작스러운 태도에 황후가 손에 든 종이를 보료 위에 내려놓았다.

"황후마마, 청이 있사옵니다."

황후 옆에 서 있던 만효가 당황하는 것이 느껴졌다. 황후에게 청을 올리는 간 큰 노비도 없었겠지만, 평생 황후를 옆에서 모신 만효라면 황후가 어찌 반응할지 알고 있는 것일 수도 있었다. 잘하면 궁에서 쫓겨나 평생을 떠돌고, 못하면……. 우희는 더 이상 생각을 하지 않기로 하였다.

"명빈이 황녀를 만날 수 있도록 해주시옵소서."

황후는 아무 대답도 하지 않았다. 우희는 뒷목이 서늘하였다. 제 목숨을 보전하는 것이 가장 큰 목표였다. 그랬건만 어째서 남을 위하여 이런 위험을 감수하고 있는 것인지 스스로도 이해가 가지 않았다. 하지만 입술을 깨물고 두려움을 참아냈다.

"마마, 철없는 아이의 말이니 용서하시옵소서. 아직 궁에 들어온 지 얼마 되지 않은 천둥벌거숭이이옵니다."

옆에서 만효가 우희를 만류하며 황후에게 말하였다. 그리고는 우희에게 어서 용서를 빌라 꾸짖었다. 하지만 우희는 그만둘 수 없었다. 모녀간의 이별은 가슴이 찢어지는 것이었다. 그리고 자신 홀로 겪는 것으로 족했다.

"희명希明의 아이가 눈이 멀었습니다. 희명은 아이를 데리고 천수대비 앞에서 빌게 하였습니다. 무릎 꿇고 두 손 모아 천수관음 앞에 빌어 아뢰옵나이다. 천 개의 손 천 개의 눈을 가졌사오니 하나를 내어 하나를 덜어 둘 없는 나에게 하나만 주시옵소서. 아아, 나에게 주시옵소서. 나에게 주시면 자비가 클 것이옵니다."

명빈은 희명의 이야기를 몇 번이고 읽었다. 자식의 눈이 멀었는데 어미의 마음이 어땠겠냐고 혼잣말을 하였다. 이제 우희는 그 말을 하던 명빈의 속을 알 수 있었다. 희명도, 명빈도 가슴이 미어졌을 것이다.

"그리고 광대무변한 관세음보살의 자비로 모자의 간절한 청을 들어

아이의 눈을 뜨게 해주었습니다."

그러니 황후마마께서도 자비를 베푸소서. 우희는 속으로 빌었다. 황후도 자비를 베풀어 명빈이 황녀를 만나게 허락하길 입안에서만 몇 번이나 되뇌었다.

"우희, 그만두지 못하겠느냐?"

만효가 우희를 꾸짖었다. 그러나 우희는 다시 한 번 바닥에 고개를 찧었을 뿐, 만효의 말대로 일어서 용서를 빌지는 않았다. 이미 엎지른 물이었고 저지른 일이었다. 다른 청이었다면 이리 무모하게 굴지 않았을 것이었다. 그러나 가족을 잃은 우희는 명빈의 청이 얼마나 간절한 것인지 알고 있었기에 외면할 수 없었다.

"마마, 벽에 그려진 관음보살에게 눈을 뜨게 해달라 비는 일이라니 얼마나 허무맹랑합니까? 그러나 명빈은 어미는 자식을 위해서라면 그 이상으로 헛되어 보이는 일도 할 수 있다고 하였습니다. 그 마음을 부디 헤아려 주시옵소서."

우희는 고개를 들어 황후의 밤색 눈을 쳐다보았다. 황후는 손에서 굴리던 옥 조각을 탁자 위에 내려놓았다. 그리고 미소를 지어 보였다. 우희가 황후의 심중을 헤아리지 못하고 있는데 만효가 옆에서 머리를 조아렸다.

"마마, 노비가 단단히 교육시키도록 하겠습니다."

그제야 우희도 만효를 따라 고개를 숙였다. 결국 안 될 일이었나 보다. 지난날들이 주마등처럼 스쳐 지나갔다. 대보름날 화려한 등이 밤하늘을 수놓은 황국의 거리를 누비던 일부터 은인이 주변의 전각을 살라먹던 불길보다 새빨간 천으로 눈앞을 가려주던 일, 손이 다 까지고 치맛자락은 원래의 색을 찾아볼 수 없을 정도로 흙에 더럽혀진 채로 집에서 끌려 나가던 일, 그리고 강유와 함께 배꽃 아래 봄 하늘을 올려다보던 일까지, 슬프고 행복했던 때의 기억이 폭우가 내린 후 아침의 계곡물같이 거세게 몰아쳤다.

"되었다. 우희 네 뜻이 그러하다면 중구에 폐하를 뵙는 자리에 황녀를 데려오너라. 내 모녀의 정을 사사로이 막아서야 되겠느냐?"

황후가 한숨을 내쉬더니 일어서며 말했다. 우희가 감사하다 말을 하고 고개를 드는데 황후는 이미 뒤돌아섰다. 황후의 뒷모습이 유난히 힘이 빠져 보였다. 우희는 자신이 명빈을 위해 한 일이 황후를 힘들게 하였다는 생각에 자책감이 들었다. 그러나 우희는 명빈의 애처롭던 검은 눈동자를 다시 떠올리며 마음을 다잡았다.

"우희잖아요. 염려 마세요."

우희는 문고리를 잡으려고 손을 뻗었다가 소향이 먼저 나간 만효에게 하는 말을 듣고 멈추어 섰다.

아홉수가 겹쳐 양의 기운이 극에 달하는 중양절은 대보름날과 더불어 황국의 이대 명절이었다. 황실의 종친들이 한자리에 모이는 성대한 행사가 치러졌기에 우희와 같은 궁녀들은 혹여 지체 높은 분과 시선이라도 마주칠세라 종일 고개조차 들지 못하였다. 때문에 향연에서는 귀족 집안의 여식으로 황족을 모시는 소향이나 수십 년간 황실 식구를 보필해 온 만효와 같은 궁녀만이 수발을 들었다.

연회가 펼쳐진 청우각淸宇閣 주위는 무려 황금으로 물들인 종이꽃과 흐드러지게 핀 국화가 눈을 어지럽히고 있었다. 우희가 향기에 취해 있을 때, 자그마한 손이 치맛자락을 잡아당겼다.

"우희, 안아줘."

사황녀가 중광을 맞이하여 황후궁에서 특별히 내린 우희의 치마를 잡아당기며 칭얼거렸다. 밤 껍질과 연자 껍질로 색을 낸 비단이 황녀의 조그마한 손에서 포도 껍질처럼 구겨졌다. 우희는 무릎을 굽혀 황녀와 시선을 마주하고는 양손으로 작은 두 손을 마주 잡았다.

"황녀마마, 청우문 안부터는 누구나 걸어가야 하는 것을 알고 계시지요? 황상께서 저 안에 계십니다. 조금만 더 가시면 됩니다."

우희가 달래는 말에 황녀가 불퉁하게 입을 내밀었지만 마지못해 고개를 끄덕였다. 우희는 황녀의 까만 눈동자를 보며, 오늘 명빈이 황녀를 만나 얼마나 기뻐할지 생각하였다. 우희는 다시 일어서서 걷기 시작하였다. 황녀를 본 청우각의 궁녀들이 인사를 올렸고, 우희는 황녀의 손짓에 따라 일어나라는 말을 대신 하였다.

"마마, 일황녀와 삼황녀께서도 여덟 살이 넘어서야 연회에 참석하셨고, 삼황자께서는 아직 못 오시는 걸 알고 계시지요? 황상께서는 특별히 어린 황녀마마를 초대하셨사옵니다."

우희가 자그마한 머리 가득 장식을 올려 예복을 차려입은 어린 황녀를 뿌듯하게 쳐다보며 말하였다. 금색 비단으로 꽃잎 하나하나를 오려 만든 전륜화가 발걸음에 나풀거렸다. 오늘 황녀는 자신에게 특별한 선물이 기다리고 있다는 것을 모르고 있었다. 모녀의 재회의 순간을 상상만 하여도 흐뭇한 웃음이 삐져나오는 것을 막을 수 없었다.

"나는 황후마마의 딸이다. 다른 황자, 황녀와 다르다."

황녀가 당연하다는 듯이 말하였다. 적녀로서 서자, 서녀와 남다른 대우를 받는 것이 타당하다는 황녀의 말에 우희는 서늘한 마음이 들었다. 하지만 황녀는 그런 우희의 마음을 모르는지, 앞에서 무릎을 꿇으며 예를 차리는 궁녀들에게 일어나라 손짓하기 바빴다.

잿빛 돌계단을 오르자 청우각 아래에서 기다리고 있는 소향이 보였다. 소향은 지나가던 여관을 잡아 우희에게 있을 곳을 마련해 주라 명하고는 황녀를 데리고 풍악 소리가 퍼지는 나무 계단 위로 올라갔다.

황실의 종친들 앞에서 고개조차 들지 못하기에 수발을 들 수 없는 망국 출신의 우희는 소향이 황녀와 함께 계단을 올라가는 모습만 지켜보았다. 노랗고 붉은 꽃잎들이 바람을 타고 기둥 아래 우희가 걷는 길 위로 비처럼 쏟아졌다.

"황상을 뵈옵나이다."

어린 황녀가 또박또박 말하였다. 황녀는 대청 잎에서 뽑아낸 것같이 진한 남색과 누리장나무의 열매를 으깨어 낸 맑은 옥색의 비단 예복을 입고 있었다. 황제가 붉은색을 좋아한다는 소문에 옅고 짙은 홍색으로 차려입은 다른 이들 사이에서 유난히 눈에 띄었다.

"어서 오너라."

황제는 황후를 잠깐 쳐다보고는 황녀를 자리로 안내하라 손짓하였다. 자신을 닮아 검은 눈동자가 호기심으로 빛나고 있었다. 아직 어린 탓에 황궁의 연회는 처음일 터였다. 중양절을 맞아 기둥마다 금물을 들인 종이로 만든 국화로 장식하고, 천장에는 금사에 홍옥을 꿴 발을 드리웠으며, 바닥에는 은사로 구름 문양을 수놓은 융단을 깔았다. 구석구석 생화가 향기를 뿜어내고, 꽃보다 아름다운 궁녀들이 악기를 연주하여 모든 감각이 어지러운 연회장에서 어린아이가 의젓하게 예를 차리는 것이 기특하였다.

삼황녀가 황제를 위하여 그렸다며 바친 종이에는 황제의 덕을 기리는 글귀가 어설픈 붓질로 써져 있었다. 황제는 황녀에게 동쪽에서 진상해 온 질 좋은 옥을 깎아 만든 팔찌를 상으로 내렸다. 삼황녀가 해맑게 감사하다 인사하고 혜비에게 달려가는 모습에서 시선을 떼니, 사황녀가 황후를 올려다보며 무어라 말하는 모습이 보였다. 황후는 황녀의 머리를 장식한 만수국을 만지작거리고는 황녀의 뺨을 어루만

지며 달랬다. 그러자 황녀가 제 팔의 고리를 돌리며 시무룩하게 대답하고는 황후가 떠준 과일을 입에 물었다.

"황녀도 황후께 잘 배운다면 명필이 될 것이다."

그 모습을 보던 황제가 무심코 말을 던졌다. 황제는 황후의 글을 좋아했다. 여리고 조신한 황후의 성격과 달리 글씨는 무척 호쾌하였다. 어려서는 규방에, 자라서는 황궁에 갇혀 지낸 황후가 드넓은 북쪽 들판을 보았을 리 없었다. 그러나 조금도 막힘없이 뻗어 내리는 붓은 명마를 타고 달리는 느낌이 드는 글씨였다. 사황녀가 황후에게서 잘 배운다면 필경 삼황녀와는 비교할 수 없을 정도로 명필이 될 것이었다.

황제의 칭찬을 들은 황후의 뺨에 자그마한 홍화가 피어났다. 황제는 발그레한 볼, 세필 붓같이 가느다랗고 기다란 속눈썹 아래로 숨긴 연한 밤색 눈동자, 그리고 한 가닥 흘러내린 불그스름한 밤색 머리카락을 물끄러미 쳐다보았다. 황후가 눈썹 끄트머리에 매달려 있던 금가루를 떨어내고는 황제를 바라보았다. 황제는 황녕궁에 커다란 국화를 보내야겠다고 생각하였다. 황제는 한 번도 황후의 글을 좋아한다고 말한 적이 없었다. 그러나 고양이가 가끔 다가와 옆구리를 비비고 가듯이, 황후가 내킬 때면 보답으로 시를 써주고는 하였다. 그리고 아마 이번에 꽃을 가져가는 내관은 시를 한 수 받아올 것이었다.

팔꿈치에 황금 고리를 끼우고, 어깨에서부터 흘러내린 하늘하늘하고 기다란 천을 고리에 한 번 끼워 총 넉 장의 날개와 같은 의상을 입은 무용수들이 공연을 마치고 지상으로 내려왔을 때였다. 연회장 우측에 앉은 명빈이 황녀를 부르는 것이 보였다. 황제는 황녀가 명빈에게 총총거리며 다가가는 것을 보았다. 황후는 막지 않았다. 황후궁에서 황녀를 기르기 시작한 이후로 다섯 해 동안 명빈이 여름별궁에 오는 것까지 막으면서 황녀를 만나지 못하게 한 황후였다. 그런 황후가 중앙절에 법도를 어기면서까지 아직 어린 황녀를 연회에 데려오고 싶다 하였다. 황제는 옆의 양 내관에게 풍악 소리를 서서히 줄이도록 지시하였다. 음악이 잦아드는 것을 눈치챈 황후는 황제를 쳐다보았으나, 명빈의 정신은 온통 황녀에게 팔려 있었다.

"마마께서 제 어머니시라구요?"

황녀가 되물었다. 후궁들도 모두 둘의 광경을 지켜보고 있었다. 자리에서 일어나 황녀의 손을 마주잡고 있던 명빈이 입가에 애처로운 미소를 띠우며 고개를 끄덕였다. 그리고 황녀를 껴안았다. 황제는 이쯤에서 무슨 사달이 날 것이라 생각하였다. 그러나 황후는 전혀 불쾌한 기색이 없이 둘을 지켜보고 있었다. 이를 의아하게 생각하는 순간 황녀가 명빈의 가슴을 두 손으로 밀어내고 뒤를 돌았다. 그리고 황후가 앉아 있는 자리로 뛰어가 그 품 안에 안겼다.

"마마."

울먹이며 황후의 옷자락이 구겨지도록 잡았다. 황후는 새하얀 손으로 황녀의 검은 머리 타래를 쓰다듬으며 연회에서 울어서는 안 된다며 달래었다. 황녀는 가까스로 눈물을 삼키었지만 황후의 손을 놓을 기색은 보이지 않았다. 황녀를 다시 손에 넣은 황후의 눈에는 안도의 기색이, 품에서 뛰쳐나간 아이가 양모에게 달려가 안기는 모습을 보는 명빈의 입가에는 씁쓸함이 돌고 있었다.

연회장이 황후와 명빈의 일로 술렁이자 황제는 충동적으로 황녀를 불렀다. 자리는 순식간에 조용해졌다. 황제는 눈물을 그렁그렁 달고서도 울어 젖히지 않은 황녀를 쳐다보았다. 밤처럼 검은 머리는 황녀가 명빈의 친자라고 외쳤지만, 감정을 다스리기 위해 앙다문 입매는 황후의 딸임을 조용히 주장하였다. 황제는 웃음을 터뜨리고는 왕 내관에게 북국에서 보내온 목걸이를 황녀에게 내어주라 명하였다. 황녀는 굴색 사금석을 깎아 만든 구슬을 꿴 목걸이를 걸고 표정이 한층 밝아졌다.

"네가 어린 나이에 연회에서 울지 않고 의젓하니 내리는 것이다."

황제가 자신과 같은 먹색 눈동자를 마주보며 말하였다. 무거운 진주같이 고여 있던 눈물은 순식간에 반짝이는 아침 이슬방울로 변했다. 충동적으로 내린 상이었다. 마땅히 상을 받아야 했던 삼황녀에게 내렸던 것보다도 귀한 것이었다. 자신이 무어라 이유를 붙이든 간에 사람들은 자신이 황후의 편을 들어줬다 생각할 것이었다. 황제는 머리가 아파왔다. 늘 이렇게 원치 않던 일에 휘말리게 되었다. 어쩌면 나이도 차지 않은 황녀를 중양절 연회에 데려오고 싶다는 황후의 청을 거절했어야 했던 것일지도 몰랐다.

황후가 목걸이에 시선이 팔린 아이에게 축하의 말을 건네고 있었다. 황후의 진심은 보기 힘든 것이었다. 그리고 반짝임을 눈치채는 순간, 너무나 빨리 사라져 버렸다. 황후의 귓불에서 황수정 귀걸이가 흔들리며 빛을 산란시켰다. 그리고 황제의 생각도 흩어졌다.

청우각에서의 소란은 우희의 귀에도 들어갔다. 우희는 이날 황녀의 태도에 충격을 받았다. 하지만 훗날이 되어서야 이때 황녀가 자신에게는 이로운 선택을 하였다는 것을 알게 되었다. 황녀는 그 자리에서 황후에게 달려간 일로 황후의 딸로서의 지위가 후궁의 딸이라는 출신보다 중히 고려되었다. 그리고 황제의 서녀에게 주어지는 작위인 고석공주 대신 적녀에게 주어지는 작위인 화륜공주를 받게 되었다. 덕분에 화륜혜강惠康공주는 동국의 왕자비가 아닌 북국의 세자비로 떠났다.

3. 정원의 주인

중양절이 지나고부터 우희는 황후를 찾아온 손님을 맞이하였다. 황국에 오고 처음 맞은 정월대보름에 청우각에서 만났던 남자였다. 우희는 남자를 기억하고 있었지만 손님은 우희를 아는 기색을 보이지 않았다. 황후를 궁까지 사사로이 찾아온 이는 황후의 셋째 오라버니의 절친한 벗으로, 황후가 믿고 의지하는 황실의 사람이라 하였다. 우희는 동친왕을 구진재로 안내하였다. 만효와 다른 궁녀들이 길목을 지킨 까닭에 멀리서는 동친왕이 초로원으로 간 것으로 보일 것이었다. 동친왕은 사람을 시켜 궁녀들이 누벼놓은 옷가지를 옮기게 하였다. 우희는 동친왕의 사람들과 황후궁의 궁인들이 재에서 짠 것을 황후궁 내의 의류와 함께 침방으로 옮기는 것을 도왔다. 침방 근처까지 황후궁의 물건과 함께 옮긴 후, 재에서 누빈 옷은 궁 밖으로 비밀리에 반출할 것이라 하였다.

"리도 힘들 터인데 겨울맞이에 고생할 사람들을 잊지 않는구나."

동친왕이 옆에서 걷고 있는 우희에게 웃어 보였다. 우희는 리라는 사람이 황후일 것이라고 짐작하였다. 작은 꽃잎이 분분히 흩날리는 배꽃梨은 황후와 어울리지 않았지만 말이다. 황후궁의 옷 등속에 숨긴 산더미 같은 재의 옷가지를 수레에 싣고 침방에서 조금 떨어진 문까지 도착했을 때, 강 내관이 다가왔다.

"동친왕 전하를 뵙사옵니다."

인사를 받는 동친왕의 굳은 표정으로 보아하니 그들이 기다리던 사람이 아닌 듯하였다. 우희 귀 뒤의 혈관이 팔딱팔딱 뛰기 시작하였다. 우희도 내관에게 고개를 슬쩍 숙여 인사를 하였다.

"우희 궁녀, 여기까지 웬일이시오? 소향 궁녀를 따라 일을 배운다고 하더니 몇 번 오다 말지 않았소?"

강 내관이 반가우면서도 의아한 표정으로 물었다. 두 해도 더 전에 겨우 몇 번 만났을 뿐인데 기억도 잘했다. 하기야 궁에 오래 붙어 있는 사람들은 모두 기억력이 비상하긴 하였다.

"아, 황녕궁도 겨울 것으로 바꿀 때가 되었지. 이리 따라오시오."

강 내관이 수레를 끄는 사람들에게 손짓을 하며 침방 쪽으로 걸어가기 시작하였다. 우희는 머리를 재빨리 굴렸다. 재의 물건을 가지고 침방으로 가는 일은 막아야 했다.

"강 내관, 나는 채이를 만나 이것들을 맡기고 특별히 부탁할 말이 있소."

우희가 강 내관을 멈춰 세우며 둘러댔다. 그러자 강 내관이 고개를 절레절레 흔들며 어두운 표정을 지었다. 우희도 이미 채이가 침방에 없다는 것은 알고 있었다. 다른 사람의 입에서 확인하는 것은 피하고 싶었다. 그러나 상황이 급박하게 돌아가는지라 우희가 이 대화를 시작하여야 했다.

"우희 궁녀, 그 아이는 이곳에 없소. 손도 서툴러 일을 잘 못하기도 하였지만⋯⋯."

고개를 돌려 보지 않아도 옆에서 동친왕이 안쓰러운 눈으로 쳐다보는 것을 느낄 수 있었다. 아마 동친왕도 강 내관이 하는 말의 의미를 알고 있으리라 생각하였다.

"그럼 소향에게 사람을 보내어 어찌 해야 할지 물어본 후에 움직이도록 하겠소."

우희가 서둘러 강 내관의 말을 막았다. 강 내관은 우희의 말에 수긍하고는 먼저 침방으로 돌아갔다. 강 내관의 뒷모습이 더 이상 보이지 않을 때에야 우희는 몸에 힘을 풀었다. 이마에 맺혔던 땀방울이 그제야 흘러내렸다. 우희는 동친왕이 내미는 천을 받아들었다.

"수고하였다. 재치가 있더구나."

우희가 땀을 훔치고 숨을 채 돌리기도 전에 그들이 기다리던 사람들이 나타났다. 침방 사람들과 같은 옷으로 변장한 이들은 재의 옷가지들을 서둘러 옆의 수레로 옮겼다. 침방에서 옷가지를 내버리는 척 궁 밖으로 내어가는 것이었다. 우희와 동친왕은 짧은 인사로 헤어졌다. 그리고 우희는 황후궁의 의류를 끌고 침방으로, 동친왕이 데려온 사람들은 재에서 누빈 옷을 싣고 침방 곁에 난 쪽문으로 나갔다.

그 뒤로도 동친왕은 두 주에 한 번씩은 황후궁에 찾아와 우희와 함께 황후의 부름을 따랐다. 조례에 참석하기 위해 궁에 들른 것이 아닌 까닭에 황룡이 눈을 부라리는 예복이 아닌 포도색에 수복문이 금사로, 옷 전체에는 자그마한 귀갑문이 수놓아져 있었다. 그해의 마지막 달에 쪽문으로 동친왕을 찾아온 사람들도 이제까지 몇 번 봤던 자들과는 다른 이들로, 동친왕에게 예를 올리지도 않고 대인大人이라 불렀다.

"동친왕 전하."

사람들이 떠난 뒤 우희가 동친왕을 조심스레 불렀다. 신분까지 숨기며 하는 일이라, 아무리 생각하여도 작은 일이 아닌 듯싶었다. 혹여 일이 잘못되면 황족인 동친왕은 몰라도 망국에서 온 궁녀인 자신은 큰 벌을 피하지 못할 터였다. 아니, 동친왕은 황족이기에 역모의 죄까지 쓰고 오히려 더 큰 고초를 겪을 수도 있었다.

"상하常夏라 부르거라. 오늘 새로 온 이들에게는 너를 내 고향 동무의 누이동생이라 소개하였는데 내 정체를 발설할 생각이냐?"

동친왕이 눈웃음을 지으며 속삭였다. 우희는 귓가를 울리는 저음에 눈을 둘 데를 잃었다 겨우 동친왕의 신발 끄트머리에 시선을 고정하였다. 그리고 마찬가지로 속삭였다.

"상하, 대죄에 연루되면 어찌하려고 궁내에서 이런 일을 벌이십니까?"

작은 웃음소리와 함께 신발 코가 조금씩 다가왔다. 우희는 심각하게 말하는데 상대는 장난으로 받아들이고 있었다. 답답하였다.

"저는 온 가족을 잃었습니다!"

마침내 우희가 소리쳤다. 그리고는 제 소리에 놀라 주변을 살폈다. 다행히도 높으신 분들이 찾을 일 없는 궁의 동쪽 변두리인 까닭에 멀리에서 경계를 서고 있는 병사 둘의 인영만 겨우 보일 뿐, 사위는 조용하였다.

"안다. 염려 말거라."

우희와 시선을 맞추기 위해 고개를 숙인 동친왕이 자상하게 말하였다. 우희는 상대도 잊고 발끈한 것이 부끄러워 고개를 돌려 시선을 피하였다. 작위 대신 이름으로 부르라 허락을 받았어도 상대는 황족이었다. 그리고 자신은 망국 출신의 노비였다.

"만약 들키게 되면 황후마마께서 지시하셨다 변명하면 된다. 사실이지 않느냐?"

동친왕이 다시 장난스러운 목소리로 말하였다. 우희는 웃음을 터뜨리며 동친왕과 눈을 마주쳤다. 절대로 그리할 일이 없다는 것은 알고 있었다. 처음부터 상대의 청을 들어주기 위하여 어느 정도 위험을 감수하지 않고는 할 수 없는 일이었다.

"그럼 황후마마께서 곤란하시지 않겠사옵니까?"

우희가 맞받아치는 말에 동친왕의 눈동자가 파리 광택이 풍부한 흑요석처럼 반짝였다. 여름 해처럼 빛나는 미소 뒤에 쓸쓸한 눈빛이 잠깐 스쳐 지나갔다고 느낀 것은 우희의 착각이었을 것이다. 동친왕은 길쭉한 손가락을 뻗어 우희의 머리에 꽂힌 백옥 말리화를 바르게 정돈해 주고는 입가에서 떠날 줄 모르는 호선을 그렸다.

"황후는 네가 걱정할 것 없다."

말투는 고왔다. 그러나 그 속은 네 주제에 누구를 걱정하느냐는 물음 같아서 우희는 금세 침울해졌다. 하지만 이내 자신의 손을 잡아오는 동친왕에 놀라 눈을 동그라니 뜨고 쳐다보았다.

"손이 차구나. 황국은 추운 곳이지."

우희의 발개진 손을 녹여주는 동친왕의 커다란 손은 무척이나 따뜻했다. 우희는 손을 뺄 생각을 하지 못하고 조용히 고개를 끄덕였다. 차가운 손이 녹으려면 멀었는데도 땀이 차는 것 같았다. 우희는 그제야 동친왕이 빌려주었던 천이 떠올랐다. 우희는 소매에서 작은 금색 꽃이 수놓아진 조각을 꺼냈다.

"국화의 다른 이름이 동리군자東籬君子라는 것을 알고 있느냐?"

동친왕이 황금과 태양을 함께 녹여낸 수를 만지작거리며 우희를 바라보았다. 우희는 고개를 끄덕였다. 도연명의 음주飮酒 중 다섯 번째 수는 우희도 좋아하는 것이었다.

結廬在人境	초가를 엮어 마을 곁에 살아도
而無車馬喧	수레 끄는 소리, 말울음 소리 하나 들리지 않네.
問君何能爾	그대는 어찌 능히 그럴 수 있는지 묻네.
心遠地自偏	마음이 멀어지면 사는 땅은 절로 멀어진다네.
採菊東籬下	동쪽 울타리 아래에서 국화 한 송이를 꺾어들고
悠然見南山	유연히 남산을 바라보네.
山氣日夕佳	산 기운은 해질녘에 더욱 아름답고,
飛鳥相與還	날던 새들도 서로 모여 둥지로 돌아오네.
此中有眞意	이 속에 인생의 참뜻이 들어 있으니
欲辨已忘言	말로 드러내려 해도 이미 말을 잊었네.

우희와 동친왕이 바라보는 하늘에도 석양이 빛나고 있었고, 둘에게도 국화 한 송이가 들려 있었다. 우희는 다른 꽃들이 모두 진 자리에 고고히 피어나는 국화를 쳐다보았다. 동친왕의 손 안에서 영원히 지지 않는 가을의 꽃을 바라보았다.

"그러고 보니 상하常夏는 늘 여름이라는 뜻 아닙니까?"

우희가 눈에 장난기를 띠고는 가을을 놓지 않는 여름에게 물었다. 여름마저도 서늘한 땅이었다. 그러나 우희는 그 이름을 지어준 까닭을 알 것 같았다. 아이만이라도 여름같이 뜨겁게 빛나라는 바람을 담았을 것이었다. 그리고 그 소망대로 동친왕은 밝고 따뜻한 사람이었다.

"이곳 황국에는 안 어울리는 이름 아니냐? 따뜻하다 못해 뜨거운 고나라면 몰라도 말이다."

동친왕이 웃으며 우희의 말에 동의하였다. 색색의 국화꽃이 흐드러지게 피어나는 황국보다는 달콤한 여지荔支가 익는 고국에 더 잘 어울리는 사람이었다. 그의 붙임성 있는 성격은 경계심 가득한 사람들만 조심스레 걸어 다니는 황궁보다는 소란스러운 고국의 거리에서 더 걸맞을 것이었다.

"나중에 황상께 고鼛 땅을 내리시라 청해봐야겠구나. 내려갈 때 우미희美姬도 데려가게 해달라고 황후께 청해보마. 어떠하냐?"

우희는 불가능해 보이는 그 말에 웃음만 지었다. 전자는 가능할지도 몰랐다. 동친왕은 황제의 유일한 형제이니 고나라의 왕으로 봉하는 것은 어려운 일이 아닐 수도 있었다. 그러나 우희 자신은 아마 이 추운 땅에 뼈를 묻어야 할 것이었다.

구름같이 부드럽고 탐스러운 꽃이 우희의 품 안에서 벗어나려는 듯이 날뛰었다. 달음박질하는 우희의 발걸음보다도 가벼운 꽃잎이 우희를 스치는 바람을 타고 날아가려는 듯이 흔들렸다. 진하디진한 향기가 가뜩이나 더운 6월의 공기 중에 피어올라 숨이 막혔다.

"그럼 닷새 뒤에……."

돌계단을 밟고 올라오는 중에 열린 문 사이로 남자의 저음이 들리기 시작하였다. 소향이 아뢰기도 전에 우희가 거세게 안으로 들이닥치는 바람에 놀란 황후가 시선을 돌렸다. 그리고 황후 옆의 보료에 앉아 이야기를 하던 남자가 뒤돌았다.

"우미희, 화원에 갔다기에 못 보고 가는 줄 알았는데 늦지 않게 돌아왔구나."

진하고 유려한 눈썹에 늘 웃음기로 반짝이는 눈동자, 부드러운 호선을 그리며 우미희라 부르는 상하였다. 우희는 뒤따라 들어온 소향에게 작약 무더기를 안겨주었다. 그리고 두 사람이 앉아 있는 자리로 천천히 걸어가 조심스레 무릎을 꿇으며 입을 열었다.

"동친왕 전하를 뵙사옵니다."

그러나 우희가 미처 무릎을 다 꿇기도 전에 팔을 잡아 세우는 손에 고개를 들었다. 상하가 고개를 저으며 웃음을 짓고 있었다. 우희의 가슴이 저도 모르게 콩닥거리게 만드는 미소였다.

"인사는 되었다. 이리 가까이 오너라."

우희는 의지를 벗어나 미소를 지으려는 입매를 잡느라 양 입술에 힘을 주었다. 근 한 달 만이었다. 우희는 눈을 들어 먹구름을 훑어온 듯 검고 부드러운 머릿결부터, 자신을 일으켜 세우기 위해 잡았다 흘러내린, 시원하게 뻗은 손가락까지 살피었다. 상하는 조금 피곤해 보였지만 여전히 반짝이고 있었다.

"우미희가 향기로운지 작약이 향기로운지 모르겠구나."

상하가 품에 안고 온 꽃의 향에 물든 우희를 놀리며 웃었다. 우희는 그 잔잔한 웃음소리가 좋았다. 한동안 듣지 못한 것이라 더욱 반가워, 자신을 놀리는 것일지라도 그 웃음이 조금 더 길었으면 좋겠다고 생각하였다.

보리가 한창 자라는 때라 궁 밖의 사람들은 먹을 것이 부족하였다. 상하는 고국과 합쳐져 더욱 넓은 땅에서 굶주리는 사람들을 구휼하기 위해 사방팔방으로 뛰어다녔다. 한 십 년이나 흐른 뒤에는 따뜻한 고국에서 보다 일찍 자란 보리를 황국의 사람들에게도 나누어줄 수 있을 것이다. 하지만 전쟁으로 모든 것이 불타 버린 지 아직 채 삼 년이 되지 않아 고국에도 모든 것이 부족하였다. 그래서 이런 때 상하가 더 고생을 할 수밖에 없었다.

"금방 다시 올 것이니 부디 옥체를 잘 챙기시옵소서."

상하는 자리에서 일어나면서도 황후에게서 눈을 떼지 못하였다.

여름이 다가오며 조금은 더워진 날씨에 황후는 입맛을 잃었다. 그리고 상하는 그 작은 변화도 눈치채고 황후를 걱정하였다. 우희는 상하 자신이 더욱 피곤해 보이는데도 황후를 걱정하기 바쁜 모습을 보고 어딘지 모를 섭섭함이 들었다.

말도 안 되는 일이었다. 누가를 누구를 질투한다는 말인가? 상하는 황족이고, 자신은 노비였다. 이루어질 리 없으니 상하가 누구를 마음에 두든 간에 자신이 신경을 쓸 필요가 없었다. 그러나 손가락 끝이 쥐가 난 것과 같이 저릿한 것이, 강유가 공주와 혼약을 맺었다는 소식을 듣고 가슴 한구석이 따끔거렸을 때와 비슷한 느낌이었다. 우희는 고개를 내저었다. 자신은 상하의 반짝이는 웃음을 보는 것으로 족했다.

우희는 품에서 떼지 않는 천을 꺼내었다. 천을 펼치자 중앙에 자리 잡은 화려한 국화가 모습을 드러냈다. 우희는 검지로 금색 실을 더듬었다. 고국에서 우희의 목숨을 구해준 남자가 건넨 것이었다. 우희는 상하에게 돌려준 천을 떠올렸다. 한쪽 구석에는 작은 노란꽃이 수놓아져 있었다. 둘은 같은 꽃이었다. 한 사람이 수놓은 것이었다. 하지만 상하는 우희의 은인이 아니었다. 우희는 눈을 내리깔고 생각에 잠기었다. 그러나 둘의 연관성에 대해 미처 깊이 추리하기도 전에 인기척이 들리는 바람에 우희는 재빨리 자수를 숨기었다. 소향은 그런 우희를 의아한 눈초리로 쳐다보았으나 우희는 어색한 미소만 지어 보였다.

황제가 연 상재와 어화원에서 만나 산책을 거닌다는 소문이 파다하였다. 황후를 곁에서 모시는 우희의 귀에까지 들어왔으니 온 후궁에 소문이 두어 바퀴는 돌고도 남았으리라는 것을 쉬이 짐작할 수 있었다. 황후가 봄볕이 새어 들어오는 창호지를 뒤에 두고 금색 실로 수를 놓고 있을 때 우희는 옆에서 탐스러운 황국과 꽃에 날아드는 나비 떼의 도안을 그리고 있었다. 황후가 창 가까이 앉아 있는 것을 모르는 어린 궁녀들이 재잘거리는 소리가 들려왔다. 궁녀들은 드디어 영록궁의 향비가 소문을 직접 확인하기 위해 어화원으로 향한다며 신이 나서 떠들었다. 투기로는 따를 자가 없는 향비가 연 상재를 얼마나 괴롭힐지에 대해 말을 주고받는 궁녀들을 혼내기 위해 만효가 일어섰다.

"구해주고 싶으냐?"

황후가 바늘에서 시선을 떼지 않은 채 우희에게 물었다. 우희는 붓을 놀리던 손을 멈추었다. 가족의 원수인 연 상재가 호되게 당하는 모습을 보고 싶었다. 그러나 그와 동시에 강유가 목숨을 바쳐 지켜낸 여인이 다른 남자의 여인과 총애를 다투는 모습은 보고 싶지 않았다.

"노비는 무어라 드릴 말씀이 없사옵니다."

우희는 붓을 내려놓고 무릎을 꿇으며 답을 하였다. 황후는 자수를 내려놓고는 우희에게 일어나라 명하였다. 어느새 방에 돌아온 만효가 황후의 겉옷을 가지고 다가왔다. 황후는 우희의 속을 다 안다는 듯이 웃음을 지었다. 우희는 황후가 그런 미소를 지을 때마다 진정 자신이 고민하는 연유를 알고 있는 것일까 두려웠다.

"연 상재는 총애를 위해 가리는 것이 없나 보오."

우희와 황후가 어화원에 도착하였을 때는 이미 향비가 연 상재를 괴롭히고 있었다. 향비뿐만 아니라 연 상재가 황제의 총애를 받는 것을 시기한 다른 후궁들이 가세하였다. 황후는 손을 들어 자신의 등장을 알리려는 것을 막았다. 그리고 어화원 깊숙이 목소리들이 들리는 곳으로 천천히 다가갔다. 걸어가면 갈수록 난생처음 보는 화려한 꽃나무들이 늘어났다. 그리고 그 가운데 황궁의 가장 아름다운 꽃, 후궁들이 모여 있었다.

"저리 천한 색이 잘 어울리는 것을 보니 고顧의 수준을 알겠습니다."

임 상재가 향비에게 웃으며 말하였다. 향비는 그 말을 듣고 만족스레 웃으며 얼굴이 붉어진 연 상재를 내려다보았다. 우희는 저의 나라 공주를 비웃는 말에 자신도 욕을 들은 듯 귀 끝까지 빨개졌다. 그때 사선으로 우희의 앞에 서있던 황후가 발걸음을 옮겨 우희의 시선을 가리었다.

"귀한 사람에게 녹색이 어울리면, 녹색이 귀한 색인 것이지, 연 상재가 천한 사람이 되는 게 아니니라."

황후가 느릿느릿 금색 옷자락을 끌고 연 상재 앞에 섰다. 우희는 그 뒤를 따랐다. 어화원에 모여 있던 후궁들과 궁녀들이 무릎을 꿇고 황후의 안녕을 빌었다. 황후는 일어나라 허하지 않고, 여유로운 손놀림으로 그 옆에 피어 있던 다홍색 금어초를 꺾어 연 상재의 머리에 꽂아주었다. 고국의 국화 금어초가 망국의 공주의 검은 머리 타래를 향기롭게 하는 모습을 보며 우희는 저도 몰래 눈물을 지었다. 저와 가족을 버린 고국에 미련이 없다 생각하였건만, 스무 해 가까이 쌓았던 애정은 쉽게 사라지는 것이 아니었나 보다. 황후는 모두에게 일어나라 명한 후 둘러보았다.

"꽃도 홍색과 녹색이 서로를 돋보이게 함을 알고 함께 피는 것이지, 어느 하나가 천하고 하나가 귀한 것이 아니지 않느냐."

황후의 말은 낮고 느렸다. 그러나 황제의 총애를 소리 높여 다투는 후궁들의 귀에는 들리지 않을 것이었다. 우희는 날카로운 혓바닥으로 서로를 해하려 드는 후궁들로 가득한 내궁을 다스려야 하는 황후를 동정했다.

"하나 황궁에도 도가 있는 법, 이곳은 연 상재가 있을 곳이 아니니라. 첫날은 실수로 발을 디뎠다 황상을 만나 용서를 받았다 하여도 두 번째부터 연 상재의 잘못이니, 향비의 지적을 달게 받아들이도록 하여라."

우희는 앞서가는 황후를 보며, 진정 소향이 일러준 대로 황후는 황제의 마음을 얻는 데 신경을 쓰지 않는다고 생각하였다. 그것은 아마 고귀한 출생으로 황제의 총애를 받아서 얻고 싶은 것이 없기 때문일 것이었다. 그리고 또 한 가지, 다른 후궁들과 달리 황후는 황제를 연모하지 않는 것 같았다. 황후에게서 시선이 떨어지지 않는 다른 사람, 상하를 바라볼 때만 눈에 빛이 돌았다. 우희는 서로를 향한 안타까운 감정이 가득 찬 황후와 상하의 눈빛을 잊기 위해 머리를 내저었다. 그 생각은 우희 자신을 괴롭힐 뿐이었다.

또 한 번의 여름이 지나가고 있었다. 우희는 머리를 짚으며 닫아두었던 문을 열었다. 전날 더위에 괴로워하다 바깥에서 깜빡 잠이 든 바람에 두통이 있었다. 우희는 더워 나는 것인지 열 때문에 나는 것인지 모를 땀을 닦았다. 오후에는 황후가 여름별궁에서 돌아올 것이었다. 우희는 황후의 이른 환궁에 준비하기 위해 안으로 들어서려다 현기증에 문 앞에 주저앉았다. 하늘이 참 파랬다. 고국을 떠나온 지도 세 해였다. 관청 기둥이 불타 무너져 내리고, 하늘마저 붉었던 망국의 날, 우희는 다시는 푸른 하늘을 볼 수 없을 줄 알았다. 그러나 가족을 잃고도 삼 년, 우희는 홀로 살아 있었다. 잊고 있던 것은 아니었다. 다만 긴장 속에서 살다보니 생각할 새가 없었을 뿐이었다. 우희는 다시 머리를 짚었다. 이마가 뜨끈했다. 이렇게 아픈 날이면 어머니가 이마에 올려주던 차가운 물수건이 떠올랐다. 안절부절못하고 아씨, 아씨 부르며 물을 건네던 시비가 떠올랐다.

"우희, 괜찮아?"

눈앞에 소향이 서 있었다. 멀리서는 황후의 등장을 알리는 소리가 울리기 시작하였다. 우희는 정신을 차리고 일어섰다. 그리고 오랜만에 만나는 소향에게 괜찮다고 웃어주었다. 소향이 이마를 짚으려 했지만 우희는 소향의 손을 잡아내려 막고는 황후를 맞이하기 위하여 황녕문으로 함께 향하였다.

초목처럼 부쩍 큰 황녀가 우희를 보자마자 달려와 안겼다. 황녀의 뒤로 유모상궁이 난처한 표정으로 뛰어왔다. 우희는 황녀의 손을 잡고 꿇었던 무릎을 일으켜 다가오는 황후에게 인사를 올렸다. 멀리서부터 황녀가 우희의 품에 안기는 모습을 보며 미소를 짓던 황후는 우희에게 일어나라 명하였다. 그러다 우희의 안색을 살피고는 무리한 것이 아니냐고 물었다. 우희는 황송함에 고개를 세차게 내저었다. 황녀가 저를 봐달라 우희의 손을 잡고 흔들고는 평과탕이 먹고 싶다고 조잘거렸다. 우희는 어지러움을 숨기고는 황녀에게 환하게 웃어 보였다. 어린 황녀는 자신이 있어야 할 이유를 만들어주었다.

주인이 한여름을 피해 자리를 비운 까닭에 황후궁에는 많은 것이 부족하였다. 그중 하나가 사과였다. 우희는 껍질을 벗기기 전부터 새큼한 향이 풍겨와 입에 침이 고이는 영몽을 내려놓고는 사과를 가지러 소주방으로 향하였다.

소주방은 손이 빈 사람이 없을 정도로 바빴다. 후궁의 일행보다 며칠 일찍 환궁하기로 계획되어 있던 황제의 행차였으나, 북쪽의 한 성에서 사냥을 하고 오시느라 늦어지는 바람에 일이 겹쳤다며, 우희에게 사과를 건네던 궁녀가 울상을 지었다.

우희는 대나무로 엮은 광주리에 붉은 사과를 담아 황후궁으로 천천히 걸음을 옮겼다. 화덕의 열기와 어지러이 움직이는 사람들이 내지르는 소리에 두통이 심해졌다. 살랑대는 바람을 마셔도 바닥이 흔들려 보였다. 그러나 황후궁 궁녀의 복장을 한 우희는 궁의 위엄을 지키기 위해 애써 담벼락을 짚지 않으며 걸음을 뗐다.

황궁의 서쪽에서 황후궁이 위치한 동쪽으로 가로지르는 십자 모양의 거대한 길에 들어섰을 때였다. 뿔피리와 북소리가 울림과 동시에 말을 탄 한 사람을 위시한 수많은 병사들이 들어오는 모습이 들렸다. 황국의 깃발이 흩날리고 무어라 외치는 소리가 온 궁에 울려 퍼졌다. 우희는 황국에 포로로 잡혀오던 길을 떠올렸다. 밤처럼 검은 말이 우희가 서 있는 쪽으로 달려오고 있었다. 검은 가죽옷을 입은 남자는 한 치 흔들림 없이 앞을 보고 흑마를 몰고 있었다. 그 뒤로 노랗고 붉은 깃발이, 그리고 돌바닥을 흔드는 병사들이 몰려왔다. 우희는 홀린 듯이 길 가운데로 뛰어나갔다. 말이 놀라 몸을 일으켜 세웠다. 우희가 놓친 광주리에서 붉은 사과가 튀어 올랐다. 푸른 하늘로 흩어졌던 과일은 이내 재색 바닥을 거세게 치며 떨어졌다. 새콤달콤한 액체가 우희의 뺨에 점점이 튀었다.

우희는 그 남자가 사람들에 둘러싸인 귀족이란 것도 잊고 달려갔다. 물어야만 했다. 대답을 해주지 않을 것은 알고 있었지만 물어야만 하였다. 발아래 돌바닥에서 경쾌한 소리가 났다. 이 소리가 그대로 은인에게 가는 길까지 이어지길 바랐다. 그러나 우희는 이내 멈출 수밖에 없었다. 남자를 호위하던 병사들이 우희를 막아섰다. 억센 손으로 우희를 붙잡아 세웠다.

"알려주십시오!"

우희는 붙잡힌 팔에서 느껴지는 아픔도 잊고, 제가 무엇을 하러 가던 것인지도 잊고, 앞의 남자가 누군지도 잊고 외쳤다. 남자가 말에서 내렸다. 그리고 의아하다는 표정을 짓고는 손짓으로 호위병들을 물러서게 하였다. 그리고 천천히 우희에게 걸어왔다. 우희는 그제야 제가 무슨 짓을 하였는지 정신이 들었다.

"무엇을 알려달라는 말이냐?"

황국으로 오는 길에 가마에서 본 그 사람의 목소리였다. 우희는 찔끔 감았던 눈을 떴다. 짙은 눈썹, 칠흑같이 검은 머리카락, 그리고 심해와 같이 깊이 가라앉은 눈빛, 모두 잠깐 보았던 그 사람이었다.

"제 생명의 은인이 어디 계신지 알려주십시오. 감사의 인사도 올리지 못하였습니다. 부디 한 번만이라도 뵙게 해주십시오."

우희가 떨리는 목소리와 흔들리는 눈빛으로 간청하였다. 그러나 앞의 남자는 짙은 눈썹을 올려 보일 뿐, 우희가 무엇이라 하는지 알아듣지 못하는 것 같았다. 남자 옆에 서 있던 내관이 우희가 고국에서 보내진 황후궁의 궁녀라 설명을 올리는 소리가 들렸다

"아, 호국장군 말이로군. 그는 이미 이 세상에 없는 사람인데 모르고 있었느냐?"

무심하게 말하는 남자의 말에 우희는 무너졌다. 어렴풋이 알고 있었다. 그러나 사실이 아니라고 믿고 싶었다. 은인이 우희 자신을 황후에게 주었다기에 황후를 모셨다. 그러나 자신이 온전히 믿고 따를 수 있는 사람이 있다면 자신의 목숨을 구한 그 사람이라 믿었다. 그러나 그 사람은 이미 같은 하늘 아래 없었다. 우씨 가문의 하나 살아남은 사람, 우희는 머나먼 타국 땅에서 혼자였다. 네모난 하늘이 너무나 멀고 넓게 느껴졌다.

"그러는 너는 어찌하여 호국장군의 행방을 내게 묻는 것이냐?"

저음이 귓가를 울렸다. 눈물이 잿빛 돌바닥을 쳤다. 저는 그래도 한 번 본 얼굴이라도 반가워 달려왔건만, 이 사람에게 자신은 기억에도 없는 모양이었다. 우씨 집안이 번성하였을 적에는 성의 사람들 모두가 아씨, 아씨 부르며 반갑게 맞아주고는 하였다. 그러나 고국의 성보다도 넓은 황궁에서 우희를 기억해 주는 사람은 아무도 없었다.

"제가 고국에서 황국으로 올 때, 가마 창으로 눈이 마주치지 않으셨습니까? 그리고 제 은인에 대해 알려주려던 병사의 입을 막지 않으셨습니까?"

우희가 울음을 삼키고 끊기는 소리를 이어가며 말하였다. 그리고 소매로 젖은 눈가를 닦고 있을 때, 남자 옆의 내관이 한 발자국 다가왔다.

"무슨 말을 하는 것이냐? 황상께서는 출전하시지 않으셨다."

우희는 당황한 내관의 목소리에 고개를 들어 남자와 눈을 마주쳤다. 어두운 눈동자는 무척이나 비슷하였지만 가마에서 올려다본 눈처럼 메마른 것이 아니었다. 오히려 호기심으로 반짝이는 눈과 마주치고야 우희는 자신이 사람을 잘못 보았다는 것을 깨달았다. 그리고 혼란스러웠다. 이 사람이 아니라면 그 사람은 누구였을까? 그리고 이 사람은 누구인가? 머릿속에서 금색 소용돌이가 차오르기 시작하였다. 그리고 우희는 이내 자신의 앞에 선 남자의 옷을 수놓은 문양이 황제의 상징, 비상하는 오조룡이라는 것을 깨달았다. 황궁 중앙을 말을 타고 달리고, 병사를 몰고 들어올 수 있는 사람은 황제뿐이었다. 우희는 서둘러 시선을 떨어뜨리고 이마를 돌바닥에 찧었다.

차가운 돌바닥을 짚은 손이 바들바들 떨렸다. 언젠가는 이런 날이 올 줄 알고 있었다. 황궁의 문을 넘는 순간부터 각오하고 있었다. 천운으로 고국이 불타오르는 와중에 살아남았지만, 황궁에 들어온 이상 작은 실수 하나로도 목숨을 잃을 수 있다는 것을 늘 염두에 두고 있었다. 하물며 황제 앞으로 달려든 일은 암살자로 몰려 오체투시되어도 할 말이 없는 죄였다. 우희는 은인이 더 이상 이 세상 사람이 아니라는 확언을 듣고 살아갈 힘이 쭉 빠졌다. 그랬건만 막상 죽음을 앞에 두니 생에 대한 미련이 남는 자신이 우스웠다.

황제는 눈앞의 여자를 내려다보았다. 소매로 드러난 앙상한 손가락이 사시나무처럼 떨리고 있었다. 이제야 죄를 깨달은 모양이었다. 무엇 하나 특별한 것이 없어 보이는 계집이었다. 그러나 황후가 직접 이름까지 지어내린 궁녀라고 하였다. 황제는 우희를 벌할 생각이 없었다. 군이 황후와 척을 질 필요는 없다. 지금까지 수년간 황후와 원만한 관계를 유지해 왔다. 황제는 나라를, 황후는 내궁을 다스리는 두 주인으로, 서로의 영역을 침범하지 않고 상대를 존중하며 잔잔한 연못과 같은 관계를 지속해 왔다. 더군다나 국구와 황후의 오라버니가 귀족들을 잘 구슬린 덕분에 그들이 황제의 일에 큰 걸림돌이 되지 않았다. 그런 황후가 아낀다는 우희를 벌하며 얻고자 하는 것도 없었다.
일어나라는 명을 내린 황제는 찬찬히 우희를 뜯어보았다. 황후는 매사에 초연하였다. 부족할 것 없는 집안에서 자라서인지 마음을 쓰는 것이 없었다. 성심을 얻기 위하여 다른 후궁들을 경계하는 언행도 보이지 않았고, 후궁들이 서로를 뜯고 할퀴며 다투어도 딱히 개입하지 않았다. 그런 황후가 특별히 여기는 사람이라 하였다. 처음 황궁에 들였을 때부터 직접 만효와 소향에게 가르치고 도우라 명하였을 정도로 각별히 여기는 이라고 하였다. 그러나 황제는 아무리 보아도 무엇이 특별한지 알 수 없었다. 감히 황제에게 뛰어와 말을 걸고, 용안을 쳐다본 것만 하더라도 총명하지는 않은 것 같았다.

"따라오너라. 황후궁에 국화를 가져가거라."

황제는 북쪽의 사냥터에서 가져온 국화를 황후궁에 보내라 명하고는 뒤돌아 앞서 걸어갔다. 아마 아까의 소란은 황후의 귀에 들어간 지 오래일 것이었다. 황제는 자신의 궁녀가 황제 앞에서 죽어도 마땅한 죄를 지었다는 말을 전해 들었을 때의 황후의 표정을 상상해 보려 하였다. 그러나 여느 때와 같이 느릿한 말투로 안되었다고 한 마디만 하는 모습밖에는 생각할 수 없었다. 황후는 궁녀 하나가 자신의 위신을 깎아먹었다고 길길이 날뛸 사람이 아니었다. 그런 황후가 우희를 모질게 벌할 것 같지는 않았지만 일찍 핀 국화라도 안겨서 보낸다면 꾸중이라도 덜 수 있을 것이라고 황제는 생각하며 발을 옮겼다.

만효는 우희를 따라온 내관들이 들고 온 거대한 황국을 보고도 놀라지 않았다. 우희는 필경 자신이 저지른 만행에 대해서 들었고, 황제가 그 실수를 눈감아주었다는 것 또한 알기에 별다른 지적을 안 하는 것이라 생각하였다. 그래서 두어 개밖에 남지 않은 성한 사과를 들고 조용히 주방으로 들어갔다. 우희는 소향이 무언가를 재빨리 찬장에 돌려놓는 것을 보았지만 신경 쓸 틈이 없었다. 머리는 어질어질하였고, 아직까지 제 목이 멀쩡히 붙어 있는 것을 믿을 수 없었다.

붉은 사과가 조각나고 당액과 영몽즙은 거품을 터뜨리며 끓어오르기 시작하였다. 사과의 하얀 속살이 투명해졌을 때, 우희는 떨리는 손으로 계피를 빻은 가루를 뿌렸다. 실수로 흩날린 가루를 들이켰는지 코가 매웠다. 눈물이 떨어졌다.

우희의 눈가가 발개진 것을 본 소향이 평과탕을 대신 내어갔다. 황녀가 이상한 풀 맛이 난다며 불평하는 소리가 들려왔다. 그러자 우희가 사과를 떨어뜨리는 바람에 바닥에서 깨져 버려서 그런가 보다고 말하는 소향의 목소리가 들려왔다. 소향은 우희가 아파서 다시 사과를 가지러 가기 어려워 어쩔 수 없었다고 황녀를 달랬고, 황녀는 이내 우희가 괜찮은지 염려 가득한 목소리로 물었다. 자신을 생각하는 다른 사람의 마음을 엿듣는 순간 우희의 울음보가 터져 버렸다.

"주화파였던 우공의 여식 맞소?"

낮은 목소리로 자상하게 묻던 그 사람을 두 번 다시 볼 수 없다. 어깨를 감싸던 서늘한 붉은 천의 촉감까지도 생생한데, 그 사람은 더 이상 없었다. 이제껏 자신을 찾아오지 않기에 의심은 했었다. 하지만 정말로 고맙다는 말 한 마디를 건네지 못할 줄은 몰랐다. 가족도, 강유도, 은인도, 우희에게 소중한 사람들은 모두 떠나 버렸다.

소향도 예외 없이 우희의 곁을 떠나가게 되었다. 여름이 다 가기도 전에 소향의 혼인 상대가 정해졌다. 소향은 공주의 손녀이기에 만효나 우희와 달리 언젠가 황궁을 나갈 것을 알고 있었다. 그러나 그날이 생각보다 빨리 왔기에 우희는 당황스러움을 감추지 못하였다. 소향은 울적해하는 우희와 함께 술을 꺼내들고 초로원의 정자로 나갔다. 사위는 귀가 멀 것 같은 풀벌레 소리로 가득하였다.

소향은 우희가 황국에 와서 맞이하였던 첫 정월대보름에 따라주었던 매화주를 건넸다. 우희는 머뭇거리지 않고 잔을 비웠다. 소향은 우희에게 달짝지근한 술을 한 잔을 더 따라주고는 자신도 한 모금 마셨다. 소향은 나고 자란 곳에서 멀지 않은 성으로 간다고 하였다. 우희가 그나마 다행이라 하자 소향은 쓸쓸하게 웃었다.

"이곳보다 더 겨울이 빨리 찾아오고, 오래 머무는 곳이야. 황도에서 머문 지 십 년도 넘어서 그 날씨에 적응할 수 있을지 잘 모르겠다."

소향이 암녹색 하늘을 올려다보며 말하고는 다시 향기로운 잔을 비웠다. 그리고 아무 말도 나누지 않고 다시 몇 순배를 돌린 후에 소향이 풀린 혀로 말을 꺼냈다.

"사실 난 둘째 왕자와 더 친했어. 둘째 왕자비가 될 줄 알았어. 그런데 내 마음대로 되는 게 아니잖아."

소향이 한숨을 쉬고는 붉은 기둥에 등을 기대었다. 소향은 또 병으로 손을 뻗었고, 우희는 소향의 손에서 잔을 낚아챘다. 그러나 소향은 우희의 만류에도 불구하고 병째로 입에 갖다 댔다.

"둘째 왕자도 내가 황궁에서 돌아올 날을 기다리겠다고 했어. 근데 큰왕자비가 되라 하시네. 다 나를 위해 정하신 거지. 큰왕자는 말도 없어서 무슨 생각을 하는지 알 수도 없는데. 곧 세자책봉식도 올릴 거야. 내게 북주성의 안주인 자리를 내리시니 감사하지."

소향은 자리를 박차고 일어나 우희 앞에 섰다. 더욱 짙게 깔리는 어둠이 소향을 삼키려 들었다. 소향은 휘청거리며 그늘과 조금 남은 빛 사이를 오갔다. 그리고 술병을 든 손으로 가슴을 치며 웃었다.

"이 몸은 북주성의 왕비가 될 몸이시다."

우희는 쓰러지려는 소향을 받아 다시 옆자리에 앉혔다. 그리고 소향의 손에서 술병을 빼앗아들었다. 소향은 우희의 어깨에 기대어 비몽사몽간에 중얼거렸다.

"어차피 모든 것이 의무로 엮일 뿐이지."

우희는 머뭇거리다 소향이 그러하였듯 병째로 술을 흘려 넘겼다. 매화주는 더 이상 단맛도 향기도 느낄 수 없이 독했다. 그리고 순식간에 사방이 어둠에 묻혔다.

소향은 자신의 자리를 이을 우희에게 많은 것들을 알려주었다. 그 중 하나가 초로원의 비밀이었다. 소향은 초로원의 입구에 들어설 때부터 경계심이 가득한 눈길로 뒤따라오는 사람이 없는지 살피었다. 그리고 연신 뒤를 확인하며 초로원의 후편으로 빠른 걸음을 옮겼다. 마침내 소향이 멈춰선 곳은 무엇 하나 특별한 것이 없어 보였다. 그러나 소향이 손을 뻗어 풀을 제치자 커다란 화분이 드러났다. 소향은 소매에서 자그마한 병을 꺼냈다. 내의원 류호의 집에서 받아왔던 병이었다.

"마로독이야."

소향이 화분에만 따로 뿌리는 물에 약을 타며 이름을 알려주었다. 그리고 약병을 다시 봉하며 손에 묻은 액 한 방울을 우희 앞에 내밀었다. 우희는 약의 냄새를 맡자마자 미간을 찌푸렸다. 붉은색 액체는 구역질이 날 정도로 비린 풀 냄새가 났다. 우희의 반응을 본 소향은 저도 모르게 웃음소리를 흘렸다가 혹여 들은 사람이 있을까 봐 두리번거렸다.

"냄새가 너무 심해서 그냥 쓰기는 힘들어. 그래서 이렇게 개망초가 마시게 해서 쓰는 거야."

우희는 마로독을 풀어 키우는 개망초가 황녀의 평과탕에 잊지 않고 띄우는 것임을 깨달았다. 우희의 눈을 보고 우희가 마로독을 먹는 사람이 누군지 알았다는 것을 눈치챈 소향은 우희의 손에 마로독이 담긴 병을 쥐어주었다.

"급할 때는 딱 한 방울만 직접 타도록 해."

우희는 황녀가 평과탕에서 이상한 풀 맛이 난다고 불평하던 것을 떠올렸다. 여름별궁에서 돌아온 직후라 그동안 관리하지 못한 개망초가 없어서 마로독을 직접 탔어야 했을 것이다.

"황후께서도 아셔?"

어리석은 질문이었다. 이런 일을 황후가 모르고 있을 리 없었다. 아마 만효도 알고 있을 것이었다. 평과탕을 만드는 법을 처음 가르쳐 준 사람이 만효였다. 계피는 마로독의 붉은색과 향을 지우기 위한 수단이었을 것이다.

"이름만 그렇지 독은 아니야. 오히려 해독제에 가깝지."

소향이 우희의 마음의 짐을 덜어주려는 듯 말을 덧붙였다. 우희는 경악을 금치 못했다. 아직 어린 아이에게 누가, 어째서 독을 먹이려고 하는지 이해할 수 없었다.

"황후마마께서 황녀를 데리고 계시기 때문에 명빈 가문 휘하의 병력을 쥘 수 있어. 만약 황후께서 황녀를 독살하였다는 누명을 쓰시면 군권을 쥐고 있는 이에게 속수무책으로 당하겠지."

향비의 숙부가 보은장군으로 군권을 손에 움켜쥐고 있다는 것은 우희도 알고 있었다. 황후의 부친을 수많은 대신들이 따르지만 병력이 없으면 무너지는 것도 순식간일 것이었다. 그러니 황후에게 친자가 있었어도 사황녀는 황후의 손에 길러졌을 것이다.

"명을 받지 않는 한, 아는 체를 해서는 안 돼. 걸림돌이 되지 않게 조심하도록 해."

소향이 속삭이고는 우희의 팔을 끌어 문으로 향하였다. 전날까지만 해도 꽃나무 사이로 새들이 뛰노는, 평화롭기만 하던 정원이 순식간에 음습한 비밀을 감추고 있는 곳이 되었다. 우희는 차마 뒤돌아보지 못하고 소향을 따라 초로원을 도망치듯 빠져나왔다.

가을바람이 불기도 전에 소향은 출궁을 하였고 우희는 소향의 빈자리를 메우기 위해 동분서주하였다. 그리고 어느 정도 일에 익숙해져 정신을 차릴 때 즈음, 연 상재의 기쁜 소식으로 온 황궁이 떠들썩하였다. 동국 출신의 주 귀인의 육황자가 태어난 지 백일이 못되어 세상을 뜨고 한 달 만에 연 상재가 회잉을 알렸기에 황제가 무척 기뻐하였다. 황제에게는 세 명의 황자와 세 명의 황녀가 있었다. 향비는 이황자를 낳다 목숨만 겨우 건졌다. 그리고 황제의 총애를 한 몸에 받아온 일황녀는 우희가 입궁하기 한 해 전 뱃놀이를 하다 물에 빠졌다. 일황녀는 그 뒤로 걷지도 못하게 되어 출입을 삼가는 바람에 본 이가 드물었다. 귀인 하나는 이황녀를 낳고는 함께 눈을 뜨지 못하였다는데 우희가 황국에 오기 전의 일이라 자세한 바는 알 수 없었나. 일황자는 두 돌을 못 넘겼으나, 혜비는 다행히도 곧 삼황자와 삼황녀를 얻었다. 명빈이 낳은 사황녀는 황후의 손에서 길러졌고, 안 귀인은 사황자와 오황자를 낳은 덕에 귀인 첩지를 받았다. 그리고 황제의 살아 있는 일곱 번째 자식이 될 연 상재의 아이는 고국 출신답게 여름에 태어날 예정이라 하였다.

궁녀들과 내관들은 연 상재와 동향인 우희가 득세할 것을 짐작하고는, 평소에 말을 걸어오지 않던 다른 궁의 이들까지 우희에게 아는 체를 하였다. 그리고 그들의 생각이 맞은 듯, 새해 보름을 맞이하여 황제가 베푼 향연에서 황후가 연 상재에게 귀인 첩지를 내렸다. 소향을 대신하여 황후의 시중을 드는 우희가 건넨 잔을 들어 올리며 아직 아이를 낳지도 않은 연 상재를 귀인에 봉하였다. 동국에서 온 주 상재가 육황자를 낳고 달이 두 번 가까이 바뀌었을 때야 귀인이 되었던 것과 상당히 다른 대우였다. 육황자가 조금 더 오래 살았더라면 주 귀인에게도 더한 부귀영화를 안겨주었을지도 몰랐다. 하지만 육황자는 황궁의 많은 아이들이 그랬듯 오래 살지 못했다. 우희는 황후의 잔을 마저 채우며, 황후가 기다란 밤색 속눈썹 아래로 향비의 반응을 확인하는 것을 보았다.

황후와 향비의 관계는 알다가도 모를 것이었다. 향비가 좋아하는 봉황단총을 내놓으며 향비를 특별히 대우한다는 것을 후궁들 앞에서 공공연하게 드러내면서, 뒤로는 향비의 세력을 견제하기 위해 명빈의 딸을 인질로 삼고 있었다. 향비는 황제 앞인지라 애써 표정을 관리하고 있었지만 자신을 견제하기 위해 연 귀인을 이용하는 황후의 속내를 읽었을 것이었다.

우희가 예상한 것보다 조금 더 자리를 지키고 있던 향비는 몸이 좋지 않다는 핑계로 연회를 빠져나갔다. 황제는 조금 머뭇거리다 바람을 쐬겠다며 자리에서 일어섰다. 그리고는 따라나서려는 후궁들과 종친들에게 잔치를 즐기라며 만류하였다. 따라가지 않아도 황제가 기분이 상한 향비를 쫓아나간 것임을 알 수 있었다.

우희는 황후가 눈을 내리깔고 비운 잔을 채웠다. 황후는 유난히 많은 술을 마시고 있었다. 오백 명이 넘는 내관들이 나른 오백 가지가 넘는 산해진미가 상에 가득하였는데도 몇 젓가락 들지도 않고 술만 들었다. 걱정으로 가득한 우희의 귀에는 내관들이 양의 내장을 꼬아 만든 채찍을 돌바닥에 치며 내는 경쾌한 소리마저 정신을 어지럽히는 소음으로 들렸다. 우희는 안절부절못하다 상하와 눈이 마주쳤다. 그리고 황후가 또 다시 잔을 내려놓았을 때, 상하가 황후에게 그만 마시길 청하였다.

커다란 돌들을 깎아 깔아놓은 길은 이미 한 차례 쓸었는데도 잔설이 다시 덮기 시작하였다. 황제가 청우각의 낮은 돌계단을 걸어 내려가려 하자 왕 내관이 호피로 만든 겉옷을 들고 다가왔다. 황제는 내관이 직접 어깨를 덮기를 기다리지 못하고 겉옷을 낚아채듯이 들고 계단을 내려가 눈을 지운 발자취를 따라갔다. 뒤로 내관이 바삐 따라오는 것을 알고 있었지만 기다리지 않고 걸음을 재촉하였다.

청우문 앞에서 향비를 태운 가마가 일어서려는 모습이 보였다. 황제의 뒤에서 왕 내관이 멈추라 외치자 가마꾼들이 가마를 내려놓았다. 가마 옆에서 따라 걸으려던 향비의 궁녀들도 일제히 무릎을 꿇었다. 그러나 향비만은 황제 쪽을 돌아보지 않고 꼿꼿하게 앞만 보고 있었다. 향비의 내관이 향비의 태도에 어쩔 줄 몰라 하는 모습이 눈에 띄었다. 황제는 예의 없는 향비의 모습에도 불구하고 화나지 않았다. 토라진 모습을 보아도 웃음만 났다. 황제는 향비가 앉은 가마를 향해 발걸음을 조금 늦추어 걸어갔다.

"투기하는 것이냐?"

황제가 짐짓 위엄을 갖추어 향비에게 물었다. 그러나 향비는 여전히 못 들은 척하였다. 하얀 뺨이 추위에 도홧빛으로 물들어가고, 눈 내리는 밤하늘보다 검은 머리카락 위에는 백색 보석이 내려앉고 있었다. 황제가 향비와 시선을 나란히 하기 위해 한쪽 무릎을 굽혀 내리자 향비가 고개를 돌렸다. 머루 같은 눈동자는 젖어 있었다.

"본궁은 다시는 가질 수 없는 것이잖습니까?"

더 이상 황제에게 후계를 안겨줄 수 없는 향비가 물기를 감출 수 없는 목소리로 말하였다. 황제의 검은 눈에도 그늘이 졌다. 시간이 흘러도 상흔은 조금도 옅어지지 않았다.

"그러하옵니다, 황상. 본궁이 질투하였나이다. 벌을 내리시려거든 그리하시옵소서."

향비는 황제에게서 시선을 떼지 않고 말을 이었다. 그리고는 날카로운 목소리로 가마꾼들을 일으켜 세워 눈 속으로 사라져 갔다.

차마 다시 흥겨운 분위기로 가득한 자리로 돌아갈 마음이 안 났다. 황제는 나직하게 한숨을 내쉬고, 왕 내관에게 술을 가지고 오라고 한 뒤 청우각 후편으로 걸어갔다. 새하얀 눈을 쓰고 있는 매화를 보니 몇 해 전 같은 날이 떠올랐다. 그날도 눈이 내렸고, 그날도 꽃은 저리 붉었다. 다만 황후와 동친왕은 아직 떠들썩한 노란 빛이 새어나오는 위층에 있었고, 자신만 그때와 같은 자리에 서 있었다.

오래 기다리지 않아 왕 내관이 술상을 차려왔다. 황제는 더 이상 달지 않은 술을 넘기며 왕 내관이 가져온 것이 위에서 마신 매화주와 같은 것인지 의심했다. 용수당龍鬚糖은 너무 달아 이제껏 마신 술을 게워낼 것 같았다. 황제는 손에 들고 있던 하얀 당과를 내던지듯 내려놓았다. 황제의 잔이 비자 왕 내관이 서둘러 채우기 위해 병을 집어 들었다. 모든 것이 눈에 거슬렸다. 황제는 모두를 물리쳤다. 마침내 하늘에 뜬 달과 자신 둘만 오롯이 남았다.

두 병을 모두 비우고 나서 일어나자 하얀 달이 둘로 늘어났다. 황제는 비틀거리다 다시 자리에 주저앉듯이 쓰러져 어쩌다 이 상황까지 오게 되었는지 생각하였다. 향비가 자신이 내민 손을 매몰차게 뿌리치고 연회를 떠나 버렸다. 찬바람이 불었다. 머리가 지끈지끈하였다. 생각을 계속하지 못하고 이마를 짚고 있으니 겨울바람을 타던 매화향이 점점 진해졌다. 황제는 다시 일어나 걸음을 옮겼다. 홍매화에 가까이 다가갈수록 언제나 차갑기 그지없는 황후가 어른거렸다. 그러다 시러져 버렸다. 황제는 향비를 찾아가기로 마음먹었다. 향비는 뜨거운 사람이니 보석을 한 아름 안겨주면 금세 마음을 풀 것이었다. 황후와는 달리 금방 자신의 손을 잡아올 것이었다.

중간에 병사들과 내관들이 침소로 모시겠다고 하였던 것 같기도 하였다. 그러나 평소에는 내지 않던 큰소리까지 동원하여 그 모두를 물리치고 홀로 기다란 하늘 아래를 걸었다. 마침내 도달한 영록궁에는 누구도 없었다. 먼저 돌아간 향비는 어디에 있을까 고민하려 했지만 머리가 너무 아파서 생각을 할 수가 없었다. 그리고 잠깐 어둠이 찾아왔다. 누군가 옆에 쓰러지는 바람에 눈을 뜨자, 향비가 누워 있었다. 황제는 손을 뻗어서 향비의 머리를 틀어 올린 황색 국화 장식을 뽑았다. 순간 눈앞에서 황후의 밤색 눈동자가 흔들거렸다. 황제는 손을 뻗어 흘러내린 머리칼 사이를 유영하고 입을 맞추었다. 눈을 감았다 뜰 때마다 향비가, 황후가, 다시 향비가 깜빡였다.

우희는 황후가 가마에서 내리는 것을 도왔다. 황후를 모신 지 세 해째였지만 부축을 해야 할 정도로 몸을 가누지 못하는 모습은 처음이었다. 그러나 우희의 도움을 받아 땅에 발을 디디는 순간 황후가 정신을 차리는 것 같았다. 황후는 자신이 취하였다는 것을 부끄럽게 생각하는 듯, 무척 멀쩡한 목소리로 수고하였다고 말하고는 안까지 부축하려는 모두를 만류하였다. 하지만 우희는 황후가 자신의 어깨를 손으로 직접 두드리며 칭찬을 하였다는 점에서 황후가 아직 술이 깨지 않았다는 것을 알 수 있었다. 소향이었더라면 고집을 부려서라도 안까지 모셨겠지만 우희는 물러났다. 어차피 후전後殿 안에는 황후의 잠자리 준비를 도울 궁녀들이 대기하고 있을 것이었기에 조금은 안심을 하고 있었다. 우희는 청우각에서부터 황후를 함께 모시고 돌아온 이들에게 쉬라고 명하고 돌아섰다. 그러나 난생처음으로 청우각에서 황후를 시중을 드느라 지쳐 느릿한 걸음으로 자신의 처소에 겨우 돌아오자, 황후궁을 지키고 있던 궁녀들이 안절부절못하는 모습이 눈에 띄었다.

우희가 다가가 무슨 일이냐 자상하게 물으니 어린 궁녀 하나가 황상께서 오셨다고 속삭였다. 그러나 늘 황제의 뒤를 따라야 할 내관들과 호위들이 보이지 않아 그 말을 쉽사리 믿을 수 없었다. 황후궁의 주방에서 일하는 궁녀 하나가 황상께서 홀로 황녕문을 들어선 뒤, 그 뒤를 왕 내관과 호위들이 따라왔다며 어린 궁녀의 말에 동의했다. 그러면 그들이 지금 어디 있느냐는 우희의 물음에 황상이 무척 노하시며 혼자 있고 싶다 하지 않았냐고, 황명을 어기는 자의 목을 손수 베어야겠냐고 언성을 높이신 까닭에 모두 물러날 수밖에 없었다고 답을 하였다. 우희는 그제야 황후궁 내가 쥐죽은 듯 조용하고 모두가 궁인들의 처소에 몰려 있는 까닭을 알았다.

우희가 만효의 방으로 뛰어갔다. 몇 번이나 넘어졌다. 우희가 걸음을 뗄 때마다 쌓여 있던 눈이 헤쳐져 흩날렸다. 만효의 방에는 불이 켜져 있었다. 우희는 허락을 기다릴 새도 없이 곧장 만효의 방문을 열어 젖혔다. 만효는 침상이 아닌 의자에 앉아 졸고 있다 요란스러운 문소리와 함께 불어온 찬바람에 놀라 일어났다. 우희를 본 만효는 황후마마께서 돌아왔는지부터 물었다. 우희는 그렇다 대답하고는 만효가 말을 꺼내기도 전에 황상께서 찾아오신 것을 아는지 물었다. 우희의 물음에 만효는 피곤한 얼굴로 그렇다고 대답하고는 취하셨기에 우선 안으로 모시었다고 설명하였다. 그리고 황후궁에도 호위가 있으니 황상의 명대로 태강전의 내관들을 돌려보내었다고 덧붙이며 일어섰다. 우희는 만효가 털이 달린 덧옷을 챙겨 입는 것을 돕고는 함께 눈이 쌓인 길을 나섰다. 만효가 황후궁에서 가장 지위가 높은 궁녀인 까닭에 그의 방은 다른 어린 궁녀들이 함께 쓰는 처소에서 떨어져 한적한 곳에 위치하고 있었다. 우희는 만효가 눈길에 미끄러지지 않도록 조심스레 부축하며 황후를 모셔다드렸던 후전으로 향했다. 마음은 급한데 걸음은 너무나도 느렸다.

눈이 얼어붙은 길 위에서 넘어져 더럽혀진 옷을 우희가 정돈하고 있을 때, 만효는 닫힌 문 앞에서 들어가도 될지 황후에게 여쭈었다. 대답이 없었다. 만효가 천천히 문을 열었다. 별빛도 들어오지 않는 방 안은 어두웠다. 어둠에 눈이 익숙해진 우희가 당황하여 움직이지 못하고 있을 때, 만효가 먼저 황후에게 다가가며 우희에게 실내복을 가져오라 지시하였다. 우희가 가벼운 비단 천을 품 안에 안고 허겁지겁 돌아왔을 때, 만효는 바닥에 흘러내렸던 포단을 집어 들어 황후를 덮고, 어깨를 흔들어 깨우고 있었다. 이내 눈을 뜬 황후가 당혹하여 황급히 일어나는 바람에 만효가 둘러주었던 천이 흘러내렸다. 우희는 들고 온 헐거운 비단옷을 펼쳐 황후가 입는 것을 도왔다. 그리고 만효를 도와 아직 정신을 차리지 못하고 있는 황제의 차림을 정돈하였다. 황후는 침상 앞의 의자에 앉아 흐트러진 머리를 쓸어 넘기며 어쩔 줄 모르겠다는 듯 한숨만 내쉬었다.

우희가 수습을 마치자, 황후가 아직 잠겨 있는 목소리로 시간을 물었다. 우희는 아직 계명축시가 지나지 않았다고 고하였다. 황제는 다시 잠에 취해 있었다. 여름이 끝나가는 무렵 사냥에서 돌아오는 황제를 잠깐 보았을 때는 무인이라고 생각했었다. 그러나 조그만 소리에도 화들짝 놀라며 깨던 강유와 달리 황제는 그들의 인기척에도 일어나지 않았다. 황후는 황제를 태강전으로 모셔가라는 명을 내렸다.

"오늘 일은 법도에 맞지 않는 것이었다."

우희가 문을 열기 위해 손잡이로 팔을 뻗는데 황후가 덧붙였다. 황궁의 예법은 무척이나 까다로웠다. 특히 황후는 일거수일투족을 규율에 묶여 행하였다. 황제는 매 보름날 황후궁에서 석반을 들어야 했다. 그리고 황후를 찾기 위해서는 다른 후궁들과 달리 길한 날을 받아야 한다는 법도 또한 지켜야 했다. 오래전부터 궁에 내려오는 예법을 어긴 사실이 소문나면 황후에게 유리할 것이 없었다. 우희는 황궁에 들어와 보고 들은 것을 입 밖으로 내지 않았듯이, 이날 밤의 일도 함구해야 한다는 것을 알았다.

황제는 눈을 번뜩 떴다. 방 안이 환했다. 마지막으로 기억하는 것은 청우각 후원에서 매화주를 마셨고, 용수당이 무척이나 달았다는 것뿐이었다. 아직까지도 입안에 당과의 단맛이 감도는 것 같았다. 황제는 흐트러진 예복을 내려다보며 얼마나 취하였으면 옷도 갈아입지 못하였을까 하고 생각하며 자책하였다. 그러다 향비를 찾아가려 했다는 것을 떠올렸다. 황제는 왕 내관을 불렀다.
"황녕궁에서 황상을 태강전으로 모셔왔나이다."
황제는 영록궁이 아니냐 물었지만 왕 내관은 황녕궁이었다는 말만 반복하였다. 황제는 전날 밤을 떠올리려 애썼다. 향비를 품에 안았던 것 같은데 자신이 찾아갔던 곳이 영록궁이 아니라니 꿈이었나 보다. 기억을 더듬으려 하여도 시야를 가리는 새하얀 양귀비꽃만 떠올라 포기할 수밖에 없었다.

꽃

구름이 눈을 뿌리려는 듯 어두워졌다. 황후는 우희가 들고 온 회정색 치마를 보더니 고개를 저었다. 그러고는 밝은 옷으로라도 분위기를 밝히자 하였다. 요 며칠 새 황후는 기분이 들쭉날쭉하였다. 우희는 사금대沙金袋 문양이 화려한 개나리색 비단을 들고 다가갔다. 황후의 의장을 돕는데 피가 비쳤다. 우희는 개짐을 챙기고 다른 궁녀에게 날짜를 기록하라고 지시하였다. 황후는 안도감과 실망감이 교차하는 듯한 묘한 표정을 지었다. 화사한 옷으로 갈아입고 기분이 밝아진 황후는 궁녀들을 데리고 어화원으로 산책을 나가려 하였으나 황후궁에서 얼마 멀어지지 못하여 눈이 떨어지는 바람에 돌아올 수밖에 없었다. 우희는 다시 기분이 저조해진 황후를 달래기 위해 차를 끓였다. 봉황단총을 집어 들었던 우희는 차를 우려내던 다기를 내버려두고 국화차를 내어갔다. 하늘을 가린 구름같이 어두운 색의 잎차보다는 화려한 꽃차가 분위기 전환에 나을 것이었다. 샛노란 작은 꽃이 아주 느리게 피었다. 그리고 황후의 밤색 눈동자도 조금씩 풀렸다.

황제가 어화원에 도착하였을 때 구름 가득한 하늘에서 미인의 살결같이 하얀 눈이 내리기 시작하였다. 황제는 아랑곳하지 않고 화원 내로 발걸음을 옮겼다. 그러나 입구에서 깊이 들어가지 않아 연 귀인을 만났다. 황제는 연 귀인이 천천히 한쪽 무릎을 꿇는 모습을 지켜보고는 다가서며 일어서라 허하였다.

"눈이 내려 들어가려던 참이었사옵니다."

궂은 날씨에 어화원에서 있는 이유를 묻는 황제의 질문에 연 귀인이 기다란 속눈썹을 팔랑이며 답하였다. 황제는 연 귀인의 걸음을 돌려 함께 화원 안으로 걸어갔다. 왕 내관이 둘의 머리 위로 우산을 들고 종종거리며 쫓아왔다. 화원 안쪽에는 반송나무로 경계를 세운 구역이 있었다. 황제가 광소정光昭庭 안으로 걸음을 하려는데 연 귀인이 따라오지 않았다.

"법도에 어긋나는 것이라 들었사옵니다."

연 귀인이 머뭇거리다 대답하였다. 황제는 속으로 웃음을 터뜨렸다. 향비가 며칠이나 자신과 연 귀인의 만남을 참고 있나 날짜를 세고 있었다. 역시 열흘을 가지 못하였다.

"그래. 법도는 지켜 마땅하다."

황제는 고개를 끄덕이고는 연 귀인과 함께 광소정을 뒤로하고 걷기 시작하였다. 태조가 황궁을 세울 때 만든 작은 정원은 황후 하나만을 위한 곳이었다. 단지 오랫동안 버림받았기에 연 귀인이라도 그 진경을 감상하는 것이 낫겠다고 생각하였지만, 향비가 가만두고 볼 리 없었다. 황제는 흰 쓰개를 쓰고 있는 푸른 반송나무에서 눈을 돌렸다.

얼어붙은 연못에서 가로지르는 계단을 내려와 화원 문을 향해 돌아가고 있는데 뒤에서 요란스러운 소리가 났다. 황제는 연 귀인과 동시에 뒤를 돌아보았다. 연 귀인의 궁녀 하나가 넘어져 있었다. 궁녀는 연신 잘못을 빌었다. 황제는 직접 사할 가치도 없어 손을 흔들어 일어서라 허하고는 몸을 돌렸다. 그때 눈 한구석에 불그스름한 것이 비쳤다. 황제는 방금 전과 비교할 수 없이 빠르게 다시 뒤를 돌았다. 몸을 일으켜 세우고 있는 궁녀의 밤색 머리카락이 눈에 젖어 반짝였다. 어느새 먹구름 사이로 비집고 내려오려 애쓰는 노란 햇빛이 궁녀의 머리를 언뜻언뜻 붉게 비추었다. 황제는 궁녀에게 성큼성큼 다가갔다. 궁녀가 화들짝 놀라 눈을 크게 뜨고 황제를 올려다보았다 이내 용안을 쳐다보았다는 것을 깨닫고 고개를 숙였다. 예쁘지는 않은 여자였다. 주근깨가 가득하였고 입술은 지나치게 얇았다. 황제의 시선은 다시 궁녀의 밤색 머리로 향했다.

"이름이 무엇이냐?"

황제는 검은 눈동자를 궁녀의 머리칼에서 떼지 않으며 물었다. 다시 구름 틈으로 햇빛이 비추기만을 기다리고 있었다. 방금 본 것을 확인해야 했다.

"노비 허은이라 하옵니다."

궁녀가 제 고향과 부친의 이름을 말하기 시작했지만 귀에 들어오지 않았다. 엷어지는 구름이 해에게 자리를 내주고 있었다. 황제는 숯 같은 눈썹을 추켜세웠다. 기대했던 것보다 거칠긴 하였지만 태양 아래 붉은빛을 내비치고는 있었다.

"왕 내관."

황제가 우산을 내리고 연 귀인 뒤에 서 있던 왕 내관을 불렀다. 왕 내관이 서둘러 황제 곁으로 다가왔다. 궁녀는 다시 눈길 위로 무릎을 굽히고 몸을 낮추었다. 왕 내관은 궁녀에게는 시선도 주지 않고 황제만 바라보며 명을 기다렸다.

"관여자로 봉하도록 하여라."

황제는 결정을 내리고는 다시 걷기 시작하였다. 눈에 옷자락이 젖었다. 황제를 따르는 수많은 사람들의 열기로 녹은 눈을 본 까치 한 마리가 겁도 없이 내려와 발치의 웅덩이에 조금 고인 물을 허겁지겁 마셨다. 황제는 왕 내관이 서둘러 새를 쫓아내려 하는 것을 만류하였다. 조금이라도 닮은 여인이라 하면 앞뒤 가리지 못하는 자신의 모습과 같아 쓴웃음이 나는 것을 어찌할 수 없었다. 하지만 눈이 옷 끄트머리밖에 적시지 못하듯, 비슷한 사람을 취하여도 갈증은 해소할 수 없었다.

관여자 허 씨의 소문은 북풍보다도 빠르게 퍼졌다. 자신의 궁도 따로 없는 귀인의 궁녀에서 황제의 후궁이 된 여자에 대한 이야기는 다른 궁녀들의 마음도 흔들어놓았다. 이제 연 귀인도 자신의 심정을 이해할지 생각하였다. 짝을 연 귀인에게 빼앗긴 그 불쌍한 여자가 우희 자신임은 알지 못하겠지만, 한 번쯤은 그때 그 여자가 느꼈을 허탈감과 분노를 생각해 보지 않았을까 궁금하였다. 그러고 보니 무척 우스웠다. 비록 자신은 어려서부터 함께 자라 혼기까지 놓쳐가며 기다렸고, 연 귀인은 포로로 끌려와 여러 첩 중 하나에 불과하였지만 조금은 인과응보를 받은 것 같다는 생각이 들었다.

만효의 기침 소리에 정신을 차린 우희는 자신이 잡념에 빠져 글씨가 엉망이란 것을 번뜩 깨달았다. 황후는 우희의 글을 힐끔 보고는 연 귀인에게 차를 갖다 주고 오라 명하였다. 우희가 낯을 붉히고 대홍궁에 갔을 때는 이미 향비가 와 있었다. 의아한 일이었다. 영록궁으로 불렀으면 불렀지 한낱 귀인의 처소까지 걸음을 할 향비가 아니었다.

"황후마마께서 또 본궁이 연 귀인을 괴롭히니 말리라 보내셨느냐?"

당연한 일이었지만 향비는 명빈의 전전에 연 귀인을 불러다놓고 있었다. 우희가 안으로 들어서자 향비가 모난 눈으로 우희를 쳐다보며 비꼬았다. 향비의 눈꼬리만큼 날선 종유석 모양의 홍보석이 금방이라도 떨어질 것 같이 귓불에서 흔들렸다. 연 귀인이 눈 사이로 피어난 매화를 보듯 반가운 눈으로 우희를 반겼다.

"황후께서는 마마가 대홍궁에 오신 줄 모르십니다. 저는 차를 드리러 왔을 뿐입니다."

우희가 조심스레 답하였다. 향비의 기분이 나쁜 것으로 보아 황후궁의 궁녀인 자신을 매질하지는 않겠지만 온갖 트집을 잡아 주변의 다른 궁녀들이라도 잡을 기세였다. 한참 같은 잠깐 뒤에 향비가 일어서라고 허락하였다.

"황후께서 모르시고 널 보냈으리라 생각하다니 참 어리석구나. 그러고 보니 너도 고麗에서 오지 않았느냐?"

우희가 그렇다 대답하자 향비는 비웃음을 지었다. 우희는 가슴이 울컥하였다. 자신의 가족을 잡아먹은 나라였지만 동시에 모든 추억들이 피어오른 곳이기도 하였다. 생전 고국의 땅을 밟아보지도 않았을 사람이 욕하는 것은 싫었다. 하지만 우희가 할 수 있는 것은 분을 표정에 드러내지 않고, 향비의 말을 잠자코 듣고 있는 것뿐이었다.

"고국 사람들은 모두 그리 멍청하더냐? 붉은 머리를 가진 궁녀를 곁에 둔 연 귀인이나 너나 다를 바 없구나. 아니, 연 귀인이 더하다. 제 노비와 함께 자매가 되다니 어찌 수치스러운 일이 아니겠느냐?"

향비가 깔깔 웃으며 연 귀인을 돌아보았다. 연 귀인의 귀가 빨갛게 달아올랐고, 명빈은 불편한 표정으로 시선을 피했다. 하지만 향비는 아랑곳하지 않고 독설을 이었다.

"혹 연 귀인의 태아가 황녀이고, 허 씨가 황자를 낳으면 연 귀인이 예를 올려야 하는 날이 올 수도 있겠구나."

고국에 온 지 여덟 해가 되고야 겨우 귀인에 봉해진 주 귀인을 생각하면 그리 쉽게 일어날 일 같지는 않았지만, 회잉을 했다는 이유만으로 삼 년 만에 귀인이 된 연 귀인을 떠올리면 불가능한 일만도 아니었다. 모든 일이 황상의 말 한마디면 이루어졌다. 궁녀가 후궁이 되기도 하는 세상이었다.

4. 귀인의 비밀

황녀와의 식사 자리는 늘 활기찼다. 통통한 새우에 실보다 얇게 채
썬 감자를 입혀 한입 크기의 금색 구슬 모양으로 튀겨낸 금사하구金絲
蝦球, 데친 부레를 손톱만큼 작게 썰어서 물기를 뺀 후, 마찬가지로 잘
게 다져 튀긴 닭과 곡주, 버섯, 죽순, 백후추와 끓여낸 삼선어두탕三鮮
魚肚湯, 염장한 거위 간을 감람유橄欖油에 튀겨내 홍주紅酒에 잠근 후,
간락干酪과 함께 낸 아간홍주鵝肝紅酒, 노란 호박을 꿀과 밀가루에 섞
어 쪄낸 후 눈처럼 곱게 썬 소를 우유와 꿀을 섞어 발효시킨 하얀 반
죽에 싸서 쪄낸 우내남과금사소권牛奶南瓜金丝小巻, 팔뚝만 한 잉어를
양파와 생강, 곡주로 만든 장에 재워 머리부터 꼬리까지 통째로 노릇
하게 튀겨낸 뒤, 명주실처럼 가늘게 썬 생강과 홍초紅椒를 당액과 장
유에 끓인 끈적끈적하고 새콤한 당초즙을 끼얹어 낸 당초리어糖醋鯉鱼
등 하늘과 바다에서 난 재료로 만든 음식이 상에 올랐다. 그중 얇게
뜬 숭어살로 만든 소를 넣은 어만두는 황후가 직접 빚은 것이었다. 황

녀는 젓가락을 움직일 새도 없이 끊임없이 재잘거렸다. 우희는 단것을 좋아하는 황녀를 위해 상설고를 따랐다. 배에 후추를 박아 생강과 당액에 끓인 뒤, 유자를 짠 즙을 넣은 상설고는 황녀의 기침에도 좋은 것이었다. 황녀가 상설고를 홀짝이는 모습을 본 우희는 소약과를 가지러 잠깐 주방으로 자리를 비웠다. 그 사이 황후가 구역질을 하는 바람에 황후궁이 뒤집어졌다.

황녕궁의 내관이 황급히 음식을 검사하였으나 독은 나오지 않았다. 혹여 제가 만든 음식에서 독이 검출될까 떨고 있던 궁녀들은 그제야 고개를 들 수 있었다. 놀라 눈물이 그렁그렁한 황녀는 황후의 옷자락을 도무지 놓으려 하지 않았으나 우희의 손을 잡고서는 처소로 돌아갔다. 우희가 황녀를 바래고 황녕궁으로 돌아왔을 때는 처음 보는 태의가 와 있었다. 궁녀 하나가 쪼르르 달려와 늘 오던 왕 태의가 고향에 내려간 까닭에 신 태의라는 자가 대신 왔다고 우희가 묻기도 전에 알렸다. 우희는 질문 받지 않은 이상 답해서는 안 된다는 법도를 지적할 정신도 없었기에 어린 궁녀의 실수를 넘어갔다. 우희가 조용히 문을 닫고 몸을 돌렸을 때, 황후를 진맥하던 태의가 큰절을 올렸다.

"경하드리옵나이다, 마마. 용종은 아주 건강하옵나이다."

귀걸이 하나 흔들리는 소리도 들리지 않았다. 그러나 우희는 이내 황후 곁을 지키던 장 내관과 만효와 함께 절을 올리며 회잉을 감축하였다. 황후는 고개만 끄덕여 그들의 인사를 받았다. 그러나 손에서 굴리던 옥 조각을 떨어뜨리고 말았다. 우희는 조각을 조심히 주워들었다. 태의 앞에서 침착함을 가장하고 있었지만, 우희는 황후가 몹시 당황하고 있다는 것을 알 수 있었다.

"가을이면 황녕궁에서 아기씨를 뵐 수 있을 것이옵나이다."

황후가 어디에도 말하지 말라고 단속하였는데도 태의는 문을 나가면서 덧붙었다. 문 밖에서 대기하고 있던 궁녀들에게도 들렸을 것이었다. 태의가 황녕문을 나가 더 이상 보이지 않게 되자 황후의 금색 옷자락이 한 번 흔들렸고, 밤하늘 색을 걸친 장 내관이 다가왔다.

"혼자서는 입단속을 하지 못할 사람인 성싶구나."

황후는 만효의 말을 부정하지 않았다. 황후의 뒤를 따르던 우희는 장 내관이 조용히 황후궁을 빠져나가는 모습을 보며 더 이상 신 태의를 보지 못하게 될 것을 알았다. 황궁에서 삼 년이었지만 이렇게 한마디에 사람이 명이 정해지는 것을 목격하는 것은 처음이었다.

"정신 차려라. 너는 내 뒤를 이을 아이 아니더냐?"

충격에 빠져 황후가 걸음을 떼기 시작한 것도 인지하지 못하고 서 있던 우희를 만효가 꾸짖었다. 그제야 우희는 더욱 무서운 사실을 깨달았다. 언젠가는 저 명을 내리는 것이 우희 자신이 될 것이었다. 우희는 자신이 다른 사람의 목숨을 빼앗으라는 명을 내릴 수 있을까 확신이 서지 않았다. 그러나 만효의 뒤를 이어 황녕궁의 수석여관이 되면 반드시 해내야 할 일이었다. 우희는 자신이 그리 변할 것이 두려웠다.

우희는 주워들었던 옥 조각을 살피었다. 두 개의 입 구자가 붙어 있는 모양의 조각은 무척 조그마하였다. 색이 맑은 것이 질 좋은 옥을 쓴 것 같았지만 검지손톱만큼 자그마하여 큰 가치는 없어 보였다. 우희가 조각을 건네지 황후는 부드러운 웃음을 띠며 받아들었다. 조금 전에 사람 하나를 죽이라는 명을 내린 사람의 것 같지 않게 자애로운 미소였다.

묻기 전에는 답해서 안 된다. 질문은 당연히 할 생각도 하지 말아야 하는 것이다. 그러나 우희는 현실과 미소의 괴리감에 그 모든 규칙을 잊어버렸다. 그래서 우희는 불쑥 묻고 말았다. 어째서 나라의 경사가 될 소식을 숨겨야 하는지 물었다. 옆에서 만효가 짓는 한숨 소리가 들려왔다. 그러나 황후는 씁쓸한 미소를 띠면서도 우희의 방종한 물음에 답하여 주었다.

"우희야, 권력을 쥔 이들이 얼마나 잔인해질 수 있는지 너는 알지 않느냐? 본궁의 부친께서는 난을 겪으며 두려움을 배우셨고, 본궁과 오라버니들에게 늘 자신을 지킬 수 있을 정도의 힘만 있으면 충분하다고 가르치셨다. 선황의 약조대로 본궁이 궁에 들어온 까닭에 그 무서운 것에서 멀리 도망갈 수는 없지만 최대한 다툼에 휘말리지 않도록 이제까지 노력해 왔다."

황후의 아이가 황녀라면 조용히 넘어갈 수 있을지도 모른다. 화친을 위해 머나먼 타국으로 허울만 좋은 인질로 떠나겠지만 그래도 형제의 목숨을 앗기 위해 싸우지는 않을 것이다. 그러나 황자라면 필연 후계의 자리를 놓고 다투게 될 것이다. 향비는 안 귀인의 두 황자를 양자로 삼을 것이고, 안 귀인은 명빈처럼 잃어버린 자식을 그리며 살 것이다. 나라는 국구의 뒤를 이어 대신들의 신망을 받고 있는 황후의 큰오라버니와 병권을 손에 쥐고 있는 향비의 집안, 둘로 쪼개어질 것이다.

"더군다나 황상께서는 향비를 총애하신다. 본궁이 황궁에 들어오고 얼마 지나지 않아 삼공의 딸인 향비를 후궁으로 들이신 것을 보면 모르겠느냐? 황위에 오르지 못한 황자의 운명은 슬픈 법이다."

우희는 상하를 떠올렸다. 나라에서 황제 다음으로 고귀한 이였다. 그러나 용상에 앉지 못했다는 이유만으로 연모하는 이를 평생 그리워하며 살고 있었다. 대신들에게 이용당해 역모의 죄를 쓰는 것을 두려워해 변변찮은 자리도 스스로 피해가며 떠돌아다녔다. 자식에게 그런 삶을 주고 싶지 않은 마음도 이해할 수 있었다.

"게다가 아이들이란 세상의 빛을 보지 못하는 경우가 비일비재한 여린 존재가 아니더냐? 만약, 만약에 이 아이가 무사히 태어난다면 큰오라버니께서 조용히 권력에서 멀리 떨어진 곳에서 길러주실 것이다."

우희는 그것이 가능할지 의심스러웠다. 벽에도 눈과 귀가 달린 곳이 황궁이었다. 하지만 누구 하나 숨어 살아도 모를 정도로 커다란 궁이니만큼, 황후궁 사람들을 매섭게 단속한다면 어찌 될지도 모르겠다고 생각하고는 고개를 끄덕였다.

"염려 말거라. 너 하나 내 못 지켜주겠느냐?"

우희가 혹여 황후의 몰락으로 자신도 비참한 처지가 될 것을 걱정하고 있다 생각하는지 황후가 우희의 손등을 다독이며 웃었다. 우희는 불안하였지만 믿고 따라가는 수밖에 없었다. 나라도 가족도 잃고, 은인마저 이 세상에 없다는 것을 알았으니, 의지할 사람은 주인인 황후밖에 없었다.

여름이 시작되기 전 황후의 회잉 사실이 황궁, 그리고 온 황국에 퍼져 나갔다. 나라의 경사였다. 황제는 여태껏 열 명의 자식을 두었으나 그중에 황후의 자식은 하나도 없었다. 황제의 적자는 십 년 만에 처음이었다. 노인들은 자식 많은 후궁들을 시샘하지 않고 명빈의 딸마저 제 자식처럼 기른 황후에게 하늘이 마침내 복이 내렸다 기뻐하였고, 아이들은 적자의 출산을 기려 나라에서 베풀 연회를 기대하며 들떠 있었다.

하지만 황후궁은 그 기쁨을 함께 누리지 못했다. 비밀이 새어나간 것은 보름날마다 돌아오는 황제와의 석찬 자리에서 우희가 말없이 가져다준 오미자차와 모과차를 마셔가며 입덧을 숨긴 황후의 잘못이 아니었다. 모과향을 맡은 황제가 자신도 한 잔 청하였을 때는 우희를 비롯하여 비밀을 알고 있는 이들 모두가 긴장하였지만 들키지 않고 넘어갔다. 추운 날씨 덕에 옷을 껴입어 점점 불러오는 배를 가렸기에 누가 눈치채서도 아니었다. 입 한 번 열지 못한 신 태의의 탓도 아니었다.

우희는 끌려나온 어린 궁녀를 보고 자신을 탓하였다. 왕 태의가 부재한 까닭에 신 태의가 왔다고 자신이 묻기도 전에 나불대던 아이에게 말을 조심하라고 충고하지 않고 넘어간 자신의 잘못이었다. 호아護兒는 아직 열셋을 넘지 않은 어린아이였다. 피지도 못한 작은 꽃을 꺾은 것은 자신의 태만이었다.

우희는 선처를 빌기 위하여 황후에게 뛰어갔다. 소향이 늘 우희 자신이 특별하다고 말하였다. 그리고 그 말이 사실이라고 증명이라도 하듯이, 우희의 청 한 마디에 황후는 수년간 먼발치에서도 보지도 못하게 하던 사황녀를 명빈이 만나게 해주었다. 우희는 어째서 자신이 특별한지 그 까닭은 알지 못했으나, 청을 올리면 들어주실 것이라고 믿으며 숨도 제대로 쉬지 못하고 달려갔다.

그러나 막상 황후를 보고는 입도 달싹하지 못하였다. 전殿 안은 봄기운 하나 없이 한겨울이었다. 내관들과 궁녀들은 바닥에 엎드려 고개조차 들지 못하고 있었다. 우희는 그 중앙에 홀로 서 있는 황후를 보고 인사도 올릴 새 없이 재빨리 다른 이들과 마찬가지로 엎드렸다.

"본궁의 궁에, 본궁의 궁에 첩자라……."

황후는 말을 마저 잇지 못하였다. 숨만 몰아쉬던 황후는 더 이상 참을 수 없다는 듯이 문을 향해 걸음을 옮기기 시작하였다. 조용한 가운데 바닥을 울리는 소리가 마치 아버지가 역적으로 몰리고 풍비박산

된 집에 저를 잡으러 오던 발소리 같았다. 바닥을 짚고 있는 손가락이 굳었다. 떨림은 팔을 타고 어깨까지 전해졌다. 우희는 너무 울어 눈가가 부어 있던 아이를 떠올렸다. 눈물로 얼룩져 있던 뺨을 생각하였다. 그러자 저도 모르던 초인적인 힘이 솟았다. 우희는 황후의 앞을 막아섰다. 황후가 전의 낮은 돌계단만 내려가면 도망갈 리도 없건만 포박되어 있는 어린아이가 분노에 찬 손에 잡힐 것이었다. 호아를 단속하지 못한 저의 실수였다. 이대로 황후를 보낸다면 후회할 것이었다.

"마마, 노여움을 가라앉히소서."

우희가 허겁지겁 내뱉고는 다시 엎드렸다. 만효와 장 내관, 그리고 다른 궁녀들이 모두 우희 뒤로 몰려와 황후의 길을 막았다. 그리고 한소리로 노여움을 내려놓으시라고 외쳤다. 황후는 그들을 물리치고 앞으로 나가지도 않았지만 말을 듣겠다고 하지도 않았다. 우희는 조심스레 고개를 들었다. 노기가 자리 잡았던 눈동자에는 슬픔이 스며들고 있었다. 피 냄새가 가득한 권력의 틈바귀에서 아이를 빼돌리려던 황후의 계획은 실패하였다.

"너도 배신할 터이냐?"

우희는 자신의 귀를 의심하였다. 황후의 목소리에는 희미한 울먹거림이 담겨 있었다. 우희는 황후가 어째서 자신에게 그런 것을 묻는지, 무엇을 그리 두려워하는지 알 수 없었다. 하지만 대답은 하나였다.

"배신치 아니하겠나이다."

우희의 대답을 들은 황후는 한숨을 내쉬었다. 그리고는 어린 궁녀에게 장 열 대를 내리고 수방繡房으로 보내라 명하였다. 궁녀는 열 대를 견디고 살아남았다. 우희는 궁녀의 짐을 손수 싸며, 그래도 일전에 호아가 수놓는 데에 소질이 있는 것을 기억하고 황후가 수방으로 보내주는 것이 큰 은혜를 베푸신 것이라고 거듭하여 말하였다. 볼기가 터진 아이가 매를 내린 황후에게 얼마나 감사할 줄은 알 수 없었지만, 우희의 마음의 짐은 줄어들었다.

때 아닌 겨울은 황후궁뿐만 아니라 태강전에도 찾아왔다. 황후가 회잉한 지 다섯 개월째라는 말을 들은 황제는 처음에 연 귀인이 아니냐고 되물었다. 내관은 황후라고 반복하였다. 황제는 미동도 없이 왕 내관을 쳐다보았다. 이렇게 질 나쁜 농담은 처음 들어보는 것이었다. 그러나 이내 정월의 밤으로 생각이 옮아갔다. 분명 영록궁으로 갔다고 생각하였는데, 황녕궁에 있었다고 하였다. 연회에서의 옷을 그대로 입고 있긴 하였지만 흐트러져 있었다. 황제는 달거리 기록을 들고 오라 명하였다.

종이를 넘기던 황제의 검은 눈은 점점 가라앉았다. 대보름날 이후로 며칠 지나지 않아 황후가 월례 행사를 치렀다고 기록되어 있었다. 마음은 잡을 수 없어도 몸은 제 옆에 있다 믿었건만 아니었나 보았다. 제 것이 아닌 것을 욕심낸 결과는 씁쓸하였다. 황후가 부정을 저질렀다 말하려는데 입이 떨어지지 않았다. 하필이면 동친왕의 자식이었다. 선황의 황귀비가 황장자였던 동친왕을 황태자위에 올리기 위해 다른 황자들을 없애던 때의 공포가 되살아났다. 황귀비의 손에서 황제 자신을 살리기 위해 몸을 사리지 않던 동친왕이었다. 어떠한 죄를 저질러도 황제가 벌할 수 없는 사람이었다. 황제는 무거운 눈을 감았다. 황후의 밤색 눈동자가 빛을 머금었을 때 맑아지던 모습과 태양을 머금은 머리카락에서 풍기던 국화 향기가 떠올랐다.

"황상, 괜찮으십니까?"

굳게 다문 이가 미끄러지며 들린 마찰음에 왕 내관이 걱정스레 물어왔다. 황제는 씁쓸한 눈을 들어 내관을 한 번 쳐다보고는 단번에 책장을 찢어내었다. 법도에 어긋난다며 옆에서 말리는 소리가 들려왔지만 손안에 힘주어 쥐었다. 얇은 종이 몇 장은 순식간에 작아졌다. 마음도 이리 쉽게 줄어드는 것이면 좋을 텐데 하는 아쉬움이 스쳐지나갔다. 황제는 그 작은 공을 촛불에 갖다 대었다.

"그래서 짐의 첫 적자가 언제 태어난다 하였느냐?"

황제가 비린 미소를 지으며 물었다. 이래도 놓지 못하겠다면, 황후가 어디까지 갈지 궁금하였다. 천성이 부드러워 훌륭한 치세를 펼칠 것이라 생각되었던 동친왕의 자식이 황위를 잇는 것도 나쁘지 않을 것이라는 생각에 웃음이 절로 터졌다.

"중양절로부터 이레 뒤로 예상되옵니다."

백성들도 오랜만에 나라에서 베푸는 잔치를 즐기고, 대신들은 건국 이래 처음으로 나라에서 가장 오래되고 귀한 가문의 피를 이은 황제를 맞는다며 기뻐할 것이었다. 그 감정을 공유하지 못하는 것은 아마 진실을 아는 자신과 죄책감에 휩싸일 황후, 그리고 권력을 내주지 않기 위해 양자를 들여서라도 싸울 향비 정도밖에 없을 것이었다.

며칠 후, 황후궁이 잠잠해지길 기다려 류호를 찾아간 우희는 기쁘고도 슬픈 소식을 전해 들었다. 류호는 이목을 피해 의국 담 아래로 우희를 끌고 갔다. 류호는 소매에서 자그만 약병을 꺼내 우희의 손안에 제빨리 쥐어주었다. 그리고 우희가 그것을 자신의 소매에 안선히 넣은 것을 확인한 후에 눈을 빛냈다.

"조금 더 일찍 부르지 못해서 미안해. 스승님께서 약초를 구하러 고향에 가셨다 북주성 세자의 혼례에 참석하시느라 늦으셨어."

북주성 세자빈이라면 소향일 것이었다. 우희는 환하게 웃었다. 분명 소향이 왕 태의 편에 서편을 보냈을 것이었다. 얼마나 화려한 잔치가 벌어졌을지 상상만 해도 흐뭇하였다. 명절에 황궁에서 열리는 연회만큼이나 대단하였을 것이었다. 둘째 왕자와 이어지지 못한 것을 아쉬워하던 소향의 마음을 떠올리면 씁쓸해졌지만, 소향을 위해서는 세자와의 혼인이 나은 것이 사실이었다. 류호는 다시 주변을 살폈다. 그리고 궁녀 하나가 지나간 후에야 말을 이었다. 우희가 두려워하던 일이 벌어졌었다.

"나도 비와 빈 마마들을 모실 수 있어. 당직을 끝내고 집으로 돌아가던 신 태의의 마차가 굴렀어. 그래서 그 자리를 대신하게 되었어."

신 태의의 화는 류호의 복이 되었다. 우희는 류호가 어디까지 알고 있는지 궁금하였다. 하지만 우희는 그 궁금증은 묻어두기로 하였다. 대신 다른 질문을 하였다.

"류호, 회잉을 하고서도 피가 비칠 수도 있는 걸까?"

우희는 누구라 말하지 않았다. 하지만 류호는 알아들었다. 그리고 고개를 끄덕였다.

"스승님께서 이미 살피셨으니 염려 마. 초기에 출혈이 있을 수도 있지만, 용종은 무사하실 것이라 하였어."

우희는 그 말에 안심하였다. 그러나 곧 저의 실수를 떠올렸다. 조금의 피가 보인 것만 보고 황후께서 달거리를 하셨다 기록해 놓았다. 우희는 만효에게 혼날 것을 생각하고 땅이 꺼져라 한숨을 내쉬었다. 그러나 곧 혹시 무언가가 잘못된다면 왕 태의가 설명해 줄 것이라는데 생각이 미쳤다. 그리고 황상께서 아무 말이 없으시니, 제가 먼저 벌을 자청할 필요가 없었다.

우희는 더 이상 황후 곁에 붙어 비밀을 지키기 위해 전전긍긍하지 않아도 되었기 때문에 드물지만 동친왕을 따라 황궁 밖까지 돌아다니기까지 하였다. 황국의 거리는 네 해 전 보았을 때처럼 고국의 그것보다 번성하였지만, 백성들은 황궁에서 궁녀들이 누리는 것에 못 미치는 것을 먹고 입었다. 황녕궁의 궁녀들은 비록 황후 앞에서 실수를 할까 두려워 절대로 배부르게 먹지는 못했지만, 돼지고기와 표고를 밀로 만든 피에 삼각형으로 싸서 튀긴 작삼각炸三角이나 새우튀김, 배추를 고기 완자와 끓인 사자두獅子頭, 뚝배기에 끓인 오리고기나 술과 장유에 담근 돼지고기를 땅콩기름에 튀긴 조초육抓炒肉 등의 요리를 먹을 수 있었다. 그러나 대부분의 백성들은 수수죽이나 찹쌀죽을 비롯한 죽과 함께 야채에 간만 하듯 뿌려진 돼지고기를 곁들여 먹거나, 밀가루만 쪄낸 만두를 주식으로 삼았다.

황후는 상인들이 색색의 과실들을 늘어놓고 파는 모습의 묘사와 우희가 곱게 짠 옷과 과일 항아리에서 제 몫으로 챙겼던 모과를 건넸을 때 땟국이 묻은 아이들이 짓던 미소에 대해 듣는 것을 좋아하였다. 물론 황궁 밖은 아름답지만은 않았지만 우희는 밝은 것에 대해서만 들려 드렸다. 황후가 눈을 빛낼수록 법도에 어긋나는 우희의 비밀스러운 외출은 점점 그 횟수가 늘어났다. 그리고 귓가에서 울리는 상하의 따뜻한 웃음소리와 한 번 두 번 스치는 소맷자락에 따라 우희의 감정 또한 늘어났다.

상하가 무거운 짐을 내리는 다른 이들을 신경 쓰는 사이, 우희는 과실 몇 알을 먼저 챙겼다. 이미 낯이 익은 아이들이 우희에게 다가왔다. 지난번에 우희가 들렸던 어느 집 누가 병세가 호전되었다느니, 누가 밭을 갈다 땅에서 무엇을 주웠다느니 이야기를 늘어놓았다. 우희는 친근하게 조잘대는 입에 자두를 물려주었다. 여럿이 달려드니 소쿠리는 금방 동이 났다.

금세 씨만 뱉어낸 아이들은 우희에게 저희가 찾은 새 둥지를 보여주겠다며 이끌었다. 우희는 뒤를 돌아보았다. 상하는 바빠 보였다. 우희는 잠깐이니 굳이 말을 걸어서 정신을 흩뜨릴 필요가 없을 것이라 판단하였다. 아이들의 손을 잡고 걷느라 소쿠리를 뒤에 떨어뜨렸다. 주울 새도 없이 아이들에게 실려가고 있었다.

주변을 돌아보니 이미 일행에서 멀어진 후였다. 아이들은 저 앞에 가며 우희에게 서둘러 따라오라고 소리쳤다. 우희는 자포자기하고 그 뒤를 따랐다. 이미 온 길이 멀었다. 저리도 많은 아이들을 신나게 한 새집이라도 보고 가는 게 옳았다. 황후께 들려 드리면 마음에 들어 하실 일화가 될 것 같기도 하였다.

둥지는 의외의 장소에 위치하였다. 덤불 밖에서는 보이지 않았지만, 조금만 나무를 타고 올라가면 훤하게 내려다보였다. 둥지에는 털이 듬성한 새끼가 세 마리였다. 우희가 숨을 죽이고 있자 어미가 가까운 가지에 내려앉았다.

"내게도 형제가 둘이었단다."

우희는 어린 짐승에게 속삭였다. 남은 것은 저 하나였다. 가지에 앉은 새가 불안하다는 듯이 울었다. 우희도 울고 싶었다. 우희에게도 부모가 있었다. 그러나 이제는 우희를 위해 울어줄 누구도 없었다.

황궁은 이상한 곳이었다. 사람은 많았지만 외로운 곳이었다. 친근하게 말을 나누는 사이에도 경계하는 눈빛이 스쳤다. 상대가 하는 말을 들었다는 이유로 고초를 당하지 않을까 하는 두려움이 저변에 깔려 있었다. 우희는 무거운 숨을 내쉬었다. 공기가 더워서 가슴이 답답했다.

"아가씨, 왜 그렇게 슬퍼 보여요? 새를 안 좋아해요?"

우희의 반응을 기대하던 아이들이 풀이 죽어서 물었다. 우희는 고개를 가로저었다. 우희의 시선이 돌아간 틈을 타서 새가 둥지에 내려앉았다. 작고 넓은 날개를 펼쳤다. 그리고 따뜻한 가슴 아래로 사랑하는 것들을 숨겼다.

"계속 보고 싶은데, 그러면 안 되니 아쉬울 따름이야."

우희는 제가 앉은 가지 아래서 저를 올려다보는 아이들에게 웃어 보였다. 올라올 때는 알지 못했지만 꽤 높았다. 우희는 둥지를 지을 자리를 고른 새들의 안목을 새삼 높이 평가하였다.

"왜 안 되나요? 그럼 앞으로 보면 안 돼요?"

아이들이 웅성거리는 소리가 귓가에서 울려 퍼졌다. 우희는 더 이상 아래를 내려 보지 말아야겠다고 생각했다. 시야가 뿌옇게 변하니 두려움이 몰려왔다. 황궁 안에서는 나무를 탈 일이 없었다. 안 하던 일을 하다 낭패를 당하게 되었다는 생각이 들었다. 가지를 붙든 손끝에서 피가 빠지는 느낌이 들었다. 하얘진 손이 저려왔다.

"새들이 도망가니까……."

생각이 흩어져 갔다. 가지가 흔들리는지, 가지를 붙든 우희의 팔이 떨리고 있는지 구분할 수 없었다. 아마 후자가 맞을 것 같았다.

"한눈을 판 사이에 다칠까 봐 무서워하지."

우희는 횡설수설하였다. 새끼를 걱정하는 어미 새의 마음에 대해 설명해 주려고 하였지만, 생각과 말이 따로 놀았다. 몸도 마찬가지였다. 끝까지 나무를 붙들고 있을 수 없었다. 아이들이 놀라는 소리와 함께 우희는 떨어지고 말았다.

올라가기까지 꽤 오래 걸렸던 것 같았는데 떨어지는 건 순식간이었다. 우희는 제가 다른 이의 위에 떨어졌다는 사실을 깨닫고 황급히 감았던 두 눈을 떴다. 가장 먼저 눈에 들어온 것은 우희를 내려다보고 있는 아이들이었다. 우희를 받아든 이가 우희의 어깨를 감쌌다. 그리고 우희를 부축하며 일어났다.

"조금도 눈을 뗄 수 없구나."

낮은 목소리가 부주의함을 지적하였다. 우희는 고개를 들었다. 그리고 상하를 올려다보았다. 달콤한 단어를 골랐다고는 할 수 없었다. 눈빛은 자상하였다. 황궁에 한 번이라도 발을 디딘 사람이라면 속과 말이 일치할 수 없는 것이 숙명일지도 몰랐다. 그렇다면 차라리 이것이 낫다고 생각하였다.

"언제 오셨습니까?"

물으면서 내심 다행이라 가슴을 쓸어내렸다. 어린아이 위에 떨어졌으면, 그리고 그 아이가 다쳤으면 큰일이었다. 어째서 황녕궁의 궁녀가 궁 밖에 있었냐고 질책을 당하면 입이 열 개라도 할 말이 없었다.

"시선을 돌린 사이에 다칠까 봐 무서워한다는 말을 할 때부터 있었는데 보지 못했느냐?"

갑작스레 현기증이 찾아온 탓에 상하가 나무 아래에 자신을 찾아온 줄도 알지 못했다. 우희는 상하의 질문에 고개를 저어 대답하였다. 자신을 받쳐 든 사람이 하필이면 다른 누구도 아닌 상하라는 사실이 부끄럽기도 하였다. 그러나 우희를 찾아낸 것이 상하였기에 그의 눈길을 한 번이라도 더 받을 수 있었다. 우희는 자신의 감정을 정의하기 어려웠다. 어쩌면 우희가 어렵게 생각하는 것은 정의가 아닌 인정일지도 몰랐.

우희는 한 발짝 물러섰다. 상하와 지나치게 가까이 서 있으니 머리에 구름이 낀 것만 같았다. 또렷하게 생각하기 어려웠다. 상하가 느릿하게 팔을 뻗었다. 다시금 우희의 어깨를 감쌌다. 손에 힘이 들어갔다. 우희를 끌어당겼다. 우희는 상하의 가슴에 이마를 부딪쳤다. 겨울이 아닌데도, 매화 아래가 아닌데도 향이 났다.

"볼 수 있는 곳에 있으라."

둥근 이마에 얇은 여름 비단이 닿았다. 상하의 목소리가 우희의 귀를 울렸다. 단단한 가슴으로 진동이 전해졌다. 간지러웠다. 도망가고 싶고, 조금이라도 더 오래 곁에 머물고 싶었다.

"내가 근심하길 바라느냐?"

상하의 물음에 웃음이 담겨 있었다. 우희는 잠시 머뭇거렸다. 상하는 다정하면서도 짓궂다고 생각하였다. 진정 잠깐 눈을 뗀 사이에 우희가 다칠까 걱정할 리 없었다. 그러나 자애로운 상하의 성정에 비추어 보면 한낱 궁녀인 우희라도 무심히 생각지는 않을 것 같았다. 헛된 희망이라고 이름 지을 수밖에 없는 기포가 보글보글 피어오르는 것이 느껴졌다. 우희는 조그만 미소를 띠고 아니라고 답했다.

상하는 우희가 떨어뜨렸던 소쿠리에 다시 한가득 담아왔던 자두를 나누어주었다. 상하의 크고 길쭉한 손 안에 들린 자두는 유난히 작아 보였다. 우희를 품으로 끌어당길 때에는 힘 있던 손길이 여린 과실을 건넬 때에는 부드러웠다.

"상하는 다른 이들과 다르십니다."

상하의 키에 반도 미치지 못하는 아이에게 마지막 자두를 건네주고 머리를 쓰다듬어 주는 모습을 보며 우희가 툭 내뱉었다. 상하는 아이의 뒷모습을 지켜보고는 우희를 향해 옷이 보였다. 우희가 제 마음을 의지대로 막을 수 없게 만드는 미소를 지어 보였다.

"그것은 잃어본 것이 있기 때문이 아니겠느냐?"

상하가 짐을 뒤적거리더니 따로 남겨두었던 자두 한 알을 옷자락에 쓱쓱 닦아 건넸다. 우희는 머뭇거리다 과실을 한입 베어 물었다. 손을 내밀었던 모든 아이들에게 한 알씩 주었으니 저도 하나쯤은 먹어도 되리라 생각하였다.

"상하는 무엇을 잃으셨습니까?"

우희가 우물거리며 물었다. 여름의 태양에 익은 자두는 미지근했다. 첫맛은 눈이 시리게 시었고, 달콤한 맛이 뒤늦게야 혀에 찾아왔다. 소향에게서 사랑이란 것이 이렇다고 들었다. 하지만 제 첫사랑은 한동안 감각을 잃을 정도로 씁쓸하게 끝나 버렸고, 두 번째 사랑도 달콤한 끝은 맛볼 수 없는 것이었다.

"사람이다. 사람을 잃었다. 보아하니 우미희도 사람을 잃어본 적이 있는 것 같구나."

상하는 진한 눈썹을 무너뜨리며 금방이라도 비가 내릴 것 같은 눈으로 말하였다. 우희는 시선을 피해 버렸다. 그리고 자두만 조금 더 베었다.

"예. 상하는 한때 제가 아주 소중히 여겼던 사람을 닮았습니다."

자신이 좋아하지만 상대는 마음에 둔 다른 이가 있는 것마저 닮았다. 비극으로 끝날 사랑을 하는 것까지 같았다. 강유의 감정은 연인을 지키려다 죽음으로 끝났고, 상하의 감정은 이루어지기도 전에 역모로 우희의 아버지와 오라버니처럼 목이 장대 끝에 걸리는 것으로 끝날 것이었다.

"한때라? 마치 지금은 소중히 여기지 않는다는 듯이 말하는구나."

상하의 떨어지지 않는 시선에 우희는 견디지 못하고 고개를 다시 돌렸다. 그리고 낮에도 밤같이 어두운 상하의 눈을 마주보았다. 우희는 어디에도 말하지 못한 고백을 하였다.

"예. 저를 배신하였고, 복수도 할 수 없게 죽어버렸습니다."

인정하고 싶지 않았다. 십 년도 넘게 알아왔다. 강유가 그럴 리 없었다. 제가 혼기를 넘기면서까지 기다리기는 하였지만 혼약을 맺은 적도 없으니, 부마가 되는 것을 막을 어떤 이유도 없었다. 그러나 가족 같이 지내던 우희의 아버지를 역적으로 본 것은 믿을 수 없던 배신이었다. 그 까닭조차 알 수 없는 배반이었다.

"그런데 어찌 그런 눈을 하고 있느냐? 네 눈에는 분노가 담겨 있지 않구나. 마치 변절했다는 그 사람의 죽음을 슬퍼하기라도 하는 듯이 말이다."

여름 공기는 뜨거웠다. 무거웠다. 강유가 자신을 저버린 것도 이런 여름날이었다. 지금 앉아 있는 곳보다 조금 더 북적이던 시장에서 인파를 헤치고, 등 뒤로 하얀 꽃씨를 흩날리며 날카로운 풀들이 한창이 들로 산으로 날아다니다, 미끄러지듯 계곡물에 빠지던 십 년의 날들도 이런 여름날이었다.

"분합니다. 무척 분합니다. 저를 배신하고, 너무나도 큰 슬픔을 안긴 사람인데도 과거의 추억들이 생생하게 살아나 온전히 미워할 수 없습니다."

처형장에 가면 다시 배신감을 떠올리고 치를 떨 수 있을까? 나무 상자에 담긴 사과를 보아도, 길가에 서 있는 배꽃나무를 보아도 함께 행복했던 날들만 떠오르니 매번 가족에게 미안한 마음만 들었다. 차라리 연 귀인을 미워해 보려 하였다. 강유를 유혹해, 협박해 자신을 배신하게 만든 것이라고 생각하려 하였다. 그러나 자신을 알지도 못하는 공주가 그럴 이유가 없었다. 연 귀인도 혼약자를 눈앞에서 잃고 타국에 인질로 끌려온 희생양일 뿐이었다. 그렇다면 대체 누구를 미워해야 한다는 말인가? 자신에게 닥친 비극의 원인을 누구에게로 돌려야 한단 말인가?

"그렇다면 용서해 주어라. 네게 그리 소중한 사람이었다면, 너도 그 사람에게 무척이나 소중한 사람이었지 않겠느냐?"

강유 한 사람밖에 없었다. 그러나 강유를 미워할 수는 없었다. 늘 자신을 향하고 있는 눈이 너무나 아름다워 어느 순간부터 사랑하고 있었다. 가족을 사랑하는 마음보다 조금도 모자람 없이 소중하게 생각했었다.

"맞습니다. 그 사람이 배신을 하기 직전까지도 저는 그 사람이 저를 누구보다도, 무엇보다도 소중하게 여기고 있다는 것을 확신하고 있었습니다. 그런데 이제는……."

우희는 고개를 들어 파랗다 못해 하얀 하늘을 올려다보았다. 그렇지 않으면 눈물이 흐를 것 같았다. 우희는 눈을 깜빡이며 눈물을 삼켜 버리려 하였다. 그러나 끝내 작은 방울 하나가 그 뜻을 거스르고 흘러내렸다.

"필경 까닭이 있었을 것이다. 너를 그리 아끼는 사람이었다면, 불가피하여 네게 상처를 입힌 것이 아니었겠느냐?"

우희는 상하의 말을 들으며 노란 속살과 자색 껍질이 뜯겨나간 자두를 쳐다보았다. 옳지 않은 비유일지도 모른다. 그러나 자신이 달콤한 노란 과실을 먹으려다 피치 못하게 시큼하고 질긴 껍질까지 뜯었듯이, 강유도 다른 목적을 이루려다가 자신까지 슬프게 한 것이리라 생각하고 싶었다.

"그렇습니다. 강, 아니 그 사람이 제게 고의로 고통을 안겼을 리가 없습니다."

우희가 그제야 입가에 미소를 띠우며 대답하였다. 누구도 미워할 수 없으면 미워하지 않으면 된다. 날은 맑았고, 옷은 고왔다. 절기마다 다른 음식은 부족함이 없었고, 누구도 황후궁의 궁녀인 자신에게 함부로 대하지 않았다. 모든 언행을 조심해야 한다는 강박관념에 시달렸지만, 익숙해지니 지금 생활도 크게 나쁘지 않았다. 굳이 과거의 악몽에 사로잡혀 괴롭게 지낼 필요는 없어 보였다.

"그래. 우미희처럼 고운 이에게 증오라는 감정은 어울리지 않는다."

상하가 던지듯 우희의 마음을 설레게 하는 말을 하고는 커다란 손을 뻗어 우희의 손에 들려 있던 자그만 자두를 뺏어갔다. 그 잠깐의 사이에 스친 손끝도 화끈했다. 우희는 제 속내를 들킬까 봐 시선을 돌리려 했으나 눈은 저의 잇자국이 난 자두를 베어 무는 상하에게서 떨어지지 않았다.

"울지 마라. 다음번에 또 하나 주면 되지 않겠느냐?"

상하가 우희가 흘렸던 눈물 자국을 닦아주며 시원한 미소를 지었다. 우희는 상하의 손과 눈길이 제 뺨으로 다가오는 모습을 보고만 있다가 뒤늦게야 귀가 타오르고 이내 뺨도 같이 붉어지는 느낌을 받았다.

"잊으시면 안 됩니다."

우희는 땅만 쳐다보며 웅얼거렸다. 옆에서 상하의 호쾌한 웃음소리가 들렸다.

연 귀인은 아들을 낳았다. 칠황자의 이름은 단영鍛暎이라 지었다. 칠황자가 태어난 여름은 유난히 더웠고 고국이었던 땅에는 가뭄이 왔다. 물을 먹지 못한 과실은 달지만 굶주린 사람들의 눈물은 짤 것이었다. 황제는 황자를 낳은 연 귀인을 빈으로 책봉하고, 이 사실을 널리 알리도록 하였다. 남쪽 땅이 빈의 고향이 되었으니 관리들의 주머니로 들어가는 은자라도 줄어들 것이었다.

황제는 황후가 무어라 반대의 말을 하기 전에 서둘러 왕 내관을 불렀다. 왕 내관은 단모종의 황색 개를 끌고 들어왔다. 아직 어린놈이었지만 벌써 귀가 서 있었고, 이내 몸집도 크게 자랄 종이었다. 남쪽을 시찰하면서 데려온 놈은 연신 고개를 돌리며 화려한 연회장을 둘러보았다. 황제는 개를 황후에게 선물하였다. 황후는 잠시 놀란 눈으로 황제를 쳐다보고는 이내 한쪽 무릎을 굽혀 황은에 감사하였다. 그리고 일어서지도 않고 조심스레 노란 털로 손을 뻗었다. 황제는 금가락지를 낀 가느다란 손가락이 떨면서 짧은 털 사이를 누비는 양을 쳐다보았다.

황후는 개의 튀어나온 축축한 주둥이를 쓰다듬더니 다시 황제에게로 시선을 돌려 연빈에게 장화당長和堂을 내려달라 주청하였다. 황궁의 서편에 위치한 장화당은 기존에 연빈이 지내던 대홍궁에서 정반대편에 위치하고 있었으며, 향비의 영록궁까지는 걸어갈 수 있을 정도로 가까웠다. 황제는 황녕궁의 궁녀 우희와 친한 연빈을 향비 가까이 심으려는 황후의 속내를 읽고는 낮게 웃었다. 그리고 황후의 청을 받아들였다.

"황상, 본궁도 연빈에게 주고자 하는 선물이 있사옵니다."

산호와 홍보석을 엮어 도화를 달고, 옥판 위에 비취를 꿰어 흔들리게 만든 나비를 그 옆에 올렸으며, 홍실을 땋은 술을 빗방울 모양의 진주와 함께 늘어뜨린 향비는 백진주를 중앙에 박고, 금을 두드린 과판 앞꽂이와 은화형 뒤꽂이로 장식한 황후보다도 화려하였다. 향비는 무서운 속도로 신분이 상승하는 연빈에게 지지 않고 저의 성총이 더 대단하다는 것을 과시하기 위하여 평소보다도 무겁게 꾸미고 애써 웃고 있었다.

우희는 향비의 손짓에 안으로 들어선 사람을 보고 무척 놀랐다. 전보다 마르기는 하였지만, 신나무의 잎과 어린 가지에서 뽑아낸 황갈색으로 물들인 치마를 두르고 나타난 궁녀는 채이였다. 하지만 반가워 달려가 손이라도 잡고 싶은 마음이 가득한 우희와 달리 채이는 고개를 숙이고 바닥만 보고 있었다. 들뜬 우희의 마음을 본 것은 향비였다.

"고麗 출신이라 본궁이 데리고 있었는데, 보아하니 저 아이가 더 반가워하는 것 같습니다."

향비가 색 붉은 입술로 짓는 웃음을 도화가 만발하게 핀 부채로 가리며 말하였다. 우희는 향비의 눈에 띄었다는 사실을 깨닫고 두려움이 비치는 자신의 눈을 숨기기 위해 시선을 돌렸다. 궁에서 가장 잔인한 사람은 한 번 사냥에 수십 마리 짐승을 죽여 오는 황제가 아니라 제 손으로는 나비 하나 죽이지 못하는 향비였다.

"연빈, 이 아이가 제 벗과 함께 지낼 수 있게 황녕궁으로 보내도 괜찮겠는가?"

향비가 연빈에게 눈을 돌렸다. 채이는 그제야 조심스레 눈을 들어 우희를 보았다. 연빈은 거절하지 못하였고, 황후는 담담하게 향비의 선물을 받겠다고 하였다. 내내 불안하게 눈을 굴리던 채이는 황녕궁으로 따라가라는 명을 받은 뒤에야 우희에게 희미한 웃음을 지어 보였다.

우희는 채이에게 솔잎색 치마와 남송색 윗옷을 건넸다. 그리고 만효에게 허락을 받은 대로 소향이 떠난 뒤로 쭉 비어 있던 방 한 칸을 채이에게 내주었다. 황후궁에 와서도 안절부절못하던 채이는 우희가 내준 차를 손에 쥐고서야 차분해졌다.

우희는 안쓰러운 눈으로 입술을 축이는 채이를 지켜보았다. 침방을 나와 어떻게 영록궁까지 가게 되었는지, 언제부터 향비 아래 있었는지 묻고 싶은 것이 산더미 같았다. 다른 후궁과 달리 황궁의 서편에 위치한 영록궁은 우희가 걸음할 일이 없었다. 조금도 구경하지 못한 영록궁에서의 생활은 어떠한지, 그곳에서는 무엇을 하였는지도 궁금하였다. 그러나 함부로 말을 옮기면 혀가 잘리는 곳이 황궁이었기에 우희는 자신과 채이를 위해서 어느 것도 묻지 못했다.

우희는 채이에게 황제가 내린 개를 돌보라 지시하였다. 어린 개는 금세 채이를 따르기 시작하였고, 우희는 채이의 말 한 마디에 앉고 뛰는 개를 보며 똑똑한 것이 과연 고국의 개라고 즐거워했다. 채이는 소변이 마려운지 며칠 밤에 한 번씩 자다 일어나 나가고는 했지만, 황후궁에 온 후로는 살도 부쩍 오르고 웃음노 늘었다.

채이와 재회한 이후로 우희의 시간도 소향이 떠나기 전만큼이나 빠르게 흘러가기 시작하였다. 그리고 국화주를 돌리는 중양절을 보낸 후 며칠 지나지 않아, 황후가 기나긴 진통과 함께 황자를 출산하였다. 달이 뜨지 않는 밤하늘과 같이 어두운 눈을 가진 황자는 황후를 조금도 닮지 않았다. 팔황자를 보러 황녕궁에 행차한 황제는 황상을 꼭 닮았다는 내관들의 호들갑에 미소만 지었다. 그러나 그 눈은 조금도 웃지 않고 있다는 느낌은 자신의 착각일 것이었다.

"황자의 이름은 무엇으로 하는 것이 좋겠는가?"

황제가 황자를 안고 있는 황후의 곁에 앉아 물었다. 고요한 저음의 목소리가 퍽 다정하여, 우희는 역시 자신이 황상의 눈빛을 오해하였다고 생각하였다. 하기야 황후를 모신 지 네 해가 되도록 그 뜻을 파악하는 데 부족함이 있거늘, 보름에나 오곤 하는 황제의 심중을 파악할 수 있을 리가 없었다. 우희를 비롯한 궁녀들은 황제가 황후와 팔황자를 방문하는 동안 황후의 침상가로 흘러내린 얇은 휘장 뒤에서 기다렸다. 비단 금침에 묻혀 갓난아이를 안고 있는 여인과 침상 가장자리에 걸터앉아 둘의 모습을 바라보며 아이의 이름을 묻는 지아비의 모습은 한 폭의 아름다운 그림 같았다. 하지만 그 모습을 마냥 감상하고 있을 수만은 없었다. 우희는 황후의 가장 가까이에서 심중을 파악하고 한 겹 더 쳐진, 보다 두꺼운 휘장 뒤의 궁녀에게 지시를 내려야 했다. 때문에 곁눈질로 황후가 내리는 명을 놓치지 않기 위해 긴장하였다.

"은영隱映이 좋겠사옵나이다. 아이가 자라나 황상의 치세에 조금만이라도 도움이 된다면 족할 것입니다."

황후가 오래전부터 정해놓았다는 듯이 조금의 망설임도 없이 대답하였다. 우희는 황위에 욕심을 내지 않겠다는 황후의 속내를 담은 이름을 들으며 아이를 안쓰럽게 쳐다보았다. 비록 황궁에서 태어나게 되었지만 잔인한 다툼에 끼어들지 않고 자라기를 바라는 황후의 마음을 아이가 알까 싶었다. 황제는 황후의 말을 듣고는 천천히 팔을 뻗었다. 그리고 느린 동작으로 소나무 속껍질로 물들인 것 같은 황후의 머리카락을 검지와 중지에 감았다. 황후는 그제야 오롯이 아이에게만 향해 있던 눈을 돌렸다.

"아니, 휘영輝映이 좋겠소."

황제가 황후의 눈을 똑바로 쳐다보며 말하였다. 황후의 맑은 밤색 눈동자가 일그러졌다. 우희는 황후의 뜻도 모르는 황제를 원망스럽게 생각하였다. 그러나 이내 한 치 흔들림도 없이 황후를 잡아먹을 듯 노려보는 황제의 눈을 보고서 '밝게 비친다'는 이름을 내린 것이 고의였다는 것을 알아챘다. 그리고 황후가 아무리 도망치기 위해 발버둥을 쳐도 아이는 이미 황위를 향한 경쟁에 뛰어들었다는 것을 깨달았다. 역시 웃전들의 의중을 헤아리는 것은 쉬운 일이 아니었다. 다정한 것 같다가도 잔인하고, 엄한 것 같다가도 부드러웠다.

"어마마마!"

한 발짝만 내디뎌도 산산조각 날 얼음바닥 위와 같던 긴장감은 사황녀의 등장과 함께 사라졌다. 황후궁의 궁녀들과 황제를 따르는 내관과 여관들로 만들어졌던 인파가 갈리고, 백련을 수놓은 연한 홍색 비단을 입은 황녀가 유모상궁을 뒤로하고 걸어왔다. 황녀는 황제를 발견하고는 조막만한 손으로 양 옷자락을 잡은 뒤 작은 무릎을 굽혀 예를 올렸다. 황후가 앞으로 손을 내밀었다. 황녀는 시원하게 뻗은 손가락에 흐르는 것 같은 밤색 머리카락을 걸치고, 황후의 뒷목을 받치듯 붙잡고 있는 황제에게서 눈을 떼지 않으며 천천히 걸어갔다. 황제는 검은 머리 황녀가 황후의 손을 맞잡았을 때에야 손을 거두었다. 황녀는 황후 옆으로 폴짝 뛰어 올라갔다. 유모상궁은 황제 앞에서 예를 지키지 못할까 봐 안절부절못했다.

　"동생의 이름이 무엇입니까, 어마마마?"

　황녀는 팔황자에게 조심스레 손가락을 뻗어 부드러운 뺨을 만지작거렸다. 그리고는 황제를 닮은 까만 눈동자를 빛내며 황후에게 물었다. 황후는 황제를 쳐다보고는 천천히 입을 열었다.

　"휘영이라 한단다. 네가 잘 지켜주려무나."

　황후가 다시 황녀에게로 시선을 돌리며 온화한 미소를 지었다. 그리고 저와 같은 황자의 검은 눈동자를 마주하고 배시시 웃는 황녀의 어깨를 감싸 안았다. 황자는 눈앞에서 흔들리는 황녀의 머리 장식을 향해 머리를 굴렸다.

　"그 반대 아니오, 황후?"

　신이 나서 홍색 술을 잡고 흔들던 황녀는 황제의 말에 얼음이 되었다. 황후의 입가에서도 웃음이 지워졌다. 황제는 천천히 미소를 띠었다.

　"황자가 황녀를 보살펴 주는 것이 이치에 맞지 않겠소?"

　우희는 자리에 모인 다른 궁녀들과 함께 흠칫 놀랐다. 황자가 사황녀의 뒤를 봐주는 것은 팔황자가 황위에 올랐을 때만 가능할 일이었다. 황제가 한 말은 팔황자를 후계로 삼겠다는 뜻을 담고 있었다. 하지만 황제가 젊고 정정한 이상 다른 누군가가 다시 꺼낸다면 역모로 몰리기 쉬운 말이었다.

"앞서 많은 교육을 받은 삼황자와 사황자, 오황자가 있고 팔황자보다 일찍 태어난 연빈의 칠황자도 있으니 그를 논하기에는 아직 시기상조인 듯싶사옵니다."

황후가 깨지기 쉬운 미소를 지우지 않고 답하였다. 황제는 더 이상 반박하지 않고 자리에서 일어났다. 우희와 황녀를 비롯한 이들이 예를 올렸고, 황제는 침상에서 일어나려는 황후를 손을 휘저어 만류하고는 훌쩍 황녕궁을 떠났다. 황후궁에는 다시 평화가 깃들었다.

그날 밤, 우희는 중간에 일어나 나간 뒤 한참을 돌아오지 않는 채이를 찾아 방을 나섰다. 걸음을 멀리 하지 않아 황후궁 담벼락에 붙어 있는 채이가 보였다. 채이는 무언가를 담 너머로 던졌다. 그리고 몸을 돌렸다가 우희가 다가오는 것을 보고는 깜짝 놀라 우희에게로 걸어왔다.

"채이, 뭐 하는 거야?"

우희가 눈살을 찌푸리며 동그란 눈으로 자신을 쳐다보는 채이에게 물었다. 채이는 아무 것도 아니라고 하였지만 무언가 석연치 않았다. 우희는 채이가 서 있던 담쪽으로 걸음을 옮겼다. 하지만 이내 채이가 앞을 가로막았다.

"아무 것도 아니라니까. 단지 답답해서 공기를 쐬러 나왔을 뿐이야."

채이가 정색을 하고 굳은 얼굴로 말하고는 우희의 팔을 잡아당겨

다시 방으로 향했다. 우희는 다시 엉겅퀴색 침의를 연녹색 이불 아래로 집어넣고 옆으로 누웠다. 이미 우희 쪽으로 모로 누워 눈을 감고 있는 채이가 보였다. 우희는 대체 채이가 야밤에 무엇을 하고 있던 것인지 생각해 보려고 하였으나 눈을 깜빡일 때마다 어둠이 길어졌다. 그리고 어느새 잠이 들고 말았다.

그 뒤로 우희는 밤에 잠을 자지 않으면서 채이가 나가는 때를 잡으려 하였으나, 계획은 팔황자 때문에 물거품이 되고 말았다. 아직 몸도 잘 가누지 못하는 어린 황자는 유모상궁의 품에 안겨 황후 앞으로 올 때마다 자지러지게 울었다. 우희가 안고 황후 옆으로 데려올 때만 칭얼거림이 눈에 띄게 줄어들었기 때문에, 우희는 낮 동안 아이를 안고 있느라 진이 빠져 밤을 샐 수가 없었다.

하지만 덕분에 좋은 점도 있었다. 황후는 다음 해 여름에는 별궁에 우희도 데려가야겠다 하였다. 우희는 소향의 이야기를 통해 여름별궁이 상상하기 버거울 정도로 거대하고 화려하다는 것을 알 수 있었다. 소향이 들려준 바로는 황궁의 반절은 되는 거대한 호수에 섬을 지어놓고, 매일같이 배를 타고 백조들과 노니는 신선 세계와 같은 곳이었다. 그나마도 별궁에 따라가지 못한 우희를 배려하여 다 묘사치 않은 것일 테니, 우희는 자신의 눈으로 직접 볼 날을 손꼽아 기다렸다.

아직은 하얀 눈이 내리는 겨울, 여름은 너무나 멀었다. 우희는 얼음으로 얇은 꽃잎을 섬세하게 깎은 국화와 손가락만 대도 녹을 것 같이 작은 꽃에 옷자락이 스칠세라 붉게 얼어붙은 손가락으로 치마를 매만졌다. 그리고 기다란 목의 학, 뾰족하고 가느다란 뿔을 흔드는 사슴 사이로 조심히 걸었다. 옆에서는 조각공들이 아침동안 내리쬔 햇빛으로 덩이지기 적당한 눈을 뭉쳐서 살이 촘촘한 새장 안에서 날갯짓하는 새들을 완성해 놓았다.

우희는 눈으로 만든 정원을 지나 후전에 이르렀다. 마른 돌계단을 딛고 올라가자 장 내관이 황후가 있는 문을 열어주었다. 안에서는 만효가 황후에게 황룡을 수놓은 쪽색 비단옷을 걸쳐주고 있었다. 우희는 황후의 기나긴 단장이 끝나자 만효의 뒤를 따라 얼음과 눈에 생명을 불어넣은 정원으로 향하였다. 그러나 황후를 모시고 정원에 도착한 우희는 얼굴에서 핏기를 잃고 눈밭에 무릎을 꿇었다. 우희가 후전에 들어가기 전까지만 해도 이 하나 나가지 않은 조각들은 어디에도 없었다. 대신 몇 달 새 덩치를 배로 불린 노란 개 한 마리가 의기양양하게 파편들을 밟고 서 있었다. 황후는 낮은 한숨을 내쉬고는 궁녀들에게 일어나라 명하였다. 그리고 개에게 손짓을 하였으나 개는 꼬리만 흔들고 움직일 생각을 하지 않았다. 모두가 망연자실하여 서 있을 때, 뒤늦게 정원에 들어온 채이가 짧은 비명을 질렀다.

"리! 이리 와!"

개는 저를 혼내는 걸 알았는지 이내 풀이 죽어 채이에게 다가갔다. 채이는 개의 목덜미를 잡고 그 옆에서 무릎을 꿇고 머리를 찧었다. 채이는 얼굴이 새파래져서 개를 관리하지 못한 벌을 기다렸다. 그러나 황후는 채이를 바라보고 의아한 표정으로 개의 이름을 물었다.

"리?"

채이는 황후의 목소리에서 그가 노하지 않았음을 깨닫고 소심스레 고개를 들었다. 황상이 내린 개에 황후가 이름을 지어준 적이 없었다. 그 이름은 궁녀인 채이가 멋대로 붙인 것일 뿐이었다. 우희는 채이의 고집을 꺾지 못한 것을 후회하였다.

"이 아이의 이름이옵나이다. 황상께서 개를 내리신 것을 본 향비가 개의 이름이 아직 없다면 울타리란 뜻의 리籬라 지어주라 권하였사옵니다. 그러나 노비가 잠시 손을 놓은 새 울타리처럼 이 정원을 지키기는커녕 망가뜨려 놓았사옵니다."

채이가 울상이 되어 말을 늘어놓았다. 채이의 솔잎색 치마는 느릅나무 껍질에서 추출해 낸 염료에 물들인 비단을 철장鐵漿에 매염한 색으로 점점 어둡게 물들었다. 옆에서 눈치를 보고 있는 개의 털도 밤송이색으로 젖어갔다. 그리고 채이의 말을 듣는 만효의 표정에도 때 이른 땅거미가 내려왔다.

"미물에게 화를 내어 무엇하겠느냐?"

황후는 채이와 개 모두를 용서하고는 다시 꼬리를 살랑이기 시작하는 개에게 다가갔다. 우희는 안도하며 재빨리 황후를 따랐다. 황후는 손을 뻗어 개를 쓰다듬었다. 그리고 바로 뒤에 선 우희가 겨우 들을 수 있을 정도로 개에게 속삭였다.

"하지만 계속 본궁의 꽃을 탐내면 혼낼 거란다."

황후는 개에게서 시선을 돌려 그 옆에서 고개를 푹 숙이고 있는 채이를 잠깐 보고는 다시 허리를 세워 정원을 나갔다. 푸른 비단 끄트머리를 장식하고 있는 새하얀 토끼털에 눈이 굴러 붙어 가장자리는 점점 더 두꺼워졌다. 황후는 장의가 무거워지는 것을 느꼈는지 걸음이 느려졌다. 우희는 황후가 하는 양이 우스워 미소를 지으며 뒤를 따랐다. 그러나 정원을 나서자마자 만효에게 붙잡혔다. 서로 모양과 크기가 다른 돌을 끼워 맞춘 담에 원형으로 낸 문으로 고개를 숙여 통과하자마자 끌려간 바람에, 균형을 잃어 휘청거릴 수밖에 없었다.

"저 아이가 개에게 그 이름을 붙이는 것을 두고 보았단 말이냐?"

만효가 불같이 성을 내었다. 눈썹은 양 끝이 어딘지 시험이라도 하려는 양 치켜 올라갔다. 우희는 만효의 말을 알아듣지 못하고 멍청하게 서 있을 뿐이었다. 채이가 무언가 실수를 하였고, 채이를 챙겨야 할 자신이 그 실수를 눈치채지 못했다는 것은 알아들었다. 하지만, 구체적으로 무슨 잘못은 한 것인지는 명확히 짚어낼 수 없었다. 우희의 어리둥절한 표정을 본 만효는 조금 누그러져 말을 이었다.

"다른 이는 몰라도 너는 알아야 하지 않느냐? 어찌 개에게 황후마마의 함자를 붙인단 말이냐?"

처음에 우희는 소스라치게 놀랐다. 황후의 존함은 리梨라 생각하였다. 그러나 돌이켜 보면 상하는 리라고만 하였지 그 뜻이 배꽃이라 하지는 않았었다. 발음이 같아 우희가 착각을 한 것이었다. 그 다음에 느낀 것은 분노였다. 향비가 황후의 이름이 리籬라는 것을 몰랐을 리 없었다. 아무것도 모르는 채이를 이용하여 그리 무례한 일을 저질렀다는 생각에 솟아오르는 화를 금할 수 없었다. 그 뒤에 찾아온 것은 연민이었다. 개에 자신의 이름이 붙여지는 모욕을 당하고도, 채이가 향비의 계략에 마찬가지로 당한 희생자이기에 화 한 번 내지 못한 황후가 안쓰러웠다. 우희는 붉게 달아오른 얼굴로 바로 시정하겠다고 말하고는 채이를 찾아 궁녀들의 처소로 뛰어갔다.

채이는 그곳에 없었다. 그러나 방이 훈훈한 것으로 보아 방금 전까지만 해도 처소에 있었다는 것을 알 수 있었다. 우희는 채이를 기다리기로 하고 안으로 들어갔다. 우희는 의자 아래로 떨어져 바닥에 먹물을 튀긴 붓을 발견하고 주워 올리기 위해 어지러운 책상 쪽으로 다가갔다. 그리고 몸을 굽혀 붓을 주워들었다. 궁녀들 중 글을 배운 자는 없었다. 고국에서 동문수학하던 우희와 채이만이 읽고 쓸 줄 알았다. 우희는 붓을 걸기 위해 책상 위로 몸을 기울였다. 그리고 먹이 아직 다 마르지 않은 종이 한 장이 다른 물건들 아래 깔려 있는 것을 발견하였다. 우희는 '꽃을 탐내면'이란 글자를 보고 문장을 자세히 보기 위해 손끝으로 종이를 잡아당겼다.

"뭐 하는 거야?"

문가에서 채이의 날카로운 목소리가 들렸다. 그리고 안으로 뛰어 들어온 채이가 우희의 손 안에 잡혀 있던 종이를 매처럼 낚아챘다. 채이의 표정에는 분노와 당황함이 동시에 펼쳐져 있었다. 우희는 그런 채이를 바라보며 더듬더듬 변명의 말을 내었다.

"아니, 채 마르지 않은 종이가 깔려 있기에 말리려고……."

그러나 채이는 우희의 말을 마저 들으려 하지 않았다. 고개를 돌려 버리고 우희의 시선을 피했다. 그리고 뾰족하고 차가운 말로 우희를 밀쳐냈다.

"필요 없어. 제발 내 일에서 신경 꺼."

그 말을 듣는 순간, 우희는 채이의 이상한 밤들을 떠올렸다. 소피를 보러 간 줄 알았으나 한참을 돌아오지 않아 찾아 나갔었다. 그리고 황녕궁 담 옆에서 채이를 발견했다. 그때도 채이는 이렇게 신경질적으로 굴었었다. 우희는 속에서 분함과 억울함이 뭉쳐 올라오는 것을 느꼈다. 자신은 하나밖에 남지 않은 벗인 채이를 도와주려고 뛰어다니는데, 채이는 자신에게서 무언가를 숨기고, 역으로 자신에게 화를 내고 있었다. 그 감정은 순식간에 목구멍까지 치밀어 올라왔고, 우희는 채이가 빼앗아간 종이를 다시 낚아챘다. 채이는 무척이나 놀란 표정을 지었다가 이내 인상을 잔뜩 찌푸리고 종이를 빼앗아들기 위해 우희에게 달려들었다. 우희는 채이가 그토록 필사적인 모습을 본 적이 없었다. 우희가 채이보다 더 키가 큰 덕에 채이는 우희가 손에 든 종이를 잡지 못하였다.

"우희, 제발 돌려줘. 네가 봐서는 안 된단 말이야."

순식간에 태도를 바꾼 채이가 울먹이며 우희의 발아래 엎드렸다. 그러나 우희는 채이의 말을 들을 수 없었다. 우희는 종이에 쓰여 있던 것을 읽고는 천천히 팔을 내렸다. 그리고 가뭄을 십 년은 겪은 사람처럼 메마른 눈으로 채이를 쳐다보았다. 종이에는 황후의 말 한 마디, 일거수일투족이 적혀 있었다. 첩자였다. 지난번에 회잉 사실을 흘린 어린 궁녀에게 보였던 황후의 신경질적인 모습으로 미루어 짐작하면, 곱게 죽지도 못할 것이었다.

"어째서……."

우희는 손에 힘을 풀었다. 배신의 증거가 바닥에 나풀거리며 떨어졌다. 그리고 마른 낙엽처럼 채이의 앞까지 굴렀다. 한 스승 아래서 글과 금을 배웠다. 채이를 잘 안다고 생각하였다. 그러나 우희의 생각이 틀렸다. 그리고 이제 우희는 겨우 만난 하나의 벗을 제 손으로 보내야 했다.

"어머니께서 살아계셔. 향비의 집안에 노비로 끌려가 계셔. 우희, 제발……."

채이의 눈물이 바닥에 후두둑 떨어졌다. 우희의 뺨도 타고 내렸다. 우희는 자신의 어머니를 떠올렸다. 제 손으로 시신도 거두지 못했다. 만약에 우희의 어머니도 살아 계셨다면, 어딘가에 계신다는 소식만 듣는다면, 자신은 채이와 같이 행동하지 않았을 것이라고 확신할 수 없었다.

"왜……."

우희는 채이를 원밍하고 동정했나. 그리고 너무나 힘든 길만 걷게 하는 하늘에 공허한 질문을 하였다. 그러나 우희의 집안이 풍비박산된 날 던진 물음에 그러하였듯이, 하늘은 어떠한 답도 주지 않았다.

만효는 채이를 불러 평과탕을 만들라 지시하였다. 채이는 조리법을 모르기에 우희는 제가 알려주겠다고 나섰다. 그러나 만효는 자신이 우희에게 알려주었듯 채이에게 가르칠 테니 우희는 팔황자나 어르라며 주방에서 쫓아내었다. 팔황자는 칠황자에 비해 늦기는 하였지만 옹알이도 하고 우희가 흔드는 노리개를 잡으려고 헛손질도 하기 시작하였다. 팔황자를 바라보는 궁 안 사람들 모두의 눈에 애정이 담겨 있었지만, 그중에도 사황녀가 팔황자를 가장 아꼈다. 그러나 팔황자는 사황녀가 황후궁에 오기 직전에 잠이 들었다. 황녀는 잔뜩 실망을 하여 부루퉁하게 잠든 아이만 쳐다보며 우희의 눈을 피해 깨우려 들었고, 우희는 미소로 황녀를 말리느라 진땀을 흘리었다. 그러던 중 채이가 안으로 들어왔다. 우희는 채이에게서 평과탕을 받으려고 일어섰다. 그러나 황자가 눈을 뜨는 바람에 다시 자리에 앉아서 시선을 돌렸고, 채이가 황녀에게 직접 평과탕을 올렸다. 우희는 잠에서 깨어나 칭얼거리기 시작하는 황자를 안기 위해 팔을 내렸다. 그러나 황자를 안기도 전에 그릇이 깨지는 날카로운 소리에 고개를 돌렸다.

바닥에는 산산조각 난 그릇 파편 사이로 잘게 조각난 사과가 구르고 있었고, 연기가 모락모락 피어오르는 평과탕이 흘렀다. 황녀는 손으로 입을 가리고 신음을 흘리고 있었다. 우희는 순식간에 채이가 평과탕을 식히지 않고 내놓았다는 것을 눈치챘다. 소란에 놀란 황자가 자지러지게 울었다. 우희는 서둘러 황자를 안아들었다. 그러나 크게 놀란 황자는 울음을 그치지 않았고, 결국 유모상궁에게 안겨주어야 했다.

"마마, 괜찮으시옵니까?"

황녀의 유모상궁이 바닥에 튄 날카로운 조각들을 피해 황녀에게 달려갔다. 우희는 서둘러 정신을 차리고 사기 조각들을 줍기 시작하였다. 아마 채이는 날씨가 추우니 뜨거운 평과탕이 나을 것이라 판단하였기에 식히지 않았던 것이리라 짐작되었다. 황후궁에 와서 허드렛일만 하였을 뿐, 웃전을 모셔본 적이 없으니 당연한 일이었다. 황녀도 여태껏 먹기 좋게 식힌 평과탕만을 먹어왔기에 평과탕이 혀를 델 정도로 뜨거울 수도 있다는 것은 생각지도 못하였음이 분명하였다.

"황녀마마의 옥체를 상케 한 저 궁녀를 크게 벌하셔야 합니다. 일벌백계하소서."

황자는 유모상궁의 품 안에서도 울음을 그치지 않았다. 황후 곁에 있던 궁녀가 오른손 검지와 중지를 모아 왼손바닥을 두 번 치면 다과상을 들여오라는 뜻이었고, 같은 손가락으로 왼손등을 한 번 치면 손님이 돌아가신다는 뜻이었다. 궁녀들은 최대한 소리를 죽였고, 황후가 있는 자리에서 들리는 말소리라고는 황후의 낮고 느린 목소리가 거의 유일하였다. 그렇기 때문에 황자는 그와 같은 귀를 찌르는 소란에 익숙지 않았다. 조금도 그칠 생각을 하지 않는 황자를 달래던 황자의 유모상궁은 모두가 황후의 눈치만 보고 있는 와중에 채이를 쏘아보며 벌할 것을 청하였다. 우희는 줍고 있던 조각들을 내팽개치고 유모상궁의 입을 막으러 달려가고 싶었지만 고개 한 번 들지 못하고 계속해서 손만 놀렸다. 채이는 황후 근처에는 발도 디딘 적이 없으니, 황후궁에 올 때에도 곧장 황후만 뵙곤 한 유모상궁이 전혀 모르는 궁녀에 불과한 것은 당연한 일이었다. 그리고 유모상궁은 자신이 알지도 못하는 하급 궁녀를 감쌀 이유가 없다 생각하고 행동하였다.

"하오나 그리하면 황녀마마께서도 심기가 편치 않으실 것이옵니다. 그렇지 않사옵니까, 황녀마마?"

황녀의 유모상궁이 채이를 감싸고 나섰다. 그러고는 황녀를 쳐다보며 물었다. 황녀는 유모상궁의 눈치를 보고는 말없는 조각을 치우고 일어선 우희를 쳐다보았다. 우희는 고개를 들지는 못했으나 황녀가 자신의 속눈썹 떨림 하나라도 읽어주길 바랐다. 황녀는 이내 시선을 채이에게로 돌렸다. 황후궁을 헤집고 다니던 아이였으니, 우희가 채이와 아는 사이라는 것 정도는 짐작했을 것이었다. 황녀는 조심스레 고개를 끄덕였다.

"나는 괜찮⋯⋯."

황녀가 웅얼거리며 대답을 하는데 황후가 손을 올려 말을 끊었다. 황후가 채이를 용서하려는 황녀를 저지했을 때 이미 답은 나왔던 것인지도 몰랐다. 황후는 황녀의 유모상궁을 잠시 쳐다보더니 우희를 바라보았다. 그리고 느리지만 또렷한 목소리로 질문하였다.

"우희, 너는 어찌 생각하느냐?"

우희는 눈을 들어 올렸고, 황후의 밤색 눈동자를 마주하였다. 찰나였다. 그러나 우희가 궁에 들어온 지도 벌써 네 해가 넘었다. 황후는 알고 있었다. 채이의 비밀과 그를 숨겨주는 우희의 비밀을 모두 알고 있었다. 어찌 안 것이었을까? 언제부터 안 것이었을까? 그러나 그 답을 추리할 여유가 없었다. 우희는 황후의 물음에 대답을 하기 위해 연입술을 덜덜 떨었다. 부끄럽게도 우희는 저 혼자라도 살 수 있을지에 대한 돌파구를 찾기 위해 미친 듯이 머리를 굴리고 있었다. 이미 채이는 구할 수 없다. 첩자를 숨겨준 것은 황후를 배반한 것이었다. '배신치 아니하겠나이다'라고 말하였던 제 목소리가 머릿속을 가득 울렸다.

"매일 장 열 대를 치도록 하여라."

황후는 결국 우희의 대답을 듣지 않고 시선을 거두었다. 말이 장 열 대였지 사내도 견디기 힘든 벌이었다. 더군다나 언제까지라 기한을 두지 않았으니, 때려죽이겠다는 말과 같았다. 우희는 사시나무처럼 떨리는 제 손을 숨기기 위해 치맛자락을 움켜쥐었다. 손등의 뼈마디가 불거질 정도로 힘을 주었다. 그럼에도 떨림은 멈추지 않았다.

채이는 모두가 모인 황후궁의 앞뜰에서 벌을 받았다. 개도 예외는 아니었다. 우희는 만효가 지시한 대로 개를 앞뜰에 묶어놓았다. 우희는 개가 예전에 황후의 손짓에 미동치 않고 채이의 부름에 달려갔던 대가를 치르는 것을 불쌍히 여기었다. 그러나 우희가 아무리 동정한다 한들 제 주인이 맞아죽는 모습을 지켜봐야 하는 개의 괴로움을 덜어줄 방법은 없었다.

우희가 개를 단단히 묶어놓고 전의 안으로 들어가자, 황후가 향낭 하나를 건넸다. 코를 찌르게 매운 향에 눈물이 날 정도였다. 황후는 그 향낭을 채이에게 매를 때리는 집행관에게 주라 명을 내렸다. 우희의 죄를 묻는 말은 없었다. 우희는 솔잎색 치마가 바닥에 스치도록 한쪽 무릎을 굽혀 예를 올리고는 전을 빠져나왔다. 그리고 다섯 칸짜리 돌계단을 내려오며 향낭을 천천히 살피었다. 전체적으로 열 번은 쪽물을 들이고 철 매염을 했을 것 같이 검은색에 가까운 청색이었다. 내기 어려운 색이니만큼 귀한 물건이었다. 중앙에는 엄지손가락 길이의 폭 만큼이 장식되어 있었다. 구름 하나 끼지 않은 맑은 하늘의 색을 물들인 실을 작은 물방울 모양으로 땋아 멀리서 보면 물고기 비늘이 빛나는 것같이 꾸민 향낭이었다.

그 중앙에는 석류색 실로 목숨 수壽자를 수놓았고, 마른 솔잎색 실로 그린 원이 글자를 둘러싸고 있었다. 끄트머리가 세 갈래로 찢어진 꽃잎 다섯 장이 원을 중심으로 모여 있었고, 백색 실로 피운 난꽃이 수壽 자 술을 가진 꽃을 에워싸고 있었다. 우희는 당장 남의 목숨을 앗아갈 집행관에게 수壽 자를 수놓은 향낭을 주는 것이 참 우스운 상황이라고 생각하였다. 우희는 조용히 향낭을 전하였다. 집행관은 향낭을 받은 즉시 황후가 있는 전을 향하여 절을 올리고는 옆에 찼다. 우희는 그 모습을 보며 향낭은 아마 곧 피어날 피비린내를 지우라는 뜻에서 내린 것이리라 생각하였다. 참으로 무서운 의미를 담은 하사품이었지만 사람을 때려죽여 죄책감이 심할 집행관을 배려한 것이기도 하였다. 황후궁의 모든 궁녀와 내관들에게 채이가 벌 받는 모습을 지켜보라 명이 내렸기에, 우희는 도살장에 끌려가는 소처럼 내키지 않는 걸음을 느릿느릿 옮겼다. 그리고 궁에서의 생활에 익숙해져 어느새 마음이 풀어져 있었지만 자신도 언제 채이와 같이 죽을지 모르는 처지라는 것을 상기하였다.

한 대가 내려왔다. 채이는 아랫입술을 깨물고 비명을 삼켰다. 두 대가 내려왔다. 우희가 대신 비명을 질러주고 싶었다. 세 대가 내려왔다. 채이의 입술이 찢어졌다. 네 대가 내려왔다. 채이의 하얀색 속바지에 피가 배어나오기 시작했다. 다섯 대, 채이가 결국 비명을 흘리고 말았다. 여섯 대, 장이 내려오는 자리는 흰색보다 붉은색이 더 많이 보였다. 일곱 대, 결국 피에 젖은 바지가 찢어졌다. 우희는 고개를 돌려 버리고 말았다. 여덟 대, 아홉 대, 열 대, 귀를 막아도 울음과 비명이 섞인 채이의 목소리가 새어 들어왔다.

우희는 조용히 탈진해 있는 채이 곁으로 다가갔다. 채이의 얼굴은 눈물 자국으로 잔뜩 얼룩져 있었다. 우희는 조심히 엎드려 있는 채이의 허리 아래로 덮인 이불을 들췄다. 찢어 뭉개진 살점과 피에 물든 붉은 천이 엉겨 붙어 있었다. 우희는 피 냄새에 올라오는 구역질을 애써 참았다. 연고를 바르기 전에 상처를 깨끗이 해야 했다. 우희는 아직 멀쩡한 천 끄트머리를 잡고 살살 잡아당겼다. 누구도 내일이나 모레 중으로 세상을 뜰 궁녀를 위해 의원을 부르러 가지 않았고, 황후의 노여움을 살 것을 두려워하여 근처에 얼씬도 하지 않았다. 채이를 도울 사람은 우희밖에 없었다. 흰색 바지 조각을 집어 들었을 때는 미동도 하지 않던 채이가 붉은색 천이 피부에서 떨어지려 하자 외마디 소리를 질렀다. 우희는 눈을 감았다. 채이의 비명이 신음으로 변했을 때까지 천천히 심호흡만 하며 기다렸다. 그리고 단번에 얇고 기다란 천 조각을 잡아당겼다. 으깨진 살점이 천과 함께 떨어져 나오며 패인 자리에 신선한 피가 고이기 시작하였다. 채이는 자신의 입을 베게로 막고 억눌린 비명을 터뜨렸다. 그리고 이내 눈물을 터뜨렸다.

"우희, 되었어. 그만할래. 어차피 상처가 썩기 전에 죽을 거야. 조금이라도 쉬고 싶어."

채이가 울음과 뒤섞여 알아듣기 어려운 말을 띄엄띄엄 하였다. 우희는 채이의 침상 아래 주저앉았다. 우희도 울고 싶었다. 그러나 심적으로 너무 지쳐 눈물을 흘릴 힘조차 없었다. 어쩌다 채이와 자신이 이리 되었는지 알 수 없었다. 우희는 채이가 침상 아래로 늘어뜨린 손을 붙잡았다. 눈을 감으니 순식간에 고국으로 돌아갔다.

녹색 그늘 아래는 따뜻한 동시에 시원했다. 잿빛을 띤 흰색 나무껍질을 따라 시선을 들면 끝이 날카로운 달걀 모양의 잎이 어긋나게 달려 있었다. 떨어진 잎을 주워들어 자세히 살피면 가장자리가 톱니 모양이었지만, 우희가 즐겨 눕던 평상에서 보면 그저 매끄러운 이파리에 불과하였다. 우희가 햇빛으로 얼룩진 푸조나무 그늘에 숨어 있으니 채이가 찾으러 왔다. 금을 가르치는 선생이 왔는데 우희가 나타나지 않아 채이가 내당까지 들어온 것이었다. 우희는 성실한 학생이 못되었다. 오히려 착실한 채이까지 꼬드겨 같이 수업을 빼먹고 그늘 아래서 노닥거리고는 하였다. 그러나 이제는 모두 눈을 감고 회상해야만 볼 수 있는 과거의 일이었다. 우희가 채이의 손을 잡고 앉아 있는 곳은 겨울, 팽목의 달달한 검은 열매도 볼 수 없는 곳이었다.

채이는 이틀을 견뎠다. 그러나 사흘째에는 더 이상 고통을 겪지 않아도 되었다. 우희는 채이가 짐짝마냥, 아니 짐짝보다 못한 모습으로 실려 나가는 것을 멍하니 쳐다보았다. 시신이 태워지기라도 하면 다행일 것이라고 생각하였다. 그리고 다시 반대편 침상을 바라보며 하룻밤을 새었다. 눈물도 더 이상 나지 않았다. 소향이 나가고 채이가 들어왔듯, 저 자리도 다시 찰 것이었다. 우희는 어린 동생이 세상을 뜨고, 집안이 망하던 날까지 그 방을 비워두던 어머니가 떠올랐다. 온몸에서 힘이 빠졌다. 더 이상 볼 수 없는 가족이 무척이나 그리웠다. 아무리 온 지방의 음식을 매일 달리 먹고, 따뜻한 비단옷을 입어도 황궁의 궁녀는 소모품에 불과하였다. 언제 버려지고 대체될지 모르는 운명이었다.

소향이 출궁한 후에도 변화 없이 굴러가던 궁에서 채이의 죽음은 너무나도 당연히, 소리 소문 없이 묻혀 버렸다. 아직 하늘이 깜깜한 때, 인시에 황후가 기침을 하면 장 내관이 우유차를 올렸다. 그동안 주방에서는 연밥과 곡식들을 함께 끓여낸 팔보연자죽八寶蓮子粥과 눈에 좋은 율무죽, 닭고기죽을 비롯한 여섯 가지 죽, 그리고 새싹과 연근, 두부, 잘게 썬 버섯과 돼지고기를 장유와 당액으로 간하여 볶아낸 소십금素什錦을 비롯한 스무 가지 찬을 준비하였다. 구름을 타고 승천하는 용을 수놓은 천으로 덮어 따뜻한 찬합을 황후의 탁자 옆에 내려놓으면, 다른 궁녀들의 일이 시작되었다. 황녕궁의 바닥에는 깊은 연못 바닥에 깔려 있던 고운 진흙으로 빚어낸 벽돌을 깔고, 그 위를 밀랍으로 몇 겹씩 덮어놓았다. 궁녀들은 황후가 조반을 드는 사이 넓디넓은 궁 바닥을 물걸레질하였다. 그러나 이도 황국 출신의 궁녀들이나 할 수 있는 일이었다. 고국 출신의 채이는 황후가 그날 밟을지, 내다보지도 않을지 모르는 황후궁의 뒷마당을 매일 해가 뜨기도 전에 쓸었다. 여덟 명의 궁녀들이 서로를 감시하는 와중에, 커다란 화강암을 깔아놓은 바닥을 먼지 한 톨 없이 쓰는 것이 채이의 일이었다. 그래서 채이가 더 이상 황녕궁에 없어도 어느 것 하나 달라진 것이 없었다. 만약 채이가 우희의 절친한 벗이라는 이유로 황후의 개를 기르는 우희의 일을 대신하지 않았더라면 궁에서 누구도 채이라는 궁녀가 있었는지도 몰랐을 것이었다.

입가에는 억지로나마 미소를 띠고 있지만 눈은 도대체 밝아질 줄 모르던 우희에게 장 내관이 불수감을 내밀었다. 우희는 부처의 손가락을 닮은 샛노란 과일을 받아들었다. 그리고 장 내관에게 오랜만에 짓는 진실한 미소를 보였다. 채이를 보낸 우희의 마음을 유일하게 헤아려 주는 사람은 장 내관일까 싶었다. 말도 없는 장 내관은 평소에는 예의바르지만 늘 거리를 두었다. 이때도 장 내관은 말을 많이 하지 않았다. 하지만 불수감 하나는 말보다 더 많은 위로를 전했다. 불수감나무의 화려한 열매는 겨울 고국 땅에 맺혔다. 남쪽의 고국에서도 진귀한 과일인 불수감을 북쪽의 황궁에서 다시 볼 수 있는 것도 우희가 황녕궁에 있는 덕이었다. 우희는 불수감을 코에 가까이 하고 여전히 은은하게 피어나는 상큼한 향을 들이마셨다. 향료를 피우는 대신 신선한 과일을 쓰는 것은 황후궁에만 허락된 여러 특권 중 하나였다. 그리고 매달 두 번씩 새로운 것으로 갈고 난 후의 과일은 궁녀들이 나누어 가질 수 있었다. 우희는 불수감을 손에서 굴렸다. 받고 그리 기쁘던 것이었는데, 지금 우희는 예전만큼의 희열을 느끼지 못했다. 우희는 이대로 자신이 영영 변해 버린 것일까 생각하였다.

우희는 다시 아무렇지도 않은 듯 행동하려 하였다. 그러나 황후의 눈길이 저에게 미칠 때마다, 저에게 지시하는 목소리를 들을 때마다 흠칫흠칫 놀라는 것은 어쩔 수 없었다. 게다가 처음에는 황후를 두려워하던 마음은 나중에는 자신이 채이를 죽음으로 몰아넣었다는 자책감에 괴로움과 우울함으로 이어졌다. 황후는 너그러운 사람이니 채이의 사정을 말씀드렸으면, 향비에게서 채이의 모친을 빼내주었을지도 몰랐다. 우희 자신이 아무 말도 하지 않고 있던 탓에 채이가 그릇된 길을 계속 걸어야 했던 것이라는 생각이 머리에서 떠나지 않았다. 아무리 황후가 무서워도 피할 길이 없는 우희는 그리 원망의 화살을 자신에게로 돌리며 황후를 모시려 하였다.

"너는 대장군께서 황후마마께 남기신 것이다. 네가 대장군께 진 빚은 황후마마께 갚아야 한다는 말이다. 알아들었느냐?"

지켜보다 못한 만효가 우희를 붙잡고 말하였다. 우희는 나이든 만효의 팔 힘이 그리 강한지 그날 처음 알았다. 문득 자신도 만효만큼 나이를 많이 먹을 때까지 황후를 모시면 보고 듣고, 겪는 것에 연연치 않을 수 있을까 궁금했다. 우희는 연신 고개를 끄덕였고, 겨우 만효의 거친 손을 빠져나올 수 있었다. 우희는 처소로 돌아와 차마 한쪽 침상이 비어버린 방문을 열지 못하고, 벽에 기대어 쓰러지듯 주저앉았다. 해거름의 붉은 태양이 머리 위를 물들이고 있었다. 세월이 흘러도 비명 소리는 귓가에 선명하였다. 건물을 살라먹던 불길의 빛을 닮은 불그스름한 머리카락이 흘러내리던 남자가 떠올랐다. 겨울의 막바지에 부는 차가운 바람과 같이 서늘한 냄새가 나던 천으로 저의 어깨를 덮어주던 따스한 손길도 생생하였다. 우희는 눈물을 삼켰다. 황후에 대한 두려움은 핑계거리가 못되었다. 그 남자가 황후를 그리 소중하게 여기었다면, 우희는 제 목숨 빚을 조금이라도 갚기 위해 황후를 모시는 데 몸을 바쳐야 할 것이었다. 우희는 손등으로 뺨의 물기를 훔쳤다. 모든 감정을 뒤로하고 다시 일어날 것이었다.

채이가 죽은 뒤로 시간은 기어갔다. 그러나 그렇게 느리게라도 흐르기는 하였고, 마침내 봄이 되어 만물이 조금씩 소생하기 시작하였다. 잎겨드랑이에서 노른자같이 부드러운 개나리가 두셋씩 사이좋게 피어나 울타리를 수놓았고, 반그늘에서는 민들레가 고개를 내밀었다. 연분홍 벚꽃은 보는 이마다 감탄을 금치 못할 정도로 화려하게 피어났으며, 하얀 목련은 그에 질세라 풋풋한 향기를 봄바람에 실어 보냈다.

어화원은 긴 겨울을 끝내고 오랜만에 북적였다. 새들이 꽃 사이로 뛰어다니며 부르는 노래 사이로 황제와 황후, 황자를 안은 유모상궁과 천방지축으로 뛰어다니는 황녀, 그리고 황녀가 넘어질세라 쫓아다니기 바쁜 황녀의 유모상궁이 걸었고, 그 뒤로 한 떼의 궁녀들과 내관들이 뒤따랐다. 황자는 하늘에서 무엇을 보았는지 연신 알아들을 수 없는 소리를 외쳤다. 황후는 헤엄치듯 공중을 향해 손을 휘두르는 황자를 전보다 부드러운 눈으로 쳐다보았다. 멀리 보내 버리려고까지 했던 아이였지만, 낯을 가리기 시작하며 그나마 자주 본 황후를 찾으며 의지하기 시작하였고, 황후도 조금씩 웃음을 지어주기 시작하였다. 우희는 처음에 양녀인 황녀뿐만 아니라 친자인 황자에게까지 서먹서먹하게 대하는 황후의 태도를 이해할 수 없었다. 그러나 황후는 태어나면서 모친을 잃고, 부친은 갓난아기를 살갑게 돌보지 못한 탓에 다섯 살 많은 오라버니의 손을 잡고 자랐다는 사실을 알고 나서부터는 황후가 어머니로서 조금씩 성장하는 모습을 흐뭇하게 바라보고 있었다.

이상한 것은 황제였다. 이미 일곱 아이의 아버지인 황제는 황녀에게는 곧잘 말도 걸어주었지만 황자에게는 시선도 주지 않았다. 향비의 일황녀는 황제의 무릎 위에서 내려온 적이 없었다며 둘을 비교하여 숙덕거리는 소리가 우희의 귀에까지 들어올 정도였다. 때문에 황자에게 내린 이름으로 팔황자가 황위를 이을 것이라 수군대던 사람들의 말도 줄어들었다.

　황제를 위시한 일행의 것처럼 느린 걸음으로 한 바퀴를 다 돌려면 이틀은 걸린다는 어화원을 한 시진 정도 걸었을 때였다. 황제는 자신이 내린 개가 잘 있는지 물었고, 내관 한 사람이 황녕궁으로 개를 데리러 뛰어갔다. 황후는 우희를 조용히 부르더니 황자가 피곤해 보이니 황녀와 함께 돌려보내라 명하였다. 우희는 자신은 괜찮다며 가지 않겠다는 황녀를 애써 달래 유모상궁의 손에 들려 환궁시켰을 때, 커다랗고 노란 사냥개와 함께 걸어오는 내관이 보였다. 개가 왔다는 말을 들은 황제가 뒤를 돌았고, 일행이 갈라져 황제의 길을 열었다. 그러나 점점 가까워진 개는 이를 드러내더니 무서운 속도로 뛰기 시작하였다. 워낙 순식간에 벌어진 일이라 내관은 개의 목줄을 놓치고 말았다. 그리고 개는 황제에게 달려들었다. 황제는 팔을 물렸고, 시위들은 바로 어화원 돌바닥을 개의 새빨간 피로 물들였다. 속살을 반절 넘게 드러낸 개가 발을 몇 번 바르작거리더니 움직임을 멈추었다.

　놀란 궁녀들의 짧은 비명 소리와 역한 피 냄새에 내관들이 희미하게 흘린 신음 소리가 뒤섞였다. 황후는 그 와중에 침착하게 다가와 어서 황상을 황녕궁으로 모시고 태의를 불러오라 지시하였다. 다행히도 황제는 크게 다치지 않았다. 개의 송곳니는 황제의 팔뚝을 관통하지 못하였고, 궁인들은 목숨을 부지하였다. 태의는 날이 더워져 상처가 상할 염려가 있으니 각별히 조심해야 한다고 하였지만 황제는 크게 신경쓰지 않는 것 같았다. 대신 시원한 마실 것이나 내오라 명하였다. 우희는 찹쌀을 치댄 반죽에 검은깨와 꿀을 섞어 빚은 소를 넣고, 기름에 튀긴 후 다시 흰깨에 굴려 만든 마단麻团과 차가운 매실차를 내갔다. 황제가 팔을 다친 까닭에 우희는 다과를 평소보다 가까이 놔드려야 했다. 그러나 황제 앞에 차디찬 잔을 내려놓던 우희는 낯익은 향을 맡앉다. 우희는 조금이라도 그 향을 오래 맡기 위해 찻잔에서 떼는 손짓을, 굽혔던 몸을 펴는 동작을 느리게 하였다. 그러나 여전히 어디서 맡았는지 알 수 없었다. 다행히도 기회는 한 번 더 찾아왔다. 황제는 어화원을 산책하며 갈증을 느꼈었는지 차를 한 잔 더 내오라 명하였다. 우희는 주전자를 살짝만 기울여 매실차가 조금이라도 오래 떨어지게 하였다. 우희는 기억을 더듬는 데 집중한 나머지 황제가 그런 자신을 의아한 눈초리로 살피고 있다는 것도 알아채지 못하였다. 다행히도 잔을 다시 채웠을 때는 어디서 맡았던 향인지 떠올릴 수 있었다.

처음에 맡은 것은 사과였다. 바로 뒤에 향초香草가 따라왔고, 이내 계피와 익숙한 말리화가 이어졌다. 그리고 가장 아래 깔린 사향과 향나무를 맡을 수 있었다. 전체적으로 은은하게 조화를 이루어 아름다운 향이었다. 그리고 우희가 채이의 곤형을 집행하던 이에게 건네었던 향낭에서 맡았던 것과 동일한 향이었다. 다만 다른 것은 집행관에게 주었던 것은 향이 코를 찌를 듯이 강하여 피하고만 싶었고, 황제가 차고 있는 것은 그윽하여 그 품 안에 달려드는 후궁들의 마음을 이해할 수 있을 정도로 매혹적이라는 점이었다.

우희는 상당히 우울해졌다. 황후의 마음을 어느 정도 읽었다 생각하는 순간 뒤통수를 맞는 느낌이 들었다. 근래 황후는 황자와 황제를 향해 평소보다 미소도 자주 지었고, 개에게 간식을 주며 직접 훈련도 시킬 정도로 애정을 보였다. 그러나 겨울부터 황제가 하사한 개를 황제의 손을 빌어 죽일 계획을 세워놓았었다. 개가 어화원에 도착하기 전에 황자와 황녀가 자리를 뜨게 만든 것으로 보아, 개가 황제에게서 그 향을 맡자마자 주인이라 여겨온 채이의 원수로 착각하고 달려들 것을 알았음이 틀림없었다. 대체 개 한 마리를 없애고자 황제를 다치게 한 것이 들키면 어찌하려고 그리 무모한 일을 감수하였는지 이해할 수 없었다.

황제는 두 번째 차를 따르자마자 시무룩해지는 궁녀를 쳐다보았다. 하지만 궁녀는 무슨 깊은 생각에 빠져 있는지 그의 시선조차 느끼지 못하는 듯하였다. 까치 깃처럼 검은 머리의 궁녀는 키가 큰 편이라 눈 높이가 황후와 비등하였다. 백옥으로 깎은 말리화와 금박 비단으로 만든 꽃을 비롯한 머리 장식이 궁녀 중에 만효 다음으로 화려한 것으로 보아, 황후가 애지중지한다는 우희라는 궁녀임을 짐작할 수 있었다. 그래서 저번에 말 앞에 달려들었을 때도 살려주었다. 하지만 그때도 생각했지만 특별한 미인도 아니었고, 딱히 영민한 것 같지도 않았다. 황제는 차고 달고 신 매실차를 한 모금 더 넘겼다. 옆에서 황후가 인기척을 내며 자신의 시선을 돌리려는 모습이 느껴졌다. 황후는 자신에게는 관심이 없으니, 아마 제가 아끼는 우희를 빼앗길까 봐 염려되어 평소에 하지도 않는 행동을 보이는 것이리라 생각이 되어 웃음이 나왔다. 잠깐이나마 그 특별한 궁녀를 앗아볼까 하는 생각도 하였다. 하지만 황제는 이제까지 수십 번 그래왔듯이, 이번에도 황후의 계획에 모른 척 넘어가 주기로 하였다. 그리고 황후를 쳐다보자, 황후는 그제야 연한 밤색 눈동자를 굴리다 차가 입에 맞느냐는 실없는 질문을 하였다.

황제는 가볍게 고개를 끄덕이고는 시선을 황후에게서 손안에 흔들리는 매실차로 옮겼다. 하늘 아래 가장 높은 이라는 황제가 자신이었다. 그러나 황후의 미소 한 번에 매실을 달게 느끼고, 조금만 흐려지는 눈빛에도 시게 느끼는 유약한 이도 자신이었다. 수년이 흘러 마침내 제 곁을 떠나지 않을 것이라고 생각한 순간 배신을 당하였다. 그럼에도 불구하고 저 나직한 목소리를 듣지 못할 것을 상상하는 것이 더 괴로워 결국 놓을 수 없었다. 자신을 흔드는 밤색 눈동자가 못내 잔인해 괴롭히려 하다가도 이내 손 안에서만 살살 굴릴 수밖에 없었다.

"황상, 다치지 마십시오."

생각에 잠겨 있던 황제는 황후가 조용히 흘린 말에 고개를 돌렸다. 황후의 시선이 상처에 닿아 있었다. 황제는 너털웃음을 터뜨리고 말았다. 고양이도 이보다는 나을 것이었다. 쫓아가면 도망을 가버리고, 눈이 저에게로 향하지 않아 있으면 뜬금없는 언행으로 마음을 뒤흔들어 놓았다. 그의 호쾌한 웃음에 밤색 눈이 동그래진 황후에게 묻고 싶었다. 대체 원하는 것이 무엇이냐고 묻고 싶었다. 하지만 황제는 이제까지 수십 번 그래왔듯이, 울렁이는 목울대 너머로 물음을 삼켰다.

5. 소년의 꿈

    궁녀들은 밖에 나갈 수 없다. 아니, 궁내에서도 자신에게 허락된 구역 외에 발을 디뎌서는 안 되었다. 허락 없이 황녕궁 밖으로 나갔다가는 맞아죽어도 모른다. 대부분의 어린 궁녀들이 처음 입궁할 때마다 상급 궁녀가 그리 경고하였다. 우희 자신은 무슨 까닭에서인지는 명확히 알 수 없었지만 황후의 지극한 총애를 받았다. 황국의 귀족 가문 출신도 열 두셋의 나이로 입궁하여 몇 해간이나 교육을 받고서야 황후의 목소리를 들을 수 있었다. 황국에서 나고 자란 이들이라도 평민 출신이라면 황후 가까이도 가보지 못하고 상급 궁녀의 심부름만 하다 출궁하는 경우가 허다하였다. 대다수의 고국 출신들은 소주들도 모시지 못했다. 하지만 우희는 특별했다. 황후가 직접 이름을 내렸으며, 황녕궁뿐만 아니라 궁내 어디든지 갈 수 있었다. 심지어 비밀스럽기는 하였지만 황궁 밖까지 드나들고는 하였다.

    우희는 많은 비밀들을 알고 있었다. 입이라도 뻥긋하면 목이 날아갈 위험한 비밀들이기는 하였지만, 우희는 황궁의 안팎을 돌아다니며 조용히 제 몫을 해냈다. 우희가 황궁 밖에서 하는 일은 크게 두 가지였다. 하나는 동친왕 상하와 함께 나누는 비밀로, 황후궁의 궁녀 십수 명만이 드나드는 구진재에서 누빈 옷들을 상하가 어디서 가져왔는지 알 수 없는 쌀과 함께 황국 거리의 사람들에게 나누어주는 일이었다. 사람들은 우희가 황후궁에서 온 줄 몰랐고, 상하가 동친왕인 것을 몰랐다. 우희는 아가씨, 상하는 대인이라 불리었다. 우희는 당연히 상하에게 어찌 좋은 일을 이리 비밀스레 하는 것이냐 물었다. 그러자 상하가 그 질문을 언제 할지 기다리고 있었다며 웃었다.

"황상의 명으로 구휼미를 나누어주려면 여러 사람들을 거쳐야 한다. 그리고 쌀과 은자는 필경 반은 관리들이 챙기고 반만 백성들의 손에 들어가겠지."

상하가 짙은 눈썹을 그 모습을 상상이라도 하고 있는 듯이 찌푸렸다. 우희도 따라 아미를 찡그렸다. 상하는 우희의 얼굴을 보고는 이내 자신도 모르게 불편한 표정을 짓고 있다는 것을 깨달은 듯 표정을 고쳤다. 그리고 길쭉한 검지를 뻗어 우희의 미간 사이를 톡 치며 우희도 낯빛을 풀라 웃었다.

"그렇다 하여 황상에게 고하지도 않고 이 많은 사람들을 돕고 있다는 것이 알려지면 역적으로 몰리기 딱 좋을 것이니, 말이 적을수록 좋다."

상하는 무서운 말을 즐겁게도 하였다. 황국에 가족이 있는 사람들은 향비나 다른 사람에게 약점을 잡히기 쉽다. 채이가 그러하였듯이 황후를 배신할 수 있었다. 그러니 우희가 이 일에 적임자였다. 집도 절도, 가족도 벗도, 그 무엇도 없는 우희가 잡을 것은 황후의 손밖에 없으니 황후를 저버릴 가능성이 낮았다. 신임을 받는다는 것은 기뻤지만, 우희 자신의 처지는 처량하기 그지없었다.

우희는 상하를 올려다보았다. 훤칠한 키에 당당한 풍채, 숯같이 검은 눈썹에 자상한 눈동자, 들을 때마다 설레는 저음의 목소리는 우희뿐만 아니라 다른 여인들의 마음을 흔들기에 충분하였다. 게다가 음률과 시서에 능하였고, 듣기로는 무예 또한 출중하다 하니, 딸을 가진 많은 이들이 탐낼 만하였다. 그러나 말 많은 난강에 의하면, 나이 열에 잃은 처를 잊지 못하여 재취를 들이지 않는다고 하였다. 그 처가 명빈의 사촌이었으니 명빈을 추켜올리기 위해 어느 정도 과장한 면도 있기는 할 것이었다. 물론 우희는 그 말을 믿지 않았다. 우희는 자신이 열 살 때 일도 잘 기억나지 않았다. 하물며 죽은 지 스무 해 가까이 되는 어린 여자아이를 여태까지 잊지 못했을 리가 없었다.

"상하는 황후마마의 오라버니와 절친한 벗이시라 들었습니다."

얼마나 가까웠던 것일까? 친우가 세상을 뜨자 그를 대신하여 목숨을 걸고 그의 누이를 도울 정도면 얼마나 친했던 것일까? 우희 자신이 강유를 생각했던 것만큼 가까웠던 것일까?

"리離에게는 오라버니가 셋이다. 큰오라버니는 열여덟 살, 둘째 오라버니는 열여섯 살 많지. 리의 아버지뻘이라 해도 과언이 아니다. 셋째, 동冬이 나와 동갑으로 리와 여섯 살 차이나니 그나마 어린 편이지. 리는 태어나면서부터 어머니를 잃었고, 내가 동과 함께 글부터 검까지 배우기 시작할 때는 이미 동에게서 떨어지려 들지 않았지. 그래서 어쩔 수 없이 늘 같이 데리고 다녔다."

우희는 어린 황후를 상상해 보려 하였다. 그러나 우희가 처음 만났을 때부터 침착하고 위엄 있던 황후가 마찬가지로 아직 어린아이에 불과한 오라버니의 옷자락을 놓지 못하는 모습은 떠올리기 어려웠다. 하지만 우희에게 주화파였던 우공의 여식이 맞느냐고 점잖게 묻던 남자가 오라버니였다면 조금도 떨어지고 싶지 않았을 만도 하다고 생각하였다.

"아직도 생생해. 내가 열셋에 친왕 작위를 받자, 리가 동東친왕이 제 오라버니의 이름과 음가가 같다며 신나서 재잘거렸지. 저와 제 오라버니는 성이 같은데, 저만큼이나 제 오라버니와 친한 나는 다른 것이 어린 마음에 염려되었었나."

우희는 어린 시절로 돌아간 것처럼 즐거운 눈을 빛내며 말하는 상하의 이야기를 들었다. 그토록 오랜 시간 동안 함께 쌓아온 기억이 많으니, 자신이 상하 속에서 황후만큼이나마 소중한 사람이 되는 것은 불가능해 보였다. 다행히도 궁에 있으며 속내를 절대로 드러내지 않고 늘 미소를 짓는 법을 배웠다. 그래서 심정은 천 길 바다 속으로 가라앉는 것 같아도 밝은 표정으로 상하의 말에 귀 기울였다.

"동은 시詩, 서書, 무武 모두 나보다 뛰어났다. 대단한 인재였지. 내가 단 하나 더 빼어난 게 있었다면 예藝였다. 동은 음률에는 전혀 재능이 없었지."

상하는 마지막 말과 함께 입술을 힘없이 터뜨리며 싱겁게 웃었다. 호국장군이 이끈 부대가 순식간에 고국을 점령한 것을 떠올리면 무에 뛰어났다는 상하의 말을 믿을 수 있었다. 호국장군의 칼은 빠르고 조용히 우희를 잡고 있던 두 사내의 목을 날리고 우희를 구하였었다. 그런 사람이 어찌 고국에서 전사하였는지 믿을 수 없을 정도였다.

"내가 등을 맡길 수 있을 정도로 신뢰하였던 이가 동이다. 그러니 그가 애지중지하던 누이를 위해서는 뭐든지 할 수 있어."

상하가 긴 추억 끝에 우희의 물음에 대한 답을 주었다. 황후도 알고 있을 것이다. 상하가 자신을 위해 목숨까지 바칠 것이라는 사실을 알고 있으니 이토록 위험한 일을 앞에 내밀었을 것이다. 우희 자신이라면 상하를 조금이라도 다치게 할 일은 하지 않을 텐데, 황후는 상하를 그만큼 생각하지 않는 것일까 하는 의문이 들었다. 하지만 상하를 위하는 우희의 마음이 아무리 크다 한들 상하는 황후를 더 소중하게 생각하였다. 상하는 침울해진 우희가 동하冬를 떠올려서 그렇다고 생각하였는지, 팔을 뻗어 우희의 반대편 어깨를 감쌌다. 그리고 느린 동작으로 도닥였다.

예정에 없는 이야기를 꺼낸 바람에 상하와 헤어지는 것이 늦어졌다. 우희는 황궁 밖에서 두 번째 일을 해야 했고, 그 일은 상하도 모르는 일이었다. 상하는 우희를 황궁의 쪽문까지 바래주었다. 우희는 상하의 뒷모습이 사라질 때까지 기다렸다. 그리고 쪽문으로 들어가는 대신 다시 거리로 나섰다. 하늘이 붉어지고 있었다. 서둘러야 했다. 우희가 한적한 거리의 작은 나무 대문을 두드리자 나이든 여인이 반겼다.

"우희 궁녀, 류호가 올 거라 해서 기다렸어요."

류호의 모친은 우희가 평복을 입었음에도 궁에서 왔음을 알아차리고 반겼다. 그리고 우희가 안으로 들어가자 찬장 깊은 곳에서 자그마한 병을 건넸다. 소향과 함께 왔을 때 받았고, 이번이 우희가 소향 없이 마로독을 찾아온 두 번째 방문이었다. 우희는 보는 사람도 없었지만 작은 병을 재빨리 소매에 감추었다. 그리고 주변에 사람이 없는 것을 확인하고 조심히 대문을 열었다.

류호의 모친이 우희를 배웅하고 문을 닫기도 전에 황궁에서 치는 징 소리가 들렸다. 우희는 화들짝 놀랐다. 우희가 궁 밖에 나와 있는 탓에 곧 궐문이 닫힌다고 경고하는 딱따기 소리를 듣지 못하였다. 징 소리가 남과 동시에 황궁으로의 문은 아침까지 열리지 않았다. 우희는 어찌할 바를 모르다 뒤를 돌았다. 류호의 모친도 놀라 아직 문을 닫지 않고 있었다. 우희는 터덜터덜 류호의 집으로 들어갔다. 하룻밤만 무사히 지나가기를 바랐다. 황후마마도 침수를 드셨을 테니, 아무도 눈치채지 못하게 내일 새벽같이 돌아가면 될 것이었다.

연빈을 찾아 장화당으로 향하던 황제는 가마를 멈추었다. 각 궁의 문을 닫았을 시각인데도 궁녀들과 내관들이 뛰어다니고 있었다. 저들 딴에는 조용히 다닌다고 하는 것 같기는 하였지만 그 수가 워낙 많아 눈에 띌 수밖에 없었다. 황제의 명을 들은 왕 내관은 지나가던 궁녀 하나를 붙잡았다.

"송구하옵나이다, 황상."

어린 궁녀는 다른 말은 전혀 모르는 듯 돌바닥에 연신 머리만 찧었다. 황제는 궁녀의 머리가 깨지기 전에 그만하라 하였다. 한숨을 내쉰 왕 내관은 이내 다른 내관을 잡아왔다. 황제는 그 내관은 어린 궁녀만큼 떨지 않고 무언가 더 많은 정보를 말할 수 있길 바랐다. 그리고 궁녀에게 했던 것과 같이 무슨 연유로 늦은 시각에 돌아다니고 있는지 물었다.

"송구합니다, 황상."

두 번째로 잡혀온 내관도 같은 말만 반복하였다. 황제는 내관의 한심함에 두통이 오는 것 같았다. 어느 궁의 내관인지 몰라도 당장 내치라 해야겠다고 생각하였다. 하지만 내관은 앞서 잡혀온 궁녀와 달리 정신도 차리지 못하고 떨고 있지 않았다. 그래서 황제는 내관에게 감히 황제 앞에 숨기는 것이 있으니 그 죄를 캐물어 삼족을 멸해야겠다고 협박하였다. 그리고 강박에 쫓긴 내관은 결국 입을 열었다.

"우희 궁녀가 황후마마의 옥 노리개를 훔쳐 달아났사옵니다. 황후마마께서 매우 아끼시는 물건인 까닭에 당장 찾아오라 명하셨사옵니다."

황제는 가마를 황녕궁으로 돌렸다. 자신을 기다리고 있을 연빈에게 조금 미안한 마음이 들었지만 그것도 잠깐이었다. 후궁이 황제를 기다리는 일은 당연하였고, 그 주인인 황제의 마음이 바뀌는 것도 비일비재하였으니 연빈도 이해할 것이었다.

황후궁은 대낮같이 환했다. 그러나 황제의 방문은 예상치 못한 듯, 궁녀들이 허둥대는 모습이 눈에 들어왔다. 황후만이 침착하게 황제를 맞이하였다. 황제는 주변을 둘러보았다. 고국 출신의 궁녀가 보이지 않았다.

"황후께 무척 소중한 물건이라 들었소."

황제가 섬세하게 조각한 검은 나무 의자 위에 깔아둔 금색 보료 위에 앉으며 말하였다. 황후는 한 손에 든 무언가를 연신 굴리며 그 옆 의자에 다가와 앉았다. 아닌 것이 아니라 진실로 불안해 보였다.

"짐이 어찌 도우면 좋겠소?"

황후는 계속해서 손 안에 든 것을 굴리고 있었다. 황제는 그 손동작이 신경에 거슬렸다. 그래서 황후의 손 위에 자신의 손을 겹치고 눌렀다. 황후는 그제야 손을 멈추었다. 황제는 천천히 자신의 손 안에 든 황후의 손을 펼쳤다. 처음에는 지지 않으려는 듯 주먹을 펴지 않던 황후는 이내 포기하고 손에 힘을 놓았다. 손바닥에는 자그마한 옥 조각이 들려 있었다. 언젠가 한 번 보았던 것 같기도 하였다. 황제는 다시 황후의 손가락을 굽혀 옥 조각을 쥐어주고 황후의 연한 밤색 눈동자를 마주보았다.

"궁 밖에 사람을 보내주시옵소서."

황후가 천천히 입을 열었다. 황제는 등에 일렁이는 눈동자에서 시선을 떼지 않았다. 그러나 황후가 먼저 고개를 돌려 버렸다. 황후는 바닥의 깔개에 수놓인 화려한 문양에 눈을 고정하고 말을 이었다.

"본궁이 황궁 밖에 시킨 일이 있었사옵니다."

황제는 자신의 열기로 덥혀진 황후의 손을 놓았다. 그리고 당장 수색대를 보내주겠다고 나직하게 약조하였다. 황후는 겨우 들릴 작은 목소리로 감사를 표하였다.

"황상."

황제가 일어났을 때 황후가 뒤에서 불렀다. 뒤를 돌아보니 황후가 다시 시선을 그와 마주하고 있었다. 밤을 밝히는 초는 황후의 밤색 머리도 불그스름한 색으로 물들였다.

"그 아이가 해 없이 돌아오게 해주시옵소서. 심문은 본궁이 할 것이옵나이다."

황후의 목소리가 살짝 떨리는 것 같았다. 황제는 그러겠다고 두 번째 약조를 하였다. 그리고 아쉬운 마음을 떨치지 못하고 황녕문을 나섰다. 황후가 마지막 말만 덧붙이지 않았더라면 좋았을 것이었다. 예와 법도를 중요시하는 황후가 조금도 기다리지 못하고 궁을 뒤엎으며 찾을 정도로 중요한 물건이 무엇인지 그 궁녀에게 물을 수 있었다. 하지만 황제의 입으로 한 약조이니 어길 수도 없었다.

사람을 푼 지 한 시진이 못 되어 궁녀가 발견되었다. 황제는 황후의 궁녀가 한 민가에서 발견되었다 보고를 받았다. 히기야 고국 출신의 궁녀가 어디 멀리 갈 수 있을 리도 없었다. 수색대는 이어서 그 궁녀가 잡혀오자마자 황녕궁의 광에 갇혔다는 말을 전했다. 황제는 황후가 그 아이를 퍽 아끼는 것 같더니 결국 궁녀에 불과하였다는 생각에 어째서인지 모를 만족스러운 미소가 떠올랐다.

다음 날 아침 누구도 모르게 궁에 돌아가기 위해 일찍 잠을 청했던 우희는 갑자기 들이닥친 수색대에 끌려갔다. 그리고 바로 황후궁의 광에 갇혔다. 잠시 후 만효가 들어와 우희의 평복을 벗으라고 명하였다. 만효는 소매에 들어 있던 마라독 병부터 품에서 떼지 않던 황국이 수놓인 천까지 모두 챙겼다. 그러고는 먹물을 들인 거친 직물로 짠 옷을 던져 주었다. 우희는 너무 늦어져 궁에 들어오지 못한 것이라며, 다음 날 새벽에 돌아올 계획이었다고 변명하였다. 그러나 만효는 싸늘하게 쏘아만 보고는 나가 버렸다. 그리고 사흘간 우희는 어두운 광에 갇혀 있었다.

더 이상 아침과 밤을 구분할 수 없이 눈이 어둠에 익었을 때, 문이 열렸다. 그리고 우희는 황후 앞으로 끌려 나갔다. 우희는 앞에 황후의 금색 옷자락이 눈에 보이자마자 머리를 바닥에 찧었다.

"황후마마, 노비는 맹세코 돌아올 것이었나이다. 노비는 황후마마를 배신할 생각이 전혀 없었나이다."

돌바닥에 수십 번 머리를 부딪친 까닭에 어질어질하였다. 자신의 목소리마저 머리뼈 내에서 울리고 있었다. 하지만 우희는 어지러움을 참고 연신 혀를 굴려 절대로 배신치 않을 것이었다고 외쳤다. 한참 후에야 황후가 고개를 들어도 좋다고 허락하였다. 이마에서 축축한 것이 흘렀다. 그것은 우희의 눈꺼풀 위로도 흘러내렸다. 몇 번 눈을 깜빡였지만 액체는 계속 흘렀고, 시야를 흐리게 하였다. 우희는 바닥을 짚고 있던 손을 들어 눈가를 닦았다. 붉은 것이 묻어났다. 그러나 거기에 신경을 쓸 틈이 없었다. 우희는 황후를 올려다보았다. 황후는 손에 든 천에서 시선을 떼지 않고 있었다. 우희가 품고 있던, 화려한 노란 꽃이 한 중앙에 수놓아져 있던 조각이었다. 가끔 황후의 머리가 불빛에 비쳤을 때와 같이 불그스름한 머리칼을 가진 남자가 고국에서 우희의 얼굴에 묻었던 피를 닦아주었던 천이었다.

"본궁이 너만은 죽일 수 없지."

황후가 처진 눈꼬리 끝으로 금방이라도 슬픔을 떨어뜨릴 것같이 한 숨을 내쉬며 말하였다. 황후는 우희 자신이 영특해서 아낀 것이 아니 었다. 우희가 생각하기에도 배우는 속도가 그리 빠르지는 않았다. 우희는 유품이었다. 황후가 그리 사랑하는 셋째 오라버니, 호국장군이 황후에게 마지막으로 남긴 선물이었다. 궁녀들은 개나 고양이 같은 존재라고 하지만 우희는 그에도 미치지 못했다.

"이것을 지니고 있으면 안전할 것이오."

우희는 자신의 은인이 황국이 수놓인 조각을 쥐어주며 하던 말을 떠올렸다. 은인은 자신과 황후의 관계를 상징하는 천이 황국과 고국의 병사들로부터 우희를 구해줄 것이란 뜻에서 그 말을 한 것이었을까? 아니면 은인을 떠올리게 하는 황색 꽃이 우희를 황후로부터 구해줄 것이라는 뜻에서 그 말을 한 것일까? 알 수 없었다. 이마에서 다시 축축한 것이 흐르기 시작하였다. 아까 머리를 바닥에 빻을 기세로 찧어서 흐르던 핏물인지 긴장해서 흘리기 시작한 땀인지 알 수 없었다.

"본궁을 저버리지 말거라."

황후가 우희를 용서하였다. 확실한 것은 우희의 등에 흐르는 것이 식은땀이라는 사실이었다. 우희는 이미 제 피로 벌건 바닥에 다시 머리를 찧었다. 방금 전까지도 느껴지지 않던 통증이 갑자기 밀려오기 시작하였다. 우희는 이를 물고 신음을 참았다.

"배신치 아니하겠나이다."

우희가 황후에게 다시 약조하였다. 만효가 옆에서 기다리고 있었다

는 듯이 옷가지를 건넸다. 솔잎색 치마에 연한 녹색 윗옷이었다. 우희
는 후들거리는 손으로 그것을 받아들었다. 나흘이었다. 다른 궁인이
었다면 목이 떨어진 지 나흘째였을 것이었다. 우희는 나흘 만에 황후
궁의 궁녀로 돌아왔다.

그날 밤, 겨우 평상시대로 일을 하고 난 우희는 그대로 눈을 감고
싶은 욕구를 애써 누르고 엉겅퀴색 침의로 갈아입었다. 그리고 모로
누워 잠에 떨어지려는데 한 가지 기억이 떠올랐다. 무척이나 피곤했던
날이었다. 연빈이 아직 연 상재였을 때, 그를 처음 만났던 날이었던 것
같았다. 우희는 침방에서 쫓겨난 채이, 필요가 없어져 살해당한 고국
의 세자를 떠올렸다. 그리고 궁에서 쫓겨나지 않기 위해 하루 빨리 쓸
모 있는 사람이 되고 싶다고 중얼거렸다. 그때 소향이 무어라 말했었
다. 그때는 수마에 정신을 빼앗겨 소향의 말에 집중하지 못했다. 우희
는 이제 와서 다시 들리는 기억 속의 소향의 목소리에 귀를 기울였다.

"너는 존재 자체로 특별하니까, 그렇게 발버둥질할 필요 없어. 황후마
마께서는 도망가려는 너를 광에 가둬서라도 곁에 두실 테니까, 쫓겨날
염려는 할 필요 없어."

아마 소향은 그때 이미 호국장군의 유품으로써 우희의 가치를 알고
있었던 것 같았다. 아니, 우희의 가치가 호국장군의 유품으로써라는
것을 알고 있었던 것 같았다. 이 세상에 더 이상 우희를 우희 자체로
아끼는 사람이 없다는 것은 알고 있었다. 그러나 새삼 그 사실을 확인
하고 나니 서러웠다. 하지만 우희가 어찌할 도리는 없었다. 우희는 다
시 눈을 감았다. 잠결에 눈물을 흘린 것도 같았다.

우희가 배신하려 하지 않았다는 것도, 우희가 배신치 않을 것도 알

고 있었지만 황후는 우희를 다시는 궁 밖으로 내보내지 않았다. 대신 우희에게 양미랑이라는 궁녀를 붙여주었다. 명목상은 우희를 도우라는 것이었지만, 우희는 아직 황후가 자신을 온전히 믿지 못하기 때문에 감시를 붙였다는 것을 알고 있었다. 아직 열다섯밖에 먹지 않은 양미랑은 우희를 돕게 되어 기쁘다며 웃었다. 자그마한 키에 눈같이 깨끗한 피부를 지닌 양미랑은 황단 맏공주의 딸이라 하였다. 혜비에게서 황단 땅의 왕비가 황후의 고모라 들었다. 우희는 밝게 웃으며 양미랑의 머리를 정돈해 주었다. 종질녀인 양미랑이야말로 황후가 믿을 수 있는 든든한 아군이었다. 명목만 황후궁의 궁녀였지, 다른 궁녀들의 시중을 받고 생활하여 황후의 말벗으로 황궁에 온 것이나 크게 다르지 않았다. 우희는 양미랑의 손을 잡고 초로원으로 향했다. 양미랑에게 가르칠 것이 많았다.

공주의 딸 양미랑은 황후궁에서도 활달하고 주눅 들지 않았다. 조금 말이 더 많은 소향을 연상시켰다. 양미랑이 방방곡곡 자신이 황후의 오촌 종질녀라 외치고 다니지 않아도 소문은 재빨리 퍼졌다. 그리고 우희가 광에 갇힌 일로 은연중에 무시하던 궁녀들은 양미랑이 우희를 따라다니는 것을 보고 태도를 바로 하였다. 우희는 그런 양미랑이 귀여우면서도 마음 한편으로는 부러웠다. 우희는 자신도 고국에서 부모님의 품 안에서 자랄 때는 저리 당당했던 것을 생각했다. 그리고 강유는 어떤 내색도 하지 않았지만 아마 지금의 저와 같은 심정이었을 것이라고 생각하였다. 강유에게 미안하였다. 강유의 입장을 조금만 더 생각했더라면 그리 주변 사람들의 사랑을 믿고 천방지축으로 뛰어다니지 않았을 것이었다. 옅어진 원망과 남아 있는 애정, 그리고 뒤늦게야 찾아온 미안함과 후회, 여러 감정이 뒤섞여 우희의 가슴을 아프게 울렸다.

연빈의 칠황자는 영특했다. 황제의 무릎을 짚고 일어서고, 붓으로 선인지 파도일지 모르는 것을 그려서 황제에게 자랑하며 총애를 한 몸에 받았다. 뿐만 아니라 돌이 되기도 전에 이미 식사 예절을 배우고 있었다. 황제가 매일같이 짬을 내어 장화당을 찾아가자 대신들 사이에는 분란이 일어났다. 한편에서는 칠황자가 다음 황위를 이으면 고국 사람들의 불만이 잦아들 것이라며 칠황자가 총애를 받는 것을 기뻐하였다. 다른 편에서는 칠황자가 황위라도 이으면 고국 출신의 세력이 커지고, 결국 황국이 고국에 넘어가는 꼴이 될 것이라며 불안해하였다. 그러나 선천적으로 몸이 허약한 혜비의 삼황자나 출신 가문이 낮은 안 귀인의 사황자나 오황자의 황위 계승은 어려워 보였다. 특히 안 귀인은 연빈이 상재 시절부터 받은 봉호조차 받지 못하여 사황자와 오황자가 황태자가 되는 일은 소원해 보였다. 때문에 황국 출신의 모친을 가진 황제를 원하는 대신들이나 백성들은 황후의 팔황자가 다음 황제가 되길 바랐다. 그러나 황제는 보름에야 의무적으로 황녕궁을 방문할 따름, 팔황자에게 별다른 관심을 보이지 않았다. 이전까지의 우희였다면 이 모든 형편에 대해 서너 달 뒤에야 입 가벼운 어린 궁녀들을 단속하다 들었을 것이다. 하지만 서글서글한 성격에 모든 궁의 궁녀들과 그새 친해지고, 출신이 출신인지라 거리낄 것도 없는 양미랑이 곁에 있고부터는 모든 소식을 누구보다 빨리 들을 수 있었다. 황궁에서는 아는 것이 적을수록 좋다고 생각해 온 우희는 그 상황에 기뻐해야 할지, 슬퍼해야 할지 알 수 없었다.

연빈을 보러 장화당에 간 우희는 연빈이 이미 손님을 맞고 있는 것을 보았다. 봄이 되어 유난히 화사한 붉은 머리로 황제의 총애를 사 답응이 된 허 씨였다. 우희는 나중에 찾아오겠다고 하였다. 그러나 허 답응은 자리를 피하려는 우희를 만류하며, 자신은 연빈과 자매와 같 으니 제 앞에서 무슨 말이라도 해도 되지 않느냐고 물었다. 후궁들은 모두 언니와 동생 같은 사이니 자매라는 허 답응의 말이 맞았다. 허 답응이 연빈의 궁녀일 때도 늘 허 답응도 있던 자리에서 연빈을 만났 으니, 새삼스러운 일도 아니었다. 그러나 연빈은 미간을 살짝 찌푸리 면서 어쩔 수 없다는 듯이, 우희에게 허 답응의 말대로 하라 하였다. 우희는 예의 황후가 내린 차를 먼저 전하였다. 그리고 매 방문 그러하 였듯이 연빈과 고국의 추억거리들을 나누는 말상대가 되어주었다. 이 제까지 우희가 연빈과 대화를 나눌 때 차를 따르던 허 답응은 이제 한 자리에 앉아 차를 들었다.

우희는 나오는 길에 황제를 만났다. 황제는 황후궁의 궁녀인 우희가 장화당에 있는 것을 의아하게 생각하였다. 그리고 이내 뒤따라 나온 허 답응을 보며, 후궁들 간에 다투지 않고 사이좋게 지내니 보기 좋다 고 칭찬하였다. 허 답응은 곧장 황제에게 애교를 부렸다. 그러며 칠황 자는 막 잠이 들었으니, 저가 있는 대홍궁으로 대신 가기를 청하였다. 황제는 결국 허 답응의 뜻을 따라 장화당의 문턱조차 넘지 않고 가마 를 돌렸다. 눈앞에서 황제를 낚아채 가는 허 답응의 뒷모습을 노려보 는 연빈의 눈빛은 살벌했다. 우희는 연빈에게 재빨리 인사를 올리고 자리를 떴다. 조금 더 머물렀다가는 허 답응을 지탄하는 연빈의 한탄 을 듣느라 해가 질 것이었다.

황제가 대홍문을 넘자마자 허 답응은 황제를 서배전으로 끌었다. 뒤늦게 나오던 명빈이 멀리서야 예를 올리는 모습이 눈 한구석에 들어왔다. 황제는 들어가자마자 법도를 밥 먹듯 어기는 답응을 꾸중해야 겠다고 생각하였다. 허 답응은 다른 후궁들과 달리 평민에 가까울 정도로 한미한 가문 출신이어서 그런지 예와 법을 그리 중하게 생각하지 않았다. 그리고 유들유들한 성격으로 매사를 능구렁이처럼 넘어가며 후궁들의 심기를 불편하게 하였다. 서배전 안으로 발을 디디자 부끄러운 듯 홍조를 띈 나팔꽃으로 기둥을 말아놓고, 색사에 꿰어 발처럼 드리운 모습이 눈에 들어왔다. 온 전이 꽃향기로 가득하였다. 황제는 눈앞의 광경에 웃음을 터뜨렸다. 허 답응은 능청스러웠다. 그리고 황제는 그것이 썩 마음에 들었다.

"저는 황상께서 웃으실 때가 가장 좋습니다."

허 답응은 길가에 피고, 야생에서 자라는 나팔꽃같이 생명력이 넘쳐났다. 동시에 우아한 곡선을 그리며 타고 올라가는 나팔꽃같이 교태가 있었다. 황제는 허 답응의 손을 잡아끌었다. 처음 보았을 때만 하여도 거칠었던 궁녀의 손은 몇 달 새 부드러운 후궁의 손으로 변해 있었다. 시간은 대단하였다. 못 바꿀 것이 없었다.

황제는 다음 날 영록궁에서 온 내관을 보며 한숨을 내쉬었다. 입궁을 한 지 십 년이 다 되어가는데도 향비는 익숙해지지 못하였다. 다른 후궁을 품은 다음 날이면 득달같이 내관을 보내와 실망을 표현하였다. 전날은 태강전까지 찾아온 향비가 입궁하는 동친왕과 부딪쳐 이야기를 나누는 모습을 보았다. 동친왕은 황녕궁을 자주 드나들었으니, 우희에게서 황제가 허 답응을 따라갔다는 말을 들었을 터였다. 그리고 향비의 성화에 못 이겨 말을 흘리고 말았을 것이었다.

황제는 법도에 어긋난 향비의 투기에 눈살을 찌푸렸다. 그러나 이내 옆에서 눈치를 살피고 있던 왕 내관에게 오늘 밤 향비를 들이라 명하였다. 영록궁의 내관은 얼굴에 희색이 만면하여 돌아갔다. 한번쯤은 향비를 꾸짖어야 되기는 할 것이었다. 그러나 매번 향비의 눈물만 보면 안쓰러운 마음이 앞섰다. 나라의 절세가인을 괴롭게 하였다는 죄책감이 들어 혼낼 수 없었다. 향비는 지금도 흘러내릴 것 같은 커다란 눈망울 가득히 눈물을 괴고 있을 것이었다.

향비가 기다란 속눈썹을 팔락였다. 그리고 섬섬옥수를 뻗었다. 백옥같이 하얀 손가락이 황제의 콧날을 타고 흘렀다. 허 답응의 손이 고생을 씻어낸 손이라면, 향비의 손은 한 번도 바늘 이상의 딱딱한 것을 쥐어본 적 없는 고운 손이었다. 황제는 향비의 가냘픈 손을 잡아챘다. 그리고 천천히 손가락 하나하나에 입을 맞추었다. 새하얀 손끝마다 붉은 도화가 피어났다.

"황상, 말해주십시오."

향비가 깊이를 알 수 없이 검은 눈동자로 황제를 쳐다보며 말했다. 그 눈에 비친 것은 열정뿐이었다. 무척 단순하였다. 얕은 시냇물처럼 맑은 밤색이면서도 수십 겹으로 둘러싸인 황후의 눈과는 전혀 달랐다. 머루 같은 눈은 황제를 향한 정열만으로 가득 차 있었다. 단 한 번도 온전히 황제 자신만을 담아본 적이 없는 황후의 눈과는 전혀 달랐다.

"무엇을 말이냐?"

황제가 향비의 눈꺼풀 위로 입맞춤을 흩날리며 중얼거렸다. 시간이 흘러도 변치 않는 것이 있었다. 십 년이 흘러도 변치 않는 것이 있었다. 하나는 황제를 향한 향비의 애정이었다. 하나는…….

"하나만 고르셔야 합니다. 황상께서는 누가 가장 좋으십니까?"

황제는 숯처럼 진한 눈썹을 추켜세웠다. 향비가 곧장 입을 다물었다. 투기심을 만천하에 공공연히 드러내는 것도 봐주었다. 그러나 향비는 가끔 아주 아슬아슬한 선까지 넘으려 들었다. 황제는 잠깐 눈에 드러났던 얼음을 곧 감추었다. 그리고 향비의 입술을 찾았다. 향비의 입에서 안도의 한숨이 흘러나왔다.

그날 밤 황제는 아주 이상한 꿈을 꾸었다. 분명 황궁의 영록궁에서 잠이 들었는데, 어느새 드넓은 풀밭 한가운데 서 있었다. 정확히 말하면, 새하얀 양귀비꽃이 녹색을 지워 버린 들판에 앉아 있는 아이들을 보고 있었다. 판에 찍어낸 듯 닮은 두 소년과 만지면 녹아버릴 것같이 부드러운 머리카락을 흘리고 있는 소녀 하나가 하얀 꽃밭에 흔들리고 있었다. 황제는 아이들에게 말을 걸어볼 생각도 하지 못하고 지켜보고만 있었다. 세 아이들은 저희끼리 하얀 꽃을 꺾어 들어 주거니 받거니 하고 있었다. 황제는 천천히 아이들에게 다가갔다. 아이들은 황제의 인기척도 느끼지 못하는 것 같았다. 황제는 아이들 옆에 주저앉았다. 그리고 금색 옷자락을 풀밭에 펼쳤다.

자세히 살펴보니, 한 남자아이가 중간에 끼어 있던 여아를 거의 조르다시피 껴안고 있었다. 여자아이는 저보다 덩치도 큰 남자아이의 팔에 옷이 끌어당겨진 까닭에 숨쉬기가 버거워 얼굴이 불그스레하였다. 그럼에도 양귀비에 정신이 팔려 울지도 않고 있었다. 여아는 고사리같이 작은 손으로 하얀 꽃들을 엮으려고 몇 번이나 시도하였다. 그러나 번번이 실패하였다. 그리고 한참 후에야 다른 사내아이에게 꽃들을 묶어달라고 흔들며, 이미 저를 안고 있는 남아의 품에서 벗어나려고 발버둥을 치기 시작했다. 반대쪽에 앉아 있던 사내아이도 여아를 받아들기 위해 일어서 다가왔다.

이미 여자아이를 질식사시킬 것같이 꼭 안고 있던 남자아이는 사내아이가 다가오는 것을 보고는 여아를 더욱 강하게 끌어안았다. 여자아이의 눈에 눈물이 그렁그렁 맺히기 시작하였다. 황제는 여아를 붙잡고 있는 남자아이의 팔을 풀려 하였다. 그러나 황제의 팔은 아이들을 투과해 버릴 따름이었다. 이내 다가온 사내아이가 남자아이를 달래기 시작하였다. 말투도 어른스러운 것이 여자아이를 놓지 않고 있는 남자아이보다 나이가 많은 것 같았다.

마침내 풀려난 여자아이가 보다 의젓한 사내아이의 품으로 달려갔다. 그러고는 옷자락을 꼭 쥐고 놓지 않았다. 그러자 여아를 빼앗기고만 남자아이가 여자아이를 뒤로 숨긴 사내아이를 향해 쥐고 있던 하얀 꽃을 있는 힘껏 던졌다.

"내 신부야!"

하늘로 던진 꽃은 한 줌인데 세상이 온통 하얘졌다. 황제는 그 꿈에서 깨어버릴까 두려웠다. 그래서 있는 힘껏 남자아이를 붙잡았다. 아까까지만 해도 공기 중을 허우적거리듯 남자아이의 팔을 투과했건만, 이번에는 단단한 어깨가 손에 잡혔다. 구름이 흩어지듯 하얀 꽃들이 풀밭에 내려앉고 세상에 다시 색이 돌아왔다. 그리고 황제는 여전히 세 아이와 한 자리에 앉아 있었다. 황제는 서둘러 남자아이를 붙잡고 있던 손을 뗐다. 세 아이 중 누구도 황제의 존재를 눈치채지 못하고 있었다. 황제는 그제야 꽃을 던진 남자아이를 돌아보았다. 새까만 눈동자에는 눈물이 아롱기리고 있었다. 뺨은 분노로 상기되어 있었다. 그에 비해 여아를 뒤로 숨긴 사내아이는 입가에는 미소까지 띠우고 있었다. 아까까지만 하여도 여자아이를 풀어주려 남자아이의 팔을 잡아당기던 황제였다. 그러나 이제는 난감하다는 표정을 짓고 있는 사내아이 뒤에 숨은 여아를 번쩍 들어다 입술을 깨물고 있는 남자아이의 품 안에 도로 안겨다주고 싶었다.

"하나만 골라야 해. 누가 가장 좋아?"

남자아이의 손에서 채 떨어지지 않았던 흰 양귀비 꽃잎 하나가 뒤늦게 바람에 날아갔다. 눈동자만큼이나 검은 눈썹이 파들파들 떨리고 있었다. 여자아이를 품에 안고 있는 사내아이가 좋다고 하면 당장이라도 한 대 칠 기세였다. 다시 무서운 바람이 불어오기 시작하였다. 그리고 양귀비 밭을 날려 버릴 기세로 울었다.

"넌 내 신부야!"

남자아이가 다시 악에 받쳐 소리를 질렀다. 여아는 움찔하며 멀리 도망가 버리려는 듯이 등을 보였다. 그러자 시종일관 침착하던 사내아이가 고개를 돌리고는 여아의 팔을 붙잡았다. 그러고는 여자아이를 달래면서 동시에 앞으로 끌어냈다. 소녀는 마침내 두 소년의 한가운데 서게 되었다. 여아는 어른스러웠던 사내아이를 먼저 올려다보고는 이내 여전히 눈에 불안감이 서려 있는 남자아이로 시선을 옮겼다. 여자아이가 연신 눈치를 보았다. 자상한 미소를 짓고 있던 사내아이가 격려하는 눈짓을 하였다. 여아는 그제야 작은 손을 꼼지락거리며 숯 같은 눈썹을 잔뜩 찡그리고 있던 남자아이의 손을 잡았다. 기어이 여자아이를 다시 붙잡은 남아의 손은 사시나무처럼 떨리고 있었다. 얼마나 힘을 주고 있는지 손마디가 하얗게 불거졌다. 여아는 제 손을 잡고 있는 남자아이를 힐끔 올려다보았지만 놓지는 않았다.

황제는 세 아이를 보며 우습다 생각하였다. 어차피 황국에서는 스무 살이나 되어야 혼례를 올렸다. 아이들은 아직 열 살 남짓해 보였다. 아마 제 짝을 찾을 때면 저 때의 감정은 모두 잊을 것이었다. 소녀를 가지고 싸웠던 기억조차 남지 않을 것이었다.

긴장감은 한참동안이나 이어졌다. 그리고 짧고도 긴 폭풍 끝에 평화가 다시 찾아왔다. 세 아이는 다시 양귀비꽃 틈에 자리를 잡았다.

검은 눈 가득 불안을 담고 있던 남자아이는 여아에게 흰 꽃으로 화관을 엮어주었다. 여전히 조금 떨리는 손으로 여자아이의 머리 위에 제가 만든 화관을 얹어주는 찰나에 여아의 고운 머리칼에 붉은빛이 스쳤다. 그러나 황제는 하얀색에 눈이 멀어 그 순간을 보지 못했다.

멀리서 누군가가 부르는 소리가 들렸다. 황제는 아침이 다가오고 있음을 느꼈다. 곧 꿈에서 깨리란 것을 알았다. 그러나 아이들도 그 소리를 들었다는 듯이 목소리가 들리는 곳으로 시선을 돌렸다. 이내 어른스러웠던 사내아이가 일어났다. 그리고 아직 꽃밭에 앉아 있는 남자아이와 여자아이의 머리를 쓰다듬더니 몸을 돌렸다. 떠난 것은 사내아이 하나뿐이었고, 남자아이 하나와 여아는 여전히 하얀 양귀비를 만지작거리고 있었다. 여자아이는 저에게 향한 남아의 시선을 알아차리고는 손을 뻗어 제 머리 위에 오른 화관을 만지작거렸다. 그리고 화관을 만들어준 남자아이에게 환하게 웃어주었다.

"나는 네가 웃을 때가 가장 좋아."

양 뺨이 새빨갛게 달아오른 남자아이가 여아의 눈도 마주보지 못하고 중얼거렸다. 너무나도 작은 목소리라서 여자아이가 들었나 의심이 들 정도였다. 하지만 여자아이는 그 말을 챙겨듣고는 남자아이만큼이나 귀가 빨개져서는 즐겁다는 듯이 웃었다. 웃음소리가 신호탄이기라도 하였던 듯, 하늘에서 꽃비가 내리기 시작하였다. 이미 땅에 지천인 양귀비가 하늘에서도 떨어지기 시작하였다. 황제가 알아차리기도 전에 세상은 온통 백색 양귀비로 가득 찼다. 그리고 황제가 다시 눈을 떴을 때는 소년도 소녀도 없는 영록궁이었다.

"황상, 무슨 꿈을 꾸셨사옵니까?"

아직 해도 눈을 뜨기 전이었다. 황제는 천천히 상체를 일으켰다. 일찍도 일어나 단장을 끝낸 향비가 물을 건네었다. 황제는 허겁지겁 목을 축였다. 밤새 소리라도 지른 양 입안이 바짝 말라 있었다. 놀랍도록 달콤한 물은 바로 갈증을 데리고 목을 넘어갔다. 황제는 텅 빈 잔을 향비에게 건넸다. 그리고 다시 자신이 누워 있던 자리를 확인이라도 하듯 더듬었다. 금사로 도화를 수놓은 비단 이불이 손아래서 바스락거렸다.

"황상, 꿈에 본궁을 보셨나이까?"

황제는 향비의 물음에 시선을 돌렸다. 그리고 고운 비단 이불보다도 부드러운 향비의 머리채와 기대감으로 부풀어 있는 눈동자를 보았다. 황제는 고개를 끄덕였다. 아마 꿈에서 본 소녀가 향비였던 것 같기도 하였다. 향비는 황제의 긍정에 박수까지 쳐가며 뛸 듯이 기뻐하였다.

"황상, 지금 본궁이 얼마나 기쁜지 모르실 것이옵니다. 황상께서 간밤에 내 신부라고 외치던 것을 기억하시옵니까? 그이가 본궁이라니, 이 기쁨을 비할 데가 없사옵니다."

향비가 가냘픈 손으로 황제를 껴안으며 속삭였다. 황제는 멍하니 향기로운 향비가 품 안에 안겨오는 것을 보고만 있었다. 자신은 분명이 꿈에서 제삼자였다. 그러나 향비의 말에 따르면 소녀를 갖지 못할까 두려움에 떨던 불쌍한 남자아이가 자신이었다. 황제는 묘하게 기분이 나빠지는 것을 느꼈다. 자신은 황제였다. 누구의 애정도 그리 갈구할 필요가 없는 황제였다.

"꿈에서 짐이 본 것은 일고여덟에 불과한 어린아이였다. 스물이 넘어 비가 된 그대가 어찌 그 여아란 말인가?"

황제는 자신을 옭매듯 껴안고 있는 향비의 팔을 떼어내며 말했다. 내치듯 떨치지 않기 위해, 목소리가 지나치게 차갑지 않게 조정하느라 신경을 써야 했다. 혹시라도 자신이 무언가를 잘못 알고 있어서 향비가 그 여자아이가 맞는다면, 소년이 그토록 떨리는 눈으로 쳐다보던 여아라면 상처를 주어서는 안 된다는 생각이 기저에 깔려 있었다. 그리고 황제는 곧 따라온 향비의 대답에 조심하기를 잘하였다고 생각하였다.

"황상, 역시 기억하지 못하시옵니까? 황후께서 태어나시기 전에는 제가 황상의 배필이지 않았사옵니까?"

황제에게는 금시초문인 말이었다. 하지만 향비가 자신이 기억하지 못하는 것이라고 하였으니 조금 더 들어보기로 하였다. 향비는 실망이라는 표정을 지으면서도 말을 이었다.

"동친왕이 어린 나이에 수많은 명장들을 휘하에 거느리고 있는 명빈의 사촌과 혼례를 올리셨지요. 그 당시 본궁의 집안에서는 균형을 위하여 본궁과 황상을 짝지어주려 하고 있었사옵니다. 그러니 아주 짧은 시간이었으나 본궁이 황상의 신부가 될 이였던 것은 맞는 일이지요."

황제는 들은 적 없는 일이었다. 하기야 어머니도 태어나자마자 잃고, 세력 하나 없었을 때니 그에게 그리 친절하게 이야기해 줄 사람도 없기는 하였다. 그래서 황제는 향비의 말을 믿기로 하였다. 자신이 꾼 꿈이 사실은 자신의 기억이고, 향비가 꿈속의 여아였다고 믿기로 하였다.

"너무하십니다. 본궁은 황상께서 꿈속에서도 본궁을 찾으시기에 기뻐하였더니, 황상께서는 본궁의 말을 의심하고 계시잖습니까?"

향비가 짐짓 눈물을 흘리는 척하였다. 황제는 향비의 눈꼬리에서 눈물 한 방울 흐르지 않을 것을 알면서도 향비를 품에 안았다. 그리고 가녀린 미인을 도닥였다. 여전히 자신이 그 애정에 굶주려 난폭한 아이라는 사실을 믿기는 어려웠다. 자존심마저 상하는 일이었다. 그러나 만약 자신이 실로 그 남자아이였다면, 제삼자의 눈으로 볼 때도 통증을 느낄 정도로 절절하게 좋아하던 여아가 향비라면, 그 누구보다도 아껴야 할 것이었다.

　두 번째 꿈은 첫 꿈의 충격에서 깨기도 전에 다가왔다. 첫 꿈을 꾸
고 며칠 후에 두 번째 꿈을 이어 꾸게 되었다. 황제는 태강전에서 홀로
잠이 들었다. 눈앞에는 다시 예의 그 양귀비 밭이 펼쳐져 있었다. 다
만 이번에는 두 아이가 앉아 있는 새하얀 꽃밭에서 조금 떨어진 곳이
었다. 하지만 황제는 전과 같이 놀라지 않고, 곧바로 아이들에게로 걸
어 올라갔다. 아이들의 시간은 조금도 흐르지 않아 보였다. 여자아이
의 머리 위에는 여전히 화관이 올라가 있었고, 남자아이는 볼까지 달
아올라 여아에게서 시선을 떼지 못하고 있었다. 황제는 향비가 자신이
라 한 여자아이를 조금 더 자세히 보기 위하여 다가갔다. 그러나 하늘
에 갑자기 몰려온 엄청난 먹구름에 그늘이 져 아이의 모습을 세세히
살펴보기 어려웠다. 금방이라도 폭우가 쏟아질 것 같았다. 펼쳐진 것
은 흰색 양귀비뿐, 비를 피할 곳은 어디에도 보이지 않았다. 그러나
아이들은 비구름을 조금도 눈치채지 못한 듯, 꽃을 뜯어 묶고, 조금
씩 거세지는 바람에 날려 보내며 깔깔거리고 웃기 바빴다. 그러던 중
남자아이가 여아에게 말을 걸었다.

　"내가 화관을 만들어주었으니, 내게도 선물을 줘."

　여자아이의 처진 눈꼬리가 난감하다는 듯이 떨어졌다. 그리고 어찌
할 바를 모르겠다는 듯이 치마만 구기고 있었다. 그러다 조용히 줄 것
이 없다며 부끄러워하며 말했다. 꽃을 뜯느라 풀물이 든 작은 손가락
이 갈 곳을 모르고 연홍색 치마 위를 누볐다.

　"그 노리개를 줘."

　남자아이는 처음 말을 꺼냈을 때부터 가져갈 것을 정해놨다는 듯이
단호하게 말했다. 황제는 남자아이의 시선을 따라갔다. 그러나 여자

아이가 남아의 말을 듣자마자 깜짝 놀라 손 안에 숨기듯 움켜쥐어 버리는 바람에 무슨 노리개인지 볼 수 없었다.

"이건 황제폐하께서 내리신 거야."

여아가 잔뜩 울상을 지었다. 머리 위에 올라간 화관에서 양귀비꽃 한 송이가 금방이라도 떨어져 나갈 것같이 흔들렸다. 소녀의 눈에도 그새 눈물방울이 맺혀 있었다. 그러나 남자아이는 어여쁜 여자아이의 눈물 정도에는 흔들리지 않겠다는 듯이 재차 노리개를 달라 요구하였다. 황제는 고개를 내저었다. 저번에 봤을 때만 해도 안쓰럽던 마음은 어느새 사라지고 밉상스러운 녀석이라는 생각이 들었다.

"내가 황제가 되면 더 좋은 걸 줄게."

남자아이가 새까만 눈동자로 여아를 쳐다보며 당차게 약조하였다. 황제는 그 모습을 보고 웃었다. 자칫하다가는 역적으로 몰릴 위험한 발언을 저리도 당당히 하는 아이는 자신이 맞았다. 황태자위에 오른 자신이 맞았다. 그렇다면 적어도 일곱 살은 넘었을 터였다. 그러나 황제의 기억 속에는 꿈속의 순간이 없었다. 황제는 어린 자신의 약조가 결국 지켜졌는지 무척 궁금하였다.

여아는 머뭇거리다 결국 노리개를 내밀었다. 어린 황제가 노리개를 잡았다. 그러나 여자아이는 못내 노리개를 넘겨주고 싶지 않은지 한쪽 끄트머리를 잡고 있는 손의 힘을 풀지 않았다. 어린 황제는 그때도 숲처럼 짙었던 눈썹을 찡그리며 전혀 양보하지 않았다. 결국 뚝 소리와 함께 노리개가 부러졌다. 그리고 그 반동으로 소녀가 하얀 양귀비 속으로 묻히듯 쓰러졌다. 하늘로 아주 작은 조각 하나가 튀어 올랐다. 소년은 넘어지는 소녀를 보고 놀라느라 노리개가 상한 것도 몰랐다. 황제는 시선으로 그 조각을 좇아갔다. 그러나 깨진 조각은 양귀비꽃 밭에 떨어져 버려 더 이상 찾을 수 없었다.

소녀는 흰색 이불 틈에서 일어날 생각도 하지 않고 분해하고 있었다. 어린 황제는 기어이 뺏어낸 전리품을 소녀의 눈앞에 들고 흔들었다. 황제는 그제야 노리개를 자세히 볼 수 있었다. 황금으로 세공한 아직 못다 핀 국화가 은으로 깎은 작은 공과 함께 꿰어져 있었다. 손톱만큼 작은 은구슬에는 활짝 핀 은군자隱君子가 부조되어 있었다. 그리고 금사와 홍사를 땋아 단 술 사이에는 면아免兒라는 이름을 깎은 옥 조각이 흔들리고 있다. 소녀는 다시 노리개를 낚아채기 위해 백색 양귀비 보료를 박차고 일어났다. 그러나 소년은 한 발짝 앞서 물러났다. 소녀가 팔을 뻗으면 소년이 도망갔다. 이내 두 아이는 새하얀 양귀비를 날리며 꽃밭을 뛰어다니고 있었다. 하늘을 채웠던 먹구름은 어느새 사라지고 없었다.

황제는 둘의 모습을 지켜보고 있었다. 아무리 떠올리려 하여도 기억에 없는 일이었다. 아이들이 멀어지기 시작했다. 황제는 자리를 털고 일어났다. 그러나 어린 아이들이 어찌나 빠른지, 자신의 긴 다리로도 쫓아갈 수가 없었다. 뒤에서 뽀얀 해무와 같은 꽃바람이 불어오기 시작하였다. 황제는 더욱 필사적으로 뛰었다. 아직 기억은 전혀 돌아올 기세가 없었다. 당장 깨어나면 언제 다시 같은 꿈을 꾸게 될지 알 수 없었다. 그러나 아이들은 점점 작아져만 갔고, 하얀 양귀비 바람은 더욱 가까이 몰아쳤다. 황제는 이내 질식할 것 같은 양귀비꽃에 갇혔다. 시야가 다시 하얘졌다. 그리고 다시 눈을 떴을 때는 태강전이었다.

바깥은 어두웠다. 때 이른 여름비가 내리고 있었다. 황제는 앞으로 흘러내린 검은 머리칼을 쓸어 넘겼다. 꿈속에서 어찌나 온 힘을 다해 뛰었는지 머리가 축축했다. 왕 내관이 휘장 뒤에서 세숫물을 올릴지 물어왔다. 황제는 아니라고 하고는 다시 베개에 머리를 뉘였다. 다시 눈을 감았다. 꿈이 찾아오기를 기다렸다. 조금만 더 따라갔으면, 그 아이들이 양귀비밭을 넘어 간 곳이 어딘지만 보면 기억이 돌아올 것도 같았다. 황제는 기다렸다. 빗소리가 요란했다. 그러나 아이들의 발소리는 다시 들리지 않았다.

비는 종일 내릴 기세였다. 황제는 왕 내관이 들고 있는 금색 용포에 팔을 꼈다. 그리고 왕 내관의 손을 마다하고 스스로 앞섶을 여미며, 면아라는 이름을 가진 여자를 찾으라고 명하였다. 향비는 자신이 꿈속의 그 여아라고 하였다. 그러나 어딘가 석연치 않은 곳이 있었다. 우선은 믿을 것이었다. 그러나 면아가 나타난다면, 그리고 그것이 향비가 아니라면, 거기까지 생각하던 황제는 고개를 내저었다. 향비의 처분에 대해서는 나중에 생각하면 될 것이었다. 일단은 향비의 말을 믿어야 했다. 어린 자신이 웃음 하나에 설레고, 울리면서까지 온 시선을 사로잡고 싶어 했던 그 여자아이라고 믿어야 했다. 황제는 자신이 그 여자아이를 지금까지 기억하고 있었으면 어찌하였을지 생각해 보았다. 어린 시절의 모습으로 보아, 아마 조금도 정신을 차리지 못했을 것이었다. 국고의 보물들을 모두 안겨주고도 모자랐을 것이다. 그러고 보니 그 여아가 향비가 맞는 것도 같았다. 황제는 지금도 향비의 애교 한 번에, 눈물 한 번에 온갖 금은보화를 내리고는 하였다.

우희는 신이 나서 짐을 싸기 시작했다. 비록 팔황자가 우희를 따르는 모습을 보고 황후가 예전에 약조하기는 하였지만 내심 걱정하고 있었다. 잘된 일인지, 아닌지는 잘 알 수 없었지만, 우희가 도망을 간 줄 알고 난리가 난 후에 황후는 더 이상 여름별궁에 가면서 우희를 혼자 남겨둘 수 없다고 확고한 결정을 내린 것 같았다. 그래서 우희는 황궁에서 황후를 모시기 시작한 지 다섯 해가 되는 여름에야 처음으로 여름별궁에 가게 되었다.

"언니, 별궁에 가면 영실헌螢實軒 근처에는 얼씬도 하면 안 된대요."

우희와 같이 가마를 타고 가던 양미랑이 속닥였다. 정확히 말하면 궁에서 쓰이는 것과 같이 가마꾼들 열 몇 명이 드는 가마는 아니었다. 우희가 고국에서 황국으로 오는 길에 탔던 것과 같이 아래 바퀴가 달려 있고, 말이 끄는 것이었다. 다만 별궁으로 가는 우희가 타고 있는 것은 우희가 이전에 탔던 것보다 훨씬 컸다. 우희와 양미랑, 그리고 다른 궁녀 셋이 더 타도 자리가 넉넉할 정도로 커다란 가마는 수레라 불려도 과하지 않을 정도였다.

"일황녀께서 계시는 곳이래요. 어릴 때 뱃놀이로 별궁 호수에 빠지기 전까지만 해도 황상의 총애를 한 몸에 받던 황녀님이신 것은 언니도 알고 있지요? 다리가 불편해지신 이후로는 일 년 내내 별궁에서 지내시면서 여름에 황상과 향비께서 찾아오시기만을 기다린다고 해요."

이미 몇 해 전에 양자를 들이고도 남았을 향비의 성격에 그리하지 않은 것은 일황녀 때문이라는 소문도 돌았다. 향비가 황녀를 치료할 의원을 찾아 지금까지 팔방으로 헤맨다는 말은 아마 사실일 것이었다. 일황녀가 사고를 당한 것은 다섯 해도 넘었고, 이제는 걸은 시간보다 걷지 못한 시간이 길었다. 그럼에도 희망을 놓지 못하는 것이 부모의 심정일 것이라는 생각에 서글퍼졌다. 궁에서 누구 하나 그 앞을 거스를 자가 없는 향비도 딸 앞에서는 나약하기만 했다. 아마 자신의 부모도 눈을 감는 그 순간까지 우희를 걱정했을 것이란 생각이 들었다. 우희는 양미랑의 말에 연신 고개를 끄덕여 막 맺힐 것 같았던 눈물들을 넘겨 버렸다.

"일황녀께서는 향비를 닮아 무척 섬세하시니 부디 조심해요."

양미랑은 섬세하다고 표현했다. 하나 실제로 하고 싶었던 말은 예민하기 그지없다는 것이었을 것이다. 뒤에 붙인 조심하라는 충고는 조금이라도 그 신경을 거스르면 바로 벌을 내리는 잔혹한 성정을 지녔다는 경고였다. 아직 어린 나이에 몸이 제 마음대로 움직이지 않으니 답답한 마음이 쌓이는 것은 이해가 되었다. 그러나 유달리 성을 잘 내는 주인을 만나 작은 일에도 매를 맞을 궁인들은 더 안쓰러웠다. 게다가 일황녀는 이미 궁녀 여럿을 내관에게 하가시켰다 하였다. 우희는 내심 자신이 얼마나 큰 행운을 타고 났는지 생각하고는 하늘에, 아니 은인에게 감사하였다.

여름별궁은 하나의 거대한 호수를 둘러싼 궁들로 이루어져 있었다. 각 궁의 기본적인 구조는 황궁의 것과 크게 다르지 않았는데, 어느 창을 내다보아도 백화가 만발한 정원이 눈에 들어왔다. 별궁 내 황후의 거처는 오상전傲霜殿이었다. 황금색 기와를 올린 오상전은 백색 화강암 계단 위에 지어져 있었다. 아홉 칸의 넓은 돌계단을 올라가면 나오는 조금 좁은 다섯 칸짜리 계단이 정자로 이어졌다. 그와 동일하게 생긴 세 쌍의 계단이 연밥이 떠다니는 호수로 이어졌다. 좌우로 네 개씩 두 겹, 총 열여섯 개의 붉은 정자 기둥은 이단의 황금 기와를 들고 있었다. 그리고 그 아래 그늘에는 황후가 앉아 호수를 내려다볼 수 있는 의자가 놓여 있었고, 그 뒤로 병풍을 펼쳐놓았다. 흰 화강암으로 작은 능선을 만든 다리 세 쌍을 긴니 안쪽으로 걸어가면, 언회가 베풀어지는 이층의 거대한 누대가 나타났다. 삼단의 지붕을 올린 누대를 중심으로 양옆에는 조금 작은 이층의 누각이 서 있었다. 그리고 양옆으로 시원하게 뻗은 회랑은 다시 호수 방면으로 한 번 꺾여 양쪽에서 쌍을 이루는 작은 정자 둘로 이어졌다. 누대를 넘어 더 안쪽으로 들어가면 마침내 오상전이 나타났다. 오상전은 전전과 후전으로 나눌 수 있었다. 가운데 전들은 방 다섯 칸짜리였으며, 동서배전들은 세 칸짜리였다. 오상전 내에는 길게 뻗은 소나무와 온갖 기암괴석들이 즐비하였다. 오상전의 우측에 위치한 가파른 계단을 내려가면 궁인들의 처소가 나왔다. 우희의 처소는 황후의 것과 달리 화강암 위에 지어지지 않았기에 곧장 호수로 이어졌다. 궁인들의 처소도 두 겹의 벽으로 나뉘었다. 우희는 여름별궁에서도 양미랑과 한 방을 썼다.

우희는 오상전에서 나오자마자 혜비의 삼황녀를 만났다. 사황녀가 그러하였듯이, 삼황녀도 부쩍 자라 있었다. 혜비는 그리 키가 크지 않은데, 아마 부황을 닮아 큰 것 같았다. 혜비는 몸이 약하여 양화궁 밖으로도 걸음을 잘 하지 않는데, 삼황녀는 무척이나 생기발랄하여 혜비의 딸이라는 것을 믿기 어려울 정도였다.

"네가 세 해 전 중양절에 사황녀를 데려와 나를 무안하게 한 우희구나."

삼황녀가 발랄하게도 말하였다. 황후의 가장 가까운 수족인 우희에게 말을 낮추는 것은 후궁에서 향비와 혜비, 그리고 삼황녀와 사황녀 정도밖에 없었다. 황자들은 황후를 어려워하여 우희도 불편하게 생각하였다. 우희는 삼황녀의 말에 피가 빠져나가는 것 같았다. 고의는 아니었지만 사황녀를 청우각으로 데려간 까닭에 삼황녀의 작품이 빛이 바랜 것은 사실이었다. 우희는 길바닥에 무릎을 꿇고 머리를 찧었다. 그러나 삼황녀는 깜짝 놀라며 우희를 일으켰다.

"내 너에게 무어라 하는 것이 아니다. 괜히 말하였구나."

삼황녀가 우희와 마주친 눈을 초승달같이 구부리며 웃었다. 혜비의 궁녀들은 말이 많은 편이었다. 그것이 아랫것들에게 크게 역정을 내지 않는 혜비의 성정 탓임을 알고 있었다. 각 궁의 궁인들은 그 주인을 드러내었다. 향비의 궁녀들을 한 마디 한 마디가 잘 벼린 칼같이 날카로웠으며, 명빈의 궁녀들은 진중하였다. 연빈의 궁녀들은 무언가를 숨기고 있는 느낌이 들었고, 동국에서 와서 기댈 곳 하나 없는 주 귀인의 궁녀들은 소심하였다. 임 상재의 궁녀들은 저의 주인을 찬하기 바빠 다른 궁녀들과 말을 섞는 경우가 적었다. 그리고 허 답응의 궁녀들은 작은 참새 떼처럼 발랄하였다. 우희는 삼황녀가 생김새는 아닐지라도 속은 혜비를 닮은 덕에 봉변을 면한 것을 다행으로 여겼다.

"북주성의 세자빈이 와 있는 것을 알고 있느냐?"

삼황녀가 우희에게 넌지시 물었다. 우희는 놀라 예도 잊고 삼황녀의 눈을 쳐다보았다. 그리고 이내 제 실수를 깨닫고 고개를 숙였다. 그리고 몰랐다고 대답하였다. 목소리는 잔뜩 주눅이 든 것같이 꾸몄지만 속으로는 기뻐 어쩔 줄 몰랐다. 소향이 떠난 지 무려 두 해만이었다. 다시는 보지 못할 줄 알고 있었다.

"내가 향악정에 초대하였으니 너도 오거라."

삼황녀가 궁녀 우희를 황녀와 세자빈의 자리에 초대하며 웃었다. 우희는 거절할 생각 따위는 하지도 않았다. 우희는 삼황녀의 말이 떨어지자마자 그리하겠다 말하였다. 우희보다 어린 삼황녀는 그런 우희가 귀엽다는 듯이 웃고는 먼저 향악정으로 걸음을 옮겼다.

우희는 연빈이 있는 현삼전玄蔘殿으로 향하는 발을 재촉하였다. 소향을 보러 가기 전에 황후가 내린 차를 먼저 전달해야 했다. 우희의 마음은 이미 향악정으로 향해 있다.

현삼전은 오상전에 비해 간소하였다. 여름별궁에서도 구석진 곳에 위치한 현삼전은 백색 화강암 위에 만卍자 모양으로 서 있었다. 우희가 현삼전에 도착하자마자 연빈이 반겼다. 연빈은 칠황자가 기침이 심하다 걱정하였다. 우희는 아마 칠황자가 여름별궁이 처음인지라 익숙지 않아서일 것이라고 말하며 연빈을 달랬다. 그리고 자신이 태의를 불러올 테니 염려치 말라 하였다. 우희는 서둘러 차를 내려놓고 향악정에 가고 싶었다. 그러나 그런 우희의 마음을 모르는 연빈은 궁녀를 불러 차를 올리라 하였다. 우희는 황급히 연빈을 만류하였다. 그리고 삼황녀께서 황후마마가 시키신 일을 끝내는 대로 오라고 명하셨다고 변명을 하였다. 연빈은 여전히 우환이 가득한 눈으로 우희를 배웅하였다.

우희는 날듯이 향악정으로 달려갔다. 향악정은 호수 위로 솟아오른 커다란 바위에 기대 서 있었다. 바위에 뿌리를 박은 커다란 느티나무와 정자가 한 쌍을 이루었다. 정자는 위쪽과 우측에서 뻗은 두 개의 다리로 땅과 이어졌다. 검은 기와를 올린 다리 위를 한 걸음 뗄 때마다 두근거리는 마음이 커졌다. 마침내 꺾인 모서리를 돌자 소향이 보였다. 소향은 체통도 잊고 우희에게 달려왔다. 우희도 소향이 북주성 세자빈이란 것을 잊고 품에 달려든 소향을 힘껏 안았다.

"우희, 다 들었어."

소향이 우희를 안쓰러운 눈으로 쳐다보며 말했다. 그리고 우희가 미처 무엇을 들은 것이냐고 묻기 전에 우희의 손을 잡고 정자로 걷기 시작했다. 우희는 소향의 뒷모습을 쳐다보며 내심 뿌듯하였다. 우희의 벗 소향은 세자빈이 되어 나타났다. 맑은 청색 비단 위에는 붉은색과 자색 오월국五月菊이 한가득 수놓아져 있었다. 소매에도 연한 홍색으로 익국을 그려놓았다. 그리고 물푸레나무 껍질에서 뽑아낸 연한 재색의 염료로 물들인 실로 꽃 주변을 날아다니는 나비들을 새겨놓았다. 머리 장식도 궁녀의 것과는 비교해서는 안 될 정도로 화려하였다. 금을 구부려 만든 거대한 나비가 검은 머리 타래 중앙에 앉아 있었다. 연한 홍옥수로 조각한 강서차 양옆으로는 백색에 가까운 옥을 깎아 만든 잎을 장식하였다. 손가락 하나 너비의 구멍이 난 꽃잎을 금을 얇게 두드려 만들고, 금으로 된 꽃잎 다섯 장을 모아 당국화唐菊花 아래에 꽂았다. 그리고 꽃 아래에는 엄지만 한 옥이 방울처럼 흔들렸다. 얼굴 양옆으로는 옥수玉髓로 조각한 작은 나비가 흔들렸고, 나비 아래로는 금색 술이 늘어졌다.

삼황녀는 이미 탁자에 올라간 당호로를 집어먹으며 우희와 소향이 걸어오는 모습을 지켜보고 있었다. 우희가 삼황녀에게 감사의 인사를 올리려 했으나 삼황녀는 손을 내저어 일어서라 하고는 한자리에 앉을 것을 청했다. 우희는 머뭇거리다 소향의 옆에 앉았다. 우희는 이제는 세자빈인 소향이 자신의 잔을 채우는 것을 저지하려 하였으나 소향은 개의치 않았다. 우희는 삼황녀가 한자리에 있음을 생각하고는, 향낭에 대한 것을 제 짐작을 제외하고 채이와 개에 대한 이야기를 털어놓았다. 답답하던 마음이 어디에도 말하지 못한 말을 꺼내고 나니 후련해졌다.

"우희, 황후마마께서 너를 잃어버린 줄 아시고 황궁 안팎을 뒤엎으셨다는 얘기가 북주성까지 들려왔어."

소향이 우희의 이야기를 안쓰러운 눈으로 듣더니 말하였다. 우희는 발 없는 소문이 빠르다고도 생각하였다. 채이가 죽은 것도, 광에 갇혀 저도 죽을 줄 알았던 것도 얼마 전에 불과한 일이건만 아주 오래된 일처럼 느껴졌다. 정자 아래는 물새들이 호수를 가로지르고 있었고, 여름 바람은 푸른 손가락으로 버드나무 잎을 희롱하였다. 운명이란 성말 모를 것이었다. 악몽 같은 날들이 우희의 머리카락을 잡아당길 때에는, 눈만 녹으면 이리 평화로운 날이 펼쳐질 것을 알 수 없었다.

"채이는 개가 황후마마보다 채이를 따랐기 때문에 죽은 것이 아니야."

소향이 우희가 바라보고 있던 물새들을 함께 보며 우희의 생각이 틀렸다고 지적하였다. 물장구를 치던 새들은 곧 호수를 차오르고 날아갔다. 우희는 시선을 소향에게로 돌렸다. 소향도 다시 고개를 우희에게로 돌렸다. 소향은 다음 말을 꺼내기 전 머뭇거렸다. 우희는 끝까지 소향의 말이 이어지기를 기다렸다.

"우희, 채이는 너 때문에 죽었어."

소향의 말에 삼황녀까지 놀랐다. 우희는 한참동안 말을 잃었다. 그리고 잔물결처럼 떨고 있던 손으로 쥐고 있던 잔을 내려놓았다. 그건 우희도 알고 있었다. 우희가 얼마나 후회하였는지 모른다. 황후마마께 청할 것을 그랬다는 후회에 밤을 샜다. 채이의 모친을 구해 달라고, 채이를 붙잡고 있는 향비의 족쇄를 벗겨 달라고 청했어야 했다는 생각이 해와 달을 따라다녔다.

"내가 말했잖아. 황후마마께서는 자신의 소유를 남과 나누지 않으셔. 하지만 채이는 너를 나눠 가지려 했고, 그 끝에 죽음이 기다리고 있는 건 당연한 일이었어."

처음에 우희는 반박하려 하였다. 황후는 자신이 모시는 주인이고, 채이는 벗이었다. 황후가 궁녀를 질투할 리 없었다. 하지만 우희는 다시 생각을 하였다. 우희가 채이를 감싸기 위해 채이의 배신을 알리지 않은 것은 사실이었다. 우희는 황후 대신 채이를 선택하였다. 황후는 이를 용납하지 않았다. 우희는 조용히 눈을 감았다. 채이를 못 본 척했어야 했다. 향비가 자신이 채이와 아는 사이라는 것을 모르게 했어야 했다.

"하지만 우희, 너무 괴로워하지 마. 채이가 황녀마마께 너무 뜨거운 탕을 올렸단 이유만으로 모두의 앞에서 벌을 받은 것은 일벌백계하기 위해서기도 했어. 왜 평과탕을 올려야 했는지를 생각해 봐."

삼황녀 앞인지라 소향이 애써 돌려 말하였다. 우희도 알아들었다.

아직도 사황녀를 중독시키려는 자가 있었다. 황후는 황녀를 해하는 이들에게 경고를 주려한 것이기도 하였다. 하지만 채이의 희생도 큰 도움이 되지 않았다. 황녀에게 올라오는 독은 여전하였다.

"일황녀마마 납시오!"

내관의 외침과 함께 일황녀의 일행이 들이닥쳤다. 우희는 화들짝 놀라 눈을 떴다. 그리고 재빨리 자리에서 일어나 일황녀 앞에 무릎을 꿇었다. 일황녀는 화려한 붉은색 비단 가마에 앉아서 정자로 들어왔다. 나뭇가지같이 마른 황녀는 눈만 기이하게 형형하였다. 국색이라는 향비의 미모를 전혀 물려받지 못한 듯하였고, 빈말로도 아름답다고 할 수 없는 모습이었다.

"감히 궁녀가 황녀와 한자리에 앉아 있다니, 내 교육을 시켜야겠구나."

일황녀가 다짜고짜 채찍을 쥐어들며 말하였다. 예를 올리기 위해 엎드려 있던 우희는 등으로 날아올 채찍을 기다렸다. 고국에서는 하급 관료이기는 하나 귀족의 여식으로 태어나 맞아본 적이 없었다. 아직도 믿을 수는 없지만 황궁에 들어와서도 황후의 총애를 받은 덕에 회초리 한 번도 맞지 않았다. 우희는 눈을 찔끔 감았다.

"언니, 그만해."

삼황녀가 우희 앞으로 나서며 일황녀를 막아섰다. 삼황녀라하나 일황녀와 한 해 차이가 나지 않았다. 건깅하게 뛰어다니며 사란 삼황녀의 풍채가 일황녀보다 오히려 좋았다. 일황녀는 가마에 앉아서 삼황녀를 올려다보았다. 일황녀 손에 든 채찍이 금방이라도 우희의 등을 갈길 것같이 흔들렸다.

"네가 버릇없이 일황녀인 내 앞을 막는 것이냐?"

이황녀는 태어나다 죽었다. 사실 이황녀가 일황녀보다 먼저 태어날 것이었다는 소문도 있었다. 하지만 귀인의 자식이 황제의 장녀가 되는 것을 용납하지 못한 향비가 약을 썼고, 귀인도 이황녀를 낳다 죽었다는 말도 있었다. 물론 우희는 그 당시 궁에 있지 않았고, 이 모두를 다른 궁녀들이 숙덕거리는 말로 들었지만 말이다.

"언니, 지금 우희는 내 손님이야. 여기 있는 북주성의 세자빈도 마찬가지이고 말이야. 언니의 모습이 알려지면 북주성에서는 황녀가 손님 대접을 못한다고 생각할 거야."

삼황녀가 일황녀의 독기 어린 말에도 기죽지 않고 당당하게 말했다. 일황녀가 채찍을 휘둘렀다. 가죽 끈이 공기를 가르는 싸한 소리가 났다. 그리고 이내 비명 소리가 울려 퍼졌다. 우희는 몸을 움츠렸다. 채찍이 연이어 떨어졌다. 비명 소리가 높아만 졌다. 마침내 일황녀가 채찍을 바닥에 던졌다. 우희는 살포시 눈을 떴다. 우희 앞에 던져진 채찍에는 핏물이 묻어 있었다. 그리고 내관 하나가 등이 찢어져 신음하고 있었다. 우희는 다시 시선을 바닥으로 떨어뜨렸다. 온몸이 떨려왔다. 귀한 황족이 손에 직접 채찍을 드는 지저분한 행동을 하다니 믿을수 없었다. 일황녀는 여전히 분이 풀리지 않는다는 듯이 우희를 쏘아보았다. 우희는 여전히 엎드려 있었다. 일각이 여삼추와 같았다. 일황녀는 결국 우희를 때리지 않고 돌아서 정자를 나갔다. 더 이상 일황녀가 보이지 않게 되었을 때, 소향이 우희를 일으켜 세웠다.

"황녀마마, 은혜에 감읍하옵니다."

우희가 삼황녀를 향하여 절을 올렸다. 아직 우희의 가슴께에도 미치지 못하는 어린 황녀가 구해주었다는 것이 놀라웠다. 삼황녀는 뺨을 붉히며 부끄러워했다.

"황후마마께서 너를 무척 아끼신다니 그런 거야."

삼황녀는 제가 구한 우희의 얼굴도 보지 못하고 탁자 위로 손만 뻗어 더듬거렸다. 그리고 이내 당호로를 집어 들고 입안 가득히 물었다. 우희는 일어서서 삼황녀의 모습을 보고 작게 웃음을 터뜨렸다. 우희가 다시 무슨 말을 걸기도 전에 입을 가득 채워 답을 피하려는 모습이 무척 귀여웠다. 삼황녀는 우희의 웃음에 귀까지 빨개졌다.

"우희, 삼황녀께서 아니었으면 분명 큰 경을 쳤을 거야. 삼황녀께서는 유일하게 향비마마와 대등한 혜비마마의 친자시기에 일황녀께서도 물러나신 것이지."

소향이 거들며 삼황녀를 함께 놀렸다. 당호로가 사라지는 속도가 더욱 빨라졌다. 삼황녀가 어찌나 칭찬에 부끄러움을 타던지 조금만 더 놀렸다가는 정자에서 도망가 버릴 기세였다. 한참을 웃던 소향은 일황녀가 떠난 길로 시선을 옮겼다. 그리고 표정이 어두워졌다.

"우희, 황후마마께서 그동안 너를 여름별궁에 데려오지 않으신 것도 일황녀께서 계시기 때문이었어. 이제는 북주성의 세자빈인 내가 너를 보호해 줄 수 있을 거라 생각하여 데려오셨지만, 앞으로도 일황녀마마의 눈에 띄지 않게 조심해야 해."

우희는 소향의 말에 다시 걱정으로 가슴이 답답해지기 시작하였다. 삼황녀는 서둘러 당호로를 삼켰다. 그리고 우희의 손 위로 아직 자그마한 손을 겹치며, 제가 도와주겠다고 위로하였다. 애초에 황녀와 세자빈인 소향과 한자리에 앉아 일황녀의 눈에 거슬린 것이 잘못이었다. 하지만 이미 엎질러진 물이었고, 앞으로 최대한 몸을 사리는 수밖에 없었다.

우희는 소향을 따라 추금전秋錦殿으로 향하였다. 황후가 소향에게 내린 추금전은 오상전에 비하면 반도 안 되는 크기였지만 경치가 빼어났다. 무엇보다도 오상전에서 가깝다는 것이 우희를 기쁘게 하였다. 정문인 추금문으로 향하는 길 양옆은 키 큰 소나무들이 지키고 있었다. 호수로 뻗은 회랑에서는 물오리들이 노니는 모습을 볼 수 있었다. 추금전의 우측으로 솟아 있는 이층 누각 옆에는 작은 다리가 있었다. 다리의 난간은 언뜻 보면 간소해 보였지만, 자세히 살피면 손길이 많이 간 물건이었다. 세 개의 짧은 조각을 가로로 이어 붙여 기준이 될 하나의 나무 조각을 만들어냈다. 정#자를 이 나무 조각으로 세우고, 그 양옆에 십+자 나무 조각을 댄 틀이 다리 난간의 한 칸이 되었다. 그리고 매 칸 위에는 잎맥까지 섬세하게 파놓은 연잎을 올려 꾸몄다. 다리를 건너가면 버드나무 두 그루가 서 있는 작은 섬이 나왔다. 섬의 중앙에는 육각형의 정자가 있었다. 정자는 붉은 기둥 위에 옥색 지붕을 올렸으며, 금색 기와로 각 모서리를 장식하였다. 그리고 아래로는 흰 화강암으로 만든 계단이 펼쳐졌다. 다시 추금전으로 돌아와 좌측으로 난 문을 나서면, 보다 길고 화려한 다리가 이어졌다. 그리고 다리를 건너가 도착하는 작은 섬에는 도성에서 흔히 볼 수 있는 집과 같이 생긴 당堂이 서 있었다. 소향은 옛날 어느 황제가 아끼는 후궁 하나와 그곳에서 여염집 부부처럼 생활하기도 하였다면서, 믿을 수 없다는 듯이 웃었다.

여름별궁에서 날들은 호수처럼 잔잔하게, 그리고 물새들의 날갯짓처럼 빨리 지나갔다. 황후는 북주성 세자 내외를 위하여 오상전에서 연회를 자주 베풀었다. 세자는 대나무처럼 길쭉하고 말랐다. 그리고 소향이 말해준 어린 시절과 크게 달라지지 않았는지 말도 적었다. 그러나 시선은 소향의 입에서 흘러나오는 말에서 떨어지지 않았다. 메마른 눈을 유일하게 반짝이는 때도 소향이 황후의 말에 웃을 때였다. 그러나 소향은 여전히 세자에게 큰 호감은 없는 것 같았다. 우희는 세자가 안쓰럽다는 생각이 조금 들었다. 그러나 곧 제가 세자를 동정할 처지는 못 된다는 생각이 뒤따랐다. 한 번 난리를 치른 이후로 우희는 황궁 밖으로 나가지 못했다. 상하의 옷자락도 보지 못한 지 몇 개월째였다. 우희는 소향과 눈이 마주치고는 미소를 지었다. 혹시라도 실수를 할까 맛있는 음식을 앞에 잔뜩 두고도 마음껏 먹지 못하고, 매사에 살얼음을 걷듯이 조심해서 행동하는 것은 익숙해졌다. 하지만 제 감정이 어떻든 간에 궁녀의 고운 미소를 띠고 있어야 하는 것은 늘 쉽지 않았다.

여름별궁에 온 지 석 달, 다른 해에 비해 오래 머무른 편이었다. 황후가 북주성의 세자빈을 만나 너무 즐거이 지내는 바람에 돌아가자는 말을 차마 꺼내기 어려웠다. 그동안 칠황자의 기침은 더욱 심해졌다. 태의는 약을 제조할 재료를 구하기 어렵다고 하였다. 결국 황제는 사흘 전에 환궁할 채비를 하라는 명을 내렸다. 그러나 전날 밤에 꾼 꿈 때문에 심난하였다. 칠황자의 건강만 아니었다면 조금 더 별궁에 머무르고 싶은 생각까지 들었다.

그토록 마저 꾸길 바랐던 꿈을 꾸게 되었다. 다시 흰 양귀비밭에 돌아가 있었다. 뒤에서 불어오는 꽃바람도 없었다. 황제는 천천히 두 아이가 뛰어갔던 방향으로 걸어갔다. 조금씩 걸음을 옮길수록 익숙한 길이 보이기 시작했다. 여름별궁의 호숫가 한쪽이었다. 바위틈에서 자라난 소나무의 모습이 뛰어난 경치였지만, 길이 험해 걸음을 잘 하지 않던 곳이었다. 황제는 멀리 서 있는 두 아이를 마침내 발견하고는 가까이 다가갔다. 호수 가운데는 정자가 하나 있었다. 그리고 아이들은 정자로 이어지는 다리 끄트머리에 서 있었다. 마침내 소녀가 어린 황제를 따라잡은 모양이었다. 어린 황제는 노리개를 든 팔을 하늘로 뻗었다. 소녀가 노리개를 잡기 위해 주변을 폴짝거렸다. 그러나 소년의 키가 더 큰 탓에 헛손질에 불과했다. 어린 황제의 웃음소리가 즐겁게 울려 퍼졌다.

전의 꿈에서 자리를 떴던 사내아이가 황제의 뒤에서 나타나 옷자락을 스쳐 지나갔다. 하지만 사내아이는 황제가 그 자리에 있는 것을 보지도, 느끼지도 못한 것같이 자연스레 두 아이를 향해 걸어갔다. 다가오는 사내아이를 발견한 어린 황제가 저도 모르게 손을 살짝 내렸다. 소녀는 그 사이 높이 뛰어올랐다. 그리고 마침내 어린 황제의 손에 들려 있던 노리개를 다시 낚아채는 데 성공했다. 처음 보았을 때부터 위태로워 보였다. 호숫가에서 시작되는 다리 끄트머리에서 그리 뛰는 것이 불안해 보였다. 다리는 이미 시작하고, 난간은 아직 이어지지 않은 부분이었다. 소녀는 노리개를 손에 쥐고 발을 헛디뎠다. 두 아이를 향해 걷던 사내아이가 외마디 비명을 질렀다. 어린 황제는 이미 난간을 향해 몸을 기울였었다. 황제는 사내아이와 함께 소녀를 향해 뛰어갔다.

다리는 높지 않았다. 소녀는 자갈과 호수물이 만나는 자리까지 굴러 떨어져 있었다. 황제는 소녀에게 다가갔다. 그러나 아무리 소녀를 일으켜 세우려 해도 투과해 버릴 뿐이었다. 소녀는 돌에 이마를 찢겼는지 머리에서 피가 흐르고 있었다. 피는 물을 만나 퍼져 가기 시작했다. 소녀의 머리 위에 씌워졌던 화관은 날아가 호수물 위에 떠 있었다. 하얀 양귀비꽃이 멀리 흩어지고 있었다. 높지 않은 다리를 기어 내려온 어린 황제가 소녀에게 달려왔다. 그리고 소녀를 흔들었다. 소녀는 눈을 뜨지 않았다. 황제는 어린 자신에게 머리를 다친 환자를 그리 흔들어서는 안 된다고 만류하려 하였다. 그러나 어린 황제는 듣지 못했다. 마침내 멀리서부터 사고를 보고 뛰어온 사내아이가 호숫가에 도착했다. 사내아이는 침착하게 소녀의 몸을 받쳐 들었다. 그리고 사람들을 찾아 올라가기 시작했다.

"내가 신부를 죽였어."

어린 황제가 신음하였다. 소년은 자갈밭을 더듬더니 소녀가 떨어뜨린 노리개를 주워들었다. 그리고 소녀를 따라가기 위해 일어섰다. 물안개가 밀려오기 시작했다. 피가 번져가던 호숫물을 삼켜 버렸다. 양귀비는 더 이상 보이지 않으나 하얀 공기 중에 그 향이 떠돌았다. 소년은 몇 걸음을 옮겼다. 그러나 다리에 힘이 풀려 버린 듯 곧 호숫가에 쓰러졌다. 어린 황제가 정신을 잃는 것과 동시에 황제도 정신을 잃었다. 그리고 꿈에서 깨어났다.

황제는 자신이 허리춤에 차고 있던 노리개를 빼서 살폈다. 지난 꿈을 꿀 때는 미처 알아보지 못했다. 그러나 세 번째 꿈에서 확인하였다. 자신이 가지고 있는 노리개가 꿈에서 본 것과 동일한 것이었다. 황제는 노리개가 으스러질 정도로 손에 힘을 주었다. 그 소녀는 어찌된 것일까? 어째서 자신은 하나도 기억하지 못하는 것일까? 왕 내관은 여전히 면아를 찾지 못했다. 향비가 면아라고 생각해야 했다. 하지만 마음 깊은 한 구석에는 아닐 수도 있다는, 어린 자신이 연모하던 소녀가 세상 저 어딘가에 있다는 의심이 자리 잡고 있었다. 어쩌면 머리를 그리 크게 다쳤으니 이미 죽었을 수도 있었다. 그러면 자신이 충격에 기억을 잃은 것도 해명이 가능했다. 황제는 고개를 내저었다. 그리고 면아는 향비라고 연신 중얼거렸다. 그런 슬픈 인언이이시는 안 되었다. 그때의 일을 여태까지 기억하지 못한 것은 안타까운 일이었다. 하지만 그 소녀는 내내 자신 곁에 있었고, 자신이 아껴주었으니 크게 실수한 것은 없었다. 그리 믿고 싶었다. 그리 믿어야 했다.

내내 다른 곳을 떠돌던 상하가 여름별궁을 떠나기 직전에야 도착하

였다. 황후는 동친왕까지 별궁에 온 기념으로 다 같이 호숫가에 나가
자 권하였다. 그러자 삼황녀가 얼마 전에 자신이 발견한 운치 있는 곳
이 있다 하였다. 상하는 다리가 불편한 일황녀를 모셔오겠다며 먼저
가라 하고는 영실헌으로 걸음을 돌렸다. 연빈은 기침이 조금 가라앉
기는 하였으나 여전히 열이 남아 있는 칠황자를 돌보기 위해 남았다.
그러나 연빈과 칠황자를 제외한 모두는 삼황녀를 따라갔다.

　삼황녀는 신이 나서 황제 앞에서 재잘거렸다. 그러나 황제는 삼황녀
가 이끄는 곳으로 가까이 갈수록 속이 울렁거렸다. 온몸을 도는 피가
끈적거리는 것 같았다. 하지만 이를 내색할 수는 없었다. 뒤로 후궁
전체가 즐거워하며 따라오고 있었다. 자신이 가지 않겠다 하면 모두가
눈치를 보느라 분위기를 망칠 것이었다. 바위틈에 솟아오른 거대한 소
나무가 보이기 시작했다. 피가 결국 손가락 끝까지 미치지 못하였는지
저리기 시작하였다.

　다행히도 다리를 건너기 시작하자 속이 좀 가라앉기 시작하였다.
황제는 다시 삼황녀에게 미소를 지어주며 이야기에 귀를 기울였다. 삼
황녀는 북주성의 세자빈과 우희라는 황후의 궁녀와 함께 이 정자를
찾았다고 하였다. 처음에는 길가에 풀도 무성하여 출입도 쉽지 않았
기에 사람을 부려 이리 잘 닦아놓았다고 자랑하였다. 삼황녀의 노랫
가락 같은 말소리 사이로 아이의 울음소리가 들려왔다. 황제는 눈살
을 찌푸리며 뒤를 돌아보았다. 황후의 일행이 다리를 오르기 직전이었
다. 팔황자가 유모상궁의 품에서 울고 있었다. 삼황녀가 언급하였던
우희가 다가가자 팔황자가 궁녀를 향해 팔을 뻗었다.

　황제는 유모상궁이 황자를 건네면서 발을 삐끗하는 모습을 보았다.
그리고 유모상궁이 넘어지기 전에 밀치듯 안긴 황자를 받은 우희가 뒤
로 휘청거리는 모습을 보았다. 우희는 양팔로 황자를 껴안았다. 그리

고 아래로 떨어졌다. 모두가 너무나 느리게 움직였다. 황제는 앞에 서 있던 궁녀들을 밀어젖히듯 헤쳤다. 그러나 자신의 동작도 황자를 안은 우희에게 손을 뻗기에는 너무 느렸다. 우희는 수직으로 깎아지른 길로 한 자를 떨어졌다. 흙벽과 이어진 돌무더기 위를 굴렀다. 그리고 아이를 놓쳤다. 아이는 겨우 꿈틀거리기만 할 뿐 일어나지 못하는 우희의 품을 벗어나 몇 번을 더 굴렀다. 자갈을 적시던 호수물이 아직 돌도 되지 못한 황자의 머리를 쳤다.

붓 끝에서 뚝뚝 떨어지는 먹물이 종이를 번지듯, 검고 푸른 얼룩들이 퍼져 시야를 가리기 시작했다. 황제는 아이의 머리에서 붉은 피가 배어나와 물을 적시는 것을 보았다. 머리가 쪼개지는 것같이 아팠다. 얼룩들은 점점 짙어졌다. 흰색 양귀비가 호수가에 흩어져 떠다니고 있었다. 황제는 머리를 울리는 통증에 이를 악물고 눈을 감았다 떴다. 양귀비는 없었다. 눈앞을 흐리는 얼룩들이 진해졌다 연해지기를 반복하였다. 내관들이 다가와 팔을 부축하려 하였다. 황제는 자신을 옭아매려는 손길을 몸부림을 치며 거부하였다. 아이의 머리를 적시던 물에 번져 나가던 피가 붉어졌다 사라지기를 반복하였다. 이미 조금 떨어져 있는 계단을 걸어 내려가 아이에게로 달려가는 황금 점이 보였다. 황제는 옆에 서 있던 시위의 칼을 뽑았다. 그리고 몸을 일으켜 세운 유모상궁을 베었다. 뜨거운 피가 얼굴에 튀었다. 익숙한 비린내에 토할 것만 같았다. 궁녀들의 비명 소리가 그렇잖아도 깨질 것 같은 머리를 울렸다. 황제는 손에서 칼을 놓지 않고 우희가 굴러 내린 길을 뛰어내렸다. 뒤에서 만류하는 소리가 퍼졌다. 황제는 겨우 상체를 세운 우희에게로 걸어갔다. 그리고 칼을 든 팔을 들어올렸다.

"아니 되옵니다."

바로 눈앞에 금색이 흔들렸다. 시야를 가리던 얼룩이 사라지기 시작하였다. 눈을 깜빡이니 황후가 나타났다. 팔에는 황자를 안고 있었다.

"이 아이는 본궁의 것입니다."

황후가 으르렁거렸다. 황제는 그토록 분노하는 황후를 본 적이 없었다. 그제야 서서히 정신이 들기 시작하였다. 두통은 왔을 때만큼이나 갑자기 사라졌다. 황자의 머리에는 조금도 피가 묻어 있지 않았다. 황제는 고개를 돌렸다. 붉은 호숫물도, 그 위에 떠 있던 하얀 양귀비도 없었다. 황후는 그새 표정을 풀고 자신을 염려스레 올려다보고 있었다.

"황상, 괜찮습니다."

황후가 맑은 밤색 눈동자를 떼지 않으며 세뇌라도 하려는 듯이 반복하였다. 호숫가로 내려온 궁인들이 뒤에 몰려오는 것이 느껴졌다. 황제는 무엇에 홀리기라도 한 듯이 황후의 얼굴로 손을 뻗었다. 황금 국화 장식에 거의 손이 닿았을 때 황후가 고개를 돌려 버리는 바람에 놓치고 말았다. 황제는 미간을 찌푸리고 다시 황국으로 손을 뻗었다. 그때 옆에서 누군가가 팔목을 잡아 세웠다. 황제는 무례를 저지른 사람의 팔을 따라 시선을 이동하였다. 동친왕이 서 있었다.

"황상, 흥분을 가라앉히십시오."

황제는 그제야 자신의 피 묻은 손과 창백할 정도로 새하얀 황후의 뺨을 번갈아 쳐다보았다. 붉게 단장한 입술이 사시나무처럼 떨리고 있었다. 황후는 자신의 시선을 피하고 있었다. 황제는 천천히 팔을 거두었다. 그리고 다시 호숫가를 확인하였다. 어디에도 하얀 양귀비는 없었다. 검은 얼룩들이 몰아닥쳤다. 그리고 시야가 깜깜해졌다.

다시 눈을 떴을 때는 침상 위였다. 방 안은 어두웠다. 황제가 깨어난 것을 알아차린 왕 내관이 태의를 불러왔다. 황제는 자신의 맥을 짚으려는 태의를 멈추었다. 아직도 머리가 아프기는 하였다. 그러나 먼저 확인해야 할 것이 남아있었다.

"팔황자는 어떠하냐?"

황제가 자신의 말에 울리는 머리를 짚으며 물었다. 괜찮다는 대답
이 바로 따라야 했다. 그러나 태의가 머뭇거리고 있었다. 황제는 조금
도 참지 못하고 태의의 멱살을 잡았다. 그리고 같은 질문을 재차 하였
다. 옆에서 왕 내관이 황제를 만류하였다. 황제는 그제야 태의를 잡고
있던 손을 풀었다. 그동안 많이 억눌러온 성격이 저도 모르게 솟아올
랐다.

태의는 더듬거리며, 금방 깨어날 것이라고 변명하였다. 그 말을 들
은 황제는 손에 잡히는 대로 집어던졌다. 화려한 수를 놓은 베개들이
방을 가로질렀다. 왕 내관도 더 이상 황제를 말리지 못하고 고개를 바
닥에 찧으며 화를 가라앉히라는 청만 반복하였다. 황제는 분을 참지
못하고 침상을 박차고 일어났다. 그리고 모든 태의가 팔황자를 보게
하라고 명하였다.

"황상, 칠황자를 보고 있는 왕 태의는 어찌할까요?"

눈치도 없는 태의가 조심스레 물었다. 황제는 그 태의의 목을 조를
까 잠깐 고민하였다. 왕 태의야말로 가장 뛰어난 태의였다. 여름별궁
에서 아픈 황족이 칠황자밖에 없던 탓에 왕 태의가 칠황자를 돌보고
있었다. 황제는 칠황자의 기침도 거의 가라앉았으니, 한 명도 빠짐없
이 팔황자에게 보내라 명하였다.

6. 황국의 아들

우희는 팔황자의 옆을 지키고 있었다. 별궁의 태의는 모두 팔황자 곁에 몰려와 있었다. 그러나 그 정성을 아는지 모르는지 팔황자는 여전히 일어나지 않았다. 우희는 자신이 미끄러지는 바람에 팔황자가 저리된 것이라는 생각에 자책하고 있었다. 팔황자만 바라보고 있느라 자신도 손바닥이 까지고 팔꿈치에 멍이 든 것도 모르고 있었다. 상하는 우희를 다독이고는 태의 하나를 불러 우희의 찰과상을 치료하게 하였다. 상하는 태의가 우희를 진맥하는 동안 아랑곳하지 않고 우희의 어깨에 손을 올리고 있었다. 어차피 모두 팔황자를 걱정하느라 우희와 상하를 신경 쓸 사람도 없기는 하였다. 우희는 태의가 건네준 연고를 바르며 통증에 미간을 찌푸렸다. 그와 동시에 우희의 어깨를 짚고 있는 상하의 손에도 힘이 들어갔다. 상하는 태의가 나가고 나서야 우희 옆에서 일어났다. 우희는 검은 눈동자 가득 담긴 저의 모습에 심박이 빨라지는 것을 느꼈다. 그리고 양 손목을 붙잡고 상처를 살피는 상하가 제 두근거림을 눈치챌까 봐 염려하였다. 상하는 우희에게서 연고를 잊지 말고 바르겠다는 다짐을 받아내고야 일어섰다. 상하가 우희의 손을 놓자마자 양미랑이 문을 닫으며 들어왔다.

"모든 태의에게 팔황자마마를 지키라는 황명이 떨어졌는데도 왕 태의를 보내달라지 뭐예요."

양미랑이 못 들을 말을 들은 것처럼 화냈다. 혹시 위급한 일이었으면 어쩌나 하는 생각이 우희의 머릿속을 잠깐 스쳐지나갔다. 그러나 곧 가장 뛰어난 왕 태의를 보내는 일은 있을 수 없다며 양미랑을 칭찬하였다. 아마 팔황자에게 모두의 관심이 쏠려 있는 것을 질투한 일황녀가 꾀병을 부리는 것일 터였다.

황후는 팔황자 옆에서 밤을 새웠다. 내관들과 궁녀들이 아무리 들어가 쉬시라 권하여도 고개를 젓고는 다시 팔황자만을 바라보았다. 태어나자마자 모친을 잃고 자란 까닭에 팔황자에게 모정을 주는 것을 어색해하던 황후도 어머니였다. 자식도 떼어 기르는 황후가 아니라 아픈 자식 곁을 밤새 지키는 어머니였다. 우희는 기침으로 죽어가는 동생 곁을 지키던 어머니를 기억했다. 그리고 팔황자가 깨어나길 바랐다.

다음 날 새벽, 칠황자가 갑작스레 세상을 떠났다는 소식이 전해졌다. 우희는 그제야 전날 왕 태의를 찾던 곳이 현삼전이었다는 것을 알아차렸다. 우희는 왕 태의를 보내지 않은 양미랑을 칭찬하던 순간을 떠올렸다. 팔황자는 눈을 떠야 했다. 그러지 않으면 자신은 칠황사와 팔황자, 무려 두 명의 황자를 죽인 죄인이 될 것이었다. 우희는 공포에 떨면서도 의구심이 가라앉지 않았다. 여름별궁에 오면서부터 시작된 칠황자의 기침은 석 달이나 계속되었다. 그러나 긴 병은 서서히 나아갔다. 그리고 어제까지만 하여도 기침이 거의 잦아들었다고 하였다. 하지만 깊이 생각할 여유가 없었다. 우희는 다시 팔황자 곁으로 달려갔다.

칠황자의 죽음 이후로도 사흘간이나 팔황자는 잠들어 있었다. 칠황
자의 죽음을 접한 황제는 팔황자 곁을 지키고 있는 태의들에게 무슨
일을 해서라도 팔황자를 구하라고 닦달하였다. 후궁들과 여름별궁의
노비들은 황제의 모든 관심이 팔황자에게 향해 있다는 것을 재빨리
알아차렸다. 그리고 죽은 칠황자보다는 아직 살아 있는 팔황자를 챙
기는 것이 득이라는 판단을 내렸다. 팔황자의 안부를 묻고, 온갖 좋은
약재를 구해오는 발길이 끊이지 않았다. 우희는 팔황자를 신경 쓰는
사람들이 구름 떼보다도 많다는 사실에 기뻤다. 그러나 한편으로는
자식을 잃고도 슬픔을 위로받지 못할 연빈을 동정하였다.

모두의 대단한 정성 덕인지 팔황자는 눈을 떴다. 우희는 황후가 흘
리는 옥루를 목격하였다. 팔황자를 회잉한 사실을 숨기려 하였고, 무
사히 낳더라도 두 번 다시 볼 수 없는 먼 곳으로 보내어 기르려던 황후
였다. 하지만 사람은 변했다. 이전 같았으면 어린아이가 무사하다는
사실에만 기쁨의 눈물만을 흘렸을 우희도 변했다. 자신의 죄가 덜어
졌다는 안도의 눈물이 섞여 있었다.

팔황자가 깨어났다는 사실에 안심한 사람은 우희뿐만이 아니었다.
황제는 자신의 꿈이 과거의 기억이었을 뿐, 미래를 예지하는 것이 아
니었다는 데에 안도하였다. 그러나 이내 영특하던 자신의 아들을 잃
고, 동친왕의 자식만 남았다는 생각에 괴로웠다. 잘못 판단하였다.
태의 중 하나도 빠짐없이 팔황자를 보게 한 것은 성급한 명령이었다.
하지만 당시에는 팔황자에게서 꿈속의 소녀를 보았기에 두 번 생각할
여유가 없었다. 황제는 인간의 간사함에 웃음을 터뜨렸다.

팔황자가 깨어나고도 안정을 위해 보름이나 더 여름별궁에 머무른
탓에, 가을이 반은 지나간 후에야 환궁하였다. 소슬바람이 불기 시작

하며 황궁 주변에서도 싱싱한 사과가 떨어졌다. 우희는 불그스름한 평과탕에 양미랑이 가져온 개망초를 띄웠다. 날씨가 날씨인지라 꽃인지 풀인지 알아보기 어렵게 시들어 있었다. 해가 일찍 떨어지기 시작하면서 초로원을 가꿀 수 없었다. 때문에 우희는 양미랑과 함께 쓰는 처소한 구석에 꽃을 옮겨다놓았다. 우희의 방을 치우는 어린 궁녀는 어찌 예쁜 꽃도 많은데 잡초 같은 꽃을 갖다놓았냐고 물었지만 우희는 대답 대신 미소만 지었다. 주인의 방보다 궁녀의 처소를 먼저 덥히는 법은 없었다. 우희는 조금 이르기는 하였지만 황후전에 난로를 들였다. 황후는 만효에게 조금 얇은 옷을 가져오라고 하였을 뿐, 우희를 말리지는 않았다.

여름별궁에서 돌아온 후로도 우희는 황궁 밖으로 나갈 수 없었다. 대신 우희는 어화원 한구석에 자리 잡은 광소정으로 향했다. 대대로 황후만이 출입할 수 있었고, 황후만을 위해 가꾸는 정원이었다. 길게 늘어선 반송나무들이 어화원의 다른 길과의 경계를 지었다. 키 작은 나무 너머로 광소정 안으로 뻗은 길이 조금 보였지만, 길은 금방 겨울에도 푸른 잎이 무성한 침엽수림 틈으로 숨어버렸다. 우희는 소나무 뒤로 이어지는 길을 걸었다. 시야를 가리는 것만이 목적이었던 듯, 바늘 같은 잎을 단 나무들의 행렬은 금방 끝났다. 그리고 수만 가지 꽃나무들이 그 뒤를 이었다. 겨울에는 앙상한 가지들만 음산하게 팔을 뻗고 있지만, 여름에는 백화가 민발하여 화려하기 그지없을 것을 충분히 상상할 수 있었다. 호수라 하여도 괜찮을 넓은 연못 중앙에는 한 면을 기둥 여섯 개가 받치고 있는 커다란 정자가 서 있었다. 우희는 잎을 다 떨어뜨린 버드나무가 지키고 있는 다리 위를 걸었다. 다리는 정자까지 수직으로 뻗어 있었다. 정자까지의 거리가 꽤 길어 현기증이 날 것 같기도 하였다. 하지만 다행히도 다리의 양옆으로는 허리까지 올라오는 맑은 붉은색의 격자무늬 난간이 솟아올라 있었다.

정자에서는 황후가 우희를 기다리고 있었다. 이미 금색 옷을 벗고, 보석으로 된 머리 장식을 모두 내려놓았다. 우희와 같은 솔잎색 치마에 봄의 버드나무 잎 색깔 윗옷을 걸치고 있었다. 우희는 정자의 그늘 안에 들어가 무릎을 꿇고 예를 올렸다. 만효는 혹시라도 눈이 있을지 모르니 서둘러 일어나라 손짓하였다. 우희는 그 말에 따라 일어나 황후를 배웅하였다. 그리고 황후가 광소정을 나가자마자 황후가 내려놓은 황금에 팔을 꿰었다. 처음에 황국에 왔을 때에는 궁녀들의 옷도 비단임에 놀랐다. 황후의 옷은 시중을 들 때 만졌던 것보다 훨씬 부드럽게 흘러내렸다. 천녀들의 옷이 있다면 이와 같지 않을까 생각되었다. 수십 개의 색실로 수를 놓았는데도 하나의 천처럼 고왔다. 우희의 머리에 황후가 내려놓은 장신구들을 꽂던 양미랑도 감탄을 금치 못하였다. 그러며 자신도 우희만큼 키가 컸으면 좋았을 것이라고 아쉬워하였다.

우희를 잃는 일이 생길까 두려워한 황후는 우희를 대신하여 궁밖에 나갔다. 그리고 우희는 그동안 황후를 대신하여 광소정 깊은 정자 안에서 시간을 흘렸다. 황후궁의 궁녀들과 내관들은 자신들이 지키는 이가 누군지도 모르고 광소정 앞에서 기다렸다. 우희는 짧게는 보름에 한 번, 대부분 달포에 한 번 광소정에 들렀다. 우희는 황후를 마중 나온 상하를 광소정 앞에서 만나 짧은 인사를 나누는 순간을 기다렸다. 광소정 안에서는 양미랑과 함께 차를 마시고 글을 쓰는 것밖에 할 일이 없었다. 양미랑도 공주의 딸로 글을 배웠기에 우희의 좋은 상대가 되어주었다. 우희와 번갈아 한 줄씩 써서 시를 완성하고, 우희가 운을 띄우면 양미랑이 시를 지었다. 지는 사람은 술 대신 차를 마셨다. 우희는 양미랑과 함께 다음에는 몰래 술을 들고 오자고 모의하였지만 매번 들고 오는 것은 차였다. 그렇게 다섯 번의 봄과 다섯 번의 가을이 흘렀다. 우희가 고국을 떠나 황국 땅을 밟은 지도 십 년째였다.

三月開花錦作城 삼월에 꽃을 피워 비단으로 성을 이루는데,
如何秋盡菊生英 국화는 어이하여 가을이 다 지나야 꽃을 피우는가.
化工不許霜彫落 조물주가 서리에 시들어 떨어지는 것을 허락하지 않은 건
應爲殘年未盡精 응당 얼마 남지 않은 해의 못다 한 정을 위해서겠지.

어화원을 걷던 황제는 어디선가 들려오는 남명南冥의 시에 발걸음을 멈추었다. 앳된 목소리였다. 황제는 다른 꽃들이 모두 진 자리에도 유일하게 고고히 서 있는 국화를 헤쳤다. 황자 하나가 궁녀의 옆에서 작은 걸음을 옮기며 시를 읊고 있었다. 정확히 말하자면 황자가 읊는 시의 마지막 구절을 궁녀가 끝내고 있었다. 왕 내관이 황제의 행차를 알렸다. 황자와 궁녀가 황급히 뒤를 돌았다. 황자는 한쪽 무릎을, 궁녀는 손까지 땅에 짚고 황제에게 예를 올렸다. 황제는 둘 모두에게 일어날 것을 허하였다. 아직 어린 황자는 팔황자였고, 백옥 말리화를 머리에 꽂은 궁녀는 황후궁의 우희였다.

"글공부를 열심히 하였구나."

황제가 황자를 치하하였다. 그리고는 이제 여섯 살짜리 팔황자를 찬찬히 살피었다. 잘 웃지 않는 검은 눈에 일자로 굳은 진한 눈썹, 여느 황자나 황녀와 다름없이 새까만 머리카락, 어느 것 하나 황후를 닮은 것이 없었다. 단 하나 공통점이라면 황제에게 애교를 떨지 않는다는 점 정도였을 것이었다. 황제는 연빈의 칠황자가 죽고 팔황자에게 황제의 총애가 옮겨갈 것이라던 사람들의 예상을 비웃듯, 혜비의 삼황

자를 찾았다. 삼황자가 허약하기는 하였지만, 그렇다고 신분이 대단치 않은 안 귀인의 사황자나 오황자를 총애할 수는 없었다.

"너는 고국 출신의 궁녀가 아니더냐? 너도 글을 아느냐?"

황제가 우희를 향해 물었다. 처음부터 남달리 총후한 궁녀라고는 알고 있었다. 그러나 단순한 총애만이 아닌 것 같았다. 우희의 실수로 황자가 크게 다쳤을 때에도 황후는 황제가 우희를 베려는 것을 막아섰었다. 그리고 이제는 우희의 손에 팔황자를 맡기기까지 하고 있었다. 우희가 팔황자와 시를 읊는 것을 보니, 예전에 자신이 생각했던 것과 달리 총명할지도 모르겠다는 의혹이 들었다.

"송구하옵니다. 팔황자마마께서 가르쳐 주신 글귀를 반복해 말할 따름이었사옵니다."

우희가 조신하게 대답하였다. 황제는 우희를 내려다보았다. 황제의 시선이 저에게 향하여 있다는 것을 눈치챈 궁녀 우희가 몸을 움츠렸다. 황제는 다시 팔황자를 돌아보았다. 어디 한구석이 모자란 것 같았던 아이였다. 물론 칠황자가 또래보다 영특했던 탓에 더욱 대조되어 그리 보였을 수도 있었다. 그러나 확실한 것은 팔황자는 칠황자에게 모든 것이 뒤처졌었다는 것이다.

오랜만에 만난 팔황자는 달랐다. 칠황자가 살아 있었대도 팔황자만큼이나 시를 알고 있었을지 알 수 없었다. 아이들은 참 빨리 자랐고, 빨리 변했다. 황제는 보름에나 황후와 석반을 들고, 팔황자는 따로 찾지도 않았었다. 그동안 팔황자가 어찌, 누구에게서 무엇을 얼마나 배웠는지 황제는 알지 못했다. 황제는 동친왕의 자식, 팔황자에게 관심을 기울이지 않았다. 그러나 이제 와 팔황자를 보니 내심 후회가 되기도 하였다. 어찌 되었건 여섯 해도 더 전에 팔황자가 자신의 친자라고 공언하였으니, 법적으로 아이의 아버지는 자신이었다. 저 총명한 아이는 자신의 것이었다. 앞으로 자신의 이름을 빛낼 것이라 장래가 촉망되는 아이였다.

황제는 팔황자가 예를 지키느라 자신을 올려다보지 못하고 허리춤에 달린 노리개에 시선을 맞추고 있는 것을 알아차렸다. 굳은 입매가 다섯 해 전 꿈에서 보았던 어린 소년을 닮아 있었다. 황제는 여름별궁에서의 사고 이후로 그 꿈을 꾸지 못했다. 황제는 오히려 다행이라고 생각하였다. 그 꿈은 사람을 심난하게 하고 판단을 흐리게 할 따름이었다.

"이 노리개가 갖고 싶으냐?"

황제가 물었다. 팔황자는 맑은 옥 노리개에 팔려 있던 시선을 거두었다. 그리고 황급히 부인하였다. 황제는 미소를 지었다. 물론 내줄 생각은 없었다. 하지만 황제 앞에서도 평온한 표정을 깨고 나니 흡족하였다.

"단지, 어디서 본 것 같은데 기억이 나지 않사옵니다."

황제는 노리개를 풀었다. 그리고 내밀어 황자가 살피게 하였다. 비할 데 없이 훌륭한 옥으로 만든 것이었다. 어디선가 봤다면 잊을 수 없을 정도로 깨끗한 옥이었다. 황자가 황제의 노리개 말고 다른 데서 봤을 리 없을 정도로 귀한 옥이었다. 황자는 망설임 없이 황제의 손에서 노리개를 집어 들어 자세히 보았다. 그러고는 여전히 기억이 나지 않는다는 듯이 고개를 저으며 황제에게 노리개를 돌려주었다. 황제는 생각에 가득 찬 작은 얼굴을 보며 웃음을 터뜨렸다.

"아바마마, 그 옥의 한 끄트머리가 깨져 있사옵니다."

황자가 황제의 웃음에도 아랑곳하지 않고 말하였다. 황제는 그제야 웃음을 그치고 손에 쥐고 있던 노리개를 살펴보았다. 황자의 말대로 免자의 좌측 귀퉁이가 깨져 있었다. 황제는 그제야 꿈을 기억했다. 두 번째 꿈을 꾸었을 때, 어린 자신과 소녀의 실랑이 도중에 노리개가 부러졌었다. 그러나 어린 황제는 무언가가 깨졌다는 것도 눈치채지 못했고, 꿈속에서의 황제도 그 날아간 조각은 결국 찾지 못했었다.

"눈썰미가 좋구나."

황제가 팔황자의 머리를 쓰다듬으며 칭찬하였다. 진중하기만 하였던 팔황자의 입가에도 어린아이다운 미소가 걸렸다. 눈동자가 빛났다. 황제는 팔황자를 황위 다툼에 던져놓으면 어떨까 생각하였다. 보다 볼만한 싸움이 될 것이었다. 국구로부터 황자의 난에 대해 듣고 자란 황후는 질색할 것이었다. 그러나 이 총명하고 예리한 팔황자의 활약을 지켜보고 싶었다. 만약 황위를 잇는다면 동친왕의 자비로운 성정을 이어받아 훌륭한 치세를 펼칠 것이다. 그리고 그렇지 못한다면, 황제 자신의 손에 피를 묻히지 않고도 단죄할 수 있을 것이었다.

"황후와의 자리에 팔황자도 함께하도록 하여라."

황제는 여전히 옆에서 아무 말 없이 자리만 지키고 있던 우희에게 명했다. 아직 팔황자는 어렸다. 하지만 황태자를 정하는 것은 오랜 시간에 걸쳐 이루어져야 했다. 지금부터 시작해도 이르지 않았다. 황제는 우희와 팔황자 모두가 황제에게 취하는 예를 받고서 뒤를 돌았다.

유시가 되자 내관들이 열기가 가득 피어오르는 음식들을 나르기 시작하였다. 황제가 함께하는 석찬 자리에는 평소보다도 화려한 식기들이 올랐다. 금으로 만든 그릇 받침은 두 단으로 이루어져 있었다. 만개한 연꽃과 아직 피지 않은 봉오리를 누금세공鏤金細工하고, 옥구슬들을 붙인 가장 아랫단에 이어 그 위단에는 신선세계를 도안화하였다. 혈옥수로 그릇의 겉을 감싸고, 그 위에는 그릇 받침과 마찬가지로 연꽃무늬를 낸 덮개를 씌웠다.

다른 그릇들도 모두 금으로 만들었는데, 장식한 돌들과 문양은 셀 수 없이 다양하였다. 그릇 받침 하나는 덩굴 문양을 양각한 사이에 흑옥黑玉과 백옥白玉으로 구름을 깎아 상감하였다. 그 위에는 유백색의 돌을 깎아 만든 그릇을 올리고, 받침과 쌍을 이루는 금 덮개와 내었다. 금 덮개의 손잡이는 모두 아직 피지 않은 연봉오리 모양이었으나, 꽃잎의 모양은 모두 제각기로, 같은 것이 하나도 없었다.

몇몇 그릇들은 뚜껑이 없었는데, 그릇 테까지 녹옥綠玉과 흑옥을 상감하여 호랑이 문양으로 장식하였다. 간혹 금색을 띠지 않는 그릇도 있었다. 옻을 칠한 나무 받침에 그릇과 뚜껑 모두 산호로 만든 것이었다. 산호 그릇에는 바다 속에서 흔들리는 산호와 그 사이를 노니는 작은 물고기를 부조하였다. 그리고 그릇 내부는 예외 없이 금이었다. 조롱박 모양의 술병에는 승천하는 용을 스무 마리 넘게 양각하였고, 금 외에 다른 색은 찾을 수 없었다. 황금 술잔에는 한창 핀 연꽃을 투조하였고, 양 손잡이가 꿈틀거리는 용이었다.

황제는 찬을 드는 내내 팔황자와 시서에 대해 이야기를 나눴다. 그리고 팔황자가 썩 마음에 들었는지, 왕 내관을 시켜 책을 하사하도록 하였다. 그 이후로 황제는 최소 이레에 한 번은 황후궁에 들렀다. 그 목적은 팔황지를 보기 위한 것이지만, 황후궁에 국화가 오는 주기도 짧아졌다. 내관들이 줄줄이 들고 들어오는 황금꽃을 바라보는 황후의 표정은 참 묘하였다. 칠황자를 잃고, 팔황자가 깨어난 것을 축하하러 온 연빈의 낯빛과 유사하였다.

"어마마마, 아바마마께서 다음 사냥에는 소자도 데려가신다고 하셨사옵니다."

팔황자도 황후의 복잡한 심경을 짐작했는지 조심스럽게 말하였다. 그러나 처음으로 받는 황제의 관심에 기쁜 마음과 흥분된 기색은 감추기 어려웠다. 밤하늘과 같은 눈동자는 황제의 눈과 닮았으나, 메마른 황제의 것과 달리 황자의 것에는 비 온 다음의 별이 빛나고 있었다. 그런 팔황자의 작은 손을 쥐는 황후의 눈에는 근심이, 입가에는 미소가 떠올랐다.

"팔황자가 그리 기뻐하니 본궁이 막을 도리가 없구나."

황후가 맑은 밤색 눈동자에 어린 황자를 담으며 말하였다. 사냥터는 위험하였다. 짐승들이 위험한 것이 아니라 사람이 위험하였다. 실수를 가장하여 날리는 활이 위험하였다. 우희도 황자를 잃을까 두려웠다. 눈을 떴을 때부터 우희를 보면 웃음을 짓곤 한 어린 황자를 아끼지 않을 수 없었다. 여섯 해가 흘렀다. 팔황자는 우희가 가슴으로 낳은 자식이었다.

황제는 더 이상 면아를 찾지 않았다. 다섯 해가 흘렀다. 황제도 그 긴 시간 동안 여아 하나를 찾지 못했다. 그래서 없는 사람이니 못 찾는 것이리라 생각하고 단념하였다. 꿈속의 소녀는 향비가 맞았나 보았다. 황제는 진작 향비가 말한 것을 믿지 않은 것을 후회하였다. 마음 한구석에 남아 있는 얼룩 같은 의혹 때문에 귀한 사람에게 마음을 온전히 쏟지 못하였다. 황제는 향비에게 죄책감을 느꼈다. 황제는 향비에게 두 번이나 잘못을 하였다. 처음은 그리 소중한 사람을 꿈에서 볼 때까지 기억해 내지 못하고 있었다는 것이었다. 두 번째는 누구와도 바꾸지 못할 사람임을 알았음에도 불구하고 충분히 아껴주지 않은 것이었다.

향비는 질투심이 많았다. 그러나 황제를 생각하는 마음은 누구보다도 컸다. 그래서 황제를 재촉하지 않고 기다렸다. 스무 해가 넘게 황제가 스스로 기억해 내기를 기다렸다. 그리고 황제가 향비에게 마음을 온전히 주기를 다섯 해를 더 기다렸다. 이제 황제가 그 기다림에 답할 차례였다.

팔황자는 황제의 약조 후로 작은 활을 가지고 씨름하며 사냥을 준비하였다. 그리고 황제와 동친왕과 함께 떠난 보름간의 사냥 후 무사히 돌아왔다. 마냥 어린아이로만 남아주길 바랐던 팔황자는 며칠 새 소년이 되어 돌아왔다. 팔황자는 황후궁에 돌아오자마자 우희를 찾았다. 그리고 직접 손에 들고 온 토끼 두 마리를 내밀었다. 팔황자는 자신이 잡았다며 자랑스레 피 묻은 고기를 흔들었다. 그 뒤로 천천히 걸음을 한 황제가 흙냄새와 땀 냄새, 그리고 피비린내를 몰고 왔다. 곧장 황녕궁으로 온 듯, 검은 가죽 옷에서는 먼지가 풀풀 일었다. 황제는 토끼를 들고 있는 팔황자에게 다가와 머리를 쓰다듬었다. 우희는 부자의 모습이 참 닮았다고 생각하였다. 황제가 황자 시절에는 성정이 무척 잔혹하였다고 수문이 자자하였다. 황위에 오른 뒤에는 그나마 사냥으로 피를 보며 성격을 달래고 있는 것이라 하였다. 우희는 팔황자가 사냥을 즐긴 모습을 보며 황제의 잔인한 천성을 닮았을까 걱정하였다.

우희는 동선방으로 팔황자의 토끼를 들고 갔다. 그리고 팔황자가 청한 대로 자신이 직접 조리를 지시하였다. 토끼의 털가죽을 벗기는 것부터가 고역이었다. 그러나 어린 황자가 아름다운 검은 눈을 빛내며 청해오면 도무지 거절할 수가 없었다. 우희는 토끼를 반으로 잘라 커다란 솥에 넣었다. 껍질을 까지 않은 생강을 다지고, 양파와 장유 조금을 토끼가 담겨 있는 물에 던져 넣었다. 한 번 토끼가 끓어오른 후에는 거품이 올라오지 않도록 불을 줄였다. 우희는 혹시라도 팔황자가 잡아온 토끼 고기가 못쓰게 될까 봐 안절부절못했다. 주방의 궁녀들은 우희를 안심시키며, 뼈에서 고기가 떨어져 나가고 있으니 잘하고 있다고 칭찬하였다. 우희는 깨와 후추, 땅콩에서 향이 올라오도록 볶았다. 그리고 돌로 된 작은 절구에 넣고 빻았다. 화려한 향이 올라오자 조금 자신감이 생겼다. 토끼를 식힌 뒤에는 뼈와 고기를 분리하였다. 작은 덩이로 자르고 나니, 그것이 작은 짐승이었다는 것도 더 이상 알아볼 수 없었다. 그제야 죄책감이 덜해졌다. 우묵한 냄비에는 땅콩기름을 달구었다. 그리고 장유와 고추기름을 볶았다. 그릇에 토끼를 올린 후, 매콤한 장유를 뿌렸다. 마지막으로 다진 땅콩과 잘게 썬 파를 올린 후 내관에게 석찬 자리에 내가라 명하였다.

우희가 옷을 정돈하고 나가니, 황제와 황후, 팔황자와 함께 동친왕이 앉아 있었다. 우희는 반가운 기색을 감추며 눈으로 인사를 나누었다. 그리고 황후 옆에 서서 기다렸다. 상하의 눈짓에 따라 내관이 우희의 토끼 고기를 앞으로 덜어왔다. 동친왕은 기다란 손가락에 걸친 젓가락을 놀려 고기를 한 점 먹었다. 상하의 팔놀림이 불편해 보였다. 우희가 근심 어린 표정으로 지켜보고 있는데, 상하가 고개를 돌려 우희와 눈을 마주쳤다. 그리고 고개를 끄덕여 맛이 있다 웃어주었다. 우희는 상하의 미소만 보아도 달아오르는 뺨을 감추기 위해 시선을 돌렸다.

황제는 그런 우희와 눈이 마주쳤다. 그리고는 시선을 상하에게로 돌렸다. 우희는 황제가 궁녀가 예도에서 어긋나는 행동을 하였다 벌할까 두려웠다. 우희의 표정이 백 년 동안 얼어 있던 빙하처럼 굳었다. 하지만 황제는 아무 말 없이 왕 내관에게 눈짓하여 토끼를 가져오게 하였다. 혹시 황제의 입맛에 맞지 않을까 긴장하던 우희는 황제의 깊은 눈과 마주쳤다. 우희는 황급히 시선을 내렸다. 팔황자의 검은 눈동자가 황제의 것과 똑같다고 생각하였다. 그러나 그 생각은 틀렸다. 팔황자의 눈은 막 떠오르는 별 같았고, 황제의 눈은 그 깊이를 알려 들면 익사할 것같이 어두웠다.

"우희."

황제가 우희를 불렀다. 황제에게 이름이 불린 것은 처음이었다. 우희는 깜짝 놀랐다. 황제가 궁녀인 자신의 이름을 알고 있으리라고는 생각지 못하였다. 황후도 의아하다는 듯이 들려던 젓가락을 내려놓고 황제를 쳐다보았다. 팔황자는 우희가 어떤 실수라도 하였는지 염려하는 표정으로 우희를 돌아보았다. 상하만이 조금 전과 다를 바 없는 평안한 낯빛으로 황제의 입에서 떨어질 말을 기다렸다.

"요리가 썩 훌륭하구나. 상을 하나 내릴 테니 원하는 것을 말하여 보거라."

뜻밖이었다. 우희는 바닥에 숙인 고개를 들 생각도 하지 못하고 있었다. 만효가 우희에게 일어나서 감사를 표하라고 속삭였을 때야 겨우 떨리는 무릎을 세웠다. 세상에서 가장 빠른 것이 생각이라는 밀은 실로 맞는 것이었다. 짧은 시간 동안 수십만 가지 생각이 머릿속을 오고 갔다. 그러나 당장은 떠오르는 것이 없었다.

"나중에 노비가 태강전을 찾아가게 되면 노비를 한 번 봐주소서."

황제는 호쾌하게 웃었다. 그리고 허하였다. 황제는 우희에게 태강전까지 찾아와 올릴 청이 없어야 하지 않겠냐고 농을 던지고는 왕 내관에게 눈짓을 하여 토끼 고기를 한 점 더 들었다. 황후는 우희에게 미소를 지어 보였다. 팔황자는 한 술 더 떠 우희에게 황상께서 이리 마음에 들어 하시는 요리는 간만이라고 축하의 말을 건네었다. 상하의 표정만이 묘하게 굳어 있었다.

우희는 과일을 들이라 명하기 위해 동선방으로 걸음을 떼었다. 그러나 이내 자신을 따라 나온 상하에게 붙잡혔다. 상하는 궁녀들의 눈을 피해 우희의 팔을 붙들고 초로원으로 걸어갔다. 우희는 무슨 일인지도 모르고 끌려가는 수밖에 없었다. 초로원의 둥근 문을 넘자마자 상하가 우희를 돌담으로 밀어붙였다.

"우미희, 대체 무슨 생각이냐? 황상의 후궁이 되고 싶으냐? 그게 네가 원하는 바였느냐?"

우희는 상하의 어두운 눈을 올려다보았다. 상하의 눈에는 본 적 없는 노기가 담겨 있었다. 아니, 그러고 보니 어디선가 본 것 같기도 하였다. 우희는 열심히 기억을 더듬었다. 그러나 부드러운 성정의 동친왕은 늘 웃는 낯이었다.

"상하."

우희가 천천히 부르는 이름에 상하의 눈이 풀어졌다. 오래간만이었다. 광소정 앞에서 만날 때에도 동친왕 전하가 우희가 부를 수 있는 이름의 전부였다. 상하도 우희의 이름을 부르지 않고 가볍게 고개만 숙여 인사를 하였다. 상하와 우희가 황궁 밖에서 쌓은 추억들과 관계는 누구도 알아서는 안 되었다.

"상하, 저는 황상의 후궁이 되고 싶은 마음이 없습니다. 하나 궁에서 살면 필시 위기를 겪게 되지요. 저는 그때 도움을 받고 싶다 청한 것뿐입니다."

상하는 우희의 말을 듣고 잠깐 생각에 빠진 듯하였다. 곧 숯같이 진한 눈썹이 풀어졌다. 상하는 허탈하다는 듯이 웃음을 터뜨렸다. 낮은 웃음소리는 초로원의 담을 넘어갈 것같이 멀리 울려 퍼졌다. 우희는 다급한 마음에 왼손으로 상하의 오른팔을 붙잡았다. 그리고 오른손을 뻗어 상하의 입을 막았다. 우희는 서둘러 주변을 둘러보았다. 사위는 조용했다. 가을의 나뭇잎만 천천히 떨어져 내리고 있었다. 우희는 천천히 고개를 상하에게로 돌렸다. 상하의 검은 눈동자가 놀라 커져 우희를 바라보고 있었다. 우희는 그제야 자신의 행동을 깨닫고 황급히 손을 내렸다. 그러나 당황하는 바람에 발아래의 돌을 미끄러뜨렸다. 우희가 휘청거렸다. 상하가 넘어지려는 우희를 받쳤다. 우희는 상하의 오른팔을 다시 붙잡았다. 순간 상하가 눈썹을 찌푸렸다. 우희는 균형을 잡고 나서 상하를 올려다보았다. 상하가 멋쩍은 표정을 지으며 오른팔을 뒤로 숨겼다. 우희는 다시 왼손을 뻗었다. 그리고 상하의 오른팔을 끌어당겼다. 상하가 표정을 일그러뜨렸다. 우희의 손에 다른 부분과 달리 두툼한 천이 잡혔다. 우희는 자신의 행동을 생각지도 않고 있었다. 우희는 상하의 어깨 부분에서 흘러내리는 옷을 잡아당겼다.

"어쩌다 이리 다치신 것입니까?"

우희가 울상을 짓고 물었다. 팔뚝의 상처는 가벼운 것이 아니었다. 몇 겹이나 감았는데도 피가 배어나오고 있었다. 우희는 상하가 답을 하기도 전부터 알고 있었다. 팔황자가 사냥에서 무사히 돌아온 것에 안도하여, 상하에 대해서는 생각지도 못하고 있었다. 우희는 상하의 상처를 보는 것만으로도 통증이 느껴질 것 같았다.

"그래도 팔황자에게 달려들던 멧돼지는 막았다. 팔황자가 다쳤으면 우미희가 더 슬퍼했을 것 아니냐?"

상하가 왼손을 들어 우희의 뺨을 쓰다듬었다. 그 목소리가 자상하여 눈물이 날 것 같았다. 우희는 눈물을 떨어뜨리지 않기 위해 시선을 들었다. 그리고 상하의 부드러운 밤하늘과 같은 눈동자를 마주하였다. 그 순간 우희의 입술 위로 상하가 내려왔다. 짧은 입맞춤이었다. 늘 입맞춤을 할 때면 눈을 감아야겠다고 생각해 왔건만, 놀라니 그럴 새도 없었다.

상하가 미소를 그렸다. 우희는 상하의 시선을 따라갔다. 그리고 제가 상하의 옷을 벗기듯 잡아당기고 있었다는 것을 깨달았다. 우희는 재빨리 손을 놓았다. 석류, 사과, 그 어떤 과일도 우희의 뺨보다 붉을 수 없을 것이었다. 상하는 느린 동작으로 옷을 정돈하였다. 우희는 여전히 눈도 들지 못하고 있었다. 잘 익은 배처럼 물든 낙엽들이 우희에게 애꿎게 짓밟혔다. 서늘한 추풍 한 숨에 금가루가 흩날렸다.

"우미희."

상하가 우희를 불렀다. 우희는 여전히 상하를 볼 용기가 나지 않았다. 그러나 상하가 왼손으로 우희의 턱을 들었다. 우희는 놀라 상하와 눈을 마주쳤다. 상하의 눈이 깊어졌다. 상하의 머리 위로는 새빨간 단풍이 흔들렸다. 바람마저 향기로웠다. 하느작거리는 나뭇잎의 섬세한 손가락 틈새로 국화처럼 물드는 하늘이 비쳤다. 황금 위에 별을 수놓은 것 같았다. 가을바람이 나뭇잎을 쓸며 우희를 재촉하였다. 우희는 천천히 눈을 감았다. 첫 입맞춤은 깜짝 놀랄 만큼 새콤했다. 두 번째 입맞춤은 달콤했다. 우희는 사랑이 자두 같은 것이라 생각하였다. 상하와 함께 황궁 밖에서 나눠먹었던 자두 같다고 생각하였다.

"우미희, 내게 오겠느냐?"

우희는 웃음을 터뜨렸다. 상하는 진중한 표정으로 농도 잘하였다. 자신은 궁녀였다. 상하는 친왕이었다. 자신은 고국 출신의 노비였다. 상하는 황국의 황자였다. 무엇보다도 황후가 자신을 놓아줄 리 없었다. 소향이 경고한 것은 사실이었다. 황후는 자신을 가둬서라도 놓지 않을 것이었다. 황후궁의 궁녀 우희, 그것이 자신의 운명이었다.

"가능타면 그리할 것입니다."

우희가 눈 가득히 상하를 담으며 웃었다. 진심이었다. 상하는 한숨을 쉬듯이 웃었다. 그리고 우희의 어깨에 이마를 떨어뜨렸다. 상하에게서는 매화향이 풍겨왔다. 우희는 눈을 감았다. 황궁에서 처음 맞던 겨울의 보름날로 돌아갔다. 십 년 전이었다. 지금은 눈을 감고도 찾아갈 수 있는 청우각에서 길을 잃었다. 내관에게 수상한 자라 의심을 받았다. 웃음이 터져 나왔다. 지금이야 황제도 우희의 이름을 불러주지만, 그때만 하여도 황후궁 밖으로만 나가도 아는 사람 하나 없었다. 하지만 덕분에 상하를 만났다. 지금보다 훨씬 야위었던 상하를 만났다. 그리고 하얀 달이 밝히는 밤길을 함께 걸었다. 그때는 우희가 상하의 뒤를 따라 걸었다. 상하의 넓은 등을 보며 강유와 닮았다 생각하였다. 하지만 그때는 자신이 강유를 마음에 두었듯 상하를 연모하게 될 줄 미처 몰랐다. 다행히도 상하는 강유와 달랐다.

우희는 눈을 번쩍 떴다. 상하는 진짜로 자신을 돌아봐 준 것이었을까? 순간 확신이 들지 않았다. 내내 우희가 가슴앓이를 한 까닭이 무엇이었던가? 절대 이루어질 수 없는 신분의 차이 때문이 아니었다. 그것보다 우희의 마음을 아프게 한 것은 상하가 황후를 바라보던 눈빛이었다. 보는 사람마저 운명을 탓하게 만들 정도로 애틋하던 눈빛이었다.

"그런데 상하, 황후마마를 연모하는 것 아니었나요?"

우희가 상하의 양어깨를 붙잡고 고개를 일으켰다. 그리고 아름다운 눈을 똑바로 바라보고 물었다. 궁녀가 감히 친왕의 눈을 쳐다보았다. 노비가 감히 황자에게 질문을 하였다. 하지만 우희는 가느다란 희망의 끈을 붙잡고 있었다. 상하가 마음에 품은 것이 황후가 아니라면, 만에 하나 자신이라면 그 모든 죄를 사할 것이었다.

"리는 여동생과 같은 아이다. 그럴 리 없잖느냐?"

상하가 무슨 영문인지 모르겠다는 듯이 얼떨떨한 표정으로 대답하였다. 그리고 우희의 손을 잡아왔다. 아무리 험한 일을 하지 않는 우희라도 궁녀의 손인지라 곱지는 않았다. 그러나 사냥터에서 얼마 전에야 돌아온 상하의 손은 더 거칠었다. 우희는 조심스레 굳은살을 더듬었다. 팔만 다쳐 다행이었다. 이렇게 다시 손을 잡을 수 있는 것만으로도 기뻐해야 했다. 그런데 우희의 욕심은 늘어만 갔다. 상하는 우희의 손을 잡고 초로원 구석의 정자로 걸어갔다. 하늘은 물들고 있었다. 황후의 오라버니, 호국장군의 얇은 머리카락이 모든 것을 살라먹는 불의 색을 비치었듯, 하늘도 붉게 물들고 있었다.

"황상께서 황후를 처로 맞이하셨는데도 어머니는 포기하지 못하셨지. 언젠가는 리가 내 곁에 서고, 내가 황상의 자리로 올라갈 수 있을 것이라 믿으셨다."

상하가 아주 오래전의 기억을 더듬는 듯이 천천히 말을 시작하였다. 우희도 혜비에게서 선황의 황귀비에 대해 들었다. 상하를 황태자로 만들기 위해 다섯 살의 어린 아이를 권력가의 여식과 혼인시킨 욕심 많은 어머니였다. 하지만 황후가 태어나 그 모든 노력이 무위로 돌아가 버렸다. 그리고 상하의 처는 몇 년 만에 세상을 떠버리고 말았다. 상하의 새로운 처로 황후를 들이기 위하여 황귀비가 황장자비를 독살시켰다는 소문이 있었지만, 소문일 뿐이었다.

"하지만 어머니께서도 황상께서 황위에 오르신 후에는 포기하셨다. 내가 휘諱를 피하기 이름 한 글자를 버려야 하는 때가 오자 마침내 단념하셨다."

다른 후궁들이 회잉할 때마다 유산을 시켜 버리는 일은 기본으로, 아들을 황위에 올리기 위해 온갖 잔혹한 일을 서슴지 않은 황귀비였다 들었다. 우습게도 그 아들인 황장자는 온화함과 자애로움의 상징이었다. 그리고 상하는 자신과 너무 다른 어머니를 그리워하고 있었다. 우희는 상하의 손을 맞잡은 손에 힘을 주었다.

"리는 늦게 태어났다. 늦게 태어나서 우리 모두의 운명을 바꿔놓았지. 홀로 가을에 피는 꽃 같았다. 리는 국화, 가을의 아이지."

우희는 황제가 사시사철을 가리지 않고 보내던 국화를 떠올렸다. 여름이면 북쪽 영토에서, 겨울이면 남쪽 땅에서 국화를 구했다. 가을에는 추국秋菊, 여름에는 하국夏菊, 겨울에는 동국冬菊, 황제는 계절을 가리지 않고 국화를 보내왔다. 그리고 국화는 황제가 황후를 총애하지는 않더라도 황궁의 주인으로 인정하는 징표라 알려져 있었다. 끝없이 황녕문을 들어서는 국화는 후궁에서 기세등등한 향비조차 황후를 무시하지 못하는 이유였다.

황후의 머리를 장식하는 꽃의 팔 할은 국화였다. 좁고 기다란 꽃잎이 거미줄 같은 국화, 중앙만 짙은 붉은색이고 꽃잎은 연한 홍색을 띠는 국화, 은으로 하얀 잎을 표현한 국화를 비롯하여 셀 수 없이 다양한 형태와 소재의 국화가 황후의 머리에서 피어났다. 우희는 여태까지 황후가 단순히 국화를 좋아하여 그런 것으로 생각하였다.

그러나 이제는 확신이 들지 않았다. 황제와 황후, 상하 모두에게 국화는 꽃이 아니었다. 뒤틀린 운명이었다. 우희는 황후의 머리에 올라가는 금으로 된 국화 하나하나의 무게를 생각하였다. 엄지와 검지 사이에서 구부릴 수 있을 정도로 얇은 물건이었다. 동시에 황후가 태어남으로써 바꾸어 버린 두 사람의 인생의 무게만큼 무거운 것이기도 했다.

"황상께서 황위에 오르시기 전까지만 하여도 내 이름은 장하長夏였다. 긴 여름, 긴 여름이 끝나면 언젠가는 가을에 닿을 수 있을 것이라 어머니는 생각하셨다. 그러나 피휘避諱하기 위해 이름을 영원한 여름, 상하常夏라 바꾸었다. 절대로 가을을 만날 수 없어졌다."

자신의 아들 상하가 아닌 황자가 황위에 오르는 모습을 보고 견디지 못한 선황의 황귀비가 자진한 것은 딱한 일이었다. 욕심 많던 어머니를 끝내 잃어버리고 그리워하는 상하의 모습을 보는 것은 우희의 가슴을 아프게 하였다. 한 사람이 두 사람의 자리를 바꾸어놓았고, 한 글자가 한 사람을 절망시켰다. 그리고 두 사람을 괴롭게 하였다.

"우미희, 나는 리를 연모한 적이 없다. 리를 누구보다도 탐내던 내 어머니조차도 포기하신 인연이다."

그리고 한 마디가 한 사람을 기쁨에 들뜨게 만들었다. 우희는 흐려지던 눈을 들었다. 상하의 눈은 어느 때보다도 맑았다. 상하는 우희의 이마가로 길고 곧은 손가락을 뻗었다. 그리고 섬세한 동작으로 흘러내린 머리카락을 귀 뒤로 넘겨주었다. 우희는 고국에서 은인이 제 얼굴에 튄 피를 닦아주던 순간을 떠올렸다. 우희는 황후를 절친했던 벗의 여동생으로만 본다는 상하의 말을 믿기로 하였다.

"우미희, 네가 내 어머니보다 나와 황후의 연을 믿는 것이냐?"

우희는 세차게 고개를 내저었다. 아니었다. 아니어서 안도하였고, 기뻐하였다. 자신이 노비이고 상하가 황자라는 사실은 변치 않았다. 하지만 상하가 황후를 연모하지 않는다는 사실을 새로이 알게 되었다. 상하가 우희를 품에 안았다. 매화향이 우희의 코끝을 간질였다. 처음 본 순간부터 상하를 마음에 두었던 것 같았다. 실수로 상하의 팔에 안겼던 때도 상하의 품에서 났던 매화향에 가슴이 설레었다. 상하가 우희 자신을 돌아봐 주고 있는 것만으로도 우희의 가슴은 행복으로 부풀어 올랐다.

"상하, 언제부터 제게 눈길을 주셨습니까?"

우희가 장난스럽게 물었다. 제 손에는 크고 따뜻한 상하의 손이 잡혀 있었고, 상하의 눈에는 자신이 들어 있었다. 붉어지는 하늘은 수줍은 소녀의 뺨 같았고, 바스락거리는 노란 나뭇잎의 소리는 유쾌한 소성 같았다. 세상은 참 아름다웠다. 이토록 마음이 가벼웠던 때도 아주 오래전이었던 것 같았다. 십 년 전, 고국이 불타오르던 날 호국 장군의 손을 붙잡고 일어나던 때에도 마음에 들었던 것은 안도감이었지 기쁨은 아니었다. 하지만 지금 순간만큼은 자신 있게 말할 수 있었다. 우희는 행복했다.

"강 내관 앞이었다. 몇 번이나 그 쪽문을 드나들었지만 침방의 내관을 맞닥뜨린 것은 처음이었다. 내가 할 말을 찾아 헤매고 있는데 네가 나서서 강 내관을 돌려보냈지. 놀라웠다. 그때까지 난 궁녀란 지시받은 일을 하고, 시키는 말만 전하는 존재라 생각해 왔다. 그러나 너는 달랐다."

상하가 우희의 귓가에 우희는 특별하였다고 속삭였다. 우희는 그때 콩닥거리던 가슴이 다시 살아나는 것 같았다. 상하는 미소를 짓고는 다시 허리를 폈다. 그리고 하얗고 늘씬한 꽃잎 다섯 장을 모아놓은 말리화를 만지작거렸다. 상하의 손길이 닿으면 백옥에서도 향기가 피어오를 것 같았다.

"아마 그때부터 너에게 시선이 갔던 것 같다."

상하가 다시 우희의 옆에서 걸음을 떼기 시작하며 말하였다. 우희는 상하와 같이 하나의 네모난 하늘을 올려다보았다. 과일을 내가야 한다는 생각이 얼핏 스쳤다. 하지만 우희는 그 생각을 흘려보냈다. 어차피 이미 늦었다. 양미랑이 챙겼으리라 생각한 우희는 상하의 입에서 떨어지는 말에 귀를 기울였다.

"너는 언행을 극도로 조심했지. 다른 궁녀들이 마땅히 그러듯 말이다. 그런데 한 번 두 번 궁 밖으로 나올 때마다 작은 새 같은 조잘거림이 늘어났다. 마른 나무가 봄비를 맞고 새 잎을 피워내듯이 너도 궁 밖으로 나올 때마다 살아났다."

상하의 말을 들은 우희는 잠깐이나마 부끄러움을 느꼈다. 묻지 않은 것에 답하지 말고, 알려주지 않은 것을 물어서는 안 되었다. 그러나 황궁 밖에서 우희는 그 모든 규칙을 잊어버렸다. 상하가 어여삐 보아 다행이었다.

"아이들의 작은 손에 쌀 한 줌, 옷 한 벌을 쥐어줄 때마다 너의 입가에 미소가 맺혔다. 나와 함께 궁 밖에서 한 발짝 뗄 때마다 너의 눈동자에 생기가 돌았다."

상하가 우희의 진심 어린 웃음을 이야기하고 있었다. 궁에서도 늘 미소는 짓고 있었다. 그러나 그 미소는 습관적인 것이었다. 상하와 함께 황궁 밖에서 보는 모든 것은 반짝거렸고, 만나는 모든 이들은 편히 대할 수 있었다. 잔뜩 옥죄었던 숨통이 트이는 느낌이었다.

"그 모습은 나만 아는 것이었지. 우미희 네가 밝게 틔운 웃음소리는 나만 아는 것이었다. 내가 피워낸 꽃은 눈부시게 아름다웠다."

우희는 환하게 웃었다. 눈물이 구를 것 같았다. 상하가 우희의 진실한 웃음을 아는 유일한 사람이듯이, 상하의 손이 겨울에도 따뜻하고, 입맞춤은 꽃잎보다 부드럽다는 것을 아는 것도 우희뿐이었다.

"네가 나무에서 떨어지던 날을 기억하느냐?"

우희는 고개를 끄덕였다. 새끼가 있다는 둥지를 보러 나무를 탔다. 나무가 생각보다 높았다. 우희는 추락했고, 상하가 우희를 받아들었다. 우희는 침방 앞에서 상하를 도왔고, 상하는 나무 아래서 우희를 구하였다.

"내 심정을 아느냐? 진실로 네가 다쳤으면 어찌할까 염려하였다. 내게 귀한 이를 잃어보니 두 번 다시 경험하고 싶지 않은 것이더구나."

상하는 우희의 어깨를 감쌌다. 그리고 우희의 이마를 자신의 가슴에 붙였다. 우희는 가을바람에 서늘해진 비단을 느끼며, 여름날을 떠올렸다.

"얼마나 가슴이 무섭게 뛰던지 네가 고동 소리를 눈치챌까 봐 잠깐 걱정도 하였지. 그 순간 확연해졌다."

우희는 답을 알았다. 그럼에도 굳이 상하에게 물었다. 무엇이 확연해졌냐고 묻자 상하가 다시 입술을 겹쳐왔다. 그리고 숨결 사이로 대답하였다.

"너를 잃을 수 없다는 것 말이다."

늘 웃는 양이었지만, 미소 아래는 형제와 같던 친우를 상실한 고통이 가라앉아 있었다. 우희는 상실을 겪고도 그릇된 길로 엇나가지 않은 상하를 존경하였다. 상하는 운명을 원망하지 않았다. 우희는 그 모습에 마음을 빼앗겼다. 자신이 궁녀이고 상하는 친왕이라는 사실은 아무래도 좋았다. 이어질 수 없는 인연이라는 것을 오래전부터 알고 있었지만 상관없었다. 그 순간 행복한 감정으로 가슴이 가득 부풀어 올라 금방이라도 터질 것 같았.

✦

겨울의 어화원은 조용했다. 사방에는 황제의 뒤를 따르는 호위와 궁인들의 발소리뿐이었다. 황제는 벌거벗은 나뭇가지가 지고 있는 눈을 털어주었다. 무거운 눈이 황제의 가죽신 위로 후드득 떨어졌다. 왕 내관이 놀라 달려와 황제의 신에 묻은 하얀 눈을 털었다. 그동안 황제는 다른 내관이 내민 비단에 손에 묻은 물기를 닦았다. 사람의 어깨 위에 오른 의무도 이처럼 쉽게 떨쳐 버릴 수 있으면 얼마나 좋을까 생각하고 한숨을 내쉬었다. 옆에서는 어린 내관이 황제의 심기가 불편할까 안절부절못하였다. 그조차도 불쾌하였다. 무소불위의 황제는 감정조차 쉬이 내비칠 수 없었다. 자신을 모시는 수많은 이들을 생각해서 늘 온화한 낯빛을 하여야 한다. 황제가 이미 황태자위에 올랐을 때 동친왕이 타이르며 해준 말이었다. 황제는 찌푸렸던 진한 눈썹을 풀며 하얀 하늘을 올려다보았다.

동친왕이라면 황제로서의 자세와 직분을 이토록 답답하게 생각하지 않았을 것이었다. 동친왕의 곁이었으면 황후도 웃음을 잃지 않았을지도 몰랐다. 십 수 년 전의 환한 미소를 여전히 간직하고 있었을지도 몰랐다. 다시 황제의 눈에 구름이 꼈다. 무엇을 위해 황위를 붙잡고 있는지 알 수 없었다. 애초에 태강전의 자리는 관심이 없었다. 온유한 동친왕에게 걸맞은 지위라 생각했었다. 황제는 단 한 번 보고도 잊지 못한 웃음을 떠올렸다. 제 몫이 아닌 줄은 처음부터 알고 있었다. 하지만 황제가 되면 자신의 옆에 붙잡아놓을 수 있으리라 생각하였다.

황제는 허탈한 웃음을 터뜨렸다. 뒤따르던 궁인들이 몸을 움츠렸다. 마음은 아니었더라도 육신만은 제 것인 줄 알았다. 그러나 그조차도 오만한 생각이었다. 동친왕을 꼭 빼닮은 팔황자는 황제의 착각을 비웃는 황후의 증거였다. 잎도 없는 나무를 보며 이른 봄의 나무라 생각하였다. 언제일지 모르는 여름이 오면 빛나는 꽃을 피우고 가슴을 뒤흔드는 향기를 피울 것이라고 기대하였다. 하지만 겨울나무였다. 시간도 멈춰 버린 겨울 속에 얼어붙은 나무였다.

멀리서 발소리가 들렸다. 황제는 소리가 나는 방향으로 고개를 돌렸다. 연못 건너편에 십여 명의 궁녀들이 황제가 어화원에 있는지도 모르는지 앞만 보고 걸어가고 있었다. 흰 관을 쓰고 있는 청송 가지 틈새로 그 잎만큼 푸른 치마를 두른 궁녀들이 걸음을 바삐 옮기는 모습이 스쳤다. 황제는 궁녀들이 걷는 방향으로 나란히 걸었다. 광소정으로 향하는 만효를 알아볼 수 있었다. 황후의 궁녀들이었다. 황후는 내내 버려두었던 광소정을 다섯 해 전부터 즐겨 찾기 시작하였다. 만효의 바로 뒤를 따르는 궁녀 하나가 황제의 눈에 띄었다. 단일에 불그스름한 밤색 머리가 반짝였다. 황제는 조금 더 걸음을 빨리하였다. 하지만 수십의 궁인들을 끌고 가는 황제의 걸음보다 새처럼 가벼운 궁녀의 발걸음이 더 빨랐다. 황제는 입을 열어 궁녀를 멈추려 하였다. 겨울바람이 소나무 위의 눈가루를 쓸어 흩날렸다. 시야가 뿌예졌다.

"황상."

다시 앞이 맑아졌을 때는 궁녀들이 더 이상 보이지 않았다. 황제는 목소리가 들린 방향으로 고개를 돌렸다. 향비가 뒤에서 걸어왔다. 천근으로 물들인 색 붉은 비단은 가슴 언저리에 금 구슬을 꿰어 곡우에 만개한 복사꽃을 그려놓은 화사한 것이었다. 가슴 바로 아래에는 금사로 위아래를 마무리한 한 뼘 폭의 벚꽃색 비단 천을 덧대었으며, 포도색 사로 어지러운 꽃문양이 수놓아져 있었다. 그리고 그 위에는 굵은 백색 매듭이 명치 부근에서 꽃 모양으로 깎아놓은 백옥을 중심으로 매여 있었다. 백옥은 여섯 장 꽃잎 하나마다 금을 두드려 만든 콩알만큼 자그만 꽃이 박혀 있었다. 어깨에서 흘러내리는 장의는 반투명한 유백색 천으로, 하늘에서 떨어지는 눈꽃 사이로 날아다니는 제왕나비를 수놓은 것이었다. 오수유 열매를 세 번 끓여 뽑아낸 물을 들인 실로 수놓은 제왕 나비는 금방이라도 날아오를 것같이 섬세하게 표현되어 있었다.

"동리군자東籬君子라는 자를 아직도 잡지 못하여 근심이 많으시다 들었사옵니다."

향비가 관자놀이에서 어깨까지 드리운 금술을 흔들며 말하였다. 까치의 깃과 같이 펼쳐진 머리 장식은 양 끄트머리에 다섯 알씩의 석류석을 박아놓았고, 그 아래로 점점 크기가 커지는 금공을 늘어뜨린 화려한 것이었다.

"황궁 바로 아래서 민심을 선동하다니 이 어찌 대담한 자가 아니옵니까? 겨우 쌀 몇 줌과 천 나부랭이에 홀리다니, 백성들도 어리석기 짝이 없사옵니다."

두 해 전부터 조금씩 돌기 시작한 소문은 물에 떨어뜨린 먹처럼 서서히, 그러나 멀리 번져 나갔다. 본디 황궁의 동편은 새로 떠오르는 태양을 상징하여 황자와 그를 양육하는 후궁들이 거처하는 곳이었다. 그러나 어떤 불충한 자가 황궁의 동쪽 담 아래에서 사재를 풀어 민심을 끌어 모으고 있었다. 백성들은 그자를 동쪽 울타리 아래 군자, 동리군자라 불렀다. 어린 황자들은 황궁 밖에 발을 디딘 적도 없고, 백성을 위해 하는 일도 없었다. 반면에 동리군자는 민초 바로 옆에 있었다. 가을에 모든 꽃이 지고서도 향기롭게 피어나 대지를 따뜻하게 물들이는 국화처럼 세상 사람들이 고난을 겪을 때 옆에 나타났다. 사람들은 황자가 아닌 동리군자가 황제가 되어야 마땅하다고 수군거리기 시작하였다.

"향비."

어떤 이는 여리하게 생긴 밤색 머리 어린 청년이라고도 하고, 어떤 이는 건장한 체격의 검은 머리 무인이라 하였다. 처음에는 황궁 동쪽 담벼락에서만 보였다더니 어느새 방방곡곡에서 신출귀몰한다는 목격담이 들려왔다. 한 가지 확실한 것은 백성들이 동리군자에게 호의를 품고 있다는 사실이었다. 모두가 한 마음이 되어 그를 숨겨주는 바람에 황제가 보낸 사람들은 동리군자를 번번이 놓치고 말았다.

"잡는 즉시 참수형에 처해 본보기를 보여야 합니다."

황제는 향비의 눈처럼 고운 뺨을 쓸었다. 열을 내던 향비가 그제야 말을 멈추었다. 그리고 머루처럼 검은 눈동자 위로 기다란 속눈썹을 드리웠다. 진한 분 냄새가 공기를 뿌옇게 메웠다. 황국 제일미이자 황궁에서도 비할 데 없이 화려한 여인이었다.

"정치는 여인의 것이 아니니라."

하지만 집안에서 그리 놔두지 않음은 알고 있었다. 후궁들 간의 다툼은 세력 간의 대리전이었다. 화려함은 가문의 재물이 넉넉함을, 높은 첩지는 집안에 고관대작이 많음을 뜻하였다. 사내들이 밖에서 권력을 위해 각축하는 동안 후궁들은 총애를 위해 싸웠다.

"하오나 황상, 본궁은 황상을 염려하여 그러한 것이옵니다."

향비가 짐짓 토라진 척하였다. 후궁에서 가장 황제의 애정을 갈구한 것은 향비였다. 쉽게 흔들리고 어느새 꺼져 버리는 황제의 관심을 그 누구보다 탐내었다. 황제는 한숨을 내쉬었다. 그리고 향비의 이마에 짧게 입을 맞추며 가냘픈 어깨를 감싸 안았다. 아마 아름다운 여인의 눈물을 이길 사내는 없을 것이었다. 황제는 향비의 실수를 넘어가기로 하였다. 앞으로 이보다 더 큰 잘못도 눈감아줄 것이었다. 향비가 뛰어난 미인이기 때문만이 아니었다. 향비는 이린 황제가 잃을까 마음을 졸이던 소녀였다. 다른 후궁들은 없어도 그만이었다. 향비 하나만 있어도 되었다.

"알고 있다. 하지만 사소한 것을 염려하느라 네 아미를 찌푸려서야 되겠느냐?"

황제의 말 한마디에 향비의 마음이 풀린 듯, 만개한 봄꽃 같은 미소를 지었다. 그리고 황제의 손을 이끌어 넓은 어화원을 걷기 시작하였다. 꽃봉오리만 맺힌 매화를 스쳐 지나가고, 연못을 가로지르는 다리를 넘었다. 향비는 황제와 있는 동안 잠시도 멈추지 않고 재잘거렸다. 그러나 황제는 향비의 말에 집중할 수가 없었다. 광소정이 눈 한구석에 비치던 때부터 신경이 분산되었다. 아직도 황후가 광소정 안에 있을지, 조금 붉은 밤색 머리 궁녀가 광소정 안에 있을지 생각하느라 향비와의 대화에 몰두할 수가 없었다.

"날이 추우니 향비를 영록궁에 데려다주어라."

황제는 결국 향비를 돌려보냈다. 향비도 넓은 어화원을 걷느라 지쳤는지 마다하지 않았다. 그러면서도 밤에 황제가 부를 것을 약조 받았다. 황제는 잠시도 머뭇거리지 않고 향비의 청을 들어주었다. 꿈속의 소녀인데 들어주지 못할 청이 없었다.

황제는 조금도 머뭇거리지 않고 광소정으로 걸어갔다. 반송나무 경계 앞에서는 스무 명이 조금 넘는 궁녀들이 황후를 기다리고 있었다. 광소정 안에는 원칙적으로 황후만이 출입할 수 있었다. 물론 실제로는 시중을 들 가장 가까운 궁녀 두엇은 따라 들어갔지만 나머지 내관들과 궁녀들은 황후가 광소정에서 시간을 보내는 동안 앞에서 기다릴 따름이었다. 황녕궁의 궁녀들이 있는 것을 보아하니 황후는 아직도 광소정에서 나오지 않은 모양이었다. 개중에는 붉은 머리 궁녀가 없었다. 황제는 안쪽으로 걸음을 옮겼다.

"황상, 이 안은 황후마마만 들 수 있는 곳이옵니다."

자그마한 궁녀 하나가 감히 황제의 앞을 막아섰다. 황제도 아는 궁녀였다. 황후의 종질녀 양미랑이었다. 늘 우희와 쌍을 이뤄 다니더니 혼자였다. 황제는 잠시 멈칫하였다. 양미랑의 말이 맞았다. 하지만 황제된 몸으로서 궁인들과 함께 광소정 앞에서 언제 나올지 모르는 황후를 기다릴 수는 없는 노릇이었다.

"짐은 황궁의 주인이노라."

황제가 양미랑을 내려다보며 억지를 부렸다. 황제의 가슴팍에도 미치지 못하는 양미랑은 키가 큰 편인 황후의 오촌이라는 것을 믿기 어렵게 닮은 점이 없었다. 황제가 재차 광소정 안으로 들겠다는 의사를 표명하자 황후의 궁녀들이 어쩔 줄 몰라 하였다. 하지만 공주의 딸은 굽히지 않았다.

"하지만 광소정의 주인은 황후마마이시옵니다."

황제가 아닌 제 주인, 황후의 명을 따르겠다고 말하는 양미랑의 목소리에는 흔들림 한 점 없었다. 황제는 숯처럼 짙은 눈썹을 들어올렸다. 호위들을 시켜 황녕궁 궁녀들의 앞을 막을 수도 있었다. 여차하면 양미랑 하나 정도는 황제가 들어서 옮겨 버릴 수도 있었다. 하지만 황제는 심호흡을 하였다. 자신은 더 이상 막무가내인 어린 소년이 아니었다.

"짐은 황후의 주인이다. 그러니 광소정도 짐의 것이지 않겠느냐?"

황제가 빙글 웃고는 여유로운 목소리로 물었다. 양미랑은 더 이상 대꾸하지 않았다. 고민하고 있는 것이 분명하였다. 황제는 왕 내관에게 눈짓으로 기다릴 것을 지시하고는 홀로 광소정 안으로 발을 디뎠다. 양미랑이 황상이라 외치는 소리가 들렸지만 이미 늦었다. 황제는 가벼운 걸음으로 양미랑을 뒤로하였다.

낮은 반송나무를 조금 지나치자 키가 큰 소나무로 벽을 세운 길이 나타났다. 가지 위에 쌓인 눈이 그늘을 드리웠다. 예전에 실수로 광소정에 들어선 연빈과 걸었던 때와 사뭇 다른 느낌이 들었다. 적막한 가운데 황제 자신의 발소리만이 들려왔다. 황제는 낮도 밤도 아닌 길을 걸었다. 그리고 그 길의 끝에 다다르자 눈을 찌르는 것 같은 태양이 내리쬐었다. 탁 트인 시야로 잠자고 있는 꽃나무들이 들어왔다. 새들의 날갯짓 소리가 들려왔다. 황제는 빛 아래로 걸음을 내디뎠다. 그리고 곱게 깐 길 위를 따라갔다. 광소정에 비교하니 어화원은 사람들이 많이 드나드는지라 그 열기로 눈이 많이 녹은 편이었다. 온통 하얀 광소정을 걷고 있으려니 자신이 꿈속을 거니는지 제정신인지 헷갈릴 지경이었다.

멀리서 낮은 노랫소리가 들려왔다. 황제는 홀린 듯 지저귐을 따라갔다. 소리는 황제를 꽁꽁 얼어붙은 넓은 연못 가운데 정자로 이끌었다. 황제는 새하얀 광소정에서 유일하게 붉은 다리 위를 걸었다. 분명히 나무다리 위에 발을 디뎠는데도 공중에 떠 있는 것 같았다. 겨우 정자에 다다르자, 반쯤 가린 병풍 뒤에 서서 떠들던 이들이 황제의 등장에 놀라 머리를 바닥에 조아리고 예를 올렸다. 유일하게 서 있는 사람은 황제를 등지고 있었다. 황후는 옷을 갈아입던 중인 듯, 바닥에 흘러내린 비단 가운데 서 있었다. 마지막 겉옷을 전부 걸치지 못하여 어깨를 반만 덮고 있었다. 갑자기 황제가 나타난 바람에 놀란 만효는 우희와 함께 황후의 옷자락을 놓치고 엎드려 있었다. 황제는 홀린 듯 황후에게 다가갔다. 그리고 한밤의 달처럼 깨끗한 황후의 어깨 위로 장의를 덮어주었다. 황후는 여전히 황제를 뒤돌아보지 않았다.

황제는 금색 비단이 스치는 소리에 정신이 퍼뜩 들었다. 도망치듯 새빨간 다리를 건넜다. 그리고 버드나무에 기대었다. 얼굴이 순진한 소년처럼 발갛게 달아오르는 것이 느껴졌다. 말을 타고 넓은 평야를 뛰고 난 뒤와 같이 가슴이 요란스레 뛰었다. 황제는 한숨을 내쉬었다. 몇 번이나 보고 만진 것인데 어찌 손가락 끝이 타는 것같이 뜨거운지 알 수 없었다.

"황상."

나지막한 목소리로 황후가 불렀다. 황후는 우희와 만효를 뒤에 끌고 다리를 건너오고 있었다. 황제는 아주 오래전의 어느 날을 떠올렸다. 자신과 황후의 혼인날에도 황후가 어지러울 정도로 높은 계단을 올라 자신의 손을 잡으러 왔었다. 새까말 정도로 많은 사람들이 몰려왔었다. 그리고 황제가 황후의 손을 끌어 하늘에 인연을 고하는 것을 지켜보았다. 황제는 그날과 같이 손을 내밀었다. 그리고 황후는 그날과 같이 황제의 손을 잡았다.

황제가 힘을 주어 끌어당기는 바람에 황후가 휘청거리듯 품에 안겼다. 서늘한 겨울바람 냄새에 풋풋한 국화향이 묻어왔다. 황제는 잡고 있던 황후의 손을 놓고 팔을 내밀었다. 황후가 느린 동작으로 가느다란 손을 팔 위에 얹었다. 두툼한 비단 위로도 손가락 하나하나를 그릴 수 있었다. 비단 사이로 느껴지는 황후의 손가락에 피부가 델 것만 같았다. 황제는 천천히 걷기 시작했다. 앞을 보고 있었지만 시야의 한구석에는 황후의 걸음 하나하나를 담고 있었다.

황후는 황제에게 어째서 광소정을 찾아왔는지 묻지 않았다. 황제는 한참을 걷고 나서야 자신이 불그스름한 밤색 머리 궁녀를 찾아 양미랑의 반대에도 불구하고 광소정에 들어왔다는 것을 기억해 냈다. 광소정 안에는 황후와 우희, 그리고 만효 세 사람뿐이었다. 황제는 자신이 찾던 궁녀와 같은 머리색을 가진 황후를 쳐다보았다. 아니, 실은 황후를 닮은 궁녀를 찾고 있었다. 자잘한 금색 국화가 부드러운 밤색 머리 타래를 타고 흘러내렸다. 온화한 밤색 머리카락은 태양을 만나면 붉은 열정을 띨 수 있었다. 황후의 귓불에서는 점점 커져만 가는 욕심을 그리는 것 같은 동심원 모양의 금귀고리가 흔들리고 있었다. 그리고 그 아래로는 눈같이 하얀 목이 부드럽게 뻗어 있었다. 목울대가 뜨거워졌다. 황제는 서둘러 시선을 다시 앞으로 돌렸다.

　황제는 황후를 황녕궁에 바래다준 후 영록궁으로 날아갔다. 황제가 상소를 읽고 조금 더 늦게 올 것을 예상하고 있었는지, 향비가 놀란 눈으로 황제를 맞이하였다. 황제는 향비가 계단을 내려오자마자 성큼성큼 다가가 작은 어깨를 품에 안았다. 매캐하면서도 포근한 분향기가 숨을 막히게 하였다. 황제는 잇꽃을 물들인 것같이 새빨간 입술을 삼켰다. 둘 주변에 서 있던 궁인들이 일제히 한 발짝 물러섰다. 황제는 겹쳤던 입술을 떼고 검디검은 향비의 눈동자를 쳐다보았다. 색만 깊을 뿐, 모든 생각을 읽을 수 있을 정도로 얕았다. 향비의 머릿속에는 황제 자신 하나만 있었다. 황제가 바라는 단 한 가지였다. 황제는 향비의 허리를 휘감아 안았다. 그리고 돌계단을 올라 영록궁 안으로 들어섰다. 휘장을 하나 스칠 때마다 머리를 장식하고 있던 구슬과 금으로 만든 꽃들을 뽑아 바닥에 던졌다. 칠흑색 머리카락이 굽이쳐 흘러내렸다. 밤하늘 같은 눈에는 자신을 탐하는 빛이 가득했다. 황제는 한숨을 지었다. 세상에 둘 없을 아름다운 여인이 자신을 연모하고 있었다. 절대 자신을 돌아보지 않을 마음은 포기하는 것이 현명했다. 향비의 가냘픈 손가락이 황제의 팔뚝을 휘감았다. 황제는 자조적인 웃음을 흘렸다. 어리석은 것이 사람이었다. 향비가 스친 자리는 불에 덴 것처럼 화끈거리지 않았다. 황제는 누구의 마음이라도 사로잡을 것 같은 미소를 짓고 있는 향비의 어깨를 쓸었다.

7. 둘의 약속

 황제가 갑작스레 광소정을 방문한 뒤로 황후는 극도로 조심하였다. 황후는 보름달이 두 번 차고 기울 동안 한 번도 황궁 문을 나서지 않았다. 우희는 상하의 옷자락도 보지 못하였다. 우희는 네모난 하늘을 올려다보며 상하도 다른 자리에서 같은 하늘을 보고 있기를 소망하였다. 여전히 상하의 손에서 느낀 온기가 생생한데, 손을 뻗으면 매화향이 잡힐 것 같은데, 소식 한 점 들을 길이 없었다.

 그러나 얼어붙어 있던 황궁에도 시간은 흘렀다. 눈이 녹아 대지를 적시는 날이 왔다. 겨울나무가 봄나무가 되어 꽃을 피우는 때가 왔다. 황후는 겨우내 줄어들기만 하던 양식이 떨어졌을 황궁 밖의 사람들을 걱정하였다. 그래서 결국 다시 상하를 불렀다. 우희는 상하를 보고 뛰어가고 싶었다. 품에 안겨 오랫동안 그리었다고 말하고 싶었다. 그러나 우희는 황녕궁의 궁녀였다. 우희는 다른 궁녀들과 함께 양 무릎을 바닥에 대고 예를 올리며 동친왕을 맞이하였다. 상하도 우희에게 손을 뻗지 않았다. 담담히 모두 일어나라 명하고는 황후에게 걸어갔다.

"우희, 명할 것이 있으니 따라오너라."

상하가 돌계단을 내려오며 우희를 불렀다. 상하도 부득이 저를 모른 체하였다는 것은 이해하였지만 섭섭한 마음이 드는 것은 어쩔 수 없어 침울해하던 우희의 입가에 미소가 번졌다. 우희는 가벼운 발걸음으로 상하의 뒤를 따랐다. 그러다 이유 없이 뒤를 돌아보았다. 황녕궁 계단 위에서 황후가 둘을 내려다보고 있었다. 우희는 몸의 솜털이 일어나는 것 같았다.

"우미희, 왜 그런 표정을 짓느냐? 내가 아는 체하지 않아 서운해 그런 것이냐?"

상하가 우희와 눈을 마주치고는 장난스럽게 물었다. 우희는 희미한 미소를 지으며 고개를 저었다. 두려웠다. 황후가 상하를 해할까 봐 겁이 났다. 상하는 황후가 누이동생과 같다고 말하였다. 우희는 황후가 상하를 황실의 사람 중 믿고 의지한다고 들었다. 그러나 그 또한 다른 이가 말해준 것, 황후의 생각은 알 수 없었다.

"황후마마께서는 어찌하여 위험을 무릅쓰고 직접 나가시는 것일까요?"

우희는 마음속을 가득 메우고 있는 우려 대신에 다른 질문을 하였다. 우희를 대신할 사람이 그만큼이나 없던 것도 아니었다. 양미랑도 있었다. 하지만 황후는 가장 위험한 선택을 하였다.

"동炙이 하던 일이다. 황후는 반드시 제 손으로 그 뜻을 이어가고 싶을 것이다. 처음에 너를 보낸 까닭은 네가 자신과 오라버니의 매개체라 생각하여서였을 것이다."

우희의 얼굴에 진 그늘은 커져만 갔다. 황후가 호국장군을 누구보다도 소중하게 생각한 것은 의심할 여지가 없었다. 만약 황후가 상하의 말대로 우희가 이미 세상에 없는 호국장군과의 연결 고리라 생각하고 있다면, 상하가 위험하였다. 우희가 황후 대신 고국의 벗 채이를 선택했다는 이유로 채이를 죽였다. 우희는 상하를 잃고 싶지 않았다.

"상하, 이쯤에서 그만두어야 할 것 같아요. 더 이상 저의 마음이 커지기 전에 끝내야 할 것 같아요."

우희가 상하의 손을 잡고, 검은 눈동자를 올려다보며 말하였다. 우희는 최대한 담담하게 말하려 노력하였다. 그러나 공포에 떨리는 것은 주체할 수 없었다. 하지만 상하는 우희를 품에 안았다. 우희가 그리던 매화향이 밀려왔다. 눈물로 상하의 예복을 더럽힐까 걱정되었다. 매화 향기를 더 이상 맡을 수 없을까 무서웠다.

"네가 염려하는 바는 안다. 너를 얻을 단 한 가지 방법을 알고 있다 하면 믿겠느냐?"

상하가 우희의 등을 쓸어 다독였다. 우희는 상하의 양팔을 붙잡았다. 그리고 두 눈을 똑바로 쳐다보았다. 순간 스쳐지나간 것은 살해의 의혹이었다. 우희는 자신이 죽을 때까지 황후궁의 사람일 것이라 생각하고 있었다. 어쩌면 죽은 후에도 황녕궁을 떠날 수 없을지도 몰랐다. 하지만 상하가 황후를 해할 리 없었다. 그래서 우희는 상하의 말을 기다렸다.

"잘 들어라. 나는 너를 위해 아주 멀리까지 가야 할 것이다."

고국에서 황국까지, 서른다섯 번의 해가 뜨고 질 동안 발을 달려야 할 만큼 먼 일일까? 아니면 우희와 상하가 서로의 마음을 확인하기까지, 뽕나무밭이 푸른 바다로 변할 만큼 오래 걸리는 일일까? 우희는 상하가 무엇을 계획하고 있는지 알 수 없었다. 그래서 두려웠다.

"상하, 그게 무슨 말인가요?"

마침내 상하의 손을 잡고 기쁨에 취해 있어야 했다. 그러나 우희는 저를 둘러싼 사람들의 생각을, 자신이 향하고 있는 상황을 전혀 알 수 없었다. 아름답기만 하여야 할 봄의 꽃향기가 질식할 정도로 독하게 느껴졌다. 꽃밭을 걷는데 땅이 갑자기 꺼지는 느낌이었다. 주변은 온통 짙은 안개가 끼어 있었다. 그리고 우희는 어느새 잡고 있던 상하의 손을 놓쳐 버렸다. 상하는 아주 오래전부터 계획해 놓았다는 듯이, 앞이 명확히 보인다는 듯이 나아가고 있었다. 그러나 우희는 일이 어찌 돌아가는지도 모르고 홀로 헤매고 있었다.

"그러니 약속하여라. 무엇을 알게 되더라도 내게 올 것이라고 말해 주거라."

상하는 우희의 물음에 답해주지 않았다. 그리고 우희가 맺을 수밖에 없는 약조를 청해왔다. 우희를 붙잡고 있는 상하의 손에 힘이 들어 갔다. 넓은 강과 높은 산이 변할 정도로 긴 시간을 기다렸다. 그리하여 마침내 잡은 손이건만 어찌 놓겠다고 할 수 있겠는가? 우희는 고개를 끄덕였다.

"그건 당연한 것 아닌가요? 황후마마께서만 허락하시면, 그러시지 않겠지만, 허락만 하신다면……."

하지만 우희는 말을 끝내지도 못하였다. 상하가 우희의 입에서 흘러나오는 달콤한 긍정의 말을 삼켜 버렸다. 우희는 나비가 꽃 위에 내려앉는 날갯짓처럼 속눈썹을 떨고는 눈을 감았다. 어둠이 찾아왔다. 자신이 어디로 가는지는 여전히 알 수 없었다. 하지만 상하를 믿고 싶었다. 상하가 비추는 대로 따라가다 보면 빛 한 점 없는 길도 걸어갈 수 있을 것 같았다. 언젠가는 상하의 손을 잡고 설 수 있는 밝은 세상에 도달할 수 있을 것이라는 희망을 가지고 싶었다.

손에 든 꽃이 바닥에 스르르 떨어지듯이, 장알이 진 상하의 손에 잡혀 있던 우희의 손이 풀려 내려갔다. 상하는 우희를 돌아보지 않고 뛰어갔다. 우희는 잠깐 동안 그 뒷모습을 보고 있었다. 그러나 상하가 뛰어간 곳이 황후가 앉아 있는 황녕궁이란 것을 깨달았다. 우희는 상하의 행동에 소스라치게 놀랐다. 깊이 생각할 겨를이 없었다. 내관도 아닌 궁녀가, 다른 곳도 아닌 황녕궁에서 뛰어다니는 일은 상상할 수도 없었다. 하지만 우희는 그 모든 법도를 잊어버렸다. 우희 치맛자락이 봄바람을 일으켰다. 취목의 생 열매에 물들인 비단 치마가 하얀 하늘에 휘날렸다.

하지만 우희는 상하를 따라잡을 수 없었다. 황녕궁 전전의 문 앞에 서 있던 궁녀들은 다섯 칸 돌계단을 한달음에 뛰어올라온 동친왕의 모습에 놀라며 넘어지듯 길을 비켰다. 우희는 동친왕의 뒤를 쫓아 황녕궁을 가로질러 뛰어온 자신에게 궁인들의 시선이 쏠리는 것을 느꼈다. 우희는 궁녀들과 내관들에게 모두 자리를 비우라 명하였다. 모두가 황녕궁 계단 아래로 내려왔다. 우희의 등에서는 땀이 비 오듯이 흘러내렸다. 아주 오랜만에 뛰어서 그런 것인지 아니면 상하가 황후에게 자신들에 대해 이야기할 것을 우려하여서인지 알 수 없었다.

신경을 곤두세운 우희의 모습에 놀란 궁녀들이 모두 길을 연 와중에 양미랑이 뒤늦게 황녕궁 계단을 내려왔다. 양미랑은 안에서 하는 말을 전혀 듣지 못했다는 어리둥절한 표정으로 우희에게 걸어왔다. 만효가 어디에도 보이지 않는 것으로 보아서 만효는 아직 황후 곁을 지키고 있는 것으로 생각되었다.

"언니, 무슨 일이에요?"

양미랑이 창백한 우희를 염려하며 물었다. 하지만 우희는 양미랑의 질문에 답할 수 없었다. 안다 한들 대답할 수 있을 리가 만무하였다. 하지만 우희도 상하가 황후에게 대체 무슨 말을 하고자 저도 떼어놓고 간 것인지 알 수 없었다. 우희는 입만 달싹거리다 고개만 겨우 저어 모르겠다고 하였다. 우희는 떨리는 걸음을 잿빛 돌계단 위로 올렸다. 한 걸음 한 걸음 떼는 길이 아득히 느껴졌다. 우희의 뒤로 양미랑이 따라 올라오려 하였다. 하지만 우희는 양미랑을 내려 보냈다. 안에서 나누는 말이 무엇이든 간에 알면 해가 될 뿐이었다. 양미랑은 영리했다. 우희의 뜻을 이해하고는 궁녀들을 꾸짖었다. 여전히 궁금한 눈으로 닫힌 황녕궁의 나무 격자문을 쳐다보고 있던 궁녀들은 각자의 처소로 걸음을 떼었다. 우희는 홀로 독을 마시러 올라갔다.

"우희를 놓아줘."

쇠로 된 고리를 차마 잡아당기지 못하고 머뭇거리던 우희의 귀에 상하의 목소리가 들렸다. 늘 황후 앞에서 예를 지키던 상하가 황후에게 말을 놓고 있었다. 우희는 고리를 잡고 있던 손가락을 떨어뜨렸다. 우희가 끼어들 수 있는 자리가 아니었다. 우희는 흘러내리듯이 바닥에 주저앉았다.

"본궁은 동친왕께서 무슨 말을 하시는지 이해하지 못하겠습니다."

황후가 창가의 의자에 앉아 있는지 낮은 목소리도 우희에게 들렸다. 우희는 일어나려 하였다. 하지만 다리가 말을 듣지 않았다. 귀를 닫으려 하였다. 하지만 손도 말을 듣지 않았다. 모든 신경의 우희의 통제를 벗어나 있었다. 온몸의 감각이 방에서 흘러나오는 작은 소리를 향해 있었다.

"리."

상하가 황후의 이름을 불렀다. 단 한 글자였다. 그러나 그 안에는 끝없는 우물과 같이 깊은 애정이 담겨 있었다. 우희는 상하의 마음이 황후의 빗장을 열 수 있을까 궁금하였다. 리䕸, 황후의 울타리는 그 안에 든 것을 지킬 뿐만 아니라 가두었다. 그리고 지금 상하는 그 견고한 울타리 안에 든 우희를 내달라 청촉하고 있었다.

"그 아이는 본궁의 것입니다."

잠깐의 정적 후에 황후가 상하의 부탁을 거절하였다. 우희는 눈을 감았다. 새까만 세상 외에는 아무것도 보이지 않았다. 우희는 안으로 들어가지 않은 것을 다행이라고 생각했다. 우희가 느끼고 있는 절망감은 숨길 수 없는 것이었다. 황후의 분노를 사고 상하에게 괴로움을 안겨주었을 것이었다.

"본궁의 것입니다. 호국장군이, 제 오라버니가 제게 남긴 것입니다. 그것을 제가 빼앗길 것 같습니까?"

잔잔했던 황후의 목소리가 올라가기 시작하였다. 잔잔했던 바다에 일어난 파도가 순식간에 해안의 모래를 삼키듯이, 한 마디 한 마디가 급격한 감정의 변화를 보이고 있었다. 한낮의 하늘은 먹구름으로 가득 찼다. 우희의 앞에도 그토록 외면하려 하였던 소나기가 내리치기 시작하였다.

"무언가를 손에 쥐면 반드시 그것을 탐하는 자가 나타난다는 것을 알고 있었습니다. 그래서 지킬 수 없는 것이라면 애초에 욕심을 내지 않도록 노력하였습니다. 그런데 어째서 동친왕께서, 다른 사람도 아닌 동친왕께서 본궁의 소유를 탐낸단 말이십니까?"

처음 황국 땅을 밟았을 때는 내쳐질 것을 두려워하였다. 하지만 지금에 보니 기우에 불과했다. 우희가 걱정할 것은 황녕궁에서 쫓겨나는 것이 아니라, 황후궁을 나가지 못할 일이었다. 황후는 자신의 것을 나누지 않았다. 탐하는 자가 어떤 끝을 맞이하는지 보았다. 우희는 눈을 뜰 수 없었다. 눈꺼풀을 드는 순간, 상하가 채이와 같은 모습으로 나타날까 두려웠다. 아직도 너덜거리던 채이의 살점과 침상 아래로 떨어지던 핏방울 소리가 생생했다.

"리."

상하가 처음과 조금도 변하지 않은 차분한 어조로 황후를 불렀다. 우희는 고개를 내저었다. 상하는 황후에게 오라버니와 다름없는 사람이었다. 황후가 그리도 따르고, 죽어서도 황후의 삶을 지배하는 호국장군의 둘도 없는 벗이었다. 황후가 상하를 채이와 같이 내칠 리 없었다. 우희는 그리 하늘에 빌었다. 우희의 수많은 애원들을 돌아보지도 않은 하늘이었다. 아주 오래전에는 어린 동생을 데려갔고, 십 년 전에는 가족을, 다섯 해 전에는 겨우 재회한 채이를 앗아갔다. 그리고 우희가 미처 알기도 전에 우희가 살아가던 단 하나 이유, 은인이던 호국장군마저 거두어 가버렸다. 하지만 마지막 하나만은 들어주길 바랐다. 황후가 자신을 놓아주는 것은 애초에 요원한 일이라 생각하고 있었다. 이제는 상하가 황후의 분노를 무사히 벗어나기만을 바랐다.

"오라버니께서 부탁하지 않으셨습니까? 그 저주스러운 땅으로 떠나기 전에 바로 이 자리에서, 본궁 앞에서 혹시라도 당신이 돌아오지 못하면 동친왕께서 본궁을 돌보실 것이라 하지 않으셨습니까? 그때는 우스갯소리였지만, 동친왕께서도 분명 그리하겠다고 하셨습니다. 그런데 이제 와서 본궁의 것을 빼앗으려 하신다니 부끄럽지도 않으십니까?"

저주스러운 땅, 우희의 고국이었다. 황후의 셋째 오라버니뿐만 아니라 우희의 가족, 그리고 강유를 삼켜 버린 땅이었다. 우희가 제 입을 막고 있던 손이 어린 새의 날갯짓처럼 파들거렸다. 손을 떼면 오열을 토할 것 같았다. 그래서 우희는 애써 두 손으로 입을 막고 있었다.

"없애버릴 것입니다. 동친왕께서 제 손 안의 것을 앗아가려 하신다면 없애버릴 것입니다. 제가 못 할 것 같습니까?"

우희는 앉아 있던 자리에서 쓰러지듯이 두 손으로 바닥을 짚었다. 차가운 화강암 바닥이 손바닥에 닿자 정신이 번쩍 들었다. 황후의 노기는 상하만이 아니라 우희 자신에게도 향해 있었다. 하지만 이번에는 우희 자신을 내던질 각오가 되어 있었다. 채이에게 태벌을 내리는 황후 앞에서는 자신 하나만이라도 구하기 위해 몸을 사렸었다. 하지만 이번에는 숨지 않을 것이었다. 채이와의 십 년보다 상하와의 십 년이 더 귀해서가 아니었다. 우희는 이미 너무 많이 잃었다. 그리고 상하는 아마 우희가 가질 수 있는 마지막 인연일 것이었다. 그것마저 놓칠 수는 없었다.

"리."

상하의 잔잔한 목소리가 들릴 때마다 속이 울렁였다. 얇은 종이를 등 돌리고 뒤에서 들려오는 황후의 음성을 듣기만 하여도 그 노여움이 전해졌다. 황후를 마주하지 않고 있어도 전율에 휩싸였다. 하지만 상하는 의연함을 잃지 않고 있었다. 우희가 조금만 더 용기가 있었다면 달려가 그 단단한 손을 잡았을 것이었다.

"어렵지 않습니다. 잠깐 괴롭기는 하겠지요. 하지만 평생 분을 안고 가느니 잠깐의 고통을 겪는 것이 낫습니다."

우희는 속상했다. 황후에게 우희 자신이 소유물에 불과하다는 것은 알고 있었다. 광에 갇혔을 때 제 위치를 깨달았다. 황후가 우희를 다른 어느 궁녀보다 아끼기는 하였다. 황후의 회잉 사실을 흘린 호아와 황녕궁의 소식을 밖에 전한 채이는 바로 내쳤다. 하지만 우희가 황후가 아닌 명빈과 채이를 선택했을 때도 용서하였다. 그러나 그뿐, 황후에게 우희는 하나의 사람이 아니었다. 그리고 우희는 자신을 온전히 눈에 담은 상하에게 갈 수 없었다.

"리, 그냥 달라는 게 아니야. 리 네가 가장 원하던 것을 줄 테니 바꾸자는 거야."

우희는 무거운 머리를 들어올렸다. 상하가 황녕궁으로 뛰어오기 전에 말하였다. 우희 자신을 얻을 단 한 가지 방법을 알고 있다고 하였다. 우희는 그것이 대체 무엇인지 궁금했다. 우희를 빼앗기지 않기 위해 사람도 죽인 황후였다. 상하는 그런 황후가 우희보다 더 원하는 것이 있다 하고 있었다.

"내가 가장 원하는 것? 나도 모르는……."

황후가 바로 상하의 말을 반박하였다. 기가 막히는 듯한 어투였다. 너무나도 어처구니가 없는 말을 들은 황후가 자신도 모르게 말을 놓고 있었다. 그러나 상하가 황후의 말을 끊었다.

"네가 아주 오래전부터 갖고 싶었던 것이 있잖아. 동이 몇 번이고 말렸던 것."

상하가 창가 의자에 앉은 황후에게 몸을 기울인 듯하였다. 속삭이는데도 목소리가 전보다 더 가까이서 들렸다. 우희는 긴장해서 허리를 꼿꼿하게 세웠다. 그리고 상하의 입에서 흘러나올 다음 말을 기다렸다. 황후는 한동안 말이 없었다.

"무슨 말씀이신지 모르겠습니다."

황후는 부인하였지만 목소리가 떨리고 있었다. 곧 이어 옷자락이 스치는 소리가 들렸다. 그리고 공음이 다가왔다. 황후가 의자에서 일어나서 문으로 걸어오고 있었다. 우희는 서둘러 바닥에서 일어나려 하였다. 그러나 다리에 힘이 들어가지 않았다. 격자무늬의 나무문이 열렸다. 직접 문을 연 황후가 우희를 내려다보았다. 우희는 고개를 떨어뜨렸다. 황후의 뒤에서 발소리가 따라왔다.

"온전히 네 손에 쥐어주지. 넌 지켜보기만 해. 그러니 약조해 줘. 내가 네게 가져다주는 것이 네가 원하던 것이 맞는다면 우희를 줘."

상하가 허리를 굽혀 우희의 팔을 붙잡아 일으켜 세웠다. 우희는 그 힘에 대나무가 강풍에 흔들리듯 휘청거리며 일어섰다. 우희는 곧장 반대쪽 손으로 저의 한쪽 팔을 붙잡고 있는 상하의 손목을 잡았다. 그리고 조심스레 상하의 손을 내려놓았다. 여전히 황후를 올려다볼 용기는 나지 않았다. 황궁에 얽이지 않는 새들은 높은 노랫소리로 지저귀며 끝없는 하늘을 가로질렀다. 우희는 네모난 하늘의 주인이 상하의 제안을 받아들이기를 간절히 바랐다.

우희를 내려다보던 황후는 한참이나 말이 없었다. 상하는 황후의 양 어깨를 잡았다. 황후의 황금색 비단 옷자락이 상하의 커다란 손 안에서 바스락거렸다. 황후는 여전히 우희에게서 시선을 떼지 않고 있었다. 상하는 천천히 고개를 숙였다. 그리고 황후의 이마에 입을 맞추었다.

"그러니 조금만 참아. 만아."

상하가 나지막한 목소리로 말했다. 우희는 황후가 간절히 원하는 것이 무엇인지 상상조차 할 수 없었다. 황후는 공신인 공씨 가문의 아버지와 이 땅에 나라가 세워지기 전부터 이어진 오래된 가문의 어머니를 두었다. 황후의 아버지뻘에 가까운 큰 오라버니는 대신들의 신망을 한 몸에 받고 있었다. 그리고 막내 오라버니는 황국에서 가장 훌륭한 장수 중 하나였다. 태어나기 전부터 황후의 자리를 약조 받았고, 황제는 황후의 지위를 존중하였다. 결핍이란 것을 경험치 않았을 황후가 그토록 원하였고, 여태 가지지 못한 것이 무엇이었을지 감도 잡을 수 없었다.

하지만 그것이 무엇이든 간에 황후는 대가로 우희를 내놓기로 하였다. 상하가 말한 대로 멀리 있는 것이었겠지만, 희밍은 있었나. 우희는 황제께 고국 땅을 청해 우희를 데려가겠다던 상하의 말을 떠올렸다. 아직은 너무 큰 꿈이었지만, 상하의 손을 잡으면 일단 네모진 하늘만 보이는 울타리를 벗어날 수 있을 것이라고 기대해도 될 것 같았다.

우희는 황후를 따라 황녕궁의 전전 안으로 들어섰다. 구석구석에서 피어오르는 과일의 향은 심신을 안정시켰다. 우희는 심호흡을 하고 황후 앞에 무릎을 꿇었다. 황후는 자신을 죽이지는 않을 것이었다. 황후가 우희 자신을 총애한다는 안일한 이유에서가 아니었다. 황후는 무척이나 가지고 싶어 하는 무언가가 있었다. 그러니 상하와 약조한 이상 우희의 목숨을 앗아가지는 않을 것이었다.

"우희, 너는 무엇을 원하느냐?"

황후가 담담한 어조로 물었다. 폭풍이 지나가고 바다는 다시 잔잔해졌다. 황후는 나릿한 동작으로 손에서 옥을 굴렸다. 푸른색 조각이 새하얀 손 사이로 모습을 감추었다 드러내기를 반복하였다. 우희는 제 본심을 말할지 숨길지 고민했다. 말라 버린 피같이 어두운 붉은색의 비단 소매에는 아주 조금 더 밝은 색실로 벗어날 수 없는 굴레 같은 원 문양이 수놓아져 있었다. 우희 코앞에서 흔들리는 치맛단에는 수壽자 문이 늘어져 있었다. 우희는 결정을 내렸다. 늘어진 눈꼬리, 여유로운 말투에 넘어가면 안 되었다. 용이 꼬리치는 금색 비단을 걸친 황후는 이미 정해진 답을 묻고 있었다.

"황후마마, 노비의 유일한 목표는 살아남는 것이옵니다."

우희는 이마를 바닥에 대었다. 우희가 진실로 원하는 것은 상하의 손을 잡고, 다시 상하와 같이 끝없는 하늘을 바라보는 것이었다. 하지만 황후의 심기를 거슬러서는 안 되었다. 황후가 손에 넣고자 하는 것이 무엇이든 간에 황후는 그것이 없이도 스무 해 넘게 살아왔다. 그러니 이제 와 황후의 손을 벗어나고 싶다는 어리석은 대답을 해서는 안 되었다.

"살아남는 것이 목표라? 그것으로는 부족하다. 황궁에 너와 같은 목표를 가지고 들어왔던 것들이 한둘인 줄 아느냐? 나중에는 부디 저를 죽여 달라 애원하였다."

황후가 비소를 흘렸다. 늘 아랫사람에게 자상하게 대하는 황후였다. 가을에 패는 누런 벼의 색깔과 같은 따뜻한 말을 잃지 않는 황후였다. 그래서 우희는 황후가 공기 중에 풀어놓는 독에 놀랐다. 우희는 고개를 들었다. 그리고 옅은 밤색 눈동자를 마주하였다. 괴이하게도 눈에 담긴 것은 연민이었다.

"지킬 것을 찾아라. 네가 살아야만 하는 이유를 만들어야 하느니라."

한동안 우희를 쳐다보고 있던 황후는 던지듯 말했다. 그리고 시선을 돌려 버렸다. 우희는 갑작스러운 황후의 말에 놀라 할 말을 잃었다. 황후가 우희에게 하는 말이 맞는지 확신이 서지 않았다. 조금 전까지만 하여도 상하에게 우희를 내주느니 없애버리겠다고 독설을 퍼붓던 황후였다. 손바닥 뒤집듯 마음을 바꾸어 우희에게 상하를 향한 마음을 포기하지 말라고 하는 것이라고는 생각하기 어려웠다. 황후는 손 안에 든 푸른 조각을 계속 굴렸다. 우희는 잠깐 동안 그 말이 황후 자신에게 하는 말인 것 같다고 생각하였다. 리離라는 이름대로 황후는 공씨 가문과 황국을 지키기 위해 나고 자랐다. 그것이 황후가 살아가는 이유였을까? 황후는 자신이 아닌 다른 사람을 위해 살아가고 있었을까? 사실이었다면 그것도 안타까운 인생이라고 생각되었다.

"황후마마, 노비가 조금은 욕심을 내어도 되겠나이까?"

우희는 조심스레 물었다. 우희의 물음에 황후의 눈동자가 여러 가지 색으로 일렁였다. 우희는 그 안에서 자신을 향한 소유욕과 그 욕심에 잡혀 있는 자신에 대한 연민을 읽었다.

"본궁은 약조한 것을 지킬 것이다."

황후가 겨우 입을 뗐다. 방 안에는 무거운 황금색 예복을 걸친 황후와 그 아래에 멀리 퍼져 나가듯이 펼쳐져 있는 솔잎 색깔 치마를 바닥에 붙이고 있는 우희, 한마디도 없는 만효, 그리고 노란색에서 붉은 색으로 옮아가는 햇빛뿐이었다. 우희는 조금 더 그 적막을 지켰다. 바닥에 머리를 가볍게 대어 황후의 허락에 감사를 올린 우희는 천천히 일어섰다. 그리고 문고리에 검지를 걸려 하였을 때였다.

"너는 네 마음속에 자리한 그 감정이 무엇인지 아느냐? 그것이 욕망이라면 너를 다시는 기어 올라오지 못할 수렁으로 떨어뜨릴 것이고, 열정이라면 네가 재가 되도록 너를 살라먹을 것이고, 집착이라면 거미줄보다도 섬세한 밧줄로 네 목을 옥죌 것이다."

황후가 불쑥 말하였다. 여전히 목소리는 낮았다. 그러나 가두어두었던 봇물이 터지듯이 감정이 드러나 있었다. 친왕을 욕심내는 궁녀의 말로는 누가 설명하지 않아도 알 수 있었다. 연인의 뜻을 이루어주기 위하여 전쟁을 불사하였다 적국의 후궁이 된 연빈의 모습을 통해 열정의 무서움도 배웠다. 하지만 우희는 그 길을 걷고자 하였다. 상하에게 조금만이라도 더 가까이 갈 수 있다면 감수할 수 있었다.

"황후마마, 노비는……."

우희는 황후가 걱정하고 있을 바를 알 수 있었다. 아마 우희가 상하에게 지나치게 마음을 씀으로써 황녕궁의 다른 일에 신경을 쓰지 못할까 봐 우려하는 것일 터였다. 그러나 그것은 기우였다. 우희는 고국에서도, 황후궁에 들어와서도 무엇 하나에 늘 마음을 두고 매달린 적은 없었다. 우희는 상하를 믿고 기다릴 생각이었다. 집념은 황후의 것이었다.

"그중 가장 두려운 것이 집착이다. 그것은 한 발짝도 뗄 수 없이 온몸을 옭아매어 버린다. 그래서 결국 자신의 손에 닿지 않는 것들은 지켜볼 수밖에 없다. 아름다운 것들이 아른거리는 모습을 지켜만 보고 손도 뻗지 못한다. 계속해서 저것은 자신의 것이 아니다, 탐해서는 안 된다 속삭인다. 조금만 욕심을 내어 손을 뻗으면, 목을 아슬아슬하게 죄고 있는 가죽 끈과 같은 집착에 바로 질식할 것이라, 해소할 수 없는 갈증을 인내해야 한다."

황후는 우희에 대해 말하고 있지 않았다. 우희는 황후가 그리 가지고 탐내는 것이 무엇인지 진실로 알고 싶었다. 황후 자신도 집착이 강하다는 점을 알고 있었다. 한번 손에 넣으면 누구와도 나누지 않고 그것에 매달린다는 사실을 알고 있었다. 그러나 황후가 갖고 싶은 것은 궁녀 우희와는 달리 황후가 차지해서는 안 되는 것이었나 보다. 그래서 황후는 계속해서 욕망을 억누르고 있었다.

"하지만 한 번쯤은 욕심을 내어도 괜찮지 않겠사옵니까? 한 번쯤, 한 번쯤은 말입니다."

우희가 담아두었어야 할 말을 내고 말았다. 하지만 답답하여 어쩔 수 없었다. 물론 황후가 여태까지 탐을 내고도 차지하지 못한 것이 있다는 점은 우희에게 있어서 다행스러운 일이었다. 그 덕분에 상하가 우희를 맞교환할 수 있게 되었으니 말이었다. 그렇지만 한 사람으로서 황후의 모습을 지켜보는 것은 숨이 막힐 정도로 갑갑하였다.

"우희, 네 어깨 위에 네 모친과 부친, 그리고 오라버니의 목숨이 얹혀 있다면, 너는 네 욕심을 채우기 위해 손을 뻗을 수 있겠느냐? 네가 조금이라도 흔들리면 네가 이제까지 지켜온 모든 것을 잃을 터인데, 그깟 갈증 하나를 못 참겠느냐?"

우희는 조심히 고개를 내저었다. 지금 우희는 부모도 형제도, 오래된 벗도 없었다. 잃을 것은 더 이상 남지 않았다. 그래서 자신의 손에 닿은 단 하나, 상하를 위해 감히 황후 앞에 서고 있었다. 하지만 만약 자신에게 아직 지켜야 할 것이 있었다면 상하의 손을 잡겠다고, 황후의 울타리를 벗어난다는 말을 할 수 있었을까? 확신이 서지 않았다.

우희는 조심히 문을 닫고 나왔다. 그러나 안에서 우희가 나가기를 기다렸다는 듯이 황후가 울먹이기 시작했다. 우희는 그 소리를 뒤로하고 잿빛 돌계단을 내려가야 했다. 그러나 걸음이 쉽게 떨어지지 않았다.

"그리하여 본궁은 바라만 보아왔네. 끊임없이 욕심내어서는 안 된다 스스로에게 속삭인 지 십 년이 넘었고, 스무 해가 가깝네. 이렇게 세월이 흐르면 서른 해, 마흔 해도 금방이지 않겠는가?"

황후가 스무 해 동안 알아왔고, 앞으로도 몇 십 년간 옆에 두고도 손을 뻗지 못할 것이 무엇이었을까? 우희는 그제야 황후가 원하던 것이 사람일지도 모른다는 생각이 들었다. 다행히도 상하는 아니었다. 그였다면 상하가 그리도 당당하게 황후에게 우희 대신 쥐어주겠다고 말할 리 없었다. 그리고 황후도 상하에게 그 대가로 우희를 내주겠다고 할 리가 없었다. 황후에게는 죄송한 마음이 들었지만, 우희는 그 사람이 누구인지 몰라도 연민을 느꼈다.

"마마."

듣는 귀가 많은 황궁을 두려워하는 만효가 황후의 말을 막으려 하고 있었다. 만효는 그 사람이 누구인지 알고 있었을까? 우희는 황녕궁에서 십 년을 지내면서도 알지 못하였다. 황후를 그보다 더 오래 모신 만효는 황후의 마음이 향해 있는 사람이 누군지 짐작하고서 황후의 말을 멈추었을까?

"리, 주어진 것 이상을 탐해서는 안 된다."

황후가 스스로를 다독이듯이 말하였다. 누군가가 수십 번 황후에게 들려준 말을 되새기는 것 같았다. 우희는 그 사람이 호국장군이라고 생각하였다. 뒤에서 치솟는 불길의 열기가 얇은 머리카락에 비치던 사람, 한마디에서도 자상함이 묻어나던 사람이니 황후가 그리 따르는 것도 이해가 갔다. 호국장군의 말이었으니 황후가 내내 탐내지 않기 위해 인내하였을 것이다.

"권력도 재물도, 그리고 감정도 영원한 것은 없느니라."

황후가 한숨을 내쉬듯이 말을 이었다. 우희는 자신의 감정을 따라가기 위하여 황후궁에서의 삶을 포기하려 하고 있었다. 나라에서 가장 귀한 여인이자 황궁에서 가장 지체 높은 황후의 총애 받는 궁녀로서의 생활은 나쁘지 않았다. 어느 내관이나 궁녀도 우희를 함부로 대하지 못하였고, 대다수의 후궁과 황족들이 우희를 존중하였다. 하지만 우희는 황후가 일시적인 것이라고 말하는 감정을 위해 그 모든 것을 내려놓으려고 하고 있었다.

"사라질 것을 탐내지 마라."

언젠가는 상하를 향한 열정이 지금처럼 뜨겁지 않을지는 모른다. 하지만 황후는 틀렸다. 손만 대도 타버릴 것 같은 열기가 언젠가는 가라앉을지도 모른다. 하지만 감정은 사라지지 않을 것이라고 우희는 확신하였다.

"본궁은 초심을 잃지 않을 것이다. 그 어느 것도 본궁이 여태껏 지켜온 것을 잃을 가치가 없다."

마지막 말은 고집에 가까웠다. 우희는 황후와 동시에 숨을 몰아쉬었다. 거대한 황녕궁은 백 년이 넘는 시간 동안 한자리에 서 있었다. 그러나 그 주인은 몇 번이니 바뀌었다. 기나긴 세월에도 변치 않는 황궁이었고, 그리고 그 안에서 유일하게 변하는 것이 사람이었다. 황후가 짧은 한때의 것이라고 말한 것이 감정이었고, 황후가 스무 해 가까이 잊지 못한 것도 감정이었다. 푸른 하늘이 어지러이 맴돌았다. 무엇을 믿어야 할지, 운명은 우희를 싣고 어디로 가는지, 그 무엇도 확실하지 않았다.

우희의 봄은 변치 않았다. 황후는 바늘 같은 소나무 잎 색깔 치마를 두르고 황궁의 동쪽 쪽문을 드나들었다. 우희는 무거운 금 장신구를 머리에 꽂고 광소정에서 황후가 돌아올 시간을 기다렸다. 파란 하늘에서는 연한 분홍색 벚꽃 비가 내렸다. 백화는 주인 아닌 자를 위해 미색을 뽐냈다. 그리고 오리들은 다시 흐르기 시작한 연못에서 개나리 색깔 새끼들을 데리고 춤을 췄다. 우희는 정자의 붉은 난간 위로 몸을 기울였다. 잘 훈련시켜 놓은 잉어들이 사람의 그림자를 보고 뛰어올랐다. 평소에 내관들이 시간을 맞춰 밥을 주어온 덕분에 황후가 걸음을 하면 먹이를 주는 줄 알고 고기들이 수면 위로 머리를 내밀었다. 우희는 노랗고 붉은 잉어들이 튀기는 물방울에 간만에 시름을 놓고 웃었다.

그러나 마음 가벼운 시간도 잠깐뿐이었다. 우희가 백색 콩가루와 붉은 팥을 소라 껍질처럼 말아놓은 운두권芸豆卷을 막 입에 집어넣었을 때였다. 광소정 앞을 지키고 있던 궁녀 하나가 체통도 잊고 달려왔다. 우희 옆에서 잉어를 희롱하던 양미랑이 서둘러 일어났다. 그리고 버드나무 두 그루가 양옆을 지키고 있는 나무다리를 걸어가 궁녀에게 무슨 일인지 물었다. 궁녀가 하는 말을 들은 양미랑은 사색이 되어 우희에게 돌아왔다. 우희가 막 입에 넣은 운두권만큼이나 얼굴이 하얗게 질려 있었다.

"언니, 황상께서 광소정에 걸음을 하셨어."

양미랑의 말을 들은 우희는 운두권을 잘못 삼켰다. 태말에 목이 멘 우희가 심하게 기침을 하자 하얀 가루들이 폴폴 날렸다. 우희가 황후라 알고 있는 궁녀는 다리 건너서 안절부절못하고 있었다. 우희는 옆에 놓여 있던 차를 들이켰다. 그리고 황후의 체통을 지키기 위해 서둘러 목을 가다듬었다. 다행히도 지난번에 좋지 못한 때에 광소정에 들었던 황제는 황후의 허락을 기다리고 있었다.

"지금은 적절치 못하니 나중에 찾아뵙겠다고 전하라."

지체 높은 황후가 어째서 정자에서 옷을 갈아입고 있는지, 황후가 황제의 부름 없이 태강전을 찾은 적이 있는지, 그런 의문들은 중요하지 않았다. 급한 불부터 끄는 것이 우선이었다. 황후는 광소정을 나간 지 얼마 되지 않았고, 돌아오려면 한참이었다. 황제가 광소정에 들어와서 궁녀가 황후의 예복을 입고, 그 자리를 대신하고 있는 모습을 발견해서는 안 되었다.

"황상께서 황후의 봄놀이를 방해치 아니 하겠다고 하셨사옵니다. 하나 시 한 수는 얻어가야겠다 전하셨사옵니다."

혹여 멀리서라도 말소리가 들릴까 염려한 양미랑이 황후에게 말하듯 존대하였다. 우희는 서둘러 붓을 잡았다. 검은 먹으로 붓 끄트머리를 듬뿍 적셨다. 붓을 들어 올리는 손에 땀이 찼다. 붓대가 자꾸만 손에서 미끄러져 내리려고 하였다.

掃地待花落	땅을 쓸고 꽃잎 떨어지기를 기다리나니
惜花輕著塵	꽃잎이 티끌에 더러워질까 두려워서라.
遊人少春戀	상춘객은 봄 아끼는 마음이 부족해
踏花却尋春	꽃잎 밟으며 도리어 봄을 찾는구나.

우희는 왕안석의 춘원春怨을 겨우 써내고는 양미랑에게 전하였다. 힘이 빠져 나무 탁자를 짚으니 손 안 가득 배어 있던 땀으로 반질거렸

다. 여덟 해 동안 구진재에서 황후의 글씨를 베낀 공이 마침내 빛을 발했다. 우희는 황후가 얼마나 오랫동안, 얼마나 치밀하게 동쪽 울타리 아래 군자로서의 일을 계획하였는지에 생각이 미쳤다. 황후는 우희가 황후를 대신하여 상하와 궁 밖을 돌아다니기도 전부터 우희에게 글씨 연습을 시켰다. 처음부터 모두 계산해 둔 것이었다. 우희가 언젠가 황궁을 도망갈 것이라고 생각하고, 우희를 안에 가두고 황후 자신이 대신 궁 밖에 걸음을 해야 할 날까지 모두 예상한 것이었다.

등에 땀줄기가 흐르는 것이 느껴졌다. 우희는 목이 탔다. 잔을 들어 올렸으나 비어 있었다. 우희는 좀 전에 황제가 왔다는 소식을 듣고 놀라 기침이 들려 마셔 버렸다는 것을 떠올렸다. 양미랑이 걱정스러운 표정으로 차를 따라주었다. 찻잔을 드는 우희의 손이 바들바들 떨렸다. 푸른 차가 넘실거렸다. 마른 입술에 차를 대기도 전에 우희는 잔을 놓치고 말았다. 날카로운 소리와 함께 잔이 산산조각 났다. 찻물이 높이 튀어 올랐다. 평화롭게 노닐던 새들이 날아올랐다. 황후는 황상이 시를 청할 것을 알고 있었을까? 황후는 대체 어디까지 내다보고 있는 것일까? 황후는 우희의 앞길도 예상하고 있을까? 수많은 질문들이 머릿속을 맴돌았다.

황제는 흡족한 표정으로 황후가 건넨 시를 말았다. 그리고 다른 시들이 담겨 있는 함에 담았다. 향나무로 만든 깊은 함은 어떠한 보석으로도 장식되지 않은 단순한 것이었다. 손을 닦는 천마저 금사와 은사로 수를 놓은 비단을 사용하는 화려한 황궁에서는 잘 눈에 띄지도 않는 것이었다. 황제는 매끈한 나무함을 쓰다듬었다. 함은 느리게 차올랐다. 하지만 한 수씩 더하다 보면 언젠가는 가득 차는 날도 올지 몰랐다. 황제가 무거운 덮개를 내려놓았을 때, 왕 내관이 들어왔다.

"그 궁녀를 찾았느냐?"

황제가 뒤를 돌아보지 않고 물었다. 황제는 넓은 등으로 자신 앞에 놓여 있는 함을 가렸다. 황궁에는 비밀이 없다. 벽에도 귀가 있다. 하지만 황제가 손에 쥔 궤만은 황제만의 비밀이었다. 다행히도 경계심 가득한 황제의 낮은 목소리를 들은 내관은 더 이상 다가오지 않고 문가에서 예를 올렸다.

"송구하옵니다. 사람을 더 풀도록 하겠습니다."

황제는 내관이 나가는 소리가 더 이상 들리지 않을 때까지 기다렸다. 그리고 조심히 양손으로 길쭉한 함을 들어 올렸다. 나무 상자가 서가 한구석에 얌전히 들어간 후에야 황제는 마음을 놓았다. 나무를 숲에 숨겼으니 누구도 찾지 못할 것이었다. 황제는 만족스러운 미소를 지으며 방 가운데로 걸어갔다. 앞서 내관들이 들여놓았던 국화꽃이 얌전히 황제의 비밀을 지켜보고 있었다.

"네가 그리 꾸민다고 황상께서 너를 더 예뻐하실 줄 아느냐? 그 불그스름한 머리만 아니면 네가 황상 눈에 들었을 리도 없다!"

황제는 향비가 허 답응에게 퍼붓던 독설을 떠올렸다. 황제 앞에서는 언제나 여린 향비는 황제가 그 자리에 있는 줄도 모르고 제 성질을 부리고 있었다. 황제는 안쓰러운 향비가 뒤늦게야 황제의 존재를 알아차리고 얼굴에 핏기가 가시던 모습을 떠올렸다. 황제는 국화꽃잎을 만지작거렸다. 향비의 말은 틀리지 않았다. 혜비의 처진 눈꼬리, 안 귀인의 슬쩍 올라간 입매, 임 상재의 밤색 눈동자, 허 답응의 불그스름한 기운이 감도는 다색茶色 머리카락까지, 다른 후궁들로부터 황후의 조각들을 모으고 있었다. 그 모든 것을 가진 한 사람만은 가질 수 없기에 끊임없이 헤매고 있었다.

"황위가 다 무엇이더냐."

황제가 고개를 저었다. 스쳐 지나치던 그 짧은 순간이 머릿속에서 지워지지 않았다. 직전에 황후를 만나고 오지 않았더라면 황후라 생각하였을 것이었다. 그만큼 황후로 착각할 만큼 닮은 궁녀였다. 향비가 알면 속상할 것이지만 괜찮았다. 금은보화를 잔뜩 내리면 평소처럼 누그러질 것이었다. 향비는 특별했다. 다른 후궁들은 황후의 모습을 닮았기에 황제가 들였다. 그러나 새까만 머리칼에 양끝으로 날카롭게 올라간 눈꼬리, 잇꽃물을 들여 화사한 붉은색 입술을 한 향비는 황후와 닮은 점 하나 없는 유일한 후궁이었다. 황제가 황후와의 연을 하늘에 고한 직후에 첩으로라도 삼아달라며 황제의 옷자락을 붙잡은 사람이었다. 당시에는 향비의 집안을 얻기 위하여 향비를 후궁으로 들였다. 하지만 황제를 향한 향비의 마음은 누구라도 감동할 만큼 대단한 것이었다. 향비가 가장 두려워하는 것은 황제의 총애를 잃는 것이었다. 때문에 다른 후궁들을 질투하였다. 그리고 황제가 상 하나라도 내려서 향비를 여전히 아끼고 있음을 증명하면 곧 마음을 풀었다.

황후가 알게 된다면 어떤 반응을 보일까? 아마 신경도 쓰지 않을 것이다. 다른 후궁들과 달리 애정을 갈구한 적이 없으니 후궁을 대여섯 더 들이더라도 개의치 않을 것이다. 다른 후궁들과 달리 자신을 좋아하지 않으니 신경 쓰지 않을 것이다. 황제의 숯처럼 짙은 눈썹이 일그러졌다. 선황께서 약조하신 대로 황후로 들인 것으로 충분했다. 굳이 마음을 얻기 위해 노력할 필요는 없었다. 황제가 연심을 품어야 할 사람은 황제를 연모하는 향비, 꿈속의 소녀 면아였다.

"폐하, 황후마마께서 납시셨습니다."

황제는 국화에서 시선을 떼었다. 눈앞에는 발을 찰랑거리고 들어오는 황후가 서 있었다. 속내는 어떨지 몰라도 십 수 년 간 옆에 있었다. 서로에게 예를 지키며 공존해 왔다. 황제는 시선을 내리깔고 한쪽 무릎을 굽히며 예를 올리는 황후의 손을 잡아 일으켰다. 단단한 손안에 꽃잎보다 부드러운 황후의 손이 들어왔다. 황후가 놀란 눈으로 쳐다보았다. 그러나 이내 침착하게 미소를 지었다.

"무척이나 아름다운 국화가 들어와 황후가 좋아하리라 생각하였소."

그리고 자신의 곁을 떠나지 않을 것이었다. 몸도 마음도 황제의 것은 아니었지만 자리만은 지킬 것이었다. 황후는 황제의 시선을 따라 하나의 꽃대에 하얀 꽃잎과 황색 꽃잎을 동시에 피운 국화를 바라보았다. 그리고 황제를 향해 미소를 지었다. 십 수 년 전 동친왕에게 지어보이던 것만큼 환한 것은 아니었지만, 근래 지었던 것 중에 가장 밝은 것이었다. 황후의 마음을 얻고자 하던 노력을 버리려 할 때마다 다시 붙들리고 만다. 황제는 절망감을 느꼈다.

"황후를 부른 데에는 다른 일도 있소."

황제가 겨우 마음을 다잡고 입을 열었다. 잔뜩 잠긴 목소리가 흘러나왔다. 꽃잎을 희롱하던 황후는 순수한 밤색 눈동자를 들어 황제를 올려다보았다. 황제는 시선을 돌려 버렸다. 입술이 바짝 말라왔다.

"향비를 황귀비로 삼고자 하오."

황후가 자신을 황제 그 이상으로 보지 않는다는 사실은 알고 있었다. 황후가 황제의 수많은 후궁들을 넓은 아량으로 받아들이고, 자비로 다스린다는 사실도 알고 있었다. 하지만 황귀비 자리를 채운다는 말을 꺼내는 데에는 용기가 필요했다. 빈은 아홉, 비는 넷, 귀인과 상재, 답응은 그 수가 무한히 많아도 되었다. 하지만 누구보다 총애하고, 앞으로도 총애할 것을 확신하며, 윗사람으로서 자질도 충분한 후궁 한 사람만 황귀비로 삼을 수 있었다. 황귀비는 황후와 그 권력이 비등하였다. 황귀비를 들인다는 것은 황후를 어쩔 수 없이 그 자리에 둘 뿐, 황제가 진정 자신의 반려로 들이고 싶었던 이는 황귀비임을 암시하였다. 그러나 황후는 크게 동요치 않을 것이었다. 내궁의 가장 윗사람으로서 황후의 위는 그대로이니, 조금 마찰이 있을지언정 수용할 것이었다.

"어찌 갑자기 그런 결정을 내리셨사옵니까?"

예상한 대로 황후가 침착한 목소리로 물었다. 답은 하나였다. 원래 황후의 자리에 올랐어야 할 사람이 향비였다. 어린 황제가 제 신부라 소리치던 면아가 향비였다. 선황의 약조로 황후의 자리는 줄 수 없었으니, 황귀비 자리라도 주는 것이 마땅하였다.

"일황녀의 정혼자를 맞이하기 전에 그 친모인 향비의 품계를 올려야 일황녀의 위신이 서지 않겠소?"

하지만 황제는 다른 이유를 댔다. 아직 일황녀가 어리기는 하였지만 한두 해 정도 일찍 혼약을 맺는 것은 큰 흠이 아니었다. 게다가 향비가 사위 될 이를 탐냈다. 계우癸偶는 황후와 가까운 가문 출신으로, 젊은 문신 중 군계일학이었다. 장차 삼공의 자리에도 능히 오를 것이라 인정받는 청년이었다. 향비는 계우를 사위로 맞이함으로써 황후의 사람들에게까지 손을 뻗을 계획이었다. 황제는 향비의 그 깜찍한 계략을 눈감아줄 뿐만 아니라 거들어줄 생각이었다. 그 이유는 단 하나, 향비가 면아였기 때문이었다.

"하오나 황상, 황귀비의 딸은 타국과의 혼인 상대이옵니다. 일황녀가 황국의 사람과 가약을 맺게 되면 차후에 다른 비빈의 여식이 다른 나라 왕자의 비가 되어야 하옵니다. 이는 격이 맞지 않는 일이옵니다."

황후가 법도를 들어 반대하였다. 낭랑한 목소리에는 한 치 흔들림도 없었다. 황제는 검지와 중지를 뻗어 미간을 폈다. 쉽지 않을 것은 예상하였다. 내궁에 관한 일은 늘 황후에게 졌다. 그러나 향비를 황귀비로 올리는 일만큼은 황제의 뜻대로 할 생각이었다.

"짐이 향비를 황귀비로 삼고 싶소."

황제가 큰 목소리로 내칠듯이 말했다. 그리고 거칠게 몸을 돌려 황후를 향했다. 그러나 황제는 놀란 나머지 자신이 한 말마저 잊어버렸다. 늘 잔잔하던 황후의 연한 밤색 눈동자가 크게 뜨여 황제를 똑바로 쳐다보고 있었다. 그 안에는 황제가 본 적 없는 여러 가지 색이 어려 있었다. 확실한 것은 황후가 상처를 받았다는 것이었다. 황제는 뒤늦게 정신을 차렸다. 그리고 손을 뻗어 황후의 팔목을 붙잡았다. 황제 자신의 손이 떨리는 것인지 황후의 몸이 떨리고 있는지 알 수 없었다.

"그리하면 황상 뜻대로 하소서."

황후는 몸을 비틀고도 황제의 손아귀를 빠져나가지 못했다. 그러자 반대편 손으로 황제의 손목을 눌러 붙잡혀 있던 손을 풀었다. 목소리가 황제가 한 번도 들어본 적 없이 떨리고 있었다. 황후는 바닥에 풀썩 주저앉듯이 예를 올렸다. 그리고 황제가 황후를 일으켜 세우기 위해 몸을 굽히는 순간 일어났다. 황제는 도망치듯 자리를 뜨는 황후를 잡지도 못했다.

황제는 방금까지 자신의 손에 잡혀 있던 황후가 믿겨지지 않았다. 오른손을 쳐다보니 떨던 것은 자신이 아니라 황후였다. 황제는 황후가 들치고 간 발이 여전히 흔들리는 모습을 멍하니 쳐다보았다. 황후의 반응을 이해할 수 없었다. 황후는 자신의 자리에만 관심이 있는 사람이었다. 그리고 황제는 황후 위를 빼앗는다고 하지도 않았다. 향비를 황귀비로 삼음으로써 황제가 공포하는 것은 자신이 여인으로서 가장 아끼는 이가 향비라는 점뿐이었다. 이제까지도 공공연한 사실이었고, 내궁의 구조에 변하는 것도 없었다. 혼란스러웠다.

우희는 갑작스러운 황후의 명을 따라 양미랑을 데리고 침방으로 갔다. 그리고 가장 아름다운 비단으로 새 옷을 지었다. 침방의 궁녀들은 아무리 황후궁의 사람이라지만 최상의 비단으로 옷을 짓는 것을 의아하게 생각하였다. 그러나 황후가 내린 명에 따라 부지런히 손을 놀렸다. 비단은 늦은 가을에 딴 다디단 사과처럼 새빨갰다. 새신부의 옷이라 하여도 부족하지 않을 정도로 화사하였다. 또한 갓 알에서 깬 새끼 오리의 솜털만큼이나 가벼웠다. 우희는 천의가 있다면 그처럼 고울 것이라고 혀를 내둘렀다. 양미랑도 고향에서 공주의 딸로 지낼 때도 그리 귀한 옷은 잘 만져보지 못하였다고 하였다. 그러면서 몇 번이나 비단을 쓸어보았다.

우희는 고운 비단을 조심스레 품에 안은 양미랑을 끌고 수방으로 걸음을 떼었다. 수방에 들어서자 침방에서와 마찬가지로 어두운 청색 치마에 재색 상의를 입은 궁녀들이 마중을 나왔다. 차이점은 수방의 궁녀들은 소매에 재주껏 수를 놓아 좀 더 화사하다는 점이었다. 우희는 많은 궁녀들 틈에서 한 궁녀를 짚어냈다. 우희가 골라낸 궁녀는 예전에 황후궁에서 일하던 어린 궁녀였다. 호아는 우희를 보고 반가워하며 달려 나오다 내관의 눈총을 받고 시무룩해졌다.

"벌써 많이 컸구나."

우희가 호아의 머리를 쓰다듬으며 웃었다. 황녕궁에서 쫓겨날 때는 열셋에 불과하던 어린 궁녀는 두어 해면 출궁할 정도로 나이를 먹었었다. 우희가 때때로 수방의 내관에게 호아를 잘 부탁한다며 은자를 쥐어준 덕에 다른 궁녀들에 비해 낯빛도 밝았다. 호아는 처음 본 양미랑 앞에서 우희에게 어린아이처럼 안겨든 것이 부끄러운지 얼굴을 붉혔다.

"이리 대단한 물건을 노비의 손에 맡기셔도 괜찮겠습니까?"

호아는 어떤 천보다도 부드러운 비단을 제 손으로 들고 있는 것이 믿기지 않는다는 듯이 더듬었다. 우희는 황후마마께서 가장 화려하고 아름다운 수를 놓으라고 명하셨다 전하였다. 물론 호아를 골라 말하신 것은 아니었지만, 호아가 그런 사소한 부분까지 알 필요는 없었다. 호아는 황후가 자신의 실수를 용서하고 크나큰 명예를 베푼 것에 감동하여 눈시울을 글썽였다.

"노비가 최선을 다하겠나이다."

호아는 그리 대답하고 우희의 소매에도 수를 놓아주겠다고 나섰다. 우희는 마다하지 않았다. 호아는 무슨 문양을 놓을까 고민하였다. 그때 양미랑이 우희의 백옥 소방素方 비녀를 가리켰다. 우희와 호아도 말리화 자수가 좋겠다고 동의하였다. 아주 오래전에 명빈이 주었던 향낭에서 향기가 가신 지도 오래였다. 더 이상 지지 않는 고국의 꽃 하나를 갖는 것도 좋으리라 생각되었다.

우희는 호아에게 몇 해에 걸쳐 횡후가 호아를 살려준 것만으로도 얼마나 큰 은혜를 베풀었는지 설명하였다. 그리고 호아의 태도로 보아 황후에 대한 원망도 마침내 가신 것 같았다. 물론 노비가 주인이 벌을 내린 데에 불평을 가져서는 안 되었다. 하지만 우희는 사람의 마음이 법도대로 흘러가지 않는다는 사실을 알고 있었다. 우희의 고집대로 호아를 살려놓았다. 그러니 호아가 황후에게 위해가 되는 일이 절대로 있어서는 안 되었다.

우희는 호아에게 주머니에 든 은자를 더 쥐어주었다. 그리고 자수가 마음에 들면 더 큰 상을 내리겠다고 다독이며 일어섰다. 그때 영록궁의 궁녀 하나가 수방에 들어섰다. 영록궁의 궁녀도 붉은색 비단을 품에 안고 있었다. 우희와 양미랑은 곁눈질로 비단의 질을 확인하였다. 황후가 내린 비단에 미치지 못하는 것이었다. 영록궁의 궁녀가 양미랑의 옷을 든 호아를 눈여겨보는 것이 보였다. 하지만 수방에서 가장 솜씨가 뛰어난 호아는 이미 양미랑의 옷에 수를 놓기로 되어 있었다. 우희와 양미랑은 영록궁이 한 발짝 늦은 것을 통쾌하게 생각하였다. 눈이 마주친 둘은 자그맣게 웃음을 터뜨리며 수방을 나왔다.

복숭아꽃이 만개한 때에 황궁에는 성대한 연회가 열렸다. 향비가 황귀비 자리에 오르게 되었다. 사방에 꽃나무들이 화관의 무게를 이기지 못하여 휘청거렸다. 오색의 비단을 휘감고 생화로 머리를 장식한 후궁들이 하나둘 꽃그늘을 걸어 청우각으로 들어섰다. 바람이 불 때마다 벚나무는 꽃비를 내려 날을 축하하였다. 우희는 감국색의 비단 예복을 차려입은 황후의 뒤를 따랐다. 잔치의 주인공이 향비니 연회에서 황후가 입곤 하던 밝은 황색의 예복을 입기에 적절치 않다며 황후가 손수 조금 무거운 색을 골랐다. 하지만 마른 국화에서도 향은 변치 않고 피어났다. 우희 옆에는 화사한 봄꽃 같은 양미랑이 걷고 있었다. 얇은 장의를 걸쳐 아름다운 붉은 비단은 가려 버렸지만, 미색은 숨길 수 없었다. 양미랑은 홍수정으로 깎은 붉은색의 산다화를 윤이 흐르는 검은 머리에 꽂았다. 깎아놓은 옥 같은 이마 양 끄트머리에는 자수정으로 늘어뜨린 등나무꽃이 흔들리고 있었다. 황후는 화려한 미인에게 청우각 후편 연못가에서 쉬고 있으라고 명하였다. 우희가 황국에서 처음 맞은 정월대보름에 길을 잃었다 상하를 만난 그 연못이었다. 양미랑은 무릎만 살짝 굽혀 예를 취하고는 여관들의 안내를 받아 작은 정자로 걸어갔다.

취할 것 같은 선과수 향기가 가득한 청우각에는 황색 예복을 입은 사람이 셋이었다. 황제와 황후, 그리고 황귀비 자리에 오른 향비였다. 고대하던 날을 맞이하여 황금 비단 의복을 허락받은 황귀비는 환하게 웃었다. 기쁨에 찬 미희는 청우각을 장식한 어떤 꽃보다도 아름다웠다. 황후는 잔잔한 미소를 머금고 황귀비를 축하하였다. 우희는 여느 때와 다름없는 황후를 불안한 시선으로 곁눈질하는 황제가 이상하다 생각하였다. 황귀비가 우희와 같은 생각을 한 듯, 황제에게 말을 걸어 왔다. 그리고 그제야 황제는 눈길을 돌려 황귀비를 쳐다보았다.

청우각에는 특별한 손 둘이 있었다. 하나는 여름별궁 영실헌의 주인인 일황녀였고, 다른 하나는 다음 해 이맘때에 일황녀와 혼약을 맺을 계우라는 남자였다. 계우는 이목구비가 수려한 미남이었다. 일황녀도 그리 생각하였는지 입가에서 웃음이 떠나지 않았다. 별궁에서 신경질적으로 찌푸려져 펴질 줄 모르던 미간은 풀을 먹인 옷감처럼 반반했다. 수족들은 일황녀의 고운 말투가 익숙지 않은 듯 송구하여 어쩔 줄 몰라 하였다.

잔치가 어느 정도 무르익었을 때, 우희는 황후의 눈짓대로 계우에게 다가갔다. 황후의 시중을 들던 우희가 다가가자, 계우는 입가로 가져가던 잔을 내려놓고 긴장이 역력한 표정으로 우희를 돌아보았다. 일황녀는 우희가 황후의 명을 받아 모시러 왔다 말하는 것을 듣고도 제 혼약자 될 이에게 말을 거는 궁녀를 날카로운 눈으로 쏘아보았다. 우희는 자리가 청우각이 아니라 여름별궁이었으면 벌써 제 등에 채찍이 날아왔을 것이라 생각하였다. 하지만 우희는 일황녀의 눈빛을 모르는 척 계우의 뒤를 따라갔다.

"우희, 동친왕께서 약조를 지키실 것이라 믿느냐?"

계우와 함께 청우각 아래로 내려가던 황후가 우희에게 갑작스레 물었다. 우희는 계우를 쳐다보았으나 계우도 무슨 일인지 모르는 눈치였다. 우희가 아는 동친왕의 약조는 하나뿐이었다. 황후가 아주 오래전부터 갖고 싶어 한 것을 온전히 손에 쥐어주겠다는 것이었다.

"그리할 것이옵니다."

우희는 고개를 숙이며 대답하였다. 그 대답을 들은 황후는 잠깐 멈추었던 걸음을 다시 떼기 시작하였다. 청우각 후편에 서 있는 매화나무는 푸른 잎으로 뒤덮여 있었다. 우희는 보름달이 뜬 밤에 상하의 품에서 난 매화향이 눈앞의 나무에서 옮은 것임을 단번에 알아차렸다. 그리고 저만 아는 미소를 지으며 황후의 뒤를 따랐다. 황후가 정자에 가까이 다가갔을 때, 붉은 동백꽃 틈새에서 양미랑이 걸어 나왔다. 장의는 어디 갔는지 보이지 않고, 우희와 함께 지은 빨간 비단옷만 화사했다. 호아가 금사로 화려한 꽃문양을 수놓은 덕분에 시선을 어디다 두어야 할지 모를 정도로 눈부신 모습이었다. 보아하니 계우도 우희와 같은 생각을 하고 있는 듯, 춘유가 인세에 걸어 나왔다 하여도 의심치 못할 정도로 아름다운 양미랑을 홀린 듯 바라보고 있었다. 조금 전 청우각에서 즐거운 기색 한 점 없이 담담한 눈으로 앉아 있던 남자와 같은 사람인지 의심이 될 정도로 눈에 생기가 가득하였다.

"이 아이는 내 종질녀 양미랑이네."

황후가 계우에게 양미랑을 소개하였다. 계우가 만난 양미랑은 황녕

궁의 궁녀가 아니라 황후의 오촌이자 황단 공주의 딸이었다. 우희는
세 사람을 불안한 눈으로 쳐다보았다. 황후가 무슨 생각을 하는지 알
수 없었다. 계우는 일황녀의 혼약자로 내정되어 있었다. 청우각 위에
서는 황후가 황궁의 윗사람이니 일황녀와 가약을 맺을 계우도 자신의
사위와 같다고 하였다. 그러나 한껏 꾸미고 데리고 나온 양미랑을 계
우 앞에 내세우는 황후의 행동은 앞의 말과 달랐다. 황후의 모습은
마치 계우와 양미랑이 남녀로 만나도록 주선하는 것 같았다. 더욱 이
해가 가지 않는 점은 양미랑이 그런 황후의 언행에 장단을 맞추고 있
는 것이었다. 양미랑은 두 뺨을 동백처럼 붉히며 계우에게 흠뻑 반한
모습을 하고 있었다.

마침 상하가 청우각 뒤로 나왔다. 계우는 동친왕에게 예를 올렸다.
상하는 계우와 양미랑의 모습을 보고는 황후와 의미심장한 눈빛을 교
환하였다. 그리고 잠시 우희의 도움이 필요하다며 우희를 빼내었다.
우희는 황금색 용이 중앙에 원을 그리고 있는 남색 예복 자락을 따라
갔다. 상하가 워낙 걸음을 빨리하는지라 황후가 계우와 양미랑을 데
리고 무슨 계획을 세우고 있는지 물을 새도 없었다. 마침내 청우각을
반 바퀴는 돌았을 때 상하가 갑자기 걸음을 멈추었다. 그리고 돌아서
우희와 눈을 마주쳤다.

"우미희, 나는 황후와 약조를 지킬 것이다. 그러니 너도 반드시 내
게 와아 해."

우희는 한숨을 내쉬었다. 조금 전 황후도 그러더니, 어째서 갑자기
약조를 언급하는 것인지 알 수 없었다. 봄바람이 불어와 우희의 머리
카락을 잔뜩 흩뜨려 놓았다. 머리가 안팎으로 어지러웠다.

"우미희."

상하가 대답을 재촉했다. 우희는 무슨 일인지 반드시 묻고 넘어가

야겠다고 생각하며 고개를 들었다. 그러나 상하와 시선이 마주친 순간 그러지 못하였다. 초조함과 불안감, 그런 감정들을 상하의 눈에서 엿볼 수 있을 줄은 몰랐다. 우희는 먼저 손을 뻗어 상하의 따뜻한 손가락과 엮었다.

"예. 어떤 말을 듣더라도, 어떤 것을 알게 되더라도 당신께 갈게요."

우희가 속삭였다. 그와 동시에 상하의 입술이 우희의 이마에 내려앉았다. 새가 부리로 쪼듯이 짧고도 가벼운 입맞춤이었다. 상하는 조금은 안심이 된다는 듯이 미소를 지었다. 그리고 우희의 손을 풀었다. 상하는 다시 큰 폭의 걸음을 옮기기 시작하였다. 그리고 우희가 막 모서리를 하나 돌아 상하를 따라잡았을 때, 연빈과 마주쳤다.

"날이 갈수록 아름다워지십니다, 연빈."

상하가 모든 이에게 그러하듯이 부드럽게 말을 걸었다. 그러나 상하를 본 연빈의 표정은 딱딱하게 굳어 있었다. 연빈은 상하와 눈도 마주치지 않고 예의 인사말만 건넸다. 잔뜩 굳은 눈썹은 연빈이 화라도 내고 있다고 오해함직하였다. 그러나 앞에 모아 맞잡고 있는 손은 사시나무처럼 떨리고 있었다. 창백한 두 손에 시선을 두던 우희는 뒤늦게야 연빈에게 예를 올렸다. 그리고 그제야 우희를 본 연빈의 표정이 조금 풀어졌다.

"본궁은 체기가 조금 있는 듯하여 걷던 중이었사옵니다."

연빈이 변명을 하고는 자리를 피하려 하였다. 그러나 상하가 걸음을 조금 옮겨 다시 연빈의 앞을 가로막았다. 우희는 상하가 대체 무엇을 생각하고 있는지 짐작도 가지 않아 지켜보고만 있었다.

"피마자 씨앗이 통체通滯하는 데 좋다고 합니다."

상하는 연빈을 내려다보며 그리 말하고는 옆으로 비켰다. 연빈이 한 걸음을 떼었다. 상하도 연빈과 보폭을 맞춰 걸었다. 연빈의 심기가 불편한 것을 눈치챈 연빈의 궁녀들이 안절부절못하였다. 그러다 장화당에 자주 얼굴을 비춘 우희를 보고는 조금 안색이 밝아졌다. 필경 우희가 연빈을 도울 것이라는 기대에서 마음을 놓은 것이었겠지만, 우희도 어찌 행동해야 할지는 알지 못했다.

"그렇지만 독도 있으니 사용에 각별히 주의를 기울여야 하지요."

상하가 가볍게 덧붙였다. 연빈이 어찌나 주먹 쥔 손에 힘을 주고 있는지 마디가 새하얀 색이었다. 우희는 다른 궁녀들에게 두어 발자국 떨어져 걸으라고 명하였다. 우희가 상하를 도울 방법은 그런 자잘한 것밖에는 없었다.

"독이 있는 것을 어찌 본궁에게 권하시는지요?"

연빈이 여전히 시선을 땅에 고정시키고 물었다. 연빈이 금방 쓰러지더라도 의아하지 않을 정도로 목소리가 떨리고 있었다. 우희는 한 마디 한 마디에 짙게 밴 공포를 느꼈다. 이상했다. 상하는 온순한 성정과 자애로운 언행으로 모두의 존경을 받았다. 안에서는 궁인들과 밖으로는 종친들까지 상하를 따르지 않는 사람이 없었다. 연빈이 상하를 무서워할 이유가 없었다.

"독성이 있는 것이 이롭기도 한 것이지요."

상하도 연빈의 목소리에서 두려움을 느꼈을 것이었다. 그러나 상하는 아무것도 눈치채지 못한 듯 자연스레 대답하였다. 연빈은 연신 주변을 두리번거리며 자신을 그 상황에서 빼내어줄 사람을 찾았다. 우희는 연빈과 눈을 마주치고는 자신도 어쩔 수 없다는 안타까운 눈빛을 연기하였다.

"도인桃仁도 피부에 좋지만 독이 있지 않습니까?"

상하가 말을 끝내자마자 옆에 서 있던 동백꽃이 떨어졌다. 낱장의 꽃잎이 분분히 날리는 다른 꽃들과 달리 동백은 꽃이 통째로 떨어졌다. 마치 목이 떨어지듯이 동백 한 송이가 연빈의 발치에 떨어졌다. 늦게까지도 피어 있기도 하긴 하였다. 언제 떨어져도 이상하지 않을 꽃이었다. 그러나 연빈은 무척이나 놀란 나머지 뻣뻣한 나무 조각처럼 굳어버렸다.

"그러고 보니 칠황자가 급사하기 전에 누군가가 복숭아 씨앗을 간식으로 주었다고 들은 것 같습니다."

상하가 속삭였다. 연빈의 무릎이 꺾였다. 연빈은 쓰러지듯 땅에 주저앉았다. 상하는 연빈의 궁녀들에게 손짓하여 연빈을 장화당으로 모시고, 태의를 부르라 명하였다. 입술마저 새파란 연빈은 상하의 눈을 단 한 번도 쳐다보지 못하였다. 상하는 연빈의 발아래 떨어진 동백꽃을 주워 연빈의 손에 들려주었다. 그리고 궁녀들에게 자상한 미소를 지으며 주인을 잘 모시라 하였다.

우희는 연빈을 부축하려 하였다. 그러나 상하가 눈짓을 하는 바람에 연빈의 곁을 뜨고 말았다. 우희는 서둘러 상하를 쫓아갔다. 상하는 연빈이 더 이상 보이지 않을 만큼 돌아가서야 우희와 보폭을 맞추었다. 우희는 상하를 뒤따르느라 흐른 땀을 손으로 훔쳤다. 그때 이마에 천 하나가 와 닿았다. 상하가 멈추어 서서 우희의 이마에 맺힌 땀을 손수 닦아주고 있었다. 우희의 손가락이 상하의 길쭉한 손가락 위에 겹쳤다. 그리고 상하와 눈을 마주쳤다. 상하의 눈동자에는 읽을 수 없는 고민이 가득 흔들리고 있었다. 하지만 우희는 애써 캐내지 않기로 하였다. 때가 되면 상하가 마음속 이야기를 들려주리라 믿었다. 우희는 붙잡고 있던 상하의 손을 천천히 내렸다. 당장은 상하와 함께 있는 시간이 소중했다. 궁녀인 우희와 친왕인 상하가 한자리에 있을 수 있는 순간은 자주 찾아오지 않았다. 우희는 반대쪽 손으로 상하가 들고 있던 천을 빼냈다. 이번에는 황국이 새겨지지 않은 것이었다. 우희는 천을 손 안에 말아 쥐었다.

"상하, 방금 전에 연빈에게 한 말이 무엇인가요? 칠황자가 독살 당하였나요? 황귀비가 그랬나요? 아름답지만 독이 있는 복숭아라니, 황귀비를 뜻한 바가 맞지요?"

우희가 속삭였다. 우희의 말을 듣느라 허리를 숙이고 있던 상하가 미소를 지었다. 바로 우희의 코앞에서 상하가 눈을 빛냈다. 우희는 눈도 많은 곳에서 상하가 입을 맞춰올까 긴장하였다. 하지만 상하는 천천히 반듯이 일어나며 걸음을 떼기 시작하였을 뿐이었다. 우희도 반걸음 늦게 뒤따랐다. 인적이 없는 초로원에서라면 손을 잡고 나란히 걸었겠지만, 청우각에서는 그럴 수 없었다.

"네 생각이 맞기도 하고 틀리기도 하다. 독은 황귀비의 것이지만 칠황자를 죽인 것은 일황녀이다. 하지만 연빈은 황귀비라고만 알겠지."

상하가 일기를 논하듯 태연하게 말했다. 하지만 우희는 충격에 휩싸였다. 일황녀가 포악하기는 하였다. 잔인한 성정이 황제의 어렸을 적을 닮았다며 황귀비가 칭찬할지언정 꾸짖지 않았기 때문에 그 잔혹함이 나날이 도를 더하는 것은 공공연한 비밀이었다. 하지만 제 형제를 죽이기까지 할 줄은 몰랐다.

"그것을 어찌 아셨습니까? 그리 무서운 사실을 알고도 무사하신 겁니까?"

우희가 겁에 질려 더듬거렸다. 황궁에서는 아는 것이 많으면 위험했다. 쓰는 바에 따라 약이 되기도 하고 독이 되기도 하였지만, 정보가 많을수록 줄타기가 아슬아슬하였다. 우희는 상하가 높은 곳에서 떨어지는 모습을 절대로 보고 싶지 않았다.

"본왕과 일황녀만 알고 있는 일이다. 아마 황귀비도 일황녀가 자신의 독을 훔쳐 썼다는 사실을 알아채면 꽤나 고민을 할 것이다."

기댈 곳이라고는 황제의 총애밖에 없는 일황녀 앞에서 황제가 얼마나 칠황자를 아끼는지를 자랑하다니, 연빈이 화를 자초한 것이라는 생각이 스쳤다. 하지만 그 무서운 죄를 저지르고 무덤까지 숨기지는 못할망정 상하에게 털어놓는 일황녀도 어리석었다. 대체 황상께 일이 알려지면 어찌하려는 생각이었을까? 모친인 황귀비가 황제의 마음을 독차지 하였으니, 일황녀 자신도 무사할 수 있다고 생각한 것일까?

"나는 동이 남긴 일을 하기 위해 자주 멀리 돌아다니지 않느냐? 아마 황실에서 일황녀를 가장 자주 찾은 사람이 황귀비도 아닌 나일 것이다."

상하가 재미있지 않느냐며 웃었다. 하지만 우희는 함께 웃을 수가 없었다. 성정이 거친 황제가 어려서부터 상하만은 줄곧 따랐고, 잔인해물한 일황녀가 상하와 그리 가깝다는 것은 이해하기 어려웠다. 사람은 그 주변 사람의 거울이라 하였다. 우희는 상하가 어진 천성으로 모두를 감화시킨 것인지, 아니면 우희 자신이 알지 못한 상하의 면모가 있는 것인지 혼란스러웠다.

✼

황제의 총애를 만방에 증명한 황귀비는 금색 소맷자락을 펄럭이며 그 앞을 모두 쓸어내기 시작하였다. 황후는 내궁에서 손을 떼었다. 세상은 황귀비의 것이었다. 비극의 서두는 혜비의 죽음으로 시작되었다. 가뜩이나 몸이 약했던 혜비는 여름 감기에 걸려 기침을 심하게 하더니 며칠 사이에 세상을 뜨고 말았다. 양화궁은 어둠에 잠겼다. 난강은 혜비가 감기를 앓은 지 닷새 만에 죽을 정도로 약하지는 않았다며 울었지만, 주인을 잃은 궁녀의 말을 주의 깊게 들을 사람은 없었다. 우희는 사황녀가 기침을 토할 때마다 피가 바짝 말라가는 느낌이었다. 우희의 심정을 모르는 듯, 사황녀는 우희의 품에 안겨 의아한 눈으로 쳐다볼 뿐이었다.

친모를 잃은 삼황자는 황귀비가, 삼황녀는 황후가 거두기로 하였다. 그러나 삼황녀는 체통도 잊고 비 오듯 눈물을 흘리며 우희의 옷자락을 잡아왔다. 우희는 삼황녀에게 마음을 진정시킬 국화차를 건넸다. 삼황녀는 뜨거운 물속에서 피어나는 노란 꽃에 시선을 빼앗기고 눈물을 그쳤다.

"우희, 내가 여름별궁에서 일황녀로부터 널 지켜준 일을 기억하지?"

삼황녀가 더듬거리며 말을 시작했다. 우희는 아무 말 없이 고개를 끄덕였다. 그리고 삼황녀에게서 시선을 떼지 않았다. 삼황녀의 검은 눈동자에 다시 이슬이 차오르기 시작했다. 어느새 곁에 다가온 사황녀가 삼황녀의 손을 잡아왔다.

"그러니 이번에는 네가 날 도와줘. 나를 도와줘야 해."

삼황녀의 목소리에 물기가 돌기 시작했다. 금방이라도 다시 울음을 터뜨릴 기세였다. 우희는 서둘러 그러겠노라 답부터 하였다. 무슨 일인지는 모르겠지만, 서둘러 삼황녀의 말을 잇게 하지 않으면 다시 황녀를 달래는 데 한참이 걸릴 것이었다.

"황후마마께서 부디 삼황자도 함께 거둬주시라 부탁해 줘."

우희는 섣불리 약조한 것을 후회하었다. 황귀비가 혜비를 독살한 것이 사실이라면, 삼황자를 자신의 양자로 들이기 위하여 그리한 것임이 분명하였다. 황태자가 정해지지 않은 상황에서 그 자리에 오를 가능성이 높은 이는 황자들 중 가장 나이가 많은 삼황자와 황후의 친자인 팔황자, 두 사람이었다. 황귀비는 삼황자를 손에 넣음으로써 황위 다툼에 본격적으로 참여할 생각이리라 짐작할 수 있었다. 그리고 우희가 황후께 삼황자를 양자로 삼아달라 청하는 것은 황귀비의 앞에 똑바로 맞서는 행동과 다름없었다.

"염려 마십시오. 노비가 그리 청을 올리겠사옵니다."

하지만 이미 약조한 것은 물릴 수 없었다. 우희는 밝게 웃으며 삼황녀를 안심시켰다. 황궁에 발을 디딘 직후부터 궁에서 가장 무서운 것은 황제가 아니라 황귀비라 생각하였다. 내내 황귀비의 눈을 피하기 위해 지극히 노력하였다. 우희는 황녕궁의 잿빛 돌계단 위에 발을 올리기 전에 누구도 눈치채지 못할 작은 한숨을 내쉬었다. 드디어 시작이었다. 고국에서 전쟁이 끝나고 열한 해가 지났다. 황궁에서 일어난 전쟁에 우희가 참전하게 되었다.

황후는 양화궁의 비극을 모르는지 조용한 가운데 시를 쓰고 있었다. 우희는 황후 앞에 무릎을 꿇고 머리를 바닥에 찧었다. 만효는 우희가 또 무슨 말을 하려는지 염려하는 눈치였다. 우희는 심호흡을 하고 겨우 입을 떼었다.

"황후마마, 노비 청이 하나 있사옵니다."

황후는 한동안 대답이 없었다. 하얀 종이를 달리는 먹 향기가 천천히 퍼져 나갔다. 우희는 감은 눈을 파르르 떨었다. 상하의 손을 잡겠다고, 황후의 울타리를 벗어나겠다고 해놓고 뻔뻔한 일일지도 몰랐다.

"우희, 본궁이 너를 위해 하지 못할 일이 무엇이겠느냐."

황후가 나지막하게 말하였다. 황후가 내려놓은 붓대가 벼루에 살짝 부딪치며 맑은 소리가 났다. 비단 자락이 바닥에 쓸리는 소리가 났다. 그리고 금색 치맛자락이 우희의 눈앞에서 흔들렸다. 우희는 고개를 들 생각을 하지 못하였다.

"본궁이 황상께 청을 올릴 터이니 삼황녀에게 따를 채비를 하라 전하여라."

우희는 황후의 말에 놀라 시선을 들었다. 피곤해 보이는 옅은 밤색 눈동자가 웃고 있었다. 우희는 안도감과 의아함이 동시에 들었다.

"어찌 아셨나이까?"

우희가 더듬거렸다. 묻지 않은 것에 답하지 말고, 알려주지 않은 것을 물어서는 안 되었다. 하지만 우희는 궁에 들어와 열한 해가 지났는데도 그 규칙을 잊고는 하였다. 옆에서 만효가 눈총을 주었다.

"소향이 여름별궁에서 네가 삼황녀의 도움을 받았다고 하더구나. 이번에는 네가 그 은혜를 갚을 차례임은 쉽게 알 수 있지 않겠느냐?"

황후가 웃었다. 우희의 마음은 한결 가벼워졌다. 황후는 만효에게 가마를 준비하라 명하였다. 우희는 다시 이마를 바닥에 대어 감사를 표하였다. 그리고 삼황녀를 찾아서 날듯이 돌계단을 내려갔다. 올라갈 때는 너무나 높았던 계단이었다. 그러나 내려갈 때 보니 거의 없는 것이나 마찬가지였다.

황제는 왕 태의를 내보내고 이마를 짚었다. 머리가 지끈지끈 아파왔다. 향비를 황귀비로 삼으며 총애한다는 점을 공고히 할 때부터 내궁에 풍파를 불러일으키리란 사실을 어느 정도 예상하였다. 하지만 황귀비가 처음 제거하는 후궁이 답응도 아니고, 상재도 아닌 비일 줄은 몰랐다. 찌푸린 짙은 눈썹 위로 검은 폭포가 흘러내렸다. 황제가 밤하늘처럼 부드러운 머리카락을 시원스레 넘겼을 때 왕 내관이 인기척을 냈다.

"황상, 황후마마께서 한 시진째 기다리고 계십니다. 안으로 드시라

할까요?"

황제는 서둘러 자리에서 일어났다. 그 바람에 책상에 펼쳐 놓았던 종이들이 바닥에 요란한 소리를 내며 떨어졌다. 황제는 왕 내관이 들어와 떨어진 물건을 주우려는 것을 만류하였다. 그리고 직접 허리를 굽혀 재빨리 종이들을 긁어모았다.

"어찌하여 그리 오래 기다리게 하였단 말이냐?"

황제가 성을 냈다. 왕 내관의 잘못이 아니란 것은 알고 있었다. 왕태의가 황귀비의 죄를 고하러 왔기에 누구도 들이지 말라 명한 것은 황제 자신이었다. 황제는 혜비가 독살 당했다는 사실을 증명하는 왕태의의 자료들을 정리도 하지 못하고 책상 아래 밀어 넣었다. 그리고 고개를 돌렸을 때, 황후가 들어서고 있었다.

"황후."

황제가 잘못을 들킨 어린아이처럼 정신을 차리지 못하고 서두르며 황후에게 다가갔다. 황제가 향비를 황귀비로 삼겠다고 주장하였을 때 황후가 잠깐 드러내었던 묘한 감정의 폭풍은 순식간에 자취를 감추었다. 황후는 다시 잔잔한 호수가 되었다. 그러나 황제는 팔황자를 보기 위해 옮기던 황녕궁으로의 잦은 걸음도 멈추었다. 자신이 무엇을 두려워하고 있는지는 황제도 알 수 없었다. 그리하여 지난 몇 달 동안 법도에 따라 보름에 황후궁에서의 석찬을 들러 간 것이 황후를 만난 시간의 전부였다. 그때도 황후와의 대화는 없었다. 황후는 팔황자를 자리에 부르지 않았다. 황제가 팔황자와 가까워짐에 따라 옅은 밤색 눈동자에 조금씩 비치기 시작하던 감정은 달팽이가 패각 안으로 숨어버리듯이 사라졌다. 드는 밥알 하나하나가 모래알 같았다.

"아바마마."

황후가 부름도 없이 찾아왔다는 사실에 기뻤다. 황제는 황후의 손을 잡아 이끌기 위해 뻗었던 손을 멈추었다. 삼황녀가 황후의 뒤를 따라 들어왔다. 그리고 발랄하게 예를 올렸다. 황녀는 황제가 뻗은 손을 너무나도 쉽게 맞잡았다.

"황상, 본궁 청을 올리기 위해 찾아왔나이다."

황후는 그 고요한 목소리가 자신의 귀 깊은 곳을 울리고, 목울대를 뜨겁게 덥히고, 끝내는 명치 언저리까지 간질인다는 것을 알고 있을까? 황제는 그리 궁금증을 품으며 황후의 말에 천천히 고개를 끄덕였다. 황후는 언제나 그렇듯이 느린 걸음으로 다가와 황제 옆의 의자에 앉았다. 그리고 황제는 그럴 때면 늘 그랬듯이 그 동작을 삼킬 듯이 바라보았다. 삼황녀는 황제의 손을 놓고 황후의 곁에 가서 섰다.

"본궁이 삼황자와 삼황녀 모두 거두겠나이다."

황후의 청은 늘 황제를 곤란하게 할 따름이었다. 그래서 황제는 황후가 자신을 찾아오는 순간을 고대하고, 동시에 꺼렸다. 황후가 옅은 밤색 눈동자를 마주쳐 왔다. 그리고 황제는 열에 아홉은 황후의 청을 들어주어야 했다.

"막 친모를 잃은 두 아이를 함께 거두면 서로 위안이 될 수 있을 것이옵니다."

황제가 고집을 부렸던 것은 향비를 황귀비로 삼지 말라는 청을 받아들이지 않았던 때뿐이었다. 더 이상 자신에게 향하지 않을 황후의 눈길을 갈망하지 않겠다고 마음을 다잡았다. 황제가 되어서 여인에게 부디 자신을 보아달라고 애원하는 것은 체면을 구기는 일이었다. 있을 수 없었다. 황제는 면아인 황귀비만을 아끼겠다고 결심하였다.

"삼황녀는 사황녀에게, 삼황자는 팔황자에게 좋은 모범이 되어줄 것이옵니다."

황후는 황제 자신의 아이를 한 명도 낳지 않았다. 그러면서도 황제의 자식에 대한 욕심은 어찌 그리 많은지 몰랐다. 황제는 속으로 쓸쓸한 웃음을 지었다. 황제는 이번에도 황후의 청을 거절하면 어찌 될지 생각해 보았다. 다시는 난감한 청을 해오지 않지 않을까? 다시는 감미로운 목소리로 황상이라 부르지 않지 않을까? 다시는 저 부드러운 밤색 눈동자의 구석에라도 자신을 담지 않지 않을까?

"아바마마, 부디 황후마마의 청을 들어주시옵소서."

옆에서 삼황녀가 거들었다. 황제는 생각에 잠겼다. 삼황자를 얻기 위해 혜비를 독살한 황귀비였다. 그런데 삼황자를 황후에게 준다 하면 황귀비가 황후를 위해를 가하지 않을까? 몇 번이고 황후의 자리만큼은 내줄 수 없다고 분명히 말해두었다. 그래도 황후마저 다치게 하면 어찌해야 할까? 황귀비를, 면아를 벌해야 할까? 그에 앞서 자신은 황후가 없는 세상을 받아들일 수 있을까? 포기한다, 포기할 것이다 말만 하고서 황후가 미소만 비추어도 풋사랑을 하는 젊은이처럼 뛰는 가슴을 주체할 수가 없었다.

"삼황자도 뜻을 같이 하느냐?"

아니었다. 황제가 앞서 고려해야 할 것은 삼황자를 양자로 들이지 못해 마음 아파할 황귀비였다. 흑요석처럼 검은 눈동자에 눈물을 매달고 황제를 바라볼 황귀비를 누구보다 먼저 생각해야 했다. 삼단같이 풍성한 머릿결에서 홍색 복사꽃 향기를 흘리며 품에 안겨올 황귀비의 뜻이 가장 중요했다.

"그러하옵니다."

삼황녀가 눈을 빛냈다. 황제는 괜한 것을 물어 아이들을 기대하게 만들었음을 후회하였다. 황자와 황녀의 의견은 전혀 중요치 않았다. 오죽하면 친모가 살아 있는 경우에도 양모의 손에서 기르겠는가? 황후의 사황녀가 그 좋은 예였다.

"그럼 그리하도록 하여라."

하지만 황제의 입에서 튀어나온 것은 다른 말이었다. 삼황녀가 황후의 품 안으로 뛰어들었다. 갑작스러운 황녀의 행동에 놀란 황후가 토끼 눈을 하였다. 그러나 조심스레 삼황녀의 등 뒤로 팔을 감았다. 그리고 섬섬옥수로 황제를 닮아 새까만 머리카락을 쓰다듬었다.

황후는 삼황녀, 삼황자와 함께 난강을 데려왔다. 황후는 굳이 삼황녀와 삼황자가 궁을 옮기게 하였다. 그리하여 삼황녀는 사황녀와 함께 인헌당仁憲堂의 동서배전을 나누었다. 그리고 삼황자는 팔황자와 함께 각순당恪順堂의 주인이 되었다. 황후는 난강을 삼황녀와 함께 인헌당으로 보냈다. 혜비가 아랫사람들을 엄하게 대하지 않은 까닭에 난강은 입이 가벼운 편이었다. 그래서 우희는 난강을 내심 걱정하였다. 하지만 기우임을 증명이라도 하듯이 난강은 삼황녀와 사황녀 모두를 살뜰히 모셨다. 그리고 금세 사황녀에게도 가장 총애를 받는 궁녀가 되었다. 하지만 그를 질투한 사황녀의 유모가 난강과 자주 다투었다. 그러자 황후가 난강과 마찰을 일으킨다는 이유로 사황녀의 유모를 쫓아내었다. 사람들은 황후가 새로 들인 사람 때문에 옛사람을 쫓아내었다고 수군거렸다.

예상 밖으로 사황녀는 유모의 부재에 빨리 익숙해졌다. 우희는 처음 청우각에 갔을 때 우희에게 안아달라고 칭얼대던 사황녀의 모습을 떠올렸다. 그리고 황실의 아이들은 빠르게 성장한다고 생각하였다. 사황녀는 어느새 호리호리한 소녀로 자랐다. 고운 검은색 머리카락은 황제를 닮았고, 날렵한 콧대는 명빈의 것이었다. 그리고 늘 생각에 잠겨 있는 듯이 보이는 깊은 눈은 황후의 것을 닮았었다.

"우희, 언니와 초로원으로 갈 테니 산자마화_{饊子麻花}를 만들어줘."

사황녀가 문안 인사를 올리기 위하여 황녕궁 계단을 오르며 우희에게 소리쳤다. 우희는 실타래 같은 옅은 황색 튀김을 만들어 달라는 황녀의 말을 전하기 위해 동선방으로 향했다. 우희의 말을 전해들은 궁녀는 고개를 끄덕였다. 산자마화는 동선방에서 만들 수 있는 삼천 가지 간식 중 하나이자, 삼황녀가 즐기는 주전부리였다.

어느 날부터 사황녀는 우희를 찾아와 평과탕을 달라는 말을 하지 않기 시작하였다. 우희는 사황녀의 기침이 놀랍도록 빨리 사그라졌다는 사실을 깨달았다. 그리고 사황녀가 유모가 궁을 떠난 것을 쉽게 받아들인 것이 아니라 기다리고 있던 것 같다고 생각하게 되었다. 우희는 어린 황녀가 자신에게 가장 가까운 이가 건네는 독을 어떤 심정으로 받아들었을지 상상할 수 없었다. 사황녀는 어떤 마음으로 우희에게 달려와 마로독이 든 평과탕을 달라 했던 것일까? 우희는 황실의 아이들이 빨리 성장할 수밖에 없는 이유를 찾아냈다. 죽음 앞에서는 모두가 생각이 많아질 수밖에 없었다.

여름별궁에서 허 답응이 실족사를 하였다. 팔황자와 우희가 굴러 떨어진 그 길에서 머리가 깨졌다고 하였다. 붉은 피가 호숫물을 물들이는 모습이 어찌나 끔찍하였는지, 그 자리를 목격한 궁녀들이 며칠이나 악몽을 꾸었다. 허 답응을 지키지 못한 궁녀들은 모두 죽기 직전까지 태형을 맞고 세답방으로 쫓겨났다. 그 와중에 일황녀가 허 답응의 궁녀들을 물리치고 허 답응만 데리고 정자로 향했다는 말도 있었다.

우희는 소문을 나르던 어린 궁녀들을 꾸짖었다. 황궁에서는 입이 없는 듯 언행을 무겁게 해야 하건만, 새로 들어온 열 살 남짓한 궁녀들은 아직 침묵의 중요성을 알지 못하였다.

"우희, 일황녀가 허 답응을 죽였다는 소문이 사실일까?"

하지만 발 없는 말은 그새 삼황녀에게까지 달려가 버렸다. 삼황녀가 우희를 올려다보며 평소의 생기를 잃고 침울하게 물었다. 황녀가 후궁을 살해하였다니 입에 올리기도 끔찍한 일이었다. 역사에 기록되어 전해질 사건이었다.

"황녀마마께서는 어찌 하찮은 노비들의 말을 믿으십니까?"

우희가 웃으며 부인하였다. 삼황녀는 절대로 진실을 알지 못할 것이다. 알아서는 안 되었고, 알아도 믿지 못할 것이다. 일황녀가 허 답응을 밀었다는 소문이 사실인지는 우희도 알 수 없었다. 하지만 동생인 칠황자를 독살한 일황녀가 후궁을 죽이지 못할 이유가 없었다. 황녀로서 자신의 태생에 무한한 자부심을 갖고 있는 일황녀였다. 우희가 어려서부터 돌보다시피 한 사황녀와 한자리에 앉아 있는 모습을 다른 웃전들이 목격하였다면 별다른 말 없이 넘어가거나 기껏해야 눈살을 찌푸리는 것이 전부였을 것이다. 하지만 일황녀는 채찍을 들고 달려들었다. 황녕궁에서 황후의 총애를 한 몸에 받는다고 소문이 나 있던 우희였건만, 일황녀에게는 감히 주인과 한자리에 앉은 노비일 따름이었다.

허 답응은 연빈을 모시던 궁녀였다. 하지만 출신에 상관없이 모든 후궁은 황제의 첩이었다. 삼공의 여식이자 장군의 조카인 황귀비도, 다른 나라의 공주였던 연빈과 주 귀인도, 뒷배를 보아줄 이 하나 없는 허 답응도 측실이었다. 그리고 법도에 따라 일황녀는 허 답응도 어머니와 같이 모셔야 했다. 솔직히 말하자면, 우희는 꽤 놀랐다. 일황녀의 성격에 일찍이 사달을 내고도 남았어야 했다. 하지만 일황녀는 우희의 생각보다 치밀했다. 일황녀의 친모가 황귀비의 자리까지 오를 때까지, 자신의 죄를 물을 수 있을 만큼 권세가 높아질 때까지 기다렸다.

"그래, 그럴 리 없지."

삼황녀가 희미하게 웃으며 고개를 끄덕였다. 우희는 벌떡 일어났다. 그리고 삼황녀에게 손을 내밀었다. 삼황녀는 무슨 영문인지 모르겠다는 표정을 지으면서도 우희의 손을 잡고 일어났다.

"산화마자를 만들라 하여 정자로 나가는 게 좋겠습니다."

전에 우희가 삼황녀와 함께 찾았던 정자에서 허 답응이 떨어지는 바람에 그곳은 더 이상 갈 수 없게 되었다. 하지만 여름별궁에는 정각이 그곳 말고도 수십 개는 더 있었다. 사람도 사정도 하나둘은 없어도 되는 곳, 쉽게 교체되는 곳이 황궁이었다.

단기간에 후궁들이 그토록 빨리 죽어나간 적은 황국 역사를 통틀어도 없으리라고 우희는 확신했다. 혜비는 평소에도 몸이 약했기에 독살을 당했어도 의심하는 이가 없었다. 허 답응은 미천한 궁녀 출신이었던 까닭에 황귀비에 맞서 그 죽음을 밝혀줄 이가 없었다. 그러나 주귀인은 달랐다. 황국과 화친을 맺기 위해 동국에서 황제의 부실로 보낸 공주였다.

"언니, 임 상재의 서배전에서 독이 발견되었대요."

구진재 안으로 숨어든 양미랑이 숨도 돌리지 못하고 헐떡였다. 우희는 놀라 붓을 떨어뜨렸다. 새하얀 종이 위에 검은 얼룩이 크게 졌다. 그러나 붓은 거기에서 멈추지 않았다. 책상에서 굴러 긴 먹 자국을 남기고 나무 바닥까지 떨어졌다. 우희는 책상에 묻은 먹을 짚기까지 했다.

"임 상재가? 그럴 이유가 없잖아! 입궁하고부터 주 귀인과 한 궁에서 잘 지내왔잖아."

우희가 옆에 놓인 천에 손을 닦으며 말했다. 자국은 옅어졌지만 오히려 더 넓게 퍼졌다. 연신 힘을 주어 문지르는 바람에 손바닥이 붉어졌다. 양미랑이 다가와 물을 묻힌 천을 건넸다.

"주 귀인의 회잉을 질투했다고들 해요."

우희는 코웃음을 쳤다. 주 귀인이 육황자를 잃고 상심에 빠져 있을 때 내내 곁을 지킨 것이 임 상재였다. 주 귀인의 회잉을 꺼릴 사람은 황귀비와 안 귀인 밖에 없었다. 황귀비는 총애를 잃을까 노심초사하여 매일 밤 황상이 찾은 후궁의 이름을 확인하고는 하였다. 안 귀인은 다른 황자가 태어나면 가뜩이나 좁은 사황자와 오황자의 입지가 좁아질까 두려워하였다.

"황귀비께서는 황상께 임 상재의 자진을 명하여야 된다고 하셨어요. 북국에 미안한 마음을 표하기 위해서라도 말이에요. 그리고 황상께서는 그리하라 하셨대요."

황제도 임 상재가 죄인이 아니란 사실을 알고 있을 터였다. 그러나 무고한 후궁을 희생하면서까지 황귀비를 지키려 하고 있었다. 우희는 다시 한 번 황궁에서는 황제의 총애가 얼마나 중요한지 깨달았다. 그리고 황제의 애정 한 점 받지 못하고, 선황의 약조와 가문의 이름만으로 자리를 보전하고 있는 황후가 염려되었다.

비극은 주 귀인의 독살로 끝나지 않았다. 명빈이 임 상재를 옹호하였다. 명빈은 임 상재가 주 귀인을 위하여 직접 대추까지 말려가며 차를 끓여주고는 하였는데, 주 귀인을 독살하였을 리가 없다며 황상께 진범을 찾아내기를 청하였다. 늘 옳은 길을 걸으려던 명빈이었다. 비록 임 상재가 자신과 친하지는 않았더라도, 누명을 쓰고 자결해야 하는 상황을 두고 보지 않았다.

황귀비는 명빈을 유폐하였다. 황명을 거슬렀다는 이유에서였다. 황제는 황귀비가 내린 벌을 거두지 않았다. 황후는 혜비부터 허 답응과 주 귀인의 죽음까지 모두 지켜만 보고 있었다. 그리고 임 상재와 명빈에게도 손을 뻗지 않았다. 조용히 봄과 여름, 그리고 가을이 가는 것을 관망하기만 하였다. 명빈의 친자인 사황녀도 명빈의 구명을 청하지 않았다. 어려서도 청우각에서 명빈의 품을 밀치고 황후에게 달려갔던 사황녀였다. 명빈이 낳기는 하였으되 기른 적이 없었다.

우희도 침묵을 지켰다. 황후는 아마 명빈의 죽음을 기대하고 있을 것이었다. 그래야 사황녀를 인질로 명빈의 집안을 온전히 손에 넣을 수 있었다. 사황녀는 명빈과 모녀의 정이 없어서인지, 아니면 황후의 속을 파악해서인지 명빈에 대해 언급하지 않는 상황에 암묵적으로 동의하였다. 황궁 사람들은 뱃속에 뱀을 한 마리씩 기르고 있었다. 어린 황녀부터 늙은 상궁까지 모두 자신에게 득이 되는 길로만 고개를 돌렸다. 꼿꼿한 대나무 같았던 명빈을 제외한 나머지 사람들은 자신의 이익에 따라서만 행동하였다. 오랜 친소관계는 순식간에 무너졌다. 불화佛畵를 그리던 여름도 우희의 손 안에서 낙엽처럼 바스러져 날아갔다. 황궁에서 열한 해가 흘렀다. 계절 하나에 조금 친해진 명빈을 위해 황후 앞에 머리를 찧던 우희는 더 이상 없었다.

8. 동리군자

우희는 황후가 내린 기문홍차를 들고 장화당으로 향했다. 후궁은 조용했다. 그나마 내궁에서 말소리를 내던 혜비와 허 답응의 궁녀들이 자리를 비우니 무거운 적막이 내려앉았다. 우희는 제 손에 들린 차를 내려다보았다. 황후궁에 들어갔을 때부터 황후는 우희가 연빈을 찾아갈 명목을 마련하였다. 처음에는 연빈에게서 고국 인사와 관련된 정보를 수집하라는 뜻인 줄 알았다. 그러나 후궁인 연빈은 내궁 깊숙이 고립되어 있었다. 오히려 우희가 고국 사람들과 자주 부딪칠 정도였다. 다음에는 차에 독이 들이 있나 의심하였다. 그러나 황후가 내린 차를 우희가 나눠 마시고도 이상이 없는 것을 보니 그 또한 틀린 생각이었다. 우희는 고개를 좌우로 젓고는 장화당의 문을 들어섰다.

장화당의 궁녀들은 한참 무언가를 찧고 짜느라 바빴다. 우희는 낯익은 궁녀들에게 짧은 눈인사를 하고는 연빈에게로 걸어갔다. 연빈은 평소보다 날카롭고 높은 억양으로 우희를 맞이하였다. 우희는 황후가 내린 차를 건넸다. 연빈 뒤에 서 있던 궁녀가 차를 받았다. 그리고 곧장 끓여내기 위해 자리를 비웠다.

"날이 갈수록 아름다워지십니다."

우희가 인사치레를 하였다. 그러자 연빈이 눈을 반짝였다. 턱 언저리까지 내려온 금어초 귀걸이가 부딪치며 경쾌한 소리를 냈다. 육감적인 입술을 닮은 꽃은 얇게 두드린 금을 말아서 만든 것이었다. 빈에 오르고부터 연빈의 차림은 무척 화려해졌다. 소매 한구석이라도 자수가 놓이지 않은 부분이 없었다. 산호 구슬을 꿰어 새까만 머리 중앙에 드리웠고, 선홍색 안료를 개어 바른 손톱만 한 조개껍질을 꽃잎처럼 다섯 잎씩 모아 꽂았다. 그리고 콩알보다 작은 진주로 나비를 그려 그 사이사이를 날게 하였다. 붉은색 가운데 노란빛이 반짝이는 일장석이 나비 더듬이 끝에서 흔들렸다.

"동친왕께서 피마자를 권하지 않으셨습니까? 그리하여 그 기름을 짜서 바르니 피부가 점점 좋아지더군요."

연빈이 새빨간 입술로 위험한 호선을 그리며 웃었다. 우희는 상하와 연빈이 무슨 관계이기에 그리 겁을 먹었느냐고 물을까 고민하였다. 그러나 연빈의 미소를 보고 마음을 접었다. 날이 서 있는 미소에서 경계심이 가득한 연빈의 속이 엿보였다. 무엇을 어떻게 묻더라도 답을 주지 않을 것이 확실하였다.

어지러운 바람이 달콤한 향기를 몰고 왔다. 궁녀들이 줄지어 걸어왔다. 물푸레나무 껍질을 우려낸 물로 염색한 것 같은 천과 같은 색의 돌 탁자 위에 백색의 다기와 황금색 간식을 올려놓았다. 찻주전자를 내린 궁녀는 무릎을 가볍게 굽혔다. 그러고는 찻잔을 뜨거운 물로 덥혔다. 옆면에 꼬리를 하늘거리는 금붕어를 부조한 탁자 위에서 김이 피어올랐다.

"그러고 보니 막 간식을 만든 참입니다. 황후마마께 올리고자 하니 황녕궁으로 가지요."

궁녀가 내온 차를 무시하며 연빈이 우희에게 권하였다. 연빈의 말을 들은 궁녀는 준비해 두었다는 듯이 찬합을 들었다. 옻칠을 한 찬합은 자개로 사슴과 학을 비롯한 십장생을 박아놓아 영롱하게 빛났다. 우희는 얼결에 황녕궁으로 앞장섰다. 우희의 뒤에서는 더운 차의 하얀 입김이 올라오고 있었다.

연빈이 만든 월병月餠은 앞서 장화궁에서 궁녀가 내었던 것보다 무늬가 훨씬 섬세하였다. 연빈이 내놓은 것은 우희가 방금 전 장화궁에서, 그리고 이제까지 보아온 월병들과는 달리 무척 작았다. 엄지와 검지를 말아 그릴 수 있는 원만큼이나 작아 한입 크기였다. 월병의 테두리는 꽃 모양으로 빗살무늬를 짜 넣었고, 가운데는 수壽자가 찍혀 있었다. 황후는 아름다운 월병을 칭찬하고는 금색 태양을 닮은 달떡을 입에 넣었다. 연빈의 입가에서는 미소가 떠나지 않았다. 우희는 즐거운 자리에서 이유 모를 위화감을 느꼈다. 그러나 우희의 마음 한구석에 지기 시작한 불안한 얼룩과는 무관하게 연빈은 종종 월병을 들고 황후를 찾아오기 시작하였다.

"처음 후궁에 들어왔을 때부터 황후마마께서 본궁과 같은 고국 사람인 우희를 보내주셔서 쓸쓸한 마음을 위로받았사옵니다."

연빈의 머리에 꽂힌 비단 금어초가 흔들렸다. 우희는 공기 중에서 헤엄치는 금붕어가 된 것 같았다. 황후는 연빈을 위해 우희를 보냈던 것일까? 연빈은 진정 그리 믿고 있는 것일까? 숨이 막혔다.

"좋은 차를 내려주신 은혜에 조금이라도 보답하고 싶었사옵니다."

연빈이 화사하게 웃었다. 우희는 처음 연빈을 보았을 때를 떠올렸다. 연빈은 수선화 같았다. 화려하지는 않지만 맑고 깨끗한 느낌이 들었다. 호화로운 장신구에 둘러싸인 황국의 미녀 황귀비와는 다른 고국의 미인이었다. 하지만 설중화는 더 이상 보이지 않았다. 우희가 황궁에서 열한 해 동안 변하였듯이 연빈도 바뀌었을 것이었다. 아니면 우희가 애초에 잘못 보았던 것일 수도 있었다. 처음부터 수선은 없었고, 금어초만 있었던 것일지도 몰랐다.

🦚

황귀비의 생일에는 청우각에서 연회가 열렸다. 정월대보름도, 중양절도, 황제나 황후의 탄신일도 아닌데 청우각에서 잔치가 벌어졌다. 향연을 준비하는 달포간 영록궁 궁녀들의 위세가 어찌나 대단하였던지, 다른 궁의 사람들은 숨소리라도 낼 때에도 영록궁의 눈치를 봐야 할 정도였다. 황귀비의 궁녀들이 영록궁의 궁녀가 아닌 이들에게 손찌검을 하는 일도 허다하였다. 황후는 아무 말도, 어떤 행동도 하지 않았다. 전에도 내궁을 휘어잡기 위해 권력을 휘두르지는 않았었다. 그러나 향비가 황귀비가 된 이후부터 황녕궁과 광소정 외의 장소에는 걸음조차 하지 않았다.

우희는 느티나무 낙엽색 비단에 은사로 음성陰成을 그린 옷을 들고 황후 앞에 섰다. 황후는 금방이라도 바스러질 것 같은 눈으로 우희를 쳐다보았다. 그리고 정묵히 비단을 쓸었다. 옆에서 만효가 날이 춥다며 두꺼운 황금색 장의를 내밀었다. 황후는 금방이라도 사라질 것 같은 아슬아슬한 미소를 지으며 고개를 내저었다. 우희는 황후의 단장을 돕고 마지막으로 뒤꽂이를 찔렀다. 얇은 금판으로 된 국화 꽃잎 한 장이 부러지고 말았다. 날카로운 소리를 내며 깨진 조각은 아주 느리게 바닥에 떨어졌다. 우희는 서둘러 밤색 머리카락에 엉킨 노란 꽃을 빼내려 하였다.

그때 황녀들과 황자들이 들이닥쳤다. 우희가 미처 꽃잎이 떨어진 뒤꽂이를 빼내기도 전에 황후가 일어났다. 그리고 예를 올린 황녀 황자들에게 고개를 들라 허하였다. 우희는 팔황자가 황후의 손을 잡기 위해 다가가는 모습을 보며 한 발자국 물러섰다. 미처 빼내지 못한 뒤꽂이가 눈에 밟혔다. 다른 사람이 발견한다면 황녕궁을 흠잡을 터였다. 하지만 황후는 이미 황녀들과 황자들의 손을 잡고 황녕궁 계단을 내려가고 있었다. 우희는 서둘러 그 뒤를 따랐다. 상한 꽃을 다른 누가 보지 못하기만을 바랄 뿐이었다.

황후가 청우문 앞에 도착하여 가마에서 내렸다. 황후는 작은 새처럼 그날 배운 것을 황후에게 조잘거리는 황녀들과 황자들에 둘러싸여 걸어갔다. 황녕궁에서의 마른 눈은 사라지고 피어나는 봄꽃처럼 생기가 도는 옅은 밤색 눈동자로 네 아이들에게 웃어주었다. 그러나 즐거운 순간은 오래가지 못했다.

청우각까지 이어지는 앞뜰에는 하얀 양귀비꽃들이 놓여 있었다. 때도 맞지 않거니와, 황궁에서도 따로 좋아하는 이가 없어 그만큼 많이 키우지 않는 꽃이었다. 황후의 표정이 굳었다. 양귀비만큼이나 안색이 창백해졌다. 황후의 손이 떨리기 시작했다. 양손을 잡고 있던 팔황자와 삼황녀가 의아해하며 황후를 올려다보았다. 이복이 자신에게 쏠렸다는 사실을 눈치챈 황후가 굳은 미소를 지어 보였다. 그리고 다시 걸음을 떼기 시작하였다.

우희는 청우각 위에서 황제와 황귀비가 내려다보고 있는 모습을 발견하였다. 그러나 황후는 발아래에서 흔들리는 길에 시선을 집중하느라 두 사람을 보지 못한 듯하였다. 평소보다 황후의 걸음이 느린 탓에 겨우 백색 양귀비 사이를 반 정도 건넜을 때였다. 황후는 다음 걸음을 떼는 동시에 바닥에 쓰러졌다. 황후를 뒤따르던 궁녀들과 내관들이 허겁지겁 앞으로 달려갔다. 우희는 난생처음 맞이하는 상황에 어찌할 바를 모르고 울먹이는 네 명의 아이들을 끌어안았다. 양미랑은 태의를 부르러 내의원으로 뛰어나갔다.

황제가 청우각 나무 계단을 미끄러지듯이 내려왔다. 궁인들은 휘황찬란한 태양에 길을 열었다. 황제는 무슨 일인지 물었다. 하지만 누구도 대답할 수 없었다. 황제가 무릎을 꿇었다. 그리고 바닥에 쓰러져 있는 황후를 일으켜 세우려 손을 뻗었다.

"어서 황후마마를 모시지 않고 무엇들 하는 것이냐?"

황제를 뒤따라 청우각에서 내려온 황귀비가 소리쳤다. 정신을 차린 내관들이 다시 앞으로 나섰다. 황제는 손을 거둬들였다. 황귀비는 들것을 들고 달려온 내관들이 황후를 눕혀 청우문을 나가는 모습을 날카로운 눈으로 지켜보았다. 우희는 삼황녀가 맞잡은 손을 흔드는 바람에 시선을 다시 앞으로 돌렸다.

"우희, 우리 때문이 아니지?"

가을바람에 몸을 맡긴 나뭇잎도 삼황녀의 손보다는 덜 떨 것이었다. 우희는 삼황녀의 손을 놓았다. 그리고 삼황녀의 양어깨를 붙잡았다. 지치 뿌리로 물들인 자색 비단이 차가웠다. 친모를 잃은 지 얼마 안 된 아이였다. 양모마저 잃을까 두려워하고 있었다. 순간 우희는 황귀비가 황후가 먹는 것에 약을 탄 것인가 의심하였다. 황후가 죽으면 혜비의 삼황녀와 삼황자뿐만 아니라 명빈의 사황녀, 그리고 황후의 팔황자까지 모두 얻을 수 있을 터였다. 우희는 고개를 저었다. 황귀비는 자신이 받는 총애와 쥐고 있는 권력을 자랑하는 잔치까지 희생할 사람이 아니었다. 다른 날이면 몰랐다. 이 날은 아니었다.

"금방 깨어나실 겁니다."

그러나 황후는 황제가 늦은 밤에야 황녕궁에 들렀을 때도 눈을 뜨지 않았다. 우희는 바로 오지 않은 황제를 원망스레 생각하였다. 아무리 황귀비의 숙부가 갑작스레 멀리서 찾아왔다지만 쓰러진 황후를 찾는 일을 뒷전으로 미루다니, 너무 싸늘한 태도였다. 우희는 황후를 동정하였다.

"기력이 쇠하셨을 뿐입니다."

왕 태의는 북주성의 왕의 병세가 심각한 탓에 며칠 전 황명으로 자리를 비우고 없었다. 왕 태의를 대신하여 주 태의가 왔지만 황제는 주 태의를 돌려보내고 오 태의를 불러오라 명하였다. 주 태의는 황귀비의 사람이었다. 우희는 황제도 황귀비를 의심하였다는 사실을 깨달았다. 오 태의의 말을 들은 황제는 무표정하게 고개만 끄덕이고는 돌아섰다.

황후는 다음 날 새벽에 깨어났다. 아직 하늘에 붉은 기운도 서리기 전이었다. 휘장 바로 뒤에서 기다리고 있던 우희는 물을 들고 다가갔다. 그리고 황후의 등을 받쳐 입을 축이는 것을 도왔다. 황후는 다시 쓰러지듯이 베개에 머리를 뉘였다.

"기억하셨군요."

황후가 눈을 감고 중얼거렸다. 우희는 뒤돌아 작은 탁자 위에 잔을 내려놓았다. 그리고 황후의 가슴께까지 두꺼운 이불을 끌어올려 주었다. 황후는 어느새 고른 숨을 내쉬고 있었다.

"무엇을 말입니까?"

우희가 혼잣말을 하였다. 기진하였다고 해도 그렇게 걷다가 쓰러질 정도는 아니었다. 대체 무엇에 그리 큰 충격을 받았던 걸까? 우희가 휘장을 젖히고 자리로 돌아가려는데 황후의 목소리가 들렸다.

"양귀비밭을……."

그러나 우희가 돌아보았을 때 황후는 다시 잠이 들어 있었다. 그래서 우희도 다시 휘장을 드리우고 그 뒤의 보료에 앉았다. 그리고 태양이 떠오르기를 기다렸다. 하지만 밖은 아직 깜깜했다. 날이 밝으려면 멀어 보였다.

황후는 언제 쓰러졌냐는 듯이 자리에서 일어났다. 그리고 황제는 사흘에 한 번, 나흘에 한 번은 황녕궁에 들렀다. 하는 말이라고는 우희에게 황후의 끼니를 잘 챙기라는 말뿐이었다. 하는 일이라고는 황후와 짧게 초로원을 도는 것뿐이었다. 황후는 청우각에서의 일에 대해 일언반구도 하지 않았다. 황후는 자신이 자다 깨서 한 말을 기억하지 못하는 것 같았다. 그래서 우희도 황제께 황후가 중얼거린 말을 전하지 않았다. 정신이 돌아오지 않은 와중에 한 말이니 중요치 않은 말이리라 생각하였다. 그렇게 조용한 산책을 나가기를 다섯 번, 보름달이 뜨는 밤이 다가왔다.

다른 후궁들은 매일 찾을 수 있었다. 일 년에 한 번, 십 년에 한 번 찾아도 되었다. 그래서 후궁들은 황제의 총애에 목말라 하였다. 하지만 아무리 사이가 좋지 않은 황후도 보름에는 찾아야 했다. 하늘과 만백성 앞에서 인연을 고한 처의 특권이었다. 황후는 그리 소중하게 생각지 않아 보이는 시간이었지만, 황귀비가 그리 욕심내는 것이기도 하였다. 황제는 주로 석찬을 들 시간에 찾아왔다. 그리고 어느 때부터 황후는 황제가 올 시간이면 황녕궁에서 놀던 팔황자를 각순당으로 돌려보냈다. 팔황자는 황제를 만나지 못하는 것을 아쉬워하였다. 그러나 황후의 싸늘한 눈빛에 한마디 하지 못하였다. 그 뒤로 황후와 황제의 자리는 예만 지키기 위한 것으로, 적막 속에서 짧게 이루어졌다.

황제는 황제의 도착을 외치려는 왕 내관을 막았다. 황제는 소란을 피우지 않고 붉은색의 거대한 황녕문을 열어젖혔다. 황제가 평소보다 한 시진이나 일찍 찾아온 까닭에 태양이 중천에 떠 있었다. 황녕궁의 궁인들은 황제를 보고 화들짝 놀랐다. 그리고 동시에 엎드려 예를 올렸다. 황제는 주변을 둘러보았다. 장 내관이 재빨리 다가왔다.

　"황후마마께서는 후원에 계시옵니다."

　황제는 장 내관을 앞세워 황녕궁 전전前殿과 후전後殿 사이에 자리한 네모난 뜰로 걸어갔다. 뒤뜰에 가까워질수록 시끄럽고 어수선해졌다. 황제는 미간을 찌푸렸다. 황녕궁은 사람이 사는지 의심이 들 정도로 조용한 곳이었다. 황후가 소란을 용납할 리 없었다. 그러나 황제의 생각은 틀렸다. 따가운 빛에 돌바닥은 하얀색이었다. 그리고 그 가운데 아이들이 뛰어놀고 있었다. 삼황녀가 붓을 쳐들고 팔황자 뒤를 쫓고 있었다. 사황녀도 그 뒤에 바짝 붙어 있었다. 팔황자는 연신 뒤를 보며 달려오는 황녀들을 확인하였다. 그리고 즐거운 비명을 내질렀다. 팔이 흔들릴 때마다 붓에 가득 묻어 있던 먹이 하늘 높이 튀어 올랐다. 깨끗한 바닥에 유쾌한 얼룩이 졌다. 황후는 요란한 술래잡기가 벌어지는 바로 옆에 있었다. 아이들을 제재할 생각은 하지도 않고 나무 그늘에 앉아 있었다. 그 옆에는 삼황자가 서서 황후가 쓰는 글을 보며 붓을 놀리고 있었다.

　삼황자의 글을 지켜보던 우희가 고개를 들었다. 그리고 제일 먼저 황제를 발견하였다. 우희가 무릎을 꿇자 바로 옆에 있던 양미랑도 황제를 보고는 재빨리 예를 취하였다. 황제는 황후가 일어선 책상 앞으로 성큼성큼 걸어갔다. 황후의 연한 눈동자에 당혹스러움이 서렸다. 조금 전까지 지축을 흔들며 뛰어다니던 아이들은 황제에게 예를 올리자마자 황후의 옷자락 뒤로 숨었다. 황제는 기가 막혔다. 황자와 황녀들이 두려워할 것은 황제가 아니라 얼음장같이 차가운 황후였다.

황제는 왕 내관에게 손짓하였다. 샛노란 중양화를 든 내관들이 줄
지어 황녕문을 들어왔다. 그 수와 화려함에 놀란 삼황녀의 입이 벌어
졌다. 백색 태양 아래 선 황제는 그늘에 서 있는 황후를 똑바로 쳐다보
았다. 밤처럼 검은 눈동자와 낮처럼 맑은 눈동자가 마주쳤다. 황후는
황제를 맞이하며 손에서 내려놓았던 붓을 다시 들었다. 몇 번 붓을 흔
들자 향기로운 먹이 이미 촉촉한 털에 스며들었다. 황후의 금색 옷자
락이 새하얀 종이 위를 스쳤다. 검은 말이 설원 위에 발자국을 찍었
다. 황제는 천천히 종이를 들어올렸다.

— 卻之不恭

네 글자가 황제가 하사한 황금을 반겼다.

황제는 입가에 만족스러운 미소를 떴다. 그리고 종이를 말아 왕 내
관에게 건넸다. 황제는 황후에게 팔을 내밀었다. 황후는 천천히 황제
에게 걸어왔다. 그리고 그 위에 가벼운 손을 내려놓았다. 황제는 황후
와 다시 조용한 초로원을 거닐었다. 그리고 돌아왔을 때는 두 명의 황
녀와 두 명의 황자가 우희 옆에서 자리를 지키고 있었다.

황녕궁 안에는 거대한 원형 식탁이 준비되어 있었다. 황후는 우희
앞에 서 있던 아이들에게 고개를 끄덕였다. 그리고 모두가 황제와 함
께 앉았다. 황제는 그토록 즐거웠던 시간이 처음이라고 생각했다. 황
자들과 황녀들은 조금도 쉬지 않고 떠들었다. 서로가 황제의 눈동자
안 자리를 차지하기 위해 다투었다. 황제는 태어나서 단 한 번도 그와
같은 자리를 가져본 적이 없었다. 선황은 어린 황제에게 관심이 없었
다. 연회에서는 모두가 각자의 탁자에 앉아서 무희들의 공연을 지켜보

앉다. 예와 법으로 둘러싸인 청우각에서 아이들은 한 마디도 하지 못했다. 황제는 자신이 황실에서 태어나지 않았다면 매일같이 떠들썩한 식사를 할 수 있었을까 생각하였다. 처와 자식들과 한자리에 앉아 오리 고기가 코로 들어가는지 귀로 들어가는지 모를 정도로 정신없는 석찬을 들었을지 생각하였다.

태강전은 밤에도 환했다. 황제는 수십 개의 초가 노랗게 밝히는 방에 앉았다. 그리고 좀 전에 왕 내관이 건넨 종이를 폈다. 달팽이처럼 몸을 말고 있던 종이가 품고 있던 네 글자를 드러냈다. 황제는 종이를 책상 위에 내려놓았다. 그리고 등을 돌려 서가를 훑었다. 황제는 찾던 물건을 금방 발견하였다. 늘 시선의 한 끝은 닿아 있었으니 찾았다는 말도 무색하였다. 황제는 길쭉한 궤를 뽑았다. 그리고 그 위에 앉은 먼지를 쓸었다. 덮개는 부드럽게 열렸다. 황제는 반년 만에 그 안에 새로운 종이를 추가하려던 손을 내렸다. 그리고 가장 위에 올려놓았던 종이를 집어 들었다. 바싹 마른 종이가 손 안에서 바스락거렸다. 황제는 봄을 읊은 시를 읽어내렸다. 그 다음 황녕궁에서 황후가 국화를 받고 써준 글 옆에 내려놓았다. 황제는 다시 손을 함 안으로 넣었다. 그리고 이전에도 몇 번이나 읽었던 글들을 재독하였다. 그중 황제가 가장 좋아하는 것은 여름별궁의 오상전에 계수나무를 심어주고 황후에게 써 달라고 한 두보杜甫의 시였다. 황제가 특별히 일백오일야대월一百五日夜對月을 청하자, 황후가 난감하다는 듯이 각월을 기울이다 결국 붓을 들었다. 그때 하얀 종이 모서리를 불던 바람이 아직까지 생생했다.

無家對寒食	집을 떠나 한식날 맞아
有淚如金波	눈물 흘리니 금빛 물결 같네.
斫卻月中桂	달에 있는 계수나무 베어버리면
淸光應更多	맑은 달빛 으레 밝아질 텐데.
仳離放紅蕊	붉은 꽃이 필 때 헤어졌는데
想像顰靑娥	아름다운 눈썹 찡그린 모습 상상하오.
牛女漫愁思	견우와 직녀 그리움 넘칠 테지만
秋期猶渡河	가을이 되면 은하수 건너갈 텐데.

문득 황제의 머릿속에 걸리는 것이 하나 있었다. 황제는 들고 있던 종이를 천천히 내려놓았다. 그리고 책상 위에서 왕안석의 시를 집었다. 종이를 펼치는 손이 촛불에 흔들렸다. 글씨는 같았다. 글자는 달랐다. 황후가 써준 卻之不恭의 卻자가, 일백오일야대월의 卻자가, 춘원에는 그 이체자인 却자로 써져있었다.

"황상, 황귀비……."

드리운 발 뒤에서 왕 내관이 고하는 소리가 들렸다. 그러나 왕 내관이 말을 마치기도 전에 황귀비가 들어섰다. 금 구슬이 부딪치며 어지러운 소리가 났다. 빛을 다각도로 반사하며 정신을 산란하게 하였다. 황제는 재빨리 몸을 돌렸다. 그러나 손으로 책상을 치는 바람에 함에서 꺼냈던 종이들이 바닥으로 떨어졌다.

"황상."

황귀비가 달콤한 목소리로 불렀다. 피처럼 붉은 입술로 미소를 그렸다. 그리고 천천히 허리를 굽혀 발밑까지 굴러온 종이를 주워들었다. 황귀비는 기다란 속눈썹을 팔랑이며 종이를 펼쳤다. 그러나 황제는 황귀비가 글을 읽을 시간을 주지 않았다.

"왕 내관!"

황제는 황귀비의 손에서 종이를 매섭게 낚아챘다. 그리고 격노하여 왕 내관을 불렀다. 왕 내관은 뼈가 깨져도 이상하지 않으리만큼 세게 바닥에 무릎을 꿇었다. 분위기가 심상치 않다는 것을 깨달은 황귀비도 서둘러 무릎을 꿇고 이마를 바닥에 대었다.

"태강전에 허락받지 않은 사람이 들어오는 것을 지켜만 보고 있던 시위들의 눈을 뽑아라. 막지 못한 손도 잘라라."

황제가 내뱉었다. 마음만 같아서는 앞에서 연신 머리를 찧고 있는 왕 내관의 목도 잘라 버리고 싶었다. 하지만 화가 난다고 있는 대로 사람을 죽이던 어린 날들은 지났다. 왕 내관은 오랫동안 황제의 곁을 지켰다. 그리고 왕 내관만큼이나 유능한 내관을 찾기도 어려울 터였다.

"황상, 노기를 가라앉히시옵소서."

왕 내관과 황귀비가 연신 빌었다. 황제는 연신 황귀비는 면아라는 점을 스스로에게 일깨워야 했다. 어린 시절 가슴이 터질 것같이 애틋한 감정을 지녔던 면아였다. 자신이 면아라는 사실을 밝히지 않고 황제가 기억해 낼 때까지 오랜 시간을 묵묵히 기다려 온 꿈속의 소녀였다. 다른 후궁이었다면 평생을 유폐시키고도 남았겠지만 면아에게 그럴 수는 없었다.

"황귀비는 영록궁으로 돌아가거라. 보름간 출입을 자제하며 반성토록 하여라."

황귀비는 태강전에 들어올 때와는 비교도 할 수 없을 정도로 빠른 속도로 나갔다. 왕 내관은 이마에서 피를 흘리며 물러났다. 황제는 바닥에 흩어져 있던 종이들을 힘없이 주워 올려 의자로 걸어갔다. 황제는 금색 보료 위에 쓰러졌다. 팔을 머리 위로 들어 춘원을 다시 읽었다. 싫어한다고 하지는 않았지만 한 번도 왕안석의 시를 쓴 적은 없었다. 받은 것 중에는 두보의 시가 많았다. 황제는 종이를 가슴 위에 떨어뜨렸다. 그리고 눈을 감았다. 어둠 속에서는 생각이 늘었다.

황제는 기다렸다. 인내심은 황제의 자랑거리였다. 계절을 넘겼다. 봄이 되었다. 그리고 마침내 고기가 다시 수면 위로 떠올랐다. 물결이 일기 시작했다. 황제가 책상 높이 쌓인 봉장을 읽고 있을 때 왕 내관이 다가왔다. 그리고 황후가 광소정을 찾았다고 전하였다. 황제는 느린 동작으로 읽고 있던 상소문을 내려놓았다. 그리고 아직 많이 남은 다른 간서를 쳐다보았다. 일이 넘쳐났다. 어쩌면 괜한 의심일 수도 있었다. 황제는 대신들이 올린 열 개의 배소를 더 읽었다. 하지만 몇 번을 읽어도 글이 들어오지 않았다. 머릿속에는 이미 다른 생각으로 가득하였다. 결국 황제는 의자를 박차고 일어났다.

"왕 내관, 어화원으로 갈 것이다."

밖에서 궁인들이 행차를 준비하는 동안 왕 내관이 금색 장의를 내밀었다. 황제는 꿈틀거리는 오조룡을 만지작거렸다. 막상 나갈 생각을 하니 걸음이 떨어지지 않았다. 혹시라도 확인하게 될 일이 무서웠다. 한참을 머뭇거리던 황제는 숱 많은 눈썹을 굳혔다. 그리고 장의를 걸쳤다. 만에 하나 보고 싶지 않던 진실을 마주하게 되더라도, 계속되는 의심 속에 괴로워하는 것보다는 나았다.

광소정 앞에 도착하자 앞을 지키고 서 있는 궁인들이 보였다. 만효도 우희도, 양미랑도 보이지 않다. 황후가 늘 곁에 두는 사람들이니 안에 있을 터였다. 황제는 궁녀들을 찬찬히 살폈다. 홍차의 붉은 빛을 띠기는커녕 밤색 머리인 궁녀도 없었다. 황제는 가장 앞에 있는 궁녀에게 황후를 보고자 한다고 전하라 명하였다. 총총걸음으로 안으로 들어간 궁녀와 함께 양미랑이 나왔다.

"황상, 지금은 때가 적절치 못하니 나중에 찾아뵌다 하십니다."

양미랑이 얼굴에 미소를 띠며 거절의 말을 전달하였다. 전에도 똑같은 말을 하였다. 춘원을 써서 주었을 때도 그리 말하였다. 황제는 작은 궁녀에게 부드러운 미소를 짓고 고개를 끄덕였다. 입가에 경련이 일어날 것 같았다. 일이 예상한 대로 돌아가서 그런지, 아니면 마주한 상황에 분노하여 그런지 황제 자신도 알 수 없었다. 황제는 왕 내관에게 그늘에 자리를 펼치라고 명하였다. 왕 내관은 준비해 온 간이 책상과 의자를 내려놓았다. 황제는 양미랑이 난감하다는 듯이 눈썹을 일그러뜨리는 순간을 놓치지 않았다. 왕 내관이 먹을 갈기 시작하였다. 그동안 양미랑은 안으로 들어가지도 못하고 광소정 앞에 서서 황제의 명을 기다렸다.

朝回日日典春衣	조정에서 퇴청하면 봄옷을 전당 잡히고
每日江頭盡醉歸	매일 강가에서 취하여 돌아오네.
酒債尋常行處有	가는 곳마다 외상 술 빚 있지만
人生七十古來稀	칠십까지 살기는 예로부터 드문 일이네.
穿花蛺蝶深深見	호랑나비는 깊은 꽃 사이를 날고
點水蜻蜓款款飛	잠자리는 물 위를 콕찍듯 나네.
傳語風光共流轉	나와 함께 흘러가자 풍광에 전하겠네.
暫時相賞莫相違	잠시나마 서로 피하지 말고 어울려 보세.

황제는 두보의 곡강曲江을 써서 황후에게 전하라 건네주었다. 양미

랑은 무릎을 굽혀 예를 취하고는 광소정 안으로 도망갔다. 두보의 시를 좋아하는 황후라면 보내야 할 답시가 무엇인지 알 것이었다. 황제의 검은 눈이 깊어졌다. 황제의 손짓에 내관들이 책상과 먹을 치웠다.

얼마나 기다렸을까? 양미랑이 다시 나왔다. 그리고 안에서 받아온 시를 전달하였다. 황제 앞에서 광소정을 지키느라 안절부절못하던 궁녀들이 눈에 띄게 안도하였다. 황제는 깊은숨을 내뱉었다. 그리고 종이를 천천히 읽었다. 놀랍게도 황제가 기다리던 시가 써져 있었다.

一片花飛減却春	꽃잎 한 장만 날려도 봄이 줄어드는데,
風飄萬點正愁人	꽃보라 흩날리니 시름이 깊어지네.
且看欲盡花經眼	모두 보려 하여도 꽃은 잠깐 사이에 지니
莫厭傷多酒入脣	어찌 몸 상한다 술 마시길 주저하리오.
江上小堂巢翡翠	강 위 작은 정자에는 물총새가 깃들고
苑邊高塚臥麒麟	동산 가 높은 무덤 앞엔 기린이 누워 있네.
細推物理須行樂	누가 뭐라 하여도 즐기는 것이 이치에 맞으니
何用浮名絆此身	어찌 헛된 이름에 몸 얽매이겠는가.

황제는 고개를 끄덕였다. 황제가 만족하였다고 생각한 양미랑은 환한 미소를 지으며 돌아갔다. 황제는 참다못한 웃음소리를 흘렸다. 주변에서 궁인들이 불안한 눈으로 황제를 쳐다보는 것이 느껴졌다. 하지만 아무리 노력해도 웃음이 멈춰지지 않았다. 결국 큰소리로 웃고 말았다. 분명 두보가 쓴 다른 하나의 곡강이 맞았다. 하지만 卻자 대신 却자가 써져 있었다. 왕안석의 시는 넓은 아량으로 넘어가려 하였다. 하지만 두보의 시는 그럴 수 없었다. 일백오일야대월을 쓸 적에는 卻자를 쓰던 황후가 같은 시인의 곡강을 쓸 때에는 却자를 썼다. 황제는

눈 끝에 맺힌 방울을 닦아내었다. 눈물이 검지를 타고 흘렀다. 황제는 천천히 의자에서 일어났다. 황제가 앞으로 걸어가니 두려움에 가득 찬 궁녀들과 내관들이 길을 비켰다. 황제는 손을 저어 따라오려는 왕 내관을 만류하였다.

"시키신 대로 전하였……."

양미랑의 말소리가 뚝 끊겼다. 공기 중에는 나뭇잎이 살랑대는 소리만이 있었다. 새들마저 노래를 멈추었다. 작은 발자국 소리가 들렸다. 느린 걸음이었다. 무거운 걸음이었다. 자신의 심장이 뭍 위로 올라온 생선같이 펄떡이는 소리가 우희의 귀에 들리기 시작하였다. 우희의 심장은 점점 더 빨리 뛰었다. 뒤에서 들려오는 발소리를 덮을 정도로 크게 뛰기 시작하였다. 흙길을 딛는 발걸음이 멈추었다. 우희는 떨리는 손을 움직이고자 하였다. 그러나 우희가 아무리 애원을 하여도 팔이 말을 듣지 않았다.

바람이 불어쳤다. 버드나무 잎들이 바람에 휩쓸렸다 다시 흘러내리며 바스락거리는 소리를 내었다. 나무로 된 다리를 딛는 발소리가 났다. 우희의 목덜미로 땀방울이 한줄기 흘러내렸다. 우습게도 백지였던 우희의 머릿속으로 귀한 옷을 더럽혀서 어찌하나 하는 걱정이 한 가닥 스쳐 지나갔다. 조금 전까지만 하여도 귀를 기울여야 들을 수 있던 발소리였다. 이제는 새들이 노래를 다시 시작하여도 그 기척이 묻히지 않을 만큼 확실히 들리기 시작했다. 우희 앞에 서있던 양미랑이 무릎을 굽혔다. 우희의 붓에 매달려 있던 먹이 떨어졌다. 새하얗던 종이 위에 떨어진 얼룩은 검게 퍼져나갔다.

우희의 뒤에 그림자가 졌다. 두 번의 발걸음과 동시에 그림자가 커졌다. 우희는 눈을 감고 싶었다. 눈을 감으면 그 순간에서 벗어날 수 있을 것 같았다. 그림자가 몸을 낮추었다. 우희의 하얀 종이 위로 음영이 졌다. 낮고 느린 숨소리가 들렸다. 우희의 왼쪽 어깨 위로 커다란 손 하나가 내려왔다. 무겁고 뜨거운 손은 죄지은 우희의 어깨를 내리눌렀다. 우희는 숨을 멈추었다. 금방이라도 심장이 튀어나와 굴러 떨어질 것 같았다. 여전히 종이 위로 붓을 세워들고 있는 우희의 손이 바들바들 떨렸다.

우희가 걸치고 있는 것만큼이나 화려한 금색 비단 자락이 우희의 눈에 들어왔다. 길게 뻗고 마디가 굵은 손가락이 용이 펄럭이는 소매 아래로 드러났다. 그리고 붓을 들고 있던 우희의 오른손을 감쌌다. 우희의 왼 어깨를 누르고 있는 손에 힘이 들어가는 것이 느껴졌다. 우희의 오른손을 덮은 오른손에는 엄지손톱만 한 홍옥수紅玉髓를 박아놓은 금반지가 끼워져 있었다. 우희도 여러 차례 본 것이었다. 사위가 조용했다. 더 이상 바람에 스치는 나뭇잎 소리마저 들리지 않았다. 이제 들리는 것은 셀 수도 없이 빠르게 뛰는 우희의 심장뿐이었다. 홍옥수 반지의 주인은 우희의 손을 휘감은 오른손에 힘을 주었다. 그리고 붓을 움직였다. 붓은 느릿느릿 검은 길을 내었다.

— 황후는 어디 있느냐?

우희는 보름 전을 떠올렸다. 고개를 내밀까 말까 고민을 하던 봄꽃들이 막 펼친 나비의 날개만큼이나 부드러운 꽃잎을 열었다. 명빈은 겨울을 이기지 못하고 목을 매었는데도 봄은 지지 않고 찾아왔다. 우희는 꽃을 따서 간식을 꾸미면 좋을 것이라며 양미랑과 함께 낮은 꽃나무 사이를 거닐었다. 양미랑은 신이 나서 눈에 보이는 대로 꽃을 따서 우희에게 뛰어왔다. 그리고 먹을 수 있는 것인지 묻고 다음 꽃을 따러 달려가기를 반복하였다. 우희와 양미랑이 한 바구니 가득 꽃을 땄을 때 봄날을 즐기던 삼황녀, 사황녀와 조우하였다.

"황녀마마, 이 꽃들로 예쁜 간식을 만들 거랍니다."

양미랑이 자랑하였다. 사황녀는 의심스러운 눈초리로 우희를 쳐다보았다. 우희는 양미랑의 말이 진실인지 파악하기 위해 머리를 굴리는 사황녀의 모습을 보고 웃음을 터뜨렸다. 어려서부터 음독해서인지 사황녀는 경계심이 많은 편이었다. 동선방의 궁녀가 새로운 간식을 내어 와도 다른 사람들이 먹는 모습을 지켜본 뒤에야 조심스레 손을 뻗었다. 삼황녀는 그에 비해 조심성이 없었다. 궁녀들이 내미는 것뿐만 아니라 숨기는 것까지 찾아내어 냄새를 맡고 찍어 먹어보기 바빴다. 삼황녀는 바구니의 꽃을 덥석 집었다. 그리고 입안에 던져 넣었다. 사황녀는 미간을 잔뜩 찌푸렸다. 그리고 삼황녀가 꽃을 씹는 모습을 걱정 가득한 표정으로 쳐다보았다.

"달다!"

잠시 후 삼황녀가 탄성을 발했다. 그러자 사황녀도 작은 손을 뻗어 꽃 하나를 집어 들었다. 사황녀는 독이라도 발견하려는 듯이 꽃을 꼼꼼히 씹었다. 사황녀의 눈동자가 점점 커졌다.

"달아!"

사황녀가 꽃을 삼키고 나서 삼황녀의 말에 동의하였다. 곧 삼황녀와 사황녀는 손에 닿는 대로 꽃나무를 휩쓸고 다니기 시작했다. 우희와 양미랑은 황후께 혼날 것을 염려하였다. 그러나 이내 황후는 황자, 황녀들에게는 하해와 같은 관용을 베푼다는 것을 기억해 냈다. 우희와 양미랑은 표정을 풀고 동선방으로 걸어가기 시작했다. 만효가 우희를 불렀다.

"우희, 황후마마께서 찾으신다."

우희는 양미랑에게 꽃바구니를 넘기고 황녕궁으로 돌아갔다. 황후는 우희에게 연빈에게 전할 차를 내렸다. 그래서 우희는 여느 때와 다름없이 황후가 내린 기문홍차를 들고 장화궁을 찾았다. 그리고 이전까지와는 너무 다른 연빈을 만났다.

연빈은 어느 연회에서보다 많은 보석들을 휘감고 있었다. 정수리 부근에는 부채꼴로 깎은 홍옥을 올리고 있었다. 그리고 다섯 알씩 황옥을 꿴 줄을 그 아래로 드리웠다. 팔각형의 금판은 모서리마다 백진주를 박았다. 진주 여덟 개의 중심에는 엄지손톱만 한 연홍색 첨정석이 빛나고 있었다. 감람석 세 알씩을 모아 토끼풀을 형상화한 뒤꽂이가 검은 머리에 꽂혀 있었다. 관자놀이 근처에는 자수정 대계초가 날카로운 꽃잎을 빛내고 있었다. 그리고 기다란 금비녀 끝에는 석류석 부리를 벌린 새가 앉아 있었다. 짙은 붉은색 비단에 놓인 금색 수 사이사이에도 금 구슬을 꿰어 연빈이 움직일 때마다 빛을 반사하였다.

연빈은 비단으로 만든 금어초들이 기둥마다 장식되어 있는 방으로 우희를 데리고 갔다. 금어초가 피기에는 이른 때였다. 노란 잇꽃으로 물들인 홍색 비단과 황적색 꼭두서니 뿌리에서 난 염료에 담근 자주색 비단, 그리고 치자나무의 주황색 열매로 염색한 샛노란 비단으로 만든 금어초가 흔들거리는 방은 무척 기괴해 보였다. 우희는 당혹스러운 마음을 감추며 황후가 내린 차를 탁자 위에 올렸다. 그러자 연빈이 옻칠한 의자에 깐 홍자색 보료에 앉으라고 손짓하였다. 부드러운 보료였지만 우희는 불편하기 그지없었다.

"우희, 금어초가 고국의 꽃인 것은 기억하지요?"

연빈이 피보다 붉은 칠을 한 입술을 일그러뜨리며 물었다. 우희는 아랫입술 안쪽 살을 깨물었다. 연빈이 무서웠다. 사람이 하루아침에 미친 것 같았다. 연빈은 우희에게 대답을 종용하였다. 새까맣고 커다란 눈을 조금도 깜빡이지 않고 우희를 쳐다보았다. 우희는 얼결에 고개를 끄덕였다.

"우희, 본궁은 한 번도 고국을 잊은 적이 없습니다."

우희는 눈을 깜빡였다. 연빈을 만날 때면 고국을 떠올리기는 하였다. 하지만 황녕궁에서 바삐 지내다 보면 고국을 생각할 틈이 없었다. 사실 애써 기억하고 싶지도 않았다. 우희에게 가장 소중한 사람들을 빼앗아 가버린 고국이었다. 한구석에는 망해 버려서 고소하다는 마음도 있었다. 어린 시절의 아름다운 추억과 마지막의 비극이 버무려져 씁쓸하고 아릿한 기억의 땅이었다. 우희는 어서 이 불편한 대화를 끝내줄 궁녀가 차를 가지러 들어오길 바랐다. 그러나 주변에는 개미 한 마리 기어 다니지 않는 것 같았다.

"본궁이 우희를 처음 만났을 때 한 말을 기억하나요?"

우희는 다시 말없이 고개를 끄덕였다. 어찌 잊을 수 있을까? 강유를 빼앗아간 여인이 강유의 마지막에 대해 들려준 이야기였는데 잊을 수 있을 리가 없었다. 강유가 연빈을 구하기 위해 황궁 깊숙이까지 찾아 갔다. 우희가 가족의 원수인 연빈을 마냥 증오할 수 없는 단 한 가지 이유였다. 강유가 연빈을 지키기 위해 목숨을 바쳤다. 그런 연빈을 사무치게 미워하면 강유가 슬퍼할 것 같았다.

"본궁의 혼약자가 호국장군을 죽였지요."

우희는 연빈이 예전에 해주었던 이야기를 떠올리며 기억을 더듬던 눈을 들었다. 연빈이 하는 말을 알아들을 수 없었다. 강유가 우희의 은인을 죽였다고 말하고 있었다. 은인이 장군이니만큼 높은 지위에 있었으리라 생각하고 있었다. 하지만 황군의 우두머리인 줄은 몰랐다.

강유가 죽인 사람이 수많은 황군 중에서도 우희의 은인인 줄은 꿈에도 알지 못했다.

우희의 아버지가 역적으로 몰리고 우희의 오라버니와 함께 목이 잘렸다. 우희는 노비가 되었다. 우희의 아버지가 그토록 피하려고 하였던 전쟁이 났다. 관아가 불타올랐다. 모든 것이 화염에 휩싸였다. 고국의 사람들이 혼란스러운 틈을 타서 우희를 욕보이려 하였다. 영웅이 나타났다. 우희의 옷자락을 끌어 내리려던 끔찍한 사람들의 목을 베었다. 고국은 우희에게 비참한 기억들을 안겨주었다. 그리고 우희의 고향을 짓밟은 사람은 우희를 구해주었다. 얼굴에 두 사람의 뜨거운 피가 뿌려졌을 때 느낌을 잊을 수 없었다. 처음에 하얗게 비어버렸던 머릿속에 떠오른 것은 희열이었다. 사람이 죽었는데 기쁨을 느꼈다. 우희 자신이 살았다는 사실 하나에 행복했다. 우희의 은인은 자상한 목소리로 우희의 아버지를 주화파라 칭하였다. 그 순간 우희는 역적의 딸이 아니라 평화를 지키려던 아버지의 딸이었다.

그런데 연빈은 강유가 호국장군을 죽였다고 하고 있었다. 우희의 생명을 이어준 사람의 숨을 강유가 앗아갔다고 하고 있었다. 턱에서부터 창을 찔러 넣어 머리를 깼다고 하였다. 우희는 눈을 감았다. 눈꺼풀이 의지를 벗어나 떨렸다. 고통스러웠을까? 눈물이 차올라 눈을 뜰 수 없었다. 왜 강유는 많은 사람들 중에서도 호국장군을 죽인 걸까? 어째서 우희의 은인을 죽인 사람이 하필이면 강유였을까?

"그리고 동친왕이 본궁의 혼약자를 살해하였습니다."

강유의 머리를 잘라 연빈의 품에 던져 주었다고 하였다. 배꽃나무 아래에서 우희를 껴안고 웃어주던 강유의 머리가 굴러 떨어졌다. 꽃보다 환하던 미소가 지워졌다. 발그레하던 뺨에서 핏기가 사라졌다. 우희가 마주 잡던 손에서 힘이 풀리고 놓쳐 버렸다.

우희는 눈을 떴다. 눈물이 뺨을 타고 흘러내렸다. 당연한 일이었다. 아주 어려서부터 한 몸처럼 붙어 지냈다고 하였다. 형제보다 가까웠다고 하였다. 죽은 호국장군의 뜻을 잇겠다는 의지에서 시작된 황후의 무모한 계획을 목숨을 바쳐 도와주고 있는 상하였다. 눈앞에서 호국장군의 죽는 모습을 보고 강유를 살려두었을 리가 없었다.

우희는 입술을 떨면서 웃었다. 기괴한 것은 비단 금어초가 흔들리는 방이 아니라 눈물을 흘리며 웃는 우희의 모습일 터였다. 호국장군이 우희의 은인이라는 점을 모르고, 우희와 상하가 연인이라는 비밀을 알지 못하고, 우희가 강유와 죽마고우이자 혼인을 약조한 사이였다는 사실을 상상도 못할 연빈은 우희의 모습을 이상하게 생각할 것이었다. 연빈의 혼약자가 살해당했다는 이야기를 듣고 웃는 우희의 태도에 기분이 상했을 수도 있었다. 하지만 우희는 연빈을 신경 쓸 겨를이 없었다. 그래, 그런 것이었다. 우희에게 누구보다 소중했던 사람은 우희의 생명의 은인을 죽였다. 그리고 우희가 연모하는 사람은 우희의 또다른 가족을 죽였다. 망망대해를 떠다니다 깊은 바다 속으로 가라앉는 느낌이었다. 다시는 맑은 공기를 마시지도, 밝은 빛을 보지도 못할 것 같은 기분이 들었다.

"송구하옵니다. 노비의 주인의 형제가 고국의 원수라니 괴롭고도 우스운 상황이옵니다."

우희가 눈물을 닦아내며 말하였다. 연빈은 그 말에 충분히 이해를 하였는지 고개를 끄덕였다. 우희의 말라가는 눈빛을 보는 연빈의 눈동자가 살아나기 시작하였다.

"황국으로 끌려오는 길에 동친왕이 다가왔습니다. 검은 말에 앉아, 빛이라고는 조금도 비치지 않는 눈으로 본궁을 똑바로 쳐다보았습니다. 본궁의 오라버니를, 고국의 세자를 죽였다고 속삭였습니다."

솔직히 우희는 상하가 고국의 세자를 죽였든 고국의 왕을 죽였든 상관없었다. 하지만 연빈의 말을 들으니 떠오르는 기억 하나가 있었다. 우희가 황국으로 오는 길에 어린 병사 하나에게 자신의 은인이 어디에 있냐고 물었다. 새까만 갑주를 걸치고, 먹보다 어두운 말을 탄 남자가 다가와 병사의 말을 막았다. 너무 빨리 지나가 버린 탓에 얼굴도 자세히 보지 못하였다. 그러나 전에 흑마를 탄 황제를 보고 그 남자로 착각하였다.

포악하기로 유명한 황제와 일황녀가 상하만은 따른다. 그 모습을 보고 두 사람이 상하의 온순한 성정에 감화된 것인지 아니면 상하도 드러내지만 않을 뿐이지, 그 황제나 일황녀와 같이 잔혹한 면을 숨기고 있기에 셋이 통하는 면이 있는 것인지 의문을 가진 적이 있었다. 차가운 물속에 던져진 느낌이었다. 파리 한 마리 죽이지 못할 것같이 양순한 상하는 전쟁에서 호국장군과 쌍두마차로 지대한 공을 세웠다.

그동안 우희는 보고 싶지 않은 진실에 눈을 감아버린 것인지도 몰랐다. 우희를 담는 아름다운 검은 눈이 그 마른 눈과 같은 것이라고 믿고 싶지 않았던 걸지도 몰랐다. 어째서 상하가 그리도 어두운 눈을 하고 있었는지 캐내면, 호국장군과 강유의 죽음으로 이어지기에 우희가 본능적으로 피한 것인지도 몰랐다.

"우희, 본궁은 복수를 하고자 합니다."

우희는 예도 잊고 연빈의 눈동자를 똑바로 쳐다보았다. 누구에 대한 보복에 나선다는 말인가? 고국의 세자와 강유에 대한 원수를 갚기 위해 상하를 해하겠다는 말을 하는 것인가?

"우희, 본궁이 고국의 치욕을 씻게 도와줘요."

순간 우희의 머릿속에 번개같이 스쳐 지나가는 생각이 하나 있었다. 은인과 상하, 그리고 강유. 우희가 어떤 행동을 취해야 할지 정하지는 못했다. 그러나 눈앞의 연빈이 자신을 믿게 해야 하는 것은 확실했다. 우희는 미소를 짓고 고개를 끄덕였다. 연빈이 자리에서 일어났다. 그리고 반대쪽 탁자 위에 올려져 있던 작은 찬합을 들고 왔다. 전에 황녕궁에 들고 갔던 물건과는 전혀 달랐다. 광택도 없었고 어떤 기교를 부리지도 않았다. 궁인들이 쓰는 것과 크게 다르지 않았다. 연빈은 우희와 다시 한 번 눈을 마주쳤다. 그리고 천천히 찬합의 뚜껑을 열었다. 안에는 작은 월병이 들어 있었다. 수수한 그릇과는 달리 무척 화려한 월병이었다.

"동친왕께서 본궁에게 피마자를 권하셨지요. 그래서 본궁도 동친왕께 피마자를 올리고자 합니다."

연빈이 즐겁다는 듯이 웃었다. 우희는 노란 월병을 쳐다보았다. 저 작은 간식 한 입이 상하를 죽일 독이었다.

"씨에서 짜낸 기름은 건강에 좋지만 날것으로 먹으면 극독이지요. 저 안에는 서른 알이 들어 있답니다."

연빈이 미소를 지으며 찬합의 뚜껑을 닫았다. 금색 독은 시야에서 사라졌다. 연빈은 우희에게 찬합을 안겨주었다. 그리고 먼저 걸어가 문을 열었다. 우희는 천천히 찬합을 들고 일어났다. 그리고 방 밖으로 걸음을 내디뎠다. 눈이 멀 것같이 밝은 빛이 쏟아졌다. 연빈이 앞서 주변을 물려놓았던 것인지 멀리서 연빈의 명을 기다리고 있는 궁녀들만 보였다. 우희는 고개를 돌려 연빈을 보았다. 연빈이 새빨간 입술에 잔혹한 미소를 그리고 있었다. 우희는 천천히 예를 올렸다. 그리고 느릿느릿 장화문을 나섰다.

우희는 처소로 돌아오자마자 찬합을 숨기고 내의원으로 달려갔다. 다행히도 류호가 자리에 있었다. 우희는 다른 사람들 앞에서는 류호를 아는 척하지 않았다. 왕 태의가 북주성에서 돌아왔는지 물었다. 류호는 아니라고 대답하였다. 우희는 바로 내의원을 나갔다. 그리고 담벼락을 돌아가서 기다렸다. 잠시 후 류호가 시간차를 두고 따라 나왔다.

"류호, 피마자에 대해 알려줘."

우희가 주변에 아무도 없는 것을 확인한 뒤에 물었다. 류호는 미간을 찌푸렸다. 그리고 한참을 고민한 끝에야 입을 열었다.

"기름은 변비와 피부염, 부스럼에 좋아. 잎은 다리의 통증과 기침에 효과가 있어. 하지만 낙태 효과가 있으니 회잉 시에는 쓰면 안 돼."

하지만 류호가 말해주는 피마자의 이로운 점들은 우희가 알고자 하는 것이 아니었다. 우희는 고개를 저었다. 그리고 속삭였다.

"아니, 그런 것 말고. 독, 독에 대해 말해줘."

우희의 말을 듣기 위해 귀를 기울이고 있던 류호가 고개를 들었다. 그리고 걱정으로 가득한 시선으로 우희를 쳐다보았다. 우희는 물러나지 않고 마주보았다. 그러자 류호가 한숨을 지었다.

"우희 네가 무슨 생각을 하는지 모르겠다. 하지만 조심하리라 믿어. 가시가 있는 피마자 열매 안에는 주로 씨앗이 세 개씩 들어 있어. 간과 신장을 해하고, 숨통을 막아. 중독된 사람은 두통과 위장염이 생겨. 눈과 몸이 누레지고, 땀을 흘리며 경련을 일으켜."

류호가 겨우 알아들을 수 있을 정도로 빠르게 말했다. 우희는 고개를 끄덕였다. 연빈이 말한 대로 극독임이 틀림없었다.

"만약 서른 알을 먹으면 어떻게 돼?"

사실 물을 필요도 없었다. 황달이 생기기도 전에 질식하여 죽을 것이었다. 우희의 질문을 들은 류호는 고개를 절레절레 흔들었다.

"피마자 중독은 증상이 나타나기까지 잠복기가 길어. 하지만 한 번에 서른 알이면 치료할 가능성도 희박하지."

우희는 천천히 뒤돌았다. 그리고 힘없이 황녕궁으로 걷기 시작했다.

류호가 뛰어왔다. 그리고 우희의 팔을 잡아 돌려세웠다.

"우희, 이상한 생각하는 건 아니지?"

우희는 근심에 찬 류호의 표정을 보고 가벼운 웃음을 터뜨렸다. 소향과 류호의 부모가 동향이라더니 류호도 소향을 닮았다. 어미 새처럼 우희를 염려하고 있었다. 황국은 멀고 낯선 땅이었다. 하지만 새로운 벗들도 생겼다. 우희를 생각해 주는 사람들이 있었다. 우희는 상하를 독살하면 자신이 잃을 것들을 생각하였다. 우희는 미소를 지었다. 그리고 류호의 손을 힘주어 잡았다.

사실 우희가 가장 두려운 것은 상하를 죽이고 잃을 것들이 아니라 상하를 잃는 것 그 자체였다. 우희는 뜨거운 여름의 태양을 떠올렸다. 상하와 나누었던 자두의 맛이 입안에서 감돌았다. 자두의 신 자색 껍질 안에는 달콤한 노란 속살이 들어 있다. 우희의 첫 연모는 강유의 배신으로 시디시게 끝났다. 우희가 두 번째로 연모의 정을 품은 상하는 우희를 돌아봐 주었다. 상대의 눈동자에 자신이 온전히 담기는 모습을 보는 것은 무척이나 달콤하였다. 우희는 행복에 취했다. 괴로움 뒤에 즐거움만 있다고 생각했다. 자두의 껍질 속에 과육만 있다고 착각하였다. 그러나 다디단 열매 살 뒤에는 씨가 있었다. 얇은 껍질과는 비교도 할 수 없을 정도로 단단하고 신 씨앗이 있었다. 우희는 시다 못해 쓰기까지 한 씨가 있다는 사실을 잊고 있었다.

우희는 밝은 하늘을 올려다보았다. 어째서 상하는 자신에게 강유를 용서하라는 말을 하였을까? 만약 우희가 여전히 강유를 염오하고 있었다면 조금도 고민하는 일이 없었을 것이었다. 고국의 조정에서 왕에게 전쟁을 주장한 사람이 강유였다. 연빈이 그 뜻을 이루어주기를 왕에게 간청한 이유가 강유를 너무나도 사모하였기 때문이었다. 강유 때문에 황국과의 전쟁을 반대한 우희의 아버지가 역모 죄로 장대 끝에 머리가 매달렸다. 그럼에도 불구하고 우희는 강유를 온전히 미워하지 못했다. 강유를 아낀 마음이 너무 커서, 함께 쌓은 추억이 너무 많고, 그 시간이 너무 길어서 강유를 증오할 수 없었다. 그런데 상하가 강유를 미워하지 말라고 하였다. 우희가 강유를 아낀 만큼, 강유도 우희를 아꼈을 것이라고 하였다. 그리고 강유가 등을 돌린 데에는 이유가 있었을 것이라고 우희를 설득하였다. 우희는 자신이 그 말에 회유된 것을 후회하였다. 우희가 상하의 뜻대로 강유를 용서하였기 때문에, 강유를 죽인 상하에게 복수하겠다는 연빈의 말에 고민을 하고 있었다.

'우미인美人'

파란 하늘에 떠다닐 리 없는 하얀 배꽃이 보였다. 우희는 놀라 눈을 깜빡였다. 꽃잎은 순식간에 사라져 버렸다. 우희는 허탈한 웃음을 터뜨렸다. 강유의 목소리는 더 이상 들을 수 없었다. 강유와 함께한 어린 날들도 돌아오지 않았다. 그제야 우희는 결정을 내릴 수 있었다.

우희를 우미인이라 불러주던 사람은 더 이상 없었다. 하지만 우미희美姬라 부르는 사람은 있었다. 우희는 낮고 다정한 목소리로 자신을 우미희라 부르는 상하를 잃을 수 없었다. 강유와 상하 둘 중 하나를 선택하는 문제가 아니었다. 자신을 우희라고만 부를 연빈과 우미희라고 달콤한 말을 속삭일 상하 둘 중 하나를 선택해야 했다. 그리고 후자는 무척이나 쉬운 문제였다.

처소로 돌아온 우희는 방문부터 닫았다. 그리고 장화궁에서 받아온 물건을 꺼냈다. 우희는 월병을 으깨 버리기 위해 찬합에서 꺼냈다. 그러나 월병을 집어든 우희는 얼어붙었다. 흔한 월병과는 달리 작은 연빈의 월병, 오밀조밀 문양이 새겨지고 가운데는 수壽자가 찍혀 있는 월병은 우희가 이미 여러 차례 본 것이었다. 연빈이 황후에게 바친 월병과 동일했다.

"언니, 언제 돌아왔어?"

양미랑이 문을 열고 들어왔다. 우희는 월병을 재빨리 다시 찬합 안에 던져 넣었다. 하지만 양미랑은 이미 우희가 숨기려던 월병을 보고 눈을 가늘게 떴다. 그리고 싱겁게 얼핏 한번 웃었다. 양미랑이 우희가 서 있는 탁자 앞으로 다가왔다.

"혼자 먹으려고?"

양미랑이 놀리듯 물었다. 우희는 뚜껑을 누른 손에 힘을 주었다. 그리고 찬합을 몸 안쪽으로 조금 끌어당겼다.

"연빈께서 주신 건데 나눠먹을 정도가 못돼. 다음에 뵈었을 때 맛이 어떻더라 말은 올려야지. 대신 장화당에 갈 때 더 많이 얻어올게."

우희가 어설픈 거짓말을 늘어놓았다. 찬합 안에 든 월병을 먹은 사람은 절대로 그 맛을 평할 수 없었다. 하지만 양미랑은 우희의 말을 믿었다. 그리고 탁자 앞에 놓인 의자를 끌어당겼다.

"삼황녀마마 것도 잊지 마."

양미랑이 밝게 웃으며 말했다. 우희도 웃음을 지었다. 그것이야말로 연빈이 바라는 바일 것이었다. 황제의 자식들까지 모두 없애고 황실을, 황국을 파탄 내는 날을 매일 꿈꾸고 있을 터였다. 어린 궁녀 하나가 문 앞에서 우희를 불렀다. 그리고 동선방에 둔 꽃을 어찌할지 물었다. 양미랑이 먼저 가벼운 걸음으로 동선방으로 향했다. 우희는 찬합을 재빨리 숨겼다. 그리고 양미랑의 뒤를 따랐다.

"황후마마께서도 기뻐할 거야."

양미랑이 꽃으로 만들 간식을 보고 황후가 지을 미소를 상상하는지 꽃보다 환하게 웃었다. 우희는 양미랑에게 미소를 지어주었다. 그리고 생각에 잠겼다. 상하가 황녕궁에서 내온 월병에 독살당하면 화살은 황후에게로 쏠릴 것이다. 강유의 목을 벤 상하에게 원수도 갚고,

호국장군의 누이동생인 황후에게 누명을 씌울 수 있으니 연빈으로서
는 일석이조다.

연빈이 상하에게 먹이라고 우희에게 건넨 월병에는 피마자가 서른
알이나 들어 있었다. 그러나 황후에게 올리는 간식에는 아주 조금 들
어 있는 것이 분명했다. 연빈이 황후를 독살한 것이 자신임을 최대한
숨기려면 직접 올리는 월병에 치사량을 넣지는 못할 것이었다. 황후는
천천히 죽을 것이었다. 우희는 황후가 죽으면 어떻게 될지 생각하였
다. 우희는 황후가 허락하지 않았기 때문에 상하에게 갈 수 없었다.
황후만 없다면 바로 상하의 손을 잡으러 달려갈 수 있을지도 몰랐다.

하지만 우희는 그럴 수 없었다. 황후가 그랬다. 우희는 황후 자신의
것이라고 하였다. 그리고 우희는 주인을 배신할 수 없었다. 열두 해 동
안 자신을 거대한 날개 아래 거두어준 황후를 배반할 수 없었다. 우희
를 구해준 은인의 누이동생을 살해할 수는 없었다. 은혜를 원수로 갚
아서는 안 되었다. 무엇보다도 상하가 용납할 리 없었다. 벗을 대신하
여 지켜온 황후를 죽인 우희를 받아들일 리 없었다.

잘 마른 꽃잎이 손에서 바스러졌다. 우희는 동선방의 궁녀가 진한
홍색 꽃가루를 반죽에 개는 모습을 지켜보았다. 처음에는 별개였던
것들이 조금씩 섞이기 시작했다. 그리고 곧 완전히 하나가 되었다.

"우희 궁녀, 연빈께서 오셨네."

장 내관이 우희를 찾았다. 열흘 전, 우희는 장 내관에게 연빈이 찾
아오면 자신에게 알려달라고 부탁해 놓았다. 양미랑에게 부탁하였더
라도 별다른 말을 묻지는 않았겠지만, 방에서 본 월병과 연관하여 잘

못된 추리라도 하면 난감했다. 우희는 궁녀들에게 간식을 맡기고 황녕
궁으로 향했다.

우희가 나무로 된 격자무늬 문을 지나자마자 자리에 앉고 있는 연빈
이 보였다. 우희는 무릎을 굽혀 연빈에게 예를 올렸다. 그리고 일어서
며 은근히 미소를 지었다. 황후 옆에서 시중을 들던 만효가 의아하다
는 표정으로 우희를 맞이하였다. 조금 전에 동선방의 궁녀가 간식을
만드는 데 도움이 필요하다며 찾아왔었다. 우희는 양미랑에게 자기
대신 황후의 곁을 지켜달라고 부탁하였다. 그리고 그 자리에 있던 만
효는 그리하라 허락하였다. 우희는 갑작스러운 행동의 변화에 의문을
갖는 만효의 반응을 모른 척 황후 옆으로 다가갔다.

"황후마마, 이번 월병은 참 노랗게 잘 구웠사옵니다."

연빈의 말에 장화궁 궁녀가 찬합을 들어올렸다. 불그스름한 나무를
깎은 찬합은 희囍자를 금으로 새겨 넣은 것이었다. 우희는 연빈과 눈
을 마주치고 미소를 지었다. 황후가 저 안에 든 월병을 먹고 중독된다
면 연빈의 기쁨이 될 것이었다. 연빈의 궁녀가 찬합을 열었다. 안에는
예의 태양색 간식이 들어 있었다. 장수를 기원하는 문자로 장식한 노
르스름한 월병이었다. 우희는 연빈의 희망을 백색 도자기 위에 옮겼
다. 둥근 그릇은 바닥에 고사리를 금박으로 그리고 안쪽 옆면에는 붉
은 안료로 꽃을 피웠으며, 손잡이는 꽃봉오리였다. 우희는 말없이 월
병을 들고 황후 쪽으로 걸어가기 시작하였다.

본디 커다란 월병은 여러 사람이 조각을 나누었다. 복을 함께하였
다. 하지만 연빈은 고의로 작은 월병을 준비하였다. 한입 크기의 월병
은 황후 홀로 음독하게 하려는 계획이었다. 다른 사람이 중독 증상을
보여서 의심을 사면 안 되었다. 연빈이 가져온 월병이 워낙 작은 탓에
모든 조각을 쪼개어 독을 검사할 수는 없었다. 기미를 보는 궁녀가 집

는 위엣 것에는 피마자를 넣지 않았을 것이다. 하지만 나머지에는 황후를 천천히 죽일 정도를 감추어두었을 것이었다.

우희가 천천히 걸음을 떼었다. 우희가 황후에게 올리는 월병에 피마자가 들었다는 사실을 눈치챘다는 것은 연빈도 짐작하고 있을 터였다. 그리고 우희도 고국의 원수를 갚기 위하여 제 주인을 죽이는 데 동참한다고 생각하고 있을 것이었다. 황후가 앉아 있는 의자가 가까워지고 있었다.

우희가 넘어졌다. 그릇을 먼저 떨어뜨렸다. 백색 도자기는 바닥에 부딪치는 순간 산산조각이 났다. 우희는 월병이 계획한 것보다 멀리 떨어지는 모습을 보았다. 우희는 균형을 잡는 척하며 두어 걸음 더 앞으로 나갔다. 그리고 팔로 월병을 으깼다. 소매 아래로 소가 뭉그러지는 느낌이 났다. 궁녀들이 비명을 질렀다. 우희는 서둘러 몸을 일으켰다.

"황후마마, 노비가 죽을죄를 지었사옵니다."

우희가 황후를 향해 고개를 조아리며 울먹였다. 우희는 황후가 계속해서 월병을 먹는 모습을 상상했다. 황후가 피마자에 중독되어 죽는 모습을 그렸다. 상하가 우희의 배신을 알고 더 이상 부드러운 음성으로 우미희라 불러주지 않는 순간까지 떠올려 볼 필요는 없었다. 우희는 명빈을 위하여, 호아를 위하여, 채이를 위하여, 몇 번이나 황후가 아닌 다른 사람의 편을 들었다. 그리고 황후는 우희를 그때마다 용서하였다. 삼황녀를 위한 청을 올렸을 때는 황후가 우희를 위해 하지 못할 일이 무엇이겠냐고 말하였다. 우희는 자신이 밟고 있는 땅 위에 자신에게 더 큰 관용을 베풀 사람이 누가 있을지 떠올리려 하였다. 하지만 불가능하였다. 그러니 황후가 죽어서는 안 되었다. 우희가 그리 내버려두지 않을 것이었다. 황후가 독살당하는 모습을 상상만 하여도 가슴이 답답해졌다. 거짓된 눈물을 흘리는 일은 어렵지 않았다.

"우희, 일어나려무나."

우희가 고개를 들었다. 황후는 깨진 그릇 조각이 튀어 오르는 와중에도 위엄을 잃지 않고 있었다. 황후가 우희를 쳐다보는 표정이 묘하였다. 안쓰럽다는 눈으로 쳐다보며 미소를 짓고 있었다. 다른 사람이 보면 크나큰 실수를 저지르고 두려움에 가득 차 있는 궁녀를 달래려는 미소로 생각할 수도 있었다. 하지만 황후를 열두 해 동안 지켜본 우희는 그것이 무언가에 만족하는 미소라는 사실을 알 수 있었다.

"손도 베었구나. 돌아가서 치료토록 하여라."

우희는 황후의 말에 제 손을 쳐다보았다. 깨진 조각을 짚었는지 피가 흐르고 있었다. 우희는 다시 황후의 용서에 감사를 표하였다. 그리고 뒤돌아 연빈을 향해 아름다운 간식을 망치고 만 일에 사죄를 청하였다. 황후가 용서하였으니 연빈이 화를 낼 수도 없는 상황이기는 하였다. 하지만 우희는 연빈의 마음을 잃어서는 안 되었다. 우희가 실로 안타깝다는 표정을 지은 덕분인지, 연빈은 우희가 넘어진 일이 실수라 믿는 듯이 부드러운 미소를 지어보였다.

그렇게 우희는 황후의 편에 서기로 마음을 먹었다. 잠시 엇갈린 생각들로 괴롭기는 하였지만 마침내 결정을 내렸다. 그리고 황후를 시키기 위해 몸을 사리지 않았다. 그러나 하늘은 무심하였다. 마음만으로는 어찌할 수 없는 상황이 우희 앞에 넓디넓은 바다처럼 펼쳐졌다. 우희는 와들와들 떨며 자리에서 일어나려 하였다. 하지만 황제는 우희의 어깨를 눌러 다시 앉혔다. 그리고 홀로 광소정 밖으로 걸어 나갔다. 우희는 다시 노래를 시작한 새들이라도 황후께 날아가 주기를 바랐다. 황제가 비밀을 알아버렸다고 전해주길 바랐다.

꿨

황제는 반송나무 울타리 앞에 앉아 기다렸다. 광소정 앞을 지키고 있는 황후의 궁인들이 안절부절못하는 것이 우스웠다. 아직 어린 궁녀들이었다. 이들에게까지 황후와 우희의 비밀을 알려주었을 리가 만무하였다. 불쌍하게도 자신들이 지키고 있는 것이 황후라고 착각하고 있을 것이었다. 황제는 왕 내관이 올린 시원한 차로 입술을 축였다. 열기로 말랐던 입술을 적시니 정신이 맑아졌다. 황후가 황제의 허락을 받지 않고 황궁 밖을 나가는 일은 있을 수 없었다. 한낱 궁녀가 황후의 예복을 걸치는 일은 당대고금 어디에도 없었다. 역모의 죄를 씌워 구족을 멸할 수 있을 죄였다. 그러고 보니 우희라는 궁녀는 이미 고국에서 가족을 모두 잃었다고 하였다. 황제는 웃음을 터뜨렸다.

발소리들이 들리기 시작하였다. 황제는 고개를 들었다. 황후의 궁녀 일행이 어화원 길을 걸어오는 모습이 보이기 시작하였다. 만효가 그 앞에 서 있었다. 만효가 황후의 곁을 떠날 리 없었다. 황제는 의자에서 일어섰다. 황금 비단 예복이 그늘에서 벗어나 햇빛에 빛났다. 만효가 황제 앞에 멈추었다. 무릎을 꿇고는 이마까지 돌바닥에 대었다. 평소에는 무릎만을 꿇는 선에서 늙은 만효를 일으켜 세우고는 하였다. 그러나 이번에는 만효가 예를 끝까지 갖추는 모습을 지켜보았다. 황제는 평정을 가장하며, 일어나라고 명하였다. 얼마 전에 차를 넘겼는데도 목소리가 가라앉아 있었다. 만효가 천천히 일어섰다. 그와 동시에 만효 뒤에서 함께 예를 올렸던 궁녀들이 몸을 세웠다. 천편일률적인 녹색 의복을 입은 궁녀들이었다.

황제는 만효가 광소정으로 들어가는 모습을 지켜보았다. 만효의 뒤를 따라 온 궁녀들이 반송나무 울타리 뒤로 사라지기 시작하였다. 나열한 궁녀들의 중간에는 밤색머리 궁녀도 있었다. 황제가 그리 찾던 궁녀였다. 황제는 다시 입술이 말라가는 것을 느꼈다. 바로 걸음을 떼고 싶은 마음이 태산 같았다. 그러나 황제는 그리하지 않았다. 절정이 다가오고 있었다. 기다려야 했다. 사냥을 할 때도 짐승을 끝까지 몰아넣는 순간까지 긴장을 늦추지 말아야 했다. 솔잎색 치마들이 돌바닥을 스치는 소리가 귓가를 간질였다. 그리고 마침내 황제가 시선을 떼지 않던 궁녀가 황제의 앞을 스쳤다. 황제는 황후의 팔을 낚아챘다. 가느다란 팔목이 한 손에 들어왔다.

　"어디를 다녀오시는 게요, 황후?"

　황후의 밤색 눈동자에는 놀라움과 공포가 가득하였다. 맑은 눈동자는 황제로 가득 차 있었다. 황제는 만족스레 미소를 그렸다. 두 가지 의혹이 하나의 열쇠로 풀리는 순간이었다. 황후의 팔목에서 핏줄이 펄떡펄떡 뛰는 것이 느껴졌다. 황제는 한동안 가지 못하였던 사냥의 즐거움을 상기하였다. 집요한 추적 끝에 사냥감을 구석으로 몰아넣고, 마침내 그 숨통을 끊는 순간의 쾌감을 향해 달려가고 있었다. 황제는 황후의 입술이 바들거리는 모습을 지켜보며 변명의 말을 기다렸다. 마침내 황후가 큰 심호흡을 하였을 때, 황제는 왕 내관을 불렀다.

　"황후께서 피로하실 테니 모셔디 드리어라. 소문이 나면 이 사리 모든 자들의 머리로 청우각을 장식할 것이다."

　얼마나 공을 들였는데, 이 자리에서 간단히 보내줄 수는 없었다.

9. 꿈속의 소녀

　황녕궁으로 돌아온 황후는 걸치고 있던 황색 장의를 벗어던졌다. 윤이 흐르는 매끄러운 바닥에 비단이 무겁게 떨어졌다. 우희는 말없이 황후가 장의 아래 입고 있던 푸른 치마를 내리고 금색 예복을 되찾는 단계를 도왔다. 마지막으로 순금으로 만든 진국眞菊을 머리에 꽂은 황후가 몸을 돌렸다. 그리고 우희에게 한 발짝 가까이 다가왔다. 우희는 숨을 멈추었다. 황후의 하얗고 고운 손이 우희의 목가로 다가왔다. 그리고 푸른 끈을 잡아당겼다. 매듭이 풀렸다. 우희의 어깨를 덮고 있던 솔색 장의가 흘러내렸다. 그리고 그 아래 아직 갈아입지 못한 황금 비단이 드러났다. 황후는 다른 이가 입고 있는 황후의 복장을 물끄러미 쳐다보았다.

　"양미랑, 종이를 가져오너라."

　양미랑이 먹을 갈았다. 그리고 황후가 붓을 놀리는 동안 우희는 재빨리 제 옷을 되찾았다. 머리에서 국화 뒤꽂이를 뽑아내고 백옥 말리화 비녀를 꽂았다.

"지금 바로 황단 땅으로 돌아가거라. 그리고 이 서신을 본궁의 큰오라버니께 전하도록 하여라."

황후가 서신을 봉하고는 양미랑에게 건네었다. 우희는 양미랑을 놀란 눈으로 쳐다보았다. 양미랑이 황궁에 들어온 지도 일곱 해였다. 하지만 아직 출궁하기에는 일렀다. 우희는 황후가 예상하는 바가 무엇인지 알 수 있었다. 황후가 황궁 밖을 드나들었다. 자리를 보전할 수 없을 것이다. 가문도 지키지 못할 가능성이 높았다. 황녕궁의 궁녀 대다수는 궁 밖으로 내쳐지거나 보다 험한 일을 하는 곳으로 쫓겨날 것이다. 그나마 양미랑은 공주의 딸이니 무사히 제자리를 찾을 것이었다.

"너를 호국장군의 양녀로 삼을 것이다. 그럼 동친왕의 적실로 들일 수 있겠지."

황후가 우희에게 걸어오며 말하였다. 우희는 제 귀를 의심하였다. 상하는 친왕이었다. 왕가에서 태어났거나 삼공 또는 대장군의 여식이라도 되어야 친왕의 정실이 될 수 있었다. 하물며 상하는 황제의 하나뿐인 형제였다. 이제까지 수많은 황국의 귀족들이 딸을 상하의 본실로 들이려 하였다. 그러나 상하는 산과 강이 두 번 바뀌고도 남을 정도로 오래전에 잃은 첫 번째 부인을 잊지 못하였다며 모든 혼담을 거절하였다.

실상은 상하를 이용하여 권세를 잡고 역모를 꾀할 사람들을 두려워하고 있기 때문이라는 것은 알고 있었다. 그러니 상하가 헛된 욕심을 내지 않을 우희의 손을 잡겠다고 하였다. 하지만 우희도 감히 군부의 자리는 꿈꾸지 않았다. 망국 출신의 노비가 어찌 친왕의 비가 될 수 있다는 말인가? 황국에서 열두 해를 보냈다. 후궁들이 총애를 위해 끊임없이 다투는 모습을 지켜보았다. 우희가 딛고 있는 땅에서는 여인들이 한 남자를 나눠야 한다는 사실에 익숙해졌다. 상하는 다행히 아직 우희 하나만을 보고 있으니 그것으로 족하였다. 측실이라도 괜찮았다. 상하의 곁에 있을 수만 있다면 아무래도 상관없었다.

"하오나 마마."

우희가 조심스레 입을 떼었다. 하지만 황후의 눈을 마주본 순간 달싹대던 입을 다물 수밖에 없었다. 밤색 눈동자는 밤같이 어두워졌고, 짐승의 것처럼 빛났다.

"본궁이 못할 것 같으냐? 본궁은 황국이 세워지기 전부터 이 땅을 다스려 온 가문의 여식이며, 황국의 안주인이다."

쉬운 일이 아니었다. 그러니 황후의 지위를 잃기 전에 서두르는 것이었다. 황제가 여러 다른 후궁들에게 애정을 주는 모습을 보면서도 지킨 자리였다. 가문의 이름을 위하여 꿋꿋하게 앉아 있던 자리였다. 그러나 그 모든 것이 한순간에 깨졌다. 우희의 손에서 바스러지던 붉은색 봄꽃처럼, 황후의 떨리는 속눈썹 끄트머리에서 흩날리는 금가루처럼 순식간에 사라져 버렸다.

우희가 알기로 그 이유는 단 하나였다. 황후의 셋째 오라버니, 우희의 은인, 호국장군의 뜻을 잇기 위해서였다. 우희가 생각하기로 황후를 끔찍이 아꼈다는 호국장군이 황후가 그리 위험한 일을 하기를 바라지는 않았을 것 같았다. 만약 호국장군이 살아 있었다면 황궁 밖에 나가며 황후 자신을 위험 속에 던지고, 폐위되며 가문까지 위기에 흔들리게 하는 것을 반대하였을 것이다. 하지만 황후는 자신이 지켜온 모든 것보다 호국장군 한 사람을 소중하게 생각하였다. 세상에 호국장군을 살려두기 위하여 그 대단한 집안까지도 내던졌다.

만약 우희의 가족이 살아 있었다면 우희 자신도 그럴 수 있었을까 생각해 보았다. 강유가 이 하늘 아래 숨을 쉬었다는 증거를 위하여 가족을 버릴 수 있었을까? 상하가 이 땅 위를 걸었다고 말하기 위하여 아버지와 오라버니, 그리고 어머니를 포기할 수 있었을까? 우희는 무엇 하나를 정할 수 없었다.

황후는 우희와 달랐다. 시선을 고정시킨 하나만을 바라보았다. 하나를 위하여 모든 것을 단념하였다. 무서울 정도의 집념이었다. 그리고 결국 자신까지 태워 버렸다.

"그 아이는 본궁의 것입니다."

그리고 우희는 호국장군이 황후에게 남긴 유품이었다. 황후는 우희가 자신의 사람이라 하지 않았다. 황후는 우희가 자신의 것이라 하였다. 우희는 아랫입술 안쪽을 지그시 깨물었다. 황후의 눈에 감도는 것은 광기였다. 그러니 어째서 이제 와서 자신을 놓아준다는 말을 하는 것인지 알 수 없었다.

"마침내 모든 것이 끝났구나."

황후가 우희의 생각을 깨고 들어오며 말하였다. 염화가 휩쓸고 간 자리에는 재밖에 남지 않았다. 빛과는 너무 먼, 메마른 검은색 가루밖에 없었다.

"그리고 본궁은 이제야 깨달았다."

황후가 뒤돌았다. 태양과 같은 색의 비단 자락이 쓸쓸하게 그 뒤를 따랐다. 황후는 의자에 쓰러지듯 앉았다. 우희는 조심히 황후에게 다가갔다. 그리고 그 아래 무릎을 꿇고 앉았다. 황후는 다가온 우희를 내려다보았다.

"너를 놓아주느니 없애 버리겠다고 생각했다."

황후가 말과는 거리가 먼 부드러운 미소를 지었다. 우희도 그 말을 들었던 순간을 떠올렸다. 벌써 한 해 전이었다. 그때 우희는 절망을 느꼈다. 황후가 너무나도 두려웠다. 한마디 말로 우희를 가둬 버리고, 손짓 한 번으로 우희의 목숨을 앗아갈 수 있는 괴물이었다. 하지만 지금 우희의 앞에 앉아 있는 사람은 여리디여린 여인 하나뿐이었다.

"그러나 차마 그리할 수가 없구나. 그럼 이 세상에 오라버니의 그무엇이 남겠느냐?"

죽어버린 오라버니의 기억 자락을 놓지 못하는 어린 소녀만이 남아 있었다. 우희는 황후를 안쓰러운 눈으로 올려다보았다. 가엾은 황후는 모든 것을 잃었다. 그리고 오라버니와 연결된 가장 작은 조각 하나라도 남기기 위하여 우희를 포기하겠다고 말하고 있었다.

"그러니 멀리 날아가거라. 본궁은 너를 쫓아가지 못하리라."

우희는 자신이 어떻게 처소로 돌아왔는지 기억하지 못했다. 패물만 간단히 챙긴 양미랑이 우희를 껴안고 이별을 고했다. 소향의 출궁을 지켜볼 때만큼 괴롭지는 않았다. 우희도 곧 궁을 나갈 터였다. 열두해 동안 우희를 거두어준 황후 곁을 떠날 것이었다.

"황상 납시오!"

황제가 탄 가마 주변으로 내관들이 외치는 소리가 울려 퍼졌다. 황제는 자신이 어쩌다 이 상황까지 오게 되었는지 이해해 보려 노력하였다. 자신은 하늘 아래 가장 귀한 자리의 주인이었다. 그러나 하나뿐인 정처는 황제를 배신하였다. 동친왕의 자식을 낳았다. 그래도 황제는 황후를 용서하였다. 황후의 자식을 팔황자로 삼았다. 동친왕은 선황의 황귀비로부터 어린 황제의 목숨을 몇 번이나 구했기에 죄를 물을 수 없었다. 하지만 황후는 황후라는 이유만으로 죄를 눈감아주었다. 선황께서도 황후의 자리만을 약조하셨지, 폐위하지 말라는 명은 내리지 않으셨다. 황귀비의 손에서 황후의 지위를 지켜준 것은 황제의 뜻이었다.

그러나 황후는 동친왕을 만나겠다고 황궁을 빠져나갔다. 궁녀를 광소정에 앉혀두고, 자신은 금색 예복을 벗어던졌다. 후궁들은 황제가 돌아봐주지 않으면 조바심을 냈다. 황귀비는 살인까지 저질렀다. 그러나 황후는 그리도 중시하던 법도를 황제가 아닌 다른 남자를 보겠다고 내던졌다.

황제는 황녕문을 거칠게 열어 젖혔다. 황제를 기다리고 있었다는 듯이 나열하고 있던 궁녀들과 내관들이 예를 올렸다. 황제는 일어나라는 명도 내리지 않고 곧장 황녕궁으로 걸어갔다. 발아래 밟히는 돌바닥만큼이나 입안이 까끌까끌했다. 격자무늬 나무 문 앞에 서 있던 우희가 조심히 황후에게 황제가 찾아왔다고 고하였다. 황제는 우희를 보고 한숨을 내쉬었다. 황후가 시킨 일이었으니 궁녀가 어찌할 도리가 없었을 것이었다. 걱정으로 가득 찬 눈의 궁녀에게는 죄가 없었다.

분명 몇 번이나 생각을 다스리고 왔건만, 황후가 다시 걸친 금색 비단 자락을 보는 순간, 가슴 깊은 곳에서 솟아오르는 울분을 누를 수 없었다. 그 옷을 걸치기 위해 갖은 악행을 저지르는 사람도 있었다. 황제의 마음을 얻기 위해 발비둥치는 사람도 수많았다. 그러나 황후는 황제의 눈길 한 번 얻고자 한 적이 없었다. 황제는 황후에게 성큼성큼 다가갔다. 그리고 작은 어깨를 붙잡았다.

"황후는 한 번이라도 짐을 원한 적이 있었소?"

황제가 치미는 감정을 가두지 못하고 외쳤다. 손 안에 갇힌 둥근 어깨가 사정없이 흔들렸다. 얇은 금을 세공한 국화 장식이 잿빛 돌바닥에 떨어지며 날카로운 소리를 냈다. 그리고 고정되어 있던 머리카락 한 가닥이 흘러내렸다. 붉은 태양이 황후의 머리에 내려앉았다. 황후가 풍성한 속눈썹을 천천히 들어올렸다. 황제는 깊은 밤색 눈동자가 자신을 올려다보는 모습을 바라보았다. 그 아래에 무엇이 있는지 늘 궁금했으나 황후는 보여주지 않았다.

"황상."

그리고 이번에도 황후는 황제가 원하는 대답을 들려주지 않았다. 황후는 이내 다시 시선을 떨어뜨렸다. 황제는 그것이 싫었다. 황후의 눈은 절대로 자신을 향하지 않았다. 황제는 어깨를 짚고 있던 한쪽 손을 떼어 황후의 하얀 목에 가져갔다. 황후의 밤색 눈이 동그랗게 커져 황제를 다시 쳐다보았다. 황제는 자신이 손안에 쥔 것을 부러뜨릴까 하는 생각이 잠깐 스쳤다. 무척 쉬운 일이었다. 눈에서, 머리에서 떠나지 않고 자신을 괴롭혀 온 이 맑은 밤색 눈동자만 꺼뜨리면 평안해질 수 있을 것 같았다. 그러나 황제는 이내 눈을 감고 손을 떨어뜨렸다. 내내 도망칠 수 있을 정도로 거리를 두기 위해 노력해 왔으니, 손에서 놓아준 순간 날아가 버릴 것이었다. 그것은 더욱 견딜 수 없었다. 더 이상 손조차 닿지 않는 곳으로 가버리는 것은 상상만 하여도 괴로웠다.

"리離."

하지만 황후는 도망치지 않았다. 목석처럼 자리를 지키고 서 있기만 하였다. 공씨 집안의 딸, 태어날 때부터 황후의 자리를 약속받은 여자, 선황제로부터 이름을 하사받은 고귀한 이는 어렸을 때부터 자신의 존재의 이유에 대해 교육받아 왔다. 리離, 그 이름처럼 공씨 집안을 지키고 나라를 품 안에 가두기 위해 태어나고 자랐다. 그리고 이 순간에도 자신이 배운 바를 잊지 않고 있었다. 그래서 황제가 이마를 맞대고 잇새로 내뱉는 말도 가만히 듣고 있었다. 황제는 아주 작게 떨리는 황후의 어깨에서 손을 떼었다. 황제는 고개를 숙이고 있는 우희와 만효를 바라보았다. 황후의 부정을 처음부터 끝까지 지켜본 자들이었다.

"황후를 위해 동친왕의 아들까지 받아들이지 않았소?"

황제는 닫힌 문을 향해 걸음을 떼다 말고 말을 흘리고 말았다. 뒤돌아보지 않아도 황후의 속내를 알 수 있었다. 이제까지 묵인해 준 것을 들춘 데 충격을 받았을 것이었다. 물론 표정은 평온할 것이었다. 그러나 그 눈동자는 아마⋯⋯.

"황상."

언제나 평정을 유지하던 황후가 흔들리는 목소리를 내고 있었다. 황제는 천천히 발걸음을 돌려 황후에게 걸어갔다. 그리고 고개를 숙여 바닥에 떨어져 깨진 국화 장식을 주워들었다.

"팔황자 하나로는 족하지 아니 하였던 것이오?"

황제가 속삭이며 황후의 손을 잡아끌었다. 그리고 황후의 주먹을 폈다. 옥 하나를 쥐고 있는 손은 하얗게 질려 있었다. 황제는 푸른 조각을 들고 있는 손바닥에 조각난 금색 국화를 올려주고는 다시 뒤돌아 걸었다. 나무 문 뒤에 기다리고 있던 궁인들이 따랐다. 그러나 황후는 다른 말을 덧붙이지 않았다.

우희는 뛰었다. 뒤에서 징이 울렸다. 황궁의 문이 닫히고 있었다. 하지만 우희는 멈추지 않았다. 몇 번이고 길을 지키고 있던 시위들이 우희의 팔을 잡아 멈추었다. 그때마다 거세게 그 손을 떨치며 황녕궁의 궁녀라 외쳤다. 황제가 엄명을 내린 까닭에 광소정의 일은 누구도 알지 못했다. 황녕궁이라는 한마디면 모두 물러섰다. 우희는 태강전 앞까지 도착하여 숨을 몰아쉬었다. 왕 내관이 태강전 계단을 내려왔다.

"황상을 뵈러 왔습니다."

우희가 재빨리 예를 올리고 목적을 밝혔다. 왕 내관은 우희가 천치라도 되는 듯이 쳐다보았다. 우희도 우스운 일이라는 것은 알고 있었다. 궁녀가 황상을 만나겠다고 찾아오다니, 있을 수 없는 일이었다.

"전에 황상께서 상을 내리셨습니다. 노비가 다음에 황상을 찾아뵐 수 있게 허하신다 하셨습니다. 황녕궁의 우희라 하면 들여주실 것입니다."

왕 내관은 미심쩍다는 표정을 지었다. 그러나 별다른 말을 하지 않고 태강전 안으로 들어갔다. 그리고 잠시 후 나와 우희에게 고개를 끄덕였다. 우희는 천천히 태강전의 계단을 올랐다. 심장이 터질 것 같았다. 뛰어와서 그런 것인지, 황상 앞에 서게 되어 그런 것인지 확실치 않았다. 이미 밖은 어둑어둑하였다. 태강전은 낮처럼 밝았다. 우희는 용의 아가리 안으로 머리를 들이미는 심정으로 무거운 발을 들어올렸다.

"황후가 전하라 한 말이 있더냐? 짐이 내린 상을 심부름에 쓰기에는 아깝지 않더냐?"

황제는 엄청난 높이의 봉주가 쌓여 있는 책상 앞에 앉아 있었다. 그리고 우희에게 시선도 주지 않고 물었다. 우희는 황제 앞에 무릎을 꿇었다. 그리고 이마를 찧었다.

"황상, 부디 사람을 물려주시옵소서."

황제가 고개를 들었다. 황제는 한참 동안 말이 없이 우희를 쳐다보았다. 그리고는 왕 내관을 불러 자리를 피하라 명하였다.

"황상, 노비가 태강전을 찾은 것은 순전히 노비 혼자만의 생각이옵니다. 황후마마께서 아시오면 노하실 것이옵니다. 하나 노비는 황상께 드려야 하는 말이 있사옵니다."

우희는 고개를 들었다. 그리고 무릎을 꿇은 상태로 황제의 책상에 시선을 고정하고 말을 하였다. 황제는 대답이 없었다. 그래서 우희는 말을 이었다.

"여덟 해 전이옵니다. 대보름의 연회에서 연빈의 회잉을 축하한 밤이었사옵니다."

눈이 얼마나 많이 쌓여 있었는지 모른다. 우희가 황국에서 보낸 겨울 중에서도 단연코 가장 추운 겨울이었다. 그날만 떠올리면 여전히 무릎이 시큰거렸다.

"황상께서 황녕궁을 찾아오셨사옵니다. 그리고……."

우희는 열심히 머리를 굴렸다. 태강전으로 뛰어오며 황상을 과연 뵐 수 있을지 걱정하느라 다른 생각을 하지 못하였다. 우희는 되도록 앞의 말을 천천히 떼며 시간을 벌려 하였다. 그러나 끝내 적절한 표현을 떠올리지 못하였다.

"황상, 노비 목을 걸고 확신할 수 있사옵니다. 팔황자는 황상의 친자이옵니다."

황제는 여전히 말이 없었다. 그때 불현듯 우희의 뇌리를 스치는 생각이 있었다. 황제가 어째서 그날 밤의 일을 모른 척하고 팔황자가 동친왕의 자식이라는 말을 하였는지 알 것 같았다.

"노비의 실수로 그 얼마 뒤에 달거리 기록을 올렸사옵니다. 하지만 왕 태의도 회잉 초기에 피가 비칠 수 있다 하였사옵니다."

얼마 전에 왕 태의가 북주성에서 돌아왔다고 하였다. 왕 태의가 증명해 줄 것이었다. 우희는 부디 황제가 자신의 잘못으로 오해를 하는 것이 아니기를 바랐다.

"황상께서는 잘못 알고 계시옵니다. 황후마마가 아닌 노비가 동친왕의 연인이옵니다. 황후마마께서는 노비를 호국장군의 양녀로 입적

시켜 동친왕께 하가시켜 주시겠노라 약조하셨사옵니다."

우희가 적막을 견디지 못하고 토해냈다. 황제가 알면 크게 노할 말이었다. 황제의 형제와 궁녀를 이어주려는 황후에게 화살이 향할 수도 있었다. 하지만 팔황자가 황제의 친자가 아니라고 오해를 하는 것보다는 나았다. 우희는 황제가 그런 무서운 생각을 하고 있었다는 데에 소스라치게 놀랐다. 그리고 그런 생각을 숨기고 있었다는 사실에 공포심을 느꼈다.

"이만 물러나라."

황제는 마침내 입을 열었다. 그리고 깊은 바다 속에서 긁어온 것 같은 목소리로 명하였다. 우희는 황제가 자신의 말을 모두 믿을지도 확신이 들지 않았다. 하지만 우희는 최대한 자신이 할 수 있는 일을 했다. 그러니 이제 남은 일은 황제가 우희의 말을 확인하고 오해를 푸는 일 뿐이었다.

하지만 자신의 역할이 끝났다는 우희의 생각은 착각이었다. 닷새 후, 우희는 다시 태강전에 서 있었다. 저번에 태강전에 왔을 때와 다른 점이 세 가지였다. 우선 이번에는 낮에 태강전 계단을 밟았다. 그리고 황제의 부름을 받고 태강전을 찾았다. 마지막으로 우희를 맞이하는 황제의 태도가 호의적이었다.

낮의 태강전에는 거대한 창으로 뜨거운 태양이 은은하게 비쳐 들어왔다. 우희가 태강전 계단을 올라가자 왕 내관이 안에 우희의 도착을 고하였다. 황제가 들어오라 허하였다. 우희는 눈을 바닥에 고정시키고 조심스레 들어갔다. 혹시라도 황제와 눈을 마주치는 불경스러운 일이 있어서는 안 되었다. 황제는 창가에 앉아 서책을 읽고 있었다. 우희는 황제를 향해 무릎을 꿇었다. 그러자 황제가 책을 내려놓는 소리가 들렸다. 그리고 황제가 고개를 들라 명하였다. 우희는 여전히 황제의 허리께 이상으로 눈을 들지 않도록 조심하였다.

"우희 네 말이 맞더구나."

우희는 속으로 안도의 한숨을 내쉬었다. 황제의 오해가 풀렸다. 우희는 실수를 만회하였다. 우희는 입가에 미소를 띠고 황제의 다음 말을 기다렸다. 귓가에 잔잔하게 울리는 황제의 저음을 들으면 어째서 후궁들이 황제에게 매달리는지 쉽게 이해할 수 있었다.

"그런데 우희, 짐이 아직도 궁금한 게 있구나."

우희는 황제의 말에 저도 모르게 고개를 들어올렸다. 황제의 검은 눈과 마주쳤다. 상하의 것과 무척 닮아 있었다. 다만 상하의 눈동자는 언제나 생기로 빛났다. 황제의 눈은 떨어져 버릴 것같이 깊었고, 그 바닥에 부딪치면 목이라도 부러질 것같이 메말라 보였다. 우희는 곧장 고개를 숙였다.

"네가 어째서 광소정에 있었던 것이냐?"

우희는 숨이 막혀왔다. 밝은 태양에 눈이 먼 것이 아니라 목소리가 날아가 버린 것 같았다. 입도 달싹거릴 수 없었다.

"어째서 황후가 궁녀의 복장을 하고 있던 것이냐?"

황제가 물었다. 우희는 답을 해야만 했다. 대체 어디서부터 말을 해야 할까? 무엇을 고하고, 무엇을 숨겨야 할까? 우희는 시작도 끝도 없는 미로에 빠진 느낌이 들었다. 하지만 한 가지 알 수 있는 것이 있었다. 황제가 또 다른 오해를 해서는 안 되었다. 그래서 우희는 천천히 자신이 아는 것을 풀어놓기로 하였다.

"황후마마께서는 황국의 어머니이시옵니다. 자애로운 어머니가 그러듯이 한시도 백성을 잊은 적이 없으시옵니다. 하나 백성을 위해 베푸신 것들은 하나둘 관리들의 손을 타며 사라져 버렸사옵니다. 백을 내리셔도 백성의 손에 닿는 것은 하나도 없었사옵니다."

우희는 황제의 눈치를 살폈다. 황국의 관리들의 비리를 고하였다. 아랫사람을 다스리지 못한 황제의 잘못을 지적하였다. 하지만 황제는 개의치 않는 듯 보였다. 그래서 우희는 조심스레 말을 계속하였다.

"처음에 황후마마께서는 노비를 시켜 궁 밖에 나가게 하셨사옵니다. 그러나 노비가 발이 느린 까닭에 하루는 황궁에 돌아오기 전에 궁문이 닫히고 말았사옵니다."

우희에게 자상하기만 하였던 황후가 노여움을 비추었다. 우희는 황후의 총애가 집착에서 비롯된 것이라는 것을 깨달았다. 우희는 처음으로 황궁에서 쫓겨날 것이 아니라 갇힐 것을 두려워하였다.

"그래, 짐도 그날을 기억한다."

황제가 고개를 끄덕였다. 우희는 놀라 잠시 말을 잃었다. 황후는 우희를 찾기 위해 황제의 손까지 빌렸던 모양이다. 그렇게 다시 손에 넣은 우희를 놓아주겠다고 하였다. 우희는 황후가 느낀 절망을 보았다.

"노비는 호국장군이 황후마마께 남긴 유품이옵니다. 황후마마께서는 노비를 다시 잃을까 극도로 걱정하셨사옵니다."

사람이면 어떻고 물건이면 어떠한가? 황후는 썩 괜찮은 주인이었다. 자신의 소유는 아끼었다. 우희를 소중하게 대하여 주었다.

"그래서 황후마마께서 노비 대신 황궁 밖에 나가셨사옵니다. 하오나 황상, 황후마마께서는 그 모든 일을 백성을 위하여 하셨을 따름이옵니다."

우희가 서둘러 황후를 비호하였다. 황후의 아름다운 뜻을 알면 황제도 황후를 용서할 것이었다. 황후의 자리를 지켜줄 것이었다. 황후는 황녕궁의 주인으로 남아야 했다.

"황후가 우희 너를 위해 그 위험한 황궁 밖에 나갔다고 하였느냐?"

황제의 목소리는 전과 다름이 없었다. 하지만 우희는 감히 고개를 들어 올릴 생각을 하지 못하였다. 바다는 아직까지 잔잔했다. 그러나 우희는 금방이라도 엄청난 파도가 몰아칠 것을 알 수 있었다. 바다의 안팎이 뒤집히기 일보직전이었다.

"황후가 동리군자라고 하였느냐?"

황제가 다시 나지막한 목소리로 물었다. 우희의 등 뒤로 비 오듯이 땀이 흘렀다. 조심한다고 하였다. 그러나 말해서는 안 되었던 것을 흘렸다. 우희는 황제가 동쪽 울타리 아래 군자에게 내렸던 경고를 찾아 기억을 더듬었다. 단두형을 내리고 효수를 한다고 하였다.

"우희."

황제가 우희를 불렀다. 무척이나 달콤한 목소리였다. 우희는 땅에 이마를 댐으로써 대답을 대신하였다.

"물러가도 좋다."

온몸이 떨렸다. 장대 끝에 매달렸던 우희의 아버지와 오라버니의 머리는 절대로 잊을 수 없었다. 그러나 이제 그 끄트머리에 황후의 머리가 꽂혀 있었다. 우희는 태강문을 나서자마자 바닥에 주저앉았다. 그리고 욕지기를 했다. 어쩌면 이것이 우희의 운명이었는지도 몰랐다. 우희를 소중히 생각한 모든 사람들의 머리가 잘리고, 우희가 몇 번이나 낯선 세상 속에 던져지는 것이 천명인지도 몰랐다.

"황상, 동친왕 전하께서 뵙기를 청하셨사옵니다."

말을 전해들은 황제는 헛웃음을 터뜨렸다. 당연한 일이었다. 동친왕은 늘 황후를 지키는 역할을 맡아왔다. 그리고 이번에도 예외는 아니었다. 아마 우희에게 황후가 곤경에 처했다는 소식을 듣자마자 황궁으로 향한 것이었을 터였다. 황제는 짙은 눈썹을 짚던 손을 내렸다. 그리고 차라리 잘되었다 생각하였다.

"황상을 뵙사옵니다."

허락이 떨어지자마자 안으로 들어선 동친왕이 예를 올렸다. 황제는 안색을 풀고 동친왕을 맞이하였으나 가라앉은 눈동자는 여전하였다. 일각 전까지만 해도 우희가 서 있던 자리에 동친왕이 앉았다. 그리고 궁녀가 등황색의 대홍포를 들여왔다. 황제가 난향을 음미할 때 동친왕이 남쪽 시찰의 결과에 대해 이야기를 꺼냈다.

"남경의 기근이 무척 심하옵니다."

황제는 동친왕의 말을 들으며, 황후가 이 소식을 듣고도 돕지 못하여 가슴 아파 할 모습을 떠올렸다. 어쩌면 사람을 보낼지도 모른다. 리籬, 황국의 안주인이자 공씨가의 수호할 울타리로서의 의무만을 교육받으며 자란 이였다. 그런 황후가 자신뿐만 아니라 자신이 이제껏 지켜온 가문까지 위험에 처할 수도 있는 일을 감수하였다.

"황후가 동리군자를 자처한 데에는 이유가 있을 것입니다."

황제가 동친왕의 말을 끊었다. 황제는 자신의 것과 같이 검은 눈동자를 마주보았다. 반짝이고 있으나 당혹함이 여력하게 서린 눈이었다. 동친왕이 천천히 잔을 내려놓았다. 맑은 차가 불안하게 찰랑였다.

"황후의 위와 공씨가를 모두 걸어서라도 지킬 것은 하나밖에 없습니다. 호국장군이 이 일에 어찌 관련이 있습니까?"

황제가 흔들림 없는 눈으로 동친왕을 바라보고 물었다. 동친왕은 잠깐의 정적과 함께 감았던 눈을 떴다. 차도 동친왕의 눈동자도 차분하였다. 그리고 마침내 동친왕이 황제와 마찬가지로 가라앉은 어두운 눈으로 대답을 하였다.

"호국장군이 하던 일이옵니다. 호국장군이 사재를 풀어 휼구하였사옵니다. 그러나 호국장군은 고와의 전쟁에서 전사하였사옵니다. 황후마마께서는 호국장군의 선행을 이어가셨습니다. 그리고 소문은 조금씩, 느리게 퍼져 십 년이 넘어서야 황상의 귀에 들어갔사옵니다."

콩을 심은 데 팥이 난다 하여도 굳게 믿을 오라버니의 말이었으니 당연한 일이었다. 황제는 대신들에게 권력을 앗기고 백성들은 수탈을 당하였다. 정명한 호국장군은 도탄에 빠진 백성들에게 손을 내밀었다. 가문과 백성을 품기 위해 나고 자란 황후가 동친왕의 도움을 받아서라도 국모의 의무를 해내려던 것은 당연한 일이었다.

"신이 황후마마의 손발이 되었나이다. 신이 황명을 어기고 황후마마를 도왔나이다. 하나 황후께서는 황상의 백성을 위한 호국장군의 뜻을 잇고자 하셨을 따름이옵니다."

황제는 짙은 눈썹을 찌푸렸다. 자신과 같이 새까만 눈동자를 근심으로 가득 채운 동친왕을 더 이상 마주하기 어려웠다. 그 눈 가득 황후에 대한 염려만이 들어 있다는 것을 알고 있었기에 더욱 보고 있을 수 없었다. 황제는 남경에 구휼미를 보내라는 명과 함께 축객령을 내렸다.

황제는 황후가 태강전에 도착하였다는 말을 왕 내관이 고하기를 기다렸다. 황후를 기다리는 순간은 늘 즐겁고 괴로웠다. 황제는 인정해야 했다. 황후를 연모하였다. 사모하는 여인의 얼굴을 볼 생각에 마음이 들떴다. 그리고 그 황후의 눈동자에 자신이 담기지 않기에 고통스러웠다. 황제는 허탈한 웃음을 터뜨렸다.

황후가 동친왕에게 연정을 품지 않았다는 말을 우희에게 들었을 때 얼마나 기뻤는지 몰랐다. 조금만 이성이 부족했더라면 당장 황녕궁으로 뛰어갔을 것이었다. 왕 태의에게서 팔황자가 자신의 친자라는 사실을 들었을 때는 심장이 터져 버릴까 두려웠다. 황제 자신과 황후의 자식이었다. 가슴이 너무 빠르게 뛰어 그 자리에서 죽는 게 아닐까 걱정되었다. 팔황자를 품에 안아보지도 못하고 세상을 뜰까 봐 무서웠다.

그러나 우희에게서 황후가 동쪽 울타리 아래 군자라는 말을 들었을 때는 나락으로 떨어지는 느낌이었다. 황후는 동친왕을 연모하지 않았다. 그렇다고 해서 황제를 돌아본다는 뜻은 아니었다. 황후는 한낱 궁녀를 위하여 몸을 위험에 내던졌다. 우희가 호국장군의 유품이니 무엇이니 주절거렸지만 귀에 들어오지 않았다. 황제가 확인한 것은 황후의 마음속 한구석에도 자신이 있을 자리가 없다는 사실뿐이었다.

왕 내관이 황후가 태강전에 내도하였다고 알려왔다. 황제는 황후가 천천히 걸어오는 모습을 똑바로 지켜보았다. 눈을 깜빡이는 순간도 아까웠다. 황후의 무릎이 느리게 내려갔다.

"부르셨사옵니까?"

황후가 평소와 조금도 다름없는 차분한 태도로 물었다. 황제는 내관들을 물리쳤다. 그리고 손을 뻗었다. 황후는 그 눈앞에 내밀어진 손을 보고 잠시 머뭇거렸다. 아주 잠깐이었지만 기다리는 황제에게는 영겁의 시간과 같았다. 황제는 손을 떨지 않기 위해 팔에 힘을 주었다. 마침내 황후가 황제의 손을 마주잡았다. 황제는 단번에 황후를 일으켰다. 그리고 물었다. 마음이 흔들려 말을 못 꺼내기 전에 서둘렀다.

"황후, 황후가 동리군자였소?"

황후는 서서히 시선을 끌어올렸다. 황제는 태양이 황후의 속눈썹에 부딪혀 금색 가루가 되어 흩어지는 모습을 지켜보고 있었다. 황제는 황후가 영민하다는 것을 알고 있었다. 황후는 시인하지 않을 것이었다. 황후는 해를 삼켜 버린 눈으로 황제를 똑바로 쳐다보았다. 황제는 자신의 예상이 빗나갈지도 모른다는 생각이 들었다. 기대감인지 두려움인지 그 무엇에서 비롯된 것인지 모르게 조금씩 가슴이 빨리 뛰기 시작하였다. 황후의 입에서 나올 말을 막으려 할 때, 황후가 담담하게 대답하였다.

"그렇사옵니다, 황상."

황제는 짙은 눈썹을 일그러뜨렸다. 주먹을 쥔 손에 힘이 들어갔다. 마음 한 중앙에서 무언가 무거운 것이 떨어졌다. 그리고 그제야 가슴이 두근거린 까닭을 알 수 있었다.

"어째서……."

황제는 시선을 떨어뜨렸다. 그리고 목소리를 겨우 짜내어 물었다. 울대가 울렁여 그나마 난 소리도 제대로 전달되지 않는다고 생각하였다.

"본궁이었나이다."

황제는 눈을 들어 황후가 미소를 지으며 다시 양귀비와 같이 붉은 입술로 시인하는 모습을 보았다. 내내 황후의 거짓된 미소를 보아온 황제는 황후가 진실로 웃고 있다는 것을 알 수 있었다. 그래서 더 이상 참을 수가 없었다. 그동안 수십 번도 넘게 억눌러온 감정이 그 미소를 보는 순간 폭발하였다.

"짐이 동리군자를 잡게 되면 참수형에 처하겠다고 공언하지 않았소? 그런데도, 그런데도 계속할 가치가 있었단 말이오? 황후는 진정 이곳을 떠나기 위해 그리도 발버둥을 친 것이란 말이오?"

황제는 황후의 양어깨를 잡고 흔들며 소리쳤다. 폭풍에 나무가 흔들리듯 황후가 그의 손을 따라 사정없이 흔들렸다. 금으로 된 국화가 하나둘 머리채에서 떨어져 바닥에 부딪쳤다. 그리고 날카로운 소리와 함께 꽃잎이 쪼개져 나갔다. 지던 국화 중 하나가 황제의 손에 박혔을 때야 황제는 정신을 차렸다.

"황상, 옥체를 상하셨사옵니다."

황후가 생채기가 난 황제의 손을 잡아들며, 여전히 침착한 목소리로 말하였다. 황제는 자신과 대조적인 그 여유로운 태도가 마음에 들지 않았다. 황제는 여전히 파도가 가라앉지 않은 검은 눈으로 황후가 그의 손을 살피는 모습을 따라갔다. 화려한 머리장식들은 모두 바닥에 떨어지고, 태양이 물들인 불그스름한 머리카락만 흘러내리고 있었다. 황제는 자신도 모르게 황후가 잡고 있지 않은 반대 손을 뻗어, 황후의 창백한 뺨에 붙은 붉은 실을 감아들었다. 그리고 홀린 듯 손가락에 얽혀든 빨간 실에 입을 맞추었다. 눈을 뜨자 황후의 밤색 눈동자에 어린 충격을 읽을 수 있었다. 황제는 그제야 만족스러운 미소를 지었다.

"하나 황후는 그러지 못할 것이오. 그 뜻을 이루지 못할 것이오."

황제는 황후가 놀라 놓치는 바람에 자유로워진 손으로 설야같이 하얗고 차가운 볼을 쓸며 속삭였다. 한쪽 손가락은 붉은 실이, 반대쪽 손등은 가느다란 핏방울이 타고 흘렀다. 마음만 같아서는 달달 떨리고 있는 양귀비와 같은 입술도 쓸고 싶었지만, 이미 이긴 터라 더 이상 몰아세울 필요는 없을 것 같았다.

"여봐라."

황제가 부르자 문 앞에서 대기하고 있던 왕 내관이 재빨리 들어와 무릎을 꿇었다. 황후는 방금 전의 소란이 없던 일인 듯, 침착하게 황제의 처분을 기다리고 있었다. 황제는 그런 황후를 보고는 어두운 눈으로 명을 내렸다.

"황후께서 미령하시니 궁으로 모시어라. 황후께서는 당분간 출입을 금하고 심신을 안정하시는 것이 좋겠소."

황후는 무슨 할 말이 있다는 듯이 입을 달싹이다 입술을 지긋하게 깨물고는 고개를 숙여 인사를 올렸다. 그리고 차분히 뒤를 돌아 왕 내관을 따라 나갔다. 황제는 그 뒷모습을 지켜보고 있다 발아래의 장신구들을 줍기 위해 몸을 굽혔다. 왕 내관을 따라 들어왔던 양 내관이 서둘러 만류하였지만, 황제는 손을 내저어 물리치고는 자그마한 금 조각들을 손수 주워들었다. 신경 쓰지 않으려 애를 써보아도 어느새 시선의 한 끝은 자신을 돌아보아 주지 않는 사람에게 향해 있다는 것을 깨닫는 것은 씁쓸한 일이었다. 황제는 깨어져 버린 기대와 같은 꽃잎들을 모은 왼손을 쥐고는 일어났다. 그리고 황후가 떠나가고 보이지 않은 지 오래인 문밖을 보고 서 있었다. 바람이 더워 숨이 막혀왔다.

동쪽 울타리 아래 군자의 목을 베겠다는 황명을 번복해야 할 것 같았다. 그렇잖아도 높지 않은 황제의 위엄이 더 떨어질 것은 쉽게 예측할 수 있었다. 하지만 황후는 보낼 수 없었다. 리蘿가 이미 세상에 없는 사람을 위하여 자리도 집안도 버렸다. 황후의 울타리는 무너졌다. 하지만 황제의 울타리는 벗어나지 못할 것이었다.

황후가 연금되었다는 소식은 바람보다도 빠르게 퍼져 나갔다. 영록궁의 몇 사람은 명빈과 같이 자진하는 것이 아니냐고 고소해했다. 때맞춰서 황후의 팔황자가 황제의 친자가 아니라는 소문이 퍼지기 시작하였다. 황녕궁의 문이 닫혔기 때문에 들불처럼 퍼져나가는 헛된 말을 막을 도리가 없었다. 침방의 작은 궁녀 하나를 잡고 우희가 물으니 안 귀인의 강춘헌에서 들었다고 하였다. 우희는 한숨을 내쉬었다. 어쩐지 영록궁 한 곳에서만 나왔다고 생각하기에는 소문이 돌아다니는 속도가 빠르다 싶었다. 삼황자는 황후의 양자이고 팔황자는 황후의 친자였다. 황궁에 남은 황자들은 안 귀인의 사황자와 오황자밖에 없었다. 안 귀인은 황후의 연금을 아주 좋은 기회로 생각하고 있는 것이 틀림없었다. 어쩌면 황후가 자진하거나 퇴위하기를 손꼽아 기다리고 있을 터였다. 그래야 가문이 대단치 않은 안 귀인의 친자들 중 하나가 황위를 이을 가능성이 높아지니 말이었다.

"소문이 사실인가요?"

궁녀가 물었다. 눈을 딱정벌레 껍질처럼 반짝이고 있었다. 우희는 망설였다. 황후는 소문을 듣고도 씁쓸한 눈빛만 지었다. 그러나 소문을 입에 담는 궁녀를 벌하지도 않았다. 때문에 우희가 함부로 소문을 부인할 수도 없었다. 황후는 팔황자가 황위 다툼에 엮이지 않기를 바랐다. 어쩌면 추문에 휩싸이면 황위에서 멀어질 것이라고 기대하고 있을 수도 있었다. 팔황자는 영민하였기에 황후에게 어떤 질문도 하지 않았다. 하지만 눈에는 불안함이 가득하였다. 우희는 황제가 진실을 알고 있다는 말을 황후에게, 팔황자에게도 하지 않았다는 것을 알아차렸다. 하지만 황제가 꺼내지 않은 말을 궁녀가 흘릴 수는 없었다.

"궁녀는 입이 무거워야 하거늘 말을 퍼뜨리는 행동은 옳지 않다."

우희가 짐짓 엄한 표정으로 대답을 회피하였다. 궁녀는 우희 앞인지라 고개를 끄덕였다. 하지만 입은 불만이 있다는 듯이 앞으로 튀어나와 있었다. 궁녀가 돌아가서 우희가 소문을 긍정하였다고 말하고 다니는 모습이 우희의 눈에 선했다. 하지만 우희가 어찌할 수 있는 일이 아니었다. 우희는 궁녀를 돌려보냈다.

꿈속의 소녀 **347**

황녕궁 사람들이 출입을 삼간 지 열하루가 되었다. 보름날이 되었다. 황제는 황후를 찾았다. 황후는 죄를 지었다. 하지만 황제는 황후가 동쪽 울타리 아래 군자라는 사실을 물었다. 그러니 황후는 황명을 어긴 죄로 연금 당했다고 볼 수 없었다. 붉은 황녕문이 무겁게 열렸다. 황제가 황후를 가두었다. 더 이상 황궁을 벗어나려는 날갯짓을 하지 못하도록 황궁 깊이 가두었다. 황후는 황제를 떠날 수 없었다.

황후는 수를 놓고 있었다. 옆에서 우희가 막 따르는 선홍색 기문홍차에서는 과일향이 피어올랐다. 황후는 둥근 수틀을 내려놓았다. 만효가 황후 옆에서 금색 실이 늘어진 바늘을 받았다. 그리다 만 노란 동리군자가 기울어가는 태양에 빛났다. 우희는 찻주전자를 내려놓고는 말없이 무릎을 꿇었다. 황후가 천천히 의자에서 일어났다.

"황상을 뵙사옵니다."

황후가 흔들리는 목소리로 예를 올리고 몸을 일으켰다. 황제는 고개를 끄덕하여 일어나라 명하였다. 그리고 황후를 지나쳐 황후의 자리 옆에 놓여 있던 의자로 향했다. 황제의 예복이 걸음에 따라 스치는 소리가 조용한 황녕궁을 울렸다. 그러나 황제는 의자에 앉지도 못했다. 몸을 돌리는 순간 바닥에 누워 있는 황후가 눈에 들어왔다.

만효가 황후에게 달려가고 있었지만 황제가 더 빨랐다. 황제는 몇 걸음 만에 황후에게 도달했다. 황제의 안전에서 고개도 못 들고 있던 우희가 서둘러 황후의 곁으로 기어왔다. 황제는 황후의 뒤에서 양어깨를 잡아 일으켰다. 그리고 한쪽 팔에 안았다. 황후는 거의 힘이 들어가지 않는 손에 주먹을 쥐고 가슴을 몇 번 두드렸다. 창백한 입술을 떨고 있었다. 살짝 벌어진 입에서는 거친 숨소리만 흘러나왔다. 황제의 옆으로 지나간 우희가 황녕궁 계단을 재빨리 내려가는 소리가 들렸다.

"장 내관, 태의를 부르시오!"

만효가 소리쳤다. 황녕궁이 소란스러워졌다. 황후는 눈꺼풀을 떨어뜨렸다. 옅은 밤색 눈동자가 숨었다. 답답하다는 듯이 가슴을 치던 손은 더 이상 올라가지 않았다. 황제는 눈앞의 일을 믿을 수 없었다. 황후가 죽었다.

"내가 황후를 죽였다."

머릿속이 하얀 느낌이었다. 하늘하늘 양귀비꽃이 떠다녔다. 황제가 찾아오지 말았어야 했던 건지도 몰랐다. 황후가 숨이 막힐 정도로 자신이 압박하고 있었다는 것을 그제야 인식하였다. 탁자에 놓인 차에서는 여전히 김이 피어오르고 있었다. 황제는 기문홍차의 빛깔을 닮은 머리를 손으로 받쳤다. 어떤 비단보다도 고운 머리카락이 흘러내렸다. 가슴에 놓여 있던 황후의 손이 떨어졌다. 황제는 바닥에 떨어진 조각을 주워들었다. 황후가 늘 굴리던 옥 조각이었다.

궁인들이 뛰어 들어왔다. 몇몇 궁녀들은 황후를 찾으며 짧은 비명부터 질렀다. 만효는 궁녀들을 매서운 눈으로 쏘아보았다. 궁녀들은 곧 주춤주춤 물러섰다. 그리고 만효가 명을 내리기를 기다렸다. 만효는 황후의 손목을 잡았다.

"아직 살아 계십니다."

만효가 안도의 숨을 내쉬며 말했다. 만효의 말은 들은 황제는 황후의 손목을 낚아챘다. 광소정에서 잡았을 때보다도 가늘었다. 그러나 희미하게 맥박은 뛰고 있었다. 황제는 황후를 안아올렸다. 그리고 만효가 앞장서기도 전에 침상이 있는 방으로 걸어갔다. 등 뒤로는 휘장이 흔들렸다. 황제는 황후를 조심스레 비단 금침 위에 내려놓았다. 그리고 일어서서 황후를 내려다보았다. 어쩌면 황후를 놓아주어야 할지도 모르겠다는 생각이 들었다.

왕 태의가 도착하고 황제는 뒤를 돌았다. 더 이상 보고 있기 힘들었다. 황제는 눈을 감고 기다렸다. 왕 태의가 부스럭거리는 기척, 정적, 조심스레 내뱉는 숨소리, 그 모든 작은 움직임이 공기를 타고 흘렀다. 마침내 왕 태의가 조심스레 황제를 불렀다. 그리고 사람을 물리쳐 달라고 청하였다. 황제는 만효와 우희를 제한 다른 궁인들에게 자리를 비우라 명하였다. 왕 태의는 만효와 우희가 남는 것도 마뜩찮다는 표정이었다. 하지만 황제는 둘을 남겼다. 왕 태의가 무슨 말을 하든 그를 듣고 따를 것은 황후를 가장 옆에서 보필하는 두 사람이었다.

"황상, 황후마마께서는 중독되셨사옵니다."

황제는 새까만 눈동자로 왕 태의를 쳐다보았다. 왕 태의는 무릎을 꿇고 머리를 바닥에 박았다. 왕 태의가 가리고 있던 자리에 황후가 보였다. 불그스름한 밤색 머리카락이 새하얀 뺨에 흘러내렸다. 황후가 음독을 한 것일까? 죽어서라도 황제의 곁을 떠나가려 한 것일까? 황제는 만효와 우희로 시선을 돌렸다. 두 사람은 황후가 독을 먹도록 내버려 두었다. 아니, 돕기까지 했을지도 몰랐다.

"왕 내관!"

황제의 호령에 왕 내관이 황녕궁 문을 열고 뛰어 들어왔다. 황제의 분노는 까만색이었다. 새하얀 양귀비꽃도 태워 버렸다.

"황후께 독을 바친 황녕궁 것들의 목을 베어라."

황제는 그리 명을 던지고 황녕궁 계단을 밟았다. 계단 아래는 황녕궁의 궁인들과 황제를 뒤따라온 태강전 사람들이 늘어서 있었다. 황제는 천천히 걸음을 떼었다. 머릿속이 하얗거나 까맣거나, 생각을 할 수 없다는 점은 변치 않았다.

"황상!"

황제의 걸음을 멈추는 목소리가 있었다. 황녕궁에서 뛰쳐나온 궁녀는 황제보다 빨리 계단 아래로 달려 내려갔다. 그리고 황제의 발밑에 엎드렸다.

"황상, 부디 명을 거두어주십시오. 하늘에 걸고 황후마마께 해가 되는 일을 하지 않았나이다."

황제는 우희를 내려다보았다. 황후가 누구보다도 아낀 궁녀였다. 그러나 동시에 고국 출신이기도 하였다. 황제는 궁녀의 마음속에 자리 잡고 있을 황국에 분노와 황후에 대한 충성 중 어느 것이 더 대단할지 가늠해 보았다.

"하나 황후를 지키지 못한 것 또한 죄이다."

황제가 낮은 목소리로 말하였다. 궁녀의 얼굴에 절망이 스쳤다. 황제는 다시 한 발짝 아래 계단을 디뎠다.

"황상, 부디 조금만 기다려 주십시오. 황후마마께서 깨어나실 때까지만 기다려주십시오. 황후마마께서도 낯선 이들보다 익숙한 노비들의 수발을 받으시면 더 빨리 완쾌하실 것이옵니다. 노비들의 목은 그 뒤에 거두어 가주십시오."

황제는 우희가 굴리는 머릿속이 환하게 보였다. 황후가 눈을 뜨면 바로 황제에게 명을 거둬 달라 청할 것이었다. 황후가 우희의 목이 떨어지는 모습을 보고 있을 리 없었다. 하지만 황제는 우희의 청을 들어 주기로 하였다. 우희를 위해 궁문을 나서는 위험까지 감수하던 황후였다. 우희를 죽음에서 건져내기 위해서라면 어둠에서 빠져 나오려 노력할 것이었다.

"최선을 다해야 할 것이다."

황제가 우희를 향해 걸어 내려가며 말했다. 황제의 황금색 옷자락이 우희를 스쳤다. 붉은 석양이 황녕궁에 내려앉았다.

태강전으로 돌아온 황제는 창가에 놓인 의자에 기대어 앉았다. 손

안에는 푸른 조각이 들려있었다. 황제는 검지손톱만큼 작은 조각을 무심히 굴렸다. 황후가 그러하였듯이 차가운 옥 조각은 손의 온기로 덥혔다. 네모난 조각은 황후가 얼마나 만지작거렸는지 모서리가 닳아 있었다. 한쪽 모서리만 유난히 움푹 깨져 날카로웠다.

황제는 옥을 유심히 들여다보았다. 작지만 질 좋은 옥이었다. 그러고 보니 황후에게 무척 소중한 물건이라고 하였다. 우희가 궁 밖에 나가 돌아오지 않았을 때 황제에게 와서 우희가 귀한 물건을 훔쳐 달아났다고 거짓을 고하였다. 황제는 사람을 풀었다. 그리고 우희를 찾아다주었다. 나중에 알게 된 바, 황후가 잃어버렸던 것은 옥이 아니라 궁녀였다. 황제는 웃음을 지었다. 잃어버린 적은 없지만 이 옥 또한 황후가 아끼는 보물이라는 사실은 확실하였다.

황제는 옥의 깨진 모서리를 쓸었다. 그때 머릿속에 벼락과 같은 생각이 내리쳤다. 깨졌다. 황제에게도 깨진 물건이 하나 있었다. 팔황자가 황제의 옥패를 보고는 한쪽이 깨졌다고 하였다. 꿈속의 소녀와 옥패를 가지고 실랑이를 하다 옥패가 두 조각으로 쪼개졌다. 반대쪽 조각은 황제가 결국 찾지 못하였다.

황제는 떨리는 손으로 허리춤을 더듬었다. 노리개가 잡혔다. 금색 황국 꽃봉오리 아래 차가운 옥패가 잡혔다. 한 손에는 따뜻한 옥 조각이, 반대쪽 손에는 서늘한 옥 조각이 들렸다. 황제는 조심스레 노리개를 풀었다. 팔황자가 지적했던 대로 왼쪽 끄트머리가 깨져 있었다. 황제는 흔들리는 손으로 황후의 일日자 모양 조각을 갖다 대었다. 깨졌던 옥이 하나가 되었다. 처음부터 하나였다는 사실을 외치듯이 청아한 색이 똑같았다. 황제는 합쳐져 만아晩兒라는 이름을 드러낸 옥패를 쳐다보았다.

속이 뒤집어지는 느낌이었다. 내내 바로 앞에 있었다. 보지 못하였을 따름이었다. 황제는 어려서 꿈속의 소녀를 잃어버렸다. 그리고 이제 와서 다시 그 소녀를 눈앞에서 잃고 있었다.

하지만 꿈속의 소녀가 살아 있었듯이, 황후도 다시 황제의 곁으로 돌아왔다. 사흘 뒤 황후가 눈을 떴다. 소식을 들은 황제는 보은장군과의 자리를 박차고 일어났다. 그리고 황녕궁으로 달려갔다. 황제는 예를 올리기 위해 무릎을 굽힌 궁인들을 일으켜 세우지도 않고 황녕궁 계단을 뛰어 올라갔다. 황제의 뒤로 금색 휘장이 휘날렸다. 황후는 아직 침상에 앉아 있었다. 황제는 성큼성큼 황후에게 다가갔다. 그리고 황후가 자신을 맞이하기 위해 일어서려 하자 어깨를 눌러 앉혔다. 며칠 사이에 더 가냘파져 황제의 커다란 손 안에서 바스라질 것 같았다. 황후는 다시 뜬 연한 밤색 눈동자로 황제를 올려다보았다.
　"황상, 본궁은 독을 찾지 않았사옵니다."
　첫 마디가 우희를 살려달라는 것이었다. 우희가 울먹이며 황후에게 애원했을 모습을 쉽게 그릴 수 있었다. 황녕궁 궁인들이 황후를 시해하려 들었다고 황제가 오해하고 있으니 구명해 달라고 청했을 것이었다. 황제는 웃음을 터뜨렸다. 그리고 황후의 무릎 위에 놓여 있던 손을 자신의 손으로 덮었다. 황제는 그 위로 쓰러지듯 고개를 숙였다.
　"황후가 깨어났으니 되었소. 다 괜찮소."
　황제가 나직한 소리로 입속말을 했다. 황제는 한참동안 머리를 들지 않았다. 황후가 자유로운 한 손을 조심히 드는 것이 느껴졌다. 황후는 황제의 검은 머리카락 근처에서 손을 머뭇거렸다. 황제의 머리카락 몇 가닥이 황후의 손길에 흔들렸다. 그러나 황후는 결국 황제에게 닿지 못한 손을 이불 위로 떨어뜨렸다.
　황제는 상체를 들어 피곤한 황후와 눈을 마주쳤다. 밤색 눈동자가 깜빡였다. 금가루가 흩어졌다. 황제는 천천히 황후의 창백한 뺨을 쓸어내렸다. 그리고 어깨로 흘린 손에 힘을 주었다. 황제는 황후를 다시 자리에 눕혔다. 황후가 다시 눈을 감았다.

"좀 더 쉬시오. 깨어나면 할 말이 많으니."

황제가 속삭였다. 그리고 일어났다. 황후가 앙독하지 않았다고 말하였다. 누군가가 황후를 독시하려 하였다. 짐작이 가는 사람이 있었다. 혜비를 독살한 사람, 주 귀인을 중독시키고 임 상재에게 누명을 씌운 사람. 황제는 질투 많은 황귀비가 후궁들을 살해하여도 묵인하였다. 황귀비가 자신이 꿈속의 소녀라 하였다. 그리고 황제는 그리 믿었기 때문에 황귀비의 모든 죄를 보지 못한 척하였다. 하지만 황귀비가 황제를 기만하였다. 그리고 꿈속의 소녀마저 빼앗으려 들었다. 다른 후궁들이 죽어나가는 모습은 보고만 있었다. 그러나 황후는 지켜야 했다. 황제는 왕 내관을 불렀다.

황제는 광소정에서 황후를 찾았다. 이미 여름이 시작되었건만, 별궁으로 떠날 생각은 누구도 하지 못하였다. 황제는 진해지기 시작하는 버드나무의 잎이 흔들리는 가운데 서 있었다. 붉은 나무다리 건너편 정자에 황후가 앉아 있었다. 연못물 냄새를 실은 여름 바람이 불어왔다. 그리고 황제의 머리를 흩뜨렸다. 황제는 오랫동안 다리 너머의 황후를 보기만 했다. 다리를 건널 용기를 내지 못하였다. 황제는 허리에 차고 있는 노리개를 쳐다보았다. 더 이상 망설일 수 없었다. 황제는 기나긴 다리를 건넜다.

두통으로 잠을 못 이룬다 하더니 눈 아래 그늘이 져 있었다. 위염으로 고생을 하였다더니 뺨도 홀쭉했다. 머리에서는 무거운 장신구를 모두 내리고 황국 하나만 올리고 있었다. 날이 따뜻해졌는데도 무거운 장의를 걸치고 있었다. 차가운 땀을 흘린다고 들었다.

"황후를 중독시킨 자를 찾을 때까지 황녕문을 닫아두겠소."

황제가 겨우 입을 떼었다. 되도록 황귀비의 손이 닿지 않게 멀리, 깊이 감추고 싶었다. 그러나 벽에도 눈과 귀가 있는 황궁이었다. 숨을 곳은 어디에도 없었다. 그러니 임시방편으로나마 황녕궁으로 출입하는 자가 없도록 황후를 연금시키기로 결정을 내렸다.

"황상의 명을 따르겠나이다."

황후가 엷은 밤색 눈동자로 황제를 올려다보았다. 그리고 막 지나간 봄처럼 따뜻한 미소를 지었다. 황제는 황후의 손을 잡았다. 그리고 섬세하게 감아쥐었다. 황후가 놀라 손을 내려다보고 황제를 다시 쳐다보았다. 황제는 황후를 잡은 손에 힘을 줘어 잡아당겼다. 황후는 그 힘에 딸려 일어났다. 황제는 잠시 황후와 마주 서 있었다. 세상이 정지한 것 같았다. 연녹색, 짙은 녹색 잎들이 섞인 그늘이 하늘을 가리었다. 물결은 이따금씩 풀어헤친 머리를 흔들 뿐, 잠잠했다. 엷은 푸른색 바람이 뺨을 간질였다. 물새가 울며 연못을 박차고 날아올랐다. 그제야 시간이 다시 흐르기 시작했다.

황제는 황후와 함께 붉은 다리를 건너기 시작했다. 황제가 다리를 건너갔다. 그리고 황후의 손을 잡고 돌아가고 있었다. 황제는 다리 가운데에서 멈추었다. 인기척을 느낀 잉어들이 뛰어올랐다. 물방울이 햇빛을 받아 새하얗게 빛났다. 황제는 허리에 차고 있던 노리개를 풀어 황후 앞에 내밀었다.

"왜 이제까지 말하지 않았소? 황후가 이 옥패의 주인이라, 어찌 밝히지 않으셨소?"

황제가 나지막한 목소리로 물었다. 황후는 한참 동안이나 옥패를 바라보고만 있었다. 그러다 천천히 손을 내밀었다. 그리고 황제의 손에 들려 있던 옥패를 집어 들었다. 황후가 지니고 있던 일日자 옥과 황제가 지니고 있던 면아免兒라 깎은 옥을 붙여 만아晚兒라는 글자로 되돌려 놓은 옥패였다.

"황상께서 찾으신 이는 '면아'였기 때문입니다. 본궁은 '만아'입니다. 이 사람이 늦게 태어나 황상과 황장자 전하의 운명을 바꾸어놓았습니다. 그러니 만아가 아닌 다른 이름에 어찌 답을 할 수 있겠습니까?"

황후가 맑은 다색 눈동자로 황제를 바라보았다. 그리고 천천히 그러나 똑똑히 말하였다. 황제가 면아를 찾던 것이 일곱 해 전이었다. 황후도 오랫동안 고민하였을 것이 분명하였다.

"흑."

황제는 말을 조심히 꺼냈다. 바람 소리에도 공기가 깨져 버릴 것 같았다. 자신의 심장이 뛰는 소리가 황제의 귀까지 들려왔다.

"짐이 황후를 찾는 것을 꺼리었소?"

날카로워 베일 것 같은 눈이 무딘 칼과 같이 흐려졌다. 황후가 긍정한다면 어찌해야 할지 몰랐다. 황제는 그리도 간절히 찾아다녔는데, 황후는 애써 피하였다고 답할까 두려웠다. 그러면 오리도 십리도 넘는 안개 속에 떨어질 터였다. 어디로 가야 할지, 무엇을 구해야 할지 모르고 헤매게 될 것이었다.

"황후의 궁녀가 찾아와 황후와 동친왕 사이를 오해하지 말라 하였소. 그러나……."

황제는 자신의 검은 눈동자에 황후의 모습을 온전히 담았다. 아주 오래전에, 꿈속의 소녀와의 추억을 잊어버린 뒤에 새로운 기억을 쌓아갈 때부터 바라보고 있었다. 다만 밤색 머리카락 사이에 은은하게 비치는 붉은 열정이 자신의 것이 될 수 없다고 생각하였다. 동친왕을 향한 것이라고 오해하였다. 그래서 바라만 보았다. 가질 수 없는 불길을 보며 갈증에 고통스러워하면서도 시선을 돌리지 못하였다.

"황후가 말해주시오. 황후는 진정 후회하지 않으시오?"

혹 다른 사람이 있었던 것은 아닐까? 동친왕이 아니더라도 마음에 품은 다른 이가 있기에 아름다운 밤색 눈동자에 황제를 담지 않는 것이 아니었을까? 황제는 고통스러운 질문을 겨우 하였다.

"본궁은 태어나서부터 황상의 옆자리가 본궁의 것이라 들었고, 다른 자리를 탐한 적이 없습니다. 그는 오히려 본궁이 여쭈고 싶은 것입니다. 황상께서는 후회하지 않으십니까? 황상께서 아끼시는 다른 이를 처로 삼지 못하고, 황위에 올랐다는 이유만으로 본궁을 곁에 두어야 했던 것을 후회한 적이 없으십니까?"

황후가 울분을 토해내듯이 말을 쏟아냈다. 황제는 황후가 하는 말을 조금도 이해할 수 없었다. 황위에 올랐기 때문에 황후를 곁에 둔 것이 아니었다. 욕심도 없던 황위에 앉아 있던 이유가 옆에 있는 황후를 잃지 않기 위해서였다고는 말할 수 있었다. 하지만 자신의 처로 황후가 아닌 다른 사람은 상상도 해본 적이 없었다.

"짐은 황후 자리에 다른 사람을 고려해 본 적이 없소. 황후가 생각하는 것만큼 마음에 둔 이도 없소. 다만 기억에 없는 와중에도 꿈속에서 계속 보던 사람은 하나 있소."

황제는 말을 마치고 황후의 손을 잡았다. 말로 다 통하지 못한 뜻이 있다면 손 안의 열기로라도, 손을 타고 흐르는 심장의 두근거림으로라도 전해지길 바랐다. 황제는 오랫동안 가두어두었던 고백을 하였다.

"황후. 황후의 꿈을 꿨소."

황후가 먼저 황제에게 입을 맞춰왔다. 새가 붉은 열매를 쪼듯 짧은 입맞춤이었다. 그리고 맑은 밤색 눈동자로 황제를 똑바로 쳐다보았다. 황제는 검고 깊은 눈에 비친 충격을 숨기지 못했다. 열정도 숨기지 못했다. 잠깐 동안 황후의 하얀 손을 붙잡고 있던 황제는 오른손을 떼었다. 그리고 천천히 팔을 들었다. 황후는 여전히 황제에게서 시선을 떼지 않고 있었다. 황제는 엄지손가락으로 황후의 뺨을 쓰다듬었다. 굴러 떨어진 눈물을 닦아주었다. 그리고 뒷목을 붙잡았다. 황제는 양귀비같이 붉은 입술을 삼켰다. 아주 메마른 땅에 단비가 내렸다. 오랫동안 시달렸고, 영원히 가시지 않을 것 같던 갈증도 마침내 해소될 것 같았다. 불꽃처럼 붉은빛을 일렁이는 밤색 머리카락이 손가락 사이로 부드럽게 흘러내렸다.

황후의 눈가에서 다시 구슬 하나가 굴렀다. 여름 태양에 잉어들이 튀긴 물방울이 반짝이던 것보다 아름답게 빛났다. 뺨을 타고 흐르는 투명한 진주에서도 국화 향기를 맡을 수 있을 것 같았다.

"하지만 황상, 본궁은 황상의 꿈을 꿀 수 없사옵니다."

황제는 그 눈물을 닦기 위해 뻗던 손을 멈추었다. 검은 눈동자가 혼란스러움에 빠져 흔들렸다. 황후는 옅은 밤색 눈동자에 황제를 담을 수 없다고 말하고 있었다. 어째서인지 그 이유를 알 수 없었다.

"리."

황제는 겨우 입을 떼었다. 황후라고 부르지 않았다. 황제로서 황후가 아닌, 사내로서 리를 탐냈다.

"그렇사옵니다, 황상. 리籬. 그러니 본궁은 이 자리에서 움직일 수 없사옵니다. 황상의 치세 동안 내궁을 다스리는 것, 그것만이 본궁이 황상께 약조드릴 수 있는 것이옵니다."

아니었다. 황제가 원한 것은 그것이 아니었다. 이제까지 꿈속의 소녀를 찾아 헤맨 것은 그것 때문이 아니었다. 후궁을 다스릴 사람을 찾아 헤맨 것이 아니었다. 황제로서가 아니라 한 남자로서, 한 사람으로서 순수하게 연정을 품은 만아를 원했다. 그러나 황후는 그것을 줄 수 없다 하였다. 밑이 닿지 않는 우물에 빠져 버린 것 같았다. 귀에 닿는 소리는 웅얼거림이었다. 숨을 쉬기가 벅찼다. 황후가 무릎을 굽혀 천천히 예를 올렸다. 황제는 그 느린 동작을 보고만 있었다. 마침내 황후의 마지막 금색 옷자락이 시야에서 사라졌다. 황제는 그제야 자신이 불렀어야 한 이름을 입 밖으로 내었다.

"만아."

리罹가 아니었다. 공씨 가문의 울타리, 내궁의 울타리, 황궁의 울타리, 나라의 울타리가 아니었다. 만아晚兒였다. 늦게 태어난 아이, 자신을 황위에 올린 소녀, 내내 연모한 여자, 자신의 운명을 바꿔 버린 사람이었다. 하지만 잔인한 사람은 더 이상 비를 내릴 수 없다 하였다. 짧은 비를 맛본 황제는 무심한 하늘만 쳐다보았다.

황후가 깨어나고도 황녕궁의 문은 닫혀 있었다. 소문은 더욱 무성해지기만 하였다. 황후가 앓아눕고도 황제는 연금을 풀어주지 않았다. 황후가 폐위될 날이 멀지 않았다는 말에 모두가 고개를 끄덕였다. 우희는 강춘헌의 궁녀들이 숙덕거리는 말을 듣고 속상하여 아랫입술을 깨물었다. 그때 뒤에서 누군가가 우희를 불렀다. 우희가 돌아보니 장화궁의 궁녀가 서 있었다. 우희는 환한 웃음을 지었다. 한동안 연빈이 우희를 부르지 않아 걱정을 하고 있었다. 연빈이 황후께 바치던 월병을 우희가 떨어뜨린 일로 연빈이 우희를 의심할까 염려가 되었다.

"우희 궁녀, 연빈마마께서 잠시 뵙고 싶으시다 하십니다."

우희는 재빨리 고개를 끄덕였다. 황후가 연금되어 있는 동안 우희가 할 일도 많지 않았다. 우희를 급하게 찾는 일은 없을 것이었다. 우희는 조금도 망설이지 않고 장화궁 궁녀의 뒤를 따랐다.

"우희, 황녕궁 문이 닫혔다고 들었습니다."

날이 더워진 까닭에 연빈은 잠자리 날개처럼 얇은 옷을 걸치고 있었다. 그리고 그 양옆에는 부채를 흔드는 궁녀들이 서 있었다. 우희가 예를 올리자 연빈이 옥이 굴러가는 것처럼 밝은 소리로 어서 일어나라 웃었다. 우희는 조심스레 연빈이 손짓한 대로 연빈 옆의 의자에 앉았다. 궁녀 하나가 차가운 물을 가져왔다. 우희는 입술을 살짝 축였다. 연빈의 무서운 계획을 세우고 있다는 사실을 알기에 긴장이 되었다. 연빈은 우희의 모습을 유심히 살펴었다. 그리고는 부채질을 하던 궁녀들에게 모두 물러나라 명하였다.

"우희, 어째서 동친왕께 월병을 올리지 않았나요?"

마침내 연빈이 물었다. 우희는 연빈의 질문을 예상하고 있었다. 그리고 그에 대한 답도 준비해놓았다. 그래서 당황하지 않고 자연스레 변명할 수 있었다.

"동친왕께서는 남경을 시찰하고 오셨다고 하더군요."

우희는 그 말을 하고 다시 물 한 모금을 넘겼다. 그리고 연빈의 반응을 살폈다. 남경, 고국의 수도였던 땅이다. 연빈이 사랑하는 땅, 그리워 마지않는 땅이었다. 하지만 동시에 다시는 디딜 수 없는 땅이기도 하였다. 그 땅을 고국의 원수가 밟았다. 연빈의 눈동자가 흔들렸다.

"그리고 황국으로 돌아오신 후에는 황녕문이 닫혔습니다. 월병은 이미 상해 버린 후였지요."

우희가 어쩔 수 없었다는 듯이 고개를 저었다. 우희의 말을 들은 연빈은 고개를 끄덕였다. 연빈의 귓볼에 늘어진 금어초 금귀고리가 부딪치며 청랑한 소리를 냈다.

"황후마마께서 연금되어 계신 동안 동친왕 전하께 월병을 올려야 조사가 더딜 것이라 생각하였습니다. 하나 우희의 말을 들으니 어려운 일이겠군요."

연빈이 아쉽다는 듯이 말했다. 우희의 머릿속에 수만 가지 생각이 스쳐지나갔다. 황궁에 돌고 있는 소문은 팔황자가 황제의 친자가 아니라는 것뿐이었다. 하지만 연빈이라면 팔황자의 친부가 동친왕이라고 추측하고 있을 것이었다. 황후와 가장 가까운 남자가 동친왕이니 당연히 그리 생각할 터였다. 그리고 동친왕이 독살당한다면 그 범인을 찾아 나설 사람도 황후였다.

비록 황후의 연금 기간 동안 동친왕을 살해하기 어렵겠다고 말하였지만, 연빈은 황후와 상하를 독살하는 계획을 포기하지 않을 것이었다. 황후에게 계속해서 소량의 피마자가 든 월병을 올릴 것이다. 우희에게는 서른 알의 피마자가 든 월병을 상하에게 전하라 독촉할 것이다. 이미 한 번 실수인 척 황후께 올라가던 월병을 떨어뜨렸다. 두 번, 세 번 연빈의 계획을 방해하면, 우희가 황후를 지키려고 한다는 사실을 알게 연빈도 알게 될 터였다. 그리고 우희가 아닌 다른 사람을 이용해 상하에게 월병을 건넬 것이었다. 그래서는 안 되었다.

연빈이 탁자 위에 올려놓았던 찬합을 아래로 내렸다. 우희는 벌떡 일어났다. 그리고 연빈의 손 위에 제 손을 겹쳐서 눌렀다. 연빈이 놀라 우희를 쳐다보았다. 우희가 환하게 미소를 짓고 반대편 손으로 찬합을 감쌌다. 그리고 찬합을 잡아당겼다. 연빈이 손에 힘을 주고 있지 않던 덕분에 찬합은 손쉽게 우희의 품 안으로 들어왔다.

"노비가 동친왕을 언제 뵐 수 있을지 모르지 않습니까?"

우희가 연빈에게 웃으며 말하였다. 그리고 월병을 든 손에 힘을 주었다. 우희는 간식을 가져가야만 했다.

"어차피 만든 것이니 장화당에 놔두어봤자 상하기만 할 것입니다. 노비가 가져가서 혹시라도 동친왕을 뵙게 되면 올리도록 하겠습니다."

우희가 연빈을 설득하였다. 그러자 연빈은 우희를 말리지 않았다. 오히려 우희의 말이 참으로 이치에 맞는다고 동의하였다. 우희는 환하게 웃는 연빈을 보며 죄책감을 느꼈다. 강유를 생각하니 마음이 편치 않았다. 강유가 목숨을 바쳐 구해낸 연빈이었다. 우희는 그 소중한 사람의 한을 풀어주기는커녕, 끔찍한 일을 계획하고 있었다.

동선방에 들어간 우희는 돕겠다는 궁녀들의 손을 마다하였다. 우희는 장화당에서 가져온 찬합을 조심스레 옆에 내려놓았다. 그리고 밀을 빻아 만든 가루를 따뜻한 물에 개기 시작했다. 돼지기름을 섞은 반죽을 치댔다. 정성을 들여 반죽을 밀었다. 그리고 사각형으로 잘라냈다. 우희는 단조로운 검은색 찬합에서 월병을 꺼냈다. 그리고 노르스름한 간식을 깼다. 안에서 소를 꺼냈다. 우희는 소를 작은 그릇에 넣었다. 그리고 당액을 부었다. 혹시라도 연빈이 먹다가 피마자를 넣은 소라는 것을 눈치채서는 안 되니 맛을 완전히 바꿔야 했다.

"그리 당액을 많이 넣으면 달아서 먹기 어렵습니다."

멀리서 본 궁녀가 조언을 하며 다가왔다. 우희는 재빨리 손을 들어 가까이 오지 못하게 막았다. 손에서 하얀 밀가루가 흩날렸다.

"단 것을 무척 좋아하는 사람에게 주려 합니다."

우희가 변명을 하였다. 동선방의 궁녀는 미심쩍은 표정을 지었다. 하지만 곧 시선을 뗐다. 궁에서는 자신의 일이 아니면 참견하지 않았다. 감시는 하였지만 자신과 관계없는 일에 함부로 개입하지는 않았다.

우희는 당액을 섞어 다디달게 만든 소를 네모나게 잘라둔 반죽 위에 올렸다. 그리고 동그랗게 말았다. 우희는 소를 품은 동그란 반죽을 깨 위에 굴렸다. 그리고 화덕에 올렸다. 다음에 새로운 팥소를 만들었다. 그리고 남은 반죽에 싸서 몇 개의 해각황을 더 만들었다. 먼저 굽기 시작한 해각황은 이미 한번 구운 월병에서 꺼낸 소를 썼기 때문에 오래 구울 수가 없었다. 우희는 독이 든 해각황을 먼저 찬합에 넣었다. 유백색의 옥수玉髓로 꽃잎을 깎고 자수정을 가루 내어 무늬를 새긴 월계수꽃을 그린 붉은 나무 찬합 안에 피마자 소가 든 해각황이 얌전히 자리 잡았다. 우희는 바로 무해한 해각황을 굽기 시작했다. 이마에서 땀이 흘렀다. 우희는 나머지 해각황이 구워지는 동안 의자에 앉아 기다렸다.

우희는 황후가 죽게 내버려두지 않을 것이다. 상하가 독살당하는 일을 막아낼 것이다. 무슨 일을 해야 되더라도 우희를 우미희라 부르는 상하만은 잃을 수 없었다. 차가운 생각에 땀이 식었다. 우희는 일어서서 다 익은 해각황을 꺼냈다. 그리고 찬합에 넣었다.

우희는 긴장으로 떨리는 손을 들어 장화문을 두드렸다. 두 시진 전에 우희를 배웅하였던 궁녀가 우희를 반겼다. 그리고 곧장 우희를 연빈에게 데려갔다. 연빈은 황녕궁으로 돌아가자마자 돌아온 우희를 동그란 눈으로 쳐다보며 맞이하였다.

"황후궁에 돌아가니 황자, 황녀들이 간식을 만들어 달라 청하였사옵니다. 노비는 고국의 간식을 만들어보았습니다. 그리고 연빈께서도 맛보시라 이리 들고 왔습니다."

우희가 찬합을 내려놓으며 말하였다. 연빈의 커다란 눈동자에 맑은 눈물이 고였다. 연빈은 우희의 손을 맞잡았다.

"우희, 이 커다란 궁에서 본궁을 이토록 생각해 주는 이가 어디 있겠습니까?"

연빈은 곧장 뚜껑을 열었다. 안에는 네 개의 해각황이 들어 있었다. 두 개는 팥소가, 두 개는 피마자가 든 해각황이었다. 연빈은 해각황 하나를 들었다. 독이 든 것이었다. 우희는 연빈의 눈에 망설이는 빛이 스치는 순간을 놓치지 않았다. 우희에게 피마자가 든 월병을 건넨 직후였다. 우희를 온전히 믿지는 못하고 있었다. 우희는 찰나의 차이로 죽음을 가져올 금색 공을 집었다. 그리고 입으로 가져가는 척하다가 멈칫하였다.

"송구하옵니다. 노비가 워낙 오랜만에 구웠는지라 겉에 붙인 깨가 타지는 않았는지요?"

우희는 제 손에 들린 해각황을 연빈에게 내밀었다. 만약 연빈이 거절하였다면 우희가 들고 있는 해각황을 살피는 척하며 내려놓을 계획이었다. 그러나 연빈은 눈에 띄게 안도하는 미소를 지으며 자신이 들고 있던 해각황을 내려놓았다. 그리고 우희가 건네는 해각황을 들었다. 우희는 연빈이 집지 않았던 다른 한 조각을 입에 넣었다.

우희가 준비한 찬합 뚜껑에는 만개한 감람수 한 송이와 채 피지 않은 꽃봉오리 두 개가 그려져 있었다. 우희는 먹어도 되는 고소한 태양을 꽃봉오리 아래 놓았다. 우희는 해각황을 씹으며 팥소가 들어 있는 나머지 해각황을 집었다. 그리고 연빈의 시중을 들고 있던 궁녀에게 건넸다. 연빈이 고개를 끄덕였다. 궁녀는 그제야 우희에게 감사를 표하고 해각황을 먹었다.

연빈은 우희 덕분에 오랜만에 고국의 간식을 먹었다며 밝게 웃었다. 장화문을 뒤로 하는 우희의 발걸음은 무거웠다. 한 발짝을 떼는 것도 힘들었다. 우희는 핏빛으로 물드는 하늘을 올려다보았다. 강유가 지켜낸 연빈을 우희가 죽였다. 더 이상 소중한 사람을 빼앗기지 않기 위해 강유에게 소중했던 연빈을 독살하였다. 숨이 막혀왔다. 황궁에서 우희는 달라졌다. 채이가 죽을 때도 우희 자신이라도 살 방법을 모색하기 위해 머리를 굴렸다. 하지만 이토록 변할 줄을 상상도 못했다. 거대한 황궁의 문을 들어서던 열두 해 전의 우희는 자신의 손으로 타인의 생명을 앗게 될 줄 꿈에도 몰랐다.

그날 해가 떨어지기 전에 연빈이 독살 당했다는 소식이 온 황궁에 돌았다. 우희는 양미랑이 떠나고 없는 방에 홀로 앉아 떨었다. 눈물도 흘릴 수 없었다. 우희가 선택한 일이었다. 누구도 우희의 등을 떠밀지 않았다. 우희 홀로 계획하고, 우희 홀로 실행에 옮겼다. 우희는 밤이어서 지나가기를 바랐다.

연빈의 죽음에 대한 조사는 놀라울 정도로 빨리 끝났다. 황궁에서 치사량의 피마자를 들인 사람은 연빈 한 사람뿐이었다. 그리하여 미용을 목적으로 피마자기름을 짜내고자 하였던 연빈이 실수로 피마자를 날것으로 섭취하고 죽었다는 결론이 났다. 연빈은 제 손에 독살당한 후궁이 되었다.

하지만 주 귀인에 이어 연빈까지 독을 마시고 죽자 황궁에는 흉흉한 소문이 돌기 시작하였다. 일곱 해 전에 세상을 떠난 칠황자도 살해당한 것이 아니냐는 의문을 갖는 사람들이 생겨났다. 황후의 연금이 계속되자, 황후가 후궁들을 독살한 것이 아니냐는 무서운 질문을 품는 사람들도 생겼다. 진실을 아는 우희는 마음이 가볍지만은 않았다. 아마 황귀비도 죄책감에 시달리고 있을 것이라고 생각되었다.

소주방에 다녀오던 우희는 강춘헌 근처에서 상하와 안 귀인을 보았다. 상하가 속삭이는 말을 들은 안 귀인의 안색이 시체처럼 창백해졌다. 우희는 황제가 내린, 안 귀인의 얼굴빛만큼이나 새하얀 애와와愛窩窩가 든 찬합을 들고 걸어갔다. 우희를 본 상하는 안 귀인을 놓아주었다. 안 귀인은 도망치듯 강춘헌으로 돌아갔다.

"우미희, 황후마마께서는 어떠하시냐?"

상하는 우희 손에 들려 있던 상아로 된 찬합을 받아들었다. 속이 거의 비칠 정도로 상아를 얇게 깎아 선계를 세공한 찬합은 손잡이에도 오보가 박혀 어디에서도 볼 수 없는 귀한 물건이었다. 상하는 그 안에 든 하얀 떡만큼이나 달콤한 목소리로 우희에게 물었다.

"완쾌하시지는 못하셨어요."

우희가 침울해져 대답하였다. 황후는 손을 떨다 찻잔을 깨고는 하였다. 그리고 그때마다 산산조각난 도자기를 내려다보며 망연자실하였다. 이제 붓을 들 생각은 하지도 못하는 것처럼 보였다.

"그나마 악화되지는 않을 터이니 다행이구나."

상하가 흘리듯 대답하였다. 그리고 우희를 내려다보며 애와와만큼 부드러운 미소를 지어 보였다. 우희는 황녕궁으로 가던 걸음을 멈추었다. 순간 머릿속을 스치는 생각이 있었다. 상하가 무슨 영문인지 모르겠다는 표정으로 우희를 돌아보았다. 우희는 고개를 내저었다. 우희의 죄에 대하여 상하가 알 리 없었다. 우희는 상하에게 어설픈 미소를 지어 보였다. 그리고 다시 걸음을 떼었다.

10. 울타리 너머의 이야기

 황제는 머리가 아팠다. 보은장군이 찾아와 황귀비를 보호해 달라고 청하였다. 황후가 후궁들을 독살한다는 소문이 궁 밖에까지 도는 모양이었다. 황제는 황후를 지키기 위해 연금하기로 내린 결정이 더욱 큰 소란을 불러일으켰다는 사실에 헛웃음이 날 지경이었다. 황제는 황귀비를 돌보기는커녕, 황귀비로부터 황후와 안 귀인을 보호해야 한다고 외치고 싶은 마음을 눌렀다.

 "황귀비가 독살당하는 일은 없을 것이다."

 황제는 보은장군에게 약조하였다. 그리고 겨우 보은장군을 내보냈다. 그러나 삼인성호라, 많은 사람들이 황후가 범인이라 하니 황제의 마음도 흔들렸다. 황귀비가 혜비를 독살하였다는 사실은 알고 있었다. 그러나 연빈까지 황귀비가 독살하였는지는 확실하지 않았다. 오히려 연빈의 혼약자에게 오라버니를 잃은 황후에게 동기가 있었다. 황제는 어두운 구름을 흩어버리기 위해 머리를 흔들었다. 동리군자인 황후가 그럴 리 없었다. 황후는 선한 사람이었다.

밖에서 왕 내관이 동친왕이 앞에 왔다고 고하였다. 보은장군이 나갈 때까지 기다리고 있었던 모양이었다. 황제는 바로 들라 허하였다. 여름하늘 같은 옥색 예복을 입은 동친왕이 들어왔다. 그리고 무릎을 살짝 굽혔다. 황제는 동친왕과 창가에 놓인 의자에 앉았다. 동친왕을 기다리며 읽고 있던 것인지 옆에 두꺼운 서책을 내려놓았다. 늘 밝은 동친왕의 미소 위로 한낮의 햇살이 비쳤다.

"황상, 사냥을 안 가신 지 오래 되셨사옵니다. 날도 더운데 북쪽으로 가시는 것이 어떠시겠습니까?"

동친왕이 제안하였다. 황제도 그러고 싶었다. 한참을 달리고, 사냥을 하면 머릿속의 복잡한 생각들도 날아갈 것 같았다. 그러나 그럴 수 없었다. 황제는 노리개를 주물렀다. 황궁을 떠날 수 없었다. 황제는 아쉬움이 가득한 채로 고개를 저었다.

"황상, 북쪽으로 가시지요."

황제는 노리개를 향해 있던 시선을 들었다. 동친왕의 목소리는 조금 전까지와 달리 서늘하였다. 눈에서 반짝임이 순식간에 사라졌다. 친왕이 황제에게 권하는 것이 아니었다. 황장자가 그 동생에게 지시하고 있었다.

"곧 북주성에 새 왕의 즉위식이 있습니다. 그리고 본왕이 아닌 황상께서 참석하시면 무척 큰 영광이 될 것이옵니다."

황제는 거절의 말을 하지 못하였다. 동친왕은 한동안 달이 뜨지 않는 밤의 눈으로 황제를 바라보았다. 그리고 천천히 일어나며 말을 이었다.

"내의원의 류 태의의 모친이 북주성 새 왕비의 부모와 동향이라 하였사옵니다. 류 태의를 데려가시옵소서. 하룻밤 정도는 류 태의의 조모 집에서 묵는 것도 나쁘지 않을 것이옵니다."

황제는 동친왕의 넓은 등을 쳐다보았다. 형의 뒤를 바라보는 것도 아주 오랜만이었다. 황제가 황태자위에 오르고서도 마음 넓은 황장자는 자애롭게 앞길을 밝혀주었다. 하지만 황제가 황위에 오른 뒤부터는 한 발짝 물러서 버렸다. 황제는 길잡이도 없는 안개 속을 헤쳐 나가야 했다. 그런데 동친왕이 다시 앞에 나서고 있었다.

"왕 내관."

황제의 말이 떨어지자마자 왕 내관이 안으로 들어섰다. 양팔을 털고는 황제 앞에 무릎을 꿇었다. 황제는 바로 명을 내렸다.

"바로 북쪽 사냥터로 떠날 채비를 하여라."

동친왕은 가라앉은 눈으로 왕 내관이 태강전을 내려가는 모습을 지켜보았다. 그리고 다시 몸을 황제에게로 돌렸다. 동친왕은 태강전에 들고 들어온 책을 손으로 쓸었다. 그리고 황제를 바라보지 않은 채 입을 열었다.

"황상, 리에 대해 무엇을 아십니까?"

황제는 갑작스러운 질문에 말을 잃었다. 황후에 관한 한, 동친왕은 언제나 황제보다 더 많은 것을, 더 일찍부터 알고 있었다. 황후가 동리군자라는 사실, 황후가 꿈속의 소녀라는 사실, 동친왕은 대체 무엇을 물어보는 것일까 혼란스러웠다.

"개국공신 가문의 공공의 여식이지요. 그리고 국구께서 황자의 난 때 선황폐하를 지지한 공으로 그 딸인 리에게 황후의 위를 약조 받았습니다."

황제는 모두에게 알려진 사실만을 말하였다. 삼척동자부터 이가 없는 노인들까지 모두 아는 이야기였다. 그러나 동친왕이 듣고 싶어 한 말은 그것이 아닌 것 같았다.

"그리고 또 무엇을 아십니까?"

눈이 이슬처럼 맑은 밤색으로 빛난다는 점, 태양빛이 내려오면 머리카락이 향기로운 홍차처럼 붉은색으로 물든다는 점, 감미로운 목소리는 다시는 빠져나올 수 없는 바다에 잠겨 버리는 느낌이 들게 한다는 점, 입맞춤은 꿀보다 달콤하다는 점, 무엇을 듣고 싶어 하는지 알 수 없었다.

"이 땅에서 가장 오래된 가문의 귀함을 이어받았습니다."

하지만 황제는 또 한 번 널리 알려진 사실만을 말하였다. 황국에서는 모친의 고귀함이 자식에게 이어졌다. 황제는 선황의 유일한 적자였다. 그럼에도 불구하고 어머니가 하급 관료의 여식인 까닭에 주목받지 못하였다. 황후가 태어나기 전까지는 동친왕이 황위에 오를 것이라 생각하는 사람들이 대다수였다. 황후의 자당은 황국이 세워지기 전에, 같은 땅에 수많은 나라들이 일어서고 지기 전부터 강토를 다스리던 만씨 가문의 사람이었다. 그래서 사람들은 팔황자의 탄생을 기뻐하였다. 태조가 황국을 세운 이래로 가장 오래된 피의 고귀함을 이은 첫 황자였다.

"황상께서는 영명하시옵니다."

동친왕이 고개를 끄덕였다. 동친왕이 황제와 눈을 마주쳤다. 밤하늘에 유성이 쏟아지듯이 두 눈동자가 빛났다. 동친왕은 칭찬이라도 하듯이 미소를 지었다. 그리고는 손에 들고 있던 서책을 황제에게 건넸다. 황제는 책을 받아드는 즉시 장을 넘겼다. 황궁의 서고에도 꽂혀 있는 책이었다. 황족들이 어느 가문의 누구와 혼례를 올렸는지에 대한 기록이었다. 동친왕은 황제에게 무언가를 알려주려 하고 있었다. 황제는 깊은 눈을 읽으려 노력하였다. 동친왕이 예를 올리기 위하여 무릎을 숙이고 일어났다. 폭풍과 같은 생각이 황제의 머릿속을 휩쓸었다. 왜 자신에게 족보를 건네었을까? 어째서 북쪽으로 가라고 하였을까?

황제는 동친왕이 류 태의를 북쪽에 데려가라고 한 이유부터 추측해 보았다. 왕 태의의 제자였지만 특출하지는 않았다. 하지만 북주성이 고향인 수많은 사람 중에서 류 태의를 따로 언급한 데에는 까닭이 있을 터였다.

"류 태의. 류 태의."

황제가 중얼거렸다. 하지만 떠오르는 것이 없었다. 궁녀 하나가 왕 내관을 따라 들어왔다. 그리고 금황색 대홍포를 따랐다. 암향이 피어올랐다. 목에 은은한 단맛이 돌기 시작하였다.

"황후궁의 궁녀 우희를 찾았던 곳이 류 태의, 류호의 집 아니옵니까?"

황제가 계속해서 혼잣말로 류 태의의 이름을 부르는 것을 듣던 왕 내관이 물어왔다. 황제는 무릎을 쳤다. 류 태의와 황후가 어찌 관련이 있는 것이 분명하였다. 황제는 왕 내관에게 금을 한 주머니 내렸다. 그리고 류 태의를 불러오라 명하였다.

류 태의는 곧 황제의 앞에 섰다. 한 번도 황제를 진맥할 일이 없어 태강전은 처음인 까닭에 고개도 들지 못하였다. 황제는 겁먹은 태의에게 자상하게 말을 걸었다. 북주성에 있는 류 태의의 조모 집까지 가야 하니 미리 알아두어 나쁠 것이 없었다.

"류 태의, 북주성에 새 왕이 즉위하는 자리에 너를 데려갈 것이다."

황제의 말에 류 태의는 고개를 반도 들지 못하였다. 그리고 연신 바닥에 머리를 조아렸다. 황제가 이제껏 봐온 많은 궁인들보다도 소심한 사람이었다.

"네가 북주성 왕비와 친분이 있다 하더구나."

황제가 운을 띄웠다. 그러나 깊이 캐낼 필요도 없었다. 풍이라도 맞은 것처럼 온몸을 떨기 시작한 류 태의는 황제가 묻지도 않은 것을 토해내기 시작하였다.

"황상, 절대로 황녀에게 해가 되지는 않았사옵니다."

황제는 류 태의의 말에 검은 눈썹을 굳혔다. 하지만 류 태의는 시선을 땅에 고정시킨 탓에 황제의 표정을 읽지 못하였다. 그리하여 말을 계속하였다.

"소향, 아니 북주성 왕비가 먼저 찾아왔나이다. 사황녀의 유모가 쓰던 약을 슬쩍 빼내왔사옵니다. 처음에는 기침으로 시작하지만 계속 음독하면 각혈을 하게 되옵니다. 하여 소신이 처방을 하였사옵니다."

류 태의가 서둘러 스스로를 변호하였다. 황제는 속으로 내일 강에 떠오른 시체를 보고 놀랄 백성들을 안쓰럽게 생각하였다. 그리고 온화한 목소리로 류 태의에게 말을 잇게 하였다. 황녀는 약을 썼다지만 칠황자는 기침으로 시작된 병으로 죽었다.

"왕비가 말하기를 사황녀의 유모가 영록궁의 사람이라고 하였사옵니다. 허나 소신도 황귀비가 지시한 일인지는 알지 못하옵니다. 다만 사황녀가 명빈의 친자이기에 살해하려 한 것 같았사옵니다."

황제는 눈을 감았다. 앞이 깜깜하였다. 황제의 과오였다. 황제는 황귀비가 꿈속의 소녀라고 착각하였다. 그리하여 후궁에 빛이 꺼지는 모습을 지켜보기만 하였다. 하지만 독사의 이빨은 황제의 자식들에게까지 닿아 있었다.

"황후께서 명빈의 가문을 휘두르시는 것을 막기 위해 사황녀를 독살하려 했을 가능성이 높다 생각하는 듯하였사옵니다. 하지만 황귀비의 숙부인 보은장군 휘하의 병력이 명빈의 집안의 것과 비교할 수 없이 대단한 까닭에 쉽게 황귀비를 추궁할 수 없었사옵니다. 사황녀가 살아 있는 한, 영록궁에서 유모 하나만 내치면 황귀비에게까지 죄를 물을 수 없었사옵니다. 하지만 황후마마께서는 사황녀를 죽게 할 수는 없다 하셨사옵니다. 그리하여 소신이 내드린 약으로 조금씩 해독만 하고 있었사옵니다."

다시 뜬 황제의 눈은 깊이 가라앉아 있었다. 꿈속의 소녀가 아니라 하여도 황귀비를 아꼈다. 아름다운 여인이 총애에 목말라 하는 모습을 외면할 사람은 없었다. 하지만 황귀비는 지나쳤다. 너무 멀리 나갔다. 황제는 황귀비를 놓아야 한다는 생각에 약간 아쉬운 마음이 들었다.

"그래, 사황녀를 해하던 독이 있느냐?"

황제가 황귀비를 붙잡을 증거를 찾았다. 황귀비와 그 집안을 한 번에 끌어내릴 심산이었다. 이제까지 보은장군을 중심으로 황귀비의 사람들은 엄청난 권세를 부렸다. 그리고 황제가 그 힘을 빼앗아오기는 쉽지 않았다. 그러나 황자를 독살하고 황녀를 시해하려 하였다는 명목하면 황귀비의 집안을 멸문시킬 수도 있었다. 황제는 후궁에서 일어난 끔찍한 일을 전화위복의 계기로 삼기로 하였다.

"송구하옵니다. 조금도 없사옵니다."

탄식이 절로 나왔다. 역시 일이 그리 쉽게 풀릴 리가 없었다. 황제는 류 태의를 일으켰다.

"지금 고향으로 돌아갈 채비를 하여라. 북주성으로 갈 것이다."

류 태의는 무슨 영문인지 모르겠다는 표정이었다. 그러나 황명이었다. 바로 그리하겠다고 답하고 물러났다. 황제는 햇빛에 등을 기대었다. 머리 아픈 일에서 벗어나 빛 속에 녹아버렸으면 좋겠다는 생각이 잠시 스쳤다. 하지만 황제는 그럴 수 없었다. 황제는 북쪽으로 가야 했다. 동친왕이 밝혀준 길을 걸어야 했다. 그 끝에는 황후와 관련된 비밀이 숨어 있을 것이란 짐작만 갔다.

우희는 황녕궁까지 찾아온 류호를 보고 놀랐다. 황녕궁과 류호의 관계는 드러나지 않았고, 드러내지 않은 것이었다. 언제나 류호의 스승인 왕 태의를 통하였다. 그리고 여의치 않을 때는 우희가 왕 태의를 찾는 척 내의원으로 찾아가곤 하였다.

"우희, 사황녀의 유모가 쓰던 독을 구할 수 있을까?"

류호가 다급하게 물었다. 하지만 우희가 그런 무서운 물건을 가지고 있을 리 없었다. 우희에게 없다는 말을 들은 류호의 표정이 다시 어두워졌다. 우희는 류호가 어째서 약도 아닌 독을 찾는지 알 수 없었다. 게다가 다른 곳도 아닌 영록궁의 독을 구하기란 하늘의 별을 따는 것보다 어려웠다.

"소향이 북주성의 왕비로 등극하는 자리에 참석하기로 하였어. 지금 떠나야 해."

류호의 말을 들은 우희는 류호에게 잠시 기다리라 하였다. 그리고 황녕문 안으로 뛰어 들어갔다. 곧 다시 나온 우희는 류호에게 소향에게 보내는 서신을 맡겼다. 소향을 만날 류호가 부러웠다. 그린 우희의 표정을 읽은 류호가 웃음을 지었다. 그리고 우희의 머리 위로 손을 올려 흐트렸다. 머리가 망가진 우희가 인상을 쓰자 류호는 더 크게 웃음을 터뜨릴 뿐이었다.

"우미희, 게서 무엇 하느냐?"

황후와 말을 끝낸 상하가 문가에 기대어 있었다. 우희는 재빨리 류호의 손을 놓았다. 상하는 여느 때와 다름없이 자상하게 우희를 불렀다. 하지만 그 목소리가 울려오는 공기가 심상치 않았다. 류호가 상하에게 예를 올렸다.

"북주성으로 가려면 서둘러 준비해야겠구나."

상하는 우희와 류호 사이로 걸어왔다. 그리고 가라앉은 눈으로 류호를 내려다보며 미소를 지었다. 우희는 류호가 보고 있는데도 자신의 손을 잡아오는 상하에 놀랐다. 우희는 손을 빼려고 애를 썼다. 하지만 상하의 악력이 강해 도저히 손을 놓을 수 없었다. 류호는 동친왕에게 손을 잡힌 궁녀 우희를 놀란 눈으로 쳐다보았다. 그러나 별다른 말은 하지 않았다. 그리고 재빨리 물러났다.

"상하, 대체 무슨 생각인가요?"

우희가 화를 냈다. 하지만 상하는 웃기만 하였다. 그리고 우희의 흐트러진 머리에 말리화 비녀를 다시 꽂아주었다.

"친왕이 장군의 여식과 손을 잡는 일이 그리 큰 흠이더냐?"

우희는 떨어진 입을 다물지 못하였다. 그제야 황후가 양미랑 측에 보낸 서신이 떠올랐다. 우희가 은인의 양딸이 되었다. 망국의 딸이 호국장군의 딸이 되었다. 당당히 상하의 손을 잡을 수 있게 되었다. 눈물이 차오르는 것이 느껴졌다. 우희는 눈물을 감추려 상하의 품에 안겼다. 상하는 조심스레 우희의 등에 팔을 감았다.

"하지만 상하, 황후께 약조한 대가가 있지 않나요?"

한참 상하의 품에서 흘러나오는 매화향기에 취해 있던 우희가 고개를 들고 물었다. 황후가 우희를 내주는 대신 상하는 황후가 원하던 것을 손에 쥐어주기로 하였다. 우희의 질문을 들은 상하는 우희의 눈가에 맺힌 이슬을 닦아주었다.

"네가 염려할 필요는 없다."

상하는 확신에 차보였다. 그래서 우희는 상하를 믿기로 하였다. 곧 자신의 낭군이 될 사람을 믿지 못하면 믿을 사람이 없었다.

황제는 열흘 동안 말을 달렸다. 그리고 여름인데도 벌써 가을 공기가 도는 땅에 도착하였다. 황녕궁에서 녹색 치마를 입고 있던 소향은 남색 예복을 입고 황제를 맞이하였다. 아홉 해 전 출궁하였을 때보다 밝은 미소를 짓고 있었다. 황제는 소향을 왕자가 아닌 세자와 짝지어 주기를 잘하였다고 생각하였다. 그리고 흐뭇하게 즉위식에서 자리를 지켰다. 여섯 살 가량 된 사내아이 하나가 황제를 신기하다는 듯이 쳐다보았다. 황제는 북주성의 왕자를 보고 팔황자를 떠올렸다. 황제와 황후의 친자는 소향의 자식보다 뛰어났다. 어화원에서 다시 본 팔황자는 남명의 시를 읊고 있었다. 황제 자신의 친자라서가 아니라 팔황자는 실로 뛰어났다. 황제는 팔황자가 태자위에 오르는 모습을 상상하고는 자신도 모르게 미소를 지었다. 그날이 무척이나 기다려졌다.

류 태의의 조모의 집은 북주성에서 멀지 않았다. 크지는 않았지만 매우 정갈하였다. 백발이 노인이 나와 황제를 맞이하였다.

"대인께서 류호의 벗이라 들었소."

황제는 신분을 숨기고 있었다. 덕분에 노인은 황제를 스스럼없이 대하였다. 그리고 황제는 난생처음으로 시중 들어주는 사람 없이 식사를 하였다. 눈짓을 하여도 음식을 옮겨다줄 이가 없었다. 황제는 처음에 조금 머뭇거렸다. 그러나 이내 그릇으로 젓가락을 뻗어 직접 음식을 떨었다. 황제와 한 상에 앉은 류 태의는 자리가 내심 불편한 눈치였다. 그러나 노인은 황제의 정체를 조금도 의심하지 않는 듯, 황제에게 생선구이부터 만두까지 스스럼없이 권하였다.

"손에게 내놓는 찬이 마땅찮아 미안하네. 황상이 정치에 관심이 없으니 탐관오리가 판치지 않는가? 그 바람에 우리 같은 백성은 입에 풀칠하기도 어렵다네."

노인은 진정 겸연쩍다는 듯이 말하였다. 그러나 그 말을 들은 류 태의의 안색은 쌀보다 하얗게 질렸다. 황제는 서둘러 어색하기 그지없는 웃음을 터뜨렸다.

"마님의 말씀이 맞습니다. 황제가 덕을 펼쳐야 백성들에게 복이 돌아가지요."

황제가 류 태의의 조모가 하는 말에 동조하였다. 류 태의는 아무 말 없이 입안 가득 청경채와 돼지고기 뒷다리찜을 밀어 넣었다. 류 태의의 조모는 그런 류 태의의 모습을 염려스레 쳐다보더니 물을 건넸다.

"류호가 황상을 모시고 있다오. 그런데 어찌나 부려먹던지 고향에 걸음할 새도 없다네."

류 태의의 조모가 혀를 찼다. 류 태의는 황제의 눈치를 살피다 사레까지 들렸다. 류 태의는 그 조모가 하는 말 매 마디에 빙판을 걷는 것 같이 두려워하였다. 황제의 심기를 조금이라도 불편하게 하면 다음 날 아침에 목만 뒹굴 수도 있었다. 가뜩이나 잔혹하기로 명성이 높은 황제였기에 류 태의의 태도도 이해할 수는 있었다.

"노마님께서는 황제에게 불만이 많으신가 봅니다."

황제가 시원한 웃음을 터뜨리며 물었다. 황제는 농으로 던진 말이었다. 그러나 류 태의의 조모는 할 말이 많았던 모양이었다.

"말도 마시오. 어려서부터 잔학하기로 유명한 황제의 손을 만씨가의 외손녀 아기씨가 잡던 날에 흘린 눈물로 이 그릇을 다 채우고도 넘쳤다오."

류 태의의 조모는 앞에 놓인 커다란 사기를 젓가락으로 두드리며 말하였다. 황제는 더 이상 웃을 수가 없었다. 눈앞의 노인이 황후에 대해 이야기하고 있었다. 황후를 알고 있었다.

"만씨 가문을 잘 아시나 봅니다."

황제가 마른침을 삼켰다. 동친왕이 류 태의의 조모 집에서 하루 정도 쉬어가라 조언하였다. 노인은 고개를 끄덕이고 일어나 주방으로 느릿느릿 걸어갔다. 황제는 입맛을 잃었다. 잠시 달그락거리는 소리가 나더니 마른 찻잎 색깔 도자기에 매실차를 들고 돌아왔다. 그리고 류 태의와 황제에게 시원한 차를 건넸다.

"잘 알다마다. 내 조모께서 만씨가를 섬겼다오. 나도 어려서 일손을 도우며 자랐지."

류 태의의 조모가 뿌듯한 표정으로 말하였다. 황제는 메마른 입술을 축였다. 잔을 든 손이 미풍에 흔들리는 수면처럼 떨렸다.

"대인, 신경 쓰지 마십시오. 할머니께서 괜한 말을 하십니다."

류 태의가 조모의 말을 막으려 하였다. 하지만 황제는 고개를 저었다. 노인이 하는 말을 들어야 했다. 동친왕은 황제가 눈앞의 류 태의의 조모를 만나기를 바랐다.

"내 생각에는 선황이 만씨가의 비밀을 알았던 것이 틀림없네. 그렇잖으면 은혜를 원수로 갚을 리가 없잖나?"

노인이 혀를 찼다. 특별할 것 없는 노인 하나가 만씨 집안의 비밀을 알고 있었다. 그리고 이 땅에서 가장 오래된 가문의 비밀을 낯선 손에게 털어놓고 있었다. 황제는 모든 것이 참 우스운 상황이라고 생각하였다.

"황위에는 피를 섞지 않는다. 간단한 규칙이지. 만씨 모두가 아는 것이고, 말하지 않는 것이기도 하네. 하나 선황이 맺은 약조를 보게. 비밀을 알았음이 틀림없어."

황자의 적실로 들어간 사람은 있었다. 하지만 어떤 태자도 만씨 여인과 가약을 맺지 않았다. 지금 보니 맺지 못하였다는 표현이 옳았다. 황제의 후궁 중에도 가문의 고귀함을 이어받은 사람은 없었다. 뒤늦게 후궁으로 들어가도 황귀비까지 거침없이 올라갔을 만하건만, 누구도 딸을 내놓지 않았다.

"이제 바랄 일이라고는 팔황자가 아닌 다른 황자가 황위를 잇는 것 뿐이지. 팔황자가 황제가 되면 만씨는 끝이야. 이제까지 위세가 대단한 것도 언제든지 황제를 버릴 수 있었고, 그래왔기 때문인데 제 핏줄이 황위에 앉아 있으면 그럴 수 있나?"

몇 개의 나라가 일어나고 졌다. 그러나 만씨 가문은 남았다. 이 땅을 가장 오래 지배한 가문은 쓰러질 줄 몰랐다. 그리고 보니 이상한 일이었다. 어찌하여 한 집안이 그 모든 나라의 개국공신이 될 수 있었던 걸까? 모든 나라의 공신은 전 나라의 변절자였다. 만씨는 황제를 제외한 모든 유력 가문과 단단한 결합을 맺고 있었다. 반정은 만씨가의 손끝에 달려 있었다.

황제는 배신감에 치를 떨었다. 황후도 비밀을 알고 있었다. 그러니 황제가 팔황자의 친부를 의심하여도 모르는 척한 것이었다. 팔황자가 동친왕의 자식이라는 소문을 황제가 믿으면, 팔황자가 황위를 잇지 못할 가능성이 높았다. 비록 황제에게 딸을 내어주었지만 가문의 고귀함은 넘기지 않을 셈이었다.

황제는 자리에 누워서도 잠이 들 수 없었다. 계속 뒤척이기만 했다. 황후를 미워하고 싶었다. 그러나 눈을 감으면 옅은 밤색 눈동자가 떠올랐다. 황제에게 입을 맞춰오던 붉은 양귀비가 떠올랐다. 황제의 꿈을 꿀 수 없다고 말하던 힘없는 목소리가 떠올랐다. 황제는 턱에 힘을 주었다. 황후의 죄가 아니었다. 자신에게 달려오려는 황후를 울타리 안에 가둬놓은 고고한 가문의 잘못이었다.

"그래, 저 사람이 황제겠지?"

문 밖에서 노인의 목소리가 들려왔다. 달빛에 인형 둘이 어른거렸다. 어둠 속에 묻혀 있던 황제는 긴장하였다. 옆에 풀어두었던 칼에 조심히 손을 뻗었다. 집 밖에는 시위들이 숨어 있었다. 하지만 방 안에서 황제의 목이 떨어지고 들어오면 너무 늦었다.

"할머니! 대체 어찌 아신 겁니까?"

류 태의가 소스라치게 놀라며 외쳤다. 그 와중에도 황제를 깨울까 목소리를 억누른 까닭에 신음 같은 소리로 흘러나왔다. 황제는 손에 쥐고 있던 힘을 조금 풀었다. 그러나 귀는 여전히 문틈으로 기어들어 오는 소리에 온통 집중하고 있었다.

"그야 동친왕께서 왔다 가셨으니 그렇지 않겠느냐? 아우를 부탁한다며 질 좋은 매실도 한 항아리 놓고 가셨다."

류 태의의 조모가 웃었다. 황제는 석반을 들고 입술을 적신 매실차를 떠올렸다. 만씨의 비밀을 들으며 달콤하고 시큼한 매실을 입안에서 굴렸다. 동친왕의 선물이었다.

"한데 동친왕께서는 어찌 알고 계셨을까요?"

류 태의의 의문은 황제도 품고 있는 것이었다. 동친왕은 형제인 황제와 마찬가지로 만씨 가문과 피를 나누지 않았다. 그런데도 비밀을 알고 있었다.

"만씨인 황후마마 영당께서 딸을 낳자마자 돌아가시지 않으셨느냐? 황후마마께 말을 전할 수 없으니 셋째 도련님께 부탁을 해두었다 하더구나. 동친왕께서는 셋째 도련님이 삼키는 사과 씨 숫자까지 아는 분이니 모르실 리가 없지."

류 태의와 조모의 걸음이 멀어지고 있었다. 목소리가 거의 들리지 않기 시작하였다. 황제는 몸을 일으켜 세웠다. 아직 말은 이어지고 있었다.

"류호, 비밀은 사람을 붙들어둔단다. 비밀을 공유하는 사람들 간을 비집고 들어가기란 쉽지 않은 일이지. 황상이 안쓰럽구나."

노인이 혀를 찼다. 황제는 그제야 자신 헤쳐 나가야 할 늪이 보였다. 호국장군이 살아 있더라도 이길 수 없을 것 같았다. 그러나 이제 망자와 싸워야 했다. 황제는 문가에 주저앉았다. 구름이 밝은 달을 가렸다. 얇은 종이를 사이로 비쳐 오던 빛을 삼켰다. 황제는 다시 어둠에 묻혔다.

"우희, 이건 누가 수놓아준 거야?"

우희의 소매에 피어난 말리화를 유심히 지켜보던 사황녀가 물었다. 사황녀는 우희의 자수 솜씨가 그다지 뛰어나지 않다는 사실을 알고 있었다. 글은 황후만큼이나 수려하게 쓸 수 있지만 수는 사황녀 자신보다 못하다고 웃었다. 붓을 놀리는 재능과 바늘을 다루는 재능은 다르다며 놀리기까지 하였다.

"수방에 노비를 잘 따르는 궁녀 하나가 있습니다."

우희가 뺨을 붉혔다. 그리고 짓궂은 미소를 띠고 있던 사황녀에게 자랑하였다. 사황녀는 부럽다는 기색이 만연한 눈으로 고운 만말리蔓茉莉를 쳐다보았다.

"사황녀마마의 옷에도 수자해 달라 하지요."

사황녀는 우희가 손을 내밀자마자 붙잡았다. 조금도 머뭇거리지 않았다. 우희는 다 큰 것 같으면서도 아직 어린 사황녀를 보고 미소를 지었다. 사황녀는 전륜화를 새겨 달라 해야겠다며 수를 놓을 소매 위치를 고민하였다. 우희가 사황녀는 소매 안쪽과 바깥쪽 모두에 화려한 자수가 있어도 흠이 되지 않을 것이라 말하자 그제야 환하게 웃었다.

그러나 사황녀의 입가의 미소는 오래가지 못하였다. 수방의 궁녀는 호아가 영록궁으로 들어갔다고 하였다. 영록궁의 궁녀가 된 호아는 더 이상 만날 길이 없었다.

"호아는 여전히 수방에 자주 찾아오고는 하니, 다음에 호아가 올 때 황녕궁에 사람을 보내도록 하겠사옵니다."

실망한 기색이 역력한 사황녀를 안쓰럽게 생각한 궁녀가 제안하였다. 우희는 고맙다고 말하고는 궁녀의 손에 은자를 쥐어주었다. 그리고 힘없는 사황녀를 데리고 황녕궁으로 돌아갔다.

황제는 환궁하자마자 동친왕을 찾았다. 왕 내관은 서둘러 궁 밖으로 사람을 보냈다. 그러나 동친왕은 집에 없었다. 워낙 자주 말도 없이 자리를 비우는 주인인지라 동친왕의 노비들도 동친왕의 행방을 알지 못하였다. 남경에서 북주성까지 거리를 개의치 않고 날아다니는 동친왕이었다. 사람을 풀어 찾기보다 황명을 듣고 찾아오기를 기다리는 것이 빠를 터였다.

황제는 동친왕을 기다리는 동안 궁에 유언비어를 퍼뜨리던 궁인들부터 처벌하기 시작하였다. 황제는 황후를 울타리 밖으로 끌어낼 생각이었다. 그 울타리가 아무리 높고 오래된 것이라도 상관없었다. 그리고 가장 먼저 할 일은 황후가 도망칠 수 없게 하는 것이었다. 팔황자가 황제의 친자라는 진실을 만천하에 명백히 밝힐 생각이었다. 황후는 만씨 가문의 피가 황위에 메일 것이라는 사실을 받아들여야 했다. 그러면 더 이상 황제에게서 도망갈 수 없을 것이었다.

"황상, 제가 질투에 눈이 멀어 실수를 하였나이다."

안 귀인이 태강전 아래로 끌려 나가며 울부짖었다. 황제는 눈을 감았다. 주변에 내관들만 아니었으면 귀도 막았을 터였다. 황제가 안 귀인을 들였다. 슬쩍 올라간 입매가 황후를 닮아서 후궁으로 삼았다. 그래놓고도 가문이 대단치 않아 아끼지 않았다. 아낄 수 없었다. 그리고 끝내는 안 귀인의 자랑이었던 두 황자까지 빼앗았다. 황제가 평화롭던 한 여인의 인생에 폭풍을 일으켰고, 결국 파멸로 몰아갔다. 한 사람을 얻기 위해 다른 사람을 버렸다.

사흘 밤낮 동안 소란스럽던 강춘헌에 정적이 찾아왔다. 왕 내관이 침울한 표정으로 들어왔다. 그리고 안 귀인이 자진하였다고 고하였다. 황제가 죽인 바나 다름이 없었다. 안 귀인은 이미 이런 날이 올 줄 알고 있었으니 받아들이겠다고 하였다. 그리고 목숨같이 소중히 여기던 황자들까지 자신의 죗값을 치루지 않길 바란다는 유서를 남겼다. 황제는 안 귀인의 마지막 서신을 촛불에 갖다 대었다. 조금씩 커져 가던 불꽃은 안 귀인의 목소리를 삼켜 버렸다. 그리고 새까만 재만 남겼다.

강춘헌이 비고도 사흘이 지났다. 동친왕이 황궁에 들어왔다. 황제는 유난히 들떠 있는 동친왕을 맞이하였다. 왕 내관에 따르면 남경에서 말리화를 두 수레도 넘게 가져왔다 하였다. 동친왕의 저택에서는 대공사가 한창이라고 하였다. 하지만 황제는 동친왕이 무슨 일을 하는지 알아볼 새가 없었다. 황제 눈앞에 어지러이 펼쳐진 일을 정리하기도 바빴다. 황귀비가 후궁들을 독살한 증거를 찾아내야 했다. 황후가 갇혀 있는 울타리의 문을 열어야 했다.

"보아하니 황상께서도 리를 이해하신 모양이군요."

동친왕이 소리 없이 부드럽게 웃으며 말하였다. 아니었다. 이해하지 못했다. 대체 가문이 무엇이라고 스스로를 가둬야 하는지 알 수 없었다. 앞으로도 이해할 생각은 없었다. 그러나 동친왕은 그런 황제의 생각을 읽지 못하는 것 같았다.

"그래서 처음에 황상께서 기억을 하지 못하는 모습을 보고 차라리 잘되었다고 생각하였사옵니다. 황상께서 리를 기억하고 계속 애정을 갈구하셨으면 리도 견디기 어려웠을 것이옵니다."

황제는 숲처럼 진한 눈썹을 굳혔다. 하얀 양귀비 밭에서의 세 아이들 중 하나는 어린 황제였고, 하나는 황후였다. 동친왕의 말을 들어보니 나머지 한 아이가 황장자였나 보다.

"어째서 짐이 황후를 잊어버린 것입니까?"

황제가 잇새로 겨우 소리를 내었다. 동친왕은 내내 알고 있었다. 황제에게 황후가 얼마나 소중한 소녀였는지 알고 있었다. 그럼에도 알려주지 않았다. 황제가 황귀비를 꿈속의 소녀로 오해하도록 내버려 두었다. 황귀비가 후궁을 짓밟고 황후까지 중독시키는 모습을 지켜만 보고 있었다.

"황상의 비명에 놀라 쫓아가 보니, 황상께서는 리를 안고 계셨지요. 리는 정신을 못 차리고 깨진 이마에서 흐른 피로 자신과 황상의 옷을 모두 적시고 있었습니다. 저희가 리를 받아 들고 나니 황상께서도 쓰러지셨고, 깨어나신 후로는 리를 전혀 기억하지 못하셨습니다. 후에 리에게 들으니 황상의 과오로 벌어진 일이더군요. 황상께서는 자신의 손으로 짝 될 이를 죽이셨다고 생각하셨을 테니 어린아이에게는 꽤나 큰 충격이었음 직하지요."

동친왕이 당연히 그럴 수 있다는 듯이 말하였다. 동친왕에게는 아주 오래전의 일일 것이었다. 하지만 꿈에서 겨우 기억을 찾은 황제에게는 손에 잡히던 백색 양귀비의 감촉까지도 생생하였다.

"하여, 짐이 기억하지 못하기에 황후를 위험으로 내모신 겁니까? 짐이 동리군자를 효수시키겠다는 명을 내렸는데도 황후를 말리지 않으신 것입니까?"

목이 잠겼다. 자신이 내린 황명대로 황후의 목을 장대 끝에 매달아 버렸으면 어찌하려고 그런 것이었을까? 동친왕은 황후를 누이동생처럼 아끼지 않았던가? 황제는 자신이 황후를 죽인 다음에야 황후가 꿈속의 소녀라는 사실을 알게 되었으면 어떻게 되었을지 상상도 하고 싶지 않았다. 식은땀이 흘렀다.

"황상은 그리하지 않으셨을 것이옵니다."

동친왕이 호쾌하게 웃었다. 그리고 손을 몇 번이나 내저었다. 황제는 동친왕이 웃음을 그칠 때까지 한참을 기다렸다.

"황상께서는 기억나지 않으십니까? 황후가 황상의 신부라고 몇 번이나 외치셨습니다."

황제는 동친왕의 말에 고개를 끄덕였다. 꿈에서도 어린 황제의 간절한 마음을 느낄 수 있었다. 얼마나 그 마음이 강렬하게 전달되었는지, 황제가 꿈에서 깨어서도 소녀를 찾아 그리도 열심히 헤매었다.

"그러니 황상의 신부를 절대로 죽이지 못하셨을 것이옵니다. 말이란 그런 것이옵니다. 리가 얽매여 있듯이 말입니다. 동은 리에게 약조하게 하였사옵니다. 리는 그 작은 입으로 몇 번이나 가문의 비밀을 이어나가겠다고 말하였사옵니다."

황제는 눈을 감고 말았다. 황후의 울타리는 아주 오래전에 세워졌다. 그리고 그 울타리는 매우 견고하였다.

"하오나 황상, 황상께서는 어찌 리를 괴롭히려 하시옵니까? 리는 황상으로부터 만씨의 피를 지켜야 합니다. 그리하면 리의 마음은 얻고, 또 다른 여인을 품을 생각이시옵니까? 황상과 리의 친자인 팔황자가 본왕처럼 세상을 떠도는 모습을 지켜보실 계획이시옵니까?"

동친왕이 암묵적인 금기를 꺼냈다. 혹여 친왕을 부추겨 황위를 찬탈하려는 무리가 있을까 염려한 동친왕은 평생을 떠돌아다녔다. 누구와도 깊이 사귀지 못하였다. 황제는 팔황자에게 그런 운명을 물려줄 수 없었다.

"짐은 황후의 울타리를 꺾을 셈입니다."

하나를 얻기 위해서는 다른 하나를 포기해야 했다. 모두 가질 수는 없었다. 그것은 황제에게도 황후에게도 마찬가지였다.

우희는 수방에서 온 궁녀가 찾아오자마자 만사를 제치고 따라갔다. 호아가 우희를 보고 환하게 웃었다. 호아는 수방에 있을 때보다도 말랐다. 우희는 호아를 안타까운 눈으로 바라보고는 이목을 피하여 구석으로 걸어갔다.

"어제 영록궁으로 간 거야?"

우희가 속삭였다. 호아는 피곤한 눈동자에 겨우 웃음을 띠웠다. 하지만 우희는 마주 미소를 지어보일 수 없었다. 우희가 걱정하지 않도록 억지로 밝은 체하는 모습이 가슴 아팠다.

"그다지 대단한 일은 하지 못해요. 그냥 창고만 지키고 있어요."

우희는 거칠어진 호아의 손을 보며 사황녀의 청은 꺼내지도 못했다.

바늘을 잡아야 할 손은 쓸리고 헤져 있었다. 우희는 바로 류호를 찾아가 호아에게 줄 연고를 얻어와야겠다는 생각을 하였다. 그리고 류호를 떠올린 순간 류호가 찾던 물건을 호아가 가져다줄 수 있을 것 같다는 희망이 생겼다.

"호아, 영록궁에서 물건 하나를 구해다줄 수 있을까?"

호아는 퀭한 눈을 빛내며 고개를 끄덕였다. 우희는 아랫입술을 깨물었다. 자칫하면 호아도 위험해질 수 있었다.

"영록궁에서 감춰둔 독을 찾아다줘."

호아는 어렵다는 듯이 미간을 찌푸렸다. 하지만 노력해 보겠다고 고개를 끄덕였다. 우희는 호아의 푸석푸석한 머리카락을 쓸어 넘겨주었다. 류호가 영록궁의 독을 찾는 이유는 어렴풋이 짐작이 갔다. 마침내 황귀비의 날이 끝나고 있었다. 그리고 그날이 오면 호아를 구할 수 있을 것이었다.

황제는 오랫동안 닫혀 있던 황녕문을 열었다. 북쪽의 찬바람에 얼어 있던 황제의 가슴을 국화의 노란 향이 녹였다. 황제는 황국의 품에 안겨 있는 황후에게 다가갔다. 황후가 석양을 물들인 머리를 돌렸다. 그리고 황제에게 걸어오기를 머뭇거렸다.

"염려 마시오. 황후가 짐을 꿈꾸지 않는다고 하여도 그 자리는 빼앗지 않을 생각이오. 선황께서 국구를 붙잡아두기 위해 황후께 약조한 황녕궁이 아니오?"

황후는 아미를 일그러뜨렸다. 옅은 다색 눈동자에 괴로움이 스쳤다. 황제는 황후에게 다가가려는 두 다리를 멈춰야 했다. 껴안고 싶은 두 팔을 내려야 했다.

"황상, 아버지와 오라버니는 권력에 관심이 없사옵니다."

황후가 떨리는 목소리로 가족을 변호하였다. 역모로 몰릴까 걱정하는 기색이 만연하였다. 황후가 아끼는 궁녀 우희의 부친이 모반하였다는 이유로 집안이 쓰러졌다. 반역을 꾀하였든 아니하였든 한번 의심을 받으면 다시는 일어날 수 없다는 사실을 바로 옆에서 지켜본 만큼, 황후의 두려움은 컸다.

"그런데도 신하들은 주변으로 구름떼같이 몰려들었지."

하지만 황제는 황후를 몰아세웠다. 벼랑 끝까지 내몰 심산이었다. 귀한 짐승을 잡을 때는 수 개의 화살을 날리는 것보다 제풀에 지치게 하는 것이 나았다. 황후가 고통에 허덕이는 모습을 지켜보는 일은 괴로웠다. 하지만 황제는 멈추어서는 안 되었다. 한 번도 잡지 못하고 영영 놓쳐 버리면 평생을 후회할 것이었다.

"그것은……."

황후의 어깨가 떨렸다. 황제는 황후가 쓰러질까 두려워졌다. 왕 태의는 황후가 절대로 독을 씻어낼 수 없을 것이라고 하였다. 황후에게는 전하지 못하게 하였지만, 황제는 황후를 볼 때마다 칼날 위를 걷는 느낌이었다. 언제 떨어져 버릴지 몰랐다. 갑자기 황제가 쫓아갈 수 없는 곳으로 도망가 버릴 수도 있었다.

"짐이 피바람을 불어올까 두려워서였겠지? 안 그렇소? 이미 선황께서 황자의 난으로 예를 보여주셨으니, 천성이 잔혹한 짐이 그보다 더한 일을 할까 두려워 국구를 중심으로 모였던 것이겠지."

황제가 날카로운 눈를 누그러뜨렸다. 황후가 황금 의자에 주저앉았다. 황제는 가까이 다가갔다. 그리고 황후 손 언저리에 피어 있던 황국 한 송이를 꺾었다.

"황후, 어째서 소인배들도 잘 아는 것을 황후는 알지 못하시오?"

황제는 금정金精에서 시선을 떼지 않고 말하였다. 황후의 밤색 눈동자가 황제를 향한 것이 느껴졌다. 선선한 가을바람이 노란 꽃잎을 뒤흔들었다.

"다른 남자의 자식을 낳았다는 소문이 돌아도 황후에게는 손끝 하나 대지 못하는 이유를 모두가 알건만 어찌 황후만 모르시오?"

황제는 여절女節을 황후의 귓가에 꽂아주었다. 그리고 속삭였다. 황제의 새까만 눈동자를 똑바로 쳐다보는 황후의 눈동자가 흔들렸다.

"하니 황후, 누구에게도 말하지 않았던 진실을 들려주시오."

동친왕은 호국장군에게 들었다. 류 태의의 조모는 만씨가에서 일하며 들었다. 하지만 황후는 비밀을 입 밖에 내지 않았다. 무거운 입안에 마음과 함께 감추어두었다.

"권력 다툼이 무서워 황자를 낳고 싶지 않았다는 표면적인 이유 말고 말이오."

황후가 눈을 감아버렸다. 마음의 창을 닫아버리면 비밀을 감출 수 있다고 믿는 듯이 옅은 밤색 눈동자를 가려 버렸다. 황제는 오른손을 뻗었다. 그리고 황후의 얼굴을 감쌌다. 엄지손가락으로 기다란 속눈썹에 내려앉은 금가루를 쓸어내렸다.

"한 나라의 역사로는 부족했지."

황후가 살포시 눈을 떴다. 눈꼬리가 부드럽게 흘러내렸다. 청풍이 금예金蕊의 짙은 향을 흩뿌렸다. 고삐를 다잡지 않으면 모든 것을 잊어버릴 것 같았다. 몸도 마음도 내주지 않아도 되니, 도망만 가지 말아달라고 애원하게 될 것 같았다.

"답이 어디 있었는지 아시오?"

황제가 황금성의 바깥을 검지로 가리켰다. 맑은 밤색 눈동자가 기다란 손가락을 타고 뻗었다. 그리고 하늘마저 네모나게 가두는 높은 담 너머를 내다보았다.

"답은 우스울 정도로 눈에 환하게 드러나 있었지."

황후는 황제의 마른 입술에서 떨어질 말을 두려워하였다. 하지만 황제는 모른 척 손을 내렸다. 그리고 황후의 손을 잡았다. 위엄으로 굵다시피 하여 헐거워진 옥가락지를 돌렸다. 황후는 손을 빼지 않았다. 홍옥 반지에만 시선을 고정하고 있었다.

"이름은 아버지를 따라, 고귀함은 어머니를 따라. 황국이 세워지기 훨씬 전부터 내려오던 규칙이지. 그런데 참 이상하지 않소?"

황후의 손가락 끝부터 긴장이 느껴졌다. 황제의 말을 끝까지도 듣지 못하고 손을 빼내려 하였다. 하지만 황제는 가느다란 손을 붙잡았다. 그리고 바람에 휘청거리는 꽃대처럼 흔들리는 시선을 붙들었다.

"사람들은 황실이 세워진 이래, 황후의 아들이 이 땅에서 가장 오래된 피를 이은 첫 황자라고 하였소. 이상한 일 아니오? 그리 귀한 피라면 황실에서 탐낸 지 오랠 텐데 말이오."

이제 황후는 일어서 버리려 하였다. 그러나 황제는 둥근 어깨를 눌러 다시 앉혔다. 섬세한 자수가 손에 거칠게 쓸렸다.

"그런데 놀라운 일이 무엇인지 아시오?"

붉은 양귀비의 색이 빠졌다. 하얀 양귀비만이 떨리고 있었다. 하지만 붉거나 히거나 향은 그대로였다.

"긴긴 세월 동안 이어져온 그 대단한 가문에서 나온 황제가 아무도 없었단 말이오. 황국이 서 있는 땅에 일어나고 쓰러진 나라들의 역사에서 단 한 명도!"

황후의 어깨 위에 실린 짐이 무겁다는 것은 쉽사리 알 수 있었다. 자의는 아니었지만 황후는 아주 오랫동안 지켜진 규칙을 처음으로 깰 상황까지 밀려왔다. 황후는 애써 뒷걸음질치고 있었다. 그러나 파도에 한번 쓸리면 뭍으로 나가기가 쉽지 않았다. 황제는 인내심이 많았다. 한번 문 목표는 놓지 않을 작정이었다.

"황제의 몸에는 고귀함이 이어지지 않는다. 그 오래된 사람들이 원할 때마다 나라를 바꿀 수 있던 기반 아니었소? 황실의 어느 후계 중에도 그 피가 흐르는 이가 아무도 없으니 몇 명이 죽어나가도 상관없었겠지."

황제의 목소리가 다시 낮아졌다. 황제는 황후의 가느다란 팔뚝에 비친 푸른 핏줄을 손가락으로 따라 그렸다. 피조차도 향기로울 것이었다.

"황상, 상상이 지나치시옵니다."

마침내 황후가 입을 열었다. 황제가 모든 진실을 알고 있음에도 부인하였다. 아마 그리 교육받았을 것이었다. 그리고 배운 바를 잘 지키는 황후는 끝까지 비밀을 수호하려 들었다.

"아마 황후의 모친께서는 선황을 원망하셨을 것이오. 은혜를 베풀었더니 원수로 갚았다고 말이오."

황제가 씁쓸하게 웃었다. 선황은 영민하였다. 잉첩의 자식이 황자의 난에서 승리하고 황위에 올랐다.

"황상."

황후는 가을하늘처럼 맑은 눈에서 금방이라도 구슬을 흘릴 것 같았다. 황제는 황후가 태어날 때부터 자신의 것이어서 다행이라고 생각하였다. 황후가 여염집 규수이고, 황제가 수많은 구혼자 중 하나였다면 얼마나 애를 태웠을지 알 수 없었다. 물론 황제의 성정에 황후에게 혼인을 청하는 다른 남자들을 밤사이 강에 띄웠겠지만, 마음고생은 했을 것이다.

"그래서 호국장군과 그리 가까웠던 것이오? 비밀을 나누어주고 황후에게 지킬 것을 강요한 황후의 셋째 오라버니를 누구보다 따른 것이오?"

한 사람에게는 누구보다도 선한 사람이 다른 사람에게는 누구보다도 악한 사람이 될 수 있었다. 호국장군은 황후에게 오라버니이자 벗, 그리고 스승이었다. 그러나 황제에게는 황후의 마음을 걸어 잠가 버린 울타리에 불과하였다.

"하지만 황후, 그 피도 호국장군을 지키지 못하였소."

황후가 끝내 눈물을 흘리고 말았다. 황제는 맨손으로 이슬을 훔쳤다. 아무리 대단한 가문도 소용없었다. 황국의 대장군은 이름도 모를 고국 사람 하나에게 목숨을 잃었다.

"가문의 고귀함은 황후에게 소중한 사람을 지켜주지 못하였소. 그런데 왜 황후는 그것을 지키려 노력하는 것이오?"

황제의 목소리는 노란 꽃잎보다도 부드러웠다. 황후의 눈물을 본 황제의 눈동자는 연민으로 풀려 있었다. 황제는 천천히 황후의 손을 잡았다.

"짐이 지켜주겠소. 그러니 그 울타리를 넘어오시오. 내 손을 잡으시오."

황후는 그 손을 잡지 않았다. 그러나 뿌리치지도 않았다. 그래서 황제는 희망이 있다고 믿기로 하였다.

"만아. 늦게 태어나 짐의 운명을 바꿔놓지 않았소? 책임을 져야 할 것 아니오? 언제까지 그 높은 울타리 앞에 세워둘 셈이오?"

전에는 잘못된 이름을 불렀다. 그래서 이번에는 실수하지 않으리라 벼르고 있었다. 황제가 구하던 사람은 리蠡가 아닌 만아晩兒였다. 달콤한 감국이 고개를 끄덕였다.

우희는 수방에 호아가 왔다는 소식을 듣고 뛰어갔다. 수방까지 거리가 평소의 세 배, 네 배는 되게 느껴졌다. 수방 담 모서리에서 호아를 발견한 우희는 전언을 한 궁녀에게 은자를 쥐어주었다. 우희는 주변을 살피고는 호아에게 다가갔다. 호아는 아무 말 없이 아주 작은 병 하나를 우희의 손에 쥐어주었다. 우희는 병을 살피지도 않고 소매에 집어넣었다.

"이 연고가 그리 잘 듣더라."

우희가 부러 목청을 돋워 말하였다. 그리고 류호에게 얻어왔던 연고를 호아에게 건넸다. 호아는 한참 동안이나 연고를 살피는 척하였다.

"이렇게 귀한 걸 제게 주셔도 되는 건가요?"

호아의 목소리도 평소보다 컸다. 우희는 터져 나오려는 웃음을 애써 막았다. 둘을 수상쩍은 눈으로 감시하던 궁녀 하나가 스쳐지나갔다.

"나는 지금 하나 더 얻으러 내의원에 가려던 참이었으니 괜찮아."

내의원에 가겠다는 말만이 참이었다. 우희는 류호에게 독을 전하러 가야 했다. 류호가 기뻐할 것이 분명하였다. 우희는 호아의 손을 힘주어 잡았다. 그리고 곧 구해주겠다는 말을 눈으로만 하였다.

우희가 류호에게 호아가 준 한 뼘 높이의 병을 전한 뒤, 달이 한 번 차고 기울었다. 금색 황궁이 뒤집혔다. 황귀비가 후궁들을 독살하였다. 황제의 총애를 받는 칠황자까지 질투하여 돌이 겨우 지난 어린 아이를 살해하였다. 영록궁의 궁녀가 친국 자리에 직접 나섰다. 그리고 독이 황귀비의 것이라 증명하였다. 황귀비가 황상까지 해하려 하였다는 이유로 황귀비의 집안이 멸문을 당하였다. 일황녀는 파혼을 당하였다. 그리고 절로 쫓겨났다.

우희는 황후의 뒤를 따라 연금되어 있는 황귀비를 찾았다. 화려함의 극치를 달리던 영록궁은 스산하였다. 황귀비의 죄에 대한 다른 증좌를 찾느라 헤집어진 궁은 어질러진 상태 그대로였다. 궁녀도 두엇밖에 남지 않았다. 그나마도 갓 궁에 들어온 아이들이라 손이 서툴렀다.

"황후마마."

황귀비가 누추한 와중에 황후 앞에 서서 예를 올렸다. 불과 한 해 전에 황후와 같은 금색 예복을 입고 당당함을 뽐내던 황귀비였다. 하지만 이제는 황후궁 궁녀인 우희보다도 단출한 차림이었다. 우희는 이 순간을 기다렸다. 우희의 손에 크다시피 한 사황녀가 숨도 쉬지 못할 정도로 기침을 하는 모습을 지켜볼 때마다 얼마나 간절히 기다려 왔던 날인지 몰랐다.

그러나 막상 누추한 황귀비의 모습을 보니 마음이 그리 좋지만은 않았다. 영화란 한순간이라는 사실은 알고 있었다. 노비 출신의 당로를 둔 선황이 황위에 올랐다. 귀족의 여식이었던 우희가 노비가 되었다. 우희는 노비로 열두 해를 살았다. 그리고 호국장군의 딸이 되었다. 다음 봄에는 친왕과 혼례를 올리기로 하였다. 부친이 삼공이고 숙부가 보은장군으로 황국의 병권을 휘어잡고 있던 황귀비는 멸문지환을 당하였다. 하늘은 변덕이 심하였다. 누구도 총애하지 않았다. 모두의 앞에는 굴곡이 있었다.

"제가 어렸을 때 유명한 점쟁이가 집을 찾았사옵니다."

황귀비가 말을 시작하였다. 영록궁의 어린 궁녀가 차를 내왔다. 그러나 떫기 그지없었다. 황귀비는 저도 모르게 인상을 찌푸렸다.

"점쟁이는 꿈을 꾸고 찾아왔다고 하였습니다. 황궁에서 금색 예복을 걸치고 있었다고 하였습니다. 제가 귀히 될 것이라고 예언을 하였사옵니다."

황귀비는 아주 먼 옛날을 그렸다. 아련한 눈으로 돌아갈 수 없는 날을 추억하였다. 우희는 자신이 고국에서 행복했던 유년 시절을 떠올릴 때와 같은 마음이겠거니 짐작하였다. 분명 황귀비는 미운 사람이었다. 그러나 안쓰러운 마음이 들었다.

"점쟁이의 꿈은 사실이었습니다. 하지만 꿈은 모든 것을 보여주지는 않았지요."

꿈에 대해 이야기하는 황귀비의 말을 듣는 황후도 생각에 빠져 있었다. 황귀비의 말은 들리지 않을 듯 보였다. 하지만 황귀비는 개의치 않았다. 황귀비는 말을 이었다.

"호국장군이 제게 청혼한 적이 있었다는 사실을 아십니까?"

황귀비의 물음에 황후는 옅은 밤색 눈동자를 들었다. 그리고 물기에 젖은 검은 눈동자를 바라보았다. 황후는 천천히 고개를 끄덕였다.

"그때 호국장군과 정혼을 하였어야 했습니다. 이제 와서 후회를 합니다. 어째서 호국장군의 정실 자리를 거절하고 황상의 측실이 되겠다고 우겼던 것일까요? 하지만 어찌하겠습니까? 하나를 택하면 다른 하나는 취할 수 없습니다. 모든 것을 가질 수 있던 저도 그 규칙을 벗어날 수는 없었사옵니다."

황귀비가 한숨을 내쉬었다. 그리고 차 맛이 지독했다는 점을 잊었는지 다시 잔에 입술을 대었다. 하지만 다시 미간을 찌푸리고 말았다.

"본궁도 꿈을 꾸었다네. 하늘을 가려 버릴 정도로 높은 울타리에 에워싸여 있었지. 밖에서는 울타리를 넘어오라는 목소리가 들려왔네."

황후도 차를 한 모금 넘겼다. 그리고 황귀비와 같이 얼굴을 찡그렸다. 그 모습을 본 황귀비와 우희 모두 웃음을 터뜨렸다.

"그리고 어찌 되었사옵니까?"

황귀비가 겨우 웃음을 그친 뒤 물었다. 우희도 황후의 입에서 이어질 다음 말을 기다렸다. 하지만 황후는 천천히 고개를 저었다.

"본궁도 알지 못하네. 그 뒤의 꿈은 없었네."

황귀비는 잔을 돌렸다. 탁한 차가 소용돌이 모양으로 돌았다. 한번 돌기 시작한 차는 멈출 줄 몰랐다. 거르지 못한 찻잎은 소용돌이 안으로 빨려 들어갔다.

"저라면 그 울타리를 넘겠사옵니다."

황귀비가 흐린 눈을 들었다. 우희는 황귀비가 울 것 같은 표정을 짓고 있다고 생각하였다. 하지만 황귀비는 한 방울 눈물도 흘리지 않았다. 한참 동안 황귀비를 바라보던 황후는 고개를 끄덕였다. 그리고 일어났다. 우희는 더 이상 황귀비를 보지 못할 것임을 알 수 있었다.

"우희."

황후의 뒤를 따라 영록궁 계단을 내려가던 우희는 고개를 돌렸다. 그리고 황귀비를 올려다보았다. 황귀비가 우희 자신의 이름을 알고 있을 줄은 몰랐다.

"부창부수라더니 동친왕은 내 딸을, 너는 나를 파멸에 빠뜨리는구나."

우희는 얼어붙었다. 동친왕과 우희가 정친하였다는 사실을 황귀비가 어찌 알고 있는지부터 시작하여 수많은 의문들이 우희를 둘러쌌다. 하지만 황귀비는 등을 돌리고 안으로 들어가 버렸다. 바람이 몰아쳤다. 궁녀들이 쓸지 못한 낙엽이 우희에게 날려들었다. 우희는 떨리는 걸음을 떼었다. 그리고 황후의 뒤를 서둘러 쫓았다.

황녕궁에서는 상하가 기다리고 있었다. 아무것도 모르는 순진한 미소를 짓고 황후와 우희를 맞이하였다. 황후는 사라지지 않는 두통으로 안으로 들어갔다. 그리고 우희와 상하만이 남았다. 우희는 상하와 가을의 초로원을 걸었다. 서늘한 바람이 노란 낙엽과 붉은 단풍으로 물들있다.

"상하, 아주 이상한 말을 들었어요. 상하가 일황녀를 파멸시켰다는데 무슨 뜻인가요? 일황녀는 상하를 잘 따른다고 하지 않았나요?"

상하의 입가에서 미소가 증발하듯이 사라졌다. 검은 눈도 가라앉았다. 우희의 달콤한 연인은 사라졌다. 그리고 그 자리에는 황국으로 오던 길에 만났던 흑마 위의 남자가 있었다.

"일황녀가 간책에 걸려들었을 뿐이다. 나는 처음부터 그 아이를 이용할 목적밖에 없었고, 그 목표를 이루었을 뿐이다."

상하의 발아래에서 홍색 비단이 바스러졌다. 푸른 바람에 핏가루가 흩날렸다. 우희는 상하의 옷자락을 잡았다. 상하가 다시 떼던 걸음을 멈추었다.

"상하가 칠황자를 죽이라 한 건가요?"

우희가 떨리는 목소리로 물었다. 그래서는 안 되었다. 그러면 우희가 연빈을, 상하가 연빈의 아들을 죽인 것이 되었다. 죽어서도 강유를 보지 못할 것이었다.

"맞다. 일황녀는 원체 시새움이 많은 아이인지라, 칠황자가 황상의 총애를 앗아갈 거라는 말 한 마디에 바로 독을 쓰더구나."

상하의 목소리는 깊고 차가웠다. 바다에 빠진 느낌이었다. 공기를 찾을 수 없었다. 숨을 쉴 수가 없었다.

"상하, 황후마마와의 약조가 무엇이었나요?"

우희가 속삭였다. 후궁들이 죽었다. 파도에 쓸려나가듯이 꽃들이 졌다. 우희는 이미 황후가 갖고자 하던 것을 알 것 같았다. 황후는 집착이 강하였다. 그리고 그 대상에 대한 독점욕도 강하였다.

"언제부터였나요?"

상하도 황후가 자신의 소유를 남과 나누지 않는다는 점을 알고 있었다. 그래서 우희 대신 황후가 탐내던 것을 구해주겠다고 하였다. 온전히 쥐어주겠다고 하였다.

"사실은 황후마마께 제안을 하기 전부터 이미 시작되었던 것이군요?"

우희가 낙엽이 떨어지듯이 힘없이 말하였다. 그리고 바닥에 주저앉았다. 상하도 우희의 옆에 앉았다. 시선은 꿈처럼 파란 하늘을 향해 있었다. 상하가 애꿎은 나뭇잎을 굴리던 우희의 손을 잡았다.

"황귀비는 황상의 애정에 늘 목이 말라 했다. 투기도 많은 까닭에 황상이 다른 후궁들에게 눈길을 주는 모습을 보는 것조차 괴로워했다. 그래서 황상이 잊어버린 기억 속의 소녀가 되면 된다고 귀띔해 주었다. 열쇠만 있으면 황상의 기억을 일깨울 수 있다고 알려주었다."

우희도 상하와 같은 하늘을 올려다보았다. 상하가 자신 있게 말한 대로 향비는 황상에게 무척 귀한 존재가 되었다. 황제는 향비를 황귀비로 삼기까지 하였다. 그리고 황귀비가 후궁을 쑥대밭으로 만드는 모습도 묵인하였다.

"상하, 왜 그랬어요? 나는 그렇게까지 해서 얻을 만한 가치가 없는데, 어째서 상하의 손을 더럽혀가면서까지 그런 건가요?"

우희가 허탈에 빠져 물었다. 우희 자신 때문에 아름다운 사람이 어두운 길을 걸어야 했다. 우희는 그 사실이 견디기 힘들었다.

"우미희, 나는 너를 위해서 무엇이든지 할 수 있다."

상하가 우희를 껴안고 목 뒤에서 속삭였다. 상하의 목소리가 감미로워서 눈물이 날 것 같았다. 우희만을 향한 마음이 너무 하얀 까닭에 똑바로 쳐다보기도 어려웠다.

"너를 위해 조금 더 피를 묻히는 건 아무렇지도 않다. 이 황궁에서 태어났을 때부터 내 손은 이미 더러웠으니까 말이다."

우희는 상하와의 약조를 떠올렸다. 우희는 무엇을 알게 되더라도 상하에게 갈 것이라고 말했다. 그리고 이제 우희가 약조를 지킬 때가 왔다. 우희는 눈을 감기로 했다. 누가 죄를 지었다니 누가 순백하다느니 그런 집착은 털어버리기로 하였다. 마음 가는 대로 따라가기로 하였다. 그 많은 사람들의 피로 깐 길인데 걷지 않으면 아깝다고 생각하였다. 우희는 천천히 손을 올렸다. 그리고 상하의 넓은 등을 감싸 안았다.

황제는 한 해의 끝을 향해 달려가는 나무들이 서 있는 광소정을 가로질렀다. 멀리 정자에 금빛 한 조각이 서 있는 모습이 보였다. 황제는 황후의 대답이 무엇일지 궁금했다. 기대감과 불안감이 뒤섞였다. 금색과 홍색이 한 바람에 섞여 불었다. 황제는 깊은 숨을 내쉬었다. 그리고 붉은 다리를 건너기 시작했다. 그와 동시에 황후가 정자에서 다리를 밟았다. 그리고 가운데에서 황제를 만났다.

"황상을 탐내려는 마음을 눌렀습니다."

황후가 토해내듯이 말하였다. 석양에 황후의 머리가 붉게 타올랐다. 황제는 가슴이 터질 것 같았다. 마침내 불길이 황제의 손에 닿을 정도로 가까이 다가왔다.

"몇 번이나 울타리를 넘으려 하다가도 마음을 다잡았사옵니다. 본궁도 황상의 마음을 갖길 바라게 될 것이 두려웠사옵니다. 본궁이 내어드린 마음이 있던 빈자리를 채울 황상의 마음을 바랄 것입니다. 그러나 그래서는 아니 되옵니다. 본궁은 본궁의 소유를 남과 나누지 않습니다. 그러니 애초에 오롯이 가질 수 없는 황상의 마음을 탐해서는 안 된다고 스스로를 타일렀사옵니다."

황제는 더 이상 인내할 필요가 없다는 사실을 깨달았다. 금색 국화를 품에 안았다. 마침내 손에 들어왔다.

"탐하시오. 황후 혼자 가져도 좋소. 남과 나누지 않아도 되오. 예와 법도 황제의 아래 있소. 짐이 허한 것이니 누구도 황후를 탓하지 않을 것이오."

황제가 바람에 향기라도 빼앗길세라 팔에 힘을 주었다. 그리고 속삭였다. 어차피 이름은 더러웠다. 역사에 길이 기록될 것이었다. 어렸을 때부터 잔혹했던 황제는 후궁이 모두 죽어나가도 신경조차 쓰지 않았다. 그리 전해질 것이었다. 그러니 오랫동안 갈망했던 것이라도 가져야겠다고 생각하였다.

"그러니 황후의 마음, 그것을 짐에게 주지 않으시겠소?"

우희는 매화나무 아래에서 상하와 황후를 발견하였다. 하얀 눈 사이에 매화꽃이 붉게 피었다. 그리고 그 사이에 금색 예복을 걸친 황후가 서 있었다. 우희와 같은 남색 예복을 입은 상하가 황후에게 말을 하고 있었다.

"마지막까지 망설이시기에 마음을 졸였습니다. 본왕은 약조대로 우

희를 받았으나 황후마마께서 황상을 갖지 않으시면 어찌 마음을 놓을
수 있겠사옵니까?"

상하가 후련하다는 듯이 웃었다. 우희의 마음을 앗아간 환한 웃음
을 지었다. 우희는 그 모습을 바라보며 벅찬 미소를 지었다. 모든 것
을 잃었다. 그러나 다시 제 손에 쥐고 싶다 욕심을 내게 된 것이 있었
다. 조금은 먼 길을 돌아야 했다. 손에 재도 묻혀야 했다. 하지만 마침
내 우희의 손에 들어왔다.

"셋째 오라버니의 뜻을 거스르는 선택이기에 끝까지 흔들렸습니다.
하지만 고귀한 이름과 명예, 그 모든 것이 죽음 앞에 부질없다는 사실
을 깨달았습니다."

황후는 시원하게 웃음을 터뜨렸다. 자신에게 많은 날이 남지 않았
다는 사실을 안 후로 황후는 감정을 숨기지 않았다. 웃음과 눈물을
가둬두지 않았다. 우희는 미소를 지으며 두 사람에게 다가갔다.

"황자, 황녀들이 준비한 것을 보여드리겠다고 하니 올라오시지요."

황후는 우희의 말에 고개를 돌렸다. 우희는 예전처럼 황후를 부축
하였다. 상하는 우희를 말리지 않았다. 따뜻한 눈으로 우희의 뒤를
따라왔다.

삼황자와 삼황녀, 그리고 사황녀와 팔황자는 극을 준비하였다. 하
지만 연극에 나오는 인물 중 셋이 남자인 까닭에 삼황녀가 남장을 하
고 있었다. 삼황녀가 태자, 사황녀가 리라는 소녀, 삼황자가 황장자,
팔황자가 동이라는 소년의 역할을 맡는다는 말을 들은 황제의 얼굴이
굳었다. 황후는 즐거운 표정으로 아이들을 쳐다보았다. 궁녀들이 무
대 주변으로 하얀 양귀비를 내려놓았다.

"양미랑이 진상한 꽃입니다."

소향이 싱싱한 꽃이 만족스럽다는 듯이 우희에게 속삭였다. 계우는

양미랑을 따뜻한 땅으로 데려갔다. 양미랑만은 궁에서 온전히 벗어났다. 우희는 미소를 그리고 고개를 끄덕였다.

태자 역을 맡은 삼황녀가 극이 시작되자마자 무대를 내려가 버렸다. 그 바람에 들뜬 리가 막 이슬을 머금은 꽃처럼 생기에 가득 찬 목소리로 하는 말을 듣지 못하였다.

"오라버니, 왕야, 저분이 소녀와 혼인하실 태자전하세요!"

황장자는 흥분에 가득 찬 리의 머리를 쓰다듬어 주었다. 리는 뺨까지 붉게 상기되어 어린아이답게 저의 눈을 봐달라 황장자의 소매를 잡고 흔들었다. 황장자는 자신의 지우인 동冬과 같이 햇빛을 받으면 붉게 빛나는 머리칼을 쓸어주며, 태자를 어찌 생각하느냐 물었다.

"수려하게 생기셨어요. 키도 많이 자라셨네요. 음성은 얼마나 그윽하고, 말씨는 또 얼마나 우아하신지요!"

리가 기다란 속눈썹을 팔락거리며 자랑하였다. 순수한 어린아이는 자신의 부군이 될 이가 빼어난 사람이라는 기쁨을 감추지 않았다.

"너는 태자전하와 왕야가 판에 박은 듯 닮았다는 것을 알고 왕야 앞에서 그리 말하는 것이냐? 네가 그리 칭찬하는 것이 왕야의 모습이기도 하단 말이다."

공씨의 셋째 아들이 핀잔을 주었다. 황장자는 그리 말하는 동과 눈을 마주치고는 웃음을 터뜨렸다. 과연 리가 무엇이라 답할지 궁금하였다. 늘 저의 오라버니가 황장자보다 빼어나다 옹호하는 리였다. 태자가 자신의 오라버니보다 수려하다 말하면 앞으로 황장자가 그치보다 낫다고 인정하여야 할 것이고, 여전히 오라버니가 가장 잘났다 하면 저의 부군 될 이황자가 공씨 집안 자식보다 못하다는 것을 인정하는 것이었다. 황장자는 동이 깔아놓은 덫을 어찌 피해갈지 궁금하여 검은 눈동자를 빛내며 리를 쳐다보았다.

"오라버니께서 그리 말씀하시니, 태자전하께서는 왕야와 무척이나 닮았네요."

리가 순순히 인정하였다. 동과 황장자는 그리 대답하고는 자신이 빠진 함정이 무엇인지 고민하고 있는 리를 후원에 남겨두고 자리를 떴다. 리는 다시 다리를 치는 양귀비꽃을 맞고 서 있었다.

극이 끝났다. 그리고 네 아이들이 채 무대에서 내려오기 전, 궁녀들이 하얀 양귀비를 치웠다. 그 자리에 붉디붉은 양귀비를 대신 올렸다. 황제의 입가에 미소가 맺혔다.

외전. 우희는 모르는 이야기

　"천천히 와!"

　강유는 배꽃처럼 하얗고 조그마한 여자가 두 손을 입에 모으고 소리치는 것을 무시하고 뛰어갔다. 저 예쁜 얼굴을 보고 있을 때도 흘러가는 시간이 아깝건만, 천천히 걸어갈 수 있을 리가 만무했다. 강유는 속도를 줄이지 않고 그대로 고운 연분홍색을 껴안아 버렸다. 청색 바람에 새하얀 꽃잎이 흩날렸다. 그리고 그 아래 서 있던 꽃같이 고운 이가 강유의 품에 안겨 휘청거렸다.

　"으, 땀내! 이거 새 옷이란 말이야."

　귓가에서 옥구슬이 굴러가는 목소리가 투정을 부렸으나, 밀어내지 않고 강유의 등을 토닥였다. 지난 다섯 해 동안 스승님과 함께 산에서 수련하느라 한 고생을 알아준다는 듯이 다정하게 안아주는 우희의 품은 따뜻했다.

　"보고 싶었어. 우미인美人."

강유가 중얼거렸다.

"그 많은 수련이 헛것이네. 아직도 이렇게 장난이나 치고."

강유의 품에 안긴 우희가 투덜거렸다. 강유는 팔을 풀고는 떠날 때와 다름없이 고운 우희를 보았다. 다행이었다. 그것은 꿈이었다. 산에서 내려오기 이틀 전, 강유는 악몽을 꾸었다. 핏빛보다 붉은 하늘에는 죽음보다 어두운 까마귀들이 날고 있었다. 까마귀들은 하늘을 찌를 듯 높은 장대 둘을 빙글빙글 돌고 있었다. 장대 끄트머리에는 우희의 부친과 오라버니의 목이 꿰어 있었다. 우희는 그 아래 흙바닥을 눈물로 적시며 통곡하고 있었다. 지금 입고 있는 것과 같은 연분홍의 옷은 흙발에 짓밟힌 꽃잎과 같이 더럽혀져 있었다. 사람들이 우희와 두 남자의 목을 둘러싸고 있었다. 우희가 울부짖는 소리가 사람들의 웅성거림을 넘어 들렸다. 강유는 우희에게 다가가기 위해 인파를 헤쳐 갔다. 그러나 아무리 앞으로 나아가도 우희와의 거리는 좁혀지지 않았다. 강유는 우희의 이름을 외쳤다. 그러나 소리는 가슴만 무겁게 칠 뿐이었다. 그리고 그때 잠에서 깨어났다.

강유는 자신의 손을 잡고 환하게 웃고 있는 우희의 얼굴을 안도에 가득 차 바라보았다. 끔찍한 꿈은 현실이 아니었다. 강유는 다시 우희를 껴안았다. 우희는 잠깐 어리둥절하더니, 그의 수련이 얼마나 고되었으면 이리도 기뻐할까 생각하는 듯이 그 품에 얌전히 안겨 있었다. 악몽은 아직 현실이 아니었다. 그러나 강유는 안도할 수 없었다. 무척이나 불길했던 그 꿈은 그동안의 수많은 꿈들과는 다른 것이었다.

"사부님께 허락받았어. 여든여덟 번째 초식을 성공하면 너와 혼인을 허락해 주시겠대."

강유가 작은 목소리로 속삭였다. 몇 년 전부터 강유는 우희에게 혼인하자 졸라왔다. 그리고 우희는 자신의 삼촌이 허락하지 않을 것을 알면서도 강유에게 사부의 허락을 받아오면 그리하겠다고 약조하였다.

"오죽 가망이 없으면 그런 말을 하시겠어? 앞으로 십 년 내로는 글렀나 보다."

우희가 키득거리며 타박하였다. 그러나 강유는 아무래도 좋았다. 우희의 얼굴에서 웃음을 볼 수 있다면, 몇 번이고 바보가 되어도 상관없었다. 세상에 나기도 전에 부친을 홍수에 잃은 강유를 거두어준 것이 사부였다. 처음 만난 우희는 아버지나 다름없는 사부가 아끼는 조카였다. 그리고 사부를 닮아 욕심이 많던 여아는 어느 순간 그의 마음을 가져가 버렸다. 그러니 우희가 그리도 슬피 울부짖던 꿈이 현실이 되어서는 안 되었다.

"어서 들어가자. 어머니께서 네가 온다고 보름떡을 하셨어."

우희가 가느다란 손을 뻗어 강유의 뜨거운 손을 잡아끌며 환하게 말하였다. 우희의 기다란 머리가 태양을 받아 반짝거렸다. 강유는 홀린 듯이 자유로운 한쪽 팔을 뻗어 보석같이 빛나는 머리채를 건드렸다. 그리고 허탈하여 웃음을 흘렸다. 귀족 아씨인데도 온 마을을 헤집고 다니는 까닭에 사시사철 햇빛에 머리가 상해 있다는 것은 알고 있었다. 그런데도 늘 비단보다 고와 보이는 이유를 알 수 없었다.

"대보름도 아닌데 웬 보름떡을 하셨대?"

보폭이 큰 강유가 어느새 우희의 옆에서 걸으며 물었다. 이미 답은 알고 있었다. 단지 우희의 목소리로 다시 듣고 싶었을 뿐이다.

"네가 와서 기뻐서 그렇지."

그 말을 하는 우희의 뺨이 발그레 물들었다. 강유가 온다는 소식에 기뻐 떡을 빚은 사람은 우희의 어머니일 텐데 어찌된 일인지 그 말을 하는 우희가 부끄러워하고 있었다. 하지만 강유는 우희를 놀리지 않고 맞잡은 손에 힘만 주었다.

그리고 평온한 날들이 얼마 지나지 않았을 때였다.

"전하께서 그대를 부마로 맞이하고 싶으시다는 뜻일세."

석 달 전, 하산한 지 얼마 되지 않아 장에서 소란을 목격하였었다. 우희와 함께 부뢰한들로부터 구한 여자가 몰래 궁을 빠져나왔던 공주였다 하였다. 공주는 강유를 사모하게 되었고, 자신을 끔찍이 여기는 왕에게 혼담을 넣어달라고 청을 올렸다 하였다. 강유는 벼락을 맞은 것 같은 느낌을 받았다. 예지몽을 비틀 수 있는 기회였다. 자신이 공주의 청혼을 거절하자, 왕이 노하여 자신이 연모하는 우희의 집안이 화를 당한 것이었나 보았다. 이번에 다른 선택을 함으로써 미래를 바꿀 수 있을 것이었다. 수련으로 심신을 단련했다 생각하였지만 흥분과 슬픔으로 떨리는 손을 멈출 수 없었다. 혼담을 받아들이면, 우희의 곁에서 늙어가겠다는 그의 오랜 꿈은 이루지 못할 것이었다. 그러나 혼담을 받아들이면, 우희가 그리도 슬피 울던, 끔찍한 꿈이 현실로 다가오지 않을 것이었다. 그래서 강유는 부마가 되겠다고 하였다.

"어째서 부마가 되겠다고 하였어?"

우희가 창백한 얼굴로 물었다. 강유는 가슴 속에 장대비가 내리는 것 같았다. 세찬 빗줄기가 가슴을 내리쳐 울렁거리는 것 같았다. 너를 위하여 그런 것이라 말해주고 싶었다. 우희가 가족을 잃고 너무나 슬프게 우는 꿈을 꾸었다고, 그래서 그 예지몽을 비틀기 위해 우희의 손을 놓은 것이라고 말해주고 싶었다. 그러나 말할 수 없었다. 그래서 강유는 대신 웃음을 지었다.

"여든여덟 번째 초식이 상당히 어렵더라. 너와 혼인하려다가는 여든 여덟이 되어도 총각이겠더라."

강유의 말에 우희가 겨우 희미하게 웃었다. 그래도 괜찮았다. 작은 웃음이어도 괜찮았다. 우희 입가의 미소를 지키기 위한 결정이었다.

"근데 섭섭한가 봐? 사실은 너도 나를 마음에 품었던 거 아니야?"

장난스럽게 던진 말이었다. 바로 반박해 주길 바랐다. 그래야 그의 가슴이 덜 아플 것이었다. 그러나 우희는 아니라 말하지 않았다. 강유는 도홧빛으로 물드는 우희의 눈가를 보며, 부마가 되지 않겠다고 몇 번이고 외치고 싶었다. 그래서 그 붉은빛이 우희의 눈가가 아닌 뺨에 어릴 수 있다면, 왕과의 약조를 수십 번도 더 번복할 것이었다.

"공주를 연모하는 거지?"

우희가 강유의 눈을 쳐다보지 않고 물었다. 다행이었다. 그 맑은 눈과 마주 보았으면 거짓을 말하지 못할 것이었다.

"행복할 거야."

강유는 대답과 함께 우희를 끌어안았다. 삶의 중심인 우희를 품에 안는 것도 마지막일 것이었다. 그러니 한 번의 거짓을 말한다 하여도 괜찮을 것이었다. 우희의 손을 잡을 기회를 영영 놓는데 행복할 수 있을 리 없었다.

"그때 옆에 있던 여자가 누군지 물어도 되겠습니까?"

혼례 날짜가 잡히고, 공주가 강유에게 물었다. 강유는 새하얀 피부와 삼단같이 검은 머리, 이유를 알 수 없는 슬픔이 담긴 것 같은 눈동자를 보며 공주가 나라 제일가는 미녀라는 세간의 말에 동의하였다. 그러나 이내 한낮의 태양보다도 반짝이는 눈으로 그를 쳐다보던 우희가 떠올라 시선을 돌릴 수밖에 없었다. 공주는 여전히 강유를 쳐다보며, 무뢰배를 물리칠 때, 강유 옆에 있던 여자가 누군지에 대한 답을 기다리고 있었다. 강유는 공주의 눈에서 질투를 읽었다. 공주는 자신의 눈에서 우희를 향한 애정을 읽었을 것이었다. 우희만 보면 행복이 가슴을 가득 채우고도 넘쳤고, 우희에 대한 감정을 숨길 생각도 없었다. 강유는 나직이 한숨을 내쉬었다. 그 악몽을 꾸었을 때부터 모든 것이 흘러가는 방향이 바뀌었다. 이제는 공주의 화를 사지 않기 위하여 마음을 숨겨야 했다.

"그저 오래된 벗일 뿐입니다."

강유가 마른 눈으로 공주를 쳐다보며 대답하였다. 거짓을 말하는 것은 쉬웠다. 공주가 헛된 희망을 품는 것은 알 바가 아니었다. 공주가 우희의 미소를 지우지 않는다면 그것으로 족하였다. 강유는 그렇게 공주의 마음을 읽으려 하지 않았다. 그래서 공주의 눈동자에서 지워지지 않는 불안감을 보지 못하였다.

그날 밤, 강유는 또다시 꿈을 꾸었다. 관아 건물이 하늘 끝까지 닿는 불길에 타오르고 있었다. 비쩍 마른 우희의 낡은 옷이 반 벗겨져 있었다. 우희의 옆에는 고국 병사들의 목이 뒹굴고 있었다. 그리고 우희의 뺨은 죽은 병사들의 피로 젖어 있었다. 우희의 눈은 더 이상 빛나지 않았다. 우희의 앞에는 장신의 남자가 서 있었다. 남자가 내린 투구에는 황금빛 테가 둘러져 있었다. 남자는 건물을 살라먹고 있는 불의 색을 닮아 불그스름한 머리를 숙여 우희에게 무어라 중얼거리고는 피를 머금은 듯 붉은 천을 풀어 우희를 덮었다. 강유는 우희를 놓으라고 외치려 하였다. 그러나 입 밖으로 소리가 나오지 않았다. 강유는 우희에게 달려가려 하였다. 그러나 사지가 돌덩이라도 된 듯 움직이지 않았다. 뒤에서 누군가가 부르는 소리에 남자가 멈춰 섰다. 호국장군, 우희를 데려가는 사람의 이름은 호국장군이었다.

단 하나의 이름을 외우며 깨어난 강유의 입은 바싹 말라 있었다. 강유의 가슴이 축제 때의 북처럼 쉴 새 없이 울렸다. 아직도 악몽은 다가오고 있었다. 강유는 이해할 수 없었다. 우희의 집이 화를 당하는 것을 피하기 위해 공주와 혼인을 받아들였다. 그러나 여전히 우희가 고초를 겪을 날이 다가오고 있었다.

두 번째 꿈을 꾸고 얼마 지나지 않은 아침, 황국에서 사신이 왔다. 국경에서 황국의 말이 도난당하였다는 사신은 그 대가로 고국의 황무지 땅을 내놓으라고 요구하였다. 얼토당토않은 말이었다. 말이 도난당하였다는 사실도 입증할 수 없거니와, 대가로 요구하는 땅도 너무 컸다. 필경 전쟁을 일으킬 핑계를 대고 있는 것이었다. 강유는 둘째 꿈이 먼저 현실로 다가오는 느낌에 긴장으로 욕지기를 느꼈다.

"황국과의 전쟁을 피해야 하옵니다. 국력 차가 거대하니 황국에 맞서서는 안 되옵니다."

우희의 부친이 조정에서 주장하였다. 그러나 그것은 왕이 듣고 싶은 답이 아니었던 듯, 왕의 표정이 굳었다. 조정의 소식을 전해들은 강유는 숨을 쉴 수가 없었다. 붉은 하늘을 맴돌던 검은 새들이 떠올랐다. 어째서 처음으로 반전의 주장을 꺼낸 사람이 우희의 부친이었는지 원망스러웠다. 하지만 한탄하고 있을 여유가 없었다. 공주를 설득해야 했다. 왕이 누구보다도 아끼는 공주의 말이라면 노여움을 풀고, 우희의 부친의 말을 들을 것이었다. 그러면 전쟁이 일어나지 않을 것이고, 호국장군이라는 사람이 우희를 데려가는 일도 없을 것이었다.

"황국에 황무지를 내주고 전쟁을 피해야 합니다. 그저 황무지일 뿐입니다. 그 쓸모없는 땅을 지키려다 많은 백성이 희생될 것입니다."

강유가 창백한 얼굴로 공주에게 애원하다시피 주장하였다. 사실 수

백, 수천의 백성이 어떻게 되든 상관없었다. 우희가 눈물을 흘리는 일만을 막고 싶을 뿐이었다. 강유의 말을 들은 공주가 손을 뻗었다. 그리고 꿈이 현실로 다가오는 것에 공포를 느끼고 차갑게 식은 강유의 손을 잡고 말하였다.

"고국은 그동안 황국에 너무나도 많은 공물을 바쳐왔기에 국력을 기를 틈이 없었습니다. 이번에도 황국과 군력을 겨뤄보지도 않고 커다란 땅을 바치면, 고국의 영토는 더욱 줄어들고, 국력은 더욱더 약해질 것입니다."

그깟 것이 대체 무슨 문제란 말인가? 영토가 줄어들면 어떻고, 국력이 약해지면 어떻단 말인가? 고운 흙을 백성들의 피로 적시게 생겼는데, 곱디고운 우희의 눈물로 적시게 생겼는데 그 모든 것이 무슨 문제란 말인가? 그러나 공주는 강유가 뭐라 반박을 꺼내기도 전에 말을 마저 이었다.

"전쟁은 피할 수 없습니다."

공주가 강유와 눈을 마주치고 고개를 흔들며 경고하였다. 하지만 강유의 귀에서는 우희의 핏빛 비명이 떠나지 않았고, 공주의 말은 들리지 않았다. 그리고 공주도 강유가 쉽게 굽히지 않으리라는 것을 알아챘다.

"우희라고 하였던가요? 장에서 함께 본 여자, 그 여자를 걱정하는 것이지요? 어전에서 주전을 주장하십시오. 그럼 그 오래된 벗은 구해 드리겠습니다."

공주가 눈을 빛내며 강유에게 제안을 하였다. 더 이상 잴 여유가 없었다. 강유의 목표는 단 하나, 미래를 비틀어 우희의 입가에서 미소가 지워지지 않게 하는 것이었다. 그래서 강유는 공주의 말을 따랐다. 백만을 버리기로 하였다. 우희 단 한 사람을 위해서 모두를 포기하기로

하였다.

　그러나 공주는 약조를 지키지 않았다. 공주는 혼약자의 마음을 놓아주지 않는 여자를 두고 볼 수 없었다. 공주는 자신이 은애하는 혼약자의 뜻을 따라달라고 청하였다. 진주같이 고운 눈물을 흘리며 황국의 요구를 받아들이자는 주장을 한 대신은 역적이라 하였다.
　"우희!"
　공주는 조당으로 뛰어가려는 강유를 감금하였다. 그리고 그 문 앞에 기대어 혼약자가 외치는 이름을 듣고 있었다. 공주는 기다란 속눈썹을 나비의 날갯짓처럼 떨고는 영루하였다. 다섯 번 쪽물을 들인 비단옷이 열 번 염색한 천처럼 짙어졌다. 그리고 며칠 뒤, 강유는 우희의 집안이 멸문되었다는 말을 전해만 들었다.

　첫 번째 악몽이 현실이 되고 얼마 지나지 않아 황국에서 군대가 쳐들어왔다. 우희의 부친과 오라버니가 효시되었다는 말을 듣고도 강유가 정신을 놓아버리지 않은 것은, 두 번째 꿈이 있었기 때문이다. 악몽이 희망이라니 참으로 모순된 일이었다. 가족과 같던 사람들이 참변을 당하였다. 발버둥을 쳐도 막을 수 없었다. 그럼에도 포기할 수 없었다. 비록 악몽 속이기는 하였지만, 우희만은 살아 있다는 것을 알고 있었다. 그래서 두 번째 꿈이 현실로 다가왔을 때 우희에게 달려가기 위해, 아직은 생에 대한 의지를 포기할 수 없었다.
　"어서 이 문을 열어주시오. 그래야 공주를 곁에서 지킬 수 있지 않겠소?"
　강유가 문을 부술 듯 두들기며 소리쳤다. 이미 밖은 소란스러웠다. 누구도 강유의 소리를 듣지 못한 듯, 문은 꿈쩍도 하지 않았다. 주먹이 까져 문에 붉은 물을 들였을 때야 바깥에서 걸린 걸쇠가 열리는 소리가 들렸다. 그러나 문 앞에 서 있는 것은 황군이었다. 강유는 끊어 두었던 각목을 재빨리 집어 들었다. 그리고 금은보화 대신 사내를 발견하여 당황한 황군을 내리쳤다. 강유는 기절한 황군을 재빨리 문 안으로 끌어들인 후 옷을 벗겨 갈아입었다. 성 안은 황군이 누비고 있었다. 좀 더 깊은 건물에 공주가 있을 것이었다. 강유는 열린 문 앞에 매어진 말 위로 뛰어올랐다.

강유는 북풍보다도 빨리 말을 몰았다. 성문을 뛰쳐나갔다. 강유의 말이 박차고 들어간 곳은 관아였다. 꿈속에서 우희를 본 곳이 관아였다는 기억 하나로 관서 문들을 드나들었다. 그리고 마침내 불타 버린 관아 하나로 들어서는 순간, 강유는 자신이 너무 늦었다는 것을 알았다. 섬돌 근처에서 뒹굴고 있는 두 개의 머리는 꿈에서 본 것이었다. 그리고 그곳에 우희는 없었다.

귀 깊은 안쪽에서부터 간지러운 소리가 올라왔다. 머릿속이 탈색되었다. 그물에 걸려 뭍에 끌려나온 생선처럼 몸부림을 쳤지만 어느 미래도 벗어나지 못하였다. 현실을 앞서 보았지만 피하지 못하였다. 이럴 것이었으면 대체 왜 자신에게 앞날을 보여주었는지, 하늘을 이해할 수 없었다.

"어서 이동하세."

황군 하나가 강유의 어깨를 두드리며 물었다. 강유는 그제야 다시 정신을 차렸다. 풀린 눈동자를 모아 황군과 눈을 마주쳤다.

"포로들은 어디 있나?"

강유가 흔들리는 다리에 힘을 주어 일어서며 물었다. 아직 끝나지 않았었다. 우희는 살아 있을 것이었다. 그러니 구하러 가야 했다. 그러나 절망스러운 말만 돌아왔다.

"포로라니, 이 사람아. 아직 깊은 궁까지 한참인데 포로를 챙길 여력이 어디 있나?"

그리고는 그 황군은 주변의 다른 황군들에게 포로를 챙긴 이가 어디 있는가 물었다. 돌아오는 것은 왁자지껄한 웃음뿐이었다.

"호국장군은 어디 있는가?"

강유는 말에 박차를 가했다. 그리고 궁을 떠나왔을 때와 마찬가지로 빠르게 돌아갔다. 우희를 앗아간 적은 무척이나 가까운 곳에 있었다. 그리고 나라를 뒤엎은 황군의 기세라면, 첫 악몽의 주인과 둘째 악몽의 주인은 한자리에 있을 것이었다.

강유는 황군의 복장을 뺏어 입고, 황군의 말을 타고 달린 덕택에 구중궁궐 깊은 곳까지 도착할 수 있었다. 황군들 틈에서 싸우며 길을 뚫느라 고국 병사들의 칼에 망신창이가 되긴 하였지만 궁내에 도착한 것만으로도 기적이었다. 마침내 말에서 내린 강유는 공기 중을 가득 메운 피비린내에 차마 숨을 쉬기가 괴로웠다. 내궁에서도 가장 아름답다는 방 밖은 공주를 지키던 병사들의 시체로 산을 이루고 있었다. 강유는 호국장군에게 전할 말이 있다는 핑계로 경계를 서고 있는 황군을 지나쳤다.

강유는 마지막 문을 열기 전에 굳은 피가 말라붙은 손을 옷에 닦았다. 만에 하나, 기적으로 저 안에 우희가 있다면 깨끗한 손으로 안아줄 것이었다. 살아나오지는 못하겠지만, 자신이 배신하지 않았다고, 끝까지 우희 하나만을 구하기 위해 몸부림쳤다고, 마지막으로 한마디 들려줄 것이었다.

처음 눈에 들어온 것은 꿈속에서 보았던 사내였다. 꿈속에서 본 그대로, 한쪽 손에 금테를 두른 투구를 들고 서 있었다. 방 안의 모두가 황군의 복장을 한 강유가 천천히 걸어오는 것을 주시하고 있었다.

"어디……."

그곳에는 우희가 없었다. 강유는 우희가 어디 있는지 묻는 말을 잇지 못하였다. 그곳에는 포박된 공주만이 있을 뿐이었다. 몸에 마지막 피가 돌고 있었다. 우희가 없다면 아무 의미가 없었다. 마지막으로 원수의 숨을 끊어놓는다면 그것으로 족하였다. 강유는 무방비한 적의 목에 창을 찔렀다. 손에 뼈가 바스러지는 촉감이 느껴졌다. 뜨거운 피가 쏟아졌다. 그리고 그것이 마지막이었다. 강유는 밤같이 몰려오는 죽음에 몸을 뉘었다. 이제 곧 우희가 기다리는 곳으로 갈 것이었다. 그리고 우희에게 들려줄 것이었다. 자신이 우희의 원수를 갚았노라고 위로해 줄 것이었다.

"어딜 감히 손대느냐!"

공주의 비명이 귓가를 울리는 것도 같았다.

〈完〉

작가 후기

꽃마다 피는 때가 다르고, 모양과 크기도 저마다 다릅니다. 자세히 살펴보면 색도 향도 다른 꽃과 동일한 것은 찾기 어렵습니다. 꽃은 각양각색이고, 사랑도 그러합니다. 사랑을 깨닫는 순간은 사람마다 다르고, 그 모습도 여러 가지입니다. 서로의 마음을 확인하는 사랑이 있기도 하고, 끝끝내 밝혀지지 않는 사랑도 있습니다. 『동쪽 울타리 아래 군자』의 주축은 연인의 사랑이지만, 남매간의 우애, 모성애, 그리고 벗과의 우정을 비롯한 다양한 형태의 사랑을 찾을 수 있습니다.

제가 헤아릴 수 없을 정도로 큰 사랑을 베풀어주신 외할머니께 사랑에 관한 제 첫 책이 기쁨을 드렸으면 합니다. 그리고 등장인물들이 각자의 사랑을 찾아가는 과정을 그릴 수 있도록 도와주신 청어람의 이 대리님과 관계자들께 감사합니다. 『동쪽 울타리 아래 군자』를 읽고 아껴주신 독자께도 감사드립니다. 훗날 더 좋은 글로 찾아뵙겠습니다.

2016 꽃 피는 계절

김현수